Martin Krüger

Das Ritual

EDITION M

Das Buch

Ihr habt keine Angst vor der Dunkelheit. Noch nicht.

In einer schummrig beleuchteten Frankfurter Unterführung wird eine verwahrloste Frau aufgegriffen, die verängstigt von einem alten Fluch fantasiert. Kriminalhauptkommissarin Marie Winter und der milliardenschwere, exzentrische BKA-Hauptkommissar Daniel Parkov wissen nicht, wer diese Fremde ist – bis ihnen ein geheimnisvolles Indiz in die Hände fällt.

Die Spur eines dämonischen Verbrechers führt das Ermittlerduo von Frankfurt über London bis nach Afrika und tief in Parkovs Familiengeheimnisse. Dabei müssen sie erfahren, dass manche Sünden zu groß sind, um sie je zu vergessen ...

Der Autor

Martin Krüger, Jahrgang 1986, studierte die dunkle Kunst der Juristerei in Frankfurt am Main. Heute lebt, arbeitet und schreibt er als freier Autor und Musiker in Süddeutschland und der Schweiz. Mit seinem Thriller »Gaben des Todes« gelang ihm 2016 der Sprung in die Top 10 der Kindle- und der BILD-Bestseller-Liste. Weitere Informationen zum Autor finden sich unter www.kruegerthriller.de und www.facebook.com/kruegerthriller.

MARTIN
KRÜGER

DAS RITUAL DER TOTEN

EIN
WINTER-UND-PARKOV
THRILLER

EDITION M

Deutsche Erstveröffentlichung bei
Edition M, Amazon Media EU S.à r.l.
5 Rue Plaetis, L-2338, Luxembourg
Oktober 2018

Umschlaggestaltung: bürosüd° München, www.buerosued.de
Umschlagmotiv: © Miloje / Shutterstock; © Amovitania / Shutterstock;
© Jakub Grygier / Shutterstock;
© Carlos E. Santa Maria / Shutterstock; © Naniepastel / Shutterstock
1. Lektorat: Joern Rauser
2. Lektorat: Rotkel Textwerkstatt
Gedruckt durch:
Amazon Distribution GmbH, Amazonstraße 1, 04347 Leipzig /
Canon Deutschland Business Services GmbH, Ferdinand-Jühlke-Str. 7,
99095 Erfurt /
CPI books GmbH, Birkstraße 10, 25917 Leck

ISBN: 978-2-91980-303-3

www.edition-m-verlag.de

Du findest in der Dunkelheit keine Helden.
Aristophanes

Prolog

Montag, 24. Oktober

Im Morgengrauen kamen sie zum Friedhof. Eine Windböe trieb Laub zwischen den Grabsteinen hindurch, die wie graue Monolithen aus dem Nebel ragten: Monumente einer Zivilisation, die mit einem Ritus etwas Ordnung in einen unerklärlichen Schrecken bringen wollte. Als die vier Fremden den Sarg einen mit Laub bedeckten Hügel hinabtrugen, setzte auch der Regen ein, ein starker, schwerer Regen, der alles mit sich herabspülte und ihre Kleidung durchnässte.

Es war ein grauer, kalter Nebeltag, wie geschaffen für diesen letzten Ritus.

Sie senkten den Sarg ab, brachten die Seile an und ließen ihn langsam in die Grube sinken. Der fünfte Anwesende, ein Besucher am Grab, sprach leise Worte, die sich im Wind verloren. »Ist es nicht furchtbar, wenn ein Mann beerdigt wird und niemand kommt? Gewiss, das ist es.«

Einen Herzschlag lang rührte sich nichts, nur die Krähen, die hoch oben in den Kronen der Steineichen saßen und sie mit trüben Knopfaugen musterten, während sich dürre Äste dem Wind beugten. »Kannten Sie ihn?«, fragte der Besucher und trat näher. Der Regen prasselte auf das Holz. »Man hat mir nur gesagt, er sei lange verschollen gewesen, hätte nicht einen einzigen noch lebenden Angehörigen. Niemanden, der ihn noch kannte oder den man hätte benachrichtigen können …«

»Ich bin doch hier«, erwiderte einer der vier Fremden. Er trug einen langen dunklen Mantel, der sich an seine hoch aufragende, kraftvolle Statur schmiegte. »Genügt das nicht? Ich bin überzeugt, *ihm* hätte es genügt.«

»Und ich bin froh, dass Sie gekommen sind.« Der Besucher wollte eine Hand nach der Schulter des Fremden ausstrecken, doch der hob den Kopf und musterte ihn, worauf er den Arm irritiert sinken ließ. »Ich bin mir sicher, er weiß, dass Sie an ihn denken.«

»Nein, das kann er nicht«, antwortete der Fremde mit Kälte in der Stimme. »Er vermodert jetzt. Alles andere ist nur eine trostreiche Einbildung.«

»Vielleicht haben Sie recht. Vielleicht aber finden auch Sie den Weg zurück. Eines Tages.«

»Zurück? Mein Weg führt nur in eine Richtung. Ich werde vollenden, was ihm nie gelungen ist.« Er sah zu, wie man etwas Erde hinab in das Grab warf, bis der schwarze Grund den einfachen Holzsarg mit einer dünnen Schicht bedeckte. »Ich werde einen Mann zerstören. Seine Reputation, sein Leben, sein Vermächtnis. Und wenn ich fertig bin, wird nichts von ihm übrig sein, nicht einmal mehr *nichts*.«

Der andere trat einen Schritt zurück. »*Sein* Werk? Dieser Mann war nur ein …«

»Er war weit mehr als das, wofür du ihn hältst. Viel mehr. Er hatte ein Ziel. Das *einzige* Ziel.« Der Fremde hob die Rechte, die bisher in seiner Manteltasche verborgen gewesen war. In der Faust hielt er eine Pistole mit Schalldämpfer – dunkler, tödlicher Stahl, den er nun auf sein Ziel richtete. Der Besucher rührte sich nicht, als er in die Mündung blickte.

»So endet es also?«

»Auch Männer, die keine Waffen tragen, können durch Waffen sterben. Dabei bist du nicht einmal der Erste in der Reihe. Nein, so endet es nicht – so beginnt es.«

Der Fremde schoss. Die Kugel riss den Mann rückwärts in die Grube, wo er mit einem dumpfen Poltern auf dem Sarg aufschlug. Ein dunkles Loch in seiner Stirn, ein dünnes Rinnsal Blut. Die Vögel erhoben sich aus den nahe stehenden Steineichen, während die Männer reglos danebenstanden. Der Regen lief ihnen über die Wangen. Nicht einer von ihnen hob die Hand, um das Wasser fortzuwischen.

»Holt euch von ihm, was wir brauchen«, sagte der Fremde. »Dann schüttet es zu. Ihr habt zwölf Stunden bis zum Treffpunkt.«

TEIL EINS

Der Tod und all seine Freunde

1.

Die Luft war kühl und klar an diesem Oktoberabend – Marie Winter schlang sich den Mantel enger um den Körper und war froh, dass sie ihre hellbraunen Lederhandschuhe in der Tasche fand, ehe sie dem uniformierten Polizeibeamten folgte.

Eine düstere Unterführung, irgendwo in Frankfurt Mitte. *Wieder einmal*, dachte sie und nestelte an dem Haarband, das ihr langes dunkles Haar zusammenhielt.

Leere Flaschen, Plastikverpackungen, Graffiti. Herbstlaub, das sich in den Ecken sammelte. Ein gelbes Schild der Spurensicherung, das einen dunkelroten Fleck auf dem schmutzigen Beton markierte. »Hier«, sagte der Kollege. »Hier haben wir sie gefunden. Völlig aufgelöst, psychotisch. Verwahrlost.« Marie sah sich um. In der Luft hing der schwere, fettige Dunst eines nahen billigen orientalischen Restaurants. Nicht weit entfernt stritten sich zwei Betrunkene. »Keine Kameras.«

»Auch nicht in der Nähe. Und niemand, der gesehen haben könnte, woher sie kam.« Der Kollege verschränkte die Arme. »Wir gingen dem Notruf nach, die Streife suchte die Straße ab und … da war sie.«

»Mit einem Messer in der Hand.«

»Das konnten wir nicht sehen.« Der Polizist schüttelte den Kopf. Es war ihm wichtig, diese Tatsache klarzustellen, bemerkte Marie. »Sie lag da, dieses Sommerkleid, das sie trug, zerrissen. Wir … na ja, hielten sie *wirklich* für tot. Der Kollege, der sich ihr näherte, steht noch unter Schock. Sie sprang auf, war verstört und wich vor unseren Leuten zurück. Hier ist es ziemlich dunkel, viele dieser Leuchtstoffröhren sind defekt …«

»Wann habt ihr das Messer entdeckt?«

»Als der Kollege sie am Arm anfassen wollte. Sie schlug nach ihm. Schrie … seltsame Dinge.«

»Und dann hat jemand abgedrückt?«, erkundigte sich Marie weiter.

»Er forderte sie auf, das Messer wegzulegen, doch sie kam immer näher. Es war … ich weiß nicht. Vielleicht war es ein Fehler.« Marie trat ein Stück tiefer in die Unterführung hinein. Eine schmale Tür ging dort zur Linken ab, unverschlossen. Sie drehte sich nach dem Kollegen um. »Wissen wir, wohin die führt?«

»In den Untergrund. Wir sind gerade dabei, die Pläne zu überprüfen. Der Zugang hier mündet in einen alten Versorgungsschacht der U-Bahn.« Marie sah zum Ende der Unterführung hinüber, wo ein Mitarbeiter der Stadt auf sie wartete. Er würde die passenden Schlüssel dabeihaben, um zu öffnen, was immer dahinterlag. »Wir müssen uns dort unten umsehen.«

»Wir?«

»Ihr«, entgegnete Marie mit einem einnehmenden Lächeln. »Ich muss ins Krankenhaus.«

Er nickte. »Das lässt sich einrichten.«

»Fein. Du hast was gut bei mir.« Ihr Handy summte.

Sie lebt. Schultertreffer. Schlechter Schuss – oder auch ein guter, wie man es eben nimmt. Du solltest herkommen.

P.

»Gute Neuigkeiten?«

»Sie wurde notoperiert. Die Kugel hat sie nur in die Schulter getroffen. Sie hatte Glück.« Marie schob ihr Smartphone in ihre Manteltasche zurück und ging zu den geparkten Streifenwagen am Ende der Unterführung, zu ihrem eigenen Dienstwagen, zu den Kollegen, die dort mit Kaffeebechern in den Händen warteten, während das Blaulicht und die Nebelschwaden ihres Atems, die sich mit den goldenen Lichtern aus den Schaufenstern und Wohnblöcken vermischten, eine Szene wie in einem Kinkade-Ölgemälde erschufen. »Schnapp dir einige Kollegen, seht euch ein wenig um. Sagt mir Bescheid, wenn ihr was entdeckt.«

»Wenn wir ein Krokodil finden? Oder das *Ding* aus der Kanalisation?« Er lachte. »Nicht sehr wahrscheinlich.«

Marie blickte zum Himmel hinauf: kein Stern, nicht einmal der Vollmond. Eine dichte graue Wolkenschicht lag über der Stadt, so tief, dass sie fast schon über die Dächer der Wolkenkratzer zu streichen schien. »Nur so ein Gefühl«, erwiderte sie. »Die Tage werden kürzer, es wird kälter. Und … alles wird dunkler.«

Daniel Parkov betrachtete die Frau, die auf dem Krankenbett lag, vom Korridor aus. Man hatte ihre Wunden versorgt, auf Mund und Nase saß eine Sauerstoffmaske, die mit einem Gummiband hinter ihrem Kopf fixiert war. Ihre Brust hob und senkte sich gleichmäßig, während der Herzmonitor neben dem Bett ein leises, gleichmäßiges Piepen von sich gab.

Von hier wirkte sie beinahe friedlich, wären da nicht die Fixierungsfesseln, die sie auf dem Bett hielten, und ihr verwahrloster Zustand. Eine Krankenschwester hatte ihr Gesicht gewaschen, Blätter und Schmutz aus dem Haar entfernt. Jetzt lag sie da, im tiefen Schlaf der Bewusstlosigkeit, und niemand wusste, wann sie wieder zu sich kommen würde.

Kein Handy, kein Ausweis, nichts, mit dem man sie hätte identifizieren können. Und keine passende Vermisstenmeldung. *Was immer sie hat durchleiden müssen*, dachte Parkov, *es wird lang und furchtbar gewesen sein. Ein Weg, der an diesem Ort endet.* Krankenhäuser. Er hasste sie.

Ein leises Klingeln hallte durch den Flur, als der Aufzug hinter ihm das Stockwerk erreichte. Schritte. Parkov wandte sich um. Seine düstere Miene erhellte sich, als er seine Kollegin sah. Sie trug einen Mantel, der ihrer schlanken Figur schmeichelte, Jeans, Stiefeletten und hatte ihr langes dunkelbraunes Haar zu einem dicken Zopf gebunden, der auf ihrer Schulter lag. »Du bist später dran, als ich erwartet hatte, meine Liebe.«

Und nicht zu Scherzen aufgelegt, das seh ich dir an.

»Der Wagen macht schon wieder Probleme.« Marie spähte durch die Scheibe. »Ein Kollege verletzt, die Angreiferin niedergeschossen. Und eine Tür, die zu einem U-Bahn-Wartungstunnel führt. Hast du die Berichte gelesen?«

»Natürlich.« Parkov nickte. »Übereinstimmende Aussagen.«

»Sie hat geschrien, als sie aufwachte, als wäre sie in einem Albtraum gefangen, der nicht enden wollte – und was sie in ihren klaren Momenten von sich gegeben hat, waren kaum mehr als Wortfetzen. Sie sprach von einem dunklen Ort, an dem man sie gefangen hielt, von einem Mann mit einem langen dunklen Mantel. Sie ist weit gelaufen … und da war ein Tier oder etwas Gefährliches, das da lauerte.«

»Sie hat auch noch etwas anderes gesagt«, erwiderte Parkov. Die Leuchtstoffröhren, die den Krankenhausflur in klinisch helles Licht tauchten, flackerten mehrmals. »›Ich habe den Herrn des Waldes gesehen.‹ Und dann noch etwas, da sind sich die Kollegen nicht sicher, das wie ›Tsu-kundu‹ klang.«

»Ergibt irgendetwas davon Sinn?«

»Der Herr des Waldes? Nein. Auch dieses Wort konnte ich nicht identifizieren.«

»Ich sagte ja, es war nicht grad klug, sich so auf sie zu stürzen.«

»Nein«, stimmte Parkov zu. Er warf einen Blick zu Marie hinüber, die ihn musterte. Ein fragender Ausdruck lag in ihren grünbraunen Rehaugen, eine attraktive Eigenheit, die sie zweifellos zu ihrem Vorteil einzusetzen wusste. »Aber in Anbetracht der Umstände war es vermutlich tatsächlich der letzte Ausweg. Ehe sie den Kollegen schwer verletzt hätte – oder sich selbst. Von dem Messer konnten sie nichts wissen.«

»Das Blut in dieser Unterführung stammt nicht nur von dem Kollegen, den sie mit ihrem Messer attackiert hat, sondern auch von ihr. Sie *hatte* sich bereits verletzt. Sie wollte uns etwas mitteilen …« Marie seufzte, verschränkte die Arme und schloss die Augen. Er streckte die Hand aus und strich ihr sanft über den Rücken, während sie sich an ihn lehnte.

So vieles war geschehen, seit sie den Mann, der sich der Professor nannte, vor Wochen gestellt hatten – und Parkov hatte sie in letzter Sekunde gerettet. »Manchmal kann ich das Gewicht des Sprengstoffs, den er mir auf die Haut geklebt hat, noch spüren, als hättest du ihn niemals entfernt, ihn nie hinausgetragen«, sagte sie leise. *Hinausgetragen.* Wo das Semtex explodiert war und einen Teil seines Landhauses zerstört hatte. Parkov spürte, wie sie bebte und scharf die Luft ausstieß. »Mir bereitet diese Sache große Sorgen, Daniel.«

»Und doch hast du damit gerechnet.«

Marie nickte, noch immer mit geschlossenen Augen. »Es werden weitere auftauchen.«

»Seit wir den Professor verhaftet haben, erwarte ich jeden Tag eine Reaktion. Etwas, das seinen letzten Worten nach der Festnahme Taten folgen lässt, ein nächster Schritt in diesem wahnsinnigen Spiel.«

»Sie war barfuß. Die Füße waren schmutzig, voller Erde, Blätter und Tannennadeln, als wäre sie kilometerweit über nassen Waldboden gelaufen. Und ihre Botschaft an der Wand ist für uns bestimmt.« Als sie die Augen aufschlug, bemerkte sie, wie Parkov sie musterte. »Was ist?«

»Du siehst übermüdet aus, meine Liebe, wenn ich dies erwähnen darf. Fahr nach Hause, schlaf dich aus. Wir sehen uns morgen. Ich halte hier die Stellung.«

Sie seufzte. »Morgen. Der *große* Tag. Wenn er morgen verurteilt wird, ist es vorbei. Das haben wir uns doch eingeredet, nicht wahr?«

»Ja«, erwiderte Parkov, doch war es ihm, als spräche er eine Lüge aus. »Ich denke, das ist es.«

»Gut.« Sie gähnte und streckte sich. »Also … halt mich auf dem Laufenden, falls sich etwas ergibt, einverstanden?«

»Immer. Marie?«

»Ja?«

»Was die Zukunft auch bringen wird – es gibt immer jemanden, der damit fertigwerden kann. Es gibt *mich.*«

»Du Angeber.« Sie winkte ihm lächelnd zu und ging. Parkov blieb zurück und betrachtete das Zimmer hinter der Glasscheibe – und die Unbekannte. Verwahrlost, ohne Zweifel lange an einem dunklen Ort gefangen gehalten worden, an einem Ort, der für sie nichts als Böses und Verzweiflung bereitgehalten hatte.

Komm zurück, dachte er. *Stirb nicht. Du musst mir so viele Fragen beantworten.* Er knöpfte den dunklen Kaschmirmantel zu und richtete gedankenverloren den Kragen. Seine Rechte umschloss das winzige Etwas, das die Unbekannte in der Hand gehalten hatte – wie einen Schatz, den sie um nichts in der Welt hatte hergeben wollen. Bemerkt hatte es eine Krankenschwester, die der Unbekannten Blätter aus den Haaren gezupft und den Schmutz von den Wangen gewaschen hatte – und Parkov hatte sie eindringlich und überzeugend gebeten, niemandem davon zu erzählen, und von ihr sofort die Herausgabe dieses winzigen Etwas verlangt.

Weil es etwas Persönliches ist. Eine Erinnerung. Bei Gott, wo gerate ich nur hinein? Er nickte dem Polizeibeamten zu, der nahe bei der Zugangstür saß und den Korridor wachsam im Auge behielt. Ehe er sich abwandte, entschlossen, mit den Ärzten zu sprechen, warf Parkov einen Blick auf sein Smartphone und die Aufnahmen des Kriminaltechnikers, die in der Unterführung, wo man sie aufgegriffen hatte, entstanden waren: Die Unbekannte war in einem zerrissenen gelben Sommerkleid gefunden worden, dünner Stoff, der ihre Haut preisgab – und das, was auf ihrem Rücken geschrieben stand: *Denk an deine Sünden.* Und an der schmutzigen Wand der Unterführung, mit ihrem eigenen Blut geschrieben, die Zahlen *1 5 18 29 47 60.*

Parkov war es, als wäre das für ihn bestimmt. Als hätte es all die Jahre auf ihn gewartet.

Auf ihn allein.

2.

Ein altes Rattenmännchen hockte zwischen den Kisten, hob den Kopf in die Luft und schnupperte. Sein Fell war struppig, ein Auge blind, der Körper von Narben aus zahllosen Kämpfen gezeichnet. Ein Duft hatte es hereingelockt, der einer der Kisten entströmte, doch als sich die Tür in seiner Nähe öffnete und der Geruch von Menschen hereinwehte, floh es ins Dunkel und hinterließ winzige Spuren auf dem staubigen Betonboden.

Der Raum lag tief in den Schatten, die das Licht, das aus nackten Glühlampen fiel, kaum zu durchdringen vermochte. Jenseits der Stahlbetonwände, wo Kisten bis unter die Decke gestapelt waren, legte sich die Nacht über die Stadt. Die Begleiter, die die Männer mitgebracht hatten, drehten auf dem Hinterhof stumm ihre Runden. Im Regen, der sie bis auf die Haut durchnässte, musterten sie einander misstrauisch, ja unverhohlen feindselig.

»Ein Rattenloch.« Der große, aalglatte Mann, den die anderen als den *Koch* kannten, betrachtete die tief hängende, mit Heraklithplatten verkleidete Decke, den schmutzigen Boden und die gestapelten Kisten, auf denen Schimmel wucherte. »Niemand weiß von diesem Ort, Andrej?«

»Niemand.« Der andere – Andrej Branković, den man den Serben nannte – nahm eine Zigarettenschachtel aus dem

Anzugjackett, schüttelte eine Zigarette heraus und zündete sie an. Während er den dünnen bläulichen Nebel aus den Nasenlöchern blies, leuchtete die Glut wie ein kleines rotes Auge in den Schatten. »Ja, es ist ein Rattenloch. Wie passend, dass ich hier nur Ratten um mich sehe«, erwiderte er und rieb die Narbe, die sich vom Mund zum Auge über sein Gesicht zog. Durch die Stahlbetondecke drangen gedämpft die Geräusche aus dem darüberliegenden Restaurant und der Küche herab – aber niemand von denen, die oben saßen und arbeiteten, wusste von der zweiten Ebene darunter, und wenn sie eine Ahnung hatten, was hier vor sich ging, oder mehr noch, *wer* sich hier traf, so behielten sie ihre Gedanken lieber für sich.

»Ich bin hier«, sagte ein dritter Mann mit geschmeidigem Bariton und arabischem Akzent, »weil man mir eine Einladung überbrachte. Und dennoch«, er machte eine Geste in die Runde, »ist das Erste, was ich höre, eine Beleidigung.«

»Nicht einmal alle sind gekommen.« Das war der vierte der Männer. Er war der Kleinste von ihnen, trug eine schmale Brille, die seine asiatischen Züge unterstützte, und flüsterte: »Er ist nicht hier.«

»Weil es Umstände gibt, die sein Erscheinen aufhalten«, erwiderte Branković. »Aber er hat mir versichert, dass das Problem bald aus der Welt geschafft ist.«

»Du hast uns einen neuen Markt angekündigt«, sagte der Araber. »Einen lukrativen. Wir haben großen Hunger … du hast uns versprochen, ihn zu stillen.«

»Das habe ich. Euch allen. Ihr wisst, ich äußere meine Versprechungen nicht leichtfertig.«

»Nicht leichtfertig?« Ein gerolltes r, das bedrohlich klang. »All das hier, nur auf das Wort eines …«, eine wegwerfende Geste folgte, »Verrückten. Wer sagt mir, dass wir ihm überhaupt trauen können? Wer sagt uns, dass er es nicht gegen uns selbst verwendet?«

Branković gab ein Zeichen, worauf einer seiner Leibwächter aus dem Dunkel bei den Türen hervortrat und ihm einen Koffer reichte. »Er hält sein Wort. Halten wir unseres, Gentlemen.«

Der Araber beugte sich vor. Seine Augen fixierten den Koffer. »Du hast es hier?«

Der Slawe nickte. Ein überlegenes Lächeln huschte über sein Gesicht. »Eine vollsynthetisierte Probe der ersten Generation. Denken Sie an etwas, das Sie stärker macht, schneller, leistungsfähiger, Ihre Intelligenz beflügelt und den Geist befreit … und stellen Sie sich vor, dass die Substanz keine Nebenwirkungen hat – solange Sie sie regelmäßig konsumieren. Meine Herren, Sie wissen, was das bedeutet?«

»Gute Geschäfte.« Der italienische Akzent des Kochs war nicht zu überhören.

»Gute Geschäfte?«, wiederholte Branković mit einem Stirnrunzeln, ehe ein schmales, überlegenes Lächeln auf seine blassen Lippen trat. »Nein. Die besten. Wir werden Käuferschichten erreichen, die uns bislang verschlossen waren.«

»Und ich glaube es erst, wenn ich es mit eigenen Augen gesehen habe.«

»Das dachte ich mir. Darum haben wir eine Demonstration vorbereitet.« Wieder hob er die Hand und gab ein Zeichen. Durch das Kellergeschoss hallten Schritte, als einer der Leibwächter im Nebenraum verschwand. »Die Dosierung ist entscheidend, mehr noch die Chemie, die präzise Synthese der Verbindungen. Er stellt seinen Teil der Vereinbarung sicher – und wir den unseren.«

»Wie kann er das tun, wenn er doch …?«

»Eingesperrt ist?« Branković strich den anthrazitfarbenen Anzug glatt und lächelte sein schmallippiges Lächeln. »Mauern können ihn nicht aufhalten, das hat er bewiesen.«

»Die erste Generation«, wiederholte der Koch leise. »Was ist mit der zweiten? Ich habe von Geschichten gehört, von Gerüchten …«

»Davon sprechen wir nicht. Nicht hier, nicht jetzt.«

»Und was ist mit dem Problem? Unserem gemeinsamen Problem? Was unternehmen wir wegen ihm?«

»Parkov?« Das Lächeln wurde breiter. Branković legte den Koffer auf eine Kiste, ließ die Schlösser aufschnappen und öffnete den Deckel. »Er ist Teil der Vereinbarung mit unserem gemeinsamen Freund. Er scheint geradezu fasziniert von ihm. Der Professor schafft uns Parkov vom Hals – es war ihm wichtig, es eigenhändig zu tun. Also habt etwas Geduld. Parkov wird kein Problem mehr darstellen.«

»Aber …«

In diesem Moment ging ein Poltern durch den Korridor, durch den sie alle gekommen waren. Einer der Leibwächter an der massiven Stahltür griff nach seiner Pistole und richtete sie auf den Durchgang. Die Männer am Tisch wechselten einen beunruhigten Blick. »Wer weiß von diesem Treffen?«

»Niemand von uns hat was gesagt«, sagte Branković. »Niemand würde …«

Die Tür wurde aufgestoßen. Ein seltsamer Geruch wehte herein, eine Mischung aus feuchter, modriger Erde und etwas anderem, das die Anwesenden nicht sofort zuordnen konnten, süßlich, abstoßend, das jedem von ihnen die Haare zu Berge stehen ließ. Die Dunkelheit gab die Silhouette eines Fremden frei, der eine Spieluhr in der Linken hielt, die eine leise, repetitive Melodie spielte. Der Deckel stand offen, eine kleine Ballerina drehte sich langsam im Kreis. Das Licht der Glühlampen fiel auf ein breites Lächeln, als der Fremde seine Spieluhr auf eine Kiste in der Nähe stellte.

»Kein Schritt«, sagte Branković. »Oder du hast so viele Kugeln in deinem Grinsen, dass du nicht mehr nach deiner Mama schreien kannst.«

»Wer bist du?«, fragte der Koch. »Wie hast du hergefunden?«

Noch immer spielte die Spieluhr ihr schauriges Lied. »Das war leicht: Ich habe überall in der Stadt nachgefragt, wo heute das Schwanzlutschertreffen stattfindet.« Ein Lachen, gedehnt und unnatürlich. »Was ist los mit euch? Habt ihr den Mut verloren? Ihr versteckt euch …« Der Leibwächter auf der linken Seite der Tür machte einen Schritt nach vorn und bohrte den Lauf seiner Pistole in die Brust des Fremden. »Gib mir einen Grund, du Spinner!«

»Aber sofort.« Die Hand des Schattens schoss vor, packte die Waffe – niemand von den Anwesenden vermochte zu sagen, wie das möglich war, so schnell war die Bewegung, doch mit einem Mal lag die Pistole in der Hand des Eindringlings, der den Leibwächter zu sich heranzerrte und ihm von der Seite in den Kopf schoss. Feiner Blutnebel legte sich über die Wände. Der Koch fluchte.

»Nein, nein«, sagte der Fremde und hob seine Linke, in der er ein kleines blinkendes Gerät hielt. »Ein Fernauslöser. In den Kisten hinter euch befinden sich jede Menge explosiver Überraschungen. Meine Freunde, wollt ihr gleich in die Luft gehen?«

Branković erstarrte mitten in der Bewegung, die Hand, mit der er in sein Jackett greifen und die kleine Walther hervorziehen wollte, stoppte abrupt in der Luft. »Also gut«, rief er mit einer Stimme, die schon viele Situationen entschärft hatte, die leicht für alle Beteiligten mit dem Tod hätten enden können. »Keiner von euch schießt!« Niemand rührte sich mehr. »Was willst du?«

»Ich hörte, wie von neuen Geschäften gesprochen wird. Ich will euren Markt etwas auffrischen. Wisst ihr, man hat euch reingelegt. Dieses Zeug da«, er deutete auf den Koffer, »ist nicht das, wofür ihr es haltet. Verteilt es an eure Dealer, seht zu, was geschieht, aber glaubt mir, es gibt etwas viel Besseres.«

Der Koch warf Andrej Branković einen knappen Blick zu. »Was willst du?«

»Nicht euer Geld. Ich will ihn.« Nun trat der Mann vor und Licht fiel auf sein Gesicht. »Ich will euren Feind für mich. Ihn und … den *anderen*. Und ich brauche einige Leute, die mir helfen, etwas zu transportieren. Das ist alles.«

»Das ist alles?«, wiederholte der Koch. »Bitte, du kannst ihn haben.«

»Also haben wir eine Vereinbarung?«

»Ich mache keine Geschäfte mit Spinnern«, sagte der Araber. »Nicht mit dem einen und schon gar nicht mit dir. Es war ein Fehler herzukommen.« Er nickte seinem Leibwächter zu, der schweigend im Dunkel an der rückwärtigen Wand gewartet hatte, und gab ihm einen knappen Befehl auf Arabisch.

»Mutig, mein orientalischer Freund«, erwiderte der Fremde.

»Ich fürchte den Tod nicht.«

»Gut.« Mit einem breiten Lächeln wandte er sich dem Leibwächter zu. »Würdest du bitte?«

Der Araber fuhr gerade noch rechtzeitig herum, um zu sehen, wie ihm sein eigener Leibwächter ein Springmesser in den Nacken trieb. Mit einem Zucken knickten seine Beine unter ihm weg, er schlug mit der Stirn auf die Tischplatte und fiel mit einem Poltern auf den schmutzigen Boden. »Danke«, sagte der Fremde. »Möchte noch jemand aussteigen?«

»Wer bist du?« Branković starrte auf die beiden Toten, dann ins Gesicht des Fremden, der sich mit dem Handrücken über den Mund wischte.

Das Lächeln wurde breiter. »Ich bin die Abrechnung.«

»Was bedeutet das?« Der Koch warf den verbliebenen Männern einen entgeisterten Blick zu, doch war von ihnen keine Hilfe oder Antwort zu erwarten. »Die Abrechnung für wen?«

Der Fremde legte den Kopf schief, als müsste er über ein höchst komplexes Problem nachdenken. »Denkt über mein Angebot nach.« Er wandte sich ab, nahm die Spieluhr von der Kiste und klappte sie zu. »Ich … melde mich wieder.« Die schaurige, monotone Melodie verstummte, als er durch den Korridor verschwand.

Kaum war er fort, sprangen die verbliebenen Männer auf. Branković trat zu einer der Kisten und hob den Deckel an. Sie war bis unter den Rand mit buntem Papierkonfetti gefüllt – darunter lagen Semtex-Pakete, Plastiksprengstoff, fein säuberlich nebeneinandergestapelt. Andrej Branković lachte anerkennend. Dann folgte er den anderen hinaus.

Als alles wieder still war, wagte sich die Ratte aus dem Dunkel in den Raum hinein und trank aus der Blutlache, die sich unter einem der Toten gesammelt hatte.

3.

Sie trafen sich in Wiesbaden in einem abhörsicheren Raum des Landeskriminalamts Hessen – Polizisten des Landes, Angehörige des BKA, des Bundesnachrichtendiensts, des Innen- und Justizministeriums und des Verfassungsschutzes. Auf einer Videoleinwand hinter ihnen war ein hagerer Mann zu sehen: Er trug das schmutzig blonde Haar schulterlang, von Zeit zu Zeit strich er es sich hinter die Ohren zurück, mit einer Geste, die beiläufig wirken sollte; auf seinen Lippen lag ein beständiges Lächeln, als wüsste er von amüsanten Geheimnissen, die er niemandem preisgeben wollte, in seinen grünen Augen ein Glanz von Kälte und Wahn.

Ein Schatten fiel auf den Tisch. »Wie lautet Ihr Name?«, fragte der Vernehmungsbeamte.

»James Doe.«

»Und jetzt noch mal den richtigen.«

»Aber das *ist* er doch.«

»Wir haben einen Pass gefunden. Der dort aufgeführte Name lautet Mads Argo.«

»Habt ihr das? Dann wird er wohl genügen.«

Just in dem Augenblick, als der Gefangene in die Kamera blickte, wurde das Video angehalten. Die smaragdgrünen Augen des Mannes schienen jeden der Anwesenden gleichzeitig zu mustern. »Das ist er?«, fragte eine hochgewachsene Blondine im Hosenanzug. Viktoria Brandt, die Vertreterin des Innenministeriums, wandte sich dem BKA-Präsidenten Silberbach zu, der neben der Videoleinwand stand. »Er wirkt so … unscheinbar.«

»Kein Zweifel«, erwiderte Silberbach. »Wissen Sie, das Erste, was er verlangt hat, war, sich die Haare färben zu dürfen. Daher dieses seltsame, ähm, Blond.«

»Verantwortlich für«, Brandt warf einen Blick in ihre Unterlagen, »mindestens elf Tote in den vergangenen Wochen. Bei dem für morgen erwarteten Urteil wird man ihn entweder zu lebenslanger Haft verurteilen oder als nicht zurechnungsfähig in dauerhafte Verwahrung einweisen.«

»Das ist korrekt. Lassen Sie sich nicht von seinem Äußeren täuschen: Der Mann ist extrem gefährlich. Vor zwei Tagen attackierte er beim Hofgang einen Wachmann mit einer improvisierten Klinge. Der Beamte musste notoperiert werden und liegt noch immer im Koma.«

»Das ist … sehr bedauerlich.« Brandt blinzelte. »Seine Kindheit verbrachte er in einem Waisenhaus nahe Kopenhagen, später schlug er sich mit Gelegenheitsjobs durch, so seine Geschichte, die er in stundenlangen Vernehmungen erzählt hat, doch konnte nichts davon verifiziert werden. Ein Intelligenztest, den man in der U-Haft mit ihm durchgeführt hatte, ergab einen IQ von über einhundertsiebzig. Mads Argo – der Professor – zeigt sadistisch-psychopathische Charakterzüge, und nachdem sie sich nach seiner Verhaftung mit ihm befasst hatten, bestätigten die Psychiater die Zweifel an der geistigen Gesundheit sowie der Einsichts- und Schuldfähigkeit des Angeklagten. Das ist die Sicht zweier Ärzte, abweichend davon existiert die Analyse eines dritten, der von einem hochgradig manipulativen Geist spricht, wie er ihn noch nie zuvor zu Gesicht bekam. Er hält ihn für schuldfähig.« Sie räusperte sich.

»Und der Name? Wochen der Nachforschung haben nichts ergeben, wir kennen seine wahre Identität nicht. Er nannte sich … Professor. Weshalb ausgerechnet so?«

»Auf Nachfragen, wieso er diesen Titel wählte, erhielten wir keine sinnvollen Antworten. Davon abgesehen kennen wir nur dieses Pseudonym, James Doe, das er sich selbst gegeben hat, mit hoher Wahrscheinlichkeit eine Anspielung auf *John Doe* – der im englischen Sprachgebrauch übliche Ersatzname für eine männliche, nicht identifizierte Person –, außerdem den Namen in diesem vermutlich gefälschten Personalausweis, Mads Argo, und dann noch den anderen, den er früher verwendet hat, als er mit den Kollegen zum ersten Mal sprach. Als noch niemand wusste, mit wem wir es zu tun haben.«

Wieder ein Blick in die Unterlagen. »Für seine Festnahme verantwortlich war Daniel Parkov, achtunddreißig, Angehöriger der Abteilung für schwere Serienkriminalität beim BKA, eine Abteilung, die er selbst ins Leben gerufen hat, um Fälle zu untersuchen und all das zu tun, was ihm gerade so in den Kram passt. Zweiter Sohn von Ariadne Wallstein und Tristan Parkov, einem russischen Einwanderer. Die Söhne sind Erben und Miteigentümer des milliardenschweren Firmenkonzerns Parkov Industries.«

»Wieder korrekt.« Silberbach verschränkte die Arme. »Frau Brandt, bei Ihnen klingt das so, als wäre Parkov unzuverlässig. Ich versichere Ihnen allen, das ist er nicht. Seine Aufklärungsquote liegt bei über fünfundneunzig …«

»Parkov wurde suspendiert. Die Suspendierung wurde nach vierundzwanzig Stunden wieder aufgehoben.«

»Es gab besondere Umstände.«

»Ein Mensch ist gestorben, weil Parkov ihn verhört hat.«

»Wir würden eher von *Befragung* sprechen«, korrigierte Silberbach. »Außerdem konnte kein kausaler Zusammenhang zwischen beiden Ereignissen festgestellt werden. Parkov wurde entlastet. Tymon Sorg starb an Altersschwäche, an den Entbehrungen seiner Gefangenschaft.«

»Das war nicht der erste Vorfall dieser Art, wenn ich mich nicht irre. Parkov verließ das BKA vor Jahren für einige Zeit, weil man ihm vorwarf, er hätte sich an einem Mörder gerächt, der sich Vogelfänger nannte. Er hätte ihn in der Untersuchungshaft getötet. Der Vogelfänger hatte Parkovs Frau Suzann Mirandier ermordet.«

»Parkov wurde von der internen Untersuchungskommission für unbeteiligt befunden«, entgegnete Silberbach.

»Und doch gibt es einen Zeitraum von etwa zwanzig Minuten, in dem die Überwachungskameras in der JVA ausfielen – und bis heute weiß noch immer niemand, was genau geschehen ist. Mir scheint, Sie haben Parkov, wie soll ich es formulieren … Narrenfreiheit eingeräumt.«

Silberbach erwiderte nichts, doch verhärteten sich seine Gesichtszüge.

»Das ist jedenfalls nicht akzeptabel. Wir haben es hier mit jemandem zu tun, der Gesetze scheinbar frei nach seinen Vorlieben auslegt. Natürlich, er ist kein Verbrecher wie«, sie machte eine knappe Geste in Richtung Leinwand, »*dieser* Mann, und doch – welches Bild wirft es auf uns, wenn wir eine solche Person mit der Verbrechensaufklärung beauftragen? Und wieso ist er nicht hier? Ich habe ihn doch aufgefordert zu erscheinen.«

Ein Mann am anderen Ende des Besprechungstisches schnaubte leise. »Sie machen ihm keine Vorschriften, Frau Brandt. Wenn Sie Parkov hierherbeordern, dann wird er vermutlich kommen, aber umso unausstehlicher sein.«

Brandt warf abermals einen langen Blick in ihre Unterlagen. »Professor Dr. Tymon Sorg. Der Mann, den Parkov befragte und der kurz danach starb. Wissen wir, worum es in diesem Gespräch ging?«

»Das wissen wir nicht«, antwortete Silberbach. »Niemand weiß das, wir haben nur das erfahren, was Parkov uns berichtete. Seine Aussage liegt Ihnen vor.«

»Und Sie …?«

»Ich vertraue ihm – Parkov. Falls das Ihre Frage sein sollte, Frau Brandt.«

»Und was wissen wir über Tymon Sorg?«

»Sorg war lange Zeit in Afrika, in Zaire, im Kongo, er war Anthropologe und Chemiker und galt als verschollen, verschleppt von einem Stamm, den er erforschte. Er wurde heute beerdigt, im Alter von siebzig Jahren. Kinderlos, ohne Angehörige.«

Brandt drückte die Leertaste des Notebooks, das neben ihr stand, worauf die Befragung weiter abgespielt wurde. Danach schüttelte sie langsam den Kopf, ungläubig angesichts dessen, was sie zu hören bekam. Abermals unterbrach sie die Aufzeichnung. »Wie ich bereits sagte: Zwei der mit einem Gutachten beauftragten Psychiater stimmen in ihrer Einschätzung darin überein, dass man den Tatverdächtigen, den man als Mads Argo identifiziert hat, als nicht schuldfähig freisprechen wird«, sagte sie schließlich. »Ein dritter weicht von der Auffassung ab und kommt in seiner Analyse zu dem Schluss, dass er nur simuliert.«

»Davon sollten wir ausgehen«, bestätigte der BKA-Präsident. »Wir sollten *hoffen*.«

»Darf ich den versammelten Damen und Herren eine andere Aufzeichnung vorspielen?« Brandt rief eine weitere Datei auf ihrem Notebook auf. »Ich starte die Aufnahme.« Das Bild auf der Videoleinwand zeigte nun die Helmkamera des Polizisten einer Spezialeinheit. Grün eingefärbt, ein Abbild mit aktivierter Nachtsichttechnik. Aus den Lautsprechern neben der Leinwand drangen ein leises Rauschen und die Stimme des Mannes: »Ich geh jetzt runter«, sagte er und sie sahen zu, wie er eine schmale, ins Dunkel hinabreichende Holztreppe betrat. »Ich gehe jetzt …«

Das Bild fror ein. Brandt hatte abermals die Pausetaste gedrückt. »Sie alle wissen, was geschieht, Ihnen liegen die Aufzeichnungen vor und ich möchte diese entsetzlichen Bilder ungern noch mal … Darf ich Sie erinnern: Dieser SEK-Beamte ist tot, meine Damen und Herren. Er hat sich selbst mit der Waffe eines Kollegen erschossen, die er ihm entriss. Bei der Obduktion wurden Spuren einer Substanz in seinem Blut festgestellt.« Brandt deutete auf Argos Abbild. »Dieser Mann hat eine Droge entwickelt, deren chemische Zusammensetzung auf ein stark weiterentwickeltes Derivat psychotroper Substanzen hinweist. Zugleich konnten die abstrakten chemischen Verbindungen noch immer nicht vollständig analysiert werden«, fuhr sie fort. »Ein Labortechniker liegt im Koma, seit er mit einer hochkonzentrierten Dosis in Kontakt kam.« Das Bild auf der Leinwand wechselte und eine grau gefärbte pulvrige Substanz wurde eingeblendet.

»Wir nennen sie M-CotroX. Spuren der Verbindung konnten nach toxikologischer Untersuchung bei mehreren Opfern gefunden werden«, sagte Silberbach. »Sie ist, fürchte ich, nicht bloß das Hirngespinst eines Verrückten. Sie existiert, ist real und extrem gefährlich.«

Seine Worte hinterließen einige Momente ernsten Schweigens im Raum, durchbrochen nur von dem Lüftersurren des Projektors, der unter der Decke hing und wie eine nervöse eingesperrte Fliege klang.

»Wie viele«, sagte jemand zögerlich, »sind es bis heute?«

»Opfer?« Brandt hob eine Augenbraue. »Drei bekannte Fälle. Und mit diesen dreien haben wir alle Hände voll zu tun. Meine Damen, meine Herren, nach ersten Analysen der Substanz könnte einer der zentralen Wirkstoffe einer in Zentralafrika heimischen, angeblich ausgestorbenen Pflanze entstammen … können wir den Zusammenhang herstellen? Oder sehe ich als Einzige, was hier wie ein Elefant im Raum steht?«

»Und das wäre?«

»Dass wir ein Problem haben. Jemand versucht, etwas nach Europa zu importieren, etwas Gefährliches, Neues. Die Kollegen in London, Paris und Washington sind beunruhigt und wir …« Brandt schüttelte den Kopf. »Ich muss nicht darauf hinweisen, was geschähe, würde dieser Stoff seinen Weg in breite Bevölkerungsschichten finden.« Sie seufzte, sah sich ungehalten um. »Kann mir bitte jemand sagen, wo Parkov sich derzeit aufhält?« Silberbach räusperte sich. »Ich fürchte, er hatte eine andere Verpflichtung.«

»Die wichtiger ist als diese Besprechung? Jetzt, um diese Uhrzeit, am Vortag des Urteils? Was in aller Welt macht er denn?« Der BKA-Präsident sah von seinem Smartphone auf. »Er beschäftigt sich mit einer Sache von höchster Dringlichkeit, sagt er. Wir haben einen neuen Vorfall.«

4.

Dienstag, 25. Oktober

Die Albträume, in denen sie durch einen schwülen tropischen Wald vor einem Verfolger floh, während in den Baumkronen seltsame Tiere fremdartige Laute ausstießen und sie die feuchte, warme Erde unter ihren nackten Fußsohlen spürte, weckten Marie zweimal – beim dritten Mal war es ihre fünfjährige Tochter Lucie, die zu ihr unter die Decke schlüpfte, sich an sie kuschelte, und dann war es die Wärme und Zuneigung, die sie sich gegenseitig spendeten, die sie wieder einschlafen ließ, und so war die Nacht viel zu schnell vorbei. Das Läuten ihres Handyweckers spülte Adrenalin und Nervosität zurück in ihren Körper.

Gleichgültig, was geschah – ob man ihn verurteilte oder freisprach und dennoch in eine Anstalt einwies –, jetzt war es vorüber.

Während Marie für Lucie und sich selbst Tee kochte, dachte sie daran, dass dies der Tag sein würde, an dem sie diesem Bösen in Menschengestalt zum letzten Mal gegenüberstehen musste. Sie wechselte vom T-Shirt zu etwas Teurerem, Schickerem, schlüpfte hinein wie eine Soldatin in ihren Kampfanzug. Es war nichts anderes als eine Schlacht, in die sie zog, als wäre ihr Make-up ihre Kriegsbemalung. Sie musterte sich selbst im Spiegel.

Du siehst gut genug aus, um einem Verbrecher gegenüberzutreten. Und du wirst Eindruck machen – ihnen zeigen, dass du dich nicht beugst, nicht mal vor einer grausamen Erinnerung.

Ihre Schwester holte Lucie ab – dann brach Marie auf. Das Landgericht war wie ein Magnet, der sie anzog. Silhouetten vor den Fenstern ihres Wagens. Licht. Farben. *Bist du wirklich darauf vorbereitet? Gleich, was geschieht?*

Nein. Niemand ist das.

Dann war sie da.

Marie schüttelte Hände. Sie blickte in Gesichter, die sie anlächelten, aufmunternd wirken sollten. »Gut, dass du das machst«, hörte sie. »Wirklich stark von dir.« Sie spürte, wie man ihr auf die Schultern klopfte, sie zu ihrem Mut beglückwünschte. Kollegen waren da, manche, die sie kaum mehr als ein einziges Mal auf einem Flur gesehen hatte, andere, die sie gut kannte. Viele wollten es sehen. Einige verachteten sie, schüttelten den Kopf und sagten kein Wort, als sie an ihnen vorüberging.

Es gehört kein Mut dazu, ihm noch einmal gegenüberzutreten. Nur der Wunsch, endlich damit abschließen zu können. Und zugleich war es ihr, als hörte sie eine leise, begeisterte Stimme, die im Dunkeln ohne Unterlass wisperte: *Es ist niemals genug.* Seine Stimme.

Sie trat durch die Sicherheitsschleuse, den Metalldetektor, wartete, bis der Sicherheitsbeamte am Durchgang ihr ihre Handtasche reichte, und sah sich um. Wenn die Presse hier war, hatte sie wohl nicht damit gerechnet, dass sie erst so spät erscheinen würde. Das war gut. Nervös genug war sie auch ohne Fragen und Blitzlichter, die sie blenden wollten.

Ihre Schritte hallten über den harten Linoleumboden. Sie trug ihre Haare offen, sodass sie ihr auf den Rücken fielen, hatte einen marineblauen Hosenanzug gewählt und mit Schuhen mit hohen Absätzen kombiniert. Nicht zu aufwendig, aber elegant. Alle sollten sehen, dass sie sich nicht unterkriegen ließ.

Ihre Kollegin Isabelle Odinsdottir wartete auf sie bei den Sitzgruppen im langen Flur, der zum Gerichtssaal führte, in dem man gegen Argo verhandelte. Jörg Bodenfeld war bei ihr, sie unterhielt sich leise mit ihm, doch als Marie näher kam, drehten sich beide zu ihr um. Isabelles langes strohblondes Haar lag auf ihren Schultern, sie trug einen Rock, der ihre schlanke, hochgewachsene Gestalt betonte, und Bodenfeld …

»Ich glaube, das ist das erste Mal, dass ich dich in einem Anzug sehe«, sagte Marie. Jörg Bodenfeld, ihr Kollege im Team der Mordkommission 1, den sie in ihr Herz geschlossen hatte, der sie beschützte wie ein älterer Bruder seine Schwester. Herzlich zu allen, die er mochte, unnachgiebig gegenüber allen, denen er im Vernehmungsraum gegenüberstand, ein liebevoller Vater für seine kaum ein Jahr alte Tochter Valerie und eine imposante, Furcht einflößende Erscheinung, wenn es nötig war.

»Hallo, Marie.« Sie umarmte Isabelle, die ihr über den Rücken strich, dann Jörg. »Selber hallo.«

»Ich kann spüren, das wird ein guter Tag – also ganz wie üblich«, sagte Isabelle mit einem Hauch Ironie. Marie war ihr dankbar, dass sie überhaupt etwas sagte, um die Stille zu durchbrechen. »Nur dass das hier nicht üblich ist«, erwiderte sie.

»Wir sitzen ganz hinten bei den Zuschauern«, sagte Isabelle fröhlich. »Komm schon, du schaffst das.«

Marie blickte zu der Tür hinüber, die zum Gerichtssaal des Schwurgerichts führte und ihren Blick auf sich zog. Ihr war, als verkrampfte sich ihr Magen, je länger sie hinübersah, als wäre dieser Eingang ein Tor zu einem unbekannten Ort, dem sie nicht entfliehen konnte.

»Was denkst du? Ist er, ich weiß nicht, drauf wie immer? Selbst heute, vor dem Urteil?«

»Ist er. Sein Anwalt ist ziemlich schlecht gelaunt deswegen … Jan van der Meer hat sich mit dieser Verteidigung keinen Gefallen getan, das begreift er allmählich«, sagte Marie.

»Wenn Hertzfelder anders entscheidet …«

Ihre Kollegin fasste sie bei den Schultern und sah ihr in die Augen. »Keine Ahnung, wie Argo an einen Strafverteidiger wie ihn kommt, aber auch ein van der Meer kann hier keine Wunder bewirken. Und der Richter? Du weißt, dass er Polizeizeugen gerne kritisch beurteilt, aber in diesem Fall, da gibt es wenig Zweifel. Mach dir keine Sorgen.«

Marie dachte an ihre eigene Zeugenaussage. »Wie hast du van der Meer genannt? Du meintest, er ist einer von denen, die das Messer hinter freundlichen Worten und einem Lächeln verstecken?«

»Das ist poetisch, Marie. Hätte eigentlich von Parkov stammen müssen. Wahrscheinlich färbt er auf dich ab.« Isabelle sah sie mit einem strahlenden, warmherzigen Lächeln an. »Er ist einer von dieser Sorte. Niederländer und Strafverteidiger für die besonderen Fälle.«

Marie schloss die Augen. »Ich will nur, dass es vorüber ist.«

»Wenn ich könnte, würde ich dir diese Sache ersparen«, sagte Isabelle, griff nach ihrer Hand und drückte sie. »Wo ist er eigentlich? Daniel?«

»Ich weiß es nicht, Isa.«

»Hat er gesagt, er würde …?«

»Ja. Er wollte es sich ansehen. Persönlich.«

»Wie komisch.« Isabelle schaute sich wieder um, spähte den Gang hinab, als erwarte sie, dass er plötzlich auftauchte. »Wir sollten jetzt langsam mal da rein. Es geht gleich weiter.«

»Ja. Ist gut.« Ihre Worte, so mechanisch. Marie war es, als verschlösse etwas ihre Kehle, als wäre ihr Hals mit einem Mal staubtrocken. Isabelle betrat vor ihr den Sitzungssaal. Marie sah sich noch einmal im Flur um: von Parkov keine Spur.

Schließlich straffte sie sich und betrat den Gerichtssaal. Wenn es eine Schlacht gab, die den Krieg entscheiden würde, dann war es diese. Und heute würde sie enden.

5.

Seine Augen, grün und durchdringend wie in jener Nacht, als er ihr gegenübergestanden hatte: Der Mann, der sich nun Mads Argo nannte – der selbst ernannte Professor –, blickte im selben Moment auf, als man ihn durch die Tür hereinführte. Er trug einen hellblauen Anzug, der teuer wirkte, ein Einstecktuch, aber keine Krawatte zum weißen Hemd. Auf seinem Gesicht das grausame, wissende Lächeln eines menschlichen Raubtiers.

Sie spürte seine Präsenz auf der Anklagebank, am Rand ihres Gesichtsfelds. Dann blickte sie zum Richter hoch, der mit seinen Kollegen und den beiden Schöffen zwischen Verteidigung und Anklage saß: Dr. Thorsten Hertzfelder, Vorsitzender Richter der Großen Strafkammer des Landgerichts. Der Mann war Ende fünfzig, sein Haar in Geheimratsecken über den Kopf zurückgewichen, er hatte einen schmallippigen Mund, der von Falten umgeben war, die ihn bissig wirken ließen wie eine Bulldogge. Der richtige Mann für diesen Prozess.

Der Strafverteidiger Jan van der Meer hielt sein Schlussplädoyer, doch wie aus seiner angesäuerten Miene zu lesen war, bedauerte er mittlerweile wohl, diese Aufgabe übernommen zu haben.

Es gibt nur Verlierer bei dieser Sache, dachte sie. *Die Toten, all das Leid. Und am Ende – wieso all das? Auf die Frage wird ohnehin niemand eine Antwort erhalten.*

»Wie können wir einen Mann«, sagte van der Meer gerade, »von dem wir noch nicht einmal den wahren Namen kennen, der so verwirrt ist, dass sogar er selbst ihn vergessen hat, als zurechnungsfähig verurteilen? Wie können wir ein Phantom, einen kranken Menschen an einen anderen Ort schicken als in eine psychiatrische Heilanstalt, in der er vor sich selbst geschützt und behandelt wird? Die Verteidigung bittet darum, dies zu berücksichtigen, und beantragt ein möglichst mildes Urteil mit anschließender Unterbringung im Maßregelvollzug.«

Marie beugte sich zu Isabelle hinüber. »Ich muss grad daran denken, wie er mich zu Parkov befragt hat.«

»Wieso?«

»Es war seltsam, fandest du nicht? Als … ich weiß nicht, als hätten sie noch was in der Hinterhand.« Marie schüttelte die Erinnerung ab. »Er hat versucht, ihn als unglaubwürdig darzustellen.«

Isabelle nickte nachdenklich und warf van der Meer, der in der Nähe seines Mandanten stand, einen Blick zu – daneben die Polizisten der Spezialeinheit, stumm, maskiert und regungslos, die Argo bewachten. »Ich bin mir nicht sicher, ob er überhaupt wusste, was er da übernimmt und mit wem …«

»Mit wem er sich einlässt?«

»Ja.«

Dr. Hertzfelder sagte gerade etwas – Applaus kam auf. Van der Meer warf Argo einen langen Blick zu, ehe er dem Gericht mitteilte, dass sein Mandant sich doch noch äußern wolle. »Ich kann diesen Sinneswandel kaum erklären, aber zuallererst liegt ihm sehr viel daran, Ihnen allen etwas mitzuteilen. Eine, äh, Entschuldigung. Das letzte Wort des Angeklagten vor dem Urteil«, van der Meer sah zu Hertzfelder auf, »wenngleich ich mir sicher bin, dass die Worte nicht viel an der Entscheidung des Gerichts ändern werden.«

Hertzfelder hob die Hand, als im Saal ein Wispern einsetzte, und erklärte, dass die Sitzung für wenige Minuten unterbrochen würde. Marie sah in die smaragdgrünen Augen des Mörders. Seine Miene war unlesbar, eine Maske, der geschwungene Mund und die hohen Wangenknochen, die ihm ein seltsam attraktives, aber fremdartiges wie in Wachs gegossenes Erscheinungsbild verliehen – nur die Augen verrieten mehr. Und Marie war in diesem Augenblick überzeugt, dass es nichts Gutes war, was er geplant hatte. In seinen Augen stand ein dunkler, glühender Zorn, der schon lange schwelte.

Marie überkam ein Schwindelgefühl, eine Woge undefinierbaren Grauens. Sie schloss die Augen. Der starrende, wahnsinnige Blick ihres alten Angreifers suchte sie heim, wie häufig in der Nacht, wenn sie schlief – und wenn es nicht er selbst war, dann träumte sie von diesem Gerichtssaal und dieser Verhandlung. Aber abfinden würde sie sich damit nicht. »Entschuldigt mich bitte einen Augenblick«, sagte sie zu ihren Freunden.

Draußen holte sie tief Luft, verharrte einige Momente in der Stille des Korridors. Halb erwartete sie, dort einem Kommando Bewaffneter zu begegnen, die der Professor beauftragt hatte – Männer, die ihn in einer spektakulären Aktion aus dem Saal befreien würden –, doch der Korridor war mit Ausnahme einer alten Frau und einem Rollstuhlfahrer leer.

Was immer er zu sagen hat, er kann dich damit nicht weiter verletzen. Vergiss das nicht.

Marie bemerkte, wie ihr jemand auf die Schulter tippte. Als sie sich aus ihren Gedanken gerissen umsah, stand ihr Franz Leland gegenüber, ihr ehemaliger Chef bei der Mordkommission. *Dünn ist er geworden*, dachte sie, *und das so schnell, weil die Krankheit an ihm zehrt. Der Mann, der immer für dich da gewesen ist, wenn es galt, dein Team abzuschirmen, dich zu beschützen.* Er war an Bauchspeicheldrüsenkrebs erkrankt und hatte vielleicht nur noch einige Monate zu leben. Sie umarmte ihn sanft. Er fühlte sich schwach an, viel zu leicht, aber irgendwo darunter war wohl noch etwas geblieben von der Kraft, die ihn auch jetzt hierhergeführt hatte.

»Franz«, sagte sie leise. »Es ist schon verrückt genug, dass ich mir selbst dieses Schauspiel ansehe. Du brauchst doch nicht herzukommen.«

Er schüttelte den Kopf, als könnte er selbst nicht glauben, was ihn hierhergeführt hatte. »Aber natürlich muss ich das. Marie, du wirkst … älter, als ich dich in Erinnerung hatte.«

Sie lachte traurig. Wochen war es her, dass sie ihn das letzte Mal gesehen hatte – kurz nachdem sie Gorad verhaftet hatten, war das gewesen –, nun wirkte Leland um Jahre gealtert.

»Du auch.« Marie spürte, wie sich unvermittelt Tränen in ihre Augen schlichen, Tränen, die sie dort nicht haben wollte, nicht jetzt – sie wollte stärker sein als dieser Wahnsinn, den Argo verbreitete, und stärker als diese Krankheit.

Lucie hatte ihre Leukämie überwunden, aber Lucie war jung, tapfer – und Leland … Sie fürchtete, dass in seinem Fall der Kampf anders enden würde. »Älter«, betonte sie, »aber immer noch stark genug, um mir das Leben zu retten. Ich werde nicht vergessen, was ihr für mich getan habt.«

»Das war doch nichts …«

»Doch. Das war *alles*.«

Wenige Minuten später rief man alle zurück in den Saal.

»Ist die Äußerung mit Ihrem Anwalt abgestimmt worden?«, wollte Dr. Hertzfelder wissen. »Hat er sich das auch gut überlegt?« Marie sah, wie der Strafverteidiger nickte.

»Das hat er«, bestätigte van der Meer, doch aus irgendeinem Grund wirkte er nicht besonders froh dabei.

»Dann bitte. Wir hören.« Im Gegensatz zum Rest des ganzen Saales, jedem einzelnen Zuschauer, den Pressevertretern, die eifrig mitschrieben, schien Hertzfelder nicht aufs Äußerste gespannt darauf, was sie nun zu hören bekamen – er blieb zurückhaltend, professionell und musterte Argo mit kühlem Blick.

Argo sprach. Marie erkannte die Stimme. »Ich hätte«, sagte er leise, als hätte er seine Stimme seit Ewigkeiten nicht mehr benutzt, »etwas zu sagen. Eine … hm … Kleinigkeit.«

»Wir alle hören Ihnen zu«, sagte der Richter, »aber ich warne Sie; wenn das ein Versuch ist, weitere Unruhe zu stiften, dann …«

»Sie alle halten mich für gefährlich«, sagte der Professor mit gestellt hoher Stimme, und Marie war es, als zuckten seine Augen dabei zu ihr herüber, »aber ich versichere Ihnen …«, er unterbrach sich immer wieder mit ungeschickt platzierten Pausen, »Sie haben recht. Alle, die ihr hier sitzt: Ich warte auf euch! Nachts, wenn ihr nicht damit rechnet, werde ich unter euren Betten liegen!« Argo sackte nach vorn, sein Kopf schlug auf den Tisch. Als er sich wieder aufrappelte, starrte er auf seine Hände. »Sehen Sie?« Seine Stimme klang völlig anders als zuvor. »Ich … ich weiß nicht … was ich gerade gesagt habe! Was war das? Habe ich … O Gott, das tut mir leid!«

Die Stille im Saal war greifbar, die Luft glich einem Stück Eis, wie ein für alle Zeiten in einem Stillleben festgehaltener Augenblick. Marie glaubte erkennen zu können, wie die Augen des Professors für den Bruchteil einer Sekunde zu ihr herüberflackerten. *Er sieht dich an. Und weiß, dass du es bemerkst.*

»Bereits bei Ihrer polizeilichen Vernehmung haben Sie die Beamten bedroht. Das ist nicht neu.« Hertzfelder schüttelte den Kopf, und in diesem Augenblick war sich Marie angesichts der ablehnenden Miene des Vorsitzenden Richters sicher, dass er ihm das Märchen von der Schuldunfähigkeit nicht glauben und den selbst ernannten Professor verurteilen würde. »Und ich bin weiter überzeugt, dass Sie nur ein manipulativer Schauspieler sind, und versichere Ihnen: Damit werden Sie bei mir nicht durchkommen.«

Argo wischte sich über die Wangen. »Da draußen ist jemand mit so großer Macht, dass er auch gerichtlich beauftragte Sachverständige, die mich untersuchen und meine geistige Verfassung feststellen sollten, manipulieren kann. Er zwingt sie, eine falsche Aussage abzugeben, um mich für zurechnungsfähig zu erklären.« Marie wusste, er sprach von dem einen abweichenden Gutachter – dem Psychiater, der ihn im Gegensatz zu seinen beiden Kollegen als voll schuld- und zurechnungsfähig eingestuft hatte.

»Wer soll das getan haben?«, fragte Dr. Hertzfelder.

Argo schüttelte den Kopf und verbarg das Gesicht in den Händen. *Er weint – oder tut nur so.* »Er hat rote Augen«, sagte er dann. »Rot glühend.« Er lachte manisch. »Und ich habe begriffen, dass ich nur in den Spiegel sehe!«

»Unsinn«, sagte van der Meer nun, »er hat sich wirklich erinnert.«

Marie schloss die Augen für einen kurzen Moment. *All das folgt einem Plan, einem Manöver, das die beiden sich zurechtgelegt haben. Du weißt das.* Die Stimme des Strafverteidigers war gelassen, als hätten ihn das neuerliche Abstreiten jeglicher Vorwürfe und das Verlagern der Schuld auf einen unbekannten Dritten nicht beeindruckt.

Wieder waren leise Gesprächsfetzen im Saal zu vernehmen. Marie sah zu, wie van der Meer leicht den Kopf neigte, als Argo etwas zu ihm sagte. Sie glaubte die Schweißtropfen auf der Stirn eines der Schöffen neben dem Vorsitzenden Richter im Licht funkeln zu sehen. Hertzfelders Blick ging wieder und wieder zu Argo hinüber.

Etwas stimmt nicht. Sie spürte es mit jeder Faser ihres Körpers. *Was ist es, das er hier tut, welchem Zweck dient das Ganze? Will er verurteilt werden? Oder hat er noch etwas in der Hinterhand, das ich nicht erkenne?*

Marie hörte, wie sich die Tür zum Gerichtssaal öffnete. Ein Justizbeamter trat herein, ein Kuvert in der Hand. Der Mann legte den Umschlag direkt vor Hertzfelder auf den Tisch, trat einige Schritte zurück und blieb stehen, die blaue Schirmmütze ins Gesicht gezogen. »Bin so schnell gefahren, wie's erlaubt war«, erklärte er dumpf. »Eine wichtige Nachricht für den Vorsitzenden.«

»Sie bleiben also bei Ihrer Verteidigungsstrategie?«, fragte Hertzfelder und öffnete beiläufig das Kuvert.

»Natürlich. Mein Mandant«, sagte van der Meer, »ist unzurechnungsfähig. Wir bestehen auf Schuldunfähigkeit.«

Der Vorsitzende zog ein Blatt aus dem Kuvert und überflog es. Dann sagte er etwas, das Marie einen Schauer über den Rücken jagte. »Was … was hat das zu bedeuten?« Sein Blick ging zu dem Schöffen, der neben ihm saß, dem Mann, auf dessen Stirn Schweißtropfen standen. »Was soll das?« Dr. Hertzfelder schien wie vor den Kopf gestoßen.

»Was ist es denn?« Van der Meer machte einen Schritt nach vorn. Die Zuschauer in den ersten Reihen reckten die Hälse, um einen Blick zu erhaschen, und der zweite Richter nahm seinem Kollegen das Papier ab, warf seinerseits einen Blick darauf und runzelte die Stirn. Dann beugte er sich zu Hertzfelder hinüber und sprach leise mit ihm, doch schien der Vorsitzende einen Moment lang nicht mehr zu wissen, wo er sich gerade aufhielt.

»Die Information?«, wiederholte van der Meer drängend. »Ist sie von Belang?«

»Nun, ich … ich weiß nicht. Sagen Sie es mir.« Perplex griff Hertzfelder nach seinem Wasserglas und hob es an den Mund.

»*Nein.*« Eine Stimme, kühl, autoritär. Aus dem Nichts. Alle sahen sich um, woher der Befehl kam. »Das würde ich nicht tun«, sprach jemand erneut in die Stille hinein. Marie sah, wie sich einer der maskierten Polizisten der Spezialeinheit, die Argo bewachten, vom Angeklagten entfernte und Hertzfelder das Glas aus der Hand nahm. Dann zog er die Sturmhaube von seinem Gesicht. Ein kollektiver Laut der Überraschung hallte durch den ganzen Saal. Marie traute ihren Augen kaum: Der Mann war Parkov, der sich irgendwie unter die Polizisten der Spezialeinheit geschmuggelt hatte. *Oder*, dachte sie, als niemand der übrigen Polizisten auf diese Enthüllung reagierte, *er hat es so geplant.*

»Trinken Sie nichts von diesem Wasser, rate ich Ihnen.«

Hertzfelder war blass und starrte Parkov ins Gesicht.

»Sie haben hier nichts verloren«, sagte van der Meer kalt.

Argo hingegen grinste Parkov ins Gesicht. »Herrlich«, sagte er begeistert, »ich liebe Überraschungen.«

Der Schöffe neben Hertzfelder starrte Parkov an, als der vor ihm stehen blieb und Hertzfelder die Nachricht aus den Händen nahm. »*Gute Nacht, Herr Richter*«, las Parkov laut vor. »Erlauben Sie mir, dass ich dieses Wasser hier kurz untersuche?«

Hertzfelder schien verblüfft. »Parkov, was … was soll dieser Auftritt?«

»Ich musste einen Weg finden, um alles aus der Nähe mitzuerleben und zugleich bei Bedarf schnell eingreifen zu können. Ist niemandem aufgefallen, dass der Schöffe dort neben Ihnen«, Parkov entnahm einer Tasche seiner Montur ein kleines Proberöhrchen, »zwar sein eigenes Wasser mitbrachte, aber nicht davon trank? Ihnen, Herr Vorsitzender, hat er jedoch vor wenigen Minuten ganz beiläufig nachgeschenkt. Sie wären der Erste gewesen, der hiervon gekostet hätte.« Parkov trat behände um den Mann herum und nahm die Wasserflasche an sich.

»Was Sie behaupten, ist absurd«, sagte van der Meer, klang aber wenig überzeugt.

»Sie werden sehen, dass sich dieser Schnelltest verfärben wird, wenn wir es mit einem Gift zu tun haben.« Parkov tauchte das Wattestäbchen unter die Wasseroberfläche und näherte es dem Röhrchen in seiner anderen Hand, das mit einer klaren Flüssigkeit gefüllt war.

Marie bemerkte, dass sie Lelands Arm gepackt hatte. Ihr schien es, als hielte jeder im Zuschauerraum den Atem an.

»Bingo«, sagte Parkov dann.

6.

Ein kollektiver Laut der Überraschung ging durch den ganzen Saal, als sich die Testsubstanz verfärbte. »Zyankali«, erklärte Parkov. »Gewiss war es nicht das erste Mal, dass in einem Gerichtssaal Derartiges zur Anwendung kommen sollte.« Der Schöffe wollte aufspringen, doch Parkov reagierte sofort, packte ihn bei den Schultern und drückte ihn in seinen Stuhl zurück. »Nicht. Dafür ist es zu spät.«

Van der Meer schüttelte den Kopf. »Unfassbar«, sagte er und klang, als meinte er es auch wirklich so. »Was für ein Wahnsinn.«

»Nun, Sie haben den Wahnsinn auch zu *Ihrem* Geschäft gemacht, als Sie dieses Mandat übernahmen.« Parkov hielt das Röhrchen, das nun in einem hellen Rot schimmerte, gegen das Licht. Was immer er dachte, er ließ sich nichts anmerken, seine Miene war kühl und ausdruckslos.

»Dass jemand versucht, den Prozess zu unterbrechen«, sagte van der Meer, »indem er den Vorsitzenden Richter attackiert …«

»In diesen Tagen müssen wir auf alles vorbereitet sein«, erwiderte Parkov. »Wieso haben Sie das getan?«

Der Schöffe schien vor ihm zusammenzusinken. »Er … er hat … mich erpresst. Meine Familie …«

»Das hat er Sie glauben lassen, aber es war nicht mehr als eine geschickte Videomanipulation. Sie sind alle in Sicherheit. Ich würde behaupten«, fügte Parkov hinzu, »dass ich den Tag gerettet habe. Mein lieber Herr Vorsitzender, ich denke, Sie können jetzt fortfahren.« Er machte sich auf den Weg zur Tür, sah zu Marie hinüber und zwinkerte.

Marie musste unwillkürlich den Kopf schütteln, aber sie konnte sich ein Lächeln nicht verkneifen. Sie spürte, wie Erleichterung durch den ganzen Saal strömte. Nicht wenige applaudierten, viele lachten.

Van der Meer vertrat Parkov den Weg. »Seit wann hat man ihn damit erpresst? Seit wann wissen Sie es? Das Urteil …«

»Kenntnis darüber, dass der Professor versucht, einen Schöffen zu benutzen, um den Vorsitzenden auszuschalten, erlangte ich heute Morgen. Seine Tochter sei entführt worden, lautete die Videobotschaft, die er erhielt. Es ist eine Fälschung, ihr geht es gut, sie weiß von nichts. Und falls Sie sich fragen, wer so geistesgegenwärtig war, beizeiten einzugreifen – das war ich.« Ein weiterer Besucher im Saal applaudierte und viele stimmten mit ein. Dr. Hertzfelder wischte sich über die Stirn, ehe er alle zur Ruhe rief.

»Aber das ist nicht bewiesen«, sagte van der Meer ohne rechte Überzeugung. »Der Angeklagte ist nur ein weiteres Opfer in diesem Spiel.«

Parkov schüttelte den Kopf. »Es kommt vor, dass ich mich täusche. Aber nicht in diesem Angeklagten. Nicht hier.« Ein Pressefotograf hatte auf irgendeinem Weg eine kleine Kamera hereingeschmuggelt und machte Bilder von Parkov – erst nach einem kurzen Handgemenge gelang es einigen Justizbeamten, ihm den Apparat zu entwinden. Sie hörte, wie der Lärm im Saal anschwoll wie in einem Bienenstock, und Hertzfelder musste mit allem Nachdruck zur Ruhe auffordern, bis sich der Tumult legte. Er selbst war blass geworden. Dann klatschte Argo in die

Hände. Es war ein lautes Geräusch, das durch den ganzen Saal hallte. Marie sah, wie Parkov etwas auf seinem Smartphone tippte, während Hertzfelder die Nachricht in seine Mappe steckte und sich erneut über die Stirn wischte.

»Das ist es also«, sagte Argo, und nun war sich Marie sicher, dass er sich nicht länger bemühte, sich zu verstellen. »Parkov, Parkov, Parkov. Du kannst nicht ohne mich weitermachen. Du wirst bald erfahren, was es bedeutet zu verlieren.«

»Du bist ein Mörder«, erwiderte Parkov. »Uns verbindet nichts.«

»Wir sind entgegengesetzte Pole – wir ziehen uns immer an.« Sein Kopf drehte sich in Maries Richtung, während sich seine Lippen zur bösartigen Imitation eines Lächelns verzogen. »Es gibt immer Geheimnisse und Dinge, die noch zu entdecken sind. Manchmal liegen sie nur etwas tiefer. *Eines Tages graben wir alle.*«

»Das wollen Sie sagen? Das ist Ihr letztes Wort?« Hertzfelder musterte Argo mit unverhohlener Abneigung. »Kein Wort der Reue? Nicht mal jetzt, da Sie am Ende sind?«

»Am Ende? Wer behauptet, dass dies das Ende ist?«, sagte der belustigt. Dann lachte er – ein gluckerndes Geräusch, das tief aus seiner Kehle kam, er lachte und lachte, unfähig, sich zu bremsen. »Ich habe mich sehr amüsiert.«

Er wurde ausgebuht, ehe Hertzfelder die Ordnung wiederherstellen konnte. Dann kam das Urteil. Hertzfelder sprach von der besonderen Hinterhältigkeit und Böswilligkeit der Taten sowie des ausgearbeiteten Planes. Er sprach von den DNA-Spuren, die sie gefunden hatten, von eindeutigen Beweisen. Und dann sprach er ihn schuldig – der Richter folgte damit dem abweichenden Gutachter, dem Psychiater, der die Geisteskrankheit des Professors widerlegt und für uneingeschränkte Schuldfähigkeit plädiert hatte. Er verurteilte ihn wegen Mordes und ordnete zusätzliche Sicherungsverwahrung an, die dauerhafte Unterbringung in einer Haftanstalt für hochkriminelle Straftäter, aus der er nie mehr entlassen werden würde.

Marie sah befriedigt zu, wie man ihn abführte, umringt von Beamten der Spezialeinheit, und als die Tür hinter ihnen ins Schloss fiel, war der grollende, nimmersatte Dämon in ihrem Inneren, der ihn weggesperrt sehen wollte, endlich still.

Der Prozess war vorüber.

Es war, als fiele eine Last von ihren Schultern. Sie stand auf, ging zu Parkov. *Frei, du bist frei. Vorbei,* dachte sie befreit, *es ist endlich …*

Parkov verließ den Saal, ohne sich noch einmal umzusehen.

7.

Später, nachdem alles vorüber war

In diesen Tagen war die Stille ihr vertrautester Begleiter, zu dem sie immer wieder zurückkehrte. Das Leder des braunen Sessels, in dem Dr. Quill saß und sie aufmerksam musterte, knirschte leise, als der Psychologe sein Gewicht verlagerte. Fast hätte sie das Geräusch der Kugelschreibermine auf dem Blatt hören können, so still war es, als er schrieb. Wieder ließ sie ihren Blick durch die Praxis schweifen: nüchtern, modern, klar definierte Linien, weite Flächen. Das einzige Dekoobjekt war eine nicht bemalte Vase mit einer einzelnen Tulpe, die durch einen erhöhten Sockel in den Fokus gerückt wurde.

Dr. Quill fing ihren Blick ein und betrachtete sie nachdenklich, bis Marie dem nicht mehr standhalten konnte und zur Seite sah. Der Regen plätscherte vorm Fenster. Irgendwo in den Wänden gluckerte ein Heizungsrohr. Sie wünschte sich, das Gespräch wäre vorüber, noch ehe es begonnen hatte – wie jedes Mal, wenn sie ihm gegenübersaß.

»Also, Frau Winter.«

»Marie. Wir hatten uns doch …«

»Aber natürlich. Marie. Erzählen Sie mir, wie all das begonnen hat?«

»Der Prozess war schnell vorüber.« Sie räusperte sich. »Das Urteil …«

»Lassen Sie uns nicht noch einmal zu dem Urteil zurückkehren. Erzählen Sie mir gleich, was danach geschehen ist.« Dr. Quill musterte sie über den Rahmen seiner Brille hinweg. »Dieses Gespräch ist natürlich vertraulich.«

»Er wusste es«, erwiderte sie und hörte die Bitterkeit in ihrer Stimme, den Unglauben, all das, was geschehen war, zu akzeptieren. »Er wusste, was geschehen würde. Als er das Urteil hörte, war er nicht überrascht, er lächelte sogar – es lautete auf …«

»Das weiß ich. Aber wieso lächelte er? Was denken Sie?«

»Weil … weil er gewusst hat, dass damit alles erst *begann.*«

»Und Sie? Wie haben Sie sich in diesem Augenblick gefühlt?«

Sie schwieg. Die Regentropfen waren mit einem Mal sehr interessant, so wie sie dort hypnotisch ihre sich stets verändernden Bahnen zogen. Die Welt jenseits des Glases verschwamm zu einem trüben Muster aus Grün und Braun und Hell und Dunkel, Schlieren wie Tränen, die eine kalte Wange benetzen. Dann blickte sie Dr. Quill energisch in die Augen. »Ist das ein Therapiegespräch oder quälen Sie mich nur?«

»Ich will Sie nicht quälen, nichts läge mir ferner. Aber es ist hilfreich, wenn Sie sich dem stellen, Frau Winter. Verdrängung schafft nur neue Konflikte.« Sie seufzte und schloss die Augen. Erinnerungen, Glück, einen Moment lang. Und all das, was danach gekommen war … »Ich dachte, es wäre vorbei, ich dachte, ein Schritt, ein großer Schritt wäre geschafft, es läge hinter mir, hinter uns …«

»Und Parkov? Wie hat sich dieser Erfolg bei ihm geäußert? Oder, vielmehr, bei Ihnen beiden?« Marie sah ins Leere. »Sie nannten uns … Helden.«

»Oh, aber natürlich«, erwiderte Dr. Quill. »Ich erinnere mich. Die Zeitungen waren von ihrem neuen Traumpaar ganz begeistert.«

»Ja.« Marie senkte den Kopf. »*Helden*. Für kurze Zeit.«

8.

25. Oktober

Regen schlug gegen das Fenster: Parkov stand vor dem Spiegel, eine Hand auf das Waschbecken gestützt. Die Einsatzuniform der Spezialeinheit hatte er abgelegt und gegen einen Anzug getauscht – unübersehbar teuer und gut geschnitten, wenngleich er ihn wie immer mit einer gewissen Verachtung trug, als würde all das für ihn kaum etwas bedeuten. Marie sah, wie seine Knöchel weiß unter der Haut hervortraten. Das Licht, das aus Leuchtstoffröhren auf sie herabsickerte, war gelbstichig wie Ruß an einer Scheibe.

Feuer und Schatten, dachte sie und ihr war, als hätte der Professor diese letzten Worte direkt in ihr Ohr geflüstert. Als stünde er neben ihr, hier und jetzt, wie ein Versprechen, sie für alle Tage zu begleiten. »Es ist vorbei«, sagte sie. »Endlich.«

Parkovs eisblaue Augen im Spiegel fanden ihre. »Hallo, meine Liebe. Entschuldige meinen kleinen Auftritt, ich musste schnell handeln. Wenigstens habe ich dich jetzt gefunden. Im Vorraum der Besuchertoilette des Landgerichts. Wenn ich es nicht besser wüsste, würde ich vermuten, du versteckst dich. Aber nicht vor mir, hoffe ich.«

Dann ging sie zu den abgehenden Türen für die Herren- und Damentoiletten, spähte hinein, vergewisserte sich, dass sie allein waren. »Erklär mir sofort, was hier los ist. Wieso dieser Versuch, Hertzfelder zu vergiften? Und all das, ausgerechnet heute?«

Sie sah, wie sich Parkovs Gesichtszüge verhärteten. »Vertraust du mir? Ganz gleich, was geschieht?«

»Nun, ich …« Sie seufzte, dann schenkte sie ihm ein strahlendes Lächeln. »Natürlich. Das weißt du doch. *Was* auch geschieht.«

»Ich werde den Gedanken nicht los, dass die Unbekannte trotz der Spekulationen, die derzeit unter den Kollegen die Runde machen, *nicht* geflohen ist. Sie wurde gefangen gehalten, aber …«

»Du denkst, man hat sie freigelassen?«

»Um diese Botschaft zu überbringen. Die Worte auf ihrer Haut.«

»Ist das nicht ein wenig umständlich? Ich meine, was auch immer hinter dieser Sache steckt, hätte man die nicht einfach mit der Post verschicken können?«

»Nicht, wenn die Botin selbst eine Rolle spielen soll. Wenn die Art und Weise der Überbringung relevant ist.«

Die Tür hinter ihnen schwang auf. Die Frau, die eintrat, war einen Kopf größer als sie, trug platinblondes schulterlanges Haar und musterte Parkov mit einem Paar azurblauer Augen. Sie hatte sich dezent geschminkt, trug Hosenanzug und eine große Handtasche, in der sie nun kramte. »Einen Augenblick«, sagte Marie, »hier ist bese…«

»Marie Winter? Daniel Parkov?« Die Augen der Blonden weiteten sich. »Das, oh, ich meine, wow, ist ja der Hammer! Ich hätte nicht gedacht, dass Sie noch hier sind, wo doch gerade das Urteil – bei all der Presse …«

»Für welche Zeitung schreiben Sie?«, fragte Parkov.

Sie zeigte ein Lächeln und zwei Reihen perfekt gemachter Zähne. »Für die beste – ich arbeite für ›NewsToday‹. Woher …?«

»Ich erkenne Schreiberlinge sofort.«

Ihr Lächeln blieb professionell. »Was für ein Spaß! Ich würde Sie gern interviewen. Was sagen Sie zu dieser Wendung der Ereignisse? Parkov, der Held! Sie *beide* sind Helden! Ein gefährlicher Mörder, der eine ganze Stadt terrorisierte – und Sie beide haben ihn gefasst! Wie fühlen Sie sich? Frau Winter, auch Sie würde ich gerne …«

»Ich fühle mich gerade etwas mehr als nur unangenehm unterbrochen«, entgegnete Parkov mit wohlmodulierter, gefasster Stimme, wenngleich sich Marie sicher war, einen Hauch von unterschwelliger Empörung herauszuhören, »und das ist alles, was Sie im Augenblick von mir hören werden.«

»Herr Parkov, ich würde wirklich …«

Marie berührte ihn am Arm. Die letzten Worte des Professors hallten wie dunkle Erinnerungen in ihren Gedanken nach, doch sie wischte sie beiseite. *Vorbei ist vorbei.* »Würdest du mich begleiten? Bitte entschuldigen Sie uns.«

»Könnten wir einen Termin vereinbaren?«

»Die Pressestelle ist dafür zuständig, das wissen Sie doch.« Marie ging hinaus und ließ die Journalistin hinter sich zurück. »Ich werde mir meine Laune nicht verderben lassen, also sollten wir verschwinden, ehe der Rest der Presse bemerkt, dass wir hier sind.« Am anderen Ende des Flures hatte sich ein Pulk von Menschen zusammengefunden, dort gaben Oberstaatsanwalt Jäger und Jan van der Meer der Presse ein Statement, woraufhin sie die entgegengesetzte Richtung wählten, die Treppen hinab und hinaus, doch auch dort warteten Journalisten und Kameraleute.

»Herr Parkov! Frau Winter! Eine Stellungnahme, bitte! Ein kurzes Interview? Wir würden Sie gerne beide …«

Ein Range Rover bremste am Straßenrand. Der metallische Lack des Wagens glänzte im Licht der Mittagssonne, die mit später Kraft vom Himmel strahlte, als wollte sie den Tag und den Ausgang des Verfahrens willkommen heißen. »Das ist meiner.« Parkov öffnete ihr die Tür. »Isabelle und Franz begleiten uns ein Stück.«

Johann Münz saß hinter dem Steuer. Er trug einen marineblauen Pullover und eine dunkle Pilotensonnenbrille und nickte ihnen zu. Kaum waren die Türen geschlossen, steuerte Parkovs Butler den Wagen in den dichter werdenden Mittagsverkehr, der sich durch die Häuserschluchten wälzte. Marie bemerkte, wie Parkovs Augen die Straße absuchten. »Die werden uns folgen«, sagte sie. »Die wollen ihr Interview.«

»Ich hoffe, du entführst uns nicht«, sagte Isabelle unbeschwert, doch als sie Parkovs und Maries Mienen sah, erlosch ihr Lächeln. »Oh, kommt schon«, sagte sie mit einem Augenrollen. »Ausgerechnet heute? Hab ich was verpasst? Freut euch, Kinder!«

Marie setzte ein Lächeln auf, das ihr selbst erzwungen erschien. *Es ist vorbei*, sagte sie sich noch einmal, *also was bereitet dir immer noch so große Sorgen?* »Wir können diese Sache nicht ignorieren. Eine Frau, die verwahrlost und in einem Zustand verwirrter Aggression aufgegriffen wird. Keine Ergebnisse, was ihre Identität angeht. Und dann das Gift, zusammen mit einer Botschaft – vor den Augen des versammelten Gerichts, übermittelt an den Mann, der ihn verurteilen will. Eine Botschaft, die diesen beunruhigt. Etwas, das nur er erkennen konnte, alle anderen nicht.«

Parkov nickte. »Du beweist, dass ein scharfer Verstand mit einem höchst attraktiven …«

»Oh, hör auf damit«, sagte Isabelle und verdrehte die Augen. Parkov wandte sich an Leland. »Franz, wenn ich das sagen darf, du solltest nicht hier sein.«

»Ich *musste* es sehen. Nichts verschafft einem eine so große Genugtuung wie diese Typen, die begreifen, dass sie geliefert sind, sobald sie dort sitzen. *Er* hat es zwar erwartungsgemäß nicht begriffen, aber jeden einzelnen Tag seiner Strafe verdient.«

»Du weißt«, erwiderte Parkov, »die Möglichkeit besteht, dass es noch nicht zu Ende ist und er Wege findet, sich zu rächen. Meine Sorge gilt denen, die mir nahestehen.«

»Und was heißt das genau? Sollte ich mich einschließen? Hinter den Gardinen hervorspähen, während der selbst ernannte Professor hinter dicken Mauern sitzt?« Leland schüttelte den Kopf. »*Ich werde nicht zurückweichen. Gleich, welche Schmerzen er mir zufügen mag, ich werde standhaft sein.* Das waren die Worte.«

»*Meine* Worte«, sagte Parkov. »Als ich …«, ein Schatten ging über sein Gesicht, »… Suzann fand.« Er sah ins Sonnenlicht hinaus, das seine ebenmäßigen Züge erhellte. »Argo *wollte* gefasst werden. Er wird wieder zuschlagen. Es ist nicht vorbei.«

Als sie das Präsidium erreichten und ausstiegen, bemerkte Marie, wie Leland mit Wehmut das Gebäude betrachtete. »All die Jahre«, sagte er leise und lachte bitter. »Wofür? Was bleibt jetzt? Ich hatte nicht erwartet … ach, ich dachte, ich wäre vorbereitet.«

»Franz«, erwiderte sie, »du musst weitermachen. Kämpfen.«

»Das sagt sich so leicht.«

Isabelle nickte in Richtung des Eingangs. »Kommst du noch mal mit rein?«

»Nein.« Leland schüttelte den Kopf. »Meine Zeit da drin ist vorüber. Ich glaube, jetzt werde ich das tun, was ich schon eine ganze Weile wollte: einen langen, ruhigen Spaziergang machen.« Er streckte die Hand aus. »Macht es gut.« Sie sahen ihm nach, wie er entlang der Allee davonging, alt und müde, um eine Hausecke bog und verschwand. Wind kam auf und wehte das Herbstlaub, das sich allmählich verfärbte, von den Baumkronen, ließ es wie bunte Staubteufel in der Luft tanzen.

»Wir müssen doch etwas tun können«, sagte Isabelle. »Daniel, du musst …«

»Jeder Mann ist eines Tages des Kämpfens müde. Er hat alles abgelehnt, was ich ihm angeboten habe«, erwiderte Parkov.

»Aber …«

»*Alles*, Marie.«

Sie seufzte. »Das akzeptiere ich nicht.«

»Du bist ein stures Hä…«

»Ich habe um fünfzehn Uhr einen Termin mit Dr. Weiß in der Uniklinik«, unterbrach sie ihn. »Das ist der Mediziner, der unsere Unbekannte behandelt. Es ist, ähm, etwas inoffiziell, sollte ich hinzufügen.«

»Gut. Wenn du mich entschuldigst – ich muss der Firma einen Besuch abstatten. Falls dort Journalisten auftauchen und sich nach mir erkundigen, will ich sicherstellen, dass man weiß, wie man sich zu verhalten hat. Ich werde einfach den Gedanken nicht los, dass diese blonde Schönheit eine Story aus mir machen will.«

Marie dachte an den mächtigen, kubisch geformten Gebäudekomplex, der vor Jahren in der Nähe des Osthafens am Main errichtet worden war, nicht weit von der nur kurz darauf erbauten Europäischen Zentralbank. Das neue Firmenhauptquartier mit den zwei Buchstaben, die sich in hellem Silber von der schwarzen glatten Glasoberfläche absetzten, in die das ganze Gebäude gekleidet war: *PI.* Sie dachte an den Leitspruch, von dem man überall gelesen hatte: Parkov Industries – We shape the future. *Wir formen die Zukunft.*

»Ist Michail in der Stadt?«

»Vermutlich nicht. Mein Bruder ist mir keine Rechenschaft schuldig. Davon abgesehen war ich immer froh, dass ihm die mediale Aufmerksamkeit galt.«

»Du klingst, als fürchtest du dich, dass sich das nun ändern wird.«

»Ich fürchte, dass wir beide in etwas hineingezogen werden, das wir nicht kontrollieren können, Marie.«

»Nicht mal du?«

»Nein, nicht einmal ich.«

Marie stellte sich auf die Zehenspitzen, als sie sich von Parkov verabschiedete, und küsste ihn auf die Wange. »Wir sehen uns später, ja?«

»Natürlich. Du weißt doch – ich halte meine Versprechen.«

»Ja«, erwiderte sie und blickte ihm einen Augenblick lang nach. »Manchmal machst du das wirklich.«

Jenseits der Fenster im vierten Stock des Präsidiums hüllte sich die Stadt in einen stillen goldenen Herbsttag. Wolken trieben am Himmel, schnell mit dem Wind. Veränderungen zogen herauf, noch unbemerkt. *Etwas geschieht. In den Häuserschluchten, im Geheimen.* Nur ein Narr würde leugnen, dass es noch nicht zu Ende war. Marie dachte an ihren toten Mann Erik, ihre Albträume, an die Worte, die der Professor an sie gerichtet hatte, als man ihn festnahm: *Es ist niemals genug.*

Von ihrem Büro aus konnte sie über die Skyline Frankfurts blicken, hinüber zu den Wolkenkratzern, in deren gläsernen Fassaden sich das Licht spiegelte. Isabelle, mit der sie sich den Raum teilte, hatte ihre Jacke über die Stuhllehne gelegt und blätterte in einem Aktenordner – als sie zu Marie hinübersah, hielt sie inne.

Marie schaute irritiert zurück. »Was ist los?«

»Was ist das zwischen euch, Marie?«

Marie bemerkte, dass der Dokumentenstapel auf ihrem Schreibtisch gewachsen war – das Leben ging weiter, die Verbrechen endeten nicht. Zu tun gab es genug, so war es immer, das Rad drehte sich weiter. »Was meinst du?«

»Ich meine Parkov und dich. Ihr wusstet doch, wer die Lorbeeren ernten wird, wenn man Gorad verurteilt hat?«

»Nein, keine Ahnung.«

»Du, Süße, du und Parkov. Niemand sonst.«

»Du weißt, daraus mache ich mir nichts, Isa.«

»Ich finde, das solltest du aber.« Isabelle beugte sich vor, die Stimme zu ihrem Verschwörerflüstern gesenkt. »Und in einem solchen Siegestaumel, angesichts eines solchen Triumphs … na, was machen die Helden da?«

Marie spürte, wie sie rot wurde. »Wir sind doch keine.«

»Ich meine, du solltest mal reinen Tisch machen. Er sucht jemanden, du suchst jemanden, ihr hängt ohnehin die ganze Zeit miteinander rum, Parkovs Komplimente, du betatschst ihn die halbe Zeit.« Isabelle hob zwei Finger. »Ist nicht besonders schwer, eins und eins zusammenzuzählen.«

»Es ist nicht so, wie du denkst.«

»Nein? Wie dann?«

»Ich weiß nicht. Kompliziert.« Sie zögerte.

»Erde an Marie …«

»Ich habe nachgedacht. Hältst du ihn für glaubwürdig?«

»Argo? Den Professor, unseren Meisterverbrecher?« Isabelle schüttelte den Kopf und gab sich alle Mühe, unbeschwert zu klingen, als berührte sie all das nicht. Doch Marie wusste: Auch sie war froh, dass diese Sache endlich ein Ende gefunden hatte.

Eines Tages graben wir alle. Es ist niemals genug.

Vom Gang drangen laute Stimmen herein und Isabelle fluchte halblaut. »Oh, ich Misthaufen! Du weißt es ja noch nicht!«

»Was weiß ich noch nicht?«

Isabelle blickte alarmiert zur Tür. »Die Sache mit Lelands Nachfolger. Er kommt heute. Und wenn ich mich nicht irre, ist er das da draußen: Nicolas Krantz, Erster Hauptkommissar, neuer Leiter des K 11.«

»Oh.«

»Und wie ich gehört habe, ist er ein richtiger … Kotzbrocken.«

9.

Krantz war ein stämmiger Mittvierziger mit spärlichem Haar, dessen Augen ein energisches Feuer versprühten. Er trug ein Karohemd und Jeans, dazu robuste Wildlederschuhe, was ihn wie einen Mann aus den Wäldern wirken ließ, der gerade vom Fischen zurückgekommen ist.

»Hi«, sagte sie und schüttelte seine Rechte – ein kurzer, professioneller, kühler Händedruck. »Marie Annabelle Winter.«

»Freut mich.« Krantz sah sich neugierig um. »Wo ist er denn? Der allseits beliebte Parkov?«

»Er hatte noch was vor«, erklärte Marie. »Es ist ja nicht so, als würde er hier arbeiten.«

»Nein, aber das hat einen wie ihn doch noch nie gekümmert, oder? Wie schade. Ich hätte zu gern ein paar Worte mit unserem neuen *Helden* gewechselt.« Die Art, wie er dieses Wort aussprach, empfand Marie als ein in Worte gekleidetes Naserümpfen. Er musterte sie neugierig. »Aber dafür brauche ich ja nicht unbedingt ihn. Also, wie fühlt man sich? So als erfolgreiche, siegreiche, strahlende Gewinnerin?«

»Nicht anders als zuvor.« Sie zuckte mit den Schultern. »Ist mir egal. Ich bin froh, dass er jetzt weggesperrt wird, aber was die Medien daraus machen, brauch ich nicht.«

»Ach ja?« Krantz legte den Zeigefinger an sein Kinn. »Ich hörte, er hätte wieder einmal einen großen Auftritt hingelegt. Ein Versuch, Gift in den Prozess zu schmuggeln, Parkov, der das in letzter Minute stoppt. Große Sache.«

»Wir sollten froh sein, dass Parkov das Leben des Vorsitzenden gerettet hat.«

»Oh, aber natürlich sollten wir das. Ich wundere mich nur«, er senkte die Stimme, »wie er davon wissen konnte. Welch ein hübscher Zufall. Parkov, der Held. Der strahlende Kämpfer für das Gute. Ich sehe die Schlagzeilen vor mir.«

Marie lächelte. »Frag ihn am besten selbst.«

»Das werde ich.« Es klang wie eine Drohung. Krantz warf einen flüchtigen Blick auf die Aktenordner, die am Rand ihres Schreibtischs lagen. »Ich habe gehört, du interessierst dich für eine nicht identifizierte Person, die gestern Abend in der Stadt aufgegriffen wurde und sich noch immer in Behandlung befindet. Wieso? Was hast du da in der Uniklinik gemacht?«

Marie spulte ihre Geschichte ab: »Sie könnte im Zusammenhang mit dem heute Verurteilten stehen, also wollte ich sehen, ob mittlerweile neue Informationen über ihre Identität vorliegen.« Den Termin, den sie mit dem behandelnden Arzt vereinbart hatte, verschwieg sie, doch wollte Krantz den Blick noch immer nicht von ihr abwenden.

»Du hast eine interessante Vergangenheit, Kollegin«, sagte er. »Wirklich. Sehr …«

Marie und Isabelle tauschten einen Blick. »Was soll das bedeuten?«

»Odinsdottir, entschuldigst du uns?«

Isabelle erhob sich. »Ihr Büro ist auch mein …«

Krantz' Miene war frostig. Isabelle warf Marie einen weiteren Blick zu, den sie mit einem ebenso knappen Nicken bestätigte, dann ging sie hinaus.

»Alles ist verwoben, scheint mir. Was spielen wir hier? Welchen Narren hat dieser Verbrecher an Parkov gefressen? Welches Geheimnis steckt dahinter? Und wieso werde ich das Gefühl nicht los, dass wir dieses Spiel noch nicht hinter uns haben?«

»Zu viele Fragen, die ich nicht beantworten kann.« Marie spürte mit jeder Minute deutlicher, dass Krantz sie nicht leiden konnte – und sie ertappte sich dabei, diese Abneigung zu erwidern. Sie trat zur Tür. »Ich denke, für heute hatte ich wirklich genug Aufregung. Die Sachen da können warten, nichts davon eilt. Ich nehme mir den restlichen Tag frei.«

Krantz trat einen halben Schritt zur Seite, sodass er zwischen ihr und der Tür stand. »Einen Augenblick. Was ich gerade sagte, waren nicht nur«, eine knappe Geste mit der flach ausgestreckten Hand, »*Worte*. Wenn das hier auf irgendeine abgründige Weise noch nicht vorüber sein sollte, möchte ich das wissen. Alles, hast du mich verstanden?«

Marie schob sich an ihm vorbei. »Ja.« Für einen Augenblick wünschte sie sich, sie könnte das Gespräch noch einmal von vorn starten. Dann begriff sie, dass es in diesem Fall vermutlich noch schlimmer verlaufen würde.

»Ich hoffe, wir ziehen alle an einem Strang. Odinsdottir, Bodenfeld, du, die anderen, die neuen Kollegen. Keine Heimlichkeiten – und das sage ich, weil Parkov ein Meister der Geheimnisse ist. Und du bist mehr als nur eine Polizistin, die zweimal mit ihm zusammengearbeitet hat.« Er lächelte jovial, doch Marie gefiel die Art nicht, wie er seine letzten Worte betont hatte, und noch weniger mochte sie dieses aufgesetzte Lächeln.

»Das tun wir.« Mit einer Hand auf der Türklinke hielt sie inne. »Welche neuen Kollegen?«

»Ihr Team ist unterbesetzt. Ich muss personelle Veränderungen vornehmen.«

Marie blinzelte. »Schön. Jeder Fall, der effizienter bearbeitet werden kann, ist …«

»Erspar mir das diplomatische Manöver.« Krantz' Tonfall war kälter geworden. »Keine Alleingänge mehr, ja? Parkov wird seine Hände von Ermittlungen lassen, die ihn nichts angehen, dafür sorge ich. Alles andere riecht nach Ärger.«

»Wie bitte?«

»*Für ihn.*«

Marie drückte die Klinke. Die Luft, die vom Korridor hereinwehte, war kühl und frisch. *Er ist verurteilt, er wird weggesperrt, es ist vorbei.* In der Tür drehte sie sich noch einmal um. Sie bemerkte den Ausdruck auf Krantz' Miene, der sie ernst musterte. *Er begreift gerade*, dachte sie, *dass du auch anders kannst. Dass du nicht die kleine Polizistin mit dem netten Lächeln bist, sondern eine Frau, die ihren Platz verteidigen kann.*

»Weißt du was?«, erwiderte sie, »ich glaube nicht, dass ihn das stört. Und mich ebenso wenig. Mit Ärger kennen wir uns aus.«

10.

Der Mediziner, Dr. Benedikt Weiß, war kaum älter als dreißig, ein schlanker, großer Mann mit kurzem rabenschwarzem Haar und einer Designerbrille mit einem matten Edelstahlrahmen. Er streckte ihr die Hand entgegen. »Frau Winter«, begann er, »willkommen in der Uniklinik. Ich dachte …«

»Was dachten Sie denn?«

»Dass die meisten Polizistinnen … na, nicht so attraktiv sind, wenn ich mir das erlauben darf.«

Marie lachte. »Dürfen Sie. Danke.«

Während sie die Klinikflure entlangschritten, stellte sich Marie Krantz' Gesicht vor, hätte er erfahren, dass sie sich erneut nach der Unbekannten erkundigte. Der Mediziner begleitete sie ein Stück durch den Park, der hinter der Klinik lag, wo sich einige Patienten in der Sonne auf den Parkbänken ausruhten. Der Wind blies sanft und spielte mit dem bunten Laub, die Luft war mild und würzig. Aus der Ferne hallte das leise Rauschen der Autobahn herüber.

Marie sah dem Mediziner an, dass ihn dieser Fall beschäftigte, das Opfer machte ihm zu schaffen. So heiter und unbeschwert dieser Tag auch schien, seine Worte glichen dunklen Regenwolken, die sich jäh vor die Sonne schoben. Er steckte sich eine Zigarette an und rauchte eine Weile, ehe er fast schon entschuldigend den Kopf schüttelte.

»Ich wollte mit dem Zeug aufhören. Muss zugeben, dass mich diese Sache mitnimmt. Verflucht, das ist wirklich krank.«

»Ich weiß«, erwiderte sie sanft. »Deshalb bin ich ja hier. Meine Kollegen und ich werden diesen Mistkerl schnappen, der ihr das angetan hat.«

»Sie wurde misshandelt. Ich würde von einem Zeitraum von gut vier bis fünf Monaten ausgehen. Das Kleid, das sie trug, würde zu einem Verschwinden während der Sommertage passen. Schläge mit stumpfen Gegenständen, glühende Zigaretten. Schlaf- und Nahrungsentzug. Folter. Ihre Zähne sind mittlerweile in einem besorgniserregenden Zustand, sie hat Druckstellen und Wunden an Oberschenkeln und Knien, starke Hautabschürfungen an den Handgelenken. Wenn ich mutmaßen müsste, würde ich behaupten, dass sie lange Zeit angekettet war.«

Marie spürte, wie ihre Kehle trocken wurde. Solch lang andauernde Misshandlungen waren für sie schwer zu ertragen. Je jünger die Opfer waren, desto eher versuchte sie, die Fälle an einen Kollegen abzugeben – seit Lucie war sie empfindsamer geworden. »Wie alt ist sie?«

»Dreißig bis vierunddreißig, würde ich sagen. Nicht älter, nicht jünger. Die Mangelerscheinungen lassen sie ausgezehrt wirken, was die Altersfeststellung erschwert, dazu ist sie ohnehin viel zu dünn für ihr Alter. Sie wurde – und ich sage bewusst *wurde*, weil es natürlich ihr Entführer war, der ihr das einflößte – mit einem Cocktail aus Tabletten und Flüssignahrung ernährt.«

»Er wollte, dass sie überlebt. Er wollte etwas von ihr, das er vielleicht auch bekam.«

Dr. Weiß sah Marie eindringlich an, während ein Schatten auf sein Gesicht fiel. »Ich kann mir nicht vorstellen, dass sie entkommen wäre, wenn er sie nicht hätte gehen lassen.« Marie nickte und dachte an Parkovs Worte. »Dr. Weiß, ich will Sie nicht drängen, aber Sie würden uns wirklich weiterhelfen, wenn Sie uns mit einer Information versorgen könnten, die uns einen Schritt voranbringt. Ich will ehrlich mit Ihnen sein – wir brauchen Ihre Hilfe.« Marie dachte an Tymon Sorg, den sie vor einigen Wochen in einem leer stehenden Gebäude gefunden hatten – dehydriert, verängstigt, in einer afrikanischen Sprache sprechend. Sorg, der siebzigjährige Anthropologe und Chemiker, der vor Jahrzehnten im Kongo entführt worden war. Sorg, den man für tot erklärt hatte, bis er unerwartet wiederaufgetaucht war. Wie sehr sich die Fälle ähnelten.

Er ist es. Der Professor. Niemand anders als er trägt die Verantwortung – er ist der Fixpunkt, der Urheber all dieser Schmerzen, Quell all diesen Leids. Und deiner Albträume.

»Tut mir leid, aber …« Er schüttelte den Kopf, ungläubig angesichts der eigenen Ohnmacht. »Ich kann nicht mehr tun, als sie langsam wieder zurück ins Leben zu holen.«

»Sie wird durchkommen?«

»Hoffen wir es. Sie ist noch nicht über den Berg.« Der Mediziner vergrub die Hände in den Taschen seines Kittels. »Das Blutbild, das wir erstellt haben, weist hohe Entzündungswerte auf. Ihr Körper kämpft, aber derzeit ist der Ausgang dieses Kampfs völlig offen. Es kann sein, dass sie verliert. Einfach aufgibt und nicht mehr erwacht.«

»Dann helfen Sie ihr, so gut Sie können, bitte. Wenn Sie eines Tages erzählen könnte, was ihr zugestoßen ist, würde uns das ein großes Stück näher an ihren Peiniger führen.« Marie reichte ihm ihre Karte. »Rufen Sie mich an, sobald sich etwas ändert.« Dr. Weiß warf einen Blick darauf. »Mordkommission? Ist das eine offizielle Ermittlung? Ich hab mich ohnehin schon gewundert, dass noch mal jemand hier auftaucht.«

»Nein. Es ist etwas Persönliches.« Sie hatte gerade beschlossen, die Unbekannte noch einmal zu besuchen, ehe sie ging, als Dr. Weiß ihr etwas zurief, das sie innehalten ließ.

»Sie sind *die* Marie Winter, nicht wahr?«

Die Marie Winter? Etwas am Klang seiner Stimme beunruhigte sie. Dr. Weiß holte sie ein. »Wie meinen Sie das?«

»Ich habe von Ihnen gelesen«, erklärte er. »Es gibt da einige Meldungen in den Onlinemedien, die von diesem Prozess berichten. Sie sind dort zu sehen und dieser Parkov, von dem alle berichten.«

Marie lächelte unverbindlich. »Was Journalisten aus den Geschichten machen, entspricht nicht immer der Wahrheit. Wir machen nur unseren Job.«

»Manche Geschichten verdienen es doch, etwas ausgeschmückt zu werden.«

Marie musste lachen. »Wenn Sie das so sehen. Aber glauben Sie mir, es ist häufig weniger spektakulär, als Sie sich das vorstellen.«

»Er war ein gefährlicher Mörder, dieser Professor. Ich denke, mir wird niemand übel nehmen, wenn ich sage, dass ihn ganz bestimmt keiner vermisst.« Für einen Augenblick hellte sich seine Miene auf, als hätte er eine Entscheidung getroffen, die ihm Seelenfrieden verschaffen könnte. »Genau deshalb glaube ich, dass es da doch noch eine Sache gibt, die Sie interessieren dürfte.«

Die Dienstbesprechung des Dezernats für Vermisstensachen war schon in vollem Gange, nachdem sie sich durch den Verkehr und zwei neue Baustellen zurück ins Präsidium gekämpft hatte. »Ihr Bild ist raus an alle regionalen Tageszeitungen«, sagte der Kollege Hannes Janneck vom Fachkommissariat K 17 gerade, als sie hereinkam, worauf sich alle nach ihr umdrehten.

»Marie Winter vom K 11«, sagte sie. »Lasst euch von mir nicht stören. Ich setze mich nur hier hinten hin und hör ein bisschen zu.«

»Hier wissen alle, *wer* du bist.« Ein älterer Kollege vor ihr schüttelte den Kopf und wandte sich wieder ab. Marie war es, als könnte sie die im Raum herrschende Abneigung ihr gegenüber fast greifen.

»Also das Bild …« Janneck warf einen Blick in seine Unterlagen, irritiert von Maries plötzlichem Hereinkommen. »Keine übereinstimmenden Vermisstenmeldungen in Hessen in den vergangenen Wochen. Neuigkeiten überregional?«

»Wir sind noch dran. Aber im Augenblick scheint niemand – und das ist ebenso seltsam wie die Tatsache, dass sie plötzlich aus dem Nichts auftauchte – nach ihr zu suchen. Was sagt uns das also?«

Marie dachte beunruhigt an die Berichte, die sie in aller Frühe aus dem internen Netzwerk abgerufen hatte.

»Das Profil der Verletzungen, die man ihr zugefügt hat«, der Kollege deutete auf die Aufnahmen, »ähnelt nur bruchstückhaft einer Reihe von uns bekannten, derzeit freigängigen Sexualstraftätern. Wir überprüfen das bereits, aber nach ersten Auskünften hat niemand von diesen Männern gegen die Bewährungsauflagen verstoßen. Nicht in einer Weise, wie es eine solche Entführung und lang andauernde Gefangennahme inklusive Planung erfordert hätte. Nein, ich würde sagen, jemand hat sie gefoltert, um von ihr Informationen zu erhalten.«

»Oder es ist jemand, der sein Verhaltensmuster verändert hat. Jemand *muss* sie vermissen«, mischte sich ein anderer Kollege ein. »Irgendjemanden gibt es da draußen. Eine Vierunddreißigjährige, attraktiv, sportlich, die verschwindet nicht einfach für Monate.«

»Es sei denn, sie hat alle Brücken hinter sich abgebrochen.«

»Was ist mit der Sitte?«, fragte Marie.

»Wir checken gerade die Rotlichtszene, aber niemand hat von ihr gehört. Sie ist wahrscheinlich Deutsche, sagen die Kollegen von der Streife, die sie kurz sprechen hörten, auch wenn niemand von ihnen für diese Beurteilung wirklich seine Hand ins Feuer legen würde – einer der Männer ist nämlich ebenso überzeugt davon, dass sie mit einem leichten Akzent gesprochen hat. Nichts weist darauf hin, dass sie vor ihrer Entführung, vor dem Martyrium, schon auf der Straße lebte oder sich vielleicht prostituierte. Sie war auch nicht obdachlos. Hauttyp mitteleuropäisch, tendenziell nordisch.«

»Vielleicht trotz ihres Alters eine Studentin, die ganz neu in die Stadt kam, jemand, der sich noch keine sozialen Kontakte aufbauen konnte? Wegen einer neuen Arbeitsstelle hergezogen? Oder sie machte hier Urlaub? Reiste durch Deutschland?«

»Auch an den Unis sind wir dran, die Kollegen von Interpol wissen Bescheid. Marie, ich will mich ja nicht einmischen«, sagte eine Polizistin aus der ersten Reihe, »aber das ist unser Fall. Wir wissen, was wir tun. Auch«, sie zögerte kaum merklich und doch fiel jedem Anwesenden auf, wie gewählt diese Kunstpause war, »wenn wir hier nicht in allen Medien vertreten sind und unsere Gesichter in jede Kamera halten, die uns entgegengestreckt wird – wir brauchen keine Hilfe von einer großartigen …«

»Ich habe nicht …« Marie bemerkte, wie sich die Stimmung im Raum von Ablehnung in unverhohlenen Spott verwandelte. »Na, vielen Dank auch«, erwiderte sie und spürte, wie ein Gefühl von Hilflosigkeit in unangenehmen Wellen durch ihren Körper floss. »Ich habe nichts davon gewollt und das wisst ihr genau.«

Janneck ignorierte sie einfach. »Wir haben Holz- und Hautpartikel unter ihren Fingernägeln entdeckt. Ein Großteil der Hautpartikel stammt von ihr selbst – aber nicht alle. Ich vermute ja, sie hat ihren Entführer verletzt, aber die

Datenbankprüfung zum DNA-Profil ergab bisher keinen Treffer.« Das war alles.

Nach dem Ende der Besprechung bat sie den Leiter des Dezernats um eine Kopie der Akte – es waren kaum mehr als fünfzig Seiten, die der Fall bislang produziert hatte.

»Und was hat die MK 1 damit zu schaffen?« Hannes Janneck verschränkte die Arme und bemühte sich nicht einmal, auch nur den Eindruck zu erwecken, dass sie und ihre Nachfragen hier willkommen waren.

Ich mag dich auch ganz besonders, dachte sie.

»Wenn sie stirbt, ändert sich alles. Sie ist noch lange nicht über den Berg. Wer immer ihr das angetan hat, hat dafür gesorgt, dass sie weiter leiden muss – und dass obwohl sie ihm längst entkommen ist.«

»Du kannst die Akte haben, aber erwarte nicht, dass es den Kollegen hier gefällt, wenn sich Parkov erneut in eine Sache einmischt, die ihn nichts angeht.«

»Parkov ist nicht hier. Oder siehst du ihn irgendwo?«

»Oh, natürlich ist er hier, er schickt nur seine Freundin vor. Er genießt das alles – dir nehme ich ja noch halbwegs ab, dass du diesen Medienrummel nicht ausstehen kannst, aber Parkov? Er liebt es, im Mittelpunkt zu stehen. Da gehört er sicher auch hin, das ist der einzige Grund, warum er diesen Job überhaupt macht. Er braucht den Kick und die Bestätigung. Ich weiß gar nicht, wie er sich das geholt hat, als er ausgestiegen war.«

»Du täuschst dich«, antwortete Marie, bemüht, in ihre Stimme so viel Sachlichkeit zu legen, wie sie konnte, und feuerte in Gedanken den Kopierer an, sich mit seiner Arbeit ein wenig zu beeilen.

»Das nimmt kein gutes Ende mit ihm. Ich weiß das. So war es immer mit diesen Typen.«

»Parkov ist nicht …«

»Was? Du meinst, es gibt keine vergleichbaren Typen? Nein, *du* täuschst dich. Ich habe schon genug von ihnen gesehen. Sie sind alle gleich, fliegen hoch, aber dann stürzen sie ab. Und wieso?«

Der Kopierer spuckte die letzten Seiten aus, Marie nahm sie an sich und legte sie sorgfältig in ihre Mappe. »Ich freu mich schon, wenn er dich irgendwann mal vom Gegenteil überzeugt«, sagte sie. »Parkov ist ein guter Mensch, egal, was ihr alle behauptet.«

»Du weißt nicht mal die Hälfte der Dinge, die man sich über ihn erzählt. Niemand redet noch mit dir darüber. Parkov wird sich verbrennen, und wenn ich ehrlich bin, warte ich nur darauf, es mit anzusehen.«

Marie bemerkte die Dunkelheit in seinen Augen. »All diese Gerüchte, das Gerede … wisst ihr was? Ihr könnt mich mal.«

Janneck starrte sie an. »Und, fickt er dich?«

Marie fixierte ihn. Langsam wechselte die Mappe von der einen in die andere Hand, dann gab sie ihm mit der Rechten eine Ohrfeige, so fest, dass sich die Abdrücke ihrer Finger auf seiner Wange in einem hellen Rot abzeichneten. Janneck wich einen halben Schritt zurück, im ersten Augenblick überrascht, dann lachte er.

»Sei froh, dass ich dir das heute durchgehen lasse«, rief er ihr hinterher, als sie davonstob. »Wegen deines hübschen Hinterns! Du hast schon eine Verwarnung, also mach keine zweite daraus. Typen wie Parkov sind immer gleich: Sie stürzen ab, weil sie eines Tages zu nah an die Sonne fliegen. Und was machst du dann? Wenn niemand mehr da ist, der …«

Marie schlug die Tür hinter sich zu. Die Glasscheiben, die darin eingelassen waren, klirrten. Es klang fast wie das Splittern von Knochen.

11.

Frustriert und zornig warf sie die Akte auf ihren Schreibtisch, sodass die bis an den Rand rutschte und dann, als sich die entropischen Kräfte des Universums nach einem Augenblick der Ungewissheit für eine Lösung entschieden hatten, auf den Boden fiel.

»Verfluchter Mist.« Sie klaubte alles auf und steckte, was herausgerutscht war, zurück in die Mappe, aber dabei kam sie nicht umhin, die Bilder noch einen Augenblick zu betrachten. Was immer man der Unbekannten angetan hatte, es hatte sie altern lassen: die geschlossenen Augen, von einem dunkelblauen Schatten umgeben, der von Entbehrung und Schlaflosigkeit erzählte, ihre bleichen Wangen, die aufgeplatzten Lippen. *Wer bist du? Was hat man mit dir angestellt? Bist du entkommen oder hat man dich freigelassen? Und an wen erinnerst du mich?*

Während sie Jannecks Worte in Gedanken erneut durchkaute wie einen klebrigen Kaugummi, fiel ihr etwas ins Auge: ein edles Briefkuvert aus schwerem Büttenpapier, das man ganz oben auf ihrem Eingangsstapel abgelegt hatte. Obenauf stand in Aquamarinblau ihr Name geschrieben: *Marie Annabelle Winter.* Es wirkte wie eine Einladung zu etwas ganz Besonderem.

Isabelle, die nebenan im Großraumbüro in einer Zeitschrift geblättert und die Beine auf den Schreibtisch gelegt hatte, musterte sie, als sie hereinkam, das Kuvert in der Hand. Marie blieb vor ihr stehen und stemmte eine Hand in die Hüfte. »Hast du das schon gesehen?«

»Post, Süße? Ein heimlicher Verehrer?«

»Ja, genau, *Post.*« Marie drehte das Kuvert unschlüssig in der Hand. »Da steht mein Name darauf, sonst nichts. Also kam es per Bote.« An Tagen wie diesen durchlief sämtliche Post, die an einen der Ermittler gerichtet war, zuvor eine umfassende Prüfroutine. Der Stempel, den die Haussicherheit oben angebracht hatte, wies darauf hin, dass man den Inhalt geprüft und als unbedenklich eingestuft hatte.

Isabelle pfefferte die Zeitschrift auf den Schreibtisch und nahm die Beine vom Tisch. »Falls du fürchtest, irgendein Irrer hätte dir eine Nachricht geschickt, kann ich dich beruhigen. Ich habe auch eine bekommen. Na los, mach schon auf.« Marie riss das Kuvert auf. Eine Karte lag darin, edles, schweres Papier, mit Lettern, die in einem matten Goldton auf die Oberfläche geprägt waren: *UNSEREN HELDEN UNSER DANK*

»Eine Einladung«, sagte Marie. »Bei einer festlichen Charity-Gala anlässlich des Erfolgs, den wir mit der Verhaftung und Verurteilung des Professors erzielt haben, wollen die Bürger dieser schönen Stadt ihrer Polizei ihren Dank aussprechen. Ich lade Sie alle ein: die Kollegen der Staatsanwaltschaft, der Strafverfolgungsbehörden, die Mitwirkenden.«

»Ist das nicht großartig?« Isabelle wirkte vollkommen ernst, doch Marie sah einen Hauch von Ironie hinter ihren Augen aufblitzen.

»Unfassbar großartig. Lass mich mal nachdenken«, erwiderte sie, »vor wenigen Wochen wurde der Oberbürgermeister bei einem Anschlag mit Säure vergiftet. Er liegt bis heute verletzt in der Uniklinik, kündigte bereits seinen Rückzug an und wird für die Wahlen im kommenden Jahr nicht wieder antreten. Diese Einladung hier kommt von Stephen Meyer – Kunstmäzen, Miteigentümer einer Privatbank, Vorstand von Meyer International, Multimillionär und Miteigentümer bei ›NewsToday‹. Strebt seit Jahren den Stuhl im Rathaus an, hat hervorragende Aussichten in seiner Partei und in den Umfragewerten – kurz, der perfekte nächste Kandidat für den Posten des Oberbürgermeisters. Ach ja, und dazu ein Freund der Polizei, mit guten Beziehungen zur Führungsebene. Und jetzt diese Veranstaltung – nach allem, was in den letzten Wochen geschehen ist, ist das eine wunderbare Gelegenheit für ihn zu demonstrieren, wie sehr ihm das Wohl unserer Leute am Herzen liegt. Er ist ein Charismatiker, jemand für die Menschen, und nach dieser Aktion werden die Sympathien für ihn so groß sein wie nie zuvor. Nach der Verbrechensserie des Professors schlägt er mit dieser Dankesgeste genau zur richtigen Zeit den richtigen Ton an. Aber weißt du was? Ich lass mich ungern *benutzen*. Ich weiß, in der Pressestelle versucht man schon die ganze Zeit, mich zu einem offiziellen Termin zu bitten.«

»Also nichts als ein bisschen Wahlkampf und der Versuch, sich gut mit den richtigen Leuten zu stellen?« Isabelle seufzte. »Ach, dann sollte ich mein Abendkleid lieber wieder einpacken.«

Marie schüttelte den Kopf. »Unsinn, lass dich von mir nicht aufhalten.«

»Findest du?«

»Klar.« Sie steckte die Karte in den Umschlag zurück. »Und außerdem sollte man niemals nie sagen, nicht wahr?«

»Keineswegs«, sagte eine wohlmodulierte Stimme hinter ihnen. Marie warf einen Blick über ihre Schulter: Parkov war lautlos hereingekommen und stand vor der Fensterfront im rückwärtigen Teil des Großraumbüros, aus der er hinausblickte. Eine dunkle Silhouette vor dem hellen Tag, der sich hinter ihm abzeichnete.

»Sieh an«, sagte Marie und verschränkte die Arme. »Wie lange stehst du schon da?«

»Lange genug, um mit anzuhören, dass sich die Damen wie Abiturientinnen auf ihren Abschlussball freuen.«

»Haha«, erwiderte Isabelle trocken. »Sehr lustig. Das wäre mal was anderes. Er will sich bei uns bedanken, wieso auch nicht? Wir haben diesen Irren gestellt, er ist verurteilt, da ist doch ein bisschen Ablenkung mal angebracht.«

»Meyers Anwesen, auf dem diese Charity-Veranstaltung stattfinden soll – ihr wisst schon, wem es früher gehörte?«

Marie sah zu Isabelle hinüber, die mit den Schultern zuckte. »Sollten wir?«

»Meiner Familie. Meinem Vater«, antwortete Parkov, »und ich frage mich, wie es wohl wäre, einen Ort zu besuchen, an dem so viele Erinnerungen aus meiner Jugend haften.«

Isabelle runzelte die Stirn; wie Marie war sie von diesem ungewohnten Einblick in Parkovs Vergangenheit verwundert. »Das wussten wir nicht.«

»Wie war es im Uniklinikum?« Parkov wandte den Blick nicht von der Stadt ab. »Was du den Kollegen von der Vermisstenstelle erzählt hast, war doch niemals schon alles.«

Marie starrte ihn an. Parkov besaß ein hervorragendes Gespür für das, was seine Mitmenschen vor ihm verbargen, aber das … *Nein, das kann er nicht wissen.* Dr. Weiß hatte es nur ihr erzählt, weil er selbst nicht wusste, wie er damit umgehen sollte. *Eine gefährliche Information. Zu gefährlich, sollte sie in die falschen Hände geraten.*

»Marie?«, fragte Isabelle. »Wovon spricht er?«

Marie senkte den Kopf und spürte, wie ihr das Blut in die Wangen schoss. »Manchmal bist du mir unheimlich«, antwortete sie Parkov leise. Er drehte sich um, erst jetzt bemerkten sie, dass er auch einen dieser Umschläge in den Händen hielt. »Du hast …?«

»Na klar. Und es stimmt, was du über Meyer gesagt hast. Zu gern sähe er sich im Rathaus.«

»Kennt ihr euch?«, warf Isabelle ein. »Meyer und du? Aus dem … Millionärsklub?«

»Ich weiß, wer er ist. Das genügt. Also?«

»Dr. Weiß sagte mir, es gebe da noch eine andere Sache.« Marie fluchte innerlich. In diesem Moment hätte sie Parkov für seinen Auftritt ohrfeigen können. Sein plötzliches Auftauchen während des Prozesses, das seltsame Verhalten: War das Parkov, wie sie ihn kannte, exzentrisch eben, oder war es mehr als das? Beschäftigten ihn Sorgen, die er zu verbergen suchte? Wieder einmal wurde ihr klar, dass sie von Parkov und seinen seltsamen Wegen eigentlich überhaupt nichts wusste. Er war kaum mehr als ein Fremder geblieben. Zurückgezogen, verschlossen, unnahbar hinter einer Fassade der Überlegenheit, des Über-den-Dingen-Stehens.

»Etwas anderes?«

»Ja.« Marie räusperte sich. »Die arme Frau hatte Flöhe, ihr Haar war verfilzt. Die Schwestern haben getan, was sie konnten, aber das, was nicht zu retten war, mussten sie abschneiden. Jedenfalls haben sie dabei etwas entdeckt, das der Täter hinterlassen hat: ein russisches Wort auf der Kopfhaut. Er muss ihr Haar an einer Stelle abrasiert haben, na ja, und dann hat er sie tätowiert. Ihr Haar wuchs in der Gefangenschaft wieder nach und bedeckte die Tätowierung.« Marie deutete auf eine Stelle an ihrem Hinterkopf. »Ungefähr hier.«

»Noch eine Botschaft?« Parkov klang sehr ernst.

Marie zog den Zettel aus ihrer Jeanstasche, den sie wie ein Geheimnis mit sich herumgetragen hatte. »Auf ihrem Rücken haben wir die Worte gefunden: *Denk an deine Sünden.* Dann die Zahlen *1 5 18 29 47 60*, die sie an die Wand schrieb. Aber auf ihrem Kopf … der Arzt wusste nicht, was er damit anfangen sollte. Seht es euch an.« Sie reichte die Abschrift Parkov, der sie an Isabelle weitergab.

Ihr selbst war es, als hätte sich ihr der Anblick der blauschwarzen Tinte auf dem Kopf der Frau für alle Zeiten ins Gedächtnis eingebrannt. Winzig und gut verborgen stand dort in kyrillischen Buchstaben das Wort два. Zwei.

»Aber natürlich«, ließ Parkov hören. »Hinterlässt der Täter eine große, unübersehbare Botschaft auf dem Rücken des Opfers, sieht niemand mehr nach, was er sonst noch versteckt haben könnte.« Seine eisblauen Augen richteten sich auf sie, und wieder hatte sie den Eindruck, sie würde bis ins Innerste durchleuchtet. »Gibt es einen Zusammenhang mit Sophies Botschaft an der Wand?«

Marie schüttelte den Kopf. »Es ist eine weitere Zahl, mehr nicht.«

»Die Zahlenfolge scheint willkürlich. Zufällig gewählte Ziffern, die keinen Sinn ergeben …«, überlegte Parkov. »Weißt du, wie alt das Tattoo ist?«

»Da war sich Dr. Weiß nicht sicher. Der Entführer hat es ihr wohl zu Beginn ihrer Gefangenschaft eintätowiert, da ihr Haar Zeit hatte nachzuwachsen. Die Schrift auf dem Rücken ist wesentlich neuer. Von kurz bevor sie floh oder freigelassen wurde, würde ich sagen. Das bedeutet, dass sie bis zuletzt von ihrem Peiniger besucht wurde.« Marie schüttelte den Kopf, als er ihr den Zettel zurückgeben wollte. »Behalt ihn, Daniel.«

»Vielleicht ist die kyrillische Zwei auf ihrer Haut die Kennzeichnung einer Gefangenen. Wenn sie die Zweite ist, haben wir Nummer eins dann übersehen?«

»Oder bloß noch nicht gefunden.« Marie legte den Kopf schief. »Du hast eine Vermutung, nicht wahr?«

Er faltete den Zettel sorgfältig zusammen. »Übergeben wir die Informationen den Kollegen, die mit dem Fall offiziell betraut sind.«

»Bist du sicher? Vielleicht wirft das alles unangenehme Fragen auf. Eine russische Nachricht, ein russischstämmiger Ermittler. Dr. Weiß sagte …«

Parkov musterte sie mit einem Ausdruck, den sie nicht recht zu deuten vermochte. »Marie, es geht hier nicht um einen Mediziner in einer Uniklinik. Was willst du mir in Wahrheit sagen?«

Sie seufzte. »Janneck hat da etwas angedeutet. Sie alle warten nur darauf, dass du einen Fehler machst. Du weißt doch, sie können dich nicht ausstehen und würden am liebsten sehen, wie du … auch Krantz, er ist genau wie die anderen.«

»Aber du weißt, ich mache keine Fehler. Problem gelöst.«

»Das ist nicht lustig.«

»Es könnten Menschenhändler sein. Verbrecher, die ihre Ware kennzeichnen, mit einer Zahl auf der Haut wie …«

»Ein Stück Fleisch«, ergänzte Isabelle leise. »So ist es doch.«

Marie ging zu ihm und folgte seinem Blick hinaus über die Dächer der Stadt. Rote Ziegel schimmerten im Licht der Nachmittagssonne, die großen Fensterflächen glühten. Ein Schwarm Stare stieg auf und zog in präzisem Formationsflug über den Himmel. »Das ist alles so …«, sie suchte nach einem passenden Wort, das in diesem Augenblick zusammenfasste, wie sie sich fühlte, »kaputt.«

»Nun hörst du dich an, als würdest du den Job erst seit heute früh machen, meine Liebe.«

Marie sah sich nach Isabelle um, die ihr zuwinkte, ehe sie hinausging, was sie trotz allem zum Lächeln brachte. *Gott, wie sehr ich sie brauche. Die Einzige, die noch halbwegs ihren Humor bewahrt hat, ist eine Isländerin, die in Polarnächten mit tagelanger Dunkelheit in Akureyri aufgewachsen ist.* »Nein, daran liegt es nicht. Ich merke nur, dass es immer weitergeht, was wir auch tun oder wie gut wir sind. Es kommen ständig Leute, die töten, rauben und entführen.«

»Du meinst, Leute wie er?«

»Nicht wie er. *Er* ist ziemlich einzigartig. Aber er lockt sie an – die anderen. Er ist der Magnet. Die Dunkelheit, in der sich diese Schatten verbergen können.«

»Und doch gibt es auch immer wieder solche wie uns, die sich der Dunkelheit entgegenstellen. Und das ist gut so. Denn am Ende, da bin ich mir sicher, verliert der Magnet seine Kraft. Das ist ein Naturgesetz, wenn ich mich nicht irre.« Endlich wandte sich Parkov gänzlich von den Fenstern ab. »Entschuldige, ich will nicht philosophieren. Es gibt etwas, das ich im Hinblick auf diese Zahlen überprüfen möchte.«

»Und die kyrillische Zwei?«

»Auch die.« Parkov nickte. »Vergiss nicht, ihre Füße waren schmutzig, ihre Nägel vom Kratzen an den Wänden ihres Gefängnisses verletzt.«

»Und voller Hautpartikel. Fremde DNA.«

»Ich weiß. Eines muss man dem Kollegen Janneck lassen: Er liebt es, einen Bericht zu verfassen.« Marie versuchte, sich bei der Erwähnung dieses Namens nichts anmerken zu lassen, war sich jedoch nicht sicher, ob es ihr wirklich gelungen war.

»Ich werde versuchen, die Partikel zu analysieren, die Erde, den Betonstaub. Vielleicht ermöglicht uns das eine Eingrenzung des Ortes, an dem sie gefangen gehalten wurde.«

»Es waren auch Fichtennadeln in der Erde, sagen die Kollegen der Spurensicherung. Das bedeutet, sie könnte auf ihrer Flucht durch einen größeren Wald gelaufen sein.«

»Das ist weniger ein Problem.« Sein Blick wanderte zurück zu den ins Licht ragenden Hochhäusern der Stadt, die in der tief stehenden Sonne lange Schatten warfen, in denen sich all das Verbrechen, der Abschaum und die Abgründe versteckten. »Ich fürchte, er hat sein nächstes Opfer bereits ausgemacht. Wir könnten zu spät kommen.«

12.

Jan van der Meer schlug die Augen auf, als das Geräusch der Türglocke durch die Räume der Villa hallte. Dunkelheit lag hinter den hohen Fenstern, nur das gefüllte Bassin des kleinen Springbrunnens funkelte im Licht der ins Wasser eingelassenen Scheinwerfer. Er bemerkte, wie die Stand-by-Leuchte an seinem iMac auf dem Nussbaumholzschreibtisch gemächlich vor sich hin blinkte, und spürte, wie der Schlaf, der so jäh über ihn gekommen war, noch tief in seinen Knochen steckte.

Natürlich war es die Arbeit, die mehr seinen Geist als seinen Körper beanspruchte. Zugleich spürte er jedoch, dass er allmählich alt wurde. Die Aktenstapel, all die Fälle, wuchsen auf ihrer Ecke am Rand des Schreibtisches zu einem Turm. Er war überlastet, und nichts deutete darauf hin, dass sich daran etwas ändern würde. Nicht in einem Monat, nicht in einem Jahr.

Van der Meer stemmte sich vom Schreibtisch hoch und schritt zur Tür. Die voll bestückten Bücherregale, die bis unter die Decke reichten, dämpften seine Schritte.

Schließlich warf er einen Blick durch den Spion. »Ist das ein Scherz?« Die Frage, auf die ihm niemand antwortete, erinnerte ihn daran, dass er allein war. Ein schmerzlicher Gedanke.

Draußen hing ein Ballon, mittig auf der obersten Stufe platziert, und schwang sanft im Wind hin und her. Der Strafverteidiger öffnete die Tür.

Der Ballon war mit Helium gefüllt, ein großes rotes Exemplar, das etwa in Kopfhöhe an einer Schnur befestigt war, die zu etwas hinabführte, das zu seinen Füßen lag: ein gelber Umschlag, auf den jemand mit dickem Filzstift geschrieben hatte, quer darüber. *Van der Meer. PERSÖNLICH!*

Er spähte den Weg hinab, der zwischen den Bäumen zum Tor führte. Niemand war dort. Wer auch immer diese Botschaft hinterlassen hatte, musste das Tor oder den Zaun überwunden und geläutet haben, um dann in aller Eile zu verschwinden.

Das Alarmsystem hatte dennoch nicht ausgelöst. Van der Meer blickte ein zweites Mal auf den Umschlag. Etwas an dieser Schrift erschien ihm vertraut. Aber das konnte nicht sein. So etwas würde sie ihm nicht senden, nicht auf diese skurrile, beängstigende Weise.

Der Ballon drehte sich, schwang im Wind gemächlich hin und her, auf und ab. Ein dicker Smiley war auf die rote Gummihülle gemalt. Van der Meer streckte die Hand aus.

Im selben Moment läutete hinter ihm ein Telefon.

13.

Lucie war eingeschlafen, unter einer weichen Wolldecke an ihren Teddybären gekuschelt, als die Türklingel durch die Wohnung schellte. Marie schreckte aus ihrem Dämmerschlaf auf. Ihre Schwester Lara, die auf der anderen Seite der Couch lag, fuhr ebenfalls hoch und warf dabei die Fernbedienung zu Boden. Marie bemerkte, dass auf dem Fernsehschirm der Trickfilm, den sich Lucie ausgesucht hatte, wieder von vorn begonnen hatte – Anna und Elsa jagten sich ein weiteres Mal durch das Schloss ihrer Eltern. Das Brettspiel, das sie zuvor zu dritt gespielt hatten, lag auf dem Teppich.

»Ich gehe schon«, sagte sie leise zu Lara und machte sich in dicken Wollsocken und ihrem kuschligen Lieblingspyjama auf den Weg zur Tür. Als sie durch den Spion sah, entdeckte sie Parkov, der im selben Augenblick aufblickte, als hätte er irgendwie bemerkt, dass sie just in diesem Moment durch den Spion schaute. Er nickte knapp, als wäre es völlig normal, dass er zu dieser Uhrzeit vor ihrer Tür stand, in seinem Mantel, feiner Nieselregen im kurzen blonden Haar. Um halb zehn am Abend.

»Daniel?«

»Marie.« Er roch gut, nach einem dunklen männlichen Aftershave, Zedernholz und Moschus, wie sie bemerkte, dann kommentierte er ihren Schlafanzug, indem er eine Augenbraue hochzog. »Das ist eine interessante … Kombination.«

»Ich wollte früh schlafen gehen. Das war wieder so ein Tag, den ich am liebsten gleich aus dem Kalender gestrichen hätte.«

»Das kann ich nachvollziehen, meine Liebe.« Sein wachsamer Blick ging an ihr vorbei, in ihre Wohnung. »Und wir kennen uns noch nicht. Daniel Parkov«, sagte er. Marie, die sich schnell umdrehte, bemerkte, dass ihre Schwester herangeschlichen war.

»Lara«, stellte sie sich vor und schenkte Parkov ein strahlendes Lächeln. »Marie erzählt viel von dir.«

»Und ich glaube, meine ältere und dennoch kaum weisere Schwester hat zu viel Rotwein getrunken.« Marie wandte sich Parkov zu. »Ist es dienstlich?«

»Pff, Marie – *ist es dienstlich?* Dein Ernst? So wird das nie etwas.«

Marie warf ihr einen bösen Blick zu. Lara, die sie natürlich sofort verstand, zwinkerte Parkov zu und verschwand wieder im Wohnzimmer.

»Oder willst du … ähm … reinkommen?«

»Zu unserer gemeinsamen Enttäuschung ist es dienstlich«, erwiderte Parkov. »Vier Worte: Jan van der Meer. Der Strafverteidiger unseres gemeinsamen Feindes schickte mir eine Nachricht, in der er mich aufforderte, ihn umgehend zu treffen. Ich habe natürlich gleich versucht, ihn anzurufen, doch war ich dabei nicht besonders erfolgreich. Da meldet sich niemand.«

»Und wieso bereitet mir diese Sache schon wieder Bauchschmerzen?«

»Was meinst du?«

»Dass diese Nachricht nicht von van der Meer selbst stammt. Dass es nach einer Geschichte klingt, die nicht gut ausgeht«, sagte Marie.

»Deshalb bin ich hier. Du bist die Einzige, der ich vertraue.«

»Oh«, erwiderte sie und spürte, wie sie rot wurde. »Also dann stellt sich wohl nur die Frage, ob wir allein fahren oder gleich mit Verstärkung.«

»Verstärkung?« Parkov schüttelte den Kopf. »Vielleicht erwartet jemand, dass wir direkt in die Arme der Presse laufen, während wir uns bei dem Strafverteidiger eines gefährlichen Mannes umsehen – und das nach einem solchen Prozess. Vielleicht war die zeitliche Übereinstimmung des Eingangs der E-Mail und das Ende des Prozesses kein Zufall. Wenn du mich fragst …«

»Schon verstanden. Also nur wir beide.« Marie sah an sich herunter. »Gib mir zehn Minuten, Daniel.«

14.

Sie brauchte neun.

Das nächtliche Frankfurt war unruhig: Marie sah, wie eine Gruppe von Obdachlosen mit ihren Rucksäcken und Einkaufstaschen die Straße überquerte und den Bentley musterte. Die Alte Oper kam in Sicht, der hell angestrahlte, ehrwürdige Renaissancebau, heller Kalkstein, Säulen und geschwungene Fensterbögen. Einige Opernbesucher scharten sich auf dem Vorplatz und erwarteten einen unterhaltsamen Abend.

»Ich muss gerade daran denken, wie lange es eigentlich her ist, dass ich zum letzten Mal hier war.«

»Jahre?«

»Erik war noch am Leben. Manchmal ...«, Marie seufzte, »fühle ich mich so seltsam fern von diesen Leuten. In Augenblicken wie diesen. Wie sie ihren Leben nachgehen und nicht ahnen, welche Bestien mitten unter ihnen sind. Und manchmal wieder denke ich mir, es ist nicht normal, was *wir* tun. Wir jagen hinter Abschaum her, wieder und wieder, gefangen in einem sich stetig wiederholenden Kreislauf von Illusionen. Der Illusion, dass wir etwas ändern könnten.« Sie nickte zum Vorplatz der Alten Oper hin, wo die Besucher nun im Gebäudeinneren verschwanden. »Das da drüben wäre anders. Wir können doch nicht unser ganzes Leben von einem wahnsinnigen Mörder gestalten und einschränken lassen – und selbst jetzt, da er eingesperrt ist, noch immer überall seine Fallen und Rätsel wittern.« Marie spürte, wie die Last und die Eindrücke der vergangenen Tage, Wochen und Monate sie niederdrücken wollten. Wie all das sie wie eine Flutwelle überkam, umspülte und über ihre Seele floss wie ein unaufhaltsamer Strom, ohne dass sie sich irgendwo festhalten oder in Sicherheit bringen konnte.

Er ist verurteilt. Und doch hat all das kein Ende gefunden. Es ist niemals genug.

»Du hast recht«, gab Parkov zu. »Das dürfen wir nicht. Aber wir tun es.«

»Weil wir davon besessen sind.«

»Nein. Weil wir diejenigen sind, die zwischen denen dort«, er sah ebenfalls zur Oper hinüber, wo sich die Türen hinter den letzten Gästen schlossen, »und den anderen stehen. Mir, meine Liebe, hat diese Illusion immer genügt.«

Das leise Geräusch des Zwölfzylindermotors des Bentley Continental GT verstummte. Vor ihnen lag eine stille Seitenstraße mit großen Grundstücken, die sich hinter hochgewachsenen Buchshecken und überhängenden Lindenbaumkronen versteckten, matt beleuchtet von Straßenlaternen, die kreisrunde Lichtkleckse auf den Boden warfen. Der Asphalt schimmerte regenfeucht, Nebel wallte durch das Scheinwerferlicht.

»Du findest deine Dienstwaffe in der Halterung im Handschuhfach«, sagte Parkov. »Vorsicht ist besser als eine Schusswunde.«

»Auch wenn *du* sicher nichts dagegen hättest, dich ein zweites Mal von mir verarzten zu lassen, nicht wahr?«

»Du durchschaust mich.« Es war ihr übliches Spiel, aber Parkov klang gedankenverloren. Ein Tor aus mattschwarzem

Stahl mit spitz zulaufenden Enden versperrte die Einfahrt – dazwischen Kontaktsensoren, die mit einem Alarmsystem verbunden waren.

»Es ist nicht verschlossen.« Marie spähte eine dunkle, gewundene Treppe hinauf, die sich zwischen den Büschen emporschlängelte. Fußwegleuchten beschienen die feuchten Platten und das bunte Herbstlaub, das platt gedrückt am Boden klebte. Van der Meers Vorgarten glich einer kontemplativen Oase der Ruhe – kleine Statuen zwischen Bambussträuchern und verschiedene buddhistische Schreine aus Holz, in denen kleine Lichter brannten.

Sie folgten den Stufen hinauf zu einem Haus im asiatischen Stil, das sich in die Umgebung einfügte, als wäre es eine Symbiose mit den ausladenden Baumkronen eingegangen. Aus dem Schornstein auf dem sanft geschwungenen Dach strömte Rauch, doch hinter den Fenstern im Erdgeschoss herrschte Dunkelheit. Marie ließ ihren Blick weiter zum zweiten Stock schweifen. Für einen Moment war sie sich sicher, dass sich dort oben eine Gardine bewegt hatte.

All das anzulegen muss ein Vermögen gekostet haben. Aber hier, in Königstein im Taunus, nicht weit von Frankfurt entfernt, hatte sich das alte und neue Geld in den Villenanlagen versammelt und viele davon lagen versteckt hinter langen Zufahrten und hohen Mauern.

»Ist er überhaupt da?«

Parkov nickte.

»Und wenn …«

»Es ist keine Falle.«

Marie zog ihre Heckler & Koch P30. Auch die Haustür war nur angelehnt: Licht fiel in einem schmalen Streifen auf den feinen Kies und die Treppenstufen. Aus dem Inneren wehte ein Geruch, der ihnen sofort beißend, unangenehm und widerwärtig in die Nasen stieg – als wäre etwas verbrannt.

Sie bedeutete Parkov, leise zu sein, dann traten sie ein. Auf dem Boden waren schmutzige Spuren, Erdklumpen und Matsch, als wäre jemand durch den regennassen Garten abseits der Wege gelaufen. Und dann Federn, schwarze Federn auf den Teppichen und dem Nussbaumparkett verteilt. Dort ging die Küche ab, ein moderner Raum, gebürsteter Edelstahl unter hellen LED-Leuchten – alles still, unberührt und doch von dem seltsamen Geruch durchzogen, der wie ein ungebetener Gast gemeinsam mit ihnen anwesend war, ihnen auf Schritt und Tritt folgte.

Marie war es, als wollte ein Grauen, das die ganze Zeit hinter einer verschlossenen Tür gelauert hatte, nun hervorbrechen. *Als würdest du auf einen Abgrund zurennen, und noch während du begreifst, dass du nicht springen, nicht abstürzen willst, gehorchen dir deine Beine schon längst nicht mehr.*

Vorbei an Wänden mit hohen Bücherregalen voller juristischer Fachliteratur betraten sie ein Arbeitszimmer, von dem sich ihnen ein herrlicher Ausblick auf die Parkanlage hinter dem Anwesen bot. Ein Plattenspieler mit zwei wuchtigen Lautsprechern flankierte einen teuren Ledersessel im hinteren Teil des Raumes, das Regal daneben war mit Jazzplatten gefüllt. In einem gemauerten Kamin brannte ein Feuer, noch vor Kurzem musste jemand Holz nachgelegt haben.

Auf dem Schreibtisch lag ein Kuvert, aufgerissen. Darüber trieb ein roter Heliumballon unter der Decke, auf den jemand mit schwarzer zerlaufender Farbe, die an den Rändern ausfranste, einen grinsenden Smiley gemalt hatte.

Oben polterte etwas. Parkovs Blick war unmissverständlich: *Mach dich auf das Schlimmste gefasst.* Sie nickte. Jetzt war sie ruhig, kalt, fokussiert. Auf dem Schreibtisch lag neben einem großen iMac-Computerbildschirm ein Schnurlostelefon, dessen Display noch leuchtete, als hätte van der Meer vor Kurzem ein Gespräch geführt. Oder jemand anders, der noch im Haus war.

Rechts neben dem iMac stand die gegossene Nachbildung eines Alpenpanoramas, links davon, wenn van der Meer auf Symmetrie bedacht war, fehlte jedoch ein Objekt. Marie ging in die Hocke und warf einen Blick unter den Schreibtisch. Ein gerahmtes Foto war herabgefallen: Van der Meer selbst war darauf zu sehen, neben ihm eine jüngere hellblonde Frau von vielleicht fünfunddreißig Jahren. Parkov zog ein Paar Spurensicherungshandschuhe über und griff mit spitzen Fingern nach dem Blatt Papier, das halb aus dem Kuvert ragte, als hätte van der Meer es betrachtet und dann vor Schreck wieder zurückgesteckt.

Sechs Worte standen darauf, in einer breitlaufenden, großen Handschrift. Diese Worte raubten Marie für einen Moment den Atem: *Denk an deine Sünden.* Один. *Eins.*

Hinter ihnen schlug etwas mit lautem Poltern zu Boden.

15.

Marie fuhr herum, richtete den Lauf der P30 zurück auf den Flur und den Treppenaufgang, doch es war nur der Wind, der durch die offen stehende Haustür hereingeweht war. Er hatte eine kleine Holzfigur umgeworfen, die auf einem kirschholzroten Sideboard zwischen leeren Obstschalen stand. Parkov legte ihr eine Hand auf den Arm. »Ruhig.« Seine Stimme war kaum lauter als ein Flüstern.

»Ich *bin* ruhig.« Sie hob die Figur auf: Die geschnitzte Darstellung zeigte einen Mann, dessen Körper von Pfeilen und Nägeln durchbohrt war. Etwas an dem Anblick beunruhigte sie zutiefst, Gesicht und Kopf waren übermäßig groß, als hätte der Künstler nicht gewusst, was er tat, die Augen vor Schrecken weit geöffnet.

»Sie ist afrikanischen Ursprungs«, sagte Parkov sehr leise. »Eine Nkisi, wenn ich mich nicht irre.«

»Es ist die Einzige dieser Art hier. Zufall?«

Parkov betrachtete das Objekt mit skeptischem Blick von allen Seiten. »Nein.«

»Denk an deine Sünden«, wiederholte sie. »Der gleiche Wortlaut wie auf dem Rücken der Unbekannten und wieder eine Zahl. Diesmal die Eins – weil Jan van der Meer der Erste hätte sein sollen? Ist das seine Botschaft für uns?« Marie sah zu, wie Parkov das Blatt zurück auf den Schreibtisch legte. »Vielleicht sowohl für uns als auch für ihn, für van der Meer selbst«, erwiderte er.

»Wie meinst du das?«

»Ein jeder trägt seine eigene Last, nicht wahr? Niemand ist ohne Sünde. Viele Menschen haben Dinge getan, die die Frommen unter uns erröten ließen.«

Sie blickte wieder auf das Foto, das den Anwalt mitsamt dieser Frau zeigte. *Wer war sie?* »Hast du eine Idee, von welchen Sünden er spricht? Irgendeinen Anhaltspunkt, was er damit meint?«

Parkov schüttelte den Kopf.

»Dann sehen wir uns weiter oben um.«

Die Treppenstufen waren aus dunklem, glattem Tropenholz gefertigt, das Metall des Geländers onyxschwarz. Ein tiefer Teppich lag oben, dunkle Erde auf dem weißen Muster, eine feine Spur aus Schmutz, säuberlich aufgereiht wie Brotkrumen. »Er war auch hier oben.«

»Er war *vor allem* hier oben«, sagte Parkov leise. Seine behandschuhte Hand suchte nach einem Lichtschalter an der Wand. Marie konnte im Halbdunkel und dem diffusen Licht der Parkbeleuchtung, das durch die großen Fenster hereinfiel, eine Reihe von Gemälden ausmachen, Skizzen, Zeichnungen, moderne Drucke. Jemand hatte etwas auf die Tapeten gekritzelt, Linien, Kreise, absurde geometrische Formen.

»Ein Kind?«

»Das war kein Kind.«

Der Lichtschalter klickte. Nichts geschah. »Dort«, flüsterte Marie. Sie deutete auf die Tür eines Schaltschranks, die halb offen stand. »Jemand hat mit der Elektroinstallation herumgespielt.«

Eine Reihe gelber Kerzen brannte auf dem Parkett neben den Teppichen. Wachs tropfte auf das Holz. Die Tür am Ende des Flures war angelehnt und die erdige Spur führte direkt auf sie zu. Der Durchgang glich einem Rechteck, umgeben von einem gelb schimmernden Kranz aus unheilvollem Licht. Ein kalter Lufthauch wehte heran, der Marie unter Wollpullover und T-Shirt über die Haut kroch, wie Spinnweben über ihren Nacken strich.

»*Es ist hier*«, sagte Parkov. Dann stieß er die Tür auf – und sie blickten direkt in den Abgrund.

16.

Van der Meers luxuriöses Schlafzimmer erschien ihnen wie eine Brutstätte der Finsternis, ein Fixpunkt des Bösen. Jemand hatte einen Kreis aus gelben Kerzen um das Bett aufgestellt und entzündet – die einzige Lichtquelle im Raum. Die gelben Flammen bewegten sich im Luftzug, tanzten wie kleine Feuergeister. Die Quelle des Brandgeruchs, der sich durchs ganze Haus zog, befand sich hier in diesem Raum, ein widerwärtig beißender Geruch lag in der Luft, dessen Bestandteile sie nicht identifizieren konnten, doch Marie spürte, wie sich ihr der Magen umdrehte. Sie hörte ihr Blut in den Ohren rauschen, ihren eigenen Atem schnell, flach und seltsam gedämpft, als befände sie sich unter Wasser. Der Griff der P30 fühlte sich jetzt rutschig an, lag schwer in ihrer Hand und ihr war, als hätte dieser Ort ihrer Gelassenheit und dem Wall aus Selbstsicherheit, den sie mühsam wieder errichtet hatte, nachdem der Professor verhaftet worden war, einen Hieb versetzt.

Massive hölzerne Querbalken verliefen längs durch den Raum, weit oben unter der hohen Decke hing ein Seil, an dem ein Raubvogel befestigt war, der mit dem Kopf nach unten über dem Bett baumelte, sanft hin und her schwang. Die schwarzen

Augen des Tieres waren matt, das Gefieder voller Blut, die Schwingen weit ausgebreitet. Dahinter, am Kopfende des Bettes, war etwas in Rot an die Wand gemalt worden, ein Symbol, das sie beide nur zu gut kannten. Drei senkrechte Striche, dazwischen zwei Punkte: |.|.|

Jan van der Meer saß aufrecht auf seinem Bett, den Rücken gegen die Kopfseite gestützt, die Beine ausgestreckt. Die Hände waren ihm hinter dem Rücken gefesselt worden, die Fußknöchel aneinandergebunden. Die Decken lagen zerwühlt zu seinen Füßen, blutgetränkt. Er war nackt, auf seinem Brustkorb schimmerte rötlich ein Brandzeichen, dessen Darstellung jenem Zeichen an der Wand glich. Marie sah genauer hin: Wo van der Meers Augen starr zu ihnen herüberblicken sollten, waren leere dunkle Höhlen.

Marie schluckte. Ihre Kehle war trocken wie Schleifpapier, jeder einzelne ihrer Instinkte riet ihr zur Flucht – fort, nur fort von hier. »Das ist *sein* Zeichen. Seins, Daniel. *Hier*. Verdammter Mist, was in aller Welt hat es hier zu suchen?« Sie war sich bewusst, wie nervös sie klang, aber daran war nichts zu ändern. Ihr Herz hämmerte gegen ihre Rippen, befeuert vom Adrenalin. Noch immer wagte sie es nicht, die Schwelle zu überqueren. Lange Schatten wuchsen in den Ecken des vom Kerzenlicht schummrig illuminierten Raumes und schlugen ihre Klauen in die Wände, langten nach Parkov und ihr, als wären sie lebendig.

Im flackernden Licht der Kerzen schien der Vogel an seinem Strick den Kopf zu drehen, dann schlug er mit den Flügeln. Doch als sie ein zweites Mal hinsah, war er doch bloß tot und starr wie zuvor. Erst jetzt bemerkte Marie das Gefäß neben dem Bett, noch innerhalb des Kerzenkreises. Etwas schmorte in der Glut. Der seltsame Geruch, der überall in der Luft hing, stieg daraus auf.

»Lassen wir es brennen?«, fragte sie und hoffte, nicht so zu klingen, wie sie sich gerade fühlte. »Oder sehen wir nach und zerstören die Spuren im Raum? Und verlieren wichtige Beweise?«

»Was würdest du tun?«

»Nicht reingehen«, erwiderte sie ohne Zögern.

»Dann gehen wir *nicht* hinein.«

»Die Kollegen …«

»Ich rufe sie.«

Marie lauschte dem Gespräch, das Parkov führte, während sie weiter in das Schlafzimmer spähte, die Grausamkeit ihren Blick bannte und die Schatten mit dem Flackern der Kerzen über die Wände tanzten. Ihr wurde klar, wie müde sie war. Etwas hier machte sie schläfrig. War es der Geruch, der in der Luft lag? Dieser ätherische …

Parkov legte ihr seine Hand auf die Schulter – sie zuckte zusammen – und musterte sie besorgt. »Alles gut?«

»Sehr lustig.« Sie atmete aus. »Ganz bestimmt nicht.«

»Komm ein paar Schritte von dort weg.«

Sie folgte ihm, nachdem sie die übrigen Räume überprüft und nichts gefunden hatten, nach draußen. Nicht eine einzige Wolke verdeckte den Himmel. In van der Meers japanischem Garten rauschten die Ziersträucher, unruhig, vom Wind in ihrem Schlaf gestört, doch hatte das Geräusch nichts Friedliches mehr an sich.

Marie registrierte, dass Parkov nicht von ihrer Seite wich. Jetzt war sie froh, dass er hier war. Der Wind wehte, und für einen Augenblick war ihr, als trüge er einen leisen Klang heran – wie von einer Spieluhr, die ganz in der Nähe eine Melodie spielte. *Aber das ist nur deine Einbildung, nicht wahr? Das kann nicht sein.*

»Ein Ritualmord«, sagte sie leise, als wären diese Worte etwas Verbotenes, etwas Gefährliches, das an diesem Ort nicht einmal geflüstert ausgesprochen werden durfte.

»Lass uns nicht vorschnell urteilen.« Parkov spähte die Fassade der Villa hinauf, während seine Augen das Licht des Firmaments über ihnen einfingen. »Lass uns …«

»Du *weißt doch*, dass es so ist.«

Parkov widersprach kein zweites Mal. »Als ich ein Junge war«, sagte er stattdessen, »fand ich in der Astronomie einen meiner liebsten Zeitvertreibe. Ist es nicht eines der großartigsten Mysterien? Das Leben *muss* seine Geheimnisse haben, das hat Michail immer wieder gesagt, als wir noch Kinder waren. Wer wären wir, hätten wir verlernt zu träumen?«

»Und was hat das hiermit zu tun, Daniel?«

»Die Sterne sind unverhüllt heute Nacht«, stellte er fest. Das war alles, was er dazu sagte.

Es dauerte etwas, bis die Kollegen vor der Einfahrt erschienen. Die Männer, die über den Pfad zu ihnen kamen, Koffer, Taschen und Scheinwerfer in den Händen, brachten etwas mit, das Marie mehr als alles andere ersehnte – Normalität.

Dann schallte eine andere Stimme zu ihnen herüber. *Natürlich war er hier. Weil es nie leicht sein kann. Weil das Leben immer den schweren Weg nimmt. Wenn du eines lernen musstest, dann war es diese Tatsache.*

»Das ist er …«, begann sie langsam, und da war er auch schon, in seinem Karohemd, den Wildlederschuhen und einer dicken Jacke mit Pelzkragen. Nicolas Krantz erschien mit einer ganzen Armee von Erkennungsdienstlern und Kriminaltechnikern im Schlepptau. Als er sie und Parkov entdeckte, nickte er knapp. »Ich hätte damit rechnen müssen.« Er kam näher. »Und Sie müssen der *Held* sein.«

»Daniel Parkov.« Er gab sich entspannt, doch Marie merkte ihm an, dass die Bilder aus van der Meers Schlafzimmer auch an ihm nicht spurlos vorbeigegangen waren.

»Ich verstehe. Verschieben wir den Small Talk auf später?«

»Verschieben wir ihn lieber auf nie.«

Krantz runzelte die Stirn. »Was haben wir hier?«

»Etwas Neues.« Parkov hielt einen Kriminaltechniker im Vorübergehen auf. »Würden Sie mir einen Gefallen tun? Prüfen Sie im und um das Haus, ob wir etwas aufspüren können, das der Figur gleicht, die Sie unten im Wohnzimmer entdecken werden. Wenn ich mich irre, besitzt van der Meer eine Sammlung derartiger Kunstgegenstände. Wenn nicht, ist sie die einzige hier. Oben im Schlafzimmer werden Sie ein interessantes Arrangement vorfinden – ein Kunstwerk, das der Täter hinterlassen hat.«

»Ein Arrangement?« Krantz stand Parkov unverhohlen ablehnend gegenüber. »Ein Kunstwerk?«

»Einen Ritualmord.«

»Und wenn Sie sich nicht irren?«

»Dann ist es so schlimm, wie ich vermute. Vielleicht schlimmer.«

Krantz kam noch näher. »Wissen Sie überhaupt, wie das aussieht? Der Strafverteidiger, das Urteil – ich will sofort eine Erklärung, wieso Sie beide hier sind. Können Sie sich vorstellen …?«

»Ich kann mir vorstellen, was Sie sich vorstellen. Man bat uns her, vielleicht sollte ich sagen, man *lockte* uns. Ich erhielt eine Nachricht.« Parkov hob eine Braue. Marie spürte die Spannung zwischen den beiden Männern wie ein elektrisches Knistern, ein Elmsfeuer, ehe das Gewitter losbrach. »Lassen Sie mich eine Gegenfrage stellen: Wieso sind *Sie* hier? Sie sollten doch zu Hause sein und das tun, was man nach einem harten, arbeitsreichen Tag so tut. Ich weiß nicht genau, was das ist, entschuldigen Sie das bitte. Stattdessen tauchen Sie hier jedoch auf, nur wenige Minuten, nachdem der Zwischenfall bekannt wurde.«

»Ich bin der neue Leiter des K 11, Parkov. Wenn dem Mann, der Argo verteidigt hat, etwas zustößt, muss ich verflucht noch mal wissen, was los ist. Darum bin ich hier.«

»Van der Meer erhielt vor seinem Tod eine Nachricht«, sagte Marie und Krantz wandte sich ihr zu. »*Denk an deine Sünden.* Vielleicht sollten wir herausfinden, wer sie ihm geschickt hat, anstatt … na, ihr wisst schon, zu streiten.«

Parkov nickte. »Aber natürlich sollten wir das. Und noch etwas: Ich habe gerade dem Facebook-Profil seiner einzigen Tochter einen Besuch abgestattet«, erklärte er und machte kehrt, um wieder ins Haus zu treten, vorbei am Arbeitszimmer, das nun von den Kollegen der Spurensicherung belagert wurde. Ein Flügel stand dort, das zentrale Objekt im Raum, Notenblätter auf der Ablage. Marie bemerkte Werke von Chopin und Schumann, während sich Parkov auf die Klavierbank setzte. »Sophie van der Meer, vierunddreißig Jahre alt. Sie ist die Frau neben Jan van der Meer auf dem Bild, das wir in seinem Arbeitszimmer fanden. Den Einträgen zufolge war sie seit etwa zehn Monaten nicht mehr in Deutschland. Studierte Ethnobotanikerin, arbeitete an Universitäten in Berlin, Frankfurt und London. Und wenn ich die Einträge auf die Schnelle richtig deute, befindet sie sich derzeit auf einer Forschungsreise durch Mittelafrika. Ganz interessant, finden Sie nicht?«

»Ich weiß nicht, worauf Sie hinauswollen, Parkov.«

Parkov ignorierte Krantz, stattdessen wandte er sich Marie zu. »Du ahnst es, das kann ich dir ansehen. Sieh dich um, was sagt uns das alles?«

»Er liebte seine Tochter. All die Aufnahmen hier.«

»Du hast dazugelernt«, erwiderte Parkov.

Krantz schüttelte den Kopf. »Stehst du darauf, dich wie eine Idiotin behandeln zu lassen? Dass er eine erwachsene Kollegin *Häschen* nennt, wie ich gehört hab, ist doch …«

»Verabscheuungswürdig. In dieser Sache bin ich schuldig.« Parkov hob die Hände.

»Schluss jetzt. Sieh dich doch mal um«, sagte Marie zu ihrem neuen Chef und bemühte sich, so viel Ruhe und Gelassenheit in ihre Stimme zu legen, wie sie angesichts dieses Ortes aufbringen konnte. Sie hörte die Schritte der Rechtsmediziner und Kriminaltechniker im oberen Stock, wo diese den Tatort unter die Lupe nahmen. »Bilder aus van der Meers Leben finden wir hier überall. Bilder von seiner Tochter, im Flur in den Bücherregalen, hier und auch in seinem Arbeitszimmer. Seine Erfolge. Van der Meer ist eine kleine Berühmtheit, ein Staranwalt, hervorragender Strafverteidiger.«

»Wie schön«, sagte Krantz irritiert. »Was soll dieses Theater?«

»Was Marie sagen will: Von van der Meers einziger Tochter finden wir hier überhaupt nichts, das neuer ist als, ich schätze, fünf Jahre.« Wieder widmete sich Parkov einige Minuten seinem Smartphone, dann nickte er, als hätten sich im Handumdrehen all seine Vermutungen bestätigt. »Schenkt man den Klatschblättern Glauben, haben sich Vater und Tochter nach dem Tod von van der Meers zweiter Frau Amilia, Sophies Mutter, eintzweit. Vor sechs Jahren.«

Ein Kriminaltechniker kam herein und informierte sie über eine Neuigkeit – jemand hatte van der Meer auf dem Festnetzanschluss angerufen, kaum mehr als anderthalb Stunden bevor er starb. Die Nummer stammte von einem Mobiltelefon, das auf Sophie van der Meer registriert war. Die Rückverfolgung würde in Kürze genehmigt werden.

»Es ist jetzt kurz nach zehn Uhr. Wieso sollte eine vierunddreißigjährige Frau, die ihren Vater seit Langem hasst, plötzlich nach all der Zeit anrufen?« Marie schaute fragend ihre Kollegen an.

»Das klingt wirklich merkwürdig«, sagte Krantz, »aber dafür kann es tausend Gründe geben. Vielleicht ist ihr was zugestoßen, etwas, wo eine Tochter eben doch ihren Vater anruft.«

»Durchaus möglich, aber …« Parkov schüttelte den Kopf. »Das ist es nicht.«

»Was dann?«

»*Sie* hat ihn nicht angerufen. Sophie ist niemand anderes als unsere nicht identifizierte Patientin.«

17.

Krantz schien wie vor den Kopf gestoßen. »Wie war das?«

»Sophie van der Meers letzter Facebook-Beitrag stammt von heute, vor zwölf Stunden abgesetzt. Kein schlechter Trick, das muss man ihm lassen.« Marie warf einen Blick auf Parkovs Smartphone. Vor einem Sonnenuntergang blickte eine junge Frau mit strahlendem Lächeln am Ufer eines großen Sees in die Kamera. Die Ähnlichkeit mit der Unbekannten, die man in der Unterführung aufgegriffen hatte, war unübersehbar. »Keine Ortsangabe. Wir müssen Facebook kontaktieren.«

»Ich würde viel Geld darauf wetten, dass uns die Spur des Computers, der hinter diesem Eintrag steckt, ins Darknet und zu nicht rückverfolgbaren Webservern führt«, erwiderte Parkov. »Aber natürlich hast du recht. Würden Sie das weitergeben?«

Krantz nickte.

»Van der Meer hatte eine Tochter – und er hat sie nicht wiedererkannt, obwohl ihr Foto durch den Fahndungsaufruf in allen Zeitungen und lokalen Nachrichten verbreitet wurde«, fasste Marie zusammen.

»Sie hat sich verändert. Auch wir haben sie auf dem Foto nicht sofort erkannt, das unter seinem Schreibtisch lag. Er wird sie seit Jahren nicht mehr gesehen haben und wusste gar nicht, dass sie in der Nähe war. Aber etwas stimmt hier nicht.«

»Und das wäre?« Krantz klang ungehalten.

»Chopin und Schumann.« Parkov legte die Hände auf die Tasten des Flügels. »Was sagt uns das über van der Meer?«

»Er ist ein Fan der klassischen Komponisten?« Krantz hatte nun seinerseits sein Handy aus der Tasche gezogen und tippte etwas ein. »Wenn die Vermutung stimmt …«

»Es ist keine Vermutung«, gab Parkov zurück.

»… muss ich mich erkundigen, wie es ihr geht. Und danach diese Spekulation«, er sprach das Wort mit einer unüberhörbaren Portion Skepsis aus, »überprüfen.« Er wandte sich ab. »Und wir sprechen noch mal darüber, wieso Sie überhaupt hier waren.«

»Abgang Nicolas Krantz«, sagte Parkov leise mit einem kaum merklichen Unterton der Belustigung. »Hast du seinen Fehler bemerkt?«

Marie zögerte. »Chopin und Schumann sind *romantische* Komponisten? Das wäre aber sehr spitzfindig.«

»Gewiss die vortrefflichsten ihres Faches«, sagte Parkov. Er begann, den Anfang von Chopins Regentropfen-Prélude zu spielen, und Marie schüttelte den Kopf, als die Töne wie unsichtbare Seifenblasen durch den Raum schwebten.

»Du steckst voller Überraschungen«, sagte sie. »Ich wusste nicht, dass du …«

»Doch.« Parkov spielte einen Mollakkord. »Ich *kann*.« Dann drehte er sich auf der Klavierbank um. »Was, denkst du, ist hier geschehen?«

Marie zögerte. *Er stellt die Frage nicht, weil er plaudern oder deine Einschätzung hören will. Das ist die Seite von ihm, die verlangt, dass du die Theorie, die er sich zurechtgelegt hat, bestätigst oder auf clevere Weise widerlegst.* »Er hat sie vermisst, seine Tochter. Van der Meer vermisste Sophie, aber sie hat sich von ihm entfernt, sich von ihm abgewandt, seit diesem Tag vor sechs Jahren. In seinem Inneren war er einsam, trotz alldem hier.«

»Weiter.«

»Wenn du sein Schlafzimmer meinst … nur ein Ritualmörder würde einen Ort so hinterlassen. Die Zeremonie spielt für ihn eine wichtige Rolle, weniger das Opfer.«

»Stimmt.«

»Wir müssen natürlich herausfinden, *welches* Ritual durchgeführt wurde.« Etwas an diesem Gedanken bereitete Marie Unbehagen. Draußen flog eine Eule an den Scheiben vorüber und stieß einen Schrei aus. »Und wie das Zeichen des Professors hierherkam.«

»Es ist nicht *sein* Zeichen. Er hat es nur zu seinem gemacht. Die wahre Bedeutung bleibt weiter verborgen.« Parkov schüttelte den Kopf. »Den Anwalt … kannst du ihn sehen? All die Stunden, die er allein verbrachte, hinter diesem Flügel, nur mit den Erinnerungen und der Musik?«

»Ja, ich glaube, das kann ich.« *Von wem,* dachte sie, *sprichst du gerade, Daniel? Von ihm oder von dir?* »Und dann erhält er diesen Anruf. Es ist seine Tochter. Van der Meer ist natürlich überrascht. Es kann gut sein, dass sie ihm sagte, er solle zur Tür gehen und nachsehen.« Marie berührte gedankenverloren eine der Tasten des Flügels. Der leise Anschlag erinnerte auch sie an ihren Vater. An die Abende bei Kerzenschein, wenn es draußen dunkel wurde und sie drinnen im Warmen gesessen hatten, sie ihm gelauscht hatte, während er spielte – ehe er verschwand.

»Marie?« Sie blinzelte, verdrängte die Erinnerung. *Das gehört nicht hierher.*

»Ich hab da eine Idee.« Marie ließ sich von einem Kollegen den Spurensicherungsbeutel geben, in den man das Festnetztelefon gepackt hatte, und rief die letzten Einträge in der Anruferliste auf. »Sieht nicht ungewöhnlich aus. Seine Frankfurter Kanzlei, ein paar Nummern von Restaurants. Der letzte Anruf dauerte nur fünf Sekunden.« Marie sah zu Parkov hinüber, der noch immer auf der Klavierbank vor dem Flügel saß. »Wenn unsere Unbekannte Sophie van der Meer ist, hätte er doch die Stimme seiner Tochter erkannt, denkst du nicht? Ich bin mir sicher, *ich* würde Lucies Stimme überall heraushören.«

»Sicher. Ohne Zweifel hat man sie gezwungen, eine Nachricht aufzunehmen. Fünf Sekunden, das genügt für einen einzigen Satz, was nicht schwer vorzubereiten ist. Doch ihn hat es hinausgelockt und die Falle schnappte zu.«

»Und Sophie?«

»Man entführte sie, doch sie konnte fliehen und versuchte womöglich, ihren Vater zu warnen. Dann wurde sie auf der Straße von den übereifrigen Kollegen erwischt. Manchmal führt eine Verkettung unglücklicher Umstände dazu, dass die Dinge komplizierter erscheinen, als sie es in Wahrheit sind. Es geht hier nur um eine Sache: das Ritual. Die Botschaft.«

»Du meinst das, was der Täter uns mit alldem hier übermitteln will«, antwortete Marie. »Weil es weniger um ihren Vater oder sie geht, sondern um diese Inszenierung dort oben. Außerdem beantwortet das eine andere Frage immer noch nicht: Wer hat *dich* informiert? Wer hat dir die Nachricht von van der Meers Handy geschickt, die uns überhaupt erst hierherbrachte, zum richtigen Zeitpunkt, um den Anwalt tot vorzufinden?«

»Wer wohl? Einer *seiner* Männer.« Parkov erhob sich. In seinen Augen lag ein blassblaues Funkeln, das Marie beunruhigte. »*Er* war es. Niemand anders hätte das auf diese Weise vorbereiten können.«

»Daniel, ich weiß, wieso du das denkst, aber überleg doch mal: Wieso versucht der Professor, van der Meer auszuschalten? Weil er ihn für seine anwaltliche Vertretung bestrafen will? Das klingt nicht plausibel. Ich meine, er mag all diese Verrücktheiten, er steht darauf, aber …« Marie schüttelte den Kopf.

»Wenn er wirklich etwas damit zu schaffen hat, frage ich mich, was er damit bezwecken will, es wie einen Ritualmord zu inszenieren, den ausgerechnet *wir* als Erste entdecken.«

In Parkovs Augen schimmerte ein düsterer Glanz. »Er nutzte ihr Facebook-Profil«, sagte er, als hätte er Maries Worte nicht bemerkt, »und erweckte so den Eindruck, als befände sie sich noch immer auf ihrer Forschungsreise. Dann ruft sie ihren Vater an – und zugleich auch nicht, denn in Wahrheit ist es nur ein Trick. Und ihr Vater, der sie so vermisst, ist völlig verblüfft, als er nach all den Jahren von seiner Tochter hört.«

»Und leidet. Seelischer Schmerz als Vorbereitung des Rituals, sicher, das würde passen. Warte mal, eine Forschungsreise?« Marie rief ihrerseits Sophie van der Meers Profil auf und betrachtete das jüngste Foto. Sie wirkte glücklich, da war nichts Gezwungenes in ihrem Lächeln, keine Unsicherheit, sie wirkte frei.

»Ich denke, es ist Afrika.« Parkov hatte eine Sternenkarte aufgerufen, die den Nachthimmel zeigte. »Sieh dir das Bild zwei Einträge davor an, das Datum liegt drei Monate in der Vergangenheit.«

»Im Krankenhaus gab man mir recht vage zu verstehen, sie wäre länger als diese Zeit gefangen gehalten worden. Also sind die Bilder früher entstanden.«

Es war eine Nachtaufnahme, die einen tiefschwarzen Himmel mit unzähligen Sternen zeigte, wie winzige glühende Edelsteine, violett, eisblau, türkis funkelnd. »Wenig Lichtverschmutzung«, sagte Marie, »keine Großstadt. Was meinst du, könnten diese Fotos vielleicht nur gestellt sein? War sie nie dort? Ist all das eine falsche Fährte?«

»Das müssen die Kollegen von der Technik herausfinden.« Parkov drehte und bewegte seine Sternenkarte. »Dieser Bildausschnitt zeigt den Nachthimmel in einem präzisen Winkel, vielleicht könnte man …«

»Was? Ihren Aufenthaltsort so herausfinden? Unwahrscheinlich.« Marie kehrte zu dem obersten, neuesten

Bild zurück. »Likes von fünfundzwanzig Personen. Gehen wir jeden Einzelnen durch. Kontaktieren wir sie alle.«

Parkov musterte sie skeptisch. »Du siehst doch, dieses Ding«, er machte eine wegwerfende Handbewegung in Richtung des Smartphones, doch Marie vermutete, dass er die soziale Plattform selbst meinte, »verursacht nur unnötige Komplikationen.«

»Nein, tut es nicht.« Marie musste angesichts seiner Worte lächeln. »Sieh mal, ein Treffer. Freund Nummer zwei – Christian Irding. Hat seinen Arbeitgeber auf seiner eigenen Facebook-Seite eingetragen, und auf der Website der Firma steht eine Durchwahl. Hier in Frankfurt, gib mir eine Minute.«

Sie kehrten zu den Kollegen in Jan van der Meers Arbeitszimmer zurück und weniger als drei Minuten später hatte Marie die private Festnetznummer des Mannes und kurz darauf ihn selbst am Telefon. »Herr Irding? Marie Winter, Mordkommission Frankfurt.«

»Bitte?« Die Stimme des Mannes klang unüberhörbar skeptisch.

»Sie haben vor wenigen Stunden den neuesten Facebook-Post von Sophie van der Meer gelikt. Ich brauche dringend Informationen über Frau van der Meer. Wenn es Ihnen nichts ausmacht, stelle ich Sie außerdem laut, damit meine Kollegen vor Ort mithören können.«

»Sicher, das können Sie machen.« Irding räusperte sich. »Ähm, ja, also, sicher kenne ich Sophie. Ich würde sagen, wahrscheinlich besser als die meisten.«

Marie warf Parkov einen Hab's-dir-ja-gesagt-Blick zu. »Das ist ja wunderbar. Sagen Sie, auf dem jüngsten Foto, wo ist sie da gerade?«

»Das letzte? Das ist Uganda. Das weiß ich genau, weil sie mir eine Postkarte geschickt hat. Sophie ist in manchen Dingen altmodisch.« Er lachte knapp, als wäre ihm gerade ein guter

Scherz gelungen, doch Marie achtete gar nicht darauf. *Afrika. Immer wieder. Tymon Sorgs Expedition, auf der er verschwand. Die Pflanze, die Droge. Die seltsame hölzerne Figur gleich hier in Jan van der Meers Wohnung.*

»Eine Ethnobotanikerin in Uganda«, hörte Marie Parkov leise sagen. »Ich muss wissen, für wen sie arbeitet – schnell!«

»Wissen Sie zufällig, für wen sie arbeitet?«

»Derzeit? Nein.« Wieder lachte er, doch klang es jetzt nervös. »Aber sie schrieb früher mal als freie Mitarbeiterin für ein großes wissenschaftliches Magazin von ›NewsToday‹.« Marie kam die Reporterin in den Sinn, die sie und Parkov im Landgericht im Vorraum der Besuchertoilette entdeckt hatte. Auch diese Frau hatte für ein Boulevardblatt geschrieben, das zu diesem Medienkonzern gehörte. Im Hintergrund hörte sie, wie Krantz und einige andere Kollegen die Informationen weitergaben. »Könnte es sein, dass Frau van der Meer auch jetzt als freie Mitarbeiterin an einer Story gearbeitet hat?«, hakte Marie nach.

»Das weiß ich nicht. Sophie und ich sind Freunde, soweit man das bei ihr überhaupt sagen kann, und sie erzählt mir natürlich nicht immer alles, was sie tut. Sie ist etwas eigen, gern für sich.«

»Hat sie erwähnt, weswegen sie sich in Uganda aufhält?«

»Hm, nein, nicht wirklich. Sie …« Irding zögerte. Marie konnte hinter ihm ein Radio hören. »Sie hat erwähnt, dass es eine Sache gibt, an der sie dran ist. Was Großes.«

»Wissen Sie, was sie damit meinte?«

»Hm«, brummte er, »nein, aber Sophie nimmt nie leichtfertig solche Worte in den Mund, wissen Sie?«

»Ich verstehe.«

»Ich glaube, einmal hat sie diesen Stephen Meyer erwähnt. Sie wissen sicher, von wem ich spreche – den Chef von Meyer International, das ist dieser Konzern, zu dem ›NewsToday‹ gehört. Aber mehr weiß ich da auch nicht.«

»Wann haben Sie Sophie zum letzten Mal gesehen, Herr Irding?«

»Das ist Monate her. Elf, wenn ich mich richtig erinnere.«

»Und danach …«

»… ist sie nach Afrika geflogen, genau«, erwiderte Irding. »So war es, das hat sie erwähnt. Ich meine, es sollte eine Rechercheereise werden, die – puh, elf Monate sind eine lange Zeit – mit ihrem Fachgebiet zu tun hat.«

»Wissen Sie, was Sophie studiert hat?«, fragte Marie, ohne sich anmerken zu lassen, dass sie die Antwort auf diese Frage natürlich bereits kannte. »Biologie. Sophie war eine brillante Ethnobotanikerin. Sie war wie so ein wandelndes Lexikon, was all diese kleinen Naturheilmittel angeht.«

»Sie *war*?«

»Wie bitte?«

»Herr Irding, Sie sagten gerade: Sophie *war* eine brillante Ethnobotanikerin.« Wieder ein Zögern, länger dieses Mal. »Oh, das ist doch nur so eine Formulierung, und Sie sind von der Mordkommission. Ich vermute, dass ihr etwas zugestoßen sein muss. Vielleicht habe ich unterbewusst …«

»Meine Kollegen werden Ihre Aussage noch einmal zu Protokoll nehmen«, sagte Marie ernst. »Das ist vorerst alles. Guten Abend, Herr Irding.«

Krantz war zu ihnen zurückgekommen, blass im Gesicht. »Der Staatsanwalt wurde hellhörig, als er erfuhr, um wen es hier geht. Die Sache da oben im Schlafzimmer ist nichts, was nach außen dringen sollte.«

»Gewiss nicht.«

»Außerdem bekommen wir in diesen Minuten einen Beschluss für Facebook zur Herausgabe ihrer Profildaten. So werden wir feststellen, wer, wann und wo auf ihr Benutzerkonto zugreifen konnte. Aber ›NewsToday‹, das ist heikel.«

»Heikel ist doch meine Spezialität«, erwiderte Parkov. »*Beeilt euch.*«

»Wo wollen Sie denn hin?«, fragte Krantz.

»Ich werde nach oben gehen und nach dem Mordopfer sehen.« Parkov warf einen Blick auf die Patek Philippe an seinem Handgelenk. »Meiner Erfahrung nach sind die Kollegen der Spurensicherung um diese Zeit gerade so weit, dass sie einen Ermittler in ihrer Nähe ertragen können.«

18.

»Leute«, sagte ein junger uniformierter Kollege, der ihnen half, die Räume im oberen Stock zu untersuchen, »hat jemand von euch schon mal so eine Sache gesehen?«

»Niemand hier hat das«, sagte Marie. »Es ist bösartig.« Sie blickte aus van der Meers Schlafzimmer hinaus in die Dunkelheit dieser Nacht, auf die im Wind tanzenden Blätter der japanischen Kirschbäume. Das Flackern der Kerzen spiegelte sich im Glas. Wie grell und kalt die Scheinwerfer der Spurensicherung dagegen wirkten, wie ihr Licht immer wieder Details aus fremden Leben in klare, konturlos grelle Bilder kleidete, ungebeten, unerwünscht und doch notwendig.

Hinter ihr knisterte etwas. Als sie sich umsah, bemerkte sie, wie einer der Kollegen der Spurensicherung im weißen Tyvek-Schutzanzug dem Toten etwas aus der Hand löste und es Parkov zeigte. Der stand direkt vor dem Bett und ließ die abscheuliche Szenerie auf sich wirken. Dann nickte er, nahm dieses winzige Etwas an sich und ließ es in seinem Mantel verschwinden.

Es war unangenehm warm in van der Meers Schlafzimmer. All die anwesenden Personen, die Scheinwerfer der Spurensicherung, die Heizung und der Rauch, der in der Luft hing, die Wärme, die von dem Gefäß ausging, in dem der Täter etwas verbrannt hatte – nichts davon trug dazu bei, den Aufenthalt an diesem Ort, der zuvor die brütend dunkle Fantasie eines Wahnsinnigen gewesen war, zu erleichtern. *Wenn wir verstehen wollen, was den Täter zu diesem ritualisierten Mord trieb, müssen wir hinsehen, auch wenn es einem den Magen umstülpen möchte.*

Die kleine Figur, die sie entdeckt hatten, gehörte mit großer Wahrscheinlichkeit nicht zu Jan van der Meers Eigentum, das hatte die Hausdurchsuchung zutage gefördert. Er war ein Liebhaber der japanischen Kultur, daran ließen sein Anwesen und die parkähnliche Gartenanlage keinen Zweifel, die afrikanische Statue dagegen wirkte hier wie ein Fremdkörper. Hatte der Täter sie mitgebracht?

Schließlich blieben Parkov, Marie und Dr. Graubach, der Rechtsmediziner, allein im Schlafzimmer des Strafverteidigers zurück, nur beobachtet von den matten Augen des Vogels, der von der Decke hing, und von den dunklen Höhlen im Gesicht des Toten, dessen Augen verschwunden waren. Der Mediziner ging zum Fenster und öffnete es. Die Luft wehte kühl und belebend herein. »Es ist eigentlich ziemlich einfach: Das Opfer wurde niedergeschlagen, ein einziger gezielter Schlag gegen den Kehlkopf, der es bewusstlos zu Boden schickte. Dann wurde der Mann gefesselt, nach hier oben auf sein Bett getragen und durch einen präzisen Stich ins Herz getötet.«

»Ungewöhnliche Fesselungstechnik?«, fragte Parkov sofort. Die Stricke, die van der Meers Fußknöchel fixierten, waren daumendick und äußerst robust. »Nein. Gewöhnlicher Knoten, aber extrem stark angezogen. Das erfordert viel Zugkraft. Wir haben die erdigen Schuhabdrücke auf dem Teppich geprüft: Größe fünfzig.«

»Besonderheiten am Stichkanal?«

»Glatte Klinge, etwa zwei bis drei Zentimeter breit und gewiss an die fünfzehn Zentimeter lang. Abrieb auf der Haut, Spuren von Edelmetall. Silber.«

»Eine silberne Klinge?«, fragte Marie überrascht.

»Vermutlich eher silberne Intarsien am Heft der Waffe. Bei der Wucht des Stoßes übertrugen sich winzige Spuren auf die Haut des Toten. Eine ungewöhnliche Waffe – vielleicht aus einer Sammlung. Er besaß eine Sammlung von historischen Messern, unten in seinem Arbeitszimmer. Aber dort fehlt keins.« *Eine Ritualwaffe*, dachte Marie.

»Keine Übertötung, kein Blutrausch«, sagte Parkov und holte tief Luft, als wollte er die klare, frische Abendkühle für alle Zeiten in sich aufnehmen, bevor er sich noch einmal dem Toten zuwandte. Das blutgetränkte Laken glänzte im hellen Licht der Spurensicherungsscheinwerfer feucht und dunkel. Ein Nachtfalter kam durch das offene Fenster herein und drehte seine Kreise um das Licht, orientierungslos geblendet und in sinnlosen Kreisen gefangen. »Ein einziger Schlag, ein einziger Stich, ein organisiert handelnder Täter. Kontrolle ist relevant, aber zugleich auch das Bild. Er will, dass wir es sehen. Wir sollen sehen, was er erschaffen kann.«

»Und er wusste, was er tat«, fügte Marie hinzu. »Van der Meer ist etwa eins neunzig groß und wiegt – nun, er ist ziemlich gut in Form für sein Alter, wenn ich die Auswahl an Sportkleidung und Sportschuhen im Schrank da drüben berücksichtige – an die neunzig Kilo. Nicht viele wären in der Lage gewesen, ihn mit nur einem Schlag mit bloßen Händen auszuknocken.«

»Die wenigsten«, erwiderte Parkov. »Der Täter weiß, wo er das Herz findet und wie er ihn zu Boden schlägt, also besitzt er anatomische Kenntnisse, zugleich aber auch die nötige Kraft: ein Mann mit Erfahrung im Kämpfen, vielleicht sogar im Töten.«

Marie versuchte, sich an alles zu erinnern, was sie über Ritualmorde wusste – das war nicht viel. *Es ist dein erster, doch leider sehr wahrscheinlich nicht der letzte.* »Für einen Ritualmörder ist mehr der Akt an sich relevant, weniger das Opfer«, sagte sie. »Und doch handeln Ritualmörder nur in den seltensten Fällen so organisiert und gefasst, dass sie alles beim ersten Mal so perfekt zustande bringen, wie wir es hier sehen. Es war also *nicht* sein erstes Mal.«

»Richtig.«

»Aber wieso die Augen, Daniel?«

»Was siehst du?«

»Bei psychotischen, impulsiven, nicht organisierten Tätern sind es oft die Augen, die sie während des Mordes am Ausleben der Fantasie stören, weil sie sich auch noch vom Toten beobachtet fühlen, also müssen sie weg. Wir finden auch hier diese exzessive Handlung des Entfernens, und dennoch behauptest du …«

»Die Augen sind Teil des Rituals, Marie. Er hatte sich die ganze Zeit unter Kontrolle, auch als er sie entfernte. Da ganz besonders.« Parkov warf Dr. Graubach einen Blick zu, während ein Ausdruck kalter Überlegenheit über sein Gesicht huschte. »Es *war* ungewöhnlich, nicht wahr?«

»In zweierlei Hinsicht sogar.« Der Rechtsmediziner seufzte. »Hab ich noch nie gesehen. Er entfernte das linke Auge, als van der Meer noch bei Bewusstsein war, und das andere danach. Na ja, und dann verbrannte er sie in dem Gefäß neben dem Bett, mitsamt einem Teil des Blutes.«

Marie hielt sich eine Hand vor den Mund. Dieser Geruch, der sich durch die ganze Villa zog, das war also … »Das ist übel«, sagte sie leise und war froh, dass sie die kühle, frische Luft einatmen konnte. »So eine verfluchte Scheiße.«

»Das Zeichen, Doktor, was hat es damit auf sich?«

»Nun, ich denke, für die Entschlüsselung der Bedeutung sind wohl eher Sie beide zuständig, aber wir haben es einmal an der Wand, mit dem Blut des Toten gemalt, und einmal auf seiner Brust, mit einem Brandeisen in die Haut gebrannt. Er lebte noch, als es geschah. Es ist auch nicht besonders schwer herauszufinden, wie der Täter es erhitzen konnte: Der Kamin im Arbeitszimmer ist entzündet. Ein paar Minuten in der Glut genügten.«

»Und der Vogel?«

»Das ist ein Rotmilan. Ein deutscher Greifvogel, nicht unbedingt ungewöhnlich in der Region. Eine der großen Schwungfedern in der linken Schwinge fehlt aber. Sie ist auch nirgendwo sonst im Haus, der Täter muss sie für sich behalten haben. Die anderen Federn, die hier überall im Flur verteilt liegen, gehören zu anderen Tieren, Raben und Krähen, würde ich sagen. Da sind wir noch dran, das geht alles ins Labor und an den Kollegen, der sich auf Vögel spezialisiert hat.«

Vögel. Schlägt das eine Saite deiner Erinnerungen an? Der Vogelfänger? Vor sechs Jahren? Marie spürte, wie sich ihr Magen verkrampfte, als würde er von einer kalten, unsichtbaren Faust zusammengepresst. Parkov fügte nichts weiter hinzu, doch bemerkte sie, dass er versuchte, sich nichts anmerken zu lassen. »Im Flur hat jemand Linien und Kreise auf die Wand gemalt«, sagte sie leise. Parkov drehte den Kopf und musterte sie. »Was hat das wohl zu bedeuten?«

»Woran denkst du, Marie?«

Sie atmete hörbar aus und wieder ein. Ihr Atem war ein weißer Nebel, der in der kühlen Luft, die sich allmählich im Zimmer ausbreitete, davonflog. »Daran, dass es mir Angst macht. Das war ein Kind, nicht wahr? Sieht aus, als hätte ein Kind diese Linien gezogen, mit einem Buntstift.« Parkov nickte. »Ja, das stimmt.«

»Ganz allgemein würde ich sagen …« Dr. Graubach wischte sich mit dem Handrücken über den Mund. »Wenn Sie mich fragen, dann ist das hier nicht bloß die Fantasie eines Mörders, der auftaucht, weil er einen Groll gegen den Anwalt hegt oder …«

»Natürlich nicht«, erwiderte Parkov mit dunkler Stimme. »Zu kontrolliert. Zu seltsam. Das hier ist *mehr.*«

Auf dem Überwachungsvideo einer gut versteckten Kamera über dem Haustüreingang, die ein Kollege bei der Hausdurchsuchung entdeckt hatte, war ein Mann zu sehen – vermummt, eine Sturmhaube auf dem Kopf, dazu eine Trainingsjacke in mattem Schwarz, die sich über seine gedrungene Gestalt spannte. Er platzierte das Geschenk, wie es die Kollegen nun nannten, und blickte dann hinauf in die Kamera. Die Geste, die er machte, war offensichtlich: Zeige- und Mittelfinger deuteten zuerst auf die eigenen Augen unter der Maske, dann in Richtung Kamera. *Ich sehe euch.*

»Zurückspulen«, sagte Marie. »Van der Meer muss vorher … ja, genau. Da ist er.« Gut zwei Stunden zuvor war Jan van der Meer nach Hause gekommen. Sie sahen, wie er am Türschloss mit seinem Schlüsselbund hantierte. Dann spulten sie wieder im Schnelllauf nach vorn und studierten den Unbekannten, der den Ballon und das Kuvert auf die oberste Stufe legte und klingelte. Kurz darauf schwang die Tür auf und sie konnten van der Meer dabei zusehen, wie er die Überraschung entdeckte und sich umsah. »Jetzt hört er den Anruf, der angeblich von seiner Tochter kommt«, sagte Fischer, der Leiter der Spurensicherung, der über ihre Schulter spähte. »Van der Meer geht wieder hinein und lässt die Tür offen stehen.«

Marie rieb sich die Augen. Das Flimmern des Monitors war unangenehm und sie spürte, wie die Müdigkeit wie ein alter, vertrauter Feind am Rand ihres Bewusstseins lauerte, jederzeit bereit hervorzutreten. Doch Übermüdung bedeutete Fehler, und die durften sie sich nicht erlauben. *Also bleib fokussiert. Bleib wach und fokussiert, hörst du?*

Kaum war der Mann fort, begann das Bild auf dem Überwachungsmonitor zu flackern und zu grieseln, als wäre es durch eine atmosphärische Störung verzerrt. »Was war das? Noch mal von vorn, bitte.«

»Irgendwas stimmt nicht.« Der Kriminaltechniker ließ die Aufzeichnung auf van der Meers iMac zurücklaufen und startete sie neu, doch ganz gleich, was er unternahm, das Bild blieb gestört. »Kopiert das Video«, sagte Parkov. »Wir werden einen Datenabgleich seines Bewegungsmusters mit dem BKA-Zentralrechner vornehmen und versuchen, diese Störung technisch zu beheben.«

»Nur dort?«, fragte Krantz skeptisch. »Ich habe von diesem *Ding* gehört, das Sie da bei sich betreiben. In Ihrem, wie soll ich das nennen? Landhaus? *Versteck?* Diese künstliche Intelligenz. Mit der Sie tun, was auch immer Sie wollen. *Illegal.*«

»Es ist eine Hausautomationssoftware, mehr nicht.«

Krantz schnaubte. »Vorsicht, Parkov, Vorsicht. Sie sind nur hier, weil ich es erlaube.«

Marie konnte den Blick kaum vom Überwachungsmonitor lösen. Wieder und wieder wurde die Wiederholung abgespielt und immer wieder verzerrte sich das Bild. »Irgendwas ist dort, kannst du es langsamer abspielen?«

»Natürlich.«

Eine dunkle Silhouette bewegte sich durch den Vorgarten, auf das Haus zu, jetzt, da das Video langsamer lief, war sie inmitten des Pixelbreis deutlicher auszumachen. Ein Mann, viel größer als der erste. Jemand, der gewiss in der Lage war, van der Meer mit einem Schlag auszuschalten. *Schuhgröße fünfzig.*

»Eine zweite Person?«, wollte Marie wissen.

»Ich bin mir ziemlich sicher. Wir werden versuchen, die Bildartefakte abzumindern und das alles etwas besser sichtbar zu machen. Und dann …« Er zögerte.

»Und dann was?«

»Die Kamera hat eine Tonaufnahmefunktion«, erklärte der Kriminaltechniker. »Die meiste Zeit hat sie nichts aufgezeichnet, aber als der große Mann im Inneren war … hier, an dieser Stelle, da gibt es etwas, ganz kurz nur.«

»Was denn?«

Er drückte die Leertaste und die Wiedergabe begann. Der Techniker drehte die Lautstärke hoch. Es rauschte aus den kleinen angeschlossenen Boxen – und dann hörten sie es. Gänsehaut kroch über ihre Arme.

Marie trat einen Schritt zurück. »Verdammte …«

Ein leises, heiteres Lachen aus dem Inneren der Villa. Ein Kinderlachen.

19.

Die Hände hinter dem Rücken verschränkt, betrachtete Parkov die Ölgemälde, die neben der Fensterfront hingen, nebeneinander aufgereiht wie eine private, ganz persönliche Galerie van der Meers. Eine Hütte im Wald, ein Schiff, ein vom Wind gepeitschtes Kornfeld. Keine Menschen. Van der Meer hatte sich Bilder gewählt, die still und leblos wirkten. *Was verrät das über ihn?*

»Was meinst du zu dieser Aufnahme, Daniel?«

»Ein Kind«, erwiderte er. »Oder etwas, das wie ein Kind klingen will.«

Marie versuchte, einen klaren Gedanken zu fassen. »Was die wiederkehrende Aufforderung zu bedeuten hat: Denk an deine Sünden … er könnte nicht nur von van der Meer sprechen, sondern auch diejenigen ansprechen, die die Botschaft und die Ritualszene finden: also uns.«

»Nicht uns«, sagte Parkov so leise, dass nur sie ihn verstehen konnte. »*Mich.*«

Marie senkte auch ihre Stimme. »Wir sollten lieber draußen weitersprechen.«

Parkov sah sich nach Krantz um, der mit einem Kriminaltechniker sprach. »Eine höfliche Umschreibung von:

Verschwinden wir von hier. Ich mag diese Höflichkeit, meine Liebe.«

Gegen ihren Willen schüttelte Marie schwach lächelnd den Kopf. »Das habe ich nicht gemeint.«

»Aber ich. Ich bin ganz neugierig darauf, die Wohnung seiner Tochter zu sehen. Das Refugium eines Menschen, ihr Zuhause, das ihr Unterschlupf bot, wenn sie sich nicht auf Reisen befand.«

»Du erwartest, etwas zu finden?«

»Ich erwarte, meinen Horizont zu erweitern. Mehr nicht.«

»Wir fahren dann zu Sophie van der Meers Stadtwohnung«, erklärte Marie Krantz, der noch immer mit dem ausladenden Nussbaumholzschreibtisch des Strafverteidigers beschäftigt war und durch einen Aktenordner blätterte, den van der Meer zuletzt zur Bearbeitung hervorgeholt hatte.

»Es gibt Nachrichten aus dem Krankenhaus«, erwiderte er. »Nachdem ich dem Kollegen, der zur Bewachung der Unbekannten abgestellt ist, ein Bild der Tochter geschickt habe, konnte er mir gerade bestätigen, dass sie und Sophie van der Meer mit hoher Wahrscheinlichkeit dieselbe Person sind.«

»Was zu erwarten war.« Parkov schloss seinen Mantel, seine Gesichtszüge wirkten in diesem Augenblick wie in Marmor gemeißelt. »Ich habe es befürchtet.«

»Sie wissen, was das bedeutet?« Für einen Moment entdeckte sie so etwas wie Milde in Krantz' grauen Habichtsaugen.

»Wenn Sophie van der Meer stirbt«, sagte Marie leise, »wird das eine Menge Fragen aufwerfen. Auch weil selbst der Professor keinen Grund hätte, seinen eigenen Verteidiger *nach* dem Urteil auszuschalten – ganz abgesehen von dessen Tochter.«

»Es sei denn, es dient diesem Ritual.« Krantz spähte ins Dunkel zwischen den asiatischen Ziersträuchern, die in van der Meers Vorgarten präzise wie Reihen von Wachposten wuchsen. Ein sanfter gelber Lichtschein lag auf dem nassen Stein der

Gehwegplatten, die zum Tor führten. »Ich begreife das nicht. Es ist furchtbar.«

»Das ist es. Und ich möchte«, begann Marie behutsam, »mich für den schlechten Start heute Mittag entschuldigen. Vielleicht können wir noch mal von vorne anfangen.«

Krantz zuckte die Achseln. »Ich muss mich nicht mit dir verstehen, um effektiv arbeiten zu können. Aber ich brauche Respekt.« Er deutete in Richtung Osten. »Sophie van der Meer bewohnt ein Apartment im Süden Frankfurts. Die Kollegen sind unterwegs, ich erwarte deinen Bericht!«

»Ist gut.«

Es schien ihn Überwindung zu kosten, diese Worte auszusprechen. »Pass auf dich auf.«

»Auf einmal so besorgt?«

»Hier gehen Dinge vor sich, die niemand von uns einschätzen kann. Niemand von uns begreift wirklich, worauf das alles hinauslaufen wird. Ich möchte keine tote Polizistin beklagen müssen. Schon gar keine Polizistin und Mutter. Und du hast bewiesen, dass du in gewissen Lagen zu Fehleinschätzungen und schlechtem Umgang neigst, also halt dich zurück.«

Daher wehte also der Wind. Wieder einmal ein Seitenhieb auf ihre Wochen zurückliegende Anhörung vor der internen Untersuchungskommission, die mit einer Verwarnung geendet hatte.

Wie hatte Isabelle ihn noch gleich betitelt? Sie ging ohne ein weiteres Wort.

20.

Irgendwo hinter all dem fächrigen Blattwerk leuchtete das Blaulicht einer ganzen Reihe von Streifenwagen, die Parkovs Bentley Gesellschaft leisteten. Buntes Herbstlaub segelte durch die Luft. Wieder regnete es, ein feiner Sprühregen, der ihre Wangen benetzte. Parkov tippte wie üblich auf seinem Smartphone, doch als sie das schmiedeeiserne Tor erreichten, wandte sich Marie der Abzweigung des Pfades zu, die ein Stück tiefer in die parkähnliche Anlage hineinführte.

»Du hast nicht vor, schon jetzt zu gehen«, stellte er fest. »Vielleicht hat er ja doch recht.«

»Mit was?«

»Mit dem schlechten Umgang.«

»Das hast du gehört? Nur ein paar Schritte …« Marie folgte dem Pfad und der feine Kies knirschte unter den Absätzen ihrer Stiefeletten. »Ich möchte ein Gefühl dafür bekommen, wie es für ihn war, hier zu stehen.«

»Ein Gefühl?«

»Mhm.« Marie sah sich nach dem Hauseingang um, folgte dem Pfad, bis sie eine Stelle fand, von der aus der Zaun für einen behänden Kletterer überwindbar schien und zugleich der Eingang gut auszumachen war. »Vielleicht stand er genau hier«, sagte sie nachdenklich und spähte durch die Blätter in Richtung der Villa. »Er hätte von hier aus beobachten können, wie van der Meer die Tür öffnet und seine Reaktion auf das Geschenk.« Sie schüttelte den Kopf. Etwas an dieser Überlegung fühlte sich richtig an, das spürte sie instinktiv – nur der Ort, dieser Ort, an dem sie gerade stand, war falsch. »Er war nicht hier, sondern näher dran.« Sie folgte dem Pfad, dann wich sie von ihm ab, direkt zwischen die japanischen Sträucher und unter die tief hängenden Äste einer Trauerweide. So gelangte sie nah an den Hauseingang und blieb doch dem Weg fern, tief in den Schatten versteckt konnte sie sehen, ohne selbst gesehen zu werden.

Parkov legte ihr eine Hand auf die Schulter und deutete nach unten. »Sieh nur.« Fußspuren in der weichen, feuchten Erde. Ein Schuhabdruck, dann zwei weitere.

»Jackpot«, sagte sie. »Die sind super, viel besser als alles oben auf den Teppichen. Rufen wir die Kollegen.«

Hinter ihr raschelte etwas – sie fuhr herum. Parkov richtete sich gerade auf. »Ich dachte nur, ich hätte noch eine entdeckt«, sagte er und klang dabei fast schon ein wenig zu unaufgeregt. »Aber so war es nicht.«

»Eine andere?«

»Spur«, erwiderte er. »Eine andere Spur. Noch einen Fußabdruck.«

»Nein, die beiden genügen doch. Er war hier. Er stand genau an diesem Ort, in diesem Versteck und beobachtete van der Meer.«

Sie strich sich über die Arme. »Ein Kind, Daniel. Ein Kinderlachen, ich meine, wie kann das sein?«

»Ich weiß es nicht.«

»Die Linien, das Lachen, verdammt, das ist mir fast zu viel.«

»Dann lass es einen Augenblick beiseite. Wieso war er ausgerechnet hier?«, fragte Parkov, obwohl er sich die Antwort wohl schon längst zurechtgelegt hatte.

»Weil es für ihn wichtig war, aus der Nähe in seine Augen sehen zu können, den Moment, in dem er begreift, mitzuerleben. Den Moment …« Marie schloss die Augen, um sich zurückzuversetzen in eine frühere Zeit und sich auszumalen, wie es für den Täter gewesen sein musste, hier zu stehen – den für die Jahreszeit ungewöhnlich milden Wind auf der Haut, den Geruch der torfigen Erde, das Rascheln der Blätter wahrzunehmen, das wie ein fernes Seufzen klang. »Den Moment, in dem van der Meer begreift, was er getan hat, als er sich von seiner Tochter entfernte. Vielleicht wollte er den Schmerz sehen, der ihn ergriff, als er bemerkte, dass das Geschenk von ihr stammte.«

»Nicht er«, sagte Parkov.

»Wie bitte?«

»Krantz hat unrecht. Es ging dem Täter nicht um Jan van der Meer. Diese Tat geschah nicht aus Rache wegen seiner Arbeit.«

»Sondern?« Marie musterte ihn, war aber kaum überrascht. Ein Schatten huschte über sein Gesicht, als hätten dunkle Erinnerungen von ihm Besitz ergriffen. »Es geht um viel mehr«, entgegnete er. »Und dabei ahne ich noch nicht einmal im Geringsten, um was.«

»Und die Augen? Wieso verbrennt er die Augen?«

»Vielleicht hat van der Meer etwas gesehen, das er besser nicht hätte sehen sollen. Zur Strafe nimmt der Täter ihm seine Augen und zerstört sie.«

»Macht dir das Angst? Nicht alles unter Kontrolle zu haben, meine ich. Es nicht zu verstehen, nicht auf Anhieb.«

»Angst? Nein.« Der Wind spielte mit dem Saum von Parkovs Mantel. »Nennen wir es *gesunde Vorsicht.*«

21.

Sophie van der Meers Wohnung lag im obersten Stock eines hochmodernen fünfstöckigen Gebäudes im Frankfurter Gutleutviertel, kaum einen Steinwurf vom Main entfernt – viel Glas, viel Naturstein, ein eigener Pförtner am Empfang.

»Sie war selten da«, sagte die Nachbarin von gegenüber, »und wenn, dann war sie gern für sich. Ach, und manchmal hat man aus ihrer Wohnung seltsame Dinge hören können.«

»Seltsame Dinge?«

»So was wie Musik. Aber eben«, sie lachte ein kurzes, kühles Lachen, »*seltsam.*«

»Ein exzentrischer Musikgeschmack?«, fragte Parkov. »Welcher vernünftige Mensch hat den nicht?«

»Ja«, erwiderte Marie beunruhigt, »wer nicht?«

Sie folgten einem anthrazitfarbenen Metallschmuck an der Wand – futuristisch designt – durch den Korridor und das Treppenhaus hinauf. Die Wohnung war leicht auszumachen.

»Wo immer die silbernen Koffer stehen, da tritt ein, dort bist du richtig«, sagte Parkov in sarkastischem Tonfall. Sie schlüpften wieder in die Tyvek-Schutzanzüge, die ein Kollege der Spurensicherung bereitgelegt hatte, und betraten die Wohnung: hohe Decken, viele Naturstoffe, Holz und Bast, afrikanischer Wandschmuck und in Erdtönen gehaltene Farben.

Ein Lammfell lag vor einem Holzofen, in der Feuerstelle fanden sie Reste verbrannten Papiers.

»Keine Anzeichen für die Vorbereitung eines Ritualmords«, sagte Parkov. »Dies ist nicht der Ort, an dem sie hätte sterben sollen.«

Vom Flur, der die Zimmer verband, ging ein Fenster ab, aus dem man hinunter auf den Main blicken konnte, der in seinem Bett durch die mondhelle Nacht floss. In der Küche hing die herzförmig geschnittene Scheibe eines Baumstamms an der Wand neben dem Kühlschrank. Die Rinde war rau und dunkel, tropisches Holz, in das jemand Worte mit einem Brandmalkolben hineingebrannt hatte: *Jeder Mensch ist ein anderes Land.*

Parkov betrachtete eine Reihe von Bildern, die mit einem Magneten an den Kühlschrank gepinnt waren. Sophie war zu sehen, neben ihr ein Mann, etwa in ihrem Alter, schwarzes Haar, dunkle Augen – sie beide unübersehbar glücklich auf einer Reise rund um die Welt. Die Aufnahmen waren einige Jahre alt, das war im Vergleich zu den jüngeren Facebook-Aufnahmen leicht erkennbar – und doch war hier die Ähnlichkeit zu der in der Unterführung aufgegriffenen Unbekannten noch viel stärker.

Marie schien es, als würde etwas eisig Schweres in ihren Magen hinabsinken. »Ich glaube wirklich, wir haben sie gefunden. Meine Güte. Wieso sie? Wieso ausgerechnet die Tochter des Mannes, der sein eigener Strafverteidiger war?«

»Durchsuchen wir die Wohnung. Finden wir einen Hinweis darauf, wer er ist.« Parkov deutete auf den Mann, der neben Sophie in die Kamera blickte. »Vielleicht ist er der Schlüssel zu der ganzen Sache.«

»Wie kommst du darauf?«

»Er hat sie sehr geliebt. Sieh ihn dir an.«

Marie hob die Brauen. »Was du alles von Bildern ablesen kannst«, sagte sie und wandte sich um, als einer der Kriminaltechniker zu ihnen kam.

»Blutspuren im Schlafzimmer«, erklärte er, »und darin verschiedene Fingerabdrücke. Das Alter können wir nicht exakt eingrenzen, aber es ist offensichtlich, dass man die Räume seit Monaten nicht mehr gereinigt hat. Wenn ihr mich fragt, war hier schon eine ganze Weile niemand mehr. Und die Kampfspuren da drüben im Wohnzimmer … ziemlich eindeutig. Man hat sie *hier* entführt. Und wenn Sophie van der Meer unsere Unbekannte ist, dann stammen die Partikel unter ihren Nägeln unter Umständen von einer Person, die ihr hier begegnet ist.«

»Was in der Natur der Sache läge«, erwiderte Parkov.

»Und dann haben wir noch etwas.« Der Kriminaltechniker deutete auf eine Tür am Ende des Flures. Ein Kinderzimmer.

»Sie hatte eine Tochter?«, fragte Marie irritiert.

»Lassen Sie uns allein.« Der Kriminaltechniker öffnete den Mund, doch Parkovs Miene ließ ihn augenblicklich verstummen. »*Bitte.*«

»Das ist echt. Sie hat es eingerichtet, für ihre Tochter.« Marie machte einen Schritt nach vorn über die Schwelle und dabei war ihr, als überquerte sie eine Grenze, hinter der es kein Zurück gab, die sie niemals hätte überschreiten dürfen. »Sophie van der Meer hatte eine Tochter. Ich fasse es nicht.«

Ein fröhliches kleines Mädchen mit blondem Haar, ihrer Mutter wie aus dem Gesicht geschnitten, strahlte ihnen von Bildern von den Wänden entgegen, lächelte in die Kamera, umarmte Sophie und küsste ihre Wange. »Sie sind glücklich. Wie alt schätzt du Sophie da?«, fragte Parkov.

»Nicht viel jünger als jetzt. Die Kleine vier, vielleicht fünf, wie Lucie. Das bedeutet …« Marie schluckte. »Wenn Sophie über Monate gefangen gehalten wurde und wenn der Typ

Einzelgänger war, wie es Irding uns erzählt hat, nicht mal viel Kontakt mit ihrem Vater hatte … Wo in aller Welt war dann ihre Tochter in dieser Zeit?«

»Du weißt doch, was das bedeutet.« Parkov musterte sie ernst. »Was das bedeuten *kann*.« Als sie nicht antwortete, sagte er lauter: »Bist du noch hier?«

Sie blinzelte. »Bin ich.«

»Du kommst damit zurecht?«

»Ich glaube schon.«

»Der Entführer könnte sowohl Sophie als auch ihre Tochter gefangen gehalten haben. Vielleicht ist nur ihre Mutter entkommen.«

»Kann ich mir nicht vorstellen. Ich würde Lucie nicht zurücklassen, wäre ich …«

»Sophie ist nicht du und dieses Mädchen ist nicht Lucie.« Parkovs Tyvek-Overall knisterte leise, als er ins Zimmer trat. »Die Wohnung ist groß. Vielleicht solltest du dich irgendwo anders umsehen. Überlass diesen Raum mir.«

»Denkst du wirklich, ich wäre nicht in der Lage, mit der Möglichkeit umzugehen, dass ein Kind in Lucies Alter entführt wurde?« Marie warf ihm einen empörten Blick zu. »Ich kann nicht glauben, was ich da höre.« Als Parkov nichts mehr hinzufügte, wandte sie sich kopfschüttelnd ab. Was er nicht sah, waren die roten Muster auf ihren Handflächen, die ihre Fingernägel hinterlassen hatten, als sie ihre zu Fäusten geballten Hände öffnete und sich bemühte, wieder durchzuatmen.

Auch zwei Stunden Wohnungsdurchsuchung brachten nicht ans Tageslicht, wer in die Wohnung eingedrungen war, doch sie fanden den Namen von Sophies Tochter. Sina war vor etwas mehr als fünf Jahren in einem Krankenhaus in England auf die Welt gekommen, weshalb sie in den Datensätzen, auf die die Kollegen auf die Schnelle zugreifen konnten, nicht aufgetaucht war. Ihr Vater war ein englischer Journalist, der behauptete, Sina vor über einem Jahr zum letzten Mal gesehen zu haben. Doch er besaß keine Informationen darüber, was mit dem Mädchen in der Zeit nach Sophies Verschwinden geschehen war. Sie lebten getrennt, das Sorgerecht lag bei Sinas Mutter.

Marie hatte einen Aktenhefter in Sophies Arbeitszimmer entdeckt, der Belege und Rechnungen enthielt, sowie Fetzen eilig herausgerissener Seiten in einem anderen Ordner. »Jemand hat hier aufgeräumt, da bin ich mir sicher.« Sie ging den Rest der Unterlagen durch – all das, was man zurückgelassen hatte, Bewirtungsbelege von Restaurants in London, München, Paris und Frankfurt, Rechnungen von Mietwagen und Taxis, Hotelzimmer und Onlinebuchungen.

»Wir sind zu spät«, sagte Parkov. »Viel zu spät. Wer auch immer all das entfernt hat, er hätte es im gewöhnlichen Papiermüll entsorgen können. Es ist längst vernichtet.«

»Hast du was gefunden?«

»Nur dies.« Er hob einen Spurensicherungsbeutel hoch, in den er einen Buntstift gelegt hatte, und Marie spürte, wie ihr kalt wurde. »Das Mädchen war doch nicht nachts bei seinem Großvater und hat Linien und Kreise an die Wände gemalt. Das ist Unsinn.«

»Natürlich ist es das.«

Auf einer bordeauxfarbenen Lederauflage war noch der Abdruck eines großen Notebooks zu erkennen, doch das Gerät war verschwunden. »Er war in großer Eile. Stell dir vor, er kam hierher, um sie und ihre Tochter zu entführen, und hat dabei was auch immer sie herausgefunden und entdeckt hat mitgenommen. Er wusste, woran sie arbeitete. Die Entführung, die Gefangenschaft über Monate muss damit in Zusammenhang stehen.« Marie warf der mächtigen, bis unter die Decke reichenden Bücherwand einen langen Blick zu. »Ihr Vater hat eine ähnlich große Sammlung. Ich werde den Gedanken nicht los, dass wir hier ein bisschen Zeit verbringen sollten.«

Parkov führte einige Telefonate mit dem LKA in Wiesbaden. »Die Fingerabdrücke aus seiner und ihrer Wohnung gehen noch heute Nacht zum Abgleich und zur technischen Überprüfung und Analyse nach Wiesbaden«, erklärte der Kollege auf der anderen Seite, als Parkov ihn auf Lautsprecher schaltete.

»Van der Meers Bekanntheitsgrad darf in dieser Sache zu keinem Aufhänger der Journaille werden«, sagte Parkov. »Ich kann mich auf Sie verlassen.«

»Sicher, Parkov.«

»Gut.« Er lächelte kühl. Für einen Augenblick sah er aus, als würde er am liebsten in das Smartphone beißen. »Wenn es anders kommt und etwas durchsickert, weiß ich ja, *wo* ich meine Suche beginnen werde.«

Marie begann, die Bücher durchzusehen, doch was sie fand, beruhigte sie nicht: Neben Literatur, die sich mit Botanik und Biochemie befasste, waren darunter auch obskure Titel, die sich mit den entferntesten Gebieten der Naturheilkunde befassten.

»Wir suchen jetzt bundesweit nach Personen, die Sophie van der Meer oder ihre Tochter kannten«, erklärte Parkov, als er zu ihr zurückkehrte. »Ich habe Anna gebeten, sich der Sache anzunehmen und sie auf der Prioritätenliste ganz nach oben zu setzen.« Anna Sörensen, Parkovs Vertraute beim Landeskriminalamt. *Vielleicht früher auch etwas mehr als das.*

»Klingt gut.« Sie hielt ihm eines der Bücher hin. »Naturheilkunde indigener Völker des Subsahararaums. Überhaupt findet sich hier jede Menge Stoff, mit dem sie als Ethnobotanikerin beruflich zu tun hatte.«

»Überrascht dich das?«

Marie zögerte. »Mir war bis vor wenigen Stunden nicht mal ganz klar, was eine Ethnobotanikerin überhaupt macht.«

»Nun, sie erforscht Pflanzen, die sich für den Menschen als wertvoll erweisen könnten – als Medizin«, führte Parkov aus.

Marie schob das Buch ins Regal zurück und griff nach dem nächsten. »Lass mich raten: Du kennst dich natürlich auch auf diesem Gebiet bestens aus.«

Parkov schüttelte mit einem Lachen den Kopf. »Ich wünschte, es wäre so.«

»Marie?« Einer der Kollegen der Spurensicherung hielt einen durchsichtigen Beutel hoch, in dem ein Fetzen Papier steckte, auf dem das Wort *Bio-Pharma-Venture* stand. »Das hier haben wir unter dem Teppich beim Schreibtisch gefunden. Ziemlich weit darunter. Das kann kein Zufall sein.«

»Soll heißen, sie hat es versteckt?«

»Sicher. Als er hierherkam, um sie zu entführen, war das ihr letzter Ausweg.«

»Sie nimmt sich das Beste, von dem sie denkt, es würde Ermittler auf ihre Spur führen. Und zugleich versucht sie …«, Parkov betrachtete das Beweisstück, »alles andere zu vernichten.«

»Sie selbst?«

»Der Holzofen, das verbrannte Papier. Ich vermute, sie hat versucht, einen Teil der Informationen zu zerstören. Vielleicht war sie schnell genug, vielleicht nicht.«

»Vielleicht werden wir es nie herausfinden«, sagte Marie resigniert. »Wenn sie nicht aufwacht oder wir ihre Tochter nicht finden …«

»Gib die Hoffnung nicht auf«, erwiderte Parkov. »Es gibt zu diesem Wort nur einen einzigen Treffer im Internet: eine Adresse in London und eine Nummer.«

Marie hörte mit einem Ohr dem Gespräch zu, das Parkov in akzentfreiem, wenn auch etwas altmodischem Oxford-Englisch führte, und ging dabei weiter die Bücher durch. *Das führt doch zu nichts* – dieser Gedanke nagte an ihr, und doch trieb sie sich selbst weiter an, aufmerksam Buch um Buch zu durchsuchen.

»Man ist dort nicht besonders aufgeschlossen«, sagte Parkov nach wenigen Minuten. »Und weder kannte man ein solches Unternehmen noch eine Sophie van der Meer unter dieser Nummer.«

Marie runzelte die Stirn. Das war es, eine dieser Überlegungen, die ihr, seit sie das Anwesen von Sophie van der Meers Vater gesehen hatte, im Kopf umherspukten. »Wenn sie ihren Vater so verachtet hat – er hat sich immerhin durch die Vertretung einiger Unterweltgrößen und Wirtschaftsverbrecher einen Namen gemacht –, dann wollte sie wahrscheinlich auch nicht, dass man sie unter diesem Namen kannte.«

»Er ist auffällig, das ist gewiss«, erwiderte Parkov. »Du könntest recht haben.«

Marie griff nach dem nächsten Buch im Regal: Schwer war es, ein in dickes Leder eingeschlagener Band, auf dem kein Titel stand. »Wir müssen mehr über ihr Leben in Erfahrung bringen. Über ihre Freunde, so wenige das auch waren, über ihre verstorbene Mutter Amilia. Ich kann immer noch nicht glauben, dass sie monatelang eingesperrt war und zugleich niemand bemerkte, dass man sie zwang, ein falsches, vorgetäuschtes Leben zu führen. Das ist unmöglich.«

»Du bist hartnäckig. Gut.«

»Sie liegt im Sterben, Daniel. Ihre Tochter ist verschwunden. Und das nur, weil … ich weiß nicht, weil sie ihren Job erledigte? Weil sie an etwas Großem dran war und man sie zum Schweigen bringen wollte?«

»Die Möglichkeit besteht. Aber wieso würde man dann auch ihren Vater töten?«

»Ich weiß es nicht.« Sie seufzte. Die Ereignisse dieses Tages lasteten wie Blei auf ihr. »Machen wir diesem Laden Feuer unter dem Hintern. Sehen wir uns bei Bio-Pharma-Venture um, am besten gleich morgen, und halten die Sache so klein und leise wie möglich. Wir wissen schließlich nicht, wer hier alles mit drinsteckt. Und schon gar nicht, wer von den englischen Kollegen womöglich … Moment.« Sie schlug das in Leder gebundene Buch auf. Die Seiten waren handbeschrieben, verschiedene davon hatte Sophie mit klebenden Post-its markiert. Ihr Instinkt, jenes Kribbeln in ihren Fingern, verriet ihr, dass sie etwas entdeckt hatte.

»Du willst nach London?«

»Wenn es sein muss, Daniel.«

Parkov hob die Brauen. »Da gäbe es eine Reihe von Privatmaschinen, die bereitstehen. Denk nur daran, wie sehr man sich freuen wird, wenn wir eine reduzierte Spesenabrechnung vorlegen. Was unternimmt man nicht alles für den Steuerzahler?«

Marie strich über die alten, gelben Seiten des Buchs und versuchte, die enge Handschrift zu entziffern. »Sei mal ernst und sieh dir das an. Ein Expeditionsbericht nach Belgisch-Kongo von 1909. Eine Reihe unabhängiger Forscher, die sich ohne Erlaubnis des Leopoldregimes weit in die Wälder vorgewagt haben. Ihr Anführer war ein Brite, Alwin Lambert.«

»Das waren ohne Zweifel dunkle Zeiten.«

Marie setzte sich im Schneidersitz vor das Bücherregal auf den Boden und blätterte sorgfältig Seite für Seite um. Die Stellen, die Sophie van der Meer markiert hatte, umfassten teils nur kurze Abschnitte, teils mehrere Seiten. *Sie hat eine Spur für uns zurückgelassen*, dachte sie. *Das Mindeste, was ich für sie tun kann, ist, ihr zu folgen. Um ihrer Tochter willen.*

»Soll ich dir eine Leiter besorgen, damit du die oberen Regalreihen erreichen kannst, oder wirst du fürs Erste lesen?«

Sie sah ihn böse an. »Ich bin hier unten mit diesem Buch genau da, wo ich sein sollte.«

Während Parkov das Regal durchstöberte, begutachtete sie das Buch – und dann, kaum fünf Minuten später, fand sie es. Eine Notiz, in Sophies Handschrift abgefasst, exakt dieselbe wie auf dem versteckten Fetzen, auf dem sie den Namen der Firma notiert hatte, steckte zwischen zwei Seiten des Buches. *Tymon Sorg?* stand dort. Darunter eine Adresse.

»Das ist in London«, sagte Marie und las die Zeilen vor. »Sagt dir das was? Du hast ihn doch überprüft. Sorg wohnte nicht in London, das wissen wir.« Als Parkov nicht antwortete, sah sie sich nach ihm um. Er stand mitten im Zimmer und sah gedankenverloren zum Fenster hinaus. »Daniel?«

»Unmöglich«, flüsterte er.

»Was hast du?«

»Es ist eine Erinnerung. Aber das kann nicht sein.« Er drehte sich nach ihr um und Marie bemerkte, dass er etwas in der Hand hielt.

»Daniel?«, fragte sie noch einmal.

Er kam herüber und ging vor ihr in die Hocke, die Hand ausgestreckt. Es war ein grünes Mineral, über dessen kantige Oberfläche sich viele Risse und Vertiefungen zogen – ein großes Stück war abgebrochen, die Bruchstelle gezackt und scharfkantig. Marie war es, als würde der gut acht Zentimeter große glasklare Edelstein aus seinem Inneren in vielen Tausend Farben erstrahlen. »Es gleicht einem Déjà-vu. Einer Erinnerung. Etwas, das ich einmal wusste, aber längst vergessen hatte.«

»Wo hast du den her?«

»Aus dem Regal gleich hier. Die wichtigere Frage ist jedoch, wo Sophie van der Meer ihn gefunden hat.«

»Du kennst diesen Stein?«

Parkov nickte gedankenversunken. »Suzann trug bis zu ihrem Tod einen Ring, den ich ihr geschenkt hatte. Ich ließ ein Stück hiervon einarbeiten.«

»Moment, was? Aber …«

»Das, meine Liebe, ist ein Zoisit. Es gibt nur wenige Länder dieser Erde, wo man ihn in dieser Schönheit findet. Mein Vater Tristan besaß ein Objekt dieser Größe, daran erinnere ich mich, doch eines Tages ging es zu Bruch. Ein großes Stück brach ab, zersplitterte, und danach schloss er ihn weg, und uns – Michail und mir – blieben nur zwei Bruchstücke. Ich frage mich, was damals geschehen ist … aber ich erinnere mich nicht. Ein Teil davon wurde viel später zu einem Geschenk für Suzann, einem Ring. Der andere Rest des Zoisits jedoch … Ich wäre ein Narr, würde ich nicht bemerken, dass es dieser Stein hier ist. Der, der verloren ging.«

Marie war mehr als nur ein wenig irritiert angesichts dieser plötzlichen Offenheit. »Äh, okay. Aber wie kann das sein?«

Parkov zuckte mit den Schultern und wirkte resigniert, und wenn er auch nur wenige Augenblicke später wieder ganz er selbst war, blieb ein Hauch einer dunklen Trübung – wie ein Schatten einer unangenehmen Erinnerung – in seinen Augen zurück. »Viele Familien haben ihre Geheimnisse. Viele hüten sie sorgsam. Und weißt du was? *Das* bereitet mir größere Sorgen als alles andere.«

TEIL ZWEI

Geschichten auf Papier und Knochen

22.

Der Fremde in dem langen schwarzen Mantel trat vor, als der Lieferwagen anhielt und der Fahrer ausstieg. Aus der Dunkelheit drangen ein Schiffshorn aus der Ferne und irgendwo in der Stadt ein Heulen und Jaulen von Sirenen. Der Fahrer war ein dünner, blasser Mann, kaum älter als zwanzig, und trug eine graue Baseballkappe. *Noch nicht mal Bartstoppel im Gesicht. Verängstigt ist er auch.*

Der nahe Main, der Frachthafen, die Gerüche von brackigem Wasser und die Hoffnungslosigkeit, die die Junkies ausstrahlten, die zwischen den leeren Fabrikhallen um ihre Schlafplätze schlichen – er liebte diesen Ort.

»Eine Lieferung für …«

»Namen sind nicht wichtig«, sagte der Mann im Mantel. »Wichtig ist, was wir tun.« Er gab ein Zeichen, worauf seine Männer begannen, den Lieferwagen auszuladen. Kisten und Fässer, eine ganze Reihe davon.

»Und … meine Bezahlung?« Der Fahrer, dieses Kind, wagte es nicht einmal, ihm lange in die Augen zu sehen.

»Wie alt bist du?«

»Neun…«, er schluckte, »neunzehn.«

»Hast du schon mal eine Frau gehabt, Junge?«

»Ich …«, er wurde rot, »nein.«

Der Mann im Mantel nickte. »Weißt du, auch das ist ein Problem. Männer, die sich nicht mehr wie Männer benehmen. Aber«, er ließ seine Rechte in der Manteltasche verschwinden, »alles ändert sich eines Tages. Dinge kommen, Dinge gehen, Zeiten ändern sich und kehren wieder, das Leben ist ein sich stetig wiederholendes Laufrad von Belanglosigkeiten – und das ist alles so langweilig. Genau deswegen habe ich beschlossen, ein wenig Feuer in die Langeweile zu gießen. Warum bist du hier?«

»Ich sollte nur diesen Lieferwagen herbringen. Mehr nicht. Kann ich jetzt gehen?« Er wollte fort, nur fort von hier, das sah man ihm an, und nun war er sogar bereit, auf die versprochene Bezahlung zu verzichten.

»Noch nicht.«

»Aber … wann?«

»Wann?«, erwiderte der Fremde. »Sobald dein Schicksal beurteilt wurde. Sag mir eines: Wieso hast du dich entschieden, diesen Weg einzuschlagen? Hat man dich nicht gewarnt?«

Der junge Mann starrte ihn nur an, zitternd. »Wovor soll man …«

»Davor, dass es gefährlich sein kann, die falsche Abzweigung auf einer Straße zu nehmen. Orte aufzusuchen, die niemand betreten sollte. Dass du erfahren könntest, dass alles wahr ist, wovor man dich gewarnt hat. Der Dschungel, Junge, existiert. Und er bringt noch immer Monster hervor. Raubtiere wie mich.« Die Hand tauchte wieder auf. »Weißt du, was das ist?«

»Eine Spieluhr.«

Der Fremde klappte sie auf. »Hör ihr zu.«

23.

Mittwoch, 26. Oktober

Marie fand lange nicht in den Schlaf, und als die Müdigkeit sie dann auf ihrer Couch übermannte, waren die Träume voller Dunkelheit.

Wurzeln krochen durch ihre Wohnung, breitblättrige Pflanzen wucherten über die Fenster und sperrten alles Licht der nächtlichen Stadt aus. Käfer krabbelten über den Boden und irgendwo tief im Unterholz, das zwischen Flur und Küche wucherte, bewegte sich etwas mit der schlanken, geschmeidigen Gewandtheit eines Raubtiers. Sie fuhr herum. Aus der Dunkelheit drangen laute Atemgeräusche aus großen Lungen. Dann kam es näher. Näher. Und immer näher.

Mit einem leisen Schrei schrak sie auf und schnappte nach Luft. Als sie sich durchs Haar fuhr, bemerkte sie, dass es schweißnass war. Noch immer benommen, sah sie sich um: Die Fotos von Sophie van der Meers Kühlschrank, die sie nach dem Abschluss der kriminaltechnischen Untersuchung mit nach Hause genommen hatte – jedes einzelne in einem Beutel verpackt –, waren vom Couchtisch gefallen und hatten sich wild über den Boden verteilt. Gerade als sie sie wieder einsammeln wollte, bemerkte sie, dass ihr Handy leuchtete, ein fahler blauer

Schein, der unter dem Displayrand hervorkroch, weil es umgedreht in der Nähe lag. Marie griff danach: Das letzte Bild, das sie betrachtet hatte, war eine Fotografie jener schrecklichen kleinen geschnitzten Figur, die sie bei Jan van der Meer entdeckt hatten. Bei diesem Anblick kroch ein Gefühl von Nervosität wie tastende, knochige Finger über ihren Rücken. Sie musste vergessen haben, das Smartphone abzuschalten, und war vor Müdigkeit eingeschlafen.

Es sei denn … Nein. Mach dich nicht verrückt. Das war der Gedanke, an dem sie sich festzuhalten versuchte. Und doch war ihr, als würden die pechschwarzen Steinaugen der Figur jedem ihrer Schritte folgen.

Marie schaltete das Smartphone aus und warf es weit von sich auf einen Sessel. Weniger weit entfernt lagen Teile des Expeditionsberichts, den sie in Sophie van der Meers Wohnung entdeckt hatte. Die Kriminaltechnik hatte ihr die markierten Seiten kopiert, und nun versuchte sie, die Handschrift nach und nach zu entziffern.

Maxime,

nun, da ich dir diese Zeilen schreibe, habe ich die schwere Entscheidung getroffen, den Anweisungen des Militärs nicht länger Folge zu leisten. Ich bin immer mehr davon überzeugt, dass sie etwas verbergen. Also werde ich die anderen vorschicken und mich selbst schweren Herzens nicht zum Schiff begeben, das uns nach Norden und eines Tages in die Heimat bringt, sondern tiefer ins Abenteuer hinein, allein mit meinem getreuen Benson. Ferdinand und den anderen werde ich die Funde anvertrauen, die Suche nach der Quelle dagegen ohne sie weiterführen, denn ich kann sie nicht zwingen, länger als geboten an diesem dunklen Ort zu verweilen. Ferdinand ist loyal, ich will nicht riskieren, dass etwas verloren geht, falls mir etwas zustoßen sollte, doch kennt er die Region nicht so gut wie Benson, daher wirst du meine Entscheidung sicher mittragen. Widme dich besonders den Speer- und Pfeilspitzen und allem voran den Ritualgefäßen der Medizinmänner. Du wirst mir sicher zustimmen, dass all das nie zuvor entdeckt wurde, ja sogar einzigartig sein könnte. Ich kann gar nicht erwarten, mit dir darüber zu sprechen, wenn wir uns wiedersehen.

Die Pflanze jedoch, die ich in einer von ihren Bewohnern verlassenen Siedlung in der Nähe gefunden habe, ist der Beweis für das, was ich erwartet habe – der Beweis für das Misstrauen der Militärs, ihre Furcht vor den Wäldern, ja sogar für die Gräuel, die sie den armen Einwohnern antun, die sie versklaven. Etwas Dunkles verbirgt sich dort, und ich verstehe nur wenig von den spirituellen Dingen, doch kann ich mich des Eindrucks nicht erwehren, dass sich diese Dunkelheit ausweitet und übergreift. Die Eingeborenen, die wir aus der Ferne am Flussufer sahen, flohen vor unserem Erscheinen, doch war ich sicher, dass auch sie jenes Zeichen trugen, von dem ich dir bereits berichtete.

Halte die Pflanze versteckt, zeige sie niemandem. Wir werden sie sorgfältig untersuchen müssen, wenn ich zurückkehre. Die Tutonga existieren und die Legenden, die sich um sie ranken, scheinen mir nicht länger eine bloße Erfindung. Menschen, die unnatürlich alt werden. Starke Krieger, widerstandsfähig, weit über das gewöhnliche Maß hinaus.

Ich habe beschlossen, ein Tagebuch zu führen, in das ich auch unsere Korrespondenz eintragen werde, und hoffe, dieser Brief erreicht dich wohlauf. Ich trage dein Bild in jenem Schmuckstück bei mir, wohin auch immer mein Weg mich führen wird.

In Liebe und meiner Rückkehr entgegensehnend,

Alwin

Mit einem Seufzen legte Marie das Schreiben beiseite. Vergeblich hatte sie versucht, im Internet etwas über Alwin Lambert herauszufinden. Ein Forscher, der einen Brief an seine Frau schrieb, bestimmte Objekte zurückschickte, sich selbst jedoch weiter voranwagte. *Was ist mit ihm geschehen? Wo befindet sich die Pflanze, von der er sprach, heute? Und das Zeichen, das er erwähnt hat …*

Außerstande, sich weiter auf die dicht beschriebenen Seiten zu konzentrieren, ließ Marie das Tagebuch auf der Couch liegen, stand auf und sah nach ihrer Tochter. Lucie schlief friedlich in ihrem Bett, den Bären im Arm. Marie trat hinaus auf den Balkon, wo der Wind ihr Haar zerzauste und ihr half, wieder durchzuatmen. Weit oben blinkten die Positionsleuchten einer Passagiermaschine, die Frankfurt überquerte. Es roch nach Regen.

Ich habe den Herrn des Waldes gesehen. Sophie van der Meers Worte, als man sie fand, ehe sie bewusstlos wurde, kamen ihr in den Sinn. »Es war nur ein Traum«, flüsterte Marie in die Stille. »Ein böser Traum.«

Am Morgen flogen sie nach London.

»Wir haben Christian Irding noch einmal befragt. Ganz ruhig, entspannt, nur als Zeugen. Sophie van der Meer war eine Einzelgängerin. Er und eine andere Frau, die jetzt in Berlin wohnt, waren ihre einzigen wirklich engen Freunde. Oder anders formuliert, ihre *einzigen* Freunde. Ach ja, er kannte auch Sina. Sophie hat sie ihm zuletzt gezeigt, da war die Kleine vier. Die Kollegen vom K 17 weiten die Fahndung aus.«

Marie telefonierte mit Isabelle und das Taxi, das sie mit Parkov am City Airport herangewunken hatte, bahnte sich seinen Weg durch den frühen Londoner Berufsverkehr. »Können die bei Facebook vielleicht herausfinden, ob es in ihrer Freundesliste einen Mann gab, der diesem Fremden auf den Fotos ähnlich sieht und den sie in der Zwischenzeit gelöscht hat? Oder der sein Konto selbst löschte?«

»Können sie. Es gab niemanden.«

»Wie schade. Das hätte einiges einfacher gemacht.«

»Vielleicht versprichst du dir auch zu viel von diesem Unbekannten«, gab Isabelle zu bedenken.

»Vielleicht.« Marie blickte in den Regen hinaus, der über der Themse heraufzog, als das Taxi über die Lower Lea Crossing fuhr. Der Pakistani hinter dem Steuer fluchte, als ein schwerer Mercedes seinem Wagen den Weg abschnitt, und stieg auf die Bremsen. Marie und Parkov wurden in die Gurte geworfen.

»Wenn sie nur wenige soziale Kontakte und überhaupt keinen zum Vater hatte, dann war es für unseren Entführer natürlich einfach, allen etwas vorzumachen.«

»Irding erklärte, er hätte seit dem Abendessen vor elf Monaten nicht mehr mit ihr gesprochen. Die Freundin aus Berlin gab zu Protokoll, dass Sophie zuletzt mit ihr telefonierte und dabei noch völlig normal und entspannt klang. Das war vor sechs Monaten, jetzt ist sie auf einer großen Weltreise mit ihrem Freund. Und dann haben wir uns bei Jan van der Meers Kollegen und ehemaligen Klienten umgehört. Alles ziemlich unübersichtlich. Krantz fordert Unterstützung vom LKA an. Sörensen ist wieder da, das wird Parkov bestimmt freuen.«

»Was ist mit möglichen Feinden, Isa?«, fragte Marie weiter nach.

»Er war Strafverteidiger, natürlich hatte er einige. Wir sind dran. Von seinen Konten wurden hin und wieder Geldbeträge in vier- und fünfstelliger Höhe auf einen Schlag abgehoben, die wir noch nicht klar zuordnen können.«

»Es gibt keinen Hinweis auf Lösegeldforderungen, oder?«

»Keinen einzigen. Parkovs Theorie, dass all das weniger mit dem Vater und viel mehr mit der Tochter zu tun haben könnte, stößt hier zwar nicht auf besonders große Gegenliebe – schließlich«, Isabelle lachte sarkastisch, »kommt sie von Parkov –, aber insgeheim rechnen doch nicht gerade wenige damit, dass er recht haben könnte. Derzeit sieht es jedenfalls nicht danach aus, als hätte sich jemand an Jan van der Meer rächen wollen. Ach ja, die Kollegen von der Streife haben die Tunnel in der Nähe der Unterführung abgesucht, wo Sophie van der Meer gefunden wurde. Bisschen Gerümpel, ein paar Obdachlose, sonst nichts.«

»Haben wir Neues zu ihrer Mutter?«

»Amilia van der Meer. Vor sechs Jahren an einem äußerst seltenen Blutkrebs verstorben. Ich habe die Akten hier.«

»Und was ist mit unserem frisch Verurteilten? Kriegen wir die Erlaubnis, mit Argo zu sprechen?«

»Hier klingt alles nach morgen oder übermorgen. Er liegt derzeit auf der Krankenstation der JVA, hat sich eine Magenverstimmung zugezogen und ist nicht vernehmungsfähig.«

»Mist.«

»Tut mir leid, Süße, schneller kriegen die es nicht hin.«

»Was ist mit ›NewsToday‹?«

»Jörg und ich haben uns dort umgesehen. Weißt du, dass Stephen Meyer der CEO dieses Ladens ist?«

»Weiß ich«, erwiderte Marie. »Konntet ihr schon mit ihm persönlich sprechen?«

»Meyer war anwesend und hat uns sofort empfangen. Sehr freundlich, sieht ganz danach aus, als würde er sein Dankeschön an die ›Helden der Polizei‹, wie er es auf der Einladung formuliert hat, wirklich ernst nehmen.«

»Interessant. Und was sagt er zu den van der Meers?«

»Er kannte den Vater. Es gab da offenbar einmal ein Verfahren wegen fahrlässiger Körperverletzung, in dem Jan van der Meer das Mandat übernahm.«

Marie sah zu Parkov hinüber, der nachdenklich in den Regen hinausblickte.

»Marie?«

Sie räusperte sich. »Ja, verstanden. Und wusste er auch, woran Sophie gerade arbeitete?«

»Er nicht, aber der Ressortleiter einer seiner Verlage. Es war etwas über indigene Naturheilkunde und hochwirksame Botenstoffe, die nur darauf warten, entdeckt zu werden. Unter den Ethnobotanikern gibt es da einen Leitspruch, dass sich noch so viel da draußen verbirgt, so viel Effektives, dessen Wirkweise mit herkömmlicher Chemie nicht mal ansatzweise zu vergleichen ist. Jede Menge Geheimnisse, Marie, und sicher jede Menge Potenzial für die Industrie, Geld zu machen. Er erinnert sich, dass sie ein Pharmaunternehmen namens PHMA Medic erwähnte, das intensiv in diesem Bereich forschte. Und jetzt kommt das Beste: Das ist eine ehemalige, abgewickelte Tochterfirma von Parkov Industries. Man findet da nicht besonders viel, weil sie sich ziemlich abschotten. Ich sollte eher sagen: Wir finden da rein gar nichts.«

»Isa, bist du sicher?«

»Ja, und ich denke nicht, dass sie den Leuten hier die ganze Wahrheit gesagt hat. Man meint hier, dass van der Meer eine eigensinnige Person sei und dass sie – den Eindruck hatte Meyer jedenfalls – seit Beginn ihrer Arbeit mit etwas anderem beschäftigt war, etwas Wichtigem, Großem, das sie wirklich interessierte. Und das sie lieber für sich behielt.«

»Wieso?«

»Weil es gefährlich ist. Sie hatten den Eindruck, dass van der Meer, als man sie das letzte Mal persönlich gesehen hat – das ist ein ganzes Jahr her –, wirkte, als säße ihr ein Verfolger im Nacken. Als würde sie von etwas bedroht. Wir haben jetzt Zugriff auf sämtliche Daten und Vorgänge, die ihre Arbeit mit ›NewsToday‹ betreffen, und prüfen mögliche Zeugen. Sieht ganz danach aus, als hätte niemand seit Beginn ihrer Reise mit ihr Kontakt gehabt. Zumindest keiner, von dem wir wissen.«

Eine Sackgasse. Marie spürte Parkovs fragenden Blick auf sich, als sie das Gespräch beendete, doch er sagte nichts. »Es gibt keine guten Neuigkeiten«, erklärte sie ihm leise und bemerkte, wie der Taxifahrer sie im Rückspiegel beobachtete. Marie musste noch immer verarbeiten, dass sich van der Meer mit einer Tochterfirma von Parkov Industries beschäftigt hatte. »Die Spur führt ins Leere.«

24.

Hackney begrüßte sie mit dem Charme Ostlondons und dem Geist des hier allgegenwärtigen Wandels: da neue Einfamilienhäuser der Mittelschicht, Szenebars, die sich in verlassenen Fabrikhallen einnisteten, und zugleich nur zwei Straßen weiter Sozialwohnungen mit alten Gang-Graffiti an den Wänden und nur notdürftig übermalten Einschusslöchern.

Bio-Pharma-Venture war in einem komplexen, verschlungenen Häuserlabyrinth aus gedrungenen grauen Gebäuden in einem Hinterhof unter schiefen Dächern und tropfenden Regenrinnen untergebracht. Ein in Blau gekleideter Wachmann begrüßte sie mürrisch und öffnete die Türen mit einem großen Zentralschlüssel. Der Durchsuchungsbeschluss, den Parkov über seinen englischen Kontakt beschafft hatte, schien Wunder zu wirken.

»Das war alles von einem auf den anderen Tag weg«, sagte der Mann mit breitem Akzent, der nur mühsam zu verstehen war. »Und jetzt steht alles leer.« Marie und Parkov fanden sich in weiten, leeren Hallen wieder. Blinde Sprossenfenster, grauer Beton, dunkle Flecken auf den schlecht verputzten Wänden, in den angrenzenden Gebäuden Reste verschrammten Mobiliars auf verblichenen Teppichböden, darauf klobige

Computerbildschirme mit losen Kabeln, die wie Würmer herabhingen.

»Das ist hier wie in einem Labyrinth«, sagte Marie, als sie Tür um Tür öffneten und immer tiefer in die verwinkelten Ecken der Anlage vordrangen. In einem Schrank fanden sie Aktenordner, größtenteils leer, auf einigen hastig entfernten Seiten prangte noch das blau-gelbe Logo des Unternehmens. Am Ende eines verwinkelten Flures entdeckten sie eine Treppe, die in kahlwändige Kellergeschosse hinabführte. Überall Spuren eines überhasteten Aufbruchs: Laborutensilien, zurückgelassen in großen Kisten, zersplittertes Glas auf dem Boden, Käfige. Blut.

»Tierversuche«, sagte Parkov.

»Van der Meer recherchierte über PHMA Medic«, stellte Marie fest. Sie erschrak ein wenig, als sie hörte, wie dunkel und bedrückt ihre eigene Stimme klang, als wäre dieser Ort so lebendig, dass seine Dunkelheit sie beeinflussen konnte: Gedanken und Seelenleben.

Parkov reagierte nicht. Er betrachtete die Käfige, als könnte er sich so zurück in Erinnerung und vor Augen rufen, was hier geschehen war. Die Schreie. Wissenschaftler in Laborkitteln, die Gesichter hinter Atemschutzmasken verborgen.

»Hast du mich überhaupt verstanden?«

»Das habe ich durchaus, meine Liebe. Das ist eine Tochterfirma von Parkov Industries, nicht wahr? Ich lese das aus dem empörten Blick, den du mir zuwirfst, seit du das Gespräch mit Isabelle beendet hast.«

Marie war es, als flackerte das trübe Licht in diesem Keller wie ein langsamer Herzschlag, als hallten von den Wänden dieses bösartigen Ortes die Schreie der Tiere wider. »Genauso ist es. Sophie suchte nach Spuren. Vielleicht hat sie sich mit einer Sache übernommen, mit Gegnern angelegt, die zu groß für sie waren.«

Parkov stieß eine Tür auf, die in einen quadratischen Raum führte, in dessen Mitte eine Liege stand: grauer Stahl, Lederbänder an den Seiten, die zur Fesselung geeignet waren, ein rostender Bodenabfluss in grüne Kacheln eingelassen.

»Was haben die hier gemacht?« Marie war es, als würde sie am liebsten auf all das einschlagen, ein Feuer legen, um diese Grausamkeit zu zerstören, und sie musste die Fäuste ballen, ihre Fingernägel in die Handballen bohren, um dem Drang zu widerstehen.

»Du bist wütend«, sagte Parkov. »Das ist verständlich.«

»Wie schön für dich.«

»Ich bin *weder* hierfür verantwortlich noch für PHMA Medic oder die Belange von Parkov Industries.« In seinen eisblauen Augen lag nichts als Bedauern, als wünschte er sich, dass er ihnen beiden das hätte ersparen können. »Und ich habe dich gefragt, ob du mir vertraust.«

Marie seufzte. »Natürlich bist du das nicht. Und du kennst meine Antwort. Ich hoffe nur …«

»Ich weiß. Hilf mir, diese Schränke zu durchsuchen, ehe unser britischer Polizeikontakt hier auftaucht.« Parkov öffnete einen der Glasschränke, die zurückgelassen an den Wänden lehnten.

»Ich dachte«, begann Marie, während sie es ihm gleichtat, »du verlässt dich auf ihn.«

»Nur so weit, dass ich dafür gesorgt habe, dass er eine gute halbe Stunde nach uns eintrifft. Eigentlich hatte ich gehofft, du würdest mittlerweile genug erfahren haben, um zu verstehen, dass es vorteilhaft ist, nur einer einzigen Person zu vertrauen: sich selbst.« Er hielt etwas in die Höhe, klein, winzig und grün funkelnd.

»Was ist das?«

»Unwichtig.« Parkov ließ das winzige Etwas in einem kleinen Spurensicherungsbeutel verschwinden, ehe sie ihn erreicht hatte, und steckte den Beutel zurück in den Mantel. Die Geste war behutsam, beinahe liebevoll, wie sie bemerkte. Im letzten Winkel, in einer Ecke, versteckt hinter einer Reihe von Kisten, die voll mit Unrat waren … was immer er gerade gefunden hatte, konnte nicht zufällig hier gelegen haben. Marie musterte ihn, während Parkov an ihr vorbeiging, als wäre gerade nichts geschehen. »Du denkst also nur an dich selbst«, sagte sie, »und verlangst *mein* Vertrauen, bist zugleich aber nicht bereit, mir deines zu schenken. Was meinst du, wie fühle ich mich wohl dabei?«

»Du weißt, dass es sehr wohl einen Kreis von Menschen gibt, denen ich …«

»Ach? Die gibt es?« Sie wandte sich von ihm ab. »Nein. Ich bin enttäuscht und verletzt.«

Als hinter ihnen eine Tür ins Schloss fiel, wollte Marie nach ihrer Waffe greifen, bis ihr wieder einfiel, dass sie in London war und ihre Dienstwaffe gut verwahrt in einem Waffenschrank im Präsidium lag. *Was hat er gerade in seine Tasche gesteckt? Unwichtig.*

Ein hochgewachsener, elegant gekleideter Schwarzer in einem langen grauen Mantel und hellbraunen Lederschuhen kam herein. Er trug das dunkle Haar militärisch kurz und taxierte Marie und Parkov mit einem prüfenden Blick, während er im Durchgang stehen blieb. *Das ist er also. Der Kontakt in England.* Weil man sie nicht allein in einem fremden Hoheitsgebiet ermitteln lassen wollte.

»Tom Carter«, sagte Parkov im Ton milder Überraschung. Die Männer reichten sich die Hand und umarmten sich zu Maries Überraschung freundschaftlich. »Das ist meine Kollegin Marie Winter.«

»Willkommen in London.« Carters Händedruck war kühl und fest. Seine Augen waren von einem dunklen Braun, fast ebenso dunkel wie sein Haar, ein Kontrast zum grauen Regen dieser Stadt.

»Freut mich«, erwiderte sie. »Schade, dass wir uns an einem so unangenehmen Ort begegnen.«

»Polizistenschicksal«, sagte Carter und musterte Parkov. »Es ist einige Zeit her. *Jahre.* Verdammt, wie viele sind es jetzt? Sechs? Sieben?«

»Acht.« Parkov wirkte, als bereite es ihm Unbehagen, diesen Small Talk zu führen. »Zu lange. Ich sehe, Yard hat dir gutgetan. Du wirkst jünger.«

»Nein, das liegt nur an der guten alten Smogluft der City.« Carter nickte und trat einen Schritt zurück. Der Ausdruck auf seinem Gesicht wechselte von zurückhaltender Freundlichkeit zu kühler Professionalität. »Ihr habt also in Deutschland einen Fall, der mit diesem Ort hier in Verbindung steht?«

»Zwei Fälle«, sagte Marie. »Es ist kompliziert.«

»Na ja, das sagen wir auch immer, aber meistens fehlt einem dann nur der Überblick auf die Dinge.«

»Deshalb sind wir hier«, antwortete Parkov. »Um unseren Blickwinkel zu erweitern.«

»Niemand mehr da«, sagte Marie. »Es wirkt nach einem überhasteten Aufbruch.«

»Stimmt.« Carter sah sich flüchtig um. »Die sind hier in einer Nacht- und Nebelaktion ausgezogen. Alles legal, alles korrekt. Die Kollegen haben die Papiere mehrfach geprüft, dann gab es noch Routinekontrollen, Gesundheitsbehörde und so weiter. Diese Branche ist eine der am strengsten regulierten überhaupt.«

»Sicher. Was hat Bio-Pharma-Venture noch gleich getan?«

»Zulieferung für Kosmetikprodukte. Ersttests an Tieren, Labortests mit Ratten, das Übliche.«

Parkov stieß die Tür zu dem quadratischen Raum auf. Die Metallliege schimmerte im kalten Licht der Neonröhren, die über ihren Köpfen surrten und summten. »Sieht das nach etwas Legalem aus?«

Carter starrte ihnen beiden finster ins Gesicht. »Nein, das sieht es in der Tat nicht. Verflucht.« Er fotografierte die Räume mit dem Handy, dann telefonierte er. »Wir holen die Jungs von der Spurensicherung her.«

»Wann, sagtest du, sind die hier ausgeflogen?«

»Vor ein paar Tagen.«

»Wie schade. Ich hätte zu gern mit dem ein oder anderen ein paar Worte gewechselt.« Parkov lächelte ein zynisches Lächeln. »Aber da ist uns jemand zuvorgekommen und hat sie informiert.«

»Das denkst du?« Carter ließ das Handy sinken, wirkte jetzt skeptisch. »Wer soll das getan haben?«

»Dieselben wie immer. *Die Ratten.*«

25.

Die zweite Adresse, zu der sie Sophie van der Meers Notiz führte, war ein großes viktorianisches Anwesen in Ostlondon, das sich hinter einer Reihe prachtvoller, ausladender Weißtannen versteckte, die meterhoch in den Himmel ragten.

»Niemand zu Hause«, sagte Parkov, nachdem er mehrmals auf den Klingelknopf an einem messinggoldenen Schild gedrückt hatte. Kein Name stand dort.

»Sicher, dass es hier ist?« Carter betrachtete die hoch aufragende Fassade skeptisch. Die Fenster waren vernagelt, der Garten verwahrlost.

»Es ist über zwanzig Jahre her, dass Tymon Sorg verschwunden ist. Wenn er überhaupt etwas hiermit«, Parkov rüttelte am Tor, das seinem Versuch widerstand, »zu schaffen hatte.« Dann beugte er sich hinab und zog das Lockpick-Set hervor, mit dem er das Schloss mit wenigen Handgriffen in weniger als einer Minute entsperrte.

Carter schüttelte den Kopf. »Das gefällt mir alles nicht.«

Parkov musterte ihn belustigt. »Aber natürlich, ein Schwarzer und ein Russe, die in Hackney in eine Villa einbrechen, man sollte uns im Handumdrehen festnehmen. Wie gut, dass wir die britische Polizei bei uns haben.«

»Ich bin auch noch da«, sagte Marie.

»Dann sagen wir am besten, alles war *dein* Plan.«

Sie folgten dem Pfad über schmierige, moosbewachsene Platten durch den verwilderten Garten. Im hohen Gras, das Marie an manchen Stellen bis zur Hüfte und darüber hinaus reichte, raschelte es. Die Haustür war aus dunkler, schwerer Eiche gefertigt, Doppelflügel, die jemand zusätzlich mit einem Vorhängeschloss und einer Kette gesichert hatte.

»Einen Augenblick.« Parkov stocherte mit Dietrich und Spanner im Schloss herum.

»Früher warst du schneller«, sagte Carter, während Marie den Garten hinter ihnen aufmerksam im Auge behielt. Dieser Ort strahlte eine erhabene alte Dunkelheit aus, als wüsste er um all die Geheimnisse, die in seinen Tiefen verborgen lagen. Und er war nicht bereit, sie allzu leichtfertig preiszugeben.

Marie schloss die Augen, atmete den Geruch des hohen Grases, der Feuchtigkeit des Regens und des Nebels ein, der in der Luft hing. Abermillionen von unsichtbaren Tropfen. Jeder Ort, der vor langer Zeit verlassen wurde, erzählte eine Geschichte. An diesem hier waren die Erinnerungen besonders stark, doch waren es keine angenehmen Dinge, die sich unter dem Deckmantel der Vergangenheit verbargen.

Hinter ihr klickte es. Parkov entfernte die Kette und das Schloss, ließ beides mit einem harten metallischen Scheppern auf die steinernen Stufen fallen. Als sie es öffneten, knarrte das Portal mit dem Geräusch von lange nicht mehr bewegten Türbändern. Ein Sog entstand, als Luft heraus- und hineinströmte, als herrschte zwischen dem Inneren des viktorianischen Anwesens und dem Außen ein Druckunterschied, als besäße das Alter dieser Luft eine besondere Schwere.

Marie sah, wie Carter die Nase rümpfte, als er Parkov ins Innere folgte. Sie hatten Taschenlampen bei sich, die sie eine nach der anderen aktivierten. Ein mit bordeauxrotem Teppich ausgelegter Marmorboden, eine Holztreppe, die sich spiralförmig hinaufwand. Korinthische Säulen, die einen umlaufenden Balkon trugen. Spinnweben, die von einem ausladenden Kronleuchter von der Decke herabhingen. Staub lag in zentimeterhohen Schichten auf dem Boden und den Möbeln – eine Jugendstilkommode, daneben cremefarbene Sessel vor einem gemauerten Kamin.

»Das passt nicht zu dem, was wir über ihn wissen«, sagte Marie auf Deutsch zu Parkov, was ihr einen durchdringenden Blick von Carter einbrachte. »Sorg lebte in den Jahren bis zu seinem Verschwinden in einem Haus im Norden und, nachdem man ihn im Museum anstellte, in einer Wohnung in Frankfurt, die ihm die Senckenberg-Gesellschaft finanzierte. Wurde alles schon überprüft.«

»Das ist wahr«, sagte Parkov leise. Seine Stimme klang gedämpft, als wagte er es nicht, an diesem Ort laut zu sprechen.

»Also, was soll das hier? Wieso schickt uns van der Meer mit ihrer Notiz hierher?«

»Sie wollte …«, Parkov strich mit dem Finger über eine dicke Staubschicht, »uns etwas mitteilen. Das nur *wir* verstehen.«

»Ich verstehe es aber nicht.« Marie schob eine tief herabhängende Spinnwebe beiseite. Dieser Ort war fürchterlich. Die Luft roch nach Vergänglichkeit und einer alten Bosheit, die zwischen den Schatten in den Ecken lauerte.

»Hier entlang.« Parkov ging voran und führte sie in einen düsteren Saal. Schwere Vorhänge dämpften das Tageslicht, das durch mächtige Fenster hereinfiel, die die gesamte Westseite des Raumes einnahmen. Edles Parkett zu ihren Füßen, ausladende Kronleuchter gute fünf Meter über ihren Köpfen. Masken an den Wänden, afrikanische Statuen, Speere, Schilde, Fetische, Pfauenfedern und die Geweihe von Antilopen und Springböcken.

»Das war nicht immer so eingerichtet«, sagte Marie. »Sieht aus wie ein alter Ballsaal.«

»Etwas ist hier.« Parkov drehte sich im Kreis. »Etwas …« Marie ging zu den Vorhängen und schob sie auseinander, sodass das Tageslicht hereinfallen konnte. Hinter den großen, bodentiefen Fenstern und Türen war eine breite Veranda auszumachen, auf der verwitterte Holzmöbel standen. Der Wind hatte Herbstlaub auf die nun moosbewachsenen Steinplatten geweht.

Für einen Moment war ihr, als könnte sie sie sehen, all die Abende und glamourösen Veranstaltungen in diesem Saal, während der laue Sommerwind zu den offen stehenden Türen hereinstrich und mit den Kleidern der Damen spielte.

»Jesus«, hörte sie Carter sagen und drehte sich um, fürchtete bereits, was der entdeckt hatte. Auf der anderen Seite des Saals blickten ihnen drei vertraute Gesichter entgegen, Doppelgänger, die allen ihren Bewegungen und Gesten folgten: ein schwarzer englischer Polizist im grauen Mantel, das Haar militärisch kurz geschnitten. Neben ihm Parkov, das patriziergleiche Gesicht wie stets kühl und unbewegt, auf der anderen Seite, nah bei den Fenstern, die zur Veranda hinausführten, sah Marie in ihre eigenen Augen, ihr Gesicht. Es war ein Spiegel, der dort an der Wand lehnte, ein mächtiges antikes Monstrum von Ausmaßen, die sie noch nie gesehen hatte. Und darüber Worte, die wie ein dunkles Omen auf sie gewartet hatten, jahrelang in der Dunkelheit verborgen. *Zhúkundu sees. Always.*

»*Zhúkundu sieht. Immer*«, las sie. »Was in aller Welt ist das?« Marie bemerkte, wie sich Carter nervös umsah. Sie konnte nicht abstreiten, dass auch sie das Gefühl einer unterschwelligen Bedrohung verspürte, wie einen kühlen Windhauch, der über ihren Nacken strich, als würde sich irgendwo hinter ihnen eine Tür öffnen, hinter der nichts als Dunkelheit wartete.

»Das ist doch klar«, begann Parkov. »Zhúkundu. Das ist das Wort, das Sophie van der Meer sagte, als die Kollegen sie in der Unterführung fanden. Das Wort, das wir nicht identifizieren konnten.« Er trat näher. »Marie, Tom, helft mir.« Er fasste nach dem schweren Spiegel. »Verschieben wir ihn.«

»Wo sind die fünf anderen, die mit anpacken?«

»Los doch. Das Ding sieht schwerer aus, als es ist.« Gemeinsam wuchteten sie den schweren Spiegel zur Seite. Parkov wischte sich Staub und Spinnweben vom Mantel. »Seht ihr? Das *vollständige* Bild.«

Zhúkundu sees. Always. Darunter, bislang vom Spiegel verborgen, so angeordnet, dass jeder Strich unter einem Wort stand und die Punkte in den Lücken dazwischen: |.|.|

»Es ist sein Symbol«, sagte Marie. Ihr gefiel nicht, wie verunsichert ihre Stimme klang. »Das des Professors.«

»Nein, meine Liebe«, erwiderte Parkov. »Es ist das Symbol für dieses Wort. Dieses Zeichen *ist* Zhúkundu.« Er sah sich nach Carter um, der einige Schritte zurückgetreten war. »Hab ich nicht recht?«

»Was siehst du mich an? Ich bin in Southwark aufgewachsen.«

»Und doch verunsichert es dich.«

»Ach, Parkov.« Carter fuhr sich durchs Haar. »Das ist wieder typisch für dich. Als du mich angerufen hast, dachte ich, du würdest einen alten Freund sehen wollen. Jetzt begreife ich, dass du mich nur aus einem einzigen Grund kontaktiert hast.«

»Du weißt, dass *das* nicht stimmt.«

»Marie, was du nicht wissen kannst«, erklärte Carter, »für ein paar Jahre war ich bei einer Sonderkommission von Scotland Yard. Damals haben wir einen Killer gejagt, der sich dem Okkultismus verschrieben hatte. Er setzte den Opfern Geweihe auf, und das ist auch alles, was du wissen musst, ich will dir deine Nächte nicht verderben.«

»Ich vertrage mehr, als du vermutest«, entgegnete sie kühl.

»Glaub ich dir sofort, Marie. Wer mit Parkov zusammenarbeitet, sollte sich besser an diese Dinge gewöhnen.« Carter zuckte mit den Schultern. »Also jedenfalls denkt unser gemeinsamer

Freund Parkov hier, dass er bei allem, was er nicht versteht oder nicht verstehen *will* …«, er machte eine knappe Handbewegung in Richtung Wand, »und was mit dieser speziellen Thematik zusammenhängt, nur mich anzurufen braucht. Ja, Parkov, wir wissen beide, dass es so ist. Aber ich bin weder der Michelangelo des okkulten Profilings noch habe ich einen Abschluss in *dieser* besonderen Scheiße.«

»Jetzt untertreibst du aber.«

»… nur weil wir diesen Geweihmörder gefasst haben. Das alles reicht so viel tiefer.«

Parkov sagte nichts dazu. Er trat in einen schmalen Gang, der vom Saal aus in ein Arbeitszimmer führte. Durch die Tür konnte Marie in einer Ecke einen großen, mannshohen Globus ausmachen, an den Wänden nautische Objekte – ein rostiger Sextant, das Stück einer Schiffsplanke.

»Diese Sache hier, das ist schwärzester okkulter Bullshit. Da bin ich mir sicher. Und Parkov begreift nicht – oder will es nicht begreifen –, dass es da draußen Typen gibt, die an diese Dinge glauben. Alles, was er nicht mit seinem Verstand erklären kann, ist für ihn beängstigend. Das solltest du wissen.«

»Weil es Narren sind!«, rief Parkov laut von nebenan.

Carter lachte. »Dachte ich auch. Lange Zeit.«

»Und jetzt nicht mehr?« Marie entdeckte einen ernsten, verletzten Ausdruck in Carters Augen. »Was ist passiert?«

»Nichts, was ich an diesem Ort erzählen würde.« Er sah von ihr zum Nebenraum, in dem Parkov gerade auf einem mächtigen Schreibtisch aus dunklem Tropenholz nach etwas fasste. »Wer daran glaubt, macht sich angreifbar. Oder er gewinnt daraus Macht, ganz wie du es betrachten willst.« Er deutete auf das Zeichen. »Sieh her, die Punkte zwischen den Strichen. Das sind Augen, da würde ich drauf wetten.«

Marie musste an Jan van der Meer denken – und an seine fehlenden Augen, die verbrannt worden waren. »Und was bedeutet das?«

»Tja, da müssten wir ein paar Alte der Community drüben in Southwark fragen, wenn überhaupt. Wie ich schon sagte, *ich* weiß es nicht.«

Nebenan klirrte etwas. Sie hörten Parkov fluchen. Marie runzelte die Stirn, warf Carter einen Blick zu, dann ging sie hinüber. Auf dem Schreibtisch lag ein Messer mit einer langen Klinge. Blutstropfen auf dem Tisch. Parkov hielt den Daumen in die Höhe, ein schmaler Schnitt zog sich über die Haut, wo er sich verletzt hatte.

»Ist immer noch scharf.« Er klang, als hätte er sich in alten Erinnerungen verfangen. »Warte, ich hab ein …« Sie wollte nach ihrem Geldbeutel greifen und ein Pflaster hervorholen, doch Parkov winkte ungehalten ab. Er packte das Messer – Marie bemerkte noch den wertvollen silbernen Griff – und ließ es in einem Spurensicherungsbeutel in der Manteltasche verschwinden. »Es bedeutet gar nichts«, sagte Parkov, als wäre gerade nichts geschehen und als beantwortete er bloß Maries zuvor gestellte Frage. »Aber auch *rein gar nichts*. Wir gehen. Es war ein Fehler hierherzukommen.«

»Daniel, nein.« Marie wollte ihn am Arm festhalten, doch er wehrte sie ab.

»*Gehen wir*«, wiederholte er nachdrücklich.

»Und ich sagte *Nein*. Sieh doch.« Sie deutete auf ein großes Porträtgemälde, das an der östlichen Wand hing.

»Und?« Parkov wölbte eine Augenbraue.

»Das ist Alwin Lambert. Du weißt schon, der Verfasser des Expeditionsberichts, den Sophie van der Meer in ihrer Wohnung markiert hatte. In seinem Tagebuch befand sich auch eine Zeichnung, und dieser Mann hier gleicht ihm sehr.« Marie betrachtete das Gemälde näher. Lambert trug ein aus Holz geschnitztes Amulett um den Hals, in das ein grün schimmernder Stein eingelassen war. *Ist das noch ein Zoisit? Wann ist dieses Gemälde entstanden?*

Parkovs Miene hellte sich auf. »Alwin Lambert? Du willst also sagen, *er* wohnte hier?«

»Ich vermute es, Daniel.«

Carter ließ seinen Blick durch den Saal wandern, über die Geweihe, die Globusse, die Seekarten, die Harpunen, die Fetische in den Vitrinen. »Wer auch immer hier gelebt hat, er hatte nicht nur ein Geheimnis, sondern eine ganze Wagenladung davon.«

Marie warf Parkov einen nachdenklichen Blick zu. »Ich glaube, da ist er nicht der Einzige.«

26.

Im nebligen Sprühregen schwand das Licht hinter den viktorianischen Fassaden des lebhaften alten Londons. Aus runden, in die Decke eingelassenen Lautsprechern drang leise, entspannende Musik. *So soll sie zumindest wirken*, dachte sie, doch Marie entspannte sich in diesem Moment keineswegs. Sie betrachtete ihr Gesicht im Spiegel der Toilette des asiatischen Restaurants, das Carter ihnen empfohlen hatte, ehe sie am frühen Abend zurückflogen. Und ihr war, als starrte eine Fremde zurück. *Du bist müde*, dachte sie. Am Rand der Erschöpfung. Nicht wegen dieses Falles. Oder wenigstens nicht nur. Es war wegen all dem, was schon zuvor geschehen war. Der Prozess. Und natürlich jener Abend, an dem dieser Wahnsinnige ihr ein Sprengstoffpaket auf die Haut geklebt hatte. Als sie um ein Haar gestorben wäre.

Sie rieb sich die Schläfen. Ihr alter, peinigender Kopfschmerz war wieder da, zurückgekehrt wie ein vertrauter Feind. Sie bemerkte, wie ihre Hand am Waschbecken zitterte. Durch den Hinterausgang ging sie nach draußen, ließ sich den Wind um die Nase wehen. Die blutigen Käfige in den Kellergeschossen des Labors standen wie Negativbilder vor ihren Augen. Gleichgültig, was sie tat, sie konnte sie nicht ausblenden und zugleich wünschte sie sich sehnlichst, sie könnte es.

Es ist niemals genug, hörte sie seine Stimme wie ein Echo durch die regennassen Straßen hallen. *Das ist unwichtig.* Das war Parkovs Stimme und schrecklicherweise klang sie in diesem Augenblick wie die des Professors.

Dann bemerkte sie etwas, das sie mehr beunruhigte als alles andere: dass ihr die Kraft fehlte, sich noch immer gegen all diesen Wahnsinn zu stemmen. Ein Teil von ihr wollte einfach davonlaufen, Lucie nehmen und fortgehen. Weil Lucie es verdient hatte, fern von diesem Irrsinn aufzuwachsen, fern von einer konstanten Gefahr.

Parkov erhob sich, als sie zurück an den Tisch kam, ganz der galanten Schule folgend, die er pflegte. Dann betrachtete er sie ernst über die Kerze hinweg, die zwischen ihnen stand. Marie bemerkte sofort, dass etwas geschehen war, und ein kleiner Teil in ihr drängte sie, nicht danach zu fragen. Sie griff nach dem Weinglas und trank. Der Rotwein wärmte sie, doch war das nur ein künstliches Gefühl, keines, das sie willkommen heißen wollte.

»Sophie van der Meer«, sagte Parkov, »ist vor wenigen Minuten aufgewacht. Dr. Weiß hat mich angerufen. Die Phase des Wachzustands dauerte nur wenige Minuten, in denen sie von Panikattacken heimgesucht wurde. Man musste sie beruhigen. Sie rief nach ihrer Tochter, wie man mir mitteilte.«

»O Gott.« Marie schloss die Augen. Sie spürte, wie Tränen gegen ihre Lider flossen, und legte eine Hand auf ihre Augen. »Und …«, sie räusperte sich, »danach?«

»Danach wurde sie aufs Neue bewusstlos. Sie kämpft weiter. Ihr Zustand ist unverändert, und es sieht nicht besonders gut aus.«

»Und?« Parkov hatte noch mehr erfahren, las sie in seinen Augen. »Zwei Dinge, meine Liebe. Erstens: Stephen Meyer, der Vorstandsvorsitzende von Meyer International, Miteigentümer von ›NewsToday‹, meldete seinen Sohn Jonas als vermisst.

Der Junge scheint seit einiger Zeit in ein Milieu hineingeraten zu sein, in dem ihn sein Vater nicht kontrollieren kann. Ein kleiner Rebell, neunzehn Jahre alt und nun nicht nach Hause zurückgekehrt. Kurz danach teilte man mir seitens der Polizeiführung mit, dass diese Sache *uns* nichts anginge. Wir sind Mordermittler, dies sei nur eine Entführungsgeschichte mit erpresserischen Motiven.«

»Seltsamer Zufall, findest du nicht?«

»Mehr als das.« Er griff nach seinem Weinglas. Das Pflaster aus dem Notfallkasten in Carters Wagen, das er sich auf die Schnittwunde geklebt hatte, hob sich wie ein Flicken von seiner Haut ab.

»Wie geht es deiner Hand?«

»Kaum mehr als ein Kratzer.«

Marie war nicht sicher, ob sie ihm das abnehmen wollte. »Und zweitens?«

»In einem marokkanischen Restaurant im Frankfurter Süden hat man in einem Kellergeschoss zwei Tote gefunden, denen man Verbindungen zum organisierten Verbrechen nachsagt. Einmal Tod durch eine Schusswaffe, einmal durch ein Messer. Eure Mordkommission 2 übernimmt.«

»Du denkst …«

»*Nichts.* Wir sollten nicht versuchen, überall Verbindungen zu sehen, die womöglich gar nicht existieren. Dennoch werde ich es im Auge behalten, wie könnte ich anders?«

Marie nahm einen Schluck aus ihrem Rotweinglas. »Wie viele Messerstiche?«

»Drei. Und eine andere Klinge.« Parkov neigte leicht den Kopf. »Ich weiß, worauf du hinauswillst, meine Liebe. Die Kollegen fanden jedoch keinerlei rituelle Inszenierung dort unten.«

»Was du nicht alles weißt.«

»Nicht genug.«

»Zhúkundu.« Marie war es, als würde allein die Aussprache dieses Wortes das Licht im Restaurant trüb und dunkel färben. Sie erzählte ihm von den Briefen, die sie in der vergangenen Nacht zu lesen begonnen hatte. »Ein alter, halb vergessener Mythos. Alwin Lambert, der Anthropologe, der die Nachrichten an seine Frau schrieb, erwähnt auch ein Zeichen und eine Pflanze. Nichts Konkretes, all das wirkt so, als würde er nach und nach den Verstand verlieren.«

Parkov betrachtete die Speisekarte einen Augenblick, dann sah er auf. »Ich werde den Gedanken nicht los, dass ich etwas übersehe. Aber der Prozess, die Nachbereitung des Falls, die Morde des Professors, all das ließ mir zu wenig Zeit, um durch das Dickicht dieser Verstrickungen zu dringen.«

»Du meinst, du hättest früher erkennen müssen, dass … was genau?«

»Ich hielt Sorgs Tod für eine belanglose Nebensächlichkeit und seine Rolle in diesem Spiel für beendet. Aber jetzt …« Er sah wieder auf und betrachtete sie mit seinen blassblauen, durchdringenden Augen.

Marie entdeckte etwas in ihnen, das ihr Sorgen bereitete: Verunsicherung. »Daniel …«

»Nein, Marie. Ich habe einen Fehler gemacht. Aber ich verspreche dir, ich werde ihn wiedergutmachen. Carter wird uns unterstützen, er sieht sich in den kommenden Tagen noch einmal ganz offiziell in dem großen Lambert-Anwesen im Osten der Stadt um und prüft die Eigentumsverhältnisse. Und dann gibt es nur noch einen Mann, der uns weiterhelfen kann. Ich werde ihn aufsuchen. Noch heute.«

»Du meinst Rotenberger.« Sie mochte nicht, wie dieser Name klang. Er erinnerte sie an eine Zeit, die sie hinter sich gelassen hatte. An ein Messer in einer vertrauten Hand.

»Professor Robert Rotenberger, Kurator der anthropologischen Abteilung des Senckenberg-Naturkundemuseums:

vermutlich der geeignetste Wissenschaftler, um uns mehr über diese seltsame hölzerne Figur zu berichten, die wir bei Jan van der Meer gefunden haben, und über *Zhúkundu*. Wenn jemand all diese Geschichten und Mythen kennt, dann er.«

Rotenberger. Früher der Vorgesetzte ihres Mannes. Marie versuchte, den Gedanken zu fassen, der ihr schon eine Zeit lang durchs Unterbewusstsein geisterte. Etwas, das mit Sophie van der Meer zu tun hatte – mit dem Abend, an dem sie gefunden wurde, und mit ihrer Wohnung. Es war wie das Aufblitzen einer Farbe am Rand ihres Gesichtsfelds, in den Augenwinkeln, doch als sie sich in Gedanken danach umsehen wollte, war diese Ahnung fort.

»Ich komme einfach nicht drauf«, sagte sie frustriert, »aber da ist etwas. Wir übersehen es, es liegt direkt vor unseren Augen, von ihm dort platziert. Daniel, begreifst du nicht? Der Professor will, dass wir in sein Spiel einsteigen, sein Rätsel lösen.«

»Natürlich will er das. Und ich suche nach einem Weg, es nicht tun zu müssen. Sein Spiel, seine Regeln. Seine lang vorbereiteten Fallen, vergiss das nicht.«

»Wie in aller Welt sollte ich irgendetwas davon jemals vergessen können?« Sie lehnte ab, als der Kellner kam und ihre Bestellung aufnehmen wollte. »Er hat ihn ermordet. Erik. Wie in aller Welt …« Als Marie bemerkte, wie laut und heftig ihre Worte klangen, senkte sie die Stimme. »Ich bin nicht hungrig. Wir können gehen.«

»Hast du wirklich geglaubt, dass es aufhören würde, wenn er verurteilt ist?« Parkov legte einige Scheine auf den Tisch. »Dann bist du naiv, Marie. Naiver, als ich dachte.« Er schüttelte ungläubig den Kopf, erhob sich und ging. Marie packte ihren Mantel und folgte ihm, wütend und mit nichts als ihrem Frühstück und dem Rotwein im Magen. Draußen ging dichter englischer Regen nieder und durchnässte sie in Sekundenschnelle bis auf die Haut. Parkov winkte ein Taxi heran. Das Licht der

Scheinwerfer bohrte sich in die heraufziehende blauschwarze Dunkelheit. Wortlos fuhren sie zum Flughafen.

»Du bist ein Arsch«, setzte Marie wieder an, als sie eine Stunde später über dem Atlantik waren, Parkov noch immer kein Wort gesagt und sich in tiefes Schweigen gehüllt hatte. Der hellgelbe Lichtschein der indirekten Kabinenbeleuchtung tauchte sein Gesicht in ein Spiel aus Hell und Dunkel. *Was für ein treffendes Abbild seines ganzen Charakters.*

»Bin ich das?« Parkov hielt die Augen geschlossen.

»Du nennst mich naiv, und ich nenne dich, wie immer ich will. Das ist mein Vorrecht und das erlaube ich mir, frech, wie ich bin.« Ein alberner Gedanke kam ihr in den Sinn: *frech und keck, recht klein, dafür aber ziemlich hübsch*. Das waren Isabelles Worte gewesen, die sie für ihre Kurzbeschreibung gefunden hatte, als sie auf eigene Faust ein Profil bei einer Online-Singlebörse für Marie angelegt hatte. Als Parkov noch immer ein verletztes Gesicht machte, musste sie laut lachen. »Komm schon, Daniel. Lass uns nicht streiten. Wenn wir das tun, dann freut er sich doch nur. Das ist es, was er will.«

Parkov schlug die Augen auf. »Hältst du es für Irrsinn? All das, was wir hier tun? Wieder und wieder dasselbe, die Morde, das Blut, die Verzweiflung in den Augen der Hinterbliebenen? Ich kann dir ansehen, dass du es am liebsten hinter dir lassen würdest.«

»Vielleicht.«

»Weißt du, früher war ich dort, wenn die Opfer der Fälle, in denen ich ermittelte, zu Grabe getragen wurden. Ich wollte verstehen, warum es mich immer wieder dorthin zog.«

»Das ist ein Weg, um abzuschließen. Du wärst nicht der erste Kollege, der es so hält.«

»Es ist mehr als das. Ein Versuch, durch ein Ritual eine Erklärung für einen Schrecken zu finden, der unerklärbar bleibt.« Parkov zögerte, sah durch das Flugzeugfenster hinaus in die klare Nacht über den Wolken.

»Wie alt warst du, als sie gestorben sind, Daniel?« Parkovs Blick aus eisblauen Augen wanderte durch die Kabine und fand schließlich ihren. »Tut mir leid«, sagte sie, »das geht mich ja nichts an.«

»Ich war neun.«

Neun. Marie verfluchte sich, dass sie das Gespräch auf seine Eltern gelenkt hatte. »Das ist entsetzlich. Niemand sollte das in diesem Alter durchmachen müssen. Niemand sollte das *überhaupt* durchmachen müssen.«

»Du hast den Grund erkannt, warum es mich immer wieder dorthin zurückgezogen hat«, erwiderte Parkov. »Weil ich selbst eine Erklärung suchte. Weil ich mich darum dieser Aufgabe verschrieben habe: Kein zweiter Junge soll etwas Ähnliches erleiden. Ich war jung, idealistisch.«

»Es war ein Autounfall?«

Parkov nickte langsam. »Fahrerflucht. Der Wagen wurde von der Straße gedrängt, überschlug sich dreimal und prallte gegen einen Baum. Es gab eine Explosion. Sie haben nichts mehr gespürt. Ich war zu Hause. Es war eigentlich ein schöner Abend, ich hatte diese Hündin, sie war damals noch ein Welpe, und ich liebte es, mit ihr zu spielen. Mein Vater hatte mir versprochen, wir würden auf eine lange Wanderung gehen – nur er, Michail und ich. Ein wildes Abenteuer, draußen in den Wäldern, wir Männer unter uns, nur das Lagerfeuer und die Natur, aber er kam nicht mehr zurück. An diesem Abend habe ich lange gewartet. Vishka, so hieß das Tier, hatte ich etwas Neues beigebracht, das ich ihnen unbedingt zeigen wollte. Es war ein gutes Kunststück, aber ich erinnere mich heute einfach nicht mehr, was genau es damit auf sich hatte.«

»Das tut mir so leid.« Marie berührte seine Hand. Parkov wirkte wie ein Gefangener seiner Erinnerungen. »Niemand sollte als Kind seine Eltern verlieren.«

»Nun, ich musste schneller erwachsen werden als andere Jungen in diesem Alter. So war es. Eine jede Erfahrung stählt den Verstand, und nur der Verstand ist in der Lage, einen Willen zu erschaffen, der in der Lage ist zu *erfahren*.«

»Dieser Spruch ergibt keinen Sinn«, antwortete Marie. Sie tauschten einen langen Blick, dann musste sie grinsen, was Parkov erwiderte.

»Genug düstere Gedanken für heute.« Er trat an die Musikanlage, die im hinteren Teil der Kabine installiert war, und drückte einige Knöpfe. Ein leiser Klang von klassischer Musik wehte durch das Flugzeug. »Frieden?« Er streckte ihr die Hand hin und sah zugleich ernst zu ihr hinunter, was wieder so altmodisch und seltsam parkovhaft war, dass sie noch einmal kichern musste. Dann schlug sie ein.

»Frieden. Komm her, sei mir nicht böse. Es ist dieser Fall, dieser Irrsinn, den er über uns ausschüttet. Ich muss einfach mal wieder lange ausschlafen, durchschnaufen, meine Gedanken sortieren.« Sie umarmte ihn. »Aber das Museum müssen wir zuvor noch erledigen. Du hast recht, es gilt, keine Zeit zu verlieren.«

»Du wolltest nie mehr dorthin zurück.«

»Natürlich nicht. All die Erinnerungen.« Marie sah aus dem Fenster hinaus in die Nacht, hinab auf die Lichter Frankreichs, die unter ihnen zu sehen waren, während der Learjet seinem Kurs Richtung Frankfurt folgte. All die Menschen dort unten. Parkov hatte recht: Auch darum hatte sie diesen Beruf ergriffen: um zu verhindern, dass jemandem von ihnen zustieß, was van der Meers Tochter geschehen war. Es zu verhindern, wo immer es ihnen möglich war.

Parkov drehte sein Handy herum, sodass sie lesen konnte, was dort stand. »Rotenberger hat mir den Termin bestätigt. Du kennst mich, Marie, ich kann manchmal ungeduldig sein, aber sieh dir an, was heute Abend in den ehrwürdigen Hallen des Museums stattfindet. Ich werde das Gefühl nicht los, dass wir dort sein sollten.«

Marie betrachtete sein Smartphone und las, was er dort aufgerufen hatte. Dann lachte sie. »Du bist wirklich verrückt. Das würdest du machen?«

»Gibt es einen Grund, der dagegen spricht?«

»Dagegen? Nein, aber einen sehr guten dafür: einen kleinen fünfjährigen Wirbelwind, der wirklich begeistert wäre«, antwortete Marie heiter. »Lucie wird Augen machen!«

27.

Senckenberg-Naturkundemuseum Frankfurt am Main
Später an diesem Abend

Lucie tippte dem Diplodocus auf die breite, freundliche Nase und kicherte. »Mama, kannst du ihn auch sehen? Das ist unglaublich!« Das Wort klang nach *uuunglaublich*, was Marie ein Lächeln aufs Gesicht zauberte, weil es sie glücklich machte, ihre kleine Tochter so unbeschwert zu sehen, dass ihre Augen leuchteten.

Sie nahm die Virtual-Reality-Brille ab, durch die man in dem speziellen Ausstellungsraum des Senckenberg-Naturkundemuseums einen lebendigen Dinosaurier betrachten konnte – so realitätsnah, als stünde man auf einer prähistorischen Lichtung inmitten von exotischen Bäumen nah bei einem Wasserlauf, in dessen Nähe eine Herde Stegosaurier vorüberzog, während die mächtigen, wehrhaften Rückenplatten der Tiere in der Sonne schimmerten. Lucie, die ihre Brille noch trug und jetzt beide Hände ausstreckte, wirkte dabei, als würde sie sich als Pantomime betätigen. Lächelnd betrachtete Marie ihre fünfjährige Tochter, die kicherte und dem unsichtbaren Dinosaurier nachrannte.

»Lucie, pass auf, dass du nicht …« Aber natürlich stolperte sie, denn einer ihrer Schuhe war offen, wie es häufig geschah, da Schuhbänder von fünfjährigen Mädchen ein magisches Eigenleben führten. Lucie stolperte und landete in den Armen des Mannes neben ihr, der sie auffing, ehe sie fiel, und den Sturz in einen Schwung verwandelte, den Lucie mit ihrem glockenhellen Lachen heiter quittierte.

»Vorsicht, kleine Forscherin«, sagte Parkov und stellte sie wieder auf ihre Füße. »Die Zeiten der Trias sind unwegsam. Jeder Schritt«, er senkte verschwörerisch die Stimme, »steckt voller Gefahren.«

»Der Stegosaurus ist harmlos«, sagte Lucie kichernd. »Und er lebte auch nicht in der Triaszeit, du weißt ja *gar* nichts!« Sie sah sich nach ihrem neuen prähistorischen, wenn auch unsichtbaren Dinosaurierfreund um, der friedlich kauend auf der Lichtung stand.

»Was hältst du davon, wenn wir ein Stück weitergehen?«, schlug Parkov vor. »Ich hab gehört, da drüben gibt es das Skelett eines echten Megalo-Riesosaurus.«

Lucie schob sich die Brille auf die Stirn, sodass sie wie eine kleine Höhlenforscherin mit einer modernen Stirnlampe aussah. »Den gibt es gar nicht«, sagte sie, wirkte aber interessiert. »Den hast du gerade erfunden.«

»Aber den echten Diplodocus gibt es. Und ich glaube, er steht gleich da drüben.«

»Au ja!« Lucie hüpfte durch den geschwungenen Türbogen in den nächsten Saal, während sie Parkov weiter übersprudelnd erklärte, was sie Neues erfahren hatte, seit sie an diesem Abend an dem mit herbstlichen Lampions geschmückten Pfad entlanggegangen waren, der zum Naturkundemuseum führte.

Marie folgte ihnen. Wenn sie Parkov und Lucie so zusammen sah – wie er mit ihr umging –, war die Woge von Gefühlen, die über sie kam, fast mehr, als sie auszuhalten vermochte. *Sie hat ihn von der ersten Sekunde an in ihr Herz geschlossen*, dachte sie nicht zum ersten Mal. *Lucie ist ganz vernarrt in ihn.*

Vor einer hohen Fensterfront blieb sie stehen, während Parkov und ihre Kleine ein Stück weiter mit einem der Museumsangestellten sprachen – vermutlich löcherte Lucie den Mann wissbegierig mit ihren Fragen.

Die lange Nacht im Museum – so hieß die Veranstaltung – hatte viele Besucher in die altehrwürdigen Hallen des Senckenberg-Museums gebracht: Familien mit Kindern, die sich auf das eigens für die Kleinen vorbereitete Programm stürzten, während helles, freudiges Lachen durch die Gänge hallte und das atmosphärische Licht viele der Exponate noch eindrucksvoller als bei Tage wirken ließ.

Marie betrachtete ihr Spiegelbild im Glas. Ein Windstoß wehte Regen gegen die Scheibe und über die Pflastersteine des Gehsteigs unter ihnen, ließ buntes Herbstlaub durch die gelben Lichtkreise unter den Straßenlaternen tanzen. *Was ist das, Marie? Dieses Gefühl? Bist du nervös? Aber es gibt keinen Grund, er ist eingesperrt, und nichts könnte …* Ihre Gedanken flogen davon wie das Laub im Wind, als sie die Silhouette bemerkte, die sich ihr näherte.

»Das Leben birgt viele Geheimnisse«, sagte Parkov und folgte ihrem Blick hinaus, »und häufig begegnet man den geheimnisvollsten von ihnen nur abseits der Pfade.« Marie sah zu ihm auf. Parkov lächelte sein verwegenes, warmherziges Lächeln, das ihr so gefiel, und seine Augen strahlten, was ihr jedes Mal ein angenehmes Kribbeln über die Haut huschen ließ. Er trug einen hellbraunen Mantel, der ihn wie einen erfolgreichen Anwalt aus einem Film wirken ließ, elegant und stilvoll. Im Hintergrund war Lucie gerade mit zwei anderen Mädchen in einem von Museumsmitarbeitern vorbereiteten großen Bereich mit nachgestellten Felsen und Sand dabei, ihre eigene Ausgrabung zu beginnen.

»Ich hoffe, es stört dich nicht, wenn sie etwas Sand in die Schuhe kriegt.«

»Nein«, sagte Marie leise. »Weißt du, Lucie hat dich gern. Sie hat sich so gefreut, als ich ihr erzählte, du würdest uns begleiten. Danke. Das bedeutet mir viel.« Marie bemerkte, wie Parkovs eisblaue Augen sie taxierten. Natürlich wusste er, was mit ihr los war. *Du kannst das nicht vor ihm verheimlichen.*

»Es ist nur eine Erinnerung an einen Mann, den du von früher kennst. Es gibt keinen Grund, nervös zu sein«, sagte er beschwichtigend.

»Das hast du schon mal gesagt. Bei meiner Anhörung.«

»Nein, *da* sagte ich etwas anderes – du würdest wie immer brillant sein. Sie werden sich alle nach dir umdrehen und sich fragen, wie das möglich ist? Ist gerade ein Engel zu uns herabgestiegen? Und dann war es auch schon vorbei.«

»Sehr lustig.« Marie legte eine Hand auf das Glas. Die glatte Oberfläche war kühl unter ihren Fingern. »Ich hatte nicht erwartet, dass all diese Erinnerungen so heftig sein würden. So *präsent*. Falls du dich wunderst, warum ich ein Stück hinter euch gegangen bin, es ist dieser Saal …« Sie seufzte. »Weißt du, zuletzt war ich mit Erik hier. Es war eine Abendveranstaltung des Museums, eine Dinnerparty, wir beide auf der Gästeliste, alles sehr schick. Er war Archäologe, das weißt du ja, und damals war alles so … so leicht. Und unbeschwert. Jetzt muss ich ständig wieder darüber nachdenken, was danach geschehen ist.« Wieder fand ihr Blick Lucie, die mit einer kleinen Schaufel hantierte. Ihre Mini-Archäologin, voller Forscherdrang. »Das tut weh.« Marie hob die Hand und wischte sich über die Wange, als sie spürte, wie dort eine Träne herablief, die nicht dort sein sollte. »Tut mir leid.« Sie holte tief Luft, versuchte, diese Welle von Erinnerungen zu verdrängen. »Ich möchte nicht so sein. Ich würde lieber nicht in der Vergangenheit festhängen und …« Marie lachte leise. »Du weißt es ja.«

Ihr Blick ging an Parkov vorbei, hinüber zur Ecke mit dem Sandkasten. Für den Bruchteil eines Augenblicks fürchtete sie, dass ihre Tochter nicht mehr dort sein könnte, verschwunden, und sie sah sich selbst, wie sie nach ihr rief, durch die Gänge rannte, verzweifelt, verängstigt. Dann blinzelte sie und wischte die beängstigende Vorstellung beiseite. Lucie war da, sie winkte ihnen und kam dann mit kleinen Hüpfern herüber. Marie strich ihr über den braunen Haarschopf. »Wollen wir weiter? Bis zu unserem Termin bleibt uns noch etwas Zeit.«

Sie folgten dem Besucherstrom die Gänge entlang, bis Lucie Marie an der Hand zupfte. »Sehen wir uns die an? Wow, wie die leuchten!« Lucie deutete in einen abzweigenden Korridor, der in eine schwach beleuchtete Halle führte, voll von Aquarien und präparierten Meeressäugern. Als eine riesige Silhouette erhob sich in der Mitte das mächtige Skelett eines Buckelwals aus der Dunkelheit. Von hinten durchflutete die Aquarien ein geheimnisvolles, gedämpft grünblaues Licht, das sich in sphärischen Wellen über dem glatten Boden ausbreitete. Ein langes rotes Absperrseil versperrte den Durchgang in den Saal, auf einem goldenen Schild stand: *Umbauarbeiten! Für Sie in Kürze wieder geöffnet!*

»Schade«, sagte Lucie enttäuscht.

Parkov schmunzelte. »Seit wann haben wir uns davon jemals aufhalten lassen?«

»Daniel …« Marie warf ihm einen warnenden Blick zu.

»Natürlich nur, wenn deine Mutter wirklich damit einverstanden ist.«

Marie, die Lucies begeisterte Miene bemerkte, seufzte und warf verschwörerisch einen Blick in jede Richtung. Niemand war in der Nähe. »Na schön. Ganz kurz, ihr zwei Abenteurer.«

Sie stiegen über das Seil. Das blaue ätherische Schimmern, das den ganzen Saal wie eine Unterwasserlandschaft in Szene setzte, floss in großen Lichtwolken über den polierten Boden.

Exotisch bunte Fische schossen im klaren Wasser zwischen Korallen und künstlichen Rifformationen hindurch. Lucie betrachtete sie mit großen Augen.

»Nemo und Dorie«, sagte Marie und deutete auf die Anemonen- und Paletten-Doktorfische. »Darf ich mir die alle ansehen, Mami?«

»Geh nicht zu weit«, sagte Marie.

»Du weißt, was ich dir versprochen habe«, sagte Parkov leise, während Lucie ein Stück durch die Halle spazierte. »Ich werde mein Versprechen halten.«

»Ich weiß. Rollen wir die ganze Sache noch einmal von vorne auf. Finden wir heraus, was wirklich mit Erik geschehen ist. Und ich bin dir auch sehr dankbar dafür. Auch dass du Lucie und mich begleitet hast.«

»Nur dafür?«

Marie schüttelte den Kopf. »Für alles, das weißt du genau.« Sie sah zu Lucie hinüber, die den Wal betrachtete, und dachte an den Tag, der hinter ihnen lag. »Es ist alles so seltsam«, sagte sie leise. »Die Tatsache, dass ich ihm noch einmal von Angesicht zu Angesicht gegenübertreten musste. Die Vernehmungen waren ärgerlich, es war schlimm genug, euch dabei zu beobachten. Ich kann ihn noch vor mir sehen, dieses süffisante Grinsen, als wüsste er von Dingen, die uns anderen verborgen bleiben.« Marie wandte sich Parkov zu, und etwas auf ihrem Gesicht ließ ihn einen Schritt näher treten.

»Was hast du?«

»Weißt du, worüber ich nachgedacht habe? Manchmal, wenn ich wach liege und Lucies Atem höre, wie sie leise neben mir schläft, weil es nicht sie ist, die unbedingt bei mir schlafen will, sondern ich selbst, die sie bei sich haben möchte. Nach allem, was geschehen ist, weißt du, was ich da manchmal denke?«

»Nein.«

»Ich nehme meine Pistole mit in den Saal«, sagte Marie mit ruhiger Stimme. Niemand war in der Nähe, Lucie stand einige Meter entfernt und drückte ihre Nase an die Scheibe eines Aquariums, in dem ein Schwarm großer, grüngelb leuchtender Südseefische vorüberzog. »Irgendwie schmuggle ich sie an den Kontrollen vorbei. Und dann töte ich ihn. Ohne zu zögern. Nicht weil er mich entführt hat. Sondern weil er zu gefährlich ist, um am Leben gelassen zu werden. Und als ich abdrücke, verspüre ich nur Genugtuung.«

»Marie, das ist …«

»Lass mich ausreden. Ich hab das Gefühl, dass ich dir das nur ein einziges Mal erzählen kann.« Sie holte tief Luft. »Ich schieße auf ihn, aber er stirbt nicht. Ich verfehle ihn jedes Mal, und selbst als ich ihn treffe, schaden ihm die Kugeln nicht. Er steht einfach auf, sieht mich an und lacht. Dann wache ich auf. Schweißgebadet. Mit klopfendem Herzen und so verängstigt, dass ich kaum mehr einschlafen kann.«

»Das wusste ich nicht. Aber was ich weiß«, sagte Parkov, legte seine Hand auf ihre und strich über die Narbe jener alten Verletzung auf ihrem Handrücken, »ist dies: dass du viel stärker bist als diese Art von Gedanken. Du bist stärker als der Wahnsinn, den der Professor verbreitet hat.«

Marie fixierte das hypnotische Wogen der Korallen in der Strömung. »Wir wissen kaum etwas über ihn. Der Prozess war allein auf die Beweise und Zeugenaussagen gestützt, mit einem Angeklagten, der kaum spricht, sich nicht mal zu seiner Herkunft äußern will. Und dann die Botschaft an den Richter. Was sollte das?«

»Die Nachricht kam von einem unbekannten Absender, nicht rückverfolgbar. Wir beide wissen, dass er noch immer Leute irgendwo da draußen hat, und natürlich werden die versuchen, sich zu rächen. Dennoch, es ist vorbei. Er ist verurteilt.«

»Aber die van der Meers …«

»Auch das wird sich aufklären, meine Liebe.«

Sie zögerte und sagte dann: »Was ist es eigentlich, das dich beschäftigt, hm? Dieses Haus in London, zu dem uns diese Notiz geführt hat. Ich kann es dir ansehen. Du warst schon mal dort und es hat dich nicht losgelassen.«

»Es ist nichts«, erwiderte Parkov. »*Nichts.*«

Marie sah ihm in die Augen, lange, tief, ernst. In diesem Augenblick lag nichts zwischen ihnen, kein Spiel. »Du weißt, dass ich weiß, dass es nicht so ist.«

Parkov fuhr sich über den Mund.

»Und wenn du willst, dass ich dir helfe, musst du mich an dich heranlassen. Ich kann es nicht, wenn du dich verschließt.« Marie schüttelte den Kopf. Sie spürte, dass Parkov sich in diesem Moment weit von ihr zurückziehen wollte, dass etwas ihn verletzt hatte und er diesen Schmerz mit niemandem teilen wollte. »Lass uns mit diesem Mist gemeinsam fertigwerden, hörst du? Du musst das nicht allein durchstehen. Aber so kann ich dir nicht helfen.«

»Mir geht das alte Anwesen der Lamberts nicht aus dem Sinn«, erwiderte er nach einigen Augenblicken. »Sophie legt eine Spur für uns. Das Messer könnte eine Nachbildung der Waffe sein, die benutzt wurde, um Jan van der Meer zu töten. Ich werde es prüfen lassen.«

»Was immer das zu bedeuten hat.« Marie legte eine Hand auf seinen Arm und sah zu Parkov auf. Eisblaue Augen, in denen sich das warme, tropisch blaue Licht des Wassers spiegelte. Sie war ihm so nah, dass sie ihn hätte küssen können. Einmal hatte sie es getan, vor Wochen, als sie den Professor gejagt und gestellt hatten, doch seitdem hatte sie beschlossen, das Berufliche vom Privaten zu trennen. »Daniel«, sagte sie etwas heiser, »ich …«

»Ich weiß«, erwiderte er.

Sie blinzelte. Das war unerwartet. »Was meinst du?«

Ein Lächeln umspielte seine Lippen. »Ich weiß, dass du mich jetzt gerne küssen würdest, aber deine wohlbehütete katholische Erziehung hält dich davon ab, es in aller Öffentlichkeit zu tun.«

»Scherzkeks.« Marie lachte. »Du bildest dir zu viel ein. Und außerdem wurde ich …« Sie hielt inne. Eine Vorahnung, das Gefühl, das jede Mutter verspürt, wenn etwas mit ihrer Tochter geschehen ist, ergriff sie. Sie fuhr herum, packte Parkovs Arm. »Wo ist sie? Sie war grad noch hier!« Dann, lauter: »Lucie?«

Jäh drang aus der Dunkelheit, die sich mit dem türkisblau wogenden Licht vermischte, ein leiser Schrei.

28.

Lucie war durch eine Tür in einen kleinen Nebenraum geschlendert, in dem sich weitere Meereslandschaften in großen Aquarien in einem schummrigen Spiel aus tintenblauer Farbe aneinanderschmiegten. Eine Reihe von Sesseln war kreisförmig um eine Säule herum angebracht worden – als Sitzgelegenheit für müde Besucher –, und einer davon war, wie Marie mit Entsetzen feststellen musste, mit Blutflecken gesprenkelt.

Lucie weinte nicht, aber sie war erschrocken und blass. Marie umarmte ihre Tochter, die ihr Gesicht an ihrem Hals verbarg, und sah, wie Parkov mit der Smartphone-Taschenlampenfunktion den Boden absuchte und an ihnen vorbeieilte. Am anderen Ende des Raumes stieß er die Tür auf und verschwand.

»Da drin«, sagte Lucie, »ist etwas Komisches!«

»Schsch. Schon gut. Ich hatte dir aber auch gesagt, dass du nicht zu weit von uns weggehen sollst, oder?« Marie strich Lucie über den Rücken, dann hörte sie Schritte.

»Was machen Sie da?« Der Lichtkegel einer Taschenlampe blendete sie. »Was ist hier los? Wieso weint das Kind?«

Marie nahm Lucie auf den Arm, drehte sich um, strich ihr über das dunkle Haar, während Lucie sich an sie drückte. »Sie ist meine Tochter.«

E. Frolitz stand auf dem Schild am Revers der Uniform des Wachmanns, der sich ihnen näherte. »Was machen Sie hier?«, wiederholte er. »Dieser Teil ist derzeit abgesperrt. Ich muss Sie bitten, sofort, sofo…« Der Lichtkegel seiner Lampe fiel auf das Blut am Boden, er verhaspelte sich und brach ab.

Doch ehe er fortfahren konnte, erschien wie aus dem Nichts Parkov wieder an ihrer Seite. Der BKA-Ausweis lag in seiner Hand. »Sie«, Parkov wandte sich an den Wachmann, »warten hier.«

»Daniel, was hast du?«

Parkov deutete auf den Boden. Eine Blutspur verlief von der Sitzgruppe über den Boden, bis sie sich im Dunkel des Raumes hinter der angelehnten Tür verlor. »Ich bin ihr gefolgt«, sagte er und warf Lucie, die den Kopf noch immer gegen Maries Schulter gelehnt hatte und ganz still war, einen Blick zu, »und habe dies gefunden.«

Es wies auf einen skelettierten menschlichen Schädel: bleiche Knochen, leere Augenhöhlen und ein Gebiss, in dem viele Zähne fehlten – ein makabres Bild in dem Licht, mit dem die Aquarien und die Unterwasserlandschaft beleuchtet wurden.

»Das«, stammelte der Wachmann, »kann eigentlich nicht sein. Ich kann mir nicht erklären, wie …«

»Er ist echt«, sagte Parkov ungehalten, als wäre es für sie alle offensichtlich.

»Echt?«

»*Alt* und echt.«

»Und das Blut?«

Parkov nickte knapp, und dies war Marie Antwort genug. Er öffnete die Tür auf der Rückseite des Raumes zum zweiten Mal und leuchtete hinein, sodass sie hindurchsehen konnte. Ein Gang schloss sich an, eine Gruppe wächserner Krieger war dort abgestellt, die mit erhobenen Speeren in alle Ewigkeit erstarrt war, bei einer Momentaufnahme während einer immerwährenden

Jagd. Hoch aufragende Gestalten in bunten Umhängen, die im Licht von Parkovs Smartphone-Taschenlampe lange Schatten warfen, als wären sie lebendig. »Einer von ihnen trug diesen Schädel anstelle einer Waffe in der Hand. Jemand hat ihn dort platziert.«

Nun erschien – erstaunlich schnell, wie Marie fand – ein zweiter Museumsangestellter und mit ihm ein Mann, den sie sofort wiedererkannte.

Dr. Paul Jörgens, Direktor des Museums, Kurator der anthropologischen Abteilung, trug einen eleganten anthrazitfarbenen Anzug mit Einstecktuch und hielt ein Sektglas in der Hand. »Frau Winter«, sagte er, »was für eine Überraschung. Ist schon etwas her.« Seine Augenbrauen wölbten sich nach oben, als er sie musterte. Sein Blick wanderte von ihr zu Parkov, und als er den Schädel in dessen Händen ausmachte, verdüsterte sich seine Miene.

»Parkov, BKA«, sagte Parkov, »und wenn ich Ihren Tonfall richtig deute, kennen Sie meine Kollegin bereits.«

Marie strich Lucie übers Haar. Sie wollte nicht, dass sie sich umsah, fragte sich zugleich aber auch, wie viel sie ohnehin bereits entdeckt und gesehen hatte. Immerhin, Lucie weinte nicht, sondern schien gefasst. »Dr. Jörgens, kann meine Tochter … könnten wir über diese Angelegenheit an einem anderen Ort sprechen?«

Der Direktor nickte sofort. »Aber natürlich. In meinem Büro, kommen Sie.«

Sie folgten Jörgens durch die Hallen, während Parkov seinen Mantel auszog und über den Schädel legte, damit sie unbehelligt durch die Besuchergruppen gehen konnten. Es ging durch die Afrikahalle, in der eine Gruppe von Stammeskriegern mit erhobenen Speeren Wache hielt und ein Rudel Löwen über die staubig rote Savanne spähte, unter breitblättrigen exotischen Bäumen hindurch auf eine Tür zu, die mit einem Sicherheitsschloss versperrt war.

Parkov tippte etwas auf seinem Smartphone ein, während der Kurator die Zahlenkombination eingab. »Mama, was machen wir jetzt?«, fragte Lucie. Von ihrer Bestürzung war nichts mehr zu spüren, höchst interessiert betrachtete sie die Exponate, die sich an den Wänden bis unter die Decke stapelten.

»Professor Rotenberger hat mir versprochen, uns heute Abend hier zu treffen. Ist er hier? Ich warte und warte und er erscheint nicht.«

»Rotenberger?«, fragte Jörgens irritiert. »Davon weiß ich nichts.«

Marie warf Parkov einen beunruhigten Blick zu.

Zwei Treppen ging es weiter hinauf, bis Jörgens eine Tür mit eingelassener Milchglasscheibe öffnete, auf der *Dr. P. Jörgens, Kurator, Anthropologische Abteilung* stand. Das Büro war wie die Flure zuvor mit Präparaten und Regalen vollgestopft, die sich bis unter die Holzdecke stapelten. Ein wuchtiger Schreibtisch dominierte den Raum, dahinter bot eine schmale Fensterfront einen Blick auf die Senckenberganlage. Es roch ein wenig nach Staub und lang nicht mehr geöffneten Kisten voller alter Dinge. Marie setzte Lucie auf einen der Stühle vor dem Schreibtisch. »Warte bitte.«

»Wir haben gleich hier eine Kaffeemaschine, die auch einen wunderbaren heißen Kakao macht. Vielleicht möchte die kleine Dame ja …«

Lucie nickte. »Das wär toll!«

Nachdem Lucie mit ihrem Getränk versorgt war, bat Jörgens die beiden, ihm in den angeschlossenen Raum zu folgen. Marie ließ die Tür offen stehen, sodass sie Lucie im Blick behalten konnte, die ihre heiße Schokolade trank und die Beine baumeln ließ.

»Erklären Sie mir das«, sagte Parkov leise und legte den Schädel auf eine Arbeitsfläche neben eine Reihe von Pinseln und Pinzetten und anderen Präparationswerkzeugen.

Jörgens warf Frolitz einen durchdringenden Blick zu, dem der Mitarbeiter auswich. »Ich kann es nicht erklären. Die Umbauarbeiten in der Pazifikausstellung laufen seit zwei Wochen, aber dort gehört dieses«, er machte eine knappe Handbewegung in Richtung des Schädels, »Objekt natürlich nicht hin. Ich habe gehört, einige Herren aus der Präparationsabteilung erlauben sich hin und wieder schlechte Scherze. Ich kann nur hoffen, dass das keiner davon ist.«

»Definitiv nicht«, sagte Parkov, nahm sich eine Lupe und betrachtete den Schädel näher. »Menschlich«, sagte er, »und echt.« Er machte eine knappe Handbewegung zu Jörgens. »Ich denke, dies ist Ihr Fachgebiet.«

»Der Flügel war abgesperrt«, sagte Frolitz zu Marie, »und heute Abend war auch niemand dort.«

»Wir werden die Kameras prüfen und lassen das Blut analysieren.«

Marie hörte das leise Tapern von kleinen Füßen auf dem Parkettboden, noch ehe Lucie an ihrer Seite auftauchte. »Süße, du solltest doch drüben warten.«

»Ich hab ihn doch schon gesehen«, sagte sie ernst.

Wieder war Marie überrascht, wie gereift Lucie klang. *Wer eine solche Krankheit überwindet, verändert sich.*

»Außerdem kann man euch von da drüben verstehen. Das sind doch bloß blöde alte Knochen.«

Marie warf Parkov einen Blick zu, den er mit erhobener Augenbraue und einem leichten Schmunzeln erwiderte. »Schatz, ich möchte, dass du wieder da rübergehst. Okay?«

»Okay. Darf ich noch eine Schokolade, Mami?«

»Aber klar.«

Nachdem Lucie wieder auf dem Stuhl saß, kehrte Marie zu den Männern im Nebenzimmer zurück. Jörgens nahm den Schädel gerade in die Hand und drehte ihn langsam. *Blöde alte Knochen*, dachte sie. *Wie passend.*

»Nun?«, fragte Parkov.

»Es ist ein Mann, etwa fünfundzwanzig zum Zeitpunkt seines Todes. Der Schädel ist jahrzehntealt.«

»Ein Objekt, das dem Museum gehört?«

»Vielleicht. Das müssten wir nachprüfen.«

»Nur zu, ich bestehe darauf.«

»Ich verstehe nicht ganz«, warf Jörgens irritiert ein, »wieso jemand einen Schädel in unserer harmlosen Abteilung für Meeresbiologie verstecken sollte? Ist das eine Art bösartiger, schwarzhumoriger Scherz, den ich nicht begreife?«

»Sie vielleicht nicht«, sagte Parkov ernst. Er blickte abermals durch die Lupe, dann drehte er den Schädel und betrachtete ihn von unten. »Aber es gibt durchaus Subjekte, die so etwas tun würden. Bitte verlassen Sie den Raum. Sie beide. Sofort.«

»Was?« Dr. Jörgens wirkte wie vor den Kopf gestoßen.

»Besorgen Sie mir alle Videoaufzeichnungen. Ich habe die Überwachungskameras im Saal bemerkt. Und beeilen Sie sich. Und überprüfen Sie Professor Rotenbergers Aufenthalt!«

»Für wen halten Sie …«

»Ich kann das ganze Museum schließen lassen, wenn Ihnen das lieber wäre.« Parkovs Stimme ließ keinen Zweifel daran, dass er seinen Worten Taten folgen lassen würde. »Videoaufzeichnung, JETZT. Und bereiten Sie sich darauf vor, dass ich ein Team des Erkennungsdiensts herbeordern werde, das sich diese Blutspur ansieht.«

»BKA hin oder her, so kann man doch nicht mit den Leuten umgehen.«

»Eins noch«, sagte Parkov, als hätte er die letzte Erwiderung nicht gehört. »Sorgen Sie für mehr Licht.«

Dr. Jörgens rauschte an Marie vorbei und verschwand aus seinem Büro, dicht gefolgt von Frolitz, der es offenbar gar nicht erwarten konnte, die unangenehme Situation hinter sich zu lassen.

Kaum waren sie fort, legte Parkov den Schädel auf den Tisch. »Es macht dir Spaß, hin und wieder den …« Marie hielt inne. »Daniel, was ist los?«

»Es ist wirklich noch nicht zu Ende«, sagte Parkov. »Ich hätte es wissen müssen.«

»Wieso sagst du das?«

»Weil ich den Schädel nicht *so* gefunden habe.«

»Wie bitte?«

»Jemand hatte einen Aufkleber auf dem Stirnbein befestigt, als wollte er damit die Identität dieses Toten eindeutig zuordnen.« Er drückte ihr ein zusammengeknülltes Papier in die Hand, das er in seiner Manteltasche verborgen hatte. »Hier.«

Marie entfaltete den Zettel und las: DANIEL V. L. PARKOV.

29.

Parkov sah ins Leere. »Er konnte unmöglich wissen, dass wir ausgerechnet heute und jetzt hier sein würden. Ich weigere mich einfach, daran zu glauben.«

»Er hat noch immer Leute da draußen«, erwiderte Marie. »Auch wenn es uns gelungen ist, viele davon zu verhaften, waren es nicht genug. Jemand ist hier gewesen. Einer seiner Männer. Er rekrutiert sie aus den Reihen des organisierten Verbrechens. Das wissen wir.«

Irgendwo in den Wänden des mächtigen alten Gebäudes gluckerte ein Heizungsrohr. Parkov lachte leise. »Du beeindruckst mich. Jeden Tag aufs Neue, meine Liebe.«

»Schön.« Sie warf Parkov einen langen Blick zu. »Das ist doch nur ein bösartiger Scherz. Ja, jemand hat deinen Namen dort drangeklebt, aber komm schon, das ist harmlos.«

»Sein oder nicht sein«, sagte er mit schwachem Lächeln und blickte in die leeren Augenhöhlen.

»Mir ist nicht nach Scherzen zumute. Woher weißt du das überhaupt, Hamlet? Dass die Knochen echt sind?«

»Ich habe einigen Rechtsmedizinern assistiert«, erklärte er, »und dem FBI geholfen, einen Serienmörder zu fassen. Der Mensch lernt, der Mensch irrt, der Mensch versucht es wieder.«

»Du hast noch etwas gefunden, nicht wahr? Neben dem Schädel.«

»Ein Rätsel«, sagte Parkov ungerührt.

»Wie bitte?«

Parkov nahm eine leere Box aus grauem Karton, die auf Jörgens' Schreibtisch stand, und legte den Schädel hinein. Dann griff er in seine Manteltasche und holte einen durchsichtigen Spurensicherungsbeutel hervor. »Er hat sicher nichts dagegen. Wie ich schon sagte: Einer der Krieger, die das Museum dort ausstellt, hielt anstatt seiner Waffe diesen Schädel in der Hand. Und in der anderen ein Rätsel, meine Liebe. *Wie der Verstand nichts ist ohne die Seele, ist ein Kopf nichts ohne …*«

Sie spähte über Parkovs Arm auf die Worte, die dort auf einem abgerissenen Blatt Schmierpapier standen. »Ich würde sagen, ein Kopf ist nichts ohne seinen *Körper.*«

»Weißt du, ich frage mich gerade, wo der Rest des Skeletts ist.«

»Wolltest du das hier etwa vor mir geheim halten?«

»Ich möchte nicht, dass Lucie damit in Berührung kommt. Mit diesem Wahnsinn.« Marie sah die aufrichtige Sorge in seinen Augen. »Bring sie nach Hause. Bitte.«

Lucie hüpfte, während sie den verwinkelten Korridoren des Museums folgten. Direktor Jörgens erwartete sie am Ausgang, wo der Wind buntes Herbstlaub über die Stufen fegte. Im gelben Schein der nahen Straßenlaternen schimmerte der Nieselregen wie Tränen. Der Kurator musterte Marie mit säuerlicher Miene, als hätte sie ihm gerade enthüllt, den Heiligen Gral stehlen zu wollen.

»Wo sind meine Videoaufzeichnungen?«, fragte Parkov.

»Es sind nicht *Ihre* Aufzeichnungen«, sagte Dr. Jörgens, »außerdem habe ich sie noch nicht. Es gibt eine unvorhergesehene Komplikation.«

»Wovon sprechen Sie?« Parkovs Ton war so kalt und durchdringend, dass er sein Gegenüber einen Schritt zurücktreten ließ.

»Der Raum mit der Videotechnik wurde mit einer Zentralschließkarte verschlossen, was nicht sein dürfte. Der Kollege der Gebäudesicherheit sagte mir gerade, man habe die Zugangssysteme geprüft, und es scheint, als ob derjenige, der den Videoraum verschlossen hat, seine Zugangskarte beim Verlassen nicht wie vorgesehen ausgecheckt hat. Es ist, als …«

»… wäre er noch im Gebäude?«, fragte Marie. »Kann das sein? Wer ist es?«

»Professor Robert Rotenberger.«

Marie nickte stumm. *O ja, wieso überrascht mich das nicht?*

»Und dennoch ist er nicht aufgetaucht, obwohl er sich mit uns treffen wollte.« Parkov blickte zum Museum hinüber, das hell angestrahlt vor dem dunklen Nachthimmel aufragte. Weit oben blinkten die Positionsleuchten einer großen Passagiermaschine im Landeanflug. »Öffnen Sie sofort den Raum. Wir werden Kollegen zu Rotenbergers Wohnung schicken.«

Jörgens widersprach nicht. »Ich werde die Haussicherheit entsprechend anweisen. Treffen Sie mich drinnen.« Er wandte sich ab und ging.

»Ich habe ein schlechtes Gefühl bei der Sache«, sagte Marie. »Rotenbergers Zugangskarte? Was ist hier los?«

»Für gewöhnlich würde ich sagen: Beenden wir diesen außergewöhnlichen Tag nicht mit Schrecken, sondern lieber mit gutem Essen und einem exquisiten Glas Wein. Aber in diesem Fall …« Parkov hielt ihr den Schlüssel seines Bentleys hin. »Nimm den Wagen. Bring Lucie nach Hause.«

Marie wuschelte ihrer Tochter durch die dunkelbraunen Haare. Lucie sah mit großen Augen zu ihr auf. Es tat Marie weh, dass dieser Abend, der ihre Kleine so begeistert hatte, ein solches Ende finden musste. »Ich kenne eine kleine Dame, die gleich ihren Schlafanzug anzieht und ihren Kuschelbären nimmt und sich unter ihre Decke verkrümelt. Also gut, ich nehme den Wagen und bring sie ins Bett. Du hältst mich auf dem Laufenden. Je nachdem, was hier geschehen ist …«

»Nichts ist hier geschehen«, sagte Parkov, doch Marie kannte diesen Tonfall – er selbst war kaum davon überzeugt.

Sie verabschiedeten sich von ihm und gingen. »Wir können auf uns aufpassen, nicht wahr, Süße? Wir beide sind schließlich schon große Mädchen. Aber versprich mir, dass du jetzt bei mir bleibst. Keine Ausflüge ganz allein in dunklen Museumssälen mehr, einverstanden?«

Der Bentley Continental GT, den Parkov in eine fahrbare Einsatzzentrale verwandelt hatte, parkte nicht weit entfernt am Straßenrand und wartete wie eine Raubkatze auf sie, athletisch und windschnittig. Lucie balancierte auf dem Rand des Bürgersteigs und lächelte Marie zu. »Das war doch toll«, stellte sie fest, als hätte sie schon wieder vergessen, was sie entdeckt hatte. »Ziemlich spannend. Und der Kakao war lecker.«

»Du bist nicht erschrocken?«

»Nein, Mama. Mach dir keine Sorgen.« Lucie berührte Maries Hand. Ihre heitere Miene war verschwunden. »Aber du siehst traurig aus.«

Marie seufzte. »Das hat nichts mit dir zu tun, das weißt du doch.«

»Aber mit den Bösen, die du jagst. Und du hoffst, dass er es nicht bemerkt. Du guckst nur so, wenn er es gerade nicht sieht.«

»Oh, Lucie.« Die Worte trafen genau die Stelle, an der sie am verwundbarsten war. »Du hast recht. Es ist nicht immer so einfach, erwachsen zu sein.«

»Ach was.«

Marie lächelte. Dieser sture Tonfall erinnerte sie an sie selbst. »Lucie, ich möchte nur, dass du weißt«, sagte sie, während das Museum hinter ihnen allmählich kleiner wurde und

Parkov schon längst nicht mehr auszumachen war, »dass ich … na ja, egal was passiert, ich werde immer für dich da sein.«

Lucie sah sie mit ihren großen braunen Augen an. *Eriks Augen. Das Einzige, was sie von ihm geerbt hat.* »Nicht immer, Mama«, erwiderte sie. »Nicht immer.«

30.

Während hinter ihm die Rücklichter in der Nacht verschwanden, trieb der Wind Laub an seinen Schuhen vorüber. Parkov ging zum Museumseingang zurück. Ein Geruch von Holzfeuer lag in der Luft, ein herber Duft von Kälte und Stille. Eine Atmosphäre der leisen Melancholie, wie er sie von Zeit zu Zeit genoss.

»Wir haben ein Problem.« Dr. Jörgens wirkte bestürzt, hektische rote Flecken zeichneten seine Wangen, während er die Stimme senkte, da eine Familie vorüberging. »Folgen Sie mir, es ist besser, wenn wir es nicht«, er beugte sich verschwörerisch näher, »*hier* besprechen.«

»Wie Sie möchten.« Parkov roch den Alkohol im Atem des Mannes, Champagner, Wein.

Durch ein Labyrinth von Fluren folgte Parkov dem Direktor fort von den öffentlichen Ausstellungsräumen zu dem Servicekorridor, auf dem zwei Männer des Wachdiensts warteten. Einer von ihnen, Frolitz, hielt eine große Bohrmaschine in der Hand.

»Wir haben den Zylinder aufgebohrt«, sagte er, »aber sehen Sie sich das an.« Jörgens deutete mit einer Handbewegung hinein. Aus einem der Schränke ragten kaputte Kabel, achtlos herausgerissen baumelten sie herab.

»Sie sind hineingegangen?«

»Eine Festplatte fehlt, die die Aufzeichnungen der Überwachungskameras speichert.«

Parkov wandte sich um. »Nicht nur die des Saals, der gerade renoviert wird, möchte ich annehmen.«

»Stimmt«, antwortete Jörgens. »Auch die Aufnahmen von Kellergeschoss zwei fehlen. Dort befinden sich Lagerräume ... zum größten Teil.«

»Wie interessant.« Parkov blickte von Jörgens zu den Wachmännern, während ein kühles Lächeln seinen Mund umspielte. »Also ist jemand hergekommen, benutzte Professor Rotenbergers Zugangskarte, um sich hier Zutritt zu verschaffen, und entwendete eine Reihe von Aufzeichnungen. Etwas an Ihren Gesichtern verrät mir, dass noch niemand von Ihnen gewagt hat, dort hinabzusteigen.« Parkov streckte die Hand aus. »Taschenlampe.« Dann machte er kehrt und betrat durch eine schmale Tür in einem Nebenkorridor den nicht öffentlichen Teil des Gebäudes.

Durch eine Vielzahl von Gängen begaben sie sich auf den Weg nach unten. Skelette von großen Primaten starrten ihnen aus leeren Augenhöhlen entgegen, ihre Schatten eilten ihnen voraus und wanderten über die verwinkelten Korridore und Regalreihen.

»Seit einigen Tagen haben wir hier unten Probleme mit der Elektrik«, sagte Frolitz. »Wird alles bald überholt und neu verkabelt.«

In einem langen Korridor, in dem zu beiden Seiten bis unter die Decke Exponate und staubige Schränke lagerten und der schwache Geruch von Formaldehyd in der Luft lag, flackerte Licht.

»Hier entlang«, sagte der Wachmann. Mit einem großen Schlüsselbund öffnete er eine Tür und deutete in eine Ecke, während er mit der anderen Hand das Licht einschaltete.

Parkov sah, dass sie inmitten einer Sammlung von Insekten und Spinnen standen, die, für alle Ewigkeit präpariert, in Glaskästen aufbewahrt wurden. »Hier ist die Kamera«, erklärte der Mann, »die auf die Festplatte oben überträgt, und deshalb … Was in aller Welt machen Sie?« Er drehte sich um, weil Parkov achtlos an ihm vorbeigegangen war.

Der stieg über die Glassplitter hinweg, über einen Schaukasten, der zur Seite gekippt war und seinen insektenhaltigen Inhalt über den Boden verteilt hatte. Im zuckenden Licht einer Neonröhre, die summte, als wäre etwas in ihrem Inneren gefangen, schien es, als wären die vielbeinigen Tiere lebendig. Vor ihm, nur aus der Nähe deutlich zu erkennen, befand sich ein schmaler Blutfleck, mehr ein verwischter Streifen auf dem Rahmen der nächsten Tür. »Wohin führt die?«, fragte er.

»Ein Lager mit allerlei Skeletten. Dahinter ist das Herbarium, die große botanische Sammlung.«

»Skelette? Aha.« Parkov zog einen Einweghandschuh aus seiner Manteltasche und öffnete die Tür. Dann hob er die Taschenlampe und richtete den Lichtstrahl auf die dunkle Öffnung. Eine Stahltür versperrte ihnen am anderen Ende den Weg. Daneben waren ein Tastenfeld und ein Scanner angebracht. »Fingerabdrucküberprüfung?«

»Ja.«

Der Lichtkegel seiner Taschenlampe wanderte zum Boden vor der Tür. Was Parkov dort sah, hatte er insgeheim erwartet. Zwar hatte er gehofft, etwas Derartiges nicht finden zu müssen, aber wann bekam man jemals das, was man sich erhoffte? Die Antwort *darauf* war einfach.

»Also gut«, sagte er, und die Neonröhre über ihnen summte ihr eintöniges Lied. »Wir haben einen Fall. Dort oben sind noch immer Besucher, Familien mit Kindern – also hören Sie mir jetzt genau zu.«

31.

Vier Stunden später hatte sich das zweite Kellergeschoss des Museums verwandelt. Teams der Spurensicherung, der Rechtsmedizin und der Kriminaltechnik bewegten sich durch die Gänge, während man versuchte, zumindest ansatzweise zu rekonstruieren, was geschehen war. Ein junger Kollege hatte den Einsatzort überstürzt verlassen und war in die nächste Toilette gestürmt. Ohne Zweifel war es ein schlimmer Anblick, ein Werk des Zorns, die Botschaft eines bösartigen Verstands.

Parkov schritt durch die nun leeren Hallen. Man hatte das Museum ohne große Zwischenfälle geräumt und die Identität der Anwesenden protokolliert. Stille umfing ihn, das massive Mauerwerk dämpfte jedes Geräusch, das von draußen eindringen wollte – und Parkov hieß die Stille willkommen. Tief in Gedanken versunken machte er sich an Skeletten und Schaukästen vorbei auf den Weg hinauf in den Verwaltungtrakt, wo man ihn im Büro des Direktors erwartete.

»Was für eine Katastrophe«, sagte Dr. Paul Jörgens. Der Museumsdirektor hatte sein Hemd gewechselt und die Krawatte abgelegt, die nun zusammengerollt auf seinem Schreibtisch lag. »Nicht auszudenken, wenn jemand das dort unten entdeckt hätte … Panik wäre ausgebrochen! Gut, dass Sie da sind. Wir werden mit Ihnen kooperieren, damit wir diesen Irrsinn so schnell wie möglich aus der Welt schaffen können, das verspreche ich Ihnen.«

»Versprechen sind nur ein Anfang«, sagte Parkov. »Ich denke nicht, dass es in der Absicht des Täters lag, eine Panik auszulösen. Nicht bei den Besuchern … *vermutlich*.«

»Es tut mir leid, dass die Tochter Ihrer Kollegin etwas Derartiges miterleben musste. Den Schädel …« Jörgens wirkte aufrichtig betroffen.

Parkov nickte knapp und trat ans Fenster, von dem er auf die nächtliche Stadt hinausblicken konnte. Die Bankentürme, hell leuchtend unter tief ziehenden Wolken, schnell vom Wind über einen tintenblauen Nachthimmel gejagt. Auf der Straße parkten Fahrzeuge der Polizei und der Kriminaltechnik, vielleicht auch einige Journalisten. »Bitte erzählen Sie mir von Ihrem Kollegen.«

»Robert? Er arbeitete seit fünfzehn Jahren hier. Studierte in London und Berlin. Exzellenter Wissenschaftler, viele Publikationen, fachlich überragend. Da war nie … nichts, keine Auffälligkeiten.«

»Ich hörte, dass er dem Museum eine größere Spende hat zukommen lassen.«

»Richtig, er hat eine große Erbschaft gemacht. Wissen Sie, das ganze Museum ist ein komplexer Betrieb, der Unsummen verschlingt: die verschiedenen Institute, die Projekte, die unsere Leute rund um die ganze Welt führen, im Haus eine Vielzahl von Anlagen in den einzelnen Abteilungen, die gewartet werden müssen … allein die Temperaturüberwachung für die empfindlichen Amphibien, die Klimatisierung, Osteologie. Ich will damit sagen, er war immer involviert, wenn es die Belange des Hauses betraf, und hat sich eingesetzt, wo immer es nötig war. Etwas verschlossen, ja, aber das ist doch kein Grund …« Jörgens schüttelte den Kopf. »Entschuldigen Sie, aber ich kann es noch immer nicht wirklich fassen.«

Parkov entging nicht, wie die Augen des Museumsdirektors zu dessen PC auf dem ausladenden Eichenholzschreibtisch wanderten. »Das kann ich nachvollziehen. Haben Sie die Liste für mich?«

»Natürlich.« Jörgens reichte Parkov eine Akte. »Alle Personen, die mit ihm zusammengearbeitet haben. Sie werden sehen, dass es viele sind, Carl Faber, ebenfalls Anthropologe und sein engster Kollege, all die wissenschaftlichen Mitarbeiter, Doktoranden, Gastforscher und so weiter. Und hier«, ein zweiter Ordner folgte, »seine Personalakte.«

Parkov warf einen Blick hinein. »Er war alleinstehend?«

»Ja.«

»Eine Menge soziales Engagement, wie ich sehe.«

»Ja, das war ihm wichtig. Sagen Sie, ist seine Zugangskarte wieder aufgetaucht?«

»Nein.« Parkov blätterte weiter und wirkte, als er eine Seite überflog, höchst interessiert. »Forschungsschwerpunkt afrikanische Stammeskulturen, vor allem im Subsahararaum. Wenn man wie ich nichts davon versteht, was würden Sie mir dann empfehlen? Nur um ein Gefühl zu bekommen, eine Einstellung zu seiner Tätigkeit.«

»Sie wollen sich ein paar Hintergrundinformationen anlesen?« Jörgens schien die Idee zu gefallen. »Ich leihe Ihnen ein paar Bücher. Publikationen, an denen er mitwirkte.«

»Aber natürlich. Vielen Dank.« Parkov ging zur Tür, drehte sich dann jedoch noch einmal um. »Ich habe mir Rotenbergers Büro angesehen«, erklärte er, »und es ist ganz offensichtlich, dass dort eingebrochen wurde. Wissen Sie, ich hatte einen Termin mit ihm vereinbart, für dieses Gespräch versprach er mir interessante Neuigkeiten, aber in seinem Büro finde ich nicht mal eine Spur davon, dass er sich den Nachforschungen, die er für mich anstellen sollte, überhaupt gewidmet hat.«

»So?« Jörgens schüttelte den Kopf. »Davon weiß ich leider nichts. Er erwähnte Sie mit keinem Wort.«

»Dann muss ich davon ausgehen, dass die Ergebnisse während des Einbruchs entwendet wurden.«

»Wie schade.«

»Schade? Nein.« Parkov musterte Jörgens einen Augenblick mit großer Intensität. »Es erschwert meine Arbeit nur geringfügig.«

Tief unter der Erde hatten die Kriminaltechniker eine Reihe leistungsstarker Scheinwerfer aufgestellt, um die Szenerie in Kellergeschoss zwei auszuleuchten. Marie wartete dort auf ihn. Die schlanke Gestalt seiner Kollegin, nicht weit von dem grausigen Anblick entfernt, ihr dunkelbraunes Haar zum Zopf zurückgebunden: In diesem Moment wirkte sie klein und verlassen. Ihre Hände hatte sie in den Manteltaschen versteckt, und als sie sich zu ihm umdrehte, bemerkte Parkov, wie sehr diese Sache sie mitnahm, wenngleich sie sich alle Mühe gab, sich nichts anmerken zu lassen. Marie war blass, ihre Augen wie tiefe dunkle Seen.

»Der Erkennungsdienst ist jetzt in Rotenbergers Wohnung«, sagte sie. »Die gleiche Symbolik wie bei Jan van der Meer. Eine kyrillische Drei. Kerzen, ein Vogel, Federn, Kreise und Linien an den Wänden. Nur die Leiche fehlt.«

»Also ist das Ritual wichtig, die Inszenierung, der Tote ist sekundär. Seine Augen …?«

»Verbrannt. Der Rauchmelder ist abgeklemmt worden, damit er nicht anspringen konnte. Und wieder diverse Fingerabdrücke, die wir noch nicht zuordnen können. Ein paar Einträge in seinem Kalender, darunter auch der Termin von Tymon Sorgs Beerdigung. Die Kollegen sind unterwegs zum Südfriedhof. Die letzten Telefongespräche gingen an seinen Kollegen Carl Faber, das Mobiltelefon liegt in seiner Wohnung, die Kollegen von der Technik prüfen die Verbindungsdaten, sobald der Beschluss da ist, aber es sieht nicht danach aus, als hätte er es besonders häufig benutzt.«

»Er hat sein Handy zurückgelassen?«

Marie nickte. »Seltsam, nicht? Denn jemand muss dort gewesen sein, jemand hat aufgeräumt. Es gibt keine Spur von den Recherchen, die er für uns erledigt hat.«

»Der, der hier unten war, wusste genau, was er tat.«

»Auf dem Handy sind auch Nachrichten von dir an ihn. Und Nachrichten von ihm zurück an dich. Die letzte stammt von heute. Rotenberger willigte ein, dich zu treffen, aber ich denke, das kam gar nicht von ihm. Man lockte uns hierher und wollte, dass wir ihn suchen.«

»Zeugen?«

»Vermutlich niemand. Komm mit, ich will dir was zeigen.« Marie führte ihn auf einen Korridor, durch eine Sammlung von ausgestopften Säugetieren, an denen der Zahn der Zeit genagt hatte, und bog dann nach links. »Das Herbarium«, sagte sie. »Das ist der andere Zugang, so müssen wir nicht am … an dem Ort vorbei.«

Parkov sah, wie sie die Arme verschränkte und seufzte. Im Herbarium, wo Pflanzen und Pflanzenbestandteile in großen Glaskästen aufbewahrt und exakt temperiert wurden, arbeiteten weitere Techniker der Spurensicherung, untersuchten den Boden und die Glaskästen wie auch die Arbeitsplattformen. An die rückwärtige Wand hatte jemand in roter Farbe ein großes Zeichen auf den weißen Putz geschmiert: |.|.| *Zhúkundu sieht. Immer.*

Darunter, vor dem versperrten Zugang mit einer schweren, stahlbewehrten Tür, lag eine abgetrennte Hand. »Die ersten Schnelltests haben ergeben, dass es sich oben im Ausstellungsraum der Meere um sein Blut und hier unten um seine Fingerabdrücke und seine Hand handelt«, sagte Marie tonlos. »Rotenbergers. Die Kollegen vom KDD haben seinen Hausarzt von einer Feier geholt, um eine Blutprobe zu vergleichen. Was aber zum Malen an die Wand benutzt wurde, ist nicht sein Blut, sondern das einer unbekannten Person. Also ich will nicht hier stehen und die toughe Ermittlerin spielen, deshalb bin ich ehrlich: Dieses Zeichen schon zum dritten Mal zu sehen – so kurz nachdem er verurteilt wurde – macht mir eine Heidenangst.« Sie strich sich eine widerspenstige Strähne hinters Ohr und verschränkte die Hände im Nacken. »Die anderen hier beunruhigt es auch.«

Parkov nickte. »Ich weiß. Das hat er beabsichtigt.«

Gerade schob ein Rechtsmediziner einen Sichtschutz zwischen Schrift und Korridor und beugte sich hinab, um weitere Untersuchungen mit einem feinen Pinsel vorzunehmen, doch der Anblick hatte sich bei allen tief ins Gedächtnis gebrannt. Parkov sah es in den Augen der Kollegen, die in den dunklen Korridoren nach Spuren suchten und mehr als einmal über ihre Schultern spähten. Irgendwo in der Nähe fiel etwas mit einem metallischen Scheppern zu Boden.

»Entsetzlich«, hörte Parkov Marie sagen. »Es ist, oh, ich weiß auch nicht. Was ist das hier, Daniel? Warum musste er sterben? Und wenn der Professor dafür verantwortlich ist, wie in aller Welt hat er es gemacht? Selbst wenn da draußen Typen sind, die ihm helfen, wie kann jemand so was tun? Sophie, ihr Vater, Rotenberger?«

Parkov betrachtete das rot schimmernde Zeichen an der Wand. »Die Schrift ist an der Wand«, sagte er leise. »Das Zeichen …«

»Hat er das damit gemeint?« Marie packte ihn nicht gerade sanft am Arm. »Wusste er, dass Lucie … dass wir darauf stoßen würden?«

»Du erwartest Antworten, die ich dir nicht geben kann. Noch nicht. Nicht, ehe wir Rotenberger gefunden haben.«

Marie winkte den Kollegen der Spurensicherung, die in der Nähe ihre Erkenntnisse in Formulare auf Klemmbrettern eintrugen. »Zeigt es ihm, bitte.«

Ein Mann reichte ihr einen Spurensicherungsbeutel. »Der hier lag in Rotenbergers Hand. Ein kleiner silberner USB-Stick mit einer Aufschrift. *Die Wahrheit* steht drauf.«

»Ich nehme an, ich darf ihn nicht haben, oder?«

Marie sah zu dem Kollegen hinüber, der sich schon wieder abgewandt hatte. »Die Kollegen haben versucht, ihn zu kopieren, aber das hat nicht funktioniert. Er ist, wie ich gehört habe, mit ziemlich schwer zu knackenden Algorithmen verschlüsselt. Von mir aus: Versuch es, find heraus, was hier vor sich geht, Daniel.«

Parkov nahm den Beutel mit dem USB-Flashspeicher und ließ ihn in einer Manteltasche verschwinden. »Marie, du bist von den Kollegen hier die Einzige, die Rotenberger näher kannte.«

Sie verschränkte die Arme. »Ich weiß, worauf du hinauswillst. Er war eine Koryphäe des anthropologischen Instituts. Erik hat gern mit ihm zusammengearbeitet. Er nannte Rotenberger immer den Archetyp eines Forschers. Ein Intellektueller mit hintersinnigem Humor.« Marie schloss die Augen, versuchte, sich die Erinnerungen zurück ins Gedächtnis zu rufen. »Das ist so furchtbar. Ich muss mich gerade daran erinnern, wie es früher war. Bevor Erik …«

»Lass dich von alten Erinnerungen nicht überwältigen.«

»Du weißt nicht, wie sich das anfühlt.« Sie schüttelte den Kopf, trat einen Schritt zurück. »Du weißt nicht, was es mit mir macht, wieder hier zu sein und mit ansehen zu müssen …«

»Weil Argo genau das plant. Er weckt alte Erinnerungen und will, dass wir uns in ihnen verlieren.«

Marie rührte sich nicht. »Ich habe mit den Sicherheitsleuten gesprochen. Dieser Durchgang ist immer verschlossen. Im

Herbarium des Instituts befinden sich Pflanzen und Pflanzenteile, Samen, zum Teil die letzten ihrer Art auf der ganzen Welt … und hinter dieser Tür«, Marie deutete auf das Tastenfeld, das neben der schweren stählernen Brandschutztür angebracht war, »lagert eben all das, was selten und einzigartig ist und unter Idealbedingungen aufbewahrt werden muss – bei einer präzise kontrollierten Temperatur, konstanter Luftfeuchtigkeit und so weiter. Sie bezeichnen diesen Raum als den *Tresor*. Der Täter kannte den Zugangscode, aber das genügte nicht. Er brauchte die Fingerabdrücke eines Zugangsberechtigten: Rotenbergers Hand. Er hätte sie entsorgen können, aber das tat er nicht.«

»Er ließ sie zurück, wo wir sie finden, präsentiert wie eine Trophäe.«

»Oder er war in Eile.« Marie folgte dem von den Kollegen der Spurensicherung ausgewiesenen Weg, tiefer hinein in den *gesicherten* tresorähnlichen Raum hinter der Stahltür. Das innerste Allerheiligste des Herbariums maß gut zwanzig bis fünfundzwanzig Meter. Schubladen zu allen Seiten, ein Terminal am Ende des Raumes. Der Bildschirm war dunkel. In der Luft lag das leise atmosphärische Rauschen der Belüftungsanlage. »Wir müssen herausfinden, woran er zuletzt gearbeitet hat. Mit seinem Kollegen sprechen. Diesem Carl Faber.«

»Gewiss.«

»Das ist es, was ich dir eigentlich zeigen wollte.« Marie deutete auf die an einem Klemmbrett befestigte Liste, die in der Nähe des Eingangs lag. »Man sagte mir, die automatische elektronische Erfassung, die die Objektentnahme protokolliert, sei seit einigen Tagen gestört gewesen. Also wurde hier manuell eingetragen, welches Objekt aus der Sammlung entnommen und wann und von wem wieder zurückgebracht wurde.«

»Lass mich raten. Die jüngsten Einträge sind verschwunden.«

»Nein, sind sie nicht.« Marie sah Parkov an und zog eine Grimasse. »Ich weiß, was du jetzt sagen willst.«

»Ich habe mich geirrt. Sie sind nicht verschwunden, aber wer auch immer hier drinnen war, hat sicher nicht schwarz auf weiß eingetragen, was er entwendet hat. Wie ärgerlich«, erwiderte er. »Oder sollte ich lieber sagen«, Parkov lächelte zynisch, »wie passend.«

32.

Sie verließen das Museum durch einen Nebeneingang und gingen hinaus in die kühle, neblige Nacht. Einmal wehte von fern lautes Gelächter heran, sonst war alles still. Auf den Hecken, die den Straßenrand säumten, hatte sich gelbes Laub gesammelt, anderes lag in kleinen Haufen auf dem Gehsteig. Marie verschränkte die Arme und sah zum Himmel hinauf.

»Du musst dir keine Sorgen um mich machen«, sagte sie leise.

»Nein. Aber ich weiß, was ich sehe.«

»Ach ja?« Marie fuhr zu ihm herum. »Und was wäre das?«

»Ich weiß, dass du wütend bist. Wütend und beunruhigt.«

»Mehr nicht?« In dem schräg herabfallenden Mondlicht waren ihre Augen groß und dunkel.

»Ja. Natürlich. *Mehr nicht.*«

Ehe er ihr antworten konnte, folgten ihnen zwei Kollegen hinaus: Dr. Graubach und Fischer, der Rechtsmediziner und der Leiter der Spurensicherung. Fischer steckte sich eine Zigarette an und blies den blauen Qualm in die Dunkelheit. »Dieser Kram da unten zerrt ordentlich an den Nerven, auch ohne Leiche. Stören wir?«

»Eine mitten am Unterarm abgetrennte Extremität lässt mich vermuten, dass ihr Besitzer mit großer Wahrscheinlichkeit nicht mehr am Leben ist«, entgegnete Parkov kühl.

»Was du nicht sagst, Sherlock.« Fischer sah von Parkov zu Marie. »Wir sichten gerade sämtliche Überwachungsaufzeichnungen der Kameras. Punkt eins: der Schädel in dem zu renovierenden Ausstellungsraum. Zwischen dem Absperren und dem heutigen Fund liegen zehn Tage. Zehn Tage, in denen während der Öffnungszeiten leicht jemand dieses Ding hätte verstecken können, ich meine, wer achtet schon darauf, was eine dieser Wachsfiguren in der Hand hält? Davon müssen wir jedenfalls derzeit ausgehen, aber ich versuche, den Zeitraum weiter einzugrenzen. Wann das Herbarium zum letzten Mal betreten wurde, wissen wir noch nicht.«

»Es war riskant«, sagte Dr. Graubach. »Wie auch immer er mit dem Schädel oder der Hand hereinkam, ich denke, es war …«

»Nicht besonders anspruchsvoll zu bewerkstelligen«, ging Parkov dazwischen. »Oh, kommen Sie, bin ich wirklich der Einzige unter den Anwesenden, der wenigstens einen Moment nachdenkt?« Er hob sein Smartphone. »Ich habe mir Zugriff auf die Überwachungssysteme verschafft. In der letzten halben Stunde ist es mir gelungen, einen Weg durch diesen Nebeneingang bis in den Keller zu nehmen, ohne dabei auch nur ein einziges Mal gefilmt zu werden. Unser Täter kannte diesen Weg.«

»Sie glauben also, er wurde nicht einmal gefilmt?«

»Doch, sogar mehr als das. Einmal, als er das Symbol dort unten an die Wand geschmiert und die Hand zurückgelassen hat. Das zweite Mal, als er den Schädel in der Meeresabteilung versteckte. Deshalb hat er die Videoaufzeichnung entwendet und die Festplatte gestohlen.«

»Wieso, wenn er doch weiß, was er tun muss, um nicht entdeckt zu werden?«, hakte Dr. Graubach weiter nach.

»Nun, das ist die Frage, nicht wahr? Und was, meine Dame, meine Herren, sagt uns das?«

»Dass du ein Idiot bist«, sagte Marie und drehte sich um. Sie ging den Weg hinunter und legte ihre Hände an die Schläfen, als müsste sie gegen eine heftige Kopfschmerzattacke ankämpfen.

Graubach schüttelte den Kopf. »Lassen wir sie. Vielleicht ist das hier kein guter Zeitpunkt, den sarkastischen Typ heraushängen zu lassen. Das hier ist anders.«

»Nein. Es ist nur ein weiterer Schritt auf dem Weg. Wie lange ist er tot?«, fragte Parkov.

»Wahrscheinlich seit Sonntag. Die Hand wurde ihm gleich danach entfernt.«

»Gut.«

»Gut?«, wiederholte Dr. Graubach irritiert.

»Nicht für ihn, aber für uns. Ich werde ihn nämlich finden, Rotenberger und seinen Mörder«, sagte Parkov im Weggehen, »das habe ich mir vorgenommen!«

Marie hatte sich ein Stück weiter auf eine Bank gesetzt und schaute zum Himmel hinauf, an dem die Sterne wie kleine Eiskristalle funkelten. »Wenn dich etwas traurig macht, weine nicht, werde zornig darüber. Verwandle es in Kraft.« Sie lächelte traurig. »Ich sollte mich nicht so anstellen, das hätte er wohl gesagt.«

»Erik?«

»Nein, mein Dad.« Sie seufzte. »Entschuldige.«

»Dafür nicht, meine Liebe.«

»Sie wollten etwas aus dem Tresor des Herbariums«, sagte Marie nachdenklich. »Danach sieht es doch aus. Wenn wir herausfinden, was fehlt …«

»Ich denke nicht, dass es so einfach ist.«

»Natürlich nicht. Aber es ist ein erster Schritt. Und ich glaube, sie verheimlichen etwas. Jörgens, Rotenberger und …«

»Und?«

»Und *du*«, sagte Marie, doch es klang kaum vorwurfsvoll. »Vor mir und den anderen. Also wie immer.«

»Dieses Mal«, erwiderte Parkov ernst, »musst du mir einfach vertrauen.«

Ein leises Summen eines eingehenden Anrufs drängte sich in die Stille zwischen ihnen.

»Das ist deins«, sagte sie, ohne sich umzusehen. »Na los, du musst bestimmt wieder die Welt retten.« Marie schüttelte den Kopf. »Ist schon gut. Isabelle und Jörg und die anderen sind oben. Wir werden die Mitarbeiter, die noch im Haus sind, befragen, und dann gibt es noch einen ganzen Stapel von Akten und Dokumenten, die Rotenbergers Arbeit betreffen. Jörgens hat uns eine Reihe von Räumen zur Verfügung gestellt, zweiter Stock, Westflügel. Wenn du mich suchst, ich bin dort und stürze mich in die Arbeit. Später sehe ich mich in Rotenbergers Wohnung um. Die Kriminaltechnik ist vor Ort. Wenn es einen Ort gibt, an dem wir mehr über den Menschen hinter dem Wissenschaftler erfahren, welcher wäre wohl besser geeignet als seine eigenen vier Wände?«

»Du hast etwas vergessen.« Parkov zog das Smartphone aus der Manteltasche und lehnte den Anruf ab. »Bei diesem Pensum ist die Nacht vorüber, ehe du auch nur einen Teil der Akten gesichtet hast.«

»Niemand hat behauptet, dass Polizeiarbeit spannend wäre. Oder ein Job von neun bis fünf.«

»Du musst den Rotenberger-Mord nicht zu deiner ganz persönlichen Agenda machen. Auch wenn er Erik nahestand und ihr beide ihn kanntet, du schuldest ihm nichts. Und außerdem … ich hätte noch eine Sache. Etwas Wichtiges.«

Sie sah, wie Parkov etwas aus einer Manteltasche nahm: ein kleines Kästchen, das er ihr reichte. »Was ist das?«

»Ein Geschenk, meine Liebe.«

»Für mich?« Sie nahm es und warf einen Blick hinein. Ein Ohrstecker funkelte auf dunklem Samt, das Mondlicht spiegelte sich in den Brillanten.

»Das … komm schon, das kann ich nicht annehmen.«

»Ich bestehe darauf.« Parkov wirkte sehr ernst. »Ich will nur, dass du mir versprichst, ihn zu tragen, sollte eine Zeit kommen, in der ich gezwungen wäre fortzugehen.«

»Fortgehen?«

»Oder wenn *du* weißt, dass du dich in Gefahr begeben musst.« Er legte seine Hand auf ihre und schloss ihre Finger um das Kästchen. »Bitte, trag ihn, wenn du etwas vorhast, das dein Leben in Gefahr bringen könnte.«

Sie sah zu Parkov auf und seufzte, als sich sein Handy zum zweiten Mal meldete. »Jetzt sag schon, was ist los mit dir? Fischer hat mir vorhin erzählt, dass du dir die Kopien des Expeditionsberichts aus Sophie van der Meers Wohnung ebenfalls ausgeliehen hast. Hat es damit zu tun? Mit dieser Geschichte von Alwin Lambert?« Sie wollte den anderen Namen nicht aussprechen, nicht einmal hier, inmitten der Stadt. *Zhúkundu*. »Hat es …«

»Wenn du den Ohrstecker drehst, findest du einen kleinen Knopf«, antwortete Parkov. »Drückst du ihn, aktivierst du einen qualitativ hochwertigen Audiorekorder. Für den Augenblick zöge ich es vor, es dabei zu belassen.«

Marie schnaubte. »Das gefällt mir nicht. Gehst du nun ran oder nicht?«

»Natürlich.«

Marie erhob sich, wandte sich dann jedoch noch einmal um. »Ist es nur eine Frage der Zeit, bis ich ihn brauchen werde? Ich *werde* ihn benutzen, das meinst du doch.«

»Hoffen wir das Beste.«

»Gute Nacht, Daniel«, sagte sie und sah, wie er den Anruf entgegennahm und lauschte. Dann rief er ihr hinterher: »Marie! Geh nicht.«

»Wie bitte?«

»Es sind die Kollegen.« Parkov deutete auf sein Smartphone. »Vom Friedhof.«

»Oh. Ich dachte, du wolltest gerade …«, sie lächelte schwach, »etwas anderes sagen.«

»Sie haben ihn«, erklärte Parkov weiter. »Sie haben Rotenberger gefunden.«

33.

»Es ist halb zwei in der Nacht, es regnet, ist nass und dunkel und wir stehen auf dem Frankfurter Südfriedhof. Was könnte es Besseres geben?« Marie betrachtete die Kollegen der Spurensicherung, die im Licht der Scheinwerfer an dem frisch ausgehobenen Grab arbeiteten. »Und außerdem ist es ziemlich seltsam.«

»Wir tragen keine Sonnenbrillen«, erwiderte Parkov leise.

Marie hob eine Braue. »War das ein Scherz?«

»Vergessen wir nicht, meine Liebe, wo wir uns aufhalten. Dieser Ort besitzt seine eigene Würde. Er ist Teil eines Ritus, eines der letzten großen Rätsel, die den Menschen noch bleiben.«

»Na klar«, gab sie zurück. »Bring es ruhig fertig, dass *ich* mich schlecht fühle.«

»Das würde ich nie wagen.«

»Professor Dr. Tymon Sorg«, las Marie von der einfachen Tafel ab, die man dort aufgestellt hatte. »Hier liegt er. Wusstest du …?«

»Dass er *hier* beerdigt wurde? Gewiss. Vielleicht war es ein Fehler, der Beisetzung nicht beizuwohnen.«

»Vielleicht. Also wo genau …?«

»Er ist nicht mehr hier«, mischte sich Krantz aus einer anderen Richtung ein. »Der Wachmann wird derzeit psychologisch betreut. Es hat ihn ziemlich mitgenommen.«

»Natürlich. Das ist wirklich eine Schauergeschichte, das Geräusch eines läutenden Handys aus einem frischen Grab.«

Sie hörte Schritte, die über den Kies näher kamen. Ein Mann trat aus der regnerischen Nacht und stellte sich ihnen als einer der Friedhofsangestellten vor, die sich um die Beisetzung von Verstorbenen ohne Angehörige kümmerten. »Niemand war zu der Zeit auf dem Gelände, nur ich und meine Kollegen – wie so häufig in den Fällen, wenn jemand ohne Angehörige bestattet wird.«

»Niemand, nur meine Kollegen und ich«, korrigierte Parkov.

Der Mann runzelte die Stirn. »Sie und Ihre Kollegen waren auch hier?«

Marie hörte, wie Parkov leise schnaubte. »Man selbst nennt sich nie zuerst. Aber lassen wir das. Sie sagen also, niemand sonst war hier, als man Sorg bestattete.«

»Ja, die Erdarbeiten und die Bestattung haben die Kollegen übernommen, nicht ich.« Etwas an ihm irritierte sie. Er trug einen schief sitzenden Overall und Gummistiefel, gut, um durch den Morast zu waten, zu dem der tagelang anhaltende Regen den Grund hatte aufweichen lassen, aber es war sein Gesicht, die kleinen, unsteten Augen, die sie beschäftigten. Drogen? Marie korrigierte diese Einschätzung gleich wieder: Er trank, das schien wahrscheinlicher.

Die Spurensicherer, die im Lichtkegel der Scheinwerfer mit Schaufeln arbeiteten, riefen etwas durch den Wind zu ihnen herüber.

»Warten Sie bitte kurz hier, wir haben noch Fragen«, sagte Marie und machte sich daran, Parkov durch den Matsch und den kühlen Regen in Richtung des frischen, nun wieder geöffneten Grabs zu folgen.

Vor wenigen Stunden warst du noch im Warmen und hast mit Lucie unsichtbare Dinosaurier erforscht, dachte sie, *und jetzt?* Wieder einmal in der Kälte der Nacht am Schauplatz eines Verbrechens … Sie strich sich eine nasse Strähne hinters Ohr. Trotz des Mantels und der Kapuze des Regenschutzes, den sie darüber trug, fühlte sie sich, als wäre sie gerade durch den Main geschwommen.

»Wir haben ihn«, sagte Fischer. Der Leiter der Spurensicherung hielt eine große Stabtaschenlampe in der Faust, aus der ein Lichtkegel wie eine Lanze in die Dunkelheit ragte. »Ich würde sagen, erspart euch den Anblick, aber ihr müsst ja.«

Marie trat neben Parkov und spähte in die Grube, die die Kollegen noch einmal ausgehoben hatten. Wasser hatte sich am Boden gesammelt, der einfache Fichtenholzsarg, in dem man Tymon Sorg bestattet hatte, war feucht und begann sich schon jetzt zu verbiegen. Ihr war es, als spähte aus einem Spalt zwischen Deckel und Sarg ein Auge hervor. Sie blinzelte. Es war nur eine Spiegelung im Wasser. Obenauf lag ein zweiter Toter, dessen rechte Hand fehlte. Seine Jacke war voll Blut, das sich mit dem Regenwasser vermischt hatte. Aus dem Armstumpf krochen Maden.

»Wurde er identifiziert?«, fragte Parkov. Einer der Spurensicherer stieg in die Grube. Das Holz des Sargs knarrte und das Wasser schwappte hin und her. Nach einigen Augenblicken hielt er eine Brieftasche aus braunem Leder hoch, in der anderen Hand ein seltsam klobig anmutendes altes Mobiltelefon. Parkov streifte sich ein Paar Spurensicherungshandschuhe über, nahm ihm beides ab und überprüfte die Brieftasche. *Robert Rotenberger* stand auf dem Personalausweis.

Er nickte Fischer zu und hob die Stimme, um sich gegen den prasselnden Regen verständlich zu machen. »Es scheint so. Bergen Sie ihn.«

»Geht klar«, sagte Fischer.

Marie winkte den Mann heran, der die Grabarbeiten koordinierte. »Können wir hier irgendwo ungestört reden? Ohne Regen?«

»Natürlich. Folgen Sie mir.«

Als er sie in ein kleines, fensterloses Büro führte, das in einem grauen Gebäude neben der Leichenhalle lag, stellte er sich ihnen als Otto Billner vor. Der Regen tropfte aus einem Loch in der Regenrinne und trommelte auf die Gehwegplatten.

»Da«, sagte Billner und deutete auf den Monitor. »Das sind die Kollegen, die es gemacht haben.« Zwei Namen erschienen.

Parkov schüttelte den Kopf. »So leicht werden Sie uns nicht los«, sagte er. »Sie haben Angst.«

Marie bemerkte, wie Billner erschrak. Ihn umgab eine Aura der Furcht. Außerdem war dort noch ein anderer Geruch, den sie nun, da der Regen nicht mehr alles verfälschte und aus der Luft wusch, identifizieren konnte – Alkohol. Der Mann war betrunken.

»Jemand bedroht Sie«, sagte sie. »Sie müssen nicht versuchen, es abzustreiten.« Marie sah sofort, dass sie einen Treffer gelandet hatte. Für eine gute Polizistin war es nicht schwer, all die kleinen Signale zu deuten, die ein Gegenüber unbewusst aussendete. *Aber nicht immer*, dachte sie und erinnerte sich an ihr erstes Zusammentreffen mit dem Professor. *Er hat dich nach allen Regeln der Kunst getäuscht.* Aber er war auch etwas ganz anderes, gefährlicher als alles, was sie je zuvor gesehen hatte. Der Mann hier war nur ein Zivilist, der sich fürchtete.

»Erzählen Sie uns alles. Bitte.«

Billner seufzte schwer. Er ging zum Schreibtisch, öffnete die oberste Schublade und nahm eine Flasche Whisky heraus, die er an die Lippen setzte. »Ich will das nicht«, sagte er. »Vielleicht wissen *die* es. Der eine hat gesagt, sie wissen immer, wenn jemand lügt. Sie finden es früher oder später einfach heraus.«

Parkov verschränkte die Arme. »Hier wurde ein Mord begangen. Ein Mensch, Herr Billner. Womöglich haben Sie sich damit abgefunden, die Toten näher an sich heranzulassen als die Lebenden, aber wir«, Parkov zögerte kaum merklich, »nicht.«

Wieder ein schweres Seufzen, noch ein Schluck. »Möchten Sie? Oder Sie? Das wärmt so richtig bei dieser Kälte.«

»Herr Billner«, sagte Marie, »bitte.«

»Also gut. Wenn jemand beigesetzt wird, der keine Angehörigen mehr hat, läuft es für gewöhnlich so ab: Das Bestattungsinstitut – das ist in diesen Fällen immer dasselbe – macht alle Vorarbeiten. Je nachdem, welche Plätze wir frei haben, kommen die Leute dann in der Urne oder im Sarg und wir als Friedhofsmitarbeiter erledigen die eigentliche Bestattung. In diesem Fall … meine Kollegen haben die Grabarbeiten diesmal *nicht* gemacht. Hab sie alle nach Haus geschickt. Einer der Typen wollte das so. Gab mir Geld für mich und die anderen und sagte, wenn ich mich weigere, hätte es Konsequenzen. Die anderen Typen, mit denen er herkam … schweigsam. Mafia, ganz sicher. Und ich glaube, da war noch jemand. Hab ihn aus der Ferne gesehen, stand am Grab. Ein *sehr* großer Mann, langer schwarzer Mantel. Eine beeindruckende Gestalt.« Parkov nickte, als hätte er das erwartet. »Und?«

»Hab sein Gesicht nicht gesehen. Aber jemand war da, am Grab, und er weiß jetzt …«

»Kannten Sie den Mann?«

»Hab nie mit ihm gesprochen.«

»Wie groß genau ist in Ihren Augen *sehr groß*?«

»Zwei Meter. Mindestens. Er …« Billner starrte auf die Flasche, als würde sie mit ihm sprechen. »Ach, dafür würdet ihr mich ohnehin nur auslachen.«

»Nein«, erwiderte Marie. »Würden wir nicht.«

»Er hatte was bei sich, eine Spieluhr.« Billner starrte sie an, als erwartete er, dass sie oder Parkov nun in lautes Lachen ausbrechen würden, doch Marie fragte: »Kennen Sie einen Mann namens Robert Rotenberger? Oder eine Sophie van der Meer?«

»Nein«, murmelte er.

»Wir schicken jemanden, der Sie nach Hause bringt, Herr Billner. Nur für den Fall, dass … Sie wissen schon.«

Billner schien erleichtert. Er fasste in die noch immer offen stehende Schublade, blickte hinein, als er die Flasche zurückstellte, und lachte halblaut. »Das sollte ich wohl mitnehmen«, sagte er mehr zu sich selbst und nahm ein kleines Metallkreuz an einer silbernen Kette heraus, das er sich um den Hals hängte. »Sicher ist sicher. Morgen bin ich weg, zwei Wochen Urlaub. Zum ersten Mal in einem Flieger.«

»Das freut mich für Sie. Vertrauen Sie mir, diese Menschen werden nicht gewinnen, wenn wir es nicht zulassen.« Sie schüttelte seine Hand, während sie zugleich begriff, wie leer dieses Versprechen war.

Draußen regnete es noch immer. Sie waren kaum zwei Meter weit gekommen, als Billner ihnen etwas hinterherrief. »Sie sind nicht die Ersten, die nach Rotenberger fragen.«

»Wie bitte?«

»Jemand war hier … ich, ähm, erinnere mich nicht an seinen Namen.«

»Das ist sehr hilfreich«, sagte Parkov und bemühte sich kaum, den Sarkasmus aus seiner Stimme zu verbannen. »Und? Noch etwas?«

»Ja. Ich hab seine Karte.«

34.

»Eine Kirche. Wieso führt uns der Weg immer wieder an einen Ort wie diesen?« Parkov zögerte, als müsste er seinen Gedankenstrom neu lenken. »Was Billner sagte, die Beschreibung des Mannes, der während der Beisetzung anwesend war …«

»… würde mit den Überwachungsvideos übereinstimmen, die wir bei van der Meer gefunden haben. Der riesige Mann. Irgendjemand mit einer widerwärtigen Fantasie.« Marie drehte die Visitenkarte, die sie von Billner erhalten hatten, nachdenklich in der Hand. »*Arthur Wolf – Privatdetektiv*«, las sie. »Das würde die unbekannten Abhebungen in vierstelliger Höhe erklären, die die Kollegen entdeckten, die sich Jan van der Meers Konten angesehen haben. Wenn er ihn bar bezahlte.«

»Ein Privatdetektiv, der sich aus seinem Job zurückgezogen hat.« Parkov stieg aus. Nebel zog über den Kirchplatz, die katholische Kirche, in der sie der Mann treffen wollte, ragte grau in den Nachthimmel. Wind rauschte in den Baumkronen, trieb Wolkenfetzen vor sich her.

Auf der Visitenkarte war eine Telefonnummer aufgedruckt. Marie hatte den Mann angerufen und um ein Treffen gebeten, dem er nach kurzem Zögern zugestimmt hatte. »Er klang besorgt«, sagte sie zu Parkov, als sie sich dem Eingang näherten. »Sehr.«

»Wir werden sehen.« Parkov öffnete die Tür und spähte die lange Flucht zwischen den Kirchenbänken hinunter. Weit vorn schimmerte ein schwaches elektrisches Licht am Altar, Kerzen flackerten und spiegelten sich auf dem metallischen Gestell eines Rollstuhls, der dort stand. Als der Mann ihre Schritte hörte, drehte er den Stuhl herum.

»Arthur Wolf?«

»In Person.« Er rollte auf sie zu. Marie bemerkte, dass er eine Decke über seine Beine gebreitet hatte und zusammengesunken im Rollstuhl saß. Es war kalt in dieser nüchternen steinernen Kirche, die Dunkelheit kroch aus allen Richtungen. Wolf trug ein Jackett mit Karomuster, das nach Mottenkugeln roch, und musterte sie mit dunklen, blutunterlaufenen Augen, die in einem verwitterten, verbrauchten Gesicht saßen. Ein Mann, der zu tief in Abgründe und Gläser gesehen hatte. Er wirkte angeschlagen, atmete schwer und seine Bewegungen ließen darauf schließen, dass er Schmerzen hatte. »Sie sind die Kommissarin, die mich angerufen hat?« Marie bejahte. »Sie haben nach Robert Rotenberger gesucht.«

»Das ist schon etwas her.«

Parkov blickte zum Altar hinauf. Das Licht der Kerzen spiegelte sich in seinen Augen. »Haben Sie ihn auch gefunden?«

»Sicher. Aber es ging eigentlich nicht direkt um ihn, eher um eine Frau. Sophie van der Meer.«

»Wie interessant«, ließ Parkov hören. Marie bemerkte, dass sein Blick weiter durch das dunkle Kirchenschiff schweifte.

»Ihr Vater Jan beauftragte mich. Vor«, Wolf überlegte, »etwa neun Monaten. Er machte sich Sorgen, weil Frau van der Meer von einem auf den anderen Tag verschwunden war. Sie hatte sich immer wieder nach einer englischen Firma erkundigt: Bio-Pharma-Venture. Und etwas anderes … PHMA Medic. Sie traf sich mehrmals mit Robert Rotenberger, diesem Anthropologen. Einige Male waren sie gemeinsam auf dem Südfriedhof hier in der Stadt. Sie haben irgendwas gesucht.«

»Ein Grab?« Marie bemerkte, wie ein schmales Lächeln um Parkovs Mund huschte, als belustigte es ihn, dass sie nachfragte – als könnte man auf einem Friedhof nach etwas anderem suchen.

»Ich weiß nicht, ob sie es überhaupt gefunden haben«, erwiderte Wolf.

»Und Sina?«

»Die Tochter? Na, ich musste annehmen, dass sie mit ihr verschwunden ist.«

»Was denken Sie?«

»Sie wurden entführt. Das sagte ich auch ihrem Vater. Danach ging alles den Bach runter. Er gab mir zu verstehen, dass ich nichts mehr in dieser Sache unternehmen sollte. Er bezahlte mich und … das war's. Ich glaube, er wurde selbst bedroht. Eine Weile dachte ich daran, die Polizei einzuschalten, aber ich hab es nicht getan. Als ich dann in der Zeitung las, was geschehen ist …« Er fuhr sich durchs Haar und schüttelte ergriffen den Kopf. »Ich könnte mir selbst in den Arsch beißen.«

Parkov drehte sich um. »Wieso eine Kirche? Wieso treffen wir uns hier?«

»Weil ich Angst habe.«

»Und wie dürfen wir das verstehen?«

»Es …« Er klopfte gegen das Metall des Rollstuhls. »Wissen Sie, wie ich hier drin gelandet bin? Natürlich nicht. Es war diese Arbeit. Eines Tages habe ich mich etwas zu weit hinausgewagt, war zu neugierig. Ein paar Typen, die ihre Geschäfte gerne ohne Zeugen abwickeln, bekamen davon Wind, und ein paar Tage später kam ein Wagen, mitten auf der Straße, und zack. Es hätte aus sein können, aber das war es nicht, ich hatte Glück. Die Schrauben, die meine Knochen da unten zusammenhalten, genügen mir als Warnung.« Wolf kramte in seiner Jackett-Innentasche. »Das hier. Das ist mir immer wieder untergekommen.«

Marie und Parkov sahen auf eine Fotografie. Es war dieses Zeichen – |.|.| –, mit Farbe wie ein Graffiti auf eine Backsteinmauer geschmiert. Marie war es, als wehte ein eiskalter Wind aus der Tiefe des Kirchenschiffs. »Sie wissen davon?«

»Das ist nicht mein Geschäft. Es ist was sehr Dunkles.« Er zeigte ihnen ein zweites Bild, auf dem ein hoch aufragender Baum, ein wahrer tropischer Urwaldriese, zu sehen war. In den Stamm war dasselbe Zeichen eingebrannt.

»Das hat mir ihr Vater mitgegeben. Er sagte, Sophie hätte es ihm ohne weitere Erklärung zugeschickt. Er sorgte sich um ihr Leben. Bitte, Sie können es haben.«

Parkov beugte sich zu Wolf hinab. »Was hat man Ihnen erzählt?«

»Er ist Zhúkundu. Eine Legende, das Gefährlichste, was Sie sich vorstellen können. Ich hab Gerüchte gehört. Man spricht über ihn in aller Heimlichkeit. Wissen Sie, was er mit sich herumträgt?«

»Wir hören.«

»Eine Spieluhr.«

»Haben Sie ihn gesehen?«, fragte Marie. *Führen wir diese Unterhaltung gerade wirklich? Verarscht er uns?*

Wolf musterte sie, während die Kerzen flackerten. »Sie glauben mir nicht.«

»Wir versuchen, einen Mörder aufzuhalten, und haben keinen Grund, Ihnen im Augenblick *nicht* zu glauben«, erwiderte Marie, doch Wolf strich sich über das stoppelbärtige Kinn und musterte sie mit ernster, stiller Miene. »Es gab Zeiten, da kannten auch Verbrecher Regeln, Gesetze, etwas wie Ehre und gewisse Tabus, Dinge, die man einfach nicht tut, weil sie falsch sind, verwerflich.« Die Stille rings um wurde nur durch das leise

Geräusch des fernen Verkehrs unterbrochen. »Er dagegen … er und seine Leute, sie kennen überhaupt keine Regeln mehr. Sie sind Anarchisten, sind wie der Dschungel. Tödlich, unbegreiflich, chaotisch, eine unaufhaltsame Kraft. Sie zerstören dich, wenn du nicht achtgibst. Und wissen Sie, wieso?«

»Weil es schlechte Menschen sind«, antwortete Marie. »Verkommen und bösartig.«

»Der Dschungel ist auch nicht per se *böse*, Frau Winter. Es liegt in ihrer Natur, steckt in ihren Köpfen, tief in ihren Herzen. Auch der Dschungel tötet dich, weil er einfach nur ist, was er ist.«

35.

Vieles geschah in dieser Nacht, während der Nebel durch die Häuserschluchten kroch, zwischen den Weißtannen und Stieleichen der Parkanlage von Parkovs Anwesen im Taunus heraufzog, an den Wänden kratzte, wie ein dunkler Schleier über den Main waberte und als bläulicher Dunst den Vollmond verhüllte.

Marie fand ihre Schwester Lara schlafend auf der Couch. Sie trat an Lucies Bett, küsste ihre Stirn, strich ihr über das braune Haar, betrachtete sie mit der Liebe einer Mutter, die wusste, dass ihre Kleine vor kaum einem Jahr nur knapp dem Tod entgangen war. Später saß sie eine Stunde im Schneidersitz auf ihrer Couch, die schweren Aktenordner mit den Fotokopien im Schoß, in denen sie blätterte, sich Details aus den unzähligen Niederschriften ansah, die die Fälle Sophie und Jan van der Meer und das Verschwinden von Rotenberger schon jetzt hervorgebracht hatten. Dann griff sie nach Alwin Lamberts Belgisch-Kongo-Expeditionsbericht, schlug die nächste Markierung auf und las. Hin und wieder sah sie auf, spähte ins Dunkel, das jenseits der Fenster lag, und fragte sich, was der nächste Tag bringen würde. Was sie hätte ändern können.

Maxime,

die Pflanzenwelt an diesem Ort ist faszinierend. Manchmal bedaure ich, dass ich nicht genügend Zeit finde, sie genauer zu begutachten, doch weiß ich, dass mein eigentliches Ziel zu wichtig ist, als dass ich mich von Nebensächlichkeiten aufhalten lassen darf. Es treibt mich voran, immer weiter und weiter in die Unwägbarkeiten der Wälder hinein.

Benson ist an einem hartnäckigen Fieber erkrankt, ein Leiden, das nun auf seine Lunge übergeht, ihn husten und nach Atem ringen lässt. Doch auch er weiß von der Wichtigkeit unseres Tuns und unterstützt mich in meinem Streben, endlich dem Quell all dieser Geheimnisse auf den Grund zu gehen.

Wir sind ihm ganz nah. Zhúkundu, wie es die Eingeborenen nennen – ich werde derjenige sein, der das Geheimnis enthüllen wird.

Sei versichert, meine liebste Maxime, in weniger als einem Monat werde ich wieder mit dir in unserem Anwesen in London sitzen und die Kühle und viktorianische Reinheit dieser Stadt genießen, die ich schon jetzt herbeisehne.

In Liebe,
Alwin

Schließlich schlüpfte Marie in T-Shirt und Boxershorts, kroch unter ihre weiche Daunendecke und versuchte zu schlafen. In ihren Träumen rannte sie durch die leere große Halle eines Museums, verfolgt von einem Schatten. Eingeschlossene Gestalten applaudierten ihr aus ihren Glaskästen. In ihren

Träumen fuhr sie mit Erik den Yukon hinab, wie sie es vor Jahren getan hatten, glücklich und so entsetzlich verliebt. In ihren Träumen schoss sie auf ihn und begriff nicht, was ihn dazu getrieben hatte, sie mit einem Messer zu attackieren. Alles, was sie sah, war Furcht in seinen Augen. Alles, was sie sah, waren Schmerz und Verzweiflung, und die bittere Erkenntnis, dass etwas in ihm dagegen ankämpfte.

In seinem Labor im Kellergewölbe betrachtete Daniel Parkov einen hochauflösenden Scan des Schädels, der die feinen Haarrisse im Knochen abbildete, saß lange da und grübelte. Schließlich betrat er die in Dunkel gehüllte Bibliothek und blickte nachdenklich hinaus in die ewig ruhelosen Wälder, während sich der Nebel wie ein Tuch über die Eichen und Tannen legte.

»Daniel?« Johann Münz stand in der Tür. »Der Hummer Thermidor ist fertig.«

»Danke. Im Augenblick habe ich nur wenig Appetit.«

»Sie müssen etwas essen.« Das Parkett knarrte leise, als Münz einen Schritt in den Raum trat. »Diese Arbeit fordert ihren Tribut.«

Parkov sah auf. »Bring alles nach unten. Ich will, dass du dir etwas ansiehst.«

»Natürlich.«

Das weitläufige Gewölbe der Laborebene war noch immer taghell beleuchtet, die Reihen der Monitore mischten ihren blauweißen Schein mit dem der Wandleuchten. Münz servierte den Hummer – einmal für Parkov, einmal für sich selbst. »Etwas beschäftigt Sie«, stellte er dabei fest. »Über das gewöhnliche Maß hinaus.«

Mit einer knappen Handbewegung wies Parkov auf die Monitore und dimmte an einem Kontrollpanel das Licht. »Sag mir, was du davon hältst.« Eine Auflistung von Dateien erschien, allesamt mit kryptischen Namen versehen.

»Ich verstehe nicht ganz. Ist das ein USB-Stick?«

»Ja. Elvis hat ein herkömmliches Speichermedium erkannt. Verschlüsselt. Mehr kann er ohne direkten Zugang nicht herausfinden.«

»Sie haben es also nicht ans System angeschlossen?«

»Nein, für solche Zwecke halte ich einen alten Laptop bereit, den ich vom Internet fernhalte.«

»Wenn ich das anfügen darf: Alle unheilvollen Geschichten beginnen damit, dass ein unbekanntes Objekt Zugang zu einem verschlossenen Raum erhält. Haben Sie Odysseus' List vergessen? Jeden einzelnen Virus seit Anbeginn des Internetzeitalters, der sich in einem E-Mail-Anhang versteckte? Darf ich davon abraten, diesem *Ding* einfach Zugang zum Zentralsystem zu gewähren?«

»Elvis, hörst du zu? Kannst du dich dagegen schützen?«

»Ja, Sir«, erwiderte die androgyne Computerstimme. »Ich kann eine virtuelle Umgebung erstellen, ein System im System, von dem aus ich auf den Datenträger unbekannter Herkunft zugreife. So kann er meinem Hauptspeicher nichts anhaben.«

»Dann bereite dich vor.«

»Erledigt, Sir.«

Parkov betrachtete den USB-Stick: silbern, klein und augenscheinlich harmlos. *Die Wahrheit* stand auf dem aufgeklebten Etikett. Er wog ihn in der Hand, als würde er abschätzen, welches Gewicht die Geheimnisse, die er womöglich verbarg, hatten, dann steckte er ihn nach einem letzten fragenden Blick zu Münz in die USB-Buchse am Hauptterminal. »Analysieren.«

»Analyse läuft«, erklärte E.L.V.I.S. Dann, kaum zwei Sekunden später: »Abgeschlossen. Der USB-Datenträger umfasst fünfhundertzwölf Gigabyte Speicher, davon sind fünfundneunzig Prozent belegt, Sir.«

»Zugriff.«

»Die Daten, die sich im Speicher befinden, wurden verschlüsselt. Ich kann versuchen, den Verschlüsselungsalgorithmus zu umgehen.«

»Dann versuch es.«

»Wie Sie wünschen. Prognose: zweihundertneunundzwanzig Tage bis zur erfolgreichen Dechiffrierung.«

»Was genau befindet sich auf diesem Stick? Gibt es eine digitale Signatur? Irgendetwas, das den Urheber verrät?«

»Ich prüfe das. Einen Augenblick.«

Münz betrachtete den Monitor, dann wandte er sich Parkov zu. »Ich habe gehört, Sie lassen Möbel und wichtige Kontrolltechnik in das *andere*, neue Gebäude bringen.«

»Das ist korrekt.«

»Gibt es dafür einen Grund? Etwas, das ich vielleicht wissen sollte?«

»Nur eine Vorsichtsmaßnahme. Nichts Ernstes.« Parkov deutete auf einen Labortisch ganz in der Nähe, auf den er den Zoisit gelegt hatte. Das brillante Grün des Edelsteins funkelte hell im Licht.

»Das kann gar nicht sein«, sagte Münz überrascht. »Suzann, hatte sie nicht einen Ring, in dem ein ähnlicher Stein eingearbeitet war?«

»So ist es. Da draußen weiß jemand davon. Er versucht mich mit diesem Wissen zu verletzen.«

»Aber das werden Sie nicht hinnehmen?«

»Niemals.«

Stille legte sich zwischen sie, die nur von dem leisen Rauschen der Lüftungsanlage durchbrochen wurde. »Ich sehe Marie gar nicht«, sagte Münz dann, während der Fortschrittsbalken quälend langsam auf dem Bildschirm voranschritt.

»Sie hatte andere Pläne.« Parkov drehte sich zu ihm um. Auf Münz' Gesicht stand ein ernster, väterlicher Ausdruck.

»Versuchst du, mich zu analysieren? Studierst du heimlich in den Fachbüchern?«

»Nein.« Ein müdes Lächeln huschte über Münz' Gesicht. »Sie wissen doch, *meine* Universitäten waren, um einen großen Literaten zu zitieren, die Straße und das Leben. Aber ich sehe, dass Sie sich zu dieser Frau stärker hingezogen fühlen, als Sie zugeben wollen. Sie ist Ihnen wichtig. Und Sie fürchten das, was geschieht, wenn Sie scheitern.«

»Also doch«, sagte Parkov. »Eine Lehrstunde. Ich kenne diesen Ton, diesen Blick.«

»Eine Lehrstunde in Sachen schönes Geschlecht?« Münz schüttelte den Kopf. »Nun, sie ist eine großartige Frau, finden Sie nicht? Etwas Besonderes.«

»Das ist sie. Mehr als das.«

Münz nahm im Sessel gegenüber von Parkov Platz. »Wissen Sie, es gibt da etwas, das mir dieser Situation äußerst angemessen erscheint. Wenn Sie möchten …«

»Wenn ich Nein sage, wirst du es dennoch tun, nicht wahr?« Parkov sah zum Kontrollmonitor hinüber, der den Fortschritt der Überprüfung des Datenträgers anzeigte: 2 Prozent. 2,2 Prozent. 2,3 Prozent. 2,5 Prozent. »Also schön, betreiben wir Konversation.«

»Wissen Sie, wenn ich eines aus meiner eigenen Geschichte lernen durfte, dann dies: Eine alleinerziehende Mutter ist etwas Heiliges. Ich denke, Sie sollten sie offen und ehrlich behandeln. Spielen Sie nicht mit ihr.«

»Ah. Weisheiten in Sachen Frauen. Ich wusste es.«

»Ich halte dies für kein Thema, mit dem Sie leichtfertig umgehen sollten. Es ist mehr als das, tief greifender, ernster, wichtiger.« Münz streckte eine Hand aus, machte eine alles umfassende Geste, die das Labor, die Computersysteme, ja das ganze Anwesen umschloss. »Das hier ist alles zweifellos immens wichtig. Verbrecher zu bekämpfen. Natürlich. Aber es kann nicht alles sein. Sie dürfen nicht zulassen, dass Ihre Arbeit Ihr gesamtes Dasein beherrscht.«

»Es gab auch andere Zeiten«, erwiderte Parkov. Für einen Augenblick war ihm, als würde er im Augenwinkel eine Bewegung wahrnehmen – vielleicht einen Schatten, das sanfte Flattern eines Stückes Stoff im Wind –, aber als er sich umsah, war dort nichts, nur das Labor mit all den Gerätschaften, die Flure dahinter, der Kamin. Der Kamin, vor dem Argo ihn überrascht und Maries Leben mit Sprengstoff bedroht hatte.

Seine Gedanken kehrten in letzter Zeit immer wieder dahin zurück. Es war der Fixpunkt, der Augenblick, an dem sich leicht alles hätte verändern und in ausweglose Dunkelheit stürzen können.

»Es gab andere Zeiten«, wiederholte Münz, »aber Sie müssen endlich begreifen, dass diese Zeiten vorüber sind und durch nichts zurückgebracht werden können. Nur die Zukunft kann gestaltet werden, nur sie verspricht Besserung, nicht die Düsternis der Vergangenheit, die Sie weiter mit sich herumtragen. Für Gerechtigkeit wurde gesorgt, ihr Widersacher ist verurteilt, lassen Sie los.«

»Gerechtigkeit?«, wiederholte Parkov. »Ich bin mir nicht einmal sicher, ob noch Reste von dem existieren, das diese Bezeichnung verdient hätte.«

»Sie haben sich mit Abschaum angelegt – dachten Sie etwa, es gebe keine Opfer? Dachten Sie, man würde nur nach Ihren Regeln spielen? Ihre verstorbene Frau sagte mir einmal …«

»Ich weiß, was sie sagte. Ihr Tod hat mich zu dem gemacht, was ich bin.«

Münz seufzte. Eine ferne Trauer lief über seine Züge, die den Schmerz der Erinnerungen hinter einem Schleier der Standhaftigkeit zurückhalten konnte. »Aber sie hätte nicht gewollt, dass Sie zu etwas so Finsterem werden. Das war nicht der Mann, in den sie sich verliebt hat.«

»Du weißt nicht, was sie gewollt hätte.« Parkov sah ins Leere. »Ich weiß, du willst mir helfen. Aber ich muss diesen Weg gehen, mir bleibt keine Wahl.«

Münz erhob sich, trat zur Tür, drehte sich jedoch noch einmal um. »Sie müssen lernen, wieder zu leben.«

»Oder?«

»Oder ich werde nicht länger zusehen, wie Sie sich hinter Mauern verkriechen und Spinnweben zählen, während Sie alte Fotos betrachten. Dafür bin ich nicht hier. Sie«, er senkte den Blick, »bedeuten mir zu viel, als dass ich weiter zusehen könnte. Es gibt immer eine Wahl. Das einzige Mittel gegen den Tod ist das Leben. Suzann hätte gewollt, dass Sie weitermachen. Das hat sie *immer* gewollt.« Er ging.

Parkov verharrte vor dem Monitor und sah ihm nach. Die Worte hatten ihn getroffen, verletzt, weil sie die Wahrheit enthielten. *Du weißt es. Aber du fürchtest, was geschieht, wenn du versuchst …* Er schloss die Augen. Der Verbrecher, dem man den Namen Professor gegeben hatte, blickte ihn aus dem Dunkel heraus an, die weit aufgerissenen Pupillen wie dunkle Höhlen, in denen sich spärliches Licht verfing. *Es ist niemals genug*, hörte er ihn flüstern, *nie* … Niemals.

Das System gab ein leises Geräusch von sich, einen Bestätigungston, der ihn aus seinen Gedanken löste. »Sir, ich bedaure, aber die Entschlüsselung war nur teilweise erfolgreich.«

Parkov öffnete die Augen. Ihm war, als würde das Labor mit all seinen Gerätschaften, mit der Elektronik, die dort auf ihren Einsatz wartete, so leise atmen wie ein schlafendes Tier. »Teilweise? Es gibt keine Verschlüsselung, die du nicht überwinden kannst. Alles, was wir brauchen, ist Zeit.«

»Das kann ich tun, aber – nun, *teilweise* bedeutet in diesem Fall, dass sich alle hinterlegten Daten in einer virtuellen Box befinden, die mit einem Passwort geschützt ist. Ich denke, wir können dieses Passwort leicht knacken.«

»Dann öffne die virtuelle Box.«

»Ja, Sir.« Der Hauptmonitor erlosch und eine Reihe von Buchstaben erschien.

Parkov starrte darauf. »Was soll das? Was ist mit dem Rest der Buchstaben?«

»Sie sind, wie ich erwähnte, verschlüsselt. Ich kann die Decodierungsversuche sofort beginnen, wenn Sie dies wünschen.«

»Ja. Sofort.« Parkov erhob sich und trat näher an den Hauptmonitor heran. Über dem Eingabefeld stand: *D_ _ _ A_ D_ _ _ _ S_ _ _ _ _* . »Ich habe zwar die Zeit, nicht aber die Muße für Spiele. Kannst du alle sinnvollen Wortkombinationen aufrufen, mit denen sich ein Satz bilden lässt, dessen Wörter diese Anfangsbuchstaben haben?«

»Einen Augenblick.« Parkov wartete. »Sir, mir liegen drei Ergebnisse vor, aber nur eines davon ist sinnvoll.«

»Wie lautet es?«

E.L.V.I.S. schien zu zögern. Dann erklang die Stimme, androgyn, technisch kalt: »*Denk an deine Sünden.*«

Parkovs Mundwinkel zuckte. »Ist das so? Nichts anderes? Es gibt keine andere Kombinationsmöglichkeit?«

»Nein, Sir. Soll ich die Lösung eingeben?«

Parkov runzelte die Stirn, dann trat er zurück und nahm wieder Platz. Das Leder des Sessels war kühl. »Ja.«

Das Eingabefeld verschwand. Anstelle des lückenhaften Textes erschien nun etwas anderes: Auf einem unvollständigen Foto war eine Grube zu sehen, in der menschliche Knochen lagen. Kein Anhaltspunkt wies auf den Ort hin, die verblassende Farbe einzig auf ein gewisses Alter. Er erkannte das Symbol, |.|.|, daneben hatte jemand in Rot abermals den Satz *Denk an deine Sünden* geschrieben. »Es klingt wie eine Aufforderung.«

»Ja, Sir. Außerdem konnte ich in den Dateiinformationen der Box eine weitere versteckte Nachricht finden. Sie lautet: *Wenn du den Datenträger hast, komm spielen.*«

Parkov schüttelte den Kopf. Er griff nach einem Glas und schenkte sich einen Fingerbreit bernsteinfarbenen Whisky aus einer Karaffe ein. »*Diesen* Datenträger?«

»Ich weiß es nicht. Wer kann das sagen?« Die technische Stimme klang ungerührt.

Vielleicht sollte man doch den ein oder anderen Funken Mitgefühl einprogrammieren, dachte Parkov, *es könnte hilfreich sein.*

»Die virtuelle Box ist nun geöffnet«, fuhr E.L.V.I.S. fort. »Dahinter befinden sich exakt 5.239.877 Dateien, von denen ich zweihundertachtundsiebzig als besonders relevant einstufen konnte. Eine einzige darunter …«

»Was ist es?«

»Eine Datei, deren Inhalt wieder durch ein Passwort blockiert ist. Sie wurde als *odin* bezeichnet, die russische Eins. Der Alphapunkt dieser Verschlüsselung, ein Rätsel, Sir, dessen erfolgreiche Lösung eine Decodierung aller übrigen Dateien auf dem Datenträger zur Folge hätte.«

»Dann öffne die Alphadatei.«

»Sofort, Sir.« Erneut erschien ein Eingabefenster, über dem ein Text stand.

Es ist eine Wahrheit, die du tief in dir eingeschlossen hast.

Erinnere dich. Sie ist die Lösung.

Und wenn du sie eines Tages vergisst, komm zurück an den Ort, an dem alles begann.

Das Glas glitt aus Parkovs Fingern und zerschellte am Boden. Er fuhr herum: Ihm war, als könnte er eine leise Stimme hören, ein Flüstern, jemanden, der gleich hinter ihm stand und mit ihm sprach. »Suzann?« Seine Stimme verhallte in den Weiten des Kellergeschosses, ungehört, unbeantwortet. Wie oft hatte er mit ihr gesprochen, sie gesehen, in all den Tagen, die er nach ihrem Tod allein verbracht hatte? Unzählige Male. Doch irgendwann war sie fortgegangen, fort aus seinem Kopf.

»Sir?« Die Stimme der künstlichen Intelligenz war ungerührt.

»Das … kann nicht sein.«

»Ich verstehe nicht.«

»Wenn du noch da bist«, flüsterte Parkov. »Ich brauche deine Hilfe. Hörst du mich? Ich kann mich nicht erinnern.«

»Sir, mit wem sprechen Sie?«

»Mit niemandem.« Parkov starrte auf den Monitor, auf die Scherben zu seinen Füßen und wieder zurück auf den blinkenden Cursor im Eingabefeld. »Kannst du es lösen?«

»Nein, Sir, das kann nicht. Die Codierung akzeptiert nur drei Versuche, bei der vierten Falscheingabe würde die Datei sich selbst löschen.«

»*1 5 18 29 47 60*. Probier es.«

»Fehlgeschlagen. Zwei Versuche verbleiben.«

Parkov fluchte leise. »Dann starte einen Abgleich auf mögliche Übereinstimmung des Fotos mit einem Ort oder einer anderen bekannten Aufnahme im Internet und deinen Datenbanken«, befahl er. »Dasselbe mit dem Symbol oder dem Begriff Zhúkundu.«

»Sir, darf ich noch etwas anmerken? Ich kann auslesen, dass die Alphadatei bereits bei vorherigen Entschlüsselungsversuchen im Fokus stand. Wer auch immer vor Ihnen versucht hat, den

Stick zu entschlüsseln, widmete ihr besondere Aufmerksamkeit. Nun ist es mir gelungen, die digitale Signatur der Datei zu decodieren. Wir kennen den Urheber oder den Ort, von dem dieser Stick gestohlen wurde.«

»Wie lautet diese Signatur?«

»*Parkov Industries*, Sir.«

36.

Donnerstag, 27. Oktober

Der Wecker beendete die kurzen Stunden ihres Schlafs. Marie vertrieb die Anstrengungen und Erlebnisse der letzten Nacht mit einem frühen Morgenlauf am Main, während der Wind buntes Herbstlaub um ihre Sportschuhe fegte. Sie war allein, umgeben von einer gespenstisch nebligen Stille. Ein Schiff zog gemächlich vorüber, ließ das wehmütige Brummen seines Horns hören, ein Gruß ganz für sie allein, den sie mit einem Winken erwiderte. Schweißnass stieg sie danach unter die Dusche, frühstückte mit Lucie und gab ihr einen Kuss, als ihre Mutter sie abholte.

Auf zu einem neuen Tag. Mit hoffentlich guten Neuigkeiten.

Etwas war geschehen. In den Augen der Kollegen sah sie es, daran, wie man sich nach ihr umdrehte, wie jemand ihr hinterherpfiff und ein anderer mit den Seiten einer Tageszeitung raschelte, als sie vorbeiging.

»Zwei Dinge«, erklärte Jörg, nachdem er sein Telefonat mit den Kollegen von Interpol beendet hatte. »Nach derzeitigem Sachstand keine Spuren zu Menschenhändlern oder ins Darknet, es bleibt bei der Theorie von einem Einzeltäter – ein

Trittbrettfahrer, der sich die Taten des Professors als Inspiration nimmt und seinem Vorbild folgen will.«

Der Magnet, dachte Marie, *zieht sie an.* »Was ist mit dem Ritual? Zhúkundu?«

»Rotenbergers Büro wurde durchsucht, ebenso seine Privatwohnung, und in beiden Fällen konnten wir Daumen- und partielle Zeigefingerabdrücke aufspüren, die jedoch mit keinem Datensatz in den LKA-Datenbanken übereinstimmen. Außerdem keine Ergebnisse, die Parkovs Rechercheanfrage bei Rotenberger betreffen … wir müssen also davon ausgehen, dass sämtliche Unterlagen vom Täter während des Eindringens entfernt wurden.« Er präsentierte ihr eine große Boulevardzeitung, die an diesem Tag mit einem Bericht über den Prozess aufgemacht hatte – und mit einem Foto, das Parkov und sie zeigte, in einem Café, nachmittags, außer Dienst. »Hier, sieh mal, du schaffst jetzt sogar Seite zwei.«

»Na großartig.« Marie überflog den Artikel, der mehr auf Parkov als auf sie einging und von seinen aktuellen Erfolgen und denen in der Vergangenheit berichtete, von einem schweren Schicksal, das er überwunden hatte.

»Die halten sich noch zurück, einige andere, vor allem online, gehen da völlig unverblümt auf seine Geschichte ein. Du weißt schon, was mit seiner Frau Suzann geschehen ist. Das wird ihm nicht gefallen.«

»Ich weiß nicht. Vermutlich ignoriert er es einfach. Hat ihn je gekümmert, was man von ihm denkt?«, sagte Marie.

»Ich kenne da eine Person, deren Urteil er schätzt.«

Marie lachte. Das waren ungewohnte Worte von Bodenfeld, der Parkov bislang immer verschlossen und skeptisch gegenübergestanden hatte. »Du schätzt meinen Einfluss auf ihn viel zu hoch ein, Jörg.«

»Sie nennen dich die hübsche Hauptkommissarin mit dem dunklen Geheimnis.«

»Wer hat da geplaudert?«

Jörg stand auf, der Bürostuhl knarrte. »Ich werde mich ein bisschen umhören. Und wenn ich den finde«, er sah übertrieben bedrohlich drein, »dann ...«

»Nein«, erwiderte sie. »Halt dich da raus. Bine und Valerie brauchen keinen Familienvater, der sich mit irgendwelchen Idioten anlegt.«

»Wie du meinst. Jetzt haben wir Dienstbesprechung«, sagte Jörg und hielt ihr die Tür auf. Als sie an ihm vorbeiging, konnte sie in seinen Augen deutlich ausmachen, dass sie ihn nicht überzeugt hatte.

»Wir haben die Blutanalyse, ganz frisch aus dem Labor.« Isabelle deutete auf den Datensatz, der vom Projektor an die Leinwand geworfen wurde, und begann, auf und ab zu gehen, während sich Marie in die hintere Reihe setzte. Parkov versuchte derweil noch immer, dem USB-Stick etwas Sinnvolles zu entlocken, doch waren, von ihm abgesehen, alle anwesend – auch diejenigen, die sie lieber nicht sehen wollte. Krantz, Janneck und seine Leute, Kollegen der OEE. *Männer, die Parkov und mich hassen.* Doch so war es, auf Anordnung von oben sollten die Dezernate in dieser Sache zusammenarbeiten.

Die Zahlen schimmerten an der Wand, schwarz auf weiß, eine kontrastreiche Unglücksbotschaft. »Sophie van der Meer wurden Drogen injiziert, Rotenberger und Jan van der Meer ebenfalls. Übereinstimmung mit M-CotroX 75 Prozent«, zitierte Isabelle. »Die chemische Struktur hat große Ähnlichkeit mit dem uns bekannten Stoff, den Mads Argo verwendete. Es hat den Anschein, als wäre da draußen noch immer jemand, der seine Experimente fortsetzt.«

»Dieses miese Stück Dreck«, sagte Krantz mit Abscheu in der Stimme. »Wie kann das sein?«

»Und vor allem«, warf Marie ein, »wo hat der Täter es her? Argo hat sich nie geäußert, wo er die Substanz gelagert hat, aber wir sollten davon ausgehen, dass der Mörder wohl nicht zufällig darüber gestolpert ist.«

»Das sollten wir nicht. Passend dazu diese Toten in dem Keller des marokkanischen Restaurants«, sagte Isabelle, »denn es besteht die Möglichkeit, dass die Männer, die sich dort versammelt hatten, auf noch unklare Weise involviert sind. Ein Zeuge, ein Kellner, berichtet von einem überaus großen Mann, der zum fraglichen Zeitpunkt dort gewesen sein soll. Der Täter?«

»Wie Billner gestern Nacht auf dem Friedhof und der Privatdetektiv in der Kirche«, überlegte Marie, »sie haben beide jemanden erwähnt, der zu dem Fremden auf der Videoaufzeichnung passen könnte.«

»Und der entführte Sohn von Stephen Meyer?«, verlangte ein Kollege zu wissen.

»Nichts. Meyer will keine Presse, und es gibt nicht mal eine Lösegeldforderung. Seine Freunde haben ihn seit Tagen nicht gesehen.«

»Wir haben eine Botschaft, die Meyer an den Entführer richtet«, fügte Jörg hinzu. »Er war heute Morgen in einer Morningshow. Ich muss sagen, er klingt souverän. Überzeugend, aufrecht und ehrlich. In den Umfragen hat er weiter Aufwind.«

»Was potenzielle Querverbindungen zwischen Sophie, ihrer Tochter Sina, ihrem Vater und Rotenberger angeht, da gibt es ein paar angebliche Zeugen, die üblichen Spinner, die bei der Pressestelle anrufen, aber wenn du etwas Handfestes suchst – nein, noch nichts.« Krantz kratzte sich an der Wange.

»Die Fingerabdrücke aus Sophies Wohnung? Das Blut dort?«, wollte Marie wissen.

»Keine Übereinstimmungen. Dafür …« Isabelle rief eine Videodatei auf, die auf die Leinwand projiziert wurde, »das. Frisch vom Erkennungsdienst, eine versteckte Speicherkarte aus einem Bücherregal in Jan van der Meers Arbeitszimmer. Es hat bis heute gedauert, all diese Wälzer zu überprüfen.«

Marie und die anderen sahen zu, wie ein verwackeltes Video über die Leinwand flimmerte: Sie blickten auf eine tropisch-feuchte Szenerie inmitten eines dichten Dschungels, wo Regen über breit gefächerte, tiefgrüne Blätter perlte. Ein Mann in einer Jacke mit militärischem Flecktarn schritt durchs Bild. Brandnarben entstellten sein Gesicht. Er sah sich um, bemerkte den Filmer jedoch nicht.

»Er ist ziemlich groß. Haben wir irgendeinen Anhaltspunkt, *wer* das ist? Wo es aufgenommen wurde?«, fragte Marie.

»In den Tropen. Das ist fürs Erste auch schon alles. Wenn wir Glück haben, kann ein Biologe die Vegetation bestimmen, und wir könnten vielleicht …«

»Aber auch nur vielleicht.« Krantz sah in die Runde. »Die Jungs von der Presse, die draußen vor dem Haupteingang warten, sind unruhig. Ich muss niemandem einschärfen, dass so was«, er deutete mit dem Daumen auf das Video, »das Präsidium nicht verlassen darf. Und ebenso wenig, dass wir ab sofort alle sehr gut auf uns aufpassen müssen.« Er gab sich nicht einmal die Mühe, es nicht wie eine seltsam unterschwellige Drohung klingen zu lassen, während seine Augen in Maries Richtung schweiften. »Also dann. Alles raus. Zurück an die Videoanalyse der Überwachungskameras, die Zeugenbefragung, ins Museum, zurück auf die Straße und an die Arbeit.«

37.

Marie betrat Franz Lelands altes Büro, in dem man all die Tafeln und Pinnwände abgestellt hatte, die sich für viele Wochen nur mit *ihm* beschäftigt hatten. Der Professor grinste von den Wänden herab, die Augen smaragdgrün starrend, die Pupillen dunkel wie die eines Raubtiers, in einem teuren Maßanzug, der seine schlanke Gestalt wie eine zweite Haut umschmeichelte. Er war ein Verwandlungskünstler, ein Meister der Täuschung, ein Schauspieler – all das hatte er selbst eingestanden. Während sie durch den Raum ging, war es Marie, als würden seine Augen ihr folgen, sie mustern, grün schimmernd wie polierte Jade.

Sie blieb vor der Karte stehen, auf der die Morde markiert waren, mit denen er sie auf Trab gehalten hatte, während sie ihn und den Mann, der den *Engel des Bösen* suchte, gejagt hatten. Die Stecknadeln und roten Markierungsschnüre verbanden die Tatorte. Die Querverbindungen, Post-its, Markierungen, Karten- und Aktenausschnitte zogen ein Netz des Verbrechens über die Stadt, das Argo erschaffen hatte.

Ein schwacher Lufthauch und das Knarren der Tür verrieten ihr, dass sie nicht länger allein war. »Wenn ich nicht wüsste, dass es völlig sinnlos ist, würde ich ihn noch mal zur Vernehmung zu den neuen Vorfällen reinbringen lassen. Ihn kochen, bis er endlich den Mund aufmacht. Sein Zeichen im Keller des Museums … dieser widerliche Mistkerl.«

»Du suchst nach etwas«, sagte Parkov und sie wandte sich zu ihm um. Wo auch immer er gerade herkam, er wirkte wie immer etwas fehl am Platz in seinem ausgezeichnet sitzenden Anzug, den er so lässig und doch mit Verachtung trug.

»Ich komme gern hierher«, erklärte sie. »Es ist so still, hilft mir beim Nachdenken.« Parkov wirkte etwas erschüttert, als wäre letzte Nacht etwas geschehen, von dem sie noch nichts erfahren hatte. »Ist alles okay bei dir?«

»Viele Spuren, die ins Leere führen. Die Schmutzpartikel an Sophie van der Meers Haut und ihrer Kleidung helfen uns nicht weiter.«

»Wieso überhaupt dieses Kleid? Wenn er sie vor Monaten im Frühjahr entführt hat, dann hätte sie doch nicht ein solches leichtes Sommerkleid getragen.« Und dann war da noch die andere Frage, die ihr auf der Seele brannte. »Was ist mit dem USB-Stick, den wir gefunden haben? Konntest du ihn entschlüsseln?«

Parkov reichte ihr ihre Kaffeetasse, eine von denen, die das ganze Team Franz Leland zu seinem Abschied geschenkt hatte – *das Team vom K 11: Lebensretter und Herzensbrecher* stand darauf –, und sah sie ernst an. »Über fünfhundert Gigabyte verschlüsselte Daten, meine Liebe. Fast sechs Millionen einzelner Datencontainer, jeder von ihnen mit einem kryptischen Namen versehen und durch ein zentrales Passwort versperrt.«

»Das heißt dann wohl Nein.«

Parkov berührte das Display seines Smartphones. »Wer auch immer den Stick bei ihr zurückließ, hat etwas vorbereitet: eine Botschaft, die ich als Erstes entdecken sollte. Sieh sie dir an. Du wirst eine vertraute Verbindung entdecken.«

Denk an deine Sünden. Knochen in einem Grab auf einem alten, verblichenen Foto. Das Symbol |.|.| daneben wie ein bösartiges Markenzeichen, ein Anblick, der Marie einen Schauer über den Rücken jagte, weil sie von nun an auch immer an die Geschichten aus Alwin Lamberts Tagebuch denken musste. *Die Wahrheit.*

»Das ist seine Botschaft?« Marie probierte den Kaffee. Er war gut, so wie sie ihn mochte, schwarz mit einem kleinen Schuss Milch und ohne Zucker.

»Das Foto ist unvollständig und der Ort der Aufnahme nicht zu bestimmen«, erklärte Parkov, »und die Zahl der sichtbaren Knochen ist auffällig: Mehr als *ein* Mensch wurde dort begraben. Das Wichtigste jedoch ist: Der Inhalt des Sticks scheint von Parkov Industries zu stammen.«

Marie wäre beinahe die Tasse aus der Hand gefallen. »Wie bitte?«

»Er ist in der Stadt, ich bin mir sicher«, sagte Parkov. »Ganz in der Nähe. Er kann es sich nicht entgehen lassen, alles mit eigenen Augen anzusehen.«

Marie packte seinen Arm. »Hör auf, mir auszuweichen. Wieso sollte jemand diesen Stick ausgerechnet so zurücklassen, damit wir ihn entdecken können?«

»Vielleicht ist es ein Trick. Noch letzte Nacht habe ich die Server der Firma überprüft … die betroffenen Dateien wurden nach der Übertragung aus dem Speicher gelöscht, die Protokolle, die Auskunft über den Kopiervorgang gegeben und das Wer und Wo offenbart hätten, entfernt. Was immer auf dem Stick liegt, wird für immer verloren sein, wenn wir das Passwort nicht finden.«

38.

Der Wind blies von Osten und fegte den Regen schräg in Böen über die Straße, die alles durchnässten. Sie eilten zum Nebeneingang des Senckenberg-Naturkundemuseums. Marie spürte, wie ihr ein Windstoß den Schirm aus der Hand reißen wollte, ehe sie das schützende Vordach erreichte, auf das die Tropfen wie ein Gewehrfeuer trommelten.

Seht es euch an, unsere Heldin mit einem Regenschirm – so hatte ein Kollege in der Tiefgarage gespottet, als sie den Schirm in den Wagen gelegt hatte. Marie hatte ihm den Mittelfinger gezeigt, doch der Blick, den Parkov ihr daraufhin zugeworfen hatte, war seltsam gewesen – als schmerzte es ihn, sie so zu sehen.

»Herein«, sagte Jörgens mit Grabesstimme. Heute trug der Kurator Schwarz und war heiser, als hätte er die vergangene Nacht mit endlosen Telefonaten und vielen Zigaretten verbracht. Kaum war die Tür am Seiteneingang hinter ihnen ins Schloss gefallen, verstummte das Pfeifen des Windes. Marie und Parkov fanden sich in einem halbdunklen Korridor wieder. Eine Deckenleuchte summte leise, als hätten sich Falter hinter dem Glas verfangen, es roch nach Formaldehyd und Mottenkugeln, in großen Transportkisten lagen Verpackungsmaterial und Fossilien.

»Konnten Sie anhand der Überwachungskameras schon herausfinden, wer den Schädel da oben …« Jörgens ließ den Satz unvollendet, während er nervös an den Knöpfen des Jacketts spielte und es auf- und wieder zuknöpfte. Aus der Nähe roch Marie eine schwache Alkoholfahne – den torfigen Geruch von Single Malt.

»Wir prüfen weiter«, sagte sie unverbindlich. »Haben Sie die Zugangsliste für uns? Und den Rest des Skeletts?«

»Wie bestellt«, erwiderte Dr. Jörgens. »Der letzte Zutritt zum Herbarium-Tresor erfolgte gestern Abend um 19.32 Uhr. Der Fingerabdruckscanner registrierte den autorisierten Benutzer als Professor Rotenberger in Person. Was die Überprüfung der verschwundenen Objekte angeht – dazu kann ich noch nichts sagen. Das System war gestört, wie Sie wissen, und die ausgelegte Liste, na ja, die hilft uns nicht weiter.«

Also war er hier, dachte Marie. Während der langen Museumsnacht hatte der Täter die abgelenkte Aufmerksamkeit der Angestellten genutzt, um ungesehen ins Herbarium zu gelangen. Der einfachste Plan der Welt, könnte man annehmen, auf eine erschreckend kaltblütige und präzise Weise umgesetzt.

Parkovs Hand verschwand in seinem Mantel und erschien aufs Neue mit einem Bündel Fotos, das er Dr. Jörgens überreichte. »Erkennen Sie den Mann? Diese Aufnahmen haben wir bei Rotenberger gefunden, in seiner Wohnung.«

Der Direktor sah die Bilder durch. Schließlich nickte er. »Das ist Tymon Sorg.«

»Frischen Sie unsere Erinnerung auf«, bat Parkov. »Erzählen Sie etwas über ihn.«

»Ich persönlich habe ihn nie getroffen. Sorg wurde, wie ich erfahren habe, am Montag beerdigt.«

»Dr. Jörgens«, sagte Marie, »Sie wissen, dass wir Professor Rotenbergers Abteilung kontaktiert haben, um Nachforschungen hinsichtlich der okkulten, ritualisierten Stammessymbolik einer

Volksgruppe im Kongobecken anzustellen.« Marie betrachtete die Gerätschaften, die auf den Arbeitstischen lagen. »Die Tutonga im kongolesischen Regenwald. Tymon Sorg hat über sie geforscht, mehrere Jahrzehnte ist das her, und er verschwand auch im Grenzgebiet zwischen der Demokratischen Republik Kongo und Uganda. Der verurteilte Straftäter, der sich selbst Professor nennt, behauptet, er habe dort etwas entdeckt, ein Geheimnis, an dem Sorg gearbeitet habe, eine Pflanze und ein Ritual. Eine Art Droge, die Furcht erwecken, unter Umständen Menschen in wahnsinnige Bestien verwandeln kann. Wir können Spuren dieser Substanz nachweisen und auch den Effekt.«

Jörgens rieb sich das Kinn. »Das ist entsetzlich. Aber Sie wissen, eine Droge dieser Art ist uns unbekannt. Und Rotenberger? Ich weiß nicht, wie weit er mit den Nachforschungen gekommen ist. Glauben Sie mir, ich bin der Erste, den es zutiefst beunruhigt, wenn dieses Zeichen an einem Ort auftaucht wie diesem … Wissen Sie, was es bedeutet, Frau Winter?«

»Wir kennen nur Gerüchte. Es ist das Symbol eines Gottes, den sie anbeten. *Zhúkundu.*«

»Es ist ein Dämon. Etwas wie ein Geist, der die Wälder beherrscht. Die Tutonga verehren ihn. Das ist aber nur Aberglaube, ein Erklärungsversuch, mit dem die Einheimischen die Gräuel erklären wollten, die die Kolonialisierung mit sich brachte. Sie glaubten, sie hätten ihn erzürnt und alles, was folgte, war seine Rache. Dabei beteten sie ihn an, er solle sie und ihre Toten schützen. Legenden ranken sich darum, dass früher einmal Schamanen den tief in den Wäldern Verstorbenen kurzzeitig Leben eingehaucht hätten, damit sie den Weg zurück in ihr Heimatdorf – zu ihrer letzten Ruhestätte – selbst zurücklegen konnten.«

»Aber nun sind sie verschwunden.« Parkov nahm einen Pinsel von der Arbeitsstation und betrachtete ihn interessiert von allen Seiten. »Die Tutonga sind verschwunden. Geflohen in die Tiefen des kongolesischen Regenwalds, als hätte etwas sie verschreckt. Derzeit weiß niemand, wo sie sich aufhalten. Sorg war vielleicht der Letzte, der mit ihnen offiziell Kontakt hatte – sowie natürlich derjenige, der ihn zurück auf den Kontinent brachte.«

»Wissen Sie, wie man das angestellt hat?«, fragte Jörgens.

»Wir haben gewisse Vorstellungen«, erklärte Parkov bewusst vage. »Er wurde unter einem falschen Nachnamen ins südeuropäische Ausland eingeschleust. Aber bitte – Tymon Sorg. Erzählen Sie uns mehr.«

Jörgens holte ein Stofftaschentuch aus seiner Hosentasche und reinigte seine Brille. Marie schien es, als wäre er sich nicht sicher, was er sagen sollte. »Die Tutonga umranken schon immer gewisse Legenden. Ein robuster Volksstamm von ungewöhnlich hohem Alter und widerstandsfähiger Gesundheit. Sorg war Anthropologe, er habilitierte sich im Jahr 1966. Sein Sohn Adam und seine Frau Julia starben an einem Tropenfieber, während sie ihn auf einer Reise begleiteten, das war hart für ihn.« Jörgens sah ins Leere. »Über die Toten nur Gutes, so heißt es, oder? Er musste wie wir alle mit den Schwierigkeiten kämpfen, die diese Arbeit mit sich brachte. Menschen, die noch immer bis zum heutigen Tag weitestgehend abgeschieden von jeglicher Zivilisation leben, Stämme von Indigenen, wie wir sie nur noch in den großen Regenwaldgebieten finden: am Amazonas, im Kongo, in Indonesien. Sie verstehen schon, diese Stämme zu erforschen, mit ihnen in Kontakt zu treten und zugleich ihre Selbstständigkeit und Unberührtheit zu bewahren.« Er griff in seine Jacketttasche und reichte Parkov eine gefaltete Seite. »Zuletzt gab es da diese Expedition in die Nähe des Ruwenzori-Gebirges, bei der Sorg verschwand, im Grenzland zwischen Uganda und der Demokratischen Republik Kongo. Vor zwanzig Jahren war das, 1997.«

»Das Museum ist sicher im Besitz einer Liste, die mir die Teilnehmer dieser letzten Unternehmung zeigt.«

»Die ist verschwunden.«

»Wie bitte?« Parkovs Stimme klang unnachgiebig. »So ein Zufall.«

»Das ist auch mir gleich ins Auge gefallen.« Dr. Jörgens räusperte sich. »Tut mir leid, dass ich in dieser Sache nicht weiterhelfen kann.« Er hustete und betupfte seine Stirn mit dem Stofftaschentuch. »Da ist wohl eine Erkältung im Anflug, verzeihen Sie.«

»Robert Rotenberger könnte diese Liste aus dem Archiv entnommen haben, nicht wahr?«

»Das hat er tatsächlich, ich habe es überprüft. Er muss sie bei sich getragen haben, als er verschwand. Wer immer ihn tötete, hat nun diese Information und alles andere auch. Es tut mir leid.«

»Schon gut«, sagte Parkov und wirkte ungewöhnlich nachsichtig. »Es gibt immer andere Wege. Der Schädel?«

»Oh, na, ich denke, ich weiß, worum es sich hierbei handelt.« Er griff nach einer Mappe, die hinter ihm auf dem Labortisch zwischen einem Mikroskop und einer Apparatur für Gaschromatografie lag. »Robert, also Professor Rotenberger, hat ihn sich schon vor einigen Monaten aus der Sammlung geliehen, es ist mir gerade wieder eingefallen. Das ist der gewöhnliche Schädel eines afrikanischen Stammeskriegers.«

»Wissen Sie, wer ihn als Letztes aus der Sammlung des Instituts entnommen hat?«, fragte Marie.

»Den Aufzeichnungen nach war es Rotenberger selbst, das habe ich gleich geprüft. Kommen Sie bitte mit.« Er führte sie in einen Raum, in dem Schubladen in eine nüchtern dunkle Schrankwand eingelassen waren, die Belüftungsanlage rauschte leise. Er zog eine Schublade hervor. Ein Skelett lag darin, dessen

Kopf fehlte. »Der Rest des Exponats findet sich hier. Sie können erkennen, abgesehen vom Schädel ist es vollständig.«

»Sorg arbeitete doch auch eine Weile direkt für das Museum«, sagte Marie vorsichtig.

»Da ist richtig. Wir haben Ihnen bereits alles zur Verfügung gestellt, was diese Zeit betrifft.«

Interessiert betrachtete Parkov die Knochen, dann nickte er, als hätte sich damit eine seiner Vermutungen bestätigt. Marie bat Jörgens um das Klemmbrett, das auf der Kopfseite des Skeletts in der Schublade lag und an dem einige Seiten mit den Details des Fundes befestigt waren. »Wir müssen uns das ein paar Tage ausleihen.«

»Aber natürlich.«

»Danke.« Sie machte einige Fotos mit ihrem Smartphone, ehe der Schädel und der Rest des Skeletts abgeholt und im rechtsmedizinischen Institut überprüft werden würden. »Und der Tresor des Herbariums? Wenn der Täter Professor Rotenbergers Hand benutzt hat, um Zutritt zu erhalten«, fuhr sie fort, »müssen wir herausfinden, was gestohlen wurde.«

»Frau Winter, die Sammlung enthält über fünfhunderttausend Exponate. Wir sind dabei, die Bestände zu prüfen, aber ich hoffe …« Direktor Jörgens lächelte entschuldigend, »Sie werden verstehen, dass wir nur Stunden danach noch nicht sagen können, was genau verschwunden ist, wenn überhaupt.«

»Woran arbeitete er zuletzt?«, fragte Parkov so plötzlich, dass Jörgens für einen Moment irritiert aufsah. Parkov legte den Pinsel, den er so interessiert in Augenschein genommen hatte, zurück neben einen Rippenknochen, der dort auf der Arbeitsstation auf seine Befreiung von Schmutz wartete. »Seinen Unterlagen zufolge gab es da eine neue Publikation in einer Fachzeitschrift, die sich mit den Entwicklungen der Subsahara-Völker unter dem Einfluss der Kolonialisierung beschäftigte.«

»Es gibt einige neue Exponate, die eingetroffen sind. Die hat er wohl in Augenschein genommen. Haben Sie Carl Faber schon getroffen? Sein Kollege müsste mehr darüber wissen.« Sie begleiteten Jörgens in sein Büro, wo auf dem Eichenholzschreibtisch eine Reihe von Briefen lag, die er mit einem missmutigen Gesichtsausdruck beiseiteschob, ehe er einen massiven Briefbeschwerer daraufsetzte, der die bronzene Figur einer asiatischen Gottheit darstellte. »Die Presse steht schon Gewehr bei Fuß und wartet nur darauf, dass Gerüchte nach draußen dringen. Was geschehen ist, ist furchtbar, kein Zweifel, aber wir müssen auch auf die Reputation des Museums achten.«

»Und wir müssen einen Mörder finden«, sagte Marie emotionslos.

»Natürlich.« Jörgens lächelte bemüht. Am Rechner gab er einige Suchbefehle in eine Maske ein und wartete auf die Resultate. »Letzte Woche trafen Proben früher Naturarznei, gesammelt bei Indigenen am Amazonasoberlauf, bei uns ein. Das ist für jeden Anthropologen ein Highlight, um es mal so salopp zu formulieren, aber das war nicht Rotenbergers Forschungsschwerpunkt, also einen Augenblick.« Er tippte abermals. »Ah ja. Außerdem Proben ritueller Stammeskunst, Totenkultsymbolik, Raum Subsahara-Afrika. Hier ist vermerkt, dass er sie katalogisierte.«

Marie sah zu, wie Jörgens die Liste weiter durchging. »Sieht ganz danach aus, als hätte er sich zuvor damit beschäftigt, seiner jüngsten Publikation den letzten Schliff zu geben. Sie haben ja die Auszüge in seinem Büro gesehen.«

»Das haben wir«, erwiderte Parkov. Er trat um den Schreibtisch herum und betrachtete die Nachschlagewerke und Folianten, die fein säuberlich in die Regale einsortiert waren. »Eine ansehnliche Auswahl.«

»Sie stehen nicht nur zur Deko da, falls Sie das meinen«, sagte Jörgens, als das Telefon auf seinem Schreibtisch läutete. »Ja?«, hörten sie Jörgens sagen, »ich bin unterwegs.«

»Es gibt ein Problem mit einem Doktoranden. Ich muss … vielleicht entschuldigen Sie mich einen Augenblick.« Er sah zur Tür und überlegte offenbar, wie er seine beiden Gäste möglichst geschickt aus seinem Büro herauskomplimentieren könnte.

»Dürfte ich noch etwas länger Ihre wunderbare Sammlung von Erstausgaben bewundern? Ich habe nie eine so gut erhaltene Fassung gesehen.« Parkov schien aufrichtig fasziniert.

»Wie auch immer, ich bin sofort zurück.« Dr. Jörgens eilte hinaus.

Kaum hatte sich die Tür hinter ihm geschlossen, verschwand das selige Lächeln von Parkovs Gesicht. »Genug davon«, sagte er. »Dieser PC hier …« Parkov trat um den Schreibtisch herum und bewegte die Maus, »wie schade, Sperrbildschirm.«

»Denkst du, er versucht tatsächlich, etwas zu verbergen?«

»Zumindest ist hier *jemand* schon längst über das Versuchsstadium hinaus.«

Marie sah, wie Parkov einen kleinen USB-Stick aus seiner Tasche zog und in die passende Buchse am Rechner steckte. »Du kannst doch nicht ohne Beschluss, Daniel!« Marie spähte auf den Flur hinaus. Der Korridor, der mit einem weinroten Teppich ausgelegt war, schien verlassen. »Das gefällt mir nicht, und das weißt du auch.«

»Ich mag es, wenn du dich empörst.« Parkov sah zu, wie in einem einfachen Fenster eine Zahlenkolonne über den Bildschirm raste. »Sieh dir das an: Unregelmäßigkeiten, Akten, die verschwunden sind, Datensätze, die gelöscht wurden. Tymon Sorgs Geschichte geht tiefer, als man uns glauben lassen will. Vielleicht brauche ich einen umfassenderen Zugang zu den Archiven des Museums und den Datensätzen, die er erwähnt hat. Es gibt Wege, gelöschte Informationen wieder zugänglich zu machen.«

»Was meinst du mit *umfassender*?«

»Mehr Zeit.«

»Daniel, wenn er das sieht, du kennst Krantz nicht, er wird …« Marie lauschte, ob sich über die breite Natursteintreppe, die hinauf in den Verwaltungstrakt führte, Schritte näherten. Doch noch war alles still. Noch hatten sie Zeit.

»Krantz? Wer ist das?«

»Oh, hör auf damit. So ungefähr jeder zweite Satz, den er an mich richtet, besteht aus der Aufforderung, dich genau im Auge zu behalten. Keine Alleingänge mehr, hat er gesagt.«

»Wie schade. Da werde ich wohl tun müssen, was der ehrenwerte …« Parkov hielt inne. »Nun, das ist aber interessant.«

»Was?«

»Ich brauche definitiv mehr Zeit.«

Draußen eilten schnelle Schritte die Treppe hinauf. »Er kommt!«, zischte sie.

Parkov zog den USB-Stick aus der Buchse und stand schon wieder vor den Büchern, als Jörgens eintrat. Dessen erster Blick, das bemerkte Marie sofort, galt dem PC. *Also doch. Parkov hat recht.*

»Nur ein falscher Alarm«, sagte Jörgens misstrauisch.

»Wie ärgerlich«, erwiderte Parkov, klang aber nicht so, als meinte er es auch. »Ich danke Ihnen für Ihre Zeit. Es könnte sein, wenn ich dies ankündigen darf, dass ich einen umfassenderen Zugriff auf die Archive benötige. Zum Zweck meiner eigenen Recherchen.«

»Das lässt sich einrichten. Aber versprechen Sie sich nicht zu viel.«

»Ich verspreche mir nichts, ich handle.«

Marie streckte dem Direktor ihre Rechte hin und schüttelte Jörgens' Hand.

»Gehen wir«, sagte Parkov. Der USB-Stick war schon längst wieder in einer seiner Manteltaschen verschwunden.

Auf dem Weg nach draußen sagte sie, als Jörgens außer Sicht war, zu Parkov: »Jemand hat hier aufgeräumt.«

»Und jetzt weiß derjenige, dass ich beschlossen habe, mich den Archiven zu widmen. Das wird eine Reaktion provozieren.«

»Ja, das dachte ich mir. Allmählich durchschaue ich dich, Daniel.«

Parkov blieb vor einer Vase, die in einer Nische ausgestellt war, stehen und beugte sich vor. Dann blickte er nach links und nach rechts und murmelte leise: »Fünfzig Meter, dann links.«

»Was machst du da?«

»Ich zähle nach.«

»Aha.« Marie blinzelte, als sie in die niedrig stehende Oktobersonne hinaustraten. »Vielleicht will ich das besser gar nicht wissen.« Sie verschränkte die Arme, während ihr der Wind durch ihre braune Mähne wehte. »Dieser Anruf war ein Trick. Es gab gar keinen Doktoranden, der Jörgens sprechen wollte.«

»Papperlapapp«, sagte Parkov, aber die flüchtige Andeutung eines Lächelns, die über sein Gesicht huschte, verriet ihr, was sie wissen musste. »Kommst du?«

»Augenblick.« In der Tür drehte sich Parkov noch einmal um. Das Pförtnerhäuschen befand sich gleich beim Eingang – er betrachtete es. Dann winkte er sie heran, ein überlegenes Lächeln im Gesicht. »Siehst du?«

»Meinst du den BKA-Hauptkommissar, der hier herumsteht und den Eingang blockiert?«

»Nein, dahinter. Die kleine Kamera, die jeden Besucher filmt. Ich frage mich, ob wir heute Glück haben.«

Marie spähte durch die Glasscheibe, die den Kassenbereich von der Eingangshalle abgrenzte. »Du meinst, das Teil könnte nicht an das restliche System angeschlossen sein?« Sie musste lächeln. »Das ist eine USB-Kamera, siehst du nicht das Kabel?

Einen Versuch ist es wert. Unser Täter hat die Festplatten gestohlen, aber das hier hat er womöglich übersehen.«

»Hoffen wir es, Daniel.« Der trat näher und beugte sich zu der Dame an der Kasse.

Zurück am Wagen hielt ihr Parkov die Tür auf. Ein starker, böiger Wind kam auf und jagte die Wolken schnell über den Himmel. Silbrige Spinnfäden wehten wie Feenhaare durch die Luft und schimmerten hell im Licht der Oktobersonne. Es war ein goldener Tag und alles war still und glänzte in der erhabenen Erwartung eines satten Herbstes, dessen Früchte prall und gehaltvoll gewachsen waren.

»Danke«, sagte sie, stieg aber nicht ein. Sie vergrub ihre Hände in den Manteltaschen und ließ den Blick durch die Straße schweifen. Ihr war, als hielte selbst die Stadt den Atem an. Eine Windböe trieb ein Revolverblatt auf dem Gehsteig vorüber, Marie machte einen Schritt zur Seite und setzte den Schuh darauf.

> PROZESS GEGEN SELBST ERNANNTEN PROFESSOR BEENDET – NICHT EINDEUTIG IDENTIFIZIERTER »JOHN DOE« VERURTEILT

Parkov hatte die Überschrift auch schon entdeckt. »Weiter hinten heißt es: Der kühle, aber geniale Ermittler Parkov und seine attraktive Kollegin Marie Winter …«

»Du hast es gelesen?«

»Ich habe mir die Zusammenfassungen geben lassen. Man erwähnt auch Meyers große Charity-Veranstaltung – wo sie uns sicher sehen wollen.«

»Und du denkst, ich mache da einfach mit?« Marie sah zur hoch aufragenden Silhouette der Skyline hinüber, als sich die Sonne zwischen den Bankentürmen hervorschob. Ihr Blick fiel auf den Grand Tower, den gewaltigen Luxuswohnturm, die neue Baustelle, die unablässig in den Himmel wuchs. »Es ist still«, stellte sie fest. »Als würde alles den Atem anhalten.«

»Nicht nur das. Das organisierte Verbrechen ist unruhig. Russen, Bulgaren, Italiener – etwas beunruhigt sie. Aber alle schweigen.«

»Weil sie sich auf etwas vorbereiten.« Das war keine Frage. Marie spürte mit jeder Faser ihres Körpers, dass ihnen noch etwas bevorstand: ein großes Finale. »Weil er noch mehr in der Hinterhand hat: *Wartet auf Feuer und Schatten.* Manchmal wünsche ich mir, ich könnte ihm das süffisante Lächeln vom Gesicht wischen.« Sie sah sich nach Parkov um. »Das war wirklich gut. Eine kleine Überwachungskamera, die nicht ans zentrale Überwachungssystem angeschlossen ist. Gutes Auge.«

Parkov warf den USB-Stick, der die Daten der Kamera im Kassenbereich gespeichert hatte, in die Luft und fing ihn wieder auf. »Danke mir noch nicht. Fahren wir?«

»Nicht du. Ich.« Sie strich über den glatten Lack auf der Motorhaube des Bentley. »Es stört dich doch sicher nicht, wenn ich einen kleinen Umweg über die Autobahn nehme.«

Parkov hob eine Braue. »Du weißt, dass ich Geschwindigkeitsübertretungen strikt ahnden muss, meine Liebe?«

»Sicher.« Sie zwinkerte ihm zu. »Versuchen kannst du es ja.«

39.

Sie trafen Carl Faber in einem kleinen Café in der Innenstadt nahe der Paulskirche. Rotenbergers Kollege war ein großer Mann mit schulterlangem nordisch blondem Haar, kräftigem Händedruck und einer frischen, wettergegerbten Gesichtsfarbe, die verriet, dass er viel Zeit unter der Sonne und inmitten von rauer Natur und klarer Luft verbrachte. Er wirkte wie der Archetyp eines Abenteurers und Lebenskünstlers und war offenkundig ein hervorragender Anthropologe. Er trug Jeans und einen grauen Norwegerpullover mit langen Ärmeln, der sich an seine athletische Gestalt schmiegte.

»Ich komme grad aus Uganda«, erklärte er, während sie sich zu ihm setzten. »Gestern gelandet. Die schlimmen Neuigkeiten habe ich erst vor wenigen Stunden erfahren.«

»Sie haben doch ein paarmal mit ihm gesprochen, während sie in Afrika waren«, sagte Marie. »Das geht aus den Verbindungsdaten hervor. Er hat Sie auf einer Nummer erreicht, die zu einer Forschungseinrichtung in Uganda gehört, die Gespräche dauerten mehrere Minuten oder auch fast eine halbe Stunde.«

Faber nickte. »Das ist wahr. Wir haben uns über die Sammlung ausgetauscht, die das Museum jüngst erhalten hat. Rituelle Stammeskunst der kongolesischen Hutu.« Er zögerte, sah ins Leere, dachte einen Augenblick nach und schüttelte den Kopf. »Es ist vermutlich nichts, aber …«

»Aber was?«, fragte Marie behutsam. »Etwas war mit Professor Rotenberger, nicht wahr? Uns liegen mehrere Zeugenaussagen vor, die Ähnliches berichten. Nicht vor Kurzem, aber vor einigen Monaten.«

»Etwas hat ihm Sorgen bereitet«, sagte Faber. »Da bin ich mir sicher. Es ging über seine Arbeit hinaus. Er hat Andeutungen gemacht, sprach von dieser Gastforscherin und ihrem Projekt.«

Marie tauschte einen Blick mit Parkov, während Faber sie überrascht ansah. »Sagen Sie mir jetzt bitte nicht, dass Sie noch nicht von ihr gehört haben.« Faber dankte der Kellnerin, die ihm eine neue Tasse schwarzen Kaffee brachte. »Lorena Collordo, arbeitet für das Britische Museum in London. Eine Regenwaldbiologin.«

Marie notierte den Namen. In den Unterlagen, die sie vergangene Nacht gesichtet hatte, war sie noch nicht auf Collordo gestoßen. Bei der Vielzahl an Zeugen und Besuchern würde es eine Zeit dauern, einen Überblick über das Wichtige und weniger Wichtige zu bekommen und herauszuarbeiten, welcher Spur sie folgen sollten. *Wenn wir überhaupt mal eine Spur finden, ehe der Mörder das nächste Mal zuschlägt.* Sie schickte Jörg eine kurze Nachricht und bat ihn, sich mit den Kollegen, die Rotenbergers Umfeld prüften, kurzzuschließen und die Frau zu überprüfen.

»Wissen Sie, woran Collordo arbeitet? Was sie von Rotenberger verlangt hat?«

»Also erst mal, ich habe die Frau nie gesehen und bin ihr nie begegnet, aber … na ja, das fiel schon in Roberts Fachgebiet: Eingeborenenstämme am Oberlauf des Kongo, das Biotop, die Lebensbedingungen und die Wechselwirkung mit der einheimischen Flora.«

»Tutonga?«, fragte Parkov.

»Wahrscheinlich auch die.« Faber nickte. »Ich weiß, dass Sie Robert zu ihnen befragt haben, das hat er mir erzählt. Aber, Sie wissen es vermutlich mittlerweile, niemand hat eine Ahnung, was mit diesem Stamm geschehen ist. Er ist verschwunden.«

»Mir kam es nicht so vor, als hätte er sich besonders bemüht, meiner Anfrage nachzukommen«, erwiderte Parkov, legte sein Smartphone auf den Tisch und zeigte Faber Bilder der hölzernen Figur, die sie in van der Meers Anwesen gefunden hatten.

»Eine Nkisi-Ritualfigur«, gab Faber Auskunft, »aus dem Kongo. Man bedient sich des Geistes, der in ihr wohnt, und beschwört so einen Schutzzauber, der Böses abwehrt.«

»Böses *abwehrt*?«, wiederholte Marie erstaunt. »Wir dachten, die wäre vom Täter hinterlassen worden.«

»Das halte ich für recht unwahrscheinlich. Nein, da wollte sich jemand vor einer Bedrohung schützen, vor der er sich fürchtete.«

»Zhúkundu«, sagte Marie leise, »sagt Ihnen dieses Wort etwas?«

»Ein Tutonga-Wort.« Faber kippte aus dem Salzstreuer etwas Salz auf den Tisch und zeichnete: |.|.| »Zhú – kun – du«, erklärte er, »eine Silbe für jeden Längsstrich. Dazwischen die Augen, mit denen er seine Feinde beobachtet. Es ist eine einheimische Legende. Grausam, gerecht und weise wie die Natur selbst.«

»Wir hörten davon.« Parkov wischte zum nächsten Bild. »Diesen etwa siebzig Jahre alten Schädel haben wir entdeckt – und zwar nicht dort, wo er für gewöhnlich aufbewahrt wird, sondern in dem abgesperrten Bereich einer Meeresausstellung. Mir scheint, jemand hat ihn hinterlassen, als eine Art Drohung.«

»Und *Sie* haben den gefunden?«

»Ich denke, er war für jemanden im Museum bestimmt«, sagte Parkov. »Einer der Bauarbeiter, die mit der Renovierung des Saals beschäftigt waren, hätte ihn finden können und dem eigentlichen Empfänger wäre der Fund zu Ohren gekommen. Es muss jemanden im Haus geben, der diese Botschaft versteht. Ich frage mich nur, wer das sein könnte.«

Der Wissenschaftler betrachtete lange die Fotografie, zoomte und drehte sie. »Ich kann mich erinnern, den schon mal gesehen zu haben. Er war eines der Objekte, mit denen Robert zu tun hatte. Sehen Sie die Spuren am Hinterkopf?« Er deutete mit dem Finger auf die Stelle.

»Eine alte Verletzung«, sagte Parkov und musterte Faber durchdringend, als versuchte er, hinter eine Maske zu dringen, die der Mann womöglich zur Schau stellte. Er hatte von schrecklichen Nachrichten gesprochen, und der Mann wirkte auf ihn, als würde ihn der Tod des Kollegen sehr berühren.

»Nun, das ist nicht ganz präzise, es eine *Verletzung* zu nennen ist untertrieben. Der Mann wurde nicht von *einem* Schlag oder zwei oder drei getötet, die Knochensubstanz an dieser Stelle ist massiv geschädigt. Sehen Sie die sternförmige Verletzung des Knochens? Man hat auf ihn eingeprügelt. Vermutlich ein Akt der Rache oder Strafe, die Schwere der Bestrafung folgte der Schwere des Verbrechens oder ging noch darüber hinaus.«

»Wie es in tribalistischen, in Stämmen organisierten Volksgruppen üblich war?«

»Die moderne Ethnologie verwendet den Begriff des Tribalismus nicht, Herr Parkov. Wir leben nicht mehr in der Kolonialzeit und betrachten Naturvölker nicht länger als …«

»Und doch würden Sie mir zustimmen?«

»Solche Strafen kamen vor, ja.«

»Und von welcher Art eines Verbrechens sprechen wir hier, Herr Faber?«

»Mord. Im schlimmsten Fall. Oder Zauberei.«

Parkov nickte, als hätte sich alles bestätigt, was er bereits vermutet hatte, und nahm das Smartphone wieder an sich. »Aberglaube als Motiv für eine Hinrichtung?«

»Ja.«

»Wenn nun dieser Schädel als eine Art Drohung, als eine Warnung hinterlassen worden wäre, dann bedeutet dies doch, dass derjenige, für den er bestimmt war, sich zumindest in den Augen des Täters eines ähnlich bestrafungswürdigen Verbrechens schuldig gemacht hat: Sieh her, besagt diese Warnung, das war eine Tat, für die du getötet werden solltest, so wie dieser Mann, also nimm dich besser in Acht.«

Faber lehnte sich zurück und kratzte sich an der Nase. »Ziemlich spekulativ, nicht? Wo, sagten Sie, haben Sie den Schädel gefunden?«

»In einem kleinen Nebenraum der Meeresausstellung.« Auf ihrem iPhone rief Marie die Karte des Museums auf und zeigte Faber die Stelle. »Genau hier.«

»Dann ist es kein Zufall.« Faber tippte sich gegen die Schläfe und lächelte. »Sehen Sie, mir ist da gerade ein Gedanke gekommen. Dieser Raum liegt genau auf seinem Weg, Roberts Weg, meine ich. Durch die zweite Tür kommen wir schnell nach oben in Richtung anthropologische Abteilung, ohne den Umweg über die Treppen nehmen zu müssen. Es ist eine kleine, aber nützliche Abkürzung.«

Interessiert legte Marie den Kopf schief. »Also wusste der Täter von Rotenbergers Gewohnheit?«

»Das würde ich behaupten: Er hat den Schädel wirklich für *ihn* hinterlassen. Sie liegen richtig. Sie haben einen guten Instinkt.«

»Wird diese Abkürzung auch von anderen Personen benutzt? War Herrn Rotenbergers Gewohnheit anderen Angestellten bekannt, Herr Faber?«

»Sicher, wieso nicht? Das wussten alle.«

»Wie interessant«, ließ Parkov hören. »Eins noch. Kannten Sie eine Frau namens Sophie van der Meer?«

Marie, die Fabers Reaktion aufs Genaueste beobachtete, wurde enttäuscht. Seine Miene verriet nichts. »Nie gehört«, sagte er ohne ein Zögern, »wer ist das?«

»Nicht so wichtig. Herr Faber, ich denke, das genügt fürs Erste«, antwortete sie. »Ich möchte Sie bitten, Ihre Aussage bei uns im Präsidium zu Protokoll zu geben.«

»Okay.« Faber zuckte mit den Schultern. »Sprechen Sie mit Collordo. Der Gastwissenschaftlerin. Sie muss die Letzte gewesen sein, die diesen Schädel untersucht hat. Wer immer Robert getötet hat, finden Sie ihn.«

40.

Marie holte Lucie vom Kindergarten ab und machte sich mit ihr und Parkov auf einen ausgedehnten Spaziergang durch den Grüneburgpark, den Kopf voller verschlungener Gedanken zu alten Geheimnissen, verschollenen Anthropologen und seltsamen Rätseln. Parkov hatte Lucie ein kleines Brettspiel mitgebracht, in dem es einen Schatz zu finden galt. Sie spielten zu dritt, und Lucie jagte Parkov mit Begeisterung über das Brett, während Marie ihm einen zutiefst dankbaren Blick zuwarf.

»Sieh mal, Mama«, sagte Lucie und zupfte an Maries Ärmel. Sie deutete auf eine Gruppe von Schaustellern, die eine Reihe von Kunststücken aufführten. Daneben saß eine junge Frau vor einer Schlange von Kindern, deren Gesichter sie schminkte – bunte Tiergesichter, die die Mädchen und Jungen in Löwen und Tiger verwandelten, strahlende Kinder, die anschließend durch die wärmenden Sonnenstrahlen tobten. Die junge Frau war blond. Und doch zugleich auch nicht – Marie sah, wie eine dünne schwarze Haarsträhne unter ihrem Pony hervorlugte. Eine Perücke für diese Rolle. Dunkelhaarig wie Lorena Collordo, blond wie Sophie van der Meer. Dieser Gedanke beunruhigte sie.

Wieder im Präsidium kostete es sie einige Zeit, auf den Überwachungsvideos der Kamera im Kassenbereich eine Person ausfindig zu machen, die womöglich infrage kam. Doch schließlich entdeckten sie einen Mann, der einen Rucksack bei sich trug, und verfolgten ihn auf den Aufzeichnungen der übrigen Kameras weiter auf seinem Weg durch die Hallen. Eine dunkle Jacke mit Fellkragen umhüllte seine gedrungene Statur, eine Baseballkappe hatte er tief ins Gesicht gezogen. Er wich jeder Überwachungskamera aus und zeigte nur ein einziges Mal sein Gesicht: als er das Eintrittsticket kaufte. Marie schockierte die kühle Abgeklärtheit, mit der ihr Verfolger vorgegangen war. Er hatte das Museum wie ein gewöhnlicher Besucher betreten, und jede seiner Bewegungen verriet ihnen, dass er keineswegs verbergen wollte, was er da tat. Keine Tarnung war besser als ein gelungener Anstrich der Gewöhnlichkeit.

»Er war bereit, konfrontiert zu werden. Was hätte er dann getan? Sich überrascht gegeben, weil er einen Schädel und eine Hand in seinem Rucksack trägt?«, fragte sie.

»Ich denke nicht. Er führt eine Waffe mit sich. Sieh dir seinen Mantel an. Er war vorbereitet, er wollte diesen Ort in jedem Fall wieder verlassen.« Lucie war einmal so dicht an dem Unbekannten vorbeigegangen, dass Maries Hände allein beim Anblick der Aufnahme zitterten. »*Verflucht*«, sagte sie und beugte sich näher an den Monitor.

»Schau mal.« *Er sieht sich um*, dachte Marie, *hält sein Gesicht versteckt und dann steigt er – wie wir später – über die Absperrung in den zu renovierenden Bereich. Hätten wir die Kamera hinter der Kasse nicht gefunden, all diese Aufzeichnungen wären verloren.*

Parkov betrachtete die Bilder mit unbewegter Miene. Nachdem der Fremde im abgesperrten Saal verschwunden war, geschah nichts weiter. »Springen wir nach vorn.« Es dauerte etwas mehr als eine Stunde, bis der Fremde wieder auf der

Aufzeichnung erschien. Noch immer mit seinem Rucksack, noch immer mit seiner Baseballkappe.

»Macht kehrt und geht. Er nähert sich gelassen dem Ausgang.«

»Ein Risiko.« Parkov spulte die Aufzeichnung vor und wechselte zu einer Kamera, die den Außenbereich überwachte. »Er verlässt das Gebäude und achtet darauf, dass man ihn nicht filmt. Aber …« Er wechselte die Kamera. »Da ist er. Ruft sich ein Taxi.« Parkov berührte eine Taste, um das Bild heranzuzoomen. »Und da haben wir das Nummernschild.«

»Notiert.« Marie fasste nach dem nächsten Telefon. »Ich finde raus, welcher Fahrer ihn wo abgesetzt hat.«

Nach wenigen Minuten wussten sie, dass man ihn zu einem Parkplatz am Westrand der Stadt gebracht hatte. »Er weiß noch, dass der Fahrgast in einen anderen Wagen stieg, und erinnert sich sogar an das Kennzeichen. Mehr aber auch nicht.« Marie ließ das Telefon sinken. »Er meint, die Fahrt sei nichts Besonderes gewesen, im Gegenteil. Der Fahrgast wäre ruhig und in Gedanken versunken rübergekommen, und an sein Gesicht erinnert er sich nicht mehr. Ein Allerweltsgesicht, kombiniert mit dem Verhalten eines Mannes, der weiß, wie er aus der Erinnerung verschwindet. Das bringt uns nicht weiter.«

»Vielleicht war er nicht zum ersten Mal dort.«

»Richtig. Also müssen wir alle früheren Aufnahmen auf eine mögliche Übereinstimmung mit dem Typen abgleichen und weiter nach Zeugen suchen. In einem großen Radius bei den van der Meers und bei Rotenberger wie auch am Südfriedhof, was jede Menge Kräfte bindet. Der riesige Mann am Grab, den Billner erwähnt hat … das passt nicht. Der Typ dort ist überhaupt nicht besonders groß.« Sie spulten zurück bis zu der Stelle, an der der Mann unter einer Kamera stehen blieb.

»Interessant«, sagte Parkov. »Er weiß, dass dort eine hängt, und sieht natürlich nicht hinein. Wenn er beauftragt wurde, etwas so Exzentrisches, ja schaurig Anmutendes durchzuführen, wie einen Schädel als Botschaft zu verstecken und danach etwas aus dem Herbarium zu stehlen, dann wird man zugleich sichergestellt haben, dass seine Spur nicht leicht zu verfolgen ist. Ich überprüfe das Kennzeichen – und das Erinnerungsvermögen des Taxifahrers.«

Marie betrachtete noch immer das Video, das den Fremden zeigte, der den Rucksack locker über einer Schulter trug und eine Reihe antiker Speerspitzen betrachtete, die in einer Auslage hinter Glas ausgestellt waren. Sie spulte zurück, hielt das Video an, zoomte, ließ es langsam vor- und zurücklaufen. Dann sah sie es.

»Er ist definitiv tätowiert. Linker Unterarm.« Sie vergrößerte das Bild auf die höchstmögliche Auflösung. Der Ärmel seines Mantels verdeckte die Stelle am Handgelenk, doch einmal, als er einen Schritt zur Seite trat und den Arm hob, um sich an der Wange zu kratzen, war es zu sehen – nur einen winzigen Augenblick lang. Eine Schlange, die sich um ein Schwert wand.

»Kennen wir das?« Marie sah zu Parkov hinüber. »Dieses Tattoo? Kommt mir vor, als wäre es irgendeine organisierte Gruppierung.«

Parkov berührte das Display seines Smartphones und nickte. »Ich denke, wir haben ihn schon einmal gesehen: Besucher eins bei van der Meers Villa. Der mit dem Geschenk. Die Statur passt. Wenn er ein Handlanger des riesigen Mannes ist, der dann später dazukam, macht es nur Sinn, dass er ihn auch hier voranschickte. Ich verschaffe mir jetzt Zugriff auf die Verkehrsüberwachung.«

»Bereit, Sir«, sagte die künstliche Stimme und Marie schüttelte den Kopf, während Parkov das Kennzeichen eingab. Sie konnte sich nicht daran gewöhnen, dass Parkov sich so sehr auf seine Technik verließ – vor allem auf diese neuartig komplexe künstliche Intelligenz, auf die er seit einiger Zeit auch über das

Smartphone und den Wagen zugreifen konnte, während sich das virtuelle Gehirn dieses Systems auf Servern in einer weit entfernten Parkov-Industries-Anlage befand. »Suche läuft.«

Marie verschränkte die Arme. »Du weißt, was ich davon halte.«

»Wovon?«

»Von dieser KI, die so mächtig ist, dass sie nach Belieben auf Verkehrskameras zugreifen oder Spuren auf dem ungesicherten PC eines Zeugen finden kann, falls du dich erinnerst.«

»Und wenn wir ihn so aufhalten?« Parkov musterte sie ernst. »Du selbst hast noch immer Vollzugriff auf das System, also vergiss das besser nicht, wenn du das nächste Mal über ihn schimpfst.«

»Der Zweck heiligt nicht die Mittel, Daniel. Besondere Maßnahmen für gefährliche Zeiten, aber wir waren uns doch einig, dass diese Maßnahmen trotz allem noch immer sind, was sie sind: gefährlich und eigentlich ziemlich verboten.«

»Was ist verboten?« Hinter ihnen war die Tür aufgegangen. Isabelle, ihre strohblonde Kollegin, kam herein, einige Schachteln mit herrlich duftendem Inhalt in einer großen Tüte.

»Nichts«, sagte Parkov und ließ das Smartphone verschwinden. »Vor allem nicht ungesunde …«, er machte eine Handbewegung in Richtung der Schachteln, »Absonderlichkeiten.«

»Ungesund? Wie bitte?« Isabelle lächelte ihn an. »Schatz, wen kümmert das? Einmal alle paar Wochen darf man sich das gönnen.«

»Was haben wir Neues?« Marie wandte sich ihrer Kollegin zu, die sie interessiert musterte. Isabelles feine Antennen hatten gespürt, dass sie gerade etwas unterbrochen hatte, das sie wohl besser nicht gestört hätte. Etwas leiser fügte sie hinzu: »Und seit wann nennst du ihn Schatz?«

»Seit er mir das Leben gerettet hat.«

Isabelle stellte die Tüte ab, dann wurde sie ernst und schaltete um: Von der einen auf die andere Sekunde war sie wieder die toughe Ermittlerin, an deren Seite Marie schon so vieles durchgestanden hatte. »Der Bestattungsunternehmer, der sich um Tymon Sorg gekümmert hat, ist Italiener. Den hat man bezahlt, das hat er mir gestanden. Er hat Angst und wird definitiv nichts sagen, aber ich vermute, dass er nicht mal weiß, für wen genau er die Arbeiten mit Sorg wirklich erledigt hat. Seine Kinder gehen aufs Gymnasium, fünfzehn und sechzehn. Wir wissen nur, dass er den Toten abgeholt, in seine Räumlichkeiten gebracht und für die Beisetzung vorbereitet hat. Bezahlt wurde das Ganze bar, von einem Boten, den wir nicht zurückverfolgen können.«

Isabelle setzte sich, öffnete die Schachtel und nahm sich zwei Stäbchen, rührte ihr Gericht jedoch nicht an. Neugierig spähte sie über Parkovs Schulter. »Wieso habe ich gerade so ein Gefühl, als wäre diese Software nichts, mit dem wir hier im Präsidium arbeiten?«

»Es ist eine kleine Weiterentwicklung«, erwiderte Parkov beiläufig. »Wir haben ihn. Der Wagen mit dem passenden Kennzeichen bewegt sich derzeit Richtung Süden, aus der Stadt heraus.«

Isabelle betrachtete das Display. »Das sieht nach einem *neuen Trick* aus, der dem Polizeipräsidenten und dem Innenminister kalten Schweiß auf die Stirn treiben würde.«

»Das bleibt unter uns, Isa.«

»Aber natürlich.« Sie drückte Marie zwei der Schachteln in die Hand. »Esst was. Und denkt dran: nicht so viel flirten.«

Parkov trat zur Tür, drehte sich aber noch einmal um. »Du weißt doch: Auch ein alter Spürhund lernt manchmal neue Tricks.«

41.

»Der Wagen ist auf einen Mann namens Francesco Milar zugelassen.« Marie ließ das Smartphone sinken und blickte aus dem Fenster des Bentleys: Silhouetten zogen vorüber, Gebäude, Glasfassaden, in denen sich die hellgolden scheinende Oktobersonne spiegelte, während von einem starken Wind gejagt die Wolken am Himmel trieben. Marie kramte im Handschuhfach und setzte eine Ray-Ban-Sonnenbrille auf.

»Milar«, wiederholte Parkov. »Hat Isabelle ihn überprüft?«

»Er ist achtunddreißig, italienischer Staatsbürger, wohnhaft in Berlin, keine Vorstrafen. Hat hier in Frankfurt ein kleines Grundstück gemietet und den Wagen, den wir jetzt verfolgen, vor Kurzem als gestohlen gemeldet. Warte, ich rufe Michael Rizzario an.«

Doch der Kollege von der Abteilung für Organisierte Kriminalität kannte den Mann ebenso wenig, versprach jedoch, sich bei den europaweit organisierten Behörden umzuhören – Inter- und Europol. Marie drehte ihr iPhone unschlüssig in der Hand und sah zu, wie Parkov der Navigationsanzeige zur Mietwohnung von Milar folgte und E.L.V.I.S. gleichzeitig versuchte, das Nummernschild aus einer gewaltigen Informationsflut von Bildern herauszufiltern, die die Verkehrskameras der Autobahnen und großen Straßen lieferten.

»Er ist neu«, sagte Parkov. »Wie ich vermutet habe. Ein unbeschriebenes Blatt, zumindest für die Kollegen in Deutschland.«

»Und das BKA? Die Italiener?«

»Ich habe eine Anfrage gestellt«, erwiderte er. »Die Überprüfung läuft. Mein Kollege Visconti bei der Polizia di Stato kannte ihn jedenfalls nicht.«

»Na dann ein Hoch darauf, dass wir alle so hervorragend zusammenarbeiten.« Sie seufzte. Ihr kam es so vor, als steckte die Kühle der Stunden der vergangenen Nacht noch in ihren Knochen, und sie freute sich über jeden Sonnenstrahl. »Vielleicht ist der Mann aus dem Museum auch bei Jan und Sophie van der Meer gewesen. Wenn wir die Verknüpfung zwischen ihnen und Rotenberger herstellen«, überlegte Marie, während sie eine Haarsträhne zwischen ihren Fingern drehte, »haben wir ein Motiv.«

Parkov betrachtete den Monitor auf der Mittelkonsole. »Ich denke, Herr Milar, sofern er es denn wirklich ist, macht einen kleinen Ausflug. Während er fort ist, sehen wir uns etwas um. Ich bin guter Dinge, dass danach keine weiteren Nachforschungen nötig sein werden.«

»Wie meinst du das?«

»Jan van der Meer war der erste, Rotenberger der zweite Tote. Sophie van der Meer hätte ebenfalls sterben sollen, doch sie ist entkommen. Was immer wir dort finden, vielleicht wird es ein dritter sein.«

»Du meinst, er rechnet nicht damit, dass wir schon jetzt dort auftauchen?«

»Ich rechne damit, dass er nicht damit rechnet.«

Marie berührte das Holster an ihrer Hüfte und ihre Heckler & Koch P30, ohne die sie in letzter Zeit kaum mehr einen Schritt aus dem Büro machte. »Ein Schädel, eine abgetrennte Hand. Zhúkundu, ein alter Aberglaube. Jemand verschafft sich Zugang zu der botanischen Sammlung, jemand setzt eine junge Frau unter Drogen, nur um eine Botschaft zu übermitteln. Das ist schaurig, das ist unheimlich.«

»Geradezu viktorianisch düster«, sagte Parkov. »Ja, du hast recht. Es ist *sein* Stil. Die Lösung ist fast zum Greifen nahe. Nur noch einen Schritt.«

»Und das bedeutet?« Marie verschränkte die Arme. »Du sprichst in Rätseln.«

»Nun, ein Schritt in die richtige Richtung – entweder weit nach Osten oder in den Süden. Weißt du, was mich irritiert? Erik Winter und Sebastian Häusser, deren Symptome denen hier ähnelten, nur dass bei ihnen nichts nachgewiesen werden konnte.«

»M-CotroX, ein neuartiger Psychokampfstoff, dazu geschaffen, Psychosen und Wahnvorstellungen zu induzieren, eine Substanz, wie man sie bei Geheimdiensten und deren Experimenten findet. MK-Ultra lässt grüßen. Früher schon ist es ihm gelungen, einen SEK-Kollegen bei einer Hausdurchsuchung durchdrehen zu lassen, außerdem brachte er es fertig, dass mich ein Drogenabhängiger attackierte.« Sie zögerte, blickte auf ihre rechte Hand, wo der Angreifer sie gebissen hatte, die Stelle, die manchmal, wenn sie fror, schmerzte. »Die reine Angst, hat er zu mir gesagt. Das ist es, was dieses Zeug erwecken kann. Aber was hat Rotenberger mit der Droge zu tun? Oder, anders gesagt, wie kommen wir hier weiter, wenn der Professor schweigt und seine Spuren verwischt hat? Wenn Argo nicht verraten will, wer heute Zugang zu der Substanz hat, wer sie benutzt und den Toten injiziert?«

»Möglicherweise weiß Argo es selbst nicht«, gab Parkov zu bedenken.

»Es gibt nur einen Weg: Wir müssen wissen, was immer Rotenberger und Sophie van der Meer herausfinden konnten und was auf dieser Liste stand, die zusammen mit Rotenberger verschwunden ist. Diese letzte Expedition, die Sorg unternommen hat, und ihre Teilnehmer.«

»Lass mich das übernehmen«, verlangte Parkov. »Die Informationen darüber, was damals geschehen ist, sind einfach zu spärlich. Jemand hat aufgeräumt.«

»Deshalb willst du Zugang zu den Servern des Museums? Zum Archiv?«

»War das die berühmte wintersche Intuition?«

»Spar dir die Ironie«, erwiderte sie schroff.

Parkov hob den Daumen, ganz in seiner etwas seltsamen altmodischen Art, wie er es manchmal tat. »Aber natürlich hast du recht«, antwortete er, »auch deshalb würde ich nur zu gern in den Archiven stöbern.«

»Und wieso lässt du mich dir nicht helfen? Offiziell?«

»Der offizielle Weg ist nicht immer der richtige. Wer sagt, dass ich nicht doch deine Hilfe benötige?«

»Wie aufregend«, gab sie zurück. »Du weißt ja, wo du mich findest. Aber jetzt sag schon: Was hältst du von Faber und seiner Geschichte? Hätten wir ihn mehr nach seiner Arbeit fragen sollen?«

»Marie, du kennst mich. Ich frage einen Mann selten nach seiner Arbeit. Frag ihn nach seinen Träumen und Gedanken, vielleicht nach seinen Wünschen, und du wirst in sein Herz blicken. Mit Zeugen ist es immer gleich, entweder sind sie glaubwürdig oder eben nicht. Also werden wir tun, was wir immer tun: seine Geschichte verifizieren.«

»Du meinst wohl, das werde *ich* machen.«

Parkov zwinkerte ihr zu, was ihn so viel weniger ernst wirken ließ und Marie so viel besser gefiel. »Du weißt, wie ich es schätze, wenn du an deinem Schreibtisch die Listen durchgehst und mit der Nasenspitze den Bildschirm berührst, weil du dich so sehr fokussierst, dass du die ganze Welt um dich herum vergisst. Dieser konzentrierte Blick, während du dir immer wieder mal eine Strähne aus der Stirn streichst – selten bist du süßer, meine Liebe.«

»Du bist wirklich komisch«, gab Marie zurück und merkte, wie warm ihre Wangen geworden waren. Doch dann bog Parkov in eine schmale Straße ein, in der sich heruntergekommene Schuppen und Lagerhallen zwischen wild wuchernden Bäumen und ungezähmtem Gestrüpp wie Kranke versteckten, die sich zum Sterben zurückgezogen hatten. Die Straße war schon lange nicht mehr erneuert worden, in den Unebenheiten stand noch das Regenwasser der vergangenen Tage.

»Du weißt sicher längst, dass sich Isabelle«, sagte Parkov in die Stille hinein, »stärker gibt, als sie in Wahrheit ist. Ich möchte mich nicht einmischen, wir alle tragen unsere Bürden, aber sie …«

»Sie nimmt was zur Beruhigung.« Marie wunderte sich nicht, dass es Parkov bemerkt hatte. »Die Erinnerung an das, was ihr zugestoßen ist, belastet sie. In einer Kiste in der Erde lebendig begraben und knapp mit dem Leben davongekommen? Dieser üble Mist hat sie mitgenommen, und zwar viel mehr, als sie zugeben will. Es war schrecklich, aber sie versucht, damit zurechtzukommen.«

»Ich verstehe.« Parkov wandte sich zum Rücksitz, auf dem eine große Box stand. Er ließ die Verschlüsse aufschnappen und nahm etwas hervor.

»Eine Schutzweste.« Marie strich über das glatte Kevlarmaterial. »Für mich?«

»Klar.«

»Du befürchtest …«

»Ich befürchte gar nichts. Der Unbekannte ist unterwegs«, Parkov deutete auf das Display an der Mittelkonsole, »und die Weste ist eine reine Vorsichtsmaßnahme.«

Marie knöpfte ihren Mantel auf und streifte die Weste über. »Wir gehen nicht, ehe du nicht auch eine trägst.«

»Dachte ich mir.«

»Nein, es ist wichtig. Du bist nicht kugelsicher. Außerdem …«

»Was?«

Sie senkte den Blick. »Nichts.«

»Ich glaube«, erwiderte er, »wir hatten gerade den gleichen Gedanken.«

Marie beugte sich zu ihm hinüber und gab ihm einen Kuss auf die Wange. »Da liegst du goldrichtig. Also los.«

42.

Eine rostige Gittertür trennte das schmale Grundstück von der Straße. Eine Schubkarre lag umgekippt im hohen Gras, keines der Fenster erlaubte einen Blick hinein, Jalousien sperrten jeden neugierigen Betrachter aus. Hinter den Baumwipfeln ließ die Sonne den Himmel wie kaltes Feuer brennen.

»Wenigstens regnet es nicht mehr«, sagte sie leise. »Ich kann ihn nicht mehr sehen.«

»Und ich dachte, du magst ihn.«

»Klar, von der anderen Seite des Fensters, mit einem heißen Getränk in der Hand.«

»Gib mir ein paar Sekunden«, sagte Parkov, als sie die Tür verschlossen vorfanden, hantierte mit seinem Lockpick-Set herum und machte sich am Schloss zu schaffen, während sie über die wuchernden Hecken spähte und die Schatten lang wurden. Ein Wagen wie Parkovs Bentley fiel auf, hier besonders. Ihnen blieb wenig Zeit, ehe sich jemand wunderte, was sie hier zu suchen hatten, oder bis ein heimlicher Beobachter Francesco Milar steckte, dass zwei Fremde vor der Tür seines Verstecks standen.

Es klickte. Marie spürte Parkovs Berührung an der Schulter. »Ist offen«, sagte er leise. Die Tür schwang auf, dahinter erwartete sie eine zum Schneiden dicke, stehende Luft, in die sich süßlicher Verwesungsgestank und der kalte metallische Duft von Blut mischten. Parkov zog seine Waffe, und Marie tat es ihm gleich.

Der Geruch des Todes. Der Geruch von Gewalt, von Verbrechen, von Grausamkeit.

»Was immer hier geschieht«, flüsterte Parkov, »im Zweifel wirst du nicht die Heldin spielen.«

»Du auch nicht.« Marie spürte ihr Herz gegen ihre Rippen klopfen, aber das war auch alles, und es trat schon längst in den Hintergrund ihrer Wahrnehmung zurück. Mit jedem Schritt, so war es eben mit ihr, wurde sie ruhiger, fokussierter. Jetzt gab es sie, Parkov und das, was vor ihnen lag. Nichts anderes.

Das kleine Holzhaus war nicht dunkel – das wäre der falsche Begriff gewesen, stellte sie fest –, es war eher wie die Abwesenheit jeglichen Lichts. Etwas Furchtbares war hier geschehen.

Parkov nahm eine kleine Taschenlampe aus seinem Mantel. Die Waffe erhoben, schritt er voran, während die Dielen leise unter ihm knarrten. Der Geruch steigerte sich mit jedem Meter zu einem abstoßenden Dunst und führte sie in den einzigen größeren Raum des Hauses. Dort, wo eine durchgesessene Couch und ein Röhrenfernseher mit eingeschlagener Scheibe standen, befand sich die Quelle des Geruchs. Marie hielt den Atem an.

»Oh.« Sie begriff erst einige Herzschläge später, dass es ihre eigene Stimme gewesen war, die da so erstickt klang. »Ich glaube, das ist nicht Francesco Milar.«

»Doch nicht weniger abstoßend.« Parkov betrachtete die Überreste eines Hirschs, der vor ihnen hing und regelrecht ausgeweidet worden war. »Es ist ein Kunstwerk. Wenigstens für eine Person – wer auch immer dies veranstaltet hat, er hat es genossen.«

Das Tier war nicht nur getötet worden, der Täter hatte es an den Brettern der hölzernen Außenwand befestigt, ihm die

Vorderläufe gebrochen und es so ausgebreitet, als würde es an einem unsichtbaren Kreuz hängen. Dann hatte man die Haut des Körpers beiseitegeklappt und die Organe entfernt – so viel war auf den ersten Blick festzustellen, denn die Bauchhöhle war leer. Blut stand in dicken Lachen auf dem Boden. Ein leistungsstarker Baustrahler war auf einem kleinen Tisch in der Nähe so platziert, dass er den an der Wand hängenden Kadaver anstrahlte.

Die Hitze und Helligkeit des Strahlers aus dieser Nähe hatte auf den Verwesungsprozess eine ähnliche Wirkung wie die Sonne an einem Junitag.

»Eine Druckluftpistole«, sagte Parkov. »Mit Nägeln, die man durch die Knochen getrieben hat. So hat er ihn an der Wand am Holz fixiert und dann …«

Marie konnte nicht anders, sie zwang sich, Parkov dichter an den Tatort zu folgen. Die Augen des Hirsches fehlten, der Kopf war starr geradeaus gerichtet. Sie spürte, wie ihr ein saurer Geschmack in die Kehle stieg. Im Schattenspiel des Zwielichts war ihr, als würde sich das Tier jeden Moment bewegen. Der Lichtstrahl der Taschenlampe wanderte weiter, streifte Spinnweben und ein Bild, das schief an der Wand hing, auf das jemand in kyrillischen Buchstaben die Zahl Vier geschrieben hatte. Darunter Linien, wirre Kreise, seltsame geometrische Formen – als hätte ein Kind das alles gezeichnet. Und dann sahen sie es.

Marie hörte, wie Parkov scharf die Luft ausstieß. Das Zeichen – *Zhûkundu* – auf der Wand. Rot schimmerten die drei senkrechten Striche und die beiden Punkte dazwischen. Die Farbe war in dicken Schlieren auf den Boden gelaufen. Dort befanden sich gelbe Kerzen und ein Gefäß, in dem die Glut längst erloschen war. Und in der Glut Überreste.

»Da ist noch was«, fügte sie heiser hinzu. »In seinem Maul. Ein Umschlag.« Marie richtete den Lichtkegel zurück auf das

Tier. »Es ist der nächste Tatort, das nächste Ritualopfer. Ein Tier.«

»Nein. Es ist nicht nur ein Tier«, erwiderte Parkov leise. »Der Hirsch hat eine andere Bedeutung. Hier ist noch jemand anders, eine menschliche Leiche.« Vorsichtig fasste er zwischen die Kiefer des Hirschs und holte hervor, was dort verborgen war. Ein beigefarbenes Kuvert, in dem eine Speicherkarte lag. »Wir müssen sie suchen und fin…«

Parkov zog schlagartig alarmiert die Hand zurück. Dann roch auch Marie es, sah graue Rauchschwaden, die sich zwischen den Ritzen der Bretterwände vom Flur hindurchwälzten und sich unbemerkt an sie herangeschlichen hatten.

Sie packte sein Handgelenk. Gemeinsam machten sie kehrt und eilten zur Tür, doch dort, wo der Ausgang gewesen war, loderte es schon. Parkov zog sie zurück in die entgegengesetzte Richtung, wo der Korridor tiefer in das Haus führte. Mit einem berstenden Geräusch löste sich ein Deckenbalken und schlug dicht hinter ihnen zu Boden. »Das war eine Falle.«

»Raus hier«, rief sie, »wir müssen weg von dem Rauch!«

Parkov stieß blindlings eine Tür auf, die zu ihrer Linken lag, doch hielt so abrupt inne, dass sie gegen ihn prallte.

»Was ist denn?« Marie spähte an ihm vorbei.

Der Raum brannte und in seiner Mitte ragte etwas Menschenähnliches aus den Flammen auf. »Eine Schaufensterpuppe«, sagte Parkov heiser.

Aber das war nicht die ganze Wahrheit. Marie vermochte über dem hell strahlenden Schein der Flammen auszumachen, dass jemand ein Foto von Parkovs Gesicht auf den Kopf der Puppe geklebt hatte. Marie erkannte Dollarnoten, Euroscheine, Yen, ja sogar Geld von Währungen, die nicht einmal mehr existierten – Franc, Lire. Das Feuer kroch auf die Puppe zu, näherte sich ihr wie eine tobende, brüllende Wand und ließ das Plastik zu Boden tropfen, die künstlichen Arme zerfließen. Über den

Boden floss Benzin in kleinen Lachen und entzündete sich nach und nach mit einem lauten Zischen.

Die Hitze war entsetzlich, schlug ihnen entgegen und brannte in ihren Augen. Kein Durchkommen. Hier nicht und auch nicht bei der Eingangstür.

Parkov warf sich herum, zurück in den Flur, hinüber zu dem einzig verbliebenen Durchgang, der in einen kleinen Raum führte, der letzte, in den sie noch flüchten konnten.

Marie sah ihr Spiegelbild in einem mannshohen Spiegel an der Rückwand, sah, wie der Schweiß über ihr Gesicht lief, so heiß war es mittlerweile. Die Luft kochte. Um ihre Schuhe waberte dunkelgrauer Rauch. Sie spürte, wie jeder Atemzug sie anstrengte, wie ihre Muskeln nach Sauerstoff schrien, wie jeder Gedanke wie Blei ihren Kopf lähmte: *Lucie, was ist mit Lucie, wenn du hier nicht mehr rauskommst, ein Fluchtweg, wie finden wir hier raus, raus, nur raus!*

Sie standen in einem winzigen Raum, wie ein Badezimmer eingerichtet, der kein Fenster besaß, dafür aber eine Badewanne. In der Ecke bei der Tür stand eine große rote Flasche mit Propangas. Es gab keinen Ausweg.

Der große Fremde in dem langen dunklen Mantel auf der anderen Seite der Straße sah die Flammen, die aus den blinden Fenstern des Schuppens loderten. »Ihr seid so weit gekommen«, sagte er. »Aber das ist nicht der Ort zum Sterben. Nicht hier. Noch nicht.«

Dann näherte er sich dem teuren Wagen, der nicht weit entfernt parkte, strich mit einem behandschuhten Finger über das Dach, während er eine leise Melodie summte, die an das schaurige Klingen einer Spieluhr erinnerte.

»Meine Lieblinge«, sagte er leise. »Lebt. *Brennt für mich.*«

43.

Marie bemerkte, wie Parkov schwankte und eine Hand nach der Wand ausstrecken musste, um sich abzustützen. Der Sauerstoff in ihrem winzigen Gefängnis, das von Rauch und Flammen eingeschlossen wurde, nahm mit jedem Luftholen ab, während der dunkle, beißend stinkende Qualm erbarmungslos durch alle Schlitze kroch.

»Ich nehme die Gasflasche und rolle sie den Flur hinunter«, murmelte er. »Die Explosion wird ein Loch in die Außenwand reißen. Du duckst dich in die Badewanne, dann wird …«, er hustete, »das wird vielleicht reichen.«

Marie schüttelte den Kopf. »Was ist mit dir?« Sie packte seinen Arm, allein weil sie verhindern wollte, dass er tat, was er gerade angekündigt hatte. »Das überlebst du nicht!«

»Es gibt keinen anderen Weg.« Parkov langte nach der Gasflasche, doch im selben Augenblick bemerkte Marie den Luftzug. Der Spiegel!

War es eine Täuschung ihres nach Sauerstoff dürstenden Gehirns oder war dort … tatsächlich …? Die Konturen der Umgebung drohten vor ihren Augen zu verschwimmen.

Halte durch! Sie ballte die Fäuste. Ihre Nägel bohrten sich in ihre Handfläche, doch war der Schmerz in diesem Augenblick genau das, was sie brauchte, um nicht ohnmächtig zu werden.

Der Spiegel, ein Lufthauch … woher …

»Warte! Es ist der Spiegel, merkst du das nicht? Hilf mir, ihn beiseitezuschieben!«, fuhr sie Parkov an. »Los doch!«

Der Luftzug, kalt und angesichts der Hitze deutlich zu bemerken, kam aus einem Spalt am Rand des mannshohen Spiegels, der in seinem Rahmen an der Wand lehnte. Sie stemmte sich mit aller Kraft dagegen, Parkov tat es ihr gleich. Der Spiegel kippte und legte eine Öffnung in der Bretterwand frei. Das Glas splitterte mit einem lauten Knall, als der Spiegel auf dem Boden aufschlug. Drei Bretter. Mehr trennten sie nicht von der Außenwelt. Doch die Zwischenräume waren zu schmal, um hindurchzuklettern.

Sauerstoff, herrlicher Sauerstoff und kühle Luft strömten herein. Sie konnte das Gras sehen, das zwischen den Gehwegplatten wuchs, den grauen Himmel, den Regen … Hinter ihnen das Feuer, das durch die frische Luft neu aufloderte.

»Zur Seite!« Sie sprang beiseite, als Parkov sich mit letzter Kraft mit der Schulter gegen das mittlere Brett warf. Es ächzte, löste sich jedoch nicht. »Die Flasche!« Gemeinsam wuchteten und schlugen sie die Gasflasche, die bedenklich warm war, gegen die Querstreben. Dreimal, viermal.

Jemand, dachte Marie noch, *hat das alles vorbereitet. Jemand hat die Öffnung in die Bretterwand geschnitten, sie wieder mit drei Balken versperrt und diesen Spiegel davorgeschoben. Das hier ist ein Entkomme-aus-dem-feurigen-Gefängnis-Spiel …*

»Noch mal«, rief Parkov, »mit aller Kraft!«

Endlich brach das Holz. Parkov trat nach dem mittleren Querbalken, der nach hinten wegsackte: Der Durchgang war frei.

Marie spürte, wie ein Splitter ihren Mantel aufriss und ihren Arm schrammte, als sie sich durch die Öffnung hinauszwängte, doch den Schmerz spürte sie kaum. Der Sturz war nicht tief, kaum einen Meter. Sie prallte auf dem Gras auf, sah

Parkov dicht hinter sich stürzen, kam wieder auf die Beine … Dann rannten sie.

Wumm. Die Explosion der Propangasflasche jagte Holzsplitter und Ziegeltrümmer in alle Richtungen. Hitze schwappte heran, der Gestank von brennendem Plastik. Marie atmete schwer, und als sie sich nach dem Haus umdrehte, brannte es lichterloh. Die Holzwände, der schiefe Dachstuhl, alles, was sie darin entdeckt hatten, stand in Flammen, eine Seite des Gebäudes war eingestürzt. Dunkler Qualm stieg auf, Flammen schlugen aus den Fenstern und versengten das Gras, die Sträucher.

Sie packte Parkovs Arm und hielt sich an ihm fest, weil sie spürte, dass sie jederzeit umkippen konnte. »Das war knapp«, keuchte sie.

Parkov nickte. »Aber wir leben.« Er steckte eine Hand in die Manteltasche und zog den kleinen Umschlag hervor, um den er den Hirsch erleichtert hatte. »Und wir haben das gefunden. Es wäre verbrannt, wären wir nicht …« Dann lachte er heiser.

Marie blickte zurück auf das lodernde Feuer, die in Flammen stehenden Holzbalken des Dachstuhls. Sie hustete und hockte sich ins harte Gras, das widerspenstig in ihre Handflächen stach. Aus der Ferne näherten sich Sirenen.

44.

Fünf Stunden später

»Es war eine Falle«, sagte Parkov heiser, »wer auch immer den Schädel zurückließ und den Tresor im Herbarium betrat, war gewiss nicht Francesco Milar. Milar war nie im Museum, nicht mal in der Stadt.«

»Und der Wagen ist verschwunden?«

»Er wurde nicht mehr von den stationären Systemen der Verkehrsüberwachung erfasst. Letzter Standort Frankfurt-Süd. Die Kollegen haben übernommen und fahnden.«

Marie dachte an die Entwicklungen der vergangenen Stunden, seit sie aus dem brennenden Holzhaus entkommen waren: wie die Kollegen Milar in Berlin in seiner Wohnung angetroffen und er sich als unbescholtener Bürger erwiesen hatte, der in diese ganze Sache nur hineingezogen worden war, indem jemand seinen Wagen gestohlen hatte. »Unser Mann mit dem Schlangentattoo ist immer noch irgendwo da draußen.«

Parkov steckte die Speicherkarte in ein Lesegerät, das er mit dem Computer in ihrem Büro verbunden hatte. Isabelle und Marie, die eine Decke um die Schultern gelegt hatte, sahen zu, wie ein Video auf dem Monitor erschien. Wieder Dschungel, tropfnass in dichtem Regen. Gummistiefel, die durch tiefe Pfützen in feuchter schwarzer Erde schritten.

Das Bild wackelte. »Sie filmt es aus der Hand«, mutmaßte Parkov.

»Sie?«

»Sophie van der Meer. Dem Täter gefällt es, uns Bruchstücke ihres Wissens zu hinterlassen.«

In diesem Moment schwenkte das Bild und fokussierte einen auf einer Lichtung aufragenden verwitterten Fels. Wilde Linien und absurde Kreisformen waren mit einer kreideähnlichen Substanz gezeichnet worden – und darüber, in kräftigem Rot, das Zeichen: |.|.|

Marie rieb sich die Arme. »Dieselben Linien, wie wir sie in Jan van der Meers Villa gesehen haben. Und in Rotenbergers Apartment.«

Dann veränderte sich das Bild, als wäre etwas nachträglich gelöscht und Neues hinzugefügt worden: Für einen Augenblick war der Fremde mit den Brandnarben auszumachen. Hinter einem aufragenden Zaun trug er eine Kiste, auf der das Wort VADANA stand.

»Vadana? Was soll das sein?«

Parkov schüttelte den Kopf. »Keine Ahnung.« Das Video endete.

»Marie, bist du …« Isabelle musterte sie besorgt. »Bist du okay? Nach dieser Sache?«

»Spielt das eine Rolle?« Sie faltete die Decke zusammen und legte sie beiseite. »Wir müssen weitermachen.«

Als die Stunden des späten Nachmittags vorüber waren und sie das rechtsmedizinische Institut in der Kennedyallee erreichten, zog der Abend herauf. Ihr schien es, als leuchteten all die Lichter der Stadt intensiver als je zuvor. *Vielleicht ist das aber auch nur das Glück, das du verspürst, allein weil du noch am Leben bist.*

Marie nahm jeden Atemzug bewusst wahr. Zwischen den tief hängenden Regenwolken schob sich der Vollmond hervor und ließ die Nebelfetzen silbrig leuchten. Ein Rabe hüpfte über den Boden und pickte an einem Stückchen Brot, krächzte und flog davon, als sie näher kamen.

»Ich wundere mich nicht, dass wir dort unverletzt rausgekommen sind«, sagte sie leise. »Wir haben es nur geschafft, weil er es wollte. Er *wollte*, dass wir im letzten Augenblick rauskommen, der Ausweg war vorbereitet, inszeniert.«

»Es war eine Machtdemonstration«, sagte Parkov und öffnete die Tür des Instituts. Dunkles Parkett, Jugendstilmöbel – das Erdgeschoss glich eher einer Villa, aber die klinisch nüchtern gefliesten Räumlichkeiten erwarteten sie in den Kelleretagen. »Sie besagt: Ihr lebt nur, weil ich euch einen Ausweg gewährt habe. Ich wollte euch testen, sehen, ob ihr in der Lage seid, schnell genug zu kombinieren.«

Marie rieb sich die Schläfen. Da war der peinigende Kopfschmerz wieder, als hätte ihr jemand einen Haufen Glassplitter unter die Kopfhaut gepflanzt. »Fischer ruft mich in dreißig Minuten zurück«, sagte sie. »Sobald der Brandermittler seinen Bericht abgegeben und er etwas Neues zu den Fingerabdrücken hat. Und sonst … die Fahndung nach Sophie van der Meers Tochter wird ausgeweitet, aber immer noch keine Spur.«

»Ich kann mir denken, was sie feststellen. Und …«

»Und was?«, fragte Marie laut, schärfer, als sie beabsichtigt hatte. Als der Schmerz zu stark wurde, schloss sie die Augen. Parkov musterte sie besorgt. Ihr war noch immer übel, am liebsten hätte sie sich auf einen der Stühle gesetzt, die dort vor der Wandvertäfelung standen, und eine Weile die Augen geschlossen und sich ausgeruht.

»Und ich bin mir sicher, dass er es erneut versucht. Er wird uns wieder testen, wird versuchen, uns in eine Falle zu locken.«

Sie stiegen hinab ins gekachelte Kellergeschoss des Instituts, wo Dr. Graubach sie erwartete.

»Danke, dass du das so schnell noch erledigst«, sagte sie. »Wir haben nun schon drei Tote, ein vermisstes Mädchen, eine bewusstlose Frau und sind mit so vielen Leuten da draußen unterwegs, wie wir aufbieten können, aber ich werde nicht schlau aus dem Ganzen. Ich meine, alles, was wir bisher hatten, war seltsam, aber das ist noch mal eine andere Klasse.«

Parkov musterte die Leichname, die nebeneinander auf den Bahren lagen: Rotenberger und Jan van der Meer sowie die verkohlten Überreste des Hirschs aus Milars Hütte und des dritten unbekannten Toten, der im Feuer verbrannt war.

Die Flammen waren längst zu übermächtig, sagte sie sich immer wieder. *Wir wussten nicht, dass er dort war.*

Erst die Spurensicherung hatte den verbrannten, völlig entstellten menschlichen Körper in den Ruinen entdeckt.

»Eine Neunmillimeterpistole«, sagte Graubach. »Die Hämatome an Rücken und Hinterkopf von Robert Rotenberger entstanden durch den Aufprall in der Grube, dann trennte man die Hand ab und fügte ihm die Stichverletzung zu, die für den Täter und die rituelle Handlung unerlässlich scheint.«

»Noch im Grab?«

»Ja. Die Erdpartikel auf der Haut seiner rechten Hand stimmen mit denen des Friedhofbodens überein. Die anderen …« Dr. Graubach wollte nach den weißen Decken greifen, die van der Meer und den Unbekannten wie auch den verbrannten Hirsch nun bedeckten, doch Parkov schüttelte den Kopf. »Lieber nicht«, sagte er, und Marie war ihm in diesem Augenblick sehr dankbar. »Nicht, wenn es nicht unbedingt nötig ist.«

»Wir haben nicht viel. Feuer zerstört jede Spur. Dem Toten hier«, Graubach deutete auf die Bahre zu seiner Linken, »wurde dieselbe Verletzung am Herz zugefügt wie Rotenberger und Jan van der Meer. Mit einer dünnen, langen Messerklinge, ähnlich der, die Parkov aus England mitbrachte. Er muss ihn zwischen dem Gerümpel im Holzhaus versteckt haben.« Der Rechtsmediziner räusperte sich und das Geräusch hallte von den gekachelten Wänden wider. »Der Hirsch wurde mit einem Schuss aus einer Jagdwaffe erlegt, die vollständige Ausweidung fand kurz danach statt. Saubere Schnitte, sehr scharfe Messer. Ein Fachmann der Anatomie, wie wir ihm schon im Fall van der Meer begegnet sind. Und dann das Geld – wer auch immer das getan hat, er, hm, hat entweder zu viel davon oder es kümmert ihn nicht.«

»Er macht sich nichts aus materiellen Dingen«, sagte Parkov. »Für ihn ist es wichtiger, eine Botschaft zu senden. Die Anspielung ist doch naheliegend. Wer von uns hat das Geld?«

»Oh, den ein oder anderen Euro hab ich schon«, erwiderte Graubach.

Denk an deine Sünden, dachte Marie. Gänsehaut kroch über ihre Arme. Und was hatte der Professor zu ihr gesagt, bevor sie ihn festnahmen? *Seht all die Feuer und die Schatten.*

»Ihr habt Glück, dass ihr diese Speicherkarte gerade rechtzeitig …«

»Glück«, wiederholte Marie zynisch. »Großartig, wirklich großartig. Vielleicht hätten wir beide ja auch solches Glück gehabt und haben es nur knapp verpasst.«

»Na, also das … Das war nicht so gemeint.« Graubach schüttelte den Kopf und wirkte offen bestürzt. »Meine Güte, du hast recht, was rede ich? Ihr beide wärt beinah …«

»Ja, schon gut.« Marie winkte ab. »Gibt es noch mehr?« *Bringen wir es hinter uns. Ich ertrage diesen Ort nicht länger.*

»Die toxikologische Untersuchung läuft noch, aber ich denke, wir dürfen annehmen, dass der Täter Jan van der Meer betäubt hat. Chloroform, Reste davon konnten wir auch bei seiner bewusstlosen Tochter entdecken.«

»Und bei Rotenberger? Irgendwelche Auffälligkeiten?«

»Die Laboranalyse läuft noch. Was ich dagegen sicher sagen kann: In dem Haus haben die Kollegen ein Benzingemisch gefunden. Auslöser des Brandes waren Funken zweier manipulierter elektrischer Leitungen, deren Stromfluss durch eine Zeitschaltuhr genau dann gestartet worden ist, als ihr im Inneren standet.«

»Raffiniert.« Marie seufzte, als sich neuerlich ein Kopfschmerz in ihre Stirn bohrte. »Es war sorgfältig geplant.«

»Marie, ich glaube, ich hab da was.« Graubach schenkte ihr ein Lächeln, verschwand im Nebenraum und kehrte mit einer kleinen Schachtel zurück, die er ihr reichte. »Das Beste gegen Kopfschmerzen, hat mir ein guter Freund von der Uniklinik empfohlen. Vergiss Aspirin oder Paracetamol. Eine morgens, eine abends. Hilft bei mir hervorragend.«

»Oh, bist du jetzt auch noch ein aufmerksamer Beobachter?«

»Na, ich kann doch einer Frau ansehen, was sie gerade braucht.«

Marie warf Parkov einen Blick zu, doch der musterte die bedeckten Leichen und schien in seine Gedanken versunken. So klinisch rein unter den hellen Lichtern des Autopsiesaals erinnerte nichts an die Umstände ihres entsetzlichen Todes.

»Kreise und Linien, die keinen Sinn ergeben«, sagte Parkov leise. »Ich weiß. Hab die Bilder gesehen.«

Graubach schüttelte den Kopf.

»Was denken Sie, Doktor? Können Sie sich einen Reim darauf machen?«

»Ich bin mir nicht sicher. Es wirkt kindlich. Als wäre jemand in seiner Entwicklung in einem frühen Stadium verharrt. Einen Augenblick.« Er verschwand erneut in einem Nebenraum und sie hörten ihn Schubladen öffnen und schließen, ehe er zurückkehrte. »Das hier trug der Tote aus der Hütte um seinen Hals.« Er hielt etwas an einer kleinen Kette in die Höhe, etwas, das durch die Hitze verformt und zusammengeschmolzen war, doch war die ursprüngliche Form noch immer deutlich zu erkennen: ein kleines Kreuz.

Marie sah einen Mann vor sich, der die Whiskyflasche zurück in seine Schublade stellte, das Kreuz hervornahm und es sich um den Hals hängte. »Ich weiß, wer er ist.«

»Otto Billner«, sagte Parkov. »Ja, ich denke, das ist seins.« Er gab die Information an die Kollegen im Präsidium weiter und bat darum, Billners Wohnung zu prüfen und am Flughafen zu ermitteln, ob er seinen Flug überhaupt angetreten hatte. Nur zehn Minuten später hatten sie die Antwort: Die Maschine war ohne Billner abgehoben, das Flugticket lag noch auf dem Küchentisch.

»Sie müssen ihn vorher erwischt haben.«

»Gehen wir.« Parkov wandte sich mit einem Kopfschütteln ab. »Er hat ihn bestraft. Sein Tod war ihm nur recht, noch ein Ritualopfer. Ich glaube, wir stehen kurz vor einer weiteren Zuspitzung.«

Marie rieb sich die Schläfen. Das Gesicht des Mannes auf dem Friedhof, die Angst in seinen Augen, als er ihnen von der seltsamen Prozession am Grab erzählt hatte …

»Gute Nacht«, sagte sie noch, dann folgte sie Parkov, der an der Tür auf sie wartete.

»Alles in Ordnung?« Wieder eine Welle von Kopfschmerz, die sie zwang, die Zähne zusammenzubeißen. Ohne ein weiteres Wort ging sie an ihm vorbei und stieg in den Wagen.

»Ein langer Tag«, sagte Parkov, als er sich neben sie auf den Fahrersitz setzte. »Zu lang und zu gefährlich.« Marie zwang sich, das Display an der Mittelkonsole zu betrachten, auf dem die laufend aktualisierten Informationen der Ermittlung zusammenliefen.

»Die Spurensicherung«, sagte Parkov, »hat an beiden Orten, am Friedhof und bei Milars Grundstück, Fußspuren finden können. Es war derjenige, der auch im Garten von Jan van der

Meer stand und ihn beobachtete. Denk an den Abdruck, den wir dort abseits des Weges entdeckt haben.«

»Billner hat ihn uns beschrieben«, rief sie. »Verdammte Scheiße! Das geht auf unser Konto, ist dir das klar? Er könnte noch leben.«

Parkov schüttelte den Kopf und sah hinaus in die heraufziehende Dunkelheit. »Wir können nicht alle retten.«

»Oh, klar! Diese Ausflüchte machen es viel einfacher für dich, nicht wahr? Er war nur ein Säufer, wer kümmert sich schon um den? Er hatte Angst, Daniel, verdammt große Angst!«

Parkov antwortete nicht.

»Wir wären beinahe gestorben.« Marie drehte sich zu ihm um. »Lässt dich das alles kalt? Denn so wie ich es sehe, hat mir gerade ein Mann, der normalerweise mehr mit Toten als mit Lebenden zu tun hat, mehr Aufmerksamkeit zukommen lassen als …« Sie seufzte. »Verflucht, das ist alles so ein verdammter Mist.« Sie strich sich gedankenverloren über den rechten Oberarm, wo das spitze Ende eines Holzbalkens sie verletzt hatte, als sie in höchster Eile geflohen waren. Der Sanitäter hatte sie eine Weile reinen Sauerstoff atmen lassen, ihr einen Verband angelegt, mit der Taschenlampe in die Augen geleuchtet und sie mit einem Nicken entlassen.

Marie senkte den Kopf, zwang sich, die Gedanken, die wie verunsicherte Vögel in ihrem Kopf umherschwirrten, neu einzufangen und zu sortieren. »*Denk an deine Sünden*«, sagte sie leise. »Was könnte er damit gemeint haben? Wie kann es sein, dass der Professor bei der Sache mitmischt, wenn er in Haft sitzt? Niemals kann er all das vorausgeplant haben, die Zeitschaltuhr, die den Brand auslöst, das Verstecken des Schädels genau zur richtigen Zeit. Ich glaube das alles einfach nicht. Jemand ist hier, draußen in Freiheit, der die Dinge koordiniert.«

»Der Riese am Grab.«

»Gibt es irgendeine Information, einen Hinweis, etwas, an dem wir uns orientieren können, solange wir nichts anderes haben?«

»Eine Sünde, ganz konkret, meinst du?«

»Ja. Vielleicht in der Vergangenheit dieser Männer, etwas, für das sie nun bestraft werden. Der Schädel im Museum war eine Botschaft, ich glaube, das hast du ganz richtig erkannt – seht her, ich töte diese Menschen, weil sie bestraft werden müssen –, aber ich werde auch das Gefühl nicht los, dass er ebenso *dich* anspricht. Er hat sich an dich gewendet, denk an *deine* Sünden, eine direkte Aufforderung.«

»Mir fällt einiges ein«, sagte Parkov leise. »Ich war nie der strahlende Held. Man hat mir vorgeworfen, ich hätte das Gesetz gebrochen, es nach Belieben gebeugt, ja sogar, ich hätte einen Straftäter in der U-Haft mit einem Trick getötet.«

»Den Vogelfänger Sebastian Häusser, vor sechs Jahren. Die Mordserie, die Frauenmorde, die Vergewaltigungen, die Federn.« *Der Mann*, dachte Marie, *der Parkovs Frau Suzann vor dessen Augen ermordet hat. Und Raubvogelfedern bei seinen Opfern zurückließ.*

Man hatte Parkov vorgeworfen, dass er sich rächen wollte, die Untersuchungen des Vorfalls waren aber nie zu einem endgültigen Ergebnis gekommen. Er wurde entlastet, zog sich kurz darauf aber dennoch aus dem BKA zurück, bis sie selbst ihn zurückholte, weil der Mann, der den Vogelfänger manipuliert hatte, zurückgekehrt war und weil der Dezembermann selbst einen Lehrmeister besaß, den sie vor nur wenigen Wochen verhaftet hatten.

»Und prompt entdecken wir einen Raubvogel in Jan van der Meers Wohnung. Wir sehen auf den Videos, die Sophie ihrem Vater schickte, einen Mann mit Brandnarben … und dann der Brand, der uns selbst beinah tötet. Zufälle oder Parallelen?«

Sie spürte, wie Parkov zögerte. Ein Schatten lief über sein Gesicht, eine alte, dunkle Erinnerung, die seine Züge älter und sehr kalt wirken ließen. Marie dachte an die Zeit, als sie beim K 12, dem Fachkommissariat für Raubsachen, gearbeitet hatte. Sie erinnerte sich an den Morgen, als sie die interne Mitteilung erhalten hatte – Vogelfänger gefasst, eine Frau ermordet. Die Frau eines BKA-Beamten, wie man sich später auf den Fluren erzählte.

»Häusser hinterließ die Federn nur bei seinen *weiblichen* Opfern«, erwiderte Parkov. »Es ist eine Anspielung, ja, aber nicht mehr. Der Rest passt nicht. Vielleicht denkt jemand dort draußen, es sei leicht, alte Wunden aufzureißen. Dass er nur die gewöhnliche Feder eines Rotmilans an einem Ort hinterlassen muss, und ich laufe davon?« Parkov schüttelte den Kopf. »So einfach werde ich es ihm nicht machen.«

»Es hat mit dir zu tun: die Anspielungen, Suzann, die Federn, dieser Edelstein. Der USB-Stick, der Daten von Parkov Industries enthält. Der Schädel mit deinem Namen.« Sie musterte ihn von der Seite. »Und was in aller Welt entdeckst du immer wieder an diesen Tatorten und versuchst es, vor mir zu verheimlichen? Ich habe keine Lust mehr auf Spielchen. Ich will nach Hause, zu meiner Tochter.«

»Marie …«

»Nein«, fuhr sie ihn an, wütend, enttäuscht und traurig. »Genug. Überleg dir mal, was du hier tust und was es mit mir macht.« Marie sah ihn an und spürte, wie sich ihre Augen mit Tränen füllten. »Ich habe fast jede Nacht Albträume. Ich kann kaum noch schlafen. Diese verdammte Scheiße hier! Und du, du solltest einfach …«

»Es sind Splitter. Winzige Fragmente des Zoisits. Wer auch immer hier umgeht und mordet, er hinterlässt sie überall für mich.«

Marie starrte ihn an. »Und *das* konntest du mir nicht erzählen?«

»Das Ausmaß der Täuschung, mit der wir es hier zu tun haben …«

»Das Ausmaß?«, wiederholte sie scharf. »Welche Rolle spielt das? Entweder arbeiten wir zusammen oder nicht. Wir haben einen gestörten okkulten Ritualmörder und ich habe einfach nicht mehr die Nerven für dieses Taktieren. Wenn du mich nicht einweihen willst, dann geh einfach. Bring mich nach Hause.« Sie schloss die Augen und schwieg, während leise das Geräusch der Räder auf dem Asphalt erklang. Nach einer Weile räusperte sich Parkov.

»Wir sind da«, sagte er tonlos.

»Danke.« Marie öffnete die Tür. Die Kälte, die von draußen hereinzog, schmeckte metallisch, als würden Fabriken die Luft verpesten. »Daniel …« Es fiel ihr schwer, die richtigen Worte zu finden. »Ich will das nicht. Dass wir uns streiten. Ich will nicht, dass es ihm gelingt, uns auseinanderzutreiben.« Sie griff nach seiner Hand, spürte, wie ihre Augen sich mit Tränen füllten, die sie in diesem Moment nicht haben wollte. »Aber ich merke, dass es so kommt. Lass es nicht zu, bitte, lass es einfach nicht …«

»Schon gut. Verzeih mir, wenn du kannst. Es liegt in meiner Natur.«

»Dinge zu verheimlichen?«

»Nein. Die, die mir am liebsten sind, mit aller Kraft beschützen zu wollen. So sehr, dass ich sie dabei verletze.«

Marie schüttelte den Kopf, lächelte traurig, während ihr eine Träne über die Wange lief. »Du bist verrückt.«

»Zoisitsplitter an den Tatorten. Krantz würde sicher einen Weg finden, mich deshalb auszuschließen, weil ich zu involviert bin. Ich habe nur versucht, das Richtige zu tun.«

»Das versuchst du immer, hm?« Für einen Augenblick wollte sie ihn fragen, ob er mit ihr nach oben kommen wolle. Parkov wirkte verlassen, von sich selbst enttäuscht. »Es gibt jemanden da draußen, der seine Ziele weiterverfolgt, die Pläne umsetzt, aber der Professor selbst ist weggesperrt und kann uns nichts mehr tun.« Sie legte eine Hand an Parkovs Schläfe. »Also lass nicht zu, dass er in deinen Kopf eindringt. Bitte lass es einfach nicht zu.«

Dann ging sie.

45.

Freitag, 28. Oktober

In ihrer Wohnung verbrachte sie eine weitere Stunde damit, die Verknüpfungen zu sortieren. Angesichts all der Zeugenaussagen brummte Marie der Kopf: Da waren die beiden Wohnungen der van der Meers, Rotenberger, der Friedhof und das Museum sowie Akteneinträge, die sie über das interne Netzwerk auf ihrem Laptop abrief. Und nirgendwo eine konkrete Spur.

All das glich Stochern im Nebel. *Und dass du dich mit ihm gestritten hast, hilft dir nicht gerade dabei, klar zu denken.*

Als Marie bemerkte, dass sie vor Unruhe nicht einschlafen konnte, ging sie auf und ab, versuchte, eine Idee zu entwickeln, die endlich Licht ins Dunkle bringen würde, doch alles, was ihr in den Sinn kam, waren die Tagebucheinträge Alwin Lamberts. Worte, die mit jedem neuen Eintrag dunkler und seltsamer wurden, von Seite zu Seite war das Papier fleckiger – Tränen, Blut, die Tinte verwischt, doch etwas trieb sie dazu, Wort für Wort zu lesen, als wäre dies eine hypnotische Botschaft, die sie an das brüchige Papier fesselte.

Maxime,

die Wälder ziehen mich an. Wie ein dunkles Fieber beherrscht der Schatten, der dort im Dickicht lauert, mein Denken. Und dann die Schmerzen. Mein Körper leidet, doch mehr noch mein Geist.

Benson starb letzte Woche. Ich begrub ihn mit meinen eigenen Händen, hob das Grab in der schwarzen Erde aus und notierte mir den Ort, doch als ich tags darauf noch einmal nach ihm sehen wollte, war das Grab fort.

Die Wunde an meiner Hüfte eitert. Das Fieber hat nun auch nach mir gegriffen, doch werde ich ihm nicht nachgeben. Noch beherrscht mein Geist diesen Körper, noch weiß ich, dass ich Erfolg haben und zurückkehren kann.

Zhúkundu beobachtet mich. Ich spüre ihn in den Wäldern, im Wasser, das ich trinke. Immer wieder bin ich überzeugt, dass auch ich ihn sehen kann.

In der Dunkelheit. Der Herr des Waldes. Ein Schatten, der meinen Spuren folgt.

Ein lauter Schlag ließ Marie aufschrecken. Sie blickte zu den Wohnzimmerfenstern: Ein dunkler Fleck zeichnete sich auf der Scheibe ab, und als sie hinüberging, entdeckte sie einen kleinen jungen Vogel, der dagegengeprallt war und nun mit gebrochenem Genick auf dem Fensterbrett lag. Dann kam eine Windböe und stürzte ihn in die Tiefe.

Maxime,

das Wasser, das ich trinke, ist wie Gift. Meine Kehle ist trocken. Die Haut so heiß wie die Tage, die ich hier erdulde. Die Wunde schwärt.

Heute habe ich ein Eingeborenendorf gefunden, Hütten, die verlassen waren. Eine aus dunklem Holz geschnitzte Figur, in die Nägel geschlagen sind. Sie jagt mir keine Angst ein, auch wenn ich nicht erklären kann, warum. Es ist, als hätten die Dorfbewohner sie benutzt, um sich vor einem größeren Übel zu schützen. Ich fand auch ein hübsches Amulett, das kunstvoll geschnitzt und mit einem grünen Edelstein verziert war, und beschloss, es zu tragen.

Letzte Nacht trank ich Regenwasser aus einer Pfütze. Da konnte ich ihn sehen. Er war in meinen Augen, in meinem Kopf. In meinem Spiegelbild im Wasser.

Ich wünschte, ich wäre nicht hier. Ich wünschte, ich hätte das Schiff genommen, zurück zur Heimat. Doch selbst wenn ich nun zurückkehren könnte, ich fürchte, du würdest mich nicht länger erkennen. Und dies wäre schlimmer als alles, was ich hier erdulden muss.

»Das ist so ein kranker Mist«, flüsterte Marie vor sich hin und legte das Tagebuch zur Seite. Als sie endlich schlief, träumte sie.

Die Erde war feucht und unter ihren nackten Füßen warm. Ein Rascheln in den Wäldern wie tausend Finger, die über dürres Laub strichen. Ein Verfolger, der sich durchs Unterholz schlug, ihr stetig näher kam. Sie sah ein Gesicht zwischen den Bäumen: Sophie van der Meer, die den Kopf schüttelte, als wollte sie ihr vorwerfen, dass sie sie nicht gerettet hatte.

Dann erwachte sie. Ihr Smartphone summte. Der Anrufer: unbekannt. Mit nervösen Fingern nahm Marie den Anruf entgegen. »Ja?«

»Frau Winter«, sagte ein Mann mit englischem Akzent, »hier ist Tom Carter aus London.«

Am nächsten Morgen nahm Marie Lucie mit ins Präsidium. Sie kochte eine Kanne Jasmintee, ganz im Geist der Versöhnung, doch als Parkov gegen neun ihr Büro betrat, war er wie ein kalter Nordwind, der jäh hereinwehte. Lucie spielte mit einem Holzbaukasten auf dem Teppich, dann sah sie überrascht zu Parkov auf.

»Kleine Forscherin«, grüßte er sie.

»Was ist los?«, fragte Marie.

»Zuerst du. In aller Kürze.«

Marie räusperte sich. »Collordo hat glaubwürdige Alibis. Carter hat mich deswegen angerufen. Er hat auch das ehemalige Lambert-Anwesen überprüft. Heutiger Eigentümer ist die Parkov Industries Holding.« Sie tippte mit dem Kugelschreiber auf den Schreibtisch und sah Parkov schief an. »Klingt bekannt?«

»Durchaus.«

»Bio-Pharma-Venture, Sophies Spur in London, hat Verbindungen zu PHMA Medic.«

»Und PHMA Medic?«

»Sollte eigentlich gar nicht mehr existieren. Die sind, wie Carter es formulierte, unauffindbar. Heute Morgen habe ich mich dann mit unseren Kollegen kurzgeschlossen, die die Videoüberwachung des Museums prüfen: An den infrage kommenden Tagen vor zehn Monaten konnten sie tatsächlich eine dunkelhaarige Frau entdecken, die Rotenbergers Büro betreten hat. Jemand muss sich als Lorena Collordo ausgegeben haben. Und dreimal darfst du raten, wer.«

»Sophie van der Meer?« Parkov wirkte abwesend.

»Davon gehe ich derzeit aus. Sie muss versucht haben, an Informationen zu kommen … vielleicht auch an eine über das Herbarium. Wir wissen noch immer nicht, was aus dem Tresor entwendet wurde. Ohne ihre und Rotenbergers Unterlagen sind wir hier weitestgehend blind. Die beiden konnten vielleicht etwas herausfinden, das sie das Leben kostete, und jetzt hat der Täter all ihre Ergebnisse.«

»Sicher.«

»Und dann habe ich weiter im Expeditionsbericht aus Belgisch-Kongo von 1909 gelesen. Ein Stück dunkler Geschichte, die ich nicht noch einmal erwähnen muss, aber was dieser Alwin Lambert berichtet, klingt wie das stetige Abdriften eines Mannes in den Wahnsinn. Jedenfalls fällt der Name Zhúkundu immer wieder. Er fiebert, hat Visionen, Wahnvorstellungen.«

»Und?«

»Ein Geist der Wälder, ein …«, Marie musste daran denken, wie Carter Parkov als dem Übernatürlichen gegenüber verschlossen bezeichnet hatte, »eine Art Schutzmacht, ein Wächter. Etwas, das sie gegen Eindringlinge verteidigte. Aber nicht kriegerisch, eher spirituell.«

»Also nicht zwangsläufig etwas Negatives?«

»Nein, aber doch Eindringlingen gegenüber abgeneigt. Er erwähnt auch die Figur, die wir in Jan van der Meers Wohnung gefunden haben. Die Dorfbewohner wollten sich schützen, vermutlich vor den Tutonga, die den Zhúkundu beherrschten. Außerdem erwähnt er ein Amulett, das jenem gleicht, das er auf diesem Porträtgemälde trägt, das wir in London entdeckt haben. Wenn Lambert die Dinge mit nach London nahm, muss unser Täter sie dort an sich gebracht haben … oder Sophie, wenn sie den Ort vor ihm gefunden hat. Vielleicht gab sie sie ihrem Vater, und der behielt sie, aber wo ist dann dieses Amulett abgeblieben?«

Parkov trat an das Fenster, von dem er einen Blick auf die Skyline werfen konnte. »Aberglauben, Rituale und viel zu wenig Zeit. Ein komplexer Plan erfordert Wendungen, Tricks und Finten, undurchsichtige Manöver, und du weißt, dass unser Feind es darin zur Meisterschaft gebracht hat.«

Marie betrachtete das Foto auf dem Monitor, Sina van der Meer, die kaum jünger war als Lucie. Sie lächelte dasselbe unbeschwerte Lächeln. Das Kind war auf seltsame Weise in dieses Spiel verwickelt. Die Fahndung hatte noch keine Ergebnisse geliefert, van der Meers Tochter blieb verschwunden.

»Ich hatte gehofft, du würdest mir helfen, den Oberstaatsanwalt zu überzeugen, die Ermittlung gegen Stephen Meyer auszuweiten. Sein Sohn ist verschwunden, er bewohnt das alte Anwesen, das deinem Vater gehörte. Das ist doch alles kein Zufall. Auf dich hört er, dir wird er glauben.«

Parkov drehte sich zu ihr um. »Diese Verbrecher kennen kein Gesetz, nicht mal mehr ihre eigenen Regeln. Vielleicht würden sie auch ein Kind als Köder verwenden, um …«

»Um was? Uns die Zeit zu stehlen? Wir haben derzeit nichts, Daniel. Das hingegen ist eine Spur, eine gute sogar.«

»Vielleicht. Oder es soll nur den Anschein erwecken.«

»Und dafür würdest du das Leben eines Kindes opfern? Ich glaube nicht, dass ich gerade wirklich dich höre.«

Parkov schüttelte den Kopf. »Darum geht es nicht.«

»Manchmal bist du ein richtiger Arsch«, sagte Marie mit einer Bitterkeit, die sie selbst überraschte. »*Weißt* du das? Kommt das überhaupt noch bei dir an? Kommt …«

»Du brauchst mich nicht umzustimmen. Du hattest mich bereits auf deiner Seite, ich habe nur versucht, dir meine Gedanken nahezulegen. Aber den Staatsanwalt werden auch meine Worte nicht sofort überzeugen, selbst wenn ich es versuche. Ja, *das* kommt bei mir noch an.«

Marie verschränkte die Arme. »Versuchst du es dann? Bitte?«

Parkov nickte. »Ich werde tun, was notwendig ist.«

Etwas ist zwischen uns. Du hast ihn verletzt, ja, aber das ist nicht alles: Eine Dunkelheit wartet in seinen Augen. Als hätte er einen Entschluss gefasst.

»Weißt du was? Jörg und Isabelle müssten gleich wieder hier sein. Fokussieren wir uns auf die gute alte, klassische Polizeiarbeit. Finden wir den Zusammenhang zwischen Rotenberger und Sorg, zwischen ihnen und der Droge und Sophie van der Meer und finden heraus, was der Täter aus dem Herbarium des Museums stehlen wollte. Meine Intuition sagt mir, dass dort alles zusammenläuft.«

»Deine Intuition?« Das war Krantz, der das Großraumbüro betrat und mit ihm kam ein Schwall kalter Luft herein, die er von draußen mitgebracht hatte. Unter dem Arm hielt er eine blaue Mappe, aus der ein Blatt Papier ragte, Marie erkannte die Kopfzeile des LKA Wiesbaden. Er wirkte energisch, als wüsste er von etwas, das ihnen noch nicht zu Ohren gekommen war. »Ich hoffe doch, dass wir uns weniger auf Eingebungen denn auf belegbare Fakten und Beweise verlassen.« Er wandte sich Parkov zu. »Sie schon wieder. *Müssen* Sie hier sein?«

»Ich weiß nicht, muss ich das?«

»Das ist keine Sache des BKA, und auch wenn mein Vorgänger diese Dinge etwas laxer gehandhabt hat, jetzt ist damit Schluss. Wir werden diese Zuständigkeitsprobleme ein für alle Mal aus der Welt schaffen. Kommen Sie mit in mein Büro.«

Parkov lächelte. »Aber sicher. Da freue ich mich schon drauf.«

Krantz runzelte die Stirn, dann wandte er sich Marie zu. »Was machst du denn hier? Fahr doch noch mal zu Rotenbergers Wohnung. Fischer will dich da treffen. Wie ich höre, wissen wir noch immer nicht, wer Rotenberger als Letztes lebend gesehen hat.«

»Das ist auch nicht relevant«, sagte Parkov mit sanftem ironischem Unterton.

»Vielleicht, Parkov. Aber ich werfe nicht einfach eine gute Spur weg, nur weil ich …« Krantz wedelte durch die Luft, »sphärische Eingebungen habe, die mir zuflüstern, was richtig ist und was nicht.«

»Nicht als *Letztes*«, erwiderte Parkov.

»Wie bitte?«

»Der Letzte ist immer der Mörder.«

»Sie Klugscheißer.« Krantz bleckte die Zähne. »Was ist mit dem Labor?«

»Das Labor widmet sich noch immer mit Vorrang den Blutspuren aus dem Keller des Museums. Dem Symbol an der Wand.«

»Und, meine *Helden*, was sagt uns das?«

»Dass jemand völlig falschliegt«, antwortete Parkov unbeeindruckt. »Nicht das Labor. Nicht einmal Marie oder ich.«

»Aber *ich*«, stieß Krantz bissig hervor, »das ist es, was Sie sagen wollen, nicht?«

»Nein, ich spreche vom Täter.« Parkov senkte die Stimme. »Hören Sie mir zu. Lassen wir ihn weiter glauben, wir folgten einer falschen Spur, nämlich der, die er für uns ausgelegt hat. So gewinnen wir Zeit. Verschwenden Sie nicht so viele Einsatzkräfte für Recherchen im Umfeld von van der Meers Vater oder diesem ungewöhnlich belanglosen Medienkonzern, denn ich versichere Ihnen, es wird nichts nützen.«

»Dann sind Sie noch verrückter, als ich dachte.« Krantz schüttelte den Kopf und trat einige Schritte von Parkov weg. »In mein Büro, sofort! Marie, du weißt, was zu tun ist.«

»Sie machen einen Fehler«, sagte Parkov und bewegte sich nicht, doch Krantz griff sofort nach seinem Handy. »Ich werde die Haussicherheit rufen, Parkov«, drohte er. »Sie weigern sich, Sie haben hier nichts verloren, also bleibt mir nichts übrig, als Sie …«

»Daniel«, sagte Marie ruhig, »du solltest wirklich einfach mit ihm mitgehen. Das führt doch zu nichts.«

»Ich weiß.« Er nickte, senkte den Kopf, als resigniere er.

»Bitte, gehen Sie vor.« Krantz machte mit einem siegesgewissen Leuchten in den Augen kehrt.

Parkovs Linke, die in der Tasche seines Jacketts verschwunden war, tauchte wieder auf, als er Krantz folgte und an ihr vorbeiging. Marie spürte, wie er ihr in Sekundenschnelle etwas in die Hand drückte. »Wir wollen doch nicht, dass man tatsächlich versucht, mich aufzuhalten, oder etwas bei mir findet, das bei einer Überprüfung unangenehme Fragen aufwürfe«, flüsterte er in ihr Ohr. »Behalt es fürs Erste.«

Dann waren sie fort.

46.

Rotenbergers Wohnung im Westend: helle, lichtdurchflutete Räume, von denen man über die Dächer Frankfurts blicken konnte. Marie roch den fabrikneuen Geruch des Parkettbodens und frischer Reinigungsmittel. Auf dem Balkon stand eine Topfpflanze, ein tropisches Exemplar, das sie zwar nicht kannte, das sich hier aber allem Anschein nach wohlfühlte. Fischer war noch nicht da, also sah sie sich um, schob die Schiebetür zum Balkon auf und trat hinaus. In der Ferne ragte der Grand Tower in die Höhe.

Marie loggte sich ins interne Netzwerk ein und überflog noch einmal die Abschriften und Akteneinträge der Zeugenbefragungen, die die Kollegen im Museum und in Rotenbergers Umfeld durchgeführt hatten. Das Bild, das sie von seinem Leben zeichneten, entsprach weitestgehend dem, das sie durch Eriks Arbeit kennengelernt hatte: ein Mann, der zurückgezogen lebte, sich ganz seiner Passion widmete, in seinen Forschungsarbeiten versunken war.

Sechs Jahre. Mehr als ein halbes Jahrzehnt, und doch war es ihr, als wäre all das erst vor Kurzem geschehen. Die Erinnerung kam über sie, jäh und schmerzhaft: das Knarren einer Tür, ein Messer in einer vertrauten Hand, ihr Mann, gekommen, um sie zu töten. Ein vertrautes Gesicht, das sie nicht wiedererkannte.

Aber etwas stimmt hier nicht, du fühlst es. Jeder Winkel dieser Wohnung riecht danach.

In ihrer Rechten hielt sie das kleine Etwas, das ihr Parkov in die Hand gedrückt hatte, noch immer fest in ihrer Manteltasche umschlossen. Ein Splitter des Edelsteins, daumennagelgroß. *Der Zoisit*, dachte Marie. *Wie viele davon hat er gefunden?*

Als Fischer dann endlich hereinschneite, trug er einen großen Becher mit heißem schwarzem Kaffee, dazu einen großen Umschlag und gähnte herzhaft. »Entschuldige, ich musste kurz einen Bissen essen. Diese Sache geht an die Substanz.«

»Du siehst aus, als hättest du letzte Nacht keine Minute geschlafen«, sagte sie.

»Du etwa?«

»Na klar. Ganze vier Stunden. Also, hier bin ich, allein. Krantz ist aufgetaucht, er wollte Parkov sprechen.«

Fischer schnaubte. »Unser neuer Vorsitzender steckt sein Territorium ab. Ich wette, diese Unterhaltung wird anders enden, als er es sich ausmalt.« Er stellte den Kaffeebecher zur Seite. »Rotenberger war alleinstehend. Du kennst den Bericht, oder?«

»Das erklären übereinstimmend alle, die ihn kannten.«

»Ich hingegen denke, er hatte ein gut gehütetes Geheimnis. Aber wir finden eben doch fast alles, wenn wir lange genug suchen.« Fischer holte einen Spurensicherungsbeutel aus dem mitgebrachten Umschlag und reichte ihn Marie. »Haare«, erklärte er, während sie sich den Inhalt besah, »blond, etwa fünfundzwanzig Zentimeter lang. Eine Frau. Und dann das.« Fischer tippte auf einen zweiten Beutel.

»Ein Bewirtungsbeleg«, sagte Marie nach einem kurzen Blick. »Dieses Bistro … warte, wo ist das?«

»Im Bahnhofsviertel.«

»Und du wunderst dich, was Rotenberger dort verloren haben sollte?«

»Ich wundere mich grundsätzlich nie, das macht es leichter, nachts einzuschlafen. Spekulationen und Nachforschungen sind deine Aufgabe.« Fischer zuckte mit den Schultern. »Ein paar Kollegen haben die anderen Mieter nach ihm befragt, vielleicht haben sie …«

»Nein, haben sie nicht. Ich kenne die Ergebnisse. Das ist eine Großstadt, niemand kümmert sich um seine Nachbarn. Nicht mal hier.« Marie widmete sich erneut den Haaren. »Wo habt ihr die gefunden?«

»Im Gästezimmer. An einem Kopfkissenbezug, der gewaschen im Schrank lag. Außerdem im Flusensieb der Waschmaschine.« Fischer kramte eine Schachtel mit Koffeintabletten hervor, schluckte eine und hielt sie Marie hin.

»Nein, danke. Ich schlafe auch ohne die Dinger schon schlecht genug.« Sie sah sich um. Etwas an dieser Wohnung wirkte trostlos, auch wenn sie nicht genau fassen konnte, was es war. Zu steril, kalt, die kahlen Wände, der blank polierte Boden. Kein Ort, der belebt wirkte, an dem sich jemand zu Hause fühlte. *Kulisse*, dachte sie. *Das ist der treffende Begriff. Oder ein Ort, der von jemandem bewohnt wurde, der dabei war aufzubrechen. Alles hinter sich zu lassen.*

»Außerdem hat hier wer aufgeräumt. Das ist es. Jemand, der nicht wollte, dass wir eine Spur finden, die uns zu«, sie deutete auf die Haare in dem durchsichtigen Beutel, »ihr führt.«

»Seine Putzfrau erklärte uns, dass sie noch vorgestern hier war. Das war aber ganz normal, sie kam einmal die Woche.«

Sie strich sich eine Strähne aus der Stirn. Draußen im Treppenhaus schlug eine Tür ins Schloss, während eine Stimme von den Wänden widerhallte.

»Er ist nicht mehr da, Marie«, sagte Fischer leise und musterte sie besorgt. »Du brauchst dich nicht länger zu sorgen, da bin ich sicher. Der Professor ist verurteilt.«

Marie zwang sich zu einem Lächeln. »Ich hoffe es. Wenn ich ehrlich bin, weiß ich nicht mehr, in was ich hineingeraten bin.«

»Was ist mit Parkov?«

»Parkov, na ja, ist eben Parkov.« Sie schüttelte den Kopf, vertrieb die beunruhigenden Gedanken und versuchte, die Bilder, die sie vor Augen hatte – eine abgetrennte Hand, einen Schädel im Halbdunkel, Sophie van der Meer, die blutige Zahlen an die Wand schrieb –, so gut es ging auszublenden. »Ich sollte gehen, diesem Bistro einen Besuch abstatten.«

Fischer reichte ihr die Hand. »Ich halte dich auf dem Laufenden. Aber ich glaube, wir werden uns ohnehin schon bald wiedersehen.«

»Eine Vorahnung?«

»Nicht ganz. Forensikerinstinkt.«

47.

Das Bahnhofsviertel war eine Ansammlung von Handyshops, billigen Bistros und Cafés, Stripklubs und Bordellen, ein Ort, wo sich drogensüchtige Obdachlose, Dealer und abenteuerlustige Touristen mischten. Marie parkte den Dienstwagen am Straßenrand und nahm einen Schluck aus der Mineralwasserflasche, die im Fußraum lag, ehe sie die Schuhe auf den fleckigen Bürgersteig setzte.

Er war in meinen Augen, kamen ihr Alwin Lamberts Worte aus seinem Tagebuch in den Sinn. *In meinem Kopf. In meinem Spiegelbild im Wasser.*

Das Bistro war leer, mit Ausnahme eines schlafenden Obdachlosen, der an einem Stehtisch auf dem Hocker hing, den Kopf auf die Arme gelegt, schnarchte er vor sich hin, während Krümel in seinem dichten Bart hingen. Marie gab der Bedienung eine Beschreibung von Rotenberger, fragte sie nach einer blonden Frau mit schulterlangem Haar und drückte sich in Gedanken die Daumen, dass ihre Suche erfolgreich wäre. Ihre Abneigung zu diesem Ort wuchs mit jeder Minute, die sie hier verbrachte.

»Ich erinnere mich an ihn«, erwiderte die Bistroangestellte, »aber das ist einige Wochen her. Er hat, hm, ich glaub, er hat auf wen gewartet, jemanden gesucht. Hat immer da rüber geguckt, wo …« Die Bedienung deutete mit dem Kinn in Richtung des Hauses auf der anderen Straßenseite. »Drüben eben.« Das Haus auf der anderen Straßenseite war ein großes Bordell. *Na großartig.*

Sie bestellte einen Kaffee zum Mitnehmen und wechselte die Straßenseite. Vor dem Laufhaus hing eine Gruppe von Marokkanern herum, die sie augenblicklich beäugte. Nur ein paar Meter weiter rauchten zwei Männer Crack aus einer schmalen Pfeife, die sie sich teilten. *Frankfurt, du bist so schon wunderschön.*

»Hast du dich verlaufen, Kleine?«

»Und ihr, nichts zu tun?« Sie ignorierte das Gelächter und die eindeutigen Gesten und ging auf den Eingang zu. In der Tür stand ein Schrank von einem Zuhälter. Der *Wirtschafter*. Sein Schädel war bis auf wenige Millimeter kahl rasiert, der Hals tätowiert.

»Du bist hier falsch. Kein Zutritt für …«

Marie präsentierte ihren Dienstausweis.

»Die Sitte war schon gestern da.« Dann hielt er inne, hatte die zweite Zeile gelesen. »Mordkommission, hm?« Plötzlich war er respektvoller, wenn auch nur ein bisschen. »Um was geht's denn?«

»Ich suche einen Mann.« Sie beschrieb ihm Rotenberger, dann fragte sie nach der Blondine. »Schon mal einen von denen gesehen?«

Er überlegte scheinbar, doch sie las in seinen Augen, dass er abschätzte, ob er ihr wohl die Wahrheit sagen sollte – das genügte schon. »Er war hier«, erklärte er. »Hat immer Ärger gemacht.«

»Was für eine Art von Ärger?« Rotenberger war ein kaum eins siebzig großer Wissenschaftler gewesen, war es da vorstellbar, dass er hier für Unruhe sorgen konnte?

Der Wirtschafter warf den Marokkanern, die zu lauschen versuchten, einen abwägenden Blick zu. »Führen wir diese Unterhaltung drinnen weiter.« Über seine Schulter rief er ins Innere: »Achram, übernimm du mal, Bruder.« Ein anderer Mann kam heraus, breitschultrig, mit dunklen, öligen Haaren, die er zu einem kurzen Zopf zusammengebunden hatte. »Eine Neue?«

»Nein, eine von den Bullen. Stell dich hierhin, ja?«

In dem kleinen Büro, das ein winziges Fenster besaß, durch das man auf einen Hinterhof blicken konnte, in dem Müllsäcke aus einem riesigen Container quollen, ließ er sich in einen Bürostuhl fallen, der unter seinem Gewicht knarrte und ächzte. »Er wollte was von einer der Frauen hier«, erklärte er ohne Umschweife. »Das hat schon vor Monaten angefangen.«

»Wie lautet ihr Name?«

»Sorina Mocanu. Eine Rumänin.«

Marie betrachtete die Geldkassette, die auf dem Tisch stand. »Wie viele Frauen arbeiten hier?«

»Genug. Er war kein Gast.«

»Sondern?«

»Ich glaube, dieser Typ hatte so einen Rettertick. Er wollte sie unbedingt hier rausholen. Dabei gibt es hier nichts zum Rausholen, die Frauen verdienen in einer Woche mehr als *du*.«

»Hat er es geschafft? Arbeitet sie noch immer hier?«

Der Wirtschafter starrte sie an. Wieder hatte Marie den Eindruck, er müsse abschätzen, ob er ihr die Wahrheit erzählen sollte. »Sie hat nie *hier* gearbeitet. Wir haben oben teurere Apartments für Kunden, die gern ihre Ruhe haben. Separater Eingang von der anderen Seite am Parkplatz, alles ganz unauffällig. Dort empfing sie die Kunden, und er wusste das. Dann ist sie verschwunden«, sagte er. »Nicht mehr aufgetaucht, von einem Tag zum anderen. Das passiert immer wieder.«

»Und dann? Haben Sie sie aufgespürt? Den Mann, der sie hier rausholen wollte, getötet?«

»So ein Scheiß, natürlich nicht. Die Frauen, die hier arbeiten, machen das freiwillig, und wenn sich eine entschließt, es nicht mehr zu tun, steht ihr das frei.« Er starrte sie an, als Marie weiter abwartete. »Das ist lächerlich, du hast nichts in der Hand. Nein, er war vor Kurzem sogar noch mal hier und fragte nach ihr, aber wir konnten ihm nicht weiterhelfen. Ich hab ihm ihre Adresse nicht gegeben, obwohl er sie haben wollte.«

»War sie clean?«

»Sicher. Sie war etwas Besonderes. Niemand hier mag diese Scheiße.«

Bei einigen Zuhältern war es eine gängige Masche, die Frauen in die Sucht abrutschen zu lassen und ihnen dann den Stoff zu besorgen. Ein Kreis der Abhängigkeit, effektiv, erbarmungslos. Aber die würde sie auf der Straße finden, wo das Geschäft noch härter war.

»Haben Sie ein Foto von ihr?«

»Nein.«

»Dann beschreiben Sie sie mir.«

»Ich? Das kann ich nicht. Sie war, hm, vielleicht ein bisschen größer als du. Blond. Trug immer so eine Daunenjacke und Stiefel mit hohen Absätzen.«

Das war wirklich nicht besonders hilfreich. »Dann brauche ich die Adresse von Sorinas Wohnung und ihre Handynummer.«

Nun grinste er. »Aber natürlich, was immer du willst, wenn du nur verschwindest.« Er schrieb ein paar Zeilen auf eine Zeitung, die in der Nähe lag, und riss dann die Ecke ab. »Damit sind wir fertig, ja?«

»Vorläufig.« Sie trat zur Tür. »Vielleicht kommen ja noch ein paar Kollegen vorbei, falls du mich belogen hast, und schauen sich etwas genauer um. Die sind nicht bloß eins sechzig und mindestens genauso böse wie du.«

Er lachte. Marie ahnte, dass er genau wusste, dass sie nichts finden würden.

Sie ging hinaus. Eine Frau kam an ihr vorbei, das Gesicht vom übermäßigen Crystalkonsum verfallen. Sie mochte vierzig sein, sah aber aus wie Ende sechzig, verbraucht, ausgezehrt von einem harten Leben und kalten Straßen. Die Marokkaner waren ein Stück weitergegangen und warfen nun über die Straße hinweg einer Gruppe von Bulgaren Beleidigungen an den Kopf, Wortfetzen, die sie nicht verstand. Die Reviergefechte an diesem Ort, die sich durch die Straßen zogen. Messerstechereien, Tote, Abschaum. Es widerte sie an. Marie stieg in ihren Dienstwagen und steuerte zurück auf die Straße. Ein paar Hundert Meter weiter wurde die Welt wieder heller, ihre düsteren Gedanken aber blieben.

48.

Sie blickte die Waschbetonplatten hinauf, ein verblichenes Grau in Grau, das nur wenig Hoffnung auf eine bessere Zukunft verhieß. Dort irgendwo im zweiundzwanzigsten Stock, so verriet ihr das Klingelschild, wohnte Sorina Mocanu. Ein fröhliches Graffiti an der Hauswand signalisierte ihr, dass alle Cops Bastarde seien.

Marie nahm die Treppe. Sie warf einen Blick auf ihr Smartphone, hoffte auf eine Nachricht von Parkov oder Isabelle, irgendetwas, mit dem man ihr mitteilte, dass sie einen Fortschritt erzielt hatten. Schon jetzt sehnte sie sich dem Ende des Tages entgegen, einer heißen Dusche und etwas Ruhe und Entspannung mit ihrer Tochter, um sich diese Erinnerungen von der Seele zu waschen. Dann dachte sie an Lamberts Tagebuch, das dort auf ihrer Couch wartete.

Sorina kannte Rotenberger. Wenn dieser Wirtschafter sie nicht belogen hatte, dann würden sie nun etwas finden.

Der Hausmeister, den sie auf dem Weg kontaktiert hatte, wartete oben in Begleitung zweier uniformierter Kollegen. »Marie Winter, Kriminalpolizei«, stellte sie sich vor. »Sie können die Tür jetzt öffnen.« Das tat er mit wenigen routinierten Arbeitsschritten, die offenbarten, dass es nicht das erste Mal war, dass er eine Tür zwangsweise öffnen musste. An Orten wie diesen war man damit vertraut. Armut und Verzweiflung waren Teil des Mietvertrags und stille Tränen sickerten wie die allgegenwärtige Feuchtigkeit aus den grauen Wänden.

Marie zog ihre Heckler & Koch P30. Der kalte Stahl fühlte sich vertraut unter ihren Fingern an. Das war etwas, das sie instinktiv beherrschte, ihr Vater, ein Sportschütze, hatte sie schon als junges Mädchen an den Schießstand mitgenommen, und dennoch, seit den Taten des Professors hatte sich etwas verändert. Ihre Hände waren nicht mehr so ruhig, wie sie es früher gewesen waren.

»Unter den schlechtesten Umständen entdecken wir da drin gleich eine Tote«, sagte sie zu den Kollegen.

Ein kurzer Flur, rissiger Rauputz an den Wänden, ein Bad, der Spiegel eingeschlagen, ein Wohnzimmer mit zerwühltem Bett, eine kleine Küche, in der ein Gefrierschrank brummte und eine Schabe über die Fliesen wanderte. Die Luft roch abgestanden und schal. Sie fanden Sorina Mocanu auf dem Boden zwischen Küche und Flur inmitten von Verwahrlosung: Flaschen, Spritzenverpackungen, Heroin. Sie lehnte an der Wand, die Augen standen offen. Speichel lief aus ihrem Mund.

»Prüft die Wohnung und ruft den Rettungswagen«, rief Marie und kniete sich vor sie. »Frau Mocanu? Hören Sie mich?«

Der Mund klappte auf. Der Kopf fiel auf ihre Brust und hob sich wieder in der Andeutung eines kraftlosen Nickens. »Jaa …«, sagte diese schwach, »ich höre.«

»Wir sind von der Polizei«, erklärte Marie. Sorinas Hand schoss vor und packte Maries Arm, sodass die bemerken konnte, dass die Frau auf ihrem Unterarm, dort, wo ihr Pullover ein Stück nach oben gerutscht war, ein dunkel schimmerndes Zeichen trug: |.|.| Ein Brandzeichen. Wie bei Jan van der Meer und den anderen.

»Wer hat Ihnen das angetan?«

»Er war hier …«, stieß sie hervor. »*Er* war es.« Dann schluchzte Sorina Mocanu.

»Frau Mocanu, kennen Sie einen Mann namens Robert Rotenberger?«

Mocanus Augen richteten sich auf einen Punkt an der Wand, als sie versuchte, sich zu erinnern. Sie nickte langsam. »Das war früher. Bevor ich …«

»Bevor Sie abhängig wurden?« Wieder ein Nicken.

»Er kann Ihnen nichts antun. Nicht mehr.«

»Sie wissen nichts«, flüsterte Sorina, während Tränen über ihre schmutzigen Wangen liefen. »Er … er ist überall.«

Marie dachte an Billner vom Friedhof. Verbrannt, sinnlos getötet, weil er ihnen den großen Mann am Grab beschrieben hatte. In diesem Augenblick verspürte sie keine Nervosität, nur großen Zorn. »Robert und Sie …«

»Wir kannten uns gut. Er mochte mich. Wir wollten zusammen sein. Alles hinter uns lassen.«

»Und dann?«

»Dann kam *sie*. Zerstörte alles.«

»Sie?«, wiederholte Marie.

»Die Frau. Sie wollte ihn, aber nur wegen dem, was er wusste. Weil sie ihn brauchte, für ihre … ihre Forschung.« Mocanu hustete kräftig. »Dabei war es nicht mal nur Robert, sie hatte noch einen. Ich bin ihr gefolgt, wollte wissen … sie gab sich als Escort aus, wenn sie ihn traf, den anderen.«

»Ruhig, ganz ruhig«, sagte Marie, schob all den Unrat ein Stück zur Seite und griff nach Sorinas Hand. »Es ist vorbei.«

»Ist es nicht. Nie.«

Marie, die sich unangenehm an die Worte des Professors erinnert fühlte, ignorierte den Einwurf. »Können Sie mir diese Frau beschreiben, die Robert traf?«

»Sie hatte einen ungewöhnlichen Namen. Etwas mit *Meer*. Und einen anderen. Sie wusste, wie man sich tarnt, wie man sich verändert, sogar viel besser als ich.«

Marie nickte. Sophie van der Meer kannte Rotenberger – und sie war niemand anders als die Frau, die sich als Lorena Collordo ausgegeben hatte. Um relativ einfach ins Museum zu gelangen, mit Rotenberger zu sprechen … *Bloß wozu?*

»Und dann?«

»Nichts!«

»Das stimmt doch nicht. Sie waren clean, Sie hätten nie mit diesem Zeug angefangen, wenn nicht etwas geschehen wäre.«

Sorina starrte sie böse an, wischte sich über das Gesicht und verschmierte ihre Tränen. »Ich habe einen Fehler gemacht. Ich habe bemerkt, dass ich nicht die Einzige war, die diese Frau beobachtete. Und er hat mich bemerkt. Das tut er. *Er sieht immer.* Dann war er hier. Er sagte mir, was er getan hat und was er mit mir tun würde.« Sorina Mocanus Blick suchte ihre Augen. »Sind Sie allein?«

»Allein?«

»Haben Sie Kinder?«

Marie schluckte. Für einen Augenblick war sie überzeugt, ihre Stimme würde ihr nicht mehr gehorchen, doch zugleich spürte sie instinktiv, dass sie die Wahrheit sagen sollte. »Ich … Ja.«

»Dann nehmen Sie sie und laufen so weit, wie Sie können, ehe er von Ihnen erfährt.«

»Was hat er gesagt, Sorina? Womit bedrohte er Sie?«

»Er hat die Tochter. Die der seltsamen Frau. Der Meer-Frau. Er hat ihr ihre Tochter weggenommen. Das hat er mir erzählt. Weil … weil sie für ihn etwas tun muss. Wenn ich nicht gehorche, dann wird er auch mir … mir …«

»Dann was?« Sorina schüttelte den Kopf. »Nein, nein, nein. Ich darf es nicht sagen.«

»Aber …«

Marie sah, wie sich Sorina Mocanu anspannte, und sprang instinktiv zurück, als Mocanu mit ihrer Linken nach ihr schlagen wollte, eine Glasscherbe in der Faust, die sie hinter sich versteckt hatte.

»Miststück!«, fluchte sie. »Bleib, wo du …«

Doch Sorina hörte sie nicht mehr. Ihr Kopf sank auf ihre Brust, dann atmete sie nur noch unregelmäßig.

Aus dem Wohnzimmer drang eine leise Melodie, die sie herumfahren ließ, während ihre Hand zurück zum Holster wanderte. Die Kollegen hatten das Festnetztelefon gefunden. Auf dem Anrufbeantworter war nur eine einzige Nachricht gespeichert: ein Rauschen, dann das Geräusch einer Spieluhr – die Melodie so schaurig wie eine Wanderung an einem nebligen Herbsttag, während die Dunkelheit über das Moor heraufzieht, ein monotones Klingen zweier Glöckchen.

»Unterdrückte Rufnummer.« Die Melodie verstummte, als der Anrufer auflegte. »Zehn Sekunden. Ich frage mich …«

Einer der Kollegen tippte ihr auf die Schulter. »Sieh mal. Ich glaube nicht, dass das hierhergehört.« Er klang, als hätte er einen Toten gefunden, die Worte kamen bitter, gepresst über seine Lippen, also drehte sie sich um und erwartete das Schlimmste.

Auf der Couch lag eine große Feder, zur Hälfte versteckt unter einem Kissen. Graubraun, zwanzig Zentimeter lang. Ein Raubvogel, da bestand kein Zweifel. Marie schloss die Augen. *Die fehlende Schwungfeder des Rotmilans aus van der Meers Villa, hier ist sie also.*

»Seltsam, oder? Ich kann mir nicht vorstellen, dass die Frau hier eine solche Feder …«

Er hat natürlich recht. Die Feder wirkte wie ein absurder Fremdkörper in der Wohnung. »Jemand hat sie hier hinterlassen. Für uns.« Marie schloss die Augen. Alte Erinnerungen. Alte, böse Dinge. Weit aufgerissene Augen, in denen sich Regen sammelte. »Das kann gar nicht sein. Der Mann, der diese Federn zurückließ, ist tot.«

»Wer?« Die beiden Kollegen tauschten einen irritierten Blick. Marie bemerkte, wie sonderbar ihre eigene Stimme klang, als sie fortfuhr. »Kommt schon, Leute. Er nannte sich der Vogelfänger. Er war derjenige, der Federn von großen Greifvögeln bei seinen Opfern zurückließ. Starb im Gefängnis.«

Und Parkov wurde verdächtigt, ihn getötet zu haben. Weil der Vogelfänger in seiner letzten, wahnhaften Tat, in einem letzten Akt des aus ihm hervorbrechenden Irrsinns, Parkovs Frau Suzann Mirandier ermordet hatte.

Und doch – Parkov hatte sich nicht gerächt. Er war unschuldig. *Das ist er doch?*

»Kollegin, wir haben noch was. Hier drüben, in diesem Schrank.«

Sie drehte sich um. Der Polizist hatte eine Schranktür geöffnet und stand ratlos davor. Gelbe Kerzen auf der Ablage, solche, wie sie sie bei Jan van der Meer und Rotenberger entdeckt hatten – und bei dem Tieropfer in der Hütte. Daneben ein gefährlich schimmerndes Messer und ein Gefäß. Ein *Ritualgefäß.*

Marie dachte an den Ritualdolch, den Parkov in London gefunden hatte, und an Alwin Lamberts Worte. Die Gefäße der Medizinmänner. Jetzt wusste sie, wie sie Sorina Mocanu vorgefunden hätten, wären sie nur einen Tag später erschienen.

Ihre Hand zitterte, während sie sich gegen die Waschbetonplatten nahe dem Eingang lehnte. Sie zwang sich, mehrere Male durchzuatmen. *Ruhig, ganz ruhig. Ist alles kein Grund, gleich in Panik auszubrechen.*

Parkov meldete sich sofort, doch als sie ihm berichtete, was sie gefunden hatte, blieb er lange still.

»Daniel?«

»Ich bin noch da, meine Liebe. Eine Spieluhr? Bist du sicher?«

»Natürlich bin ich mir sicher. Jemand rief sie an und spielte ihr eine Melodie vor, sonst sagte er kein Wort. Wir haben auf der Aufzeichnung diese Töne, bevor er wieder aufgelegt hat.« Marie sah aus den Augenwinkeln, wie zwei weitere Streifenwagen neben dem weißen Van der Spurensicherung parkten. Der Krankenwagen, der Sorina Mocanu abgeholt hatte, war längst fort, die Frau in der Notaufnahme und die Kollegen der Spurensicherung in ihrer Wohnung. Ein kleiner Junge stand verloren auf dem schmalen Grünstreifen vor dem Plattenbau, ein Stoffbär in seinen Armen.

»Wie klang die Melodie?«

»Wie bitte?«

»Die Melodie, Marie, wie hat sie sich angehört?«

»Ähm, ich weiß nicht. Eigentlich schön, aber auch ziemlich traurig.« Sie summte und kam sich albern vor. »Ungefähr so.«

»Das …« Parkov räusperte sich. »Ich verstehe.«

»Was ist mit Krantz und dir? Bist du noch dabei?«

»Das bin ich«, erwiderte Parkov. »Ich konnte ihn überzeugen.«

»Na wunderbar.«

»Hast du meine Kleinigkeit noch? Den Splitter des Zoisits?«

»Ja. Du hast mir immer noch einiges zu erzählen.«

»Versprochen.«

»Wir brauchen einen Beschluss für die Verbindungsdaten. Wenn der Zuhälter und sie die Wahrheit sagen, hatte Rotenberger mit ihr Kontakt. Gleicht die Anruflisten seines Mobiltelefons mit ihrem ab, ich werde das Gefühl nicht los, dass wir etwas übersehen. Prüf bitte auch mögliche Querverbindungen zwischen Rotenberger und Sorina Mocanu auf der einen und den van der Meers auf der anderen Seite.«

»Natürlich.«

»Sie sagte mir, *er* hätte Sophie van der Meers Tochter entführt und bedrohte Mocanu, sie müsse schweigen, und dann …«

»Was?«

»Weiß ich nicht. Es klang, als hätte er ihr was versprochen, aber mehr wollte sie nicht sagen. Sie hatte zu einem weiteren Opfer werden sollen. Er war hier, in der Wohnung.«

»Das sind zweifellos schlechte Nachrichten.«

»Ich bin mir jetzt sicher, auch Sophie van der Meer wurde bedroht und erpresst, und zwar mit ihrer Tochter Sina. Es gibt nur einen logischen Grund dafür: Man wollte an ihre Rechercheergebnisse heran. An das, was sie herausfinden konnte. Und nun versucht der Täter, alle, die über diese Dinge Bescheid wissen, auszuschalten.«

»Es passt«, erwiderte Parkov. »Und auch wieder nicht.«

»Wie meinst du das?«

»Der USB-Stick, Marie. Der Zoisit. Ich. Die Federn.« Marie war es, als konnte sie hinter ihm auf der anderen Seite der Verbindung jemanden aufgeregt sprechen hören. »Ist bei dir sonst alles in Ordnung?«

Sie seufzte. »Nein, überhaupt nicht.« Marie hob den Blick zum Himmel, an dem die Sonne hinter grauen Wolken verschwand. »Ich warte auf die Spurensicherung. Eine Sache gäbe es noch: Dir ist sicher aufgefallen, dass die Anfangsbuchstaben unserer involvierten Zeuginnen, Sorina Mocanu, Sophie und Sina van der Meer, immer gleich lauten. Sie haben alle die gleichen Initialen, das ist auffällig, findest du nicht? Und Suzann Mirandier.«

»Das ist in der Tat …« Parkov schien gedanklich wieder weit entfernt.

»Was hältst du davon, wenn wir heute Abend«, fragte sie, »also, wenn wir heute Abend zusammen essen gehen?«

»Marie, bitte entschuldige mich.«

»Was? Was ist denn?« Marie drückte das Mobiltelefon fester ans Ohr. »Du klingst, als hättest du einen Entschluss gefasst, der mir nicht gefallen wird.«

»Ich muss etwas überprüfen.«

Sie runzelte die Stirn. Als sie wieder zu dem kleinen Jungen hinübersah, stand ein älteres Mädchen bei ihm, das ihn zurück ins Haus führte, mit misstrauischem Blick, den sie in ihre Richtung sandte.

»Bis später, meine Liebe.«

Die Verbindung war so jäh unterbrochen, dass Marie irritiert auf ihr Smartphone blickte. Und dann begann es: Als hätte sich mit einem Mal das Schicksal entschieden, sich gegen sie zu stellen und ihr alles entgegenzuwerfen, was es konnte.

»Entschuldigung«, sagte einer der Kollegen und kam zu ihr herüber. Er schien unsicher, ob er ihr in die Augen schauen sollte oder nicht. »Das hier geht gerade überall rum.«

Marie blickte auf das Handy, das er ihr entgegenstreckte. *Jan van der Meer ermordet – Tochter von Staranwalt schwer verletzt.* Ein anderer Artikel: *Okkultes Ritual in Königstein? Parkov vor Ort gesichtet.* Und weiter: *Ermittlungen bei NewsToday.*

»Sie haben also davon erfahren. Verfluchter Mist.«

»Das ist noch nicht alles.«

»Was denn noch?«

»Da oben in der Wohnung …«, der Mann betrachtete sie skeptisch, »an diesem Messer ist ein Fingerabdruck.«

Marie spürte, wie ihr Smartphone in der Manteltasche vibrierte. Jörg. »Ist Parkov auf dem Weg zu dir?«

»Nein, ist er nicht«, sagte Marie.

»Er ist gerade verschwunden, und es schien nicht, als hätte er besonders gute Laune.«

Marie überlegte. Es gab nur einen Ort, den Parkov aufsuchen wollte. »Ist die Genehmigung der JVA da? Für den Besuch bei Argo?«

»Das ist sie«, erwiderte Jörg. »Denkst du, er …«

»Natürlich.« Marie blickte zum Himmel. Stare flogen tief über sie hinweg und bildeten seltsame Formationen. Etwas daran beunruhigte sie. »Hoffentlich weiß er, was er tut.«

49.

Die hoch aufragenden Gefängnismauern der Justizvollzugsanstalt umschlossen Parkov, als er durch die Tür des Besucherzugangs ins Innere trat, aus dem Licht der tief stehenden Herbstsonne hinein in ein nüchternes Vorzimmer, das von einem einzigen Kunstdruck geschmückt wurde: Ein Schiff fuhr einsam über ein vom Sturm aufgewühltes Meer, ein Abbild der Widrigkeiten, die jeder der Insassen hinter sich hatte.

Er reichte dem Beamten am Eingangsschalter, der ihn hinter einer schusssicheren Scheibe mit kühlem Blick musterte, seinen Ausweis. Im Hintergrund leuchtete eine Reihe von Überwachungsmonitoren, auf denen der Innenhof des Gefängnisses auszumachen war, auf dem gerade einige Gefangene einen Ball über den Platz kickten.

»Parkov, BKA. Ich habe eine kurzfristige Anfrage gestellt.«

Der Mann nahm Ausweis, Mobiltelefon und Parkovs Dienstwaffe an sich. Parkov passierte einen Körperscanner und zwei weitere Justizbeamte, die ihn argwöhnisch beäugten. Einer von beiden widmete sich ausführlich dem Abtasten.

»Macht es Spaß? Meine Zeit ist beschränkt, wenn ich dies anmerken darf.«

»Ich habe meine Vorschriften. Gehen Sie durch.«

Man führte Parkov in ein kleines Besuchszimmer und ließ ihn einige Minuten warten, ehe sich die Tür auf der anderen Seite des Raumes, die tiefer in die Gefängnisanlage führte, mit einem elektrischen Summen öffnete.

»Direktor Kielmann«, sagte Parkov und streckte die Hand aus. »Ich bin wirklich erfreut, dass Sie mich empfangen.«

Der Händedruck war fest und kurz. Dunkle Schatten umgaben Kielmanns Augen, zeugten von zu wenig Schlaf. »Ich würde es gutheißen, wenn wir die offiziellen Wege einhielten.«

»Aber natürlich. Nur sind Ereignisse eingetreten, die es erforderlich machen, dass wir einen … Wie nennen Sie es? Einen kurzen Dienstweg einschlagen.« Parkov zögerte. »Erinnern Sie sich an meine Bitte? Ich werde den Mitschnitt brauchen, sobald ich das Gespräch beendet habe.«

»Das lässt sich einrichten.«

Kielmann führte Parkov tiefer in die Anlage hinein. Sie passierten Schleusen, Gitter und Stahltüren und gelangten in einen zweiten Besucherraum, in dem sich nichts als zwei Stühle befand, die auf dem Betonboden verschraubt waren.

»Nehmen Sie Platz«, sagte Kielmann.

Parkov setzte sich und musterte die gegenüberliegende Tür mit großem Interesse. Zwei Minuten verstrichen, dann drei, in denen nichts geschah. Still war es, die massiven Stahlbetonwände sperrten jeden Laut aus, so still, dass man den hier und da von den Wänden abplatzenden Putz hätte zu Boden fallen hören können.

Schließlich erklang das Geräusch des Türöffners. Drei Männer traten ein – zwei Justizvollzugsbeamte und zwischen ihnen *er*. Mads Argo trug einen einfachen dunklen Trainingsanzug, helle Sportschuhe und hatte das blonde Haar mit Gel über den Kopf zurückgekämmt, sodass es in fettigen, unordentlichen Strähnen herabhing. Füße und Hände waren gefesselt. Die Beamten warteten, bis er Parkov gegenüber

Platz genommen hatte, und verbanden die Ketten mit dem Stuhl, auf dem er saß. Dann verließen Kielmann und die zwei Justizvollzugsbeamten den Raum.

Argos Blick, der irgendwo an der Wand hinter Parkovs Kopf verharrt hatte, richtete sich schlagartig auf ihn. »Ich wusste, du würdest kommen«, sagte er mit einem breiten Lächeln und präsentierte unregelmäßige gelbe Zähne. »Ich wusste es. Du bist so vorhersehbar, Parkov. Oder darf ich dich Daniel nennen? Du darfst mich auch«, er zwinkerte, »Sam nennen. Erinnerst du dich? War das nicht ein schöner Name? Ich wette, er gefällt dir nicht.«

»Robert Rotenberger«, sagte Parkov ungerührt. »Vielleicht ist das ein Name, über den wir sprechen sollten.«

Argo nickte. »Was meinst du?«

»*Denk an deine Sünden.* Eine Frau, gefoltert, mit Drogen vollgepumpt, auf der Suche nach etwas, das sich Zhúkundu nennt.«

»Riechst du das Meer?«

Parkov rührte sich nicht.

»Du wunderst dich, was das zu bedeuten hat?« Argo beugte sich nach vorn. Die Ketten klirrten leise. »Es ist so unbequem mit diesen Fesseln. Ich würde freier sprechen, wenn ich *frei* wäre. Frei von den Fäden, die mich an diese Marionetten fesseln.«

»Du willst frei sein?«

»Nein, Parkov. Ich will mir meine Zeit vertreiben. Du bist hier, weil wir spielen werden.«

»Und wenn ich mich weigere?«

»Dann wirst du wieder zur Tür hinausgehen, verblödet, wie du hereingekommen bist. Es werden noch mehr Menschen sterben, so viele sinnlos ermordete Menschen, deren Tode du hättest verhindern können.« Argo lächelte ein Lächeln, hinter dem sich nichts als Bosheit und grausame Gedanken verbargen. »Ich weiß, dass sie es erfahren wird. Alles, was du getan hast, dass du dich geweigert hast, den Tod von unschuldigen Opfern zu verhindern.«

»Du bluffst. Davon abgesehen vertraue ich ihr. Und Marie mir.«

Argo lachte. »Bloß wie lange noch? Es beginnt, Parkov, es beginnt in diesen Minuten.«

Parkov schüttelte den Kopf. Er ließ sich nichts anmerken, spürte aber, dass die Spitzen und der Spott an ihm nagten und er sich nicht vollends dagegen abschotten konnte. »Du kannst mich verhöhnen, es berührt mich nicht. Du bist ein Scharlatan, der sich für einen großen Verbrecher hält. Was hast du erreicht? Du bist für immer weggesperrt.«

»Bin ich das?«

»Wenn ich die Feder gefunden habe, soll ich herkommen. Zum *Spielen*. Hier bin ich.«

»Was genau hast du mir zu berichten?«

»Sie ist etwas über fünfzehn Zentimeter lang, stammt wohl von einem Rotmilan.«

»Gut«, erwiderte Argo anerkennend. »Du hast gelernt, deine Hündchen die Arbeit für dich erledigen zu lassen.« Er sah ins Leere, seine grünen Augen geweitet wie die eines Jungen, der ein besonderes Geschenk erhalten hatte. Die eines besonders verrückten Jungen. »Es sind zu viele Spuren, nicht wahr? Zu viele, um sie in der kurzen Zeit alle zu prüfen. Zu viel …«, er ließ die Finger durch die Luft tanzen, »Ablenkung.«

Parkovs Miene verriet keine Regung. »Ich bin hier. Gib mir etwas im Gegenzug, sonst siehst du mich nie wieder. Dein Spiel funktioniert nur, wenn sich jemand darauf einlässt. Sonst bist du nur ein armer, einsamer Irrer, der mit den Wänden spricht. Wo ist die nächste Spur?«

»Du hast sie schon. Die Lösung«, Argo klirrte mit seinen Ketten, als er die Hand bewegte, »liegt doch auf der Hand, wie man so schön sagt. Oder auf der *Haut*?«

»Die Zahl, die man Sophie auf den Kopf tätowierte, ist ebenso so nutzlos wie die, die sie für uns auf die Wand schrieb, ehe man sie fand«, erwiderte Parkov und ließ sein Gegenüber nicht aus den Augen. »Ohne ein passendes Schloss ist ein Schlüssel nichts.«

»Dann«, ein kaum merkliches Zögern, »such weiter. Bitte Marie um Hilfe, nehmt euch einen Abend frei, esst was Feines, trinkt guten Wein, denkt nach und genießt die Zeit, die euch noch bleibt.« Er grinste und zeigte seine gelben Zähne.

»Der Datenspeicher ist es nicht. Dennoch *willst* du, dass ich ihn entschlüssele.«

Argo rasselte wieder mit den Fesseln. »Wenn du der Spur folgst, wirst du dich erinnern. Weißt du, was dort gespeichert ist?«

»Sag es mir.«

»Die Wahrheit, Parkov. Die Spur führt dich zur Wahrheit, in deine Vergangenheit. *Alles* ist dort gespeichert, alles, was du vergessen hast. Es macht dir Angst, das sehe ich – die größte. Du würdest alles tun, um es herauszufinden.«

Parkov beugte sich vor und senkte die Stimme, sodass nur Argo seine Worte verstehen konnte. »Es gibt einen anderen Weg. Ich könnte die Männer da draußen bitten wegzusehen und jemanden schicken, der das Wissen und die Geheimnisse aus dir rausholt.«

»Das könntest du?« Argo lachte. »Wie mutig! Aber dann bist du nicht besser als ein gewöhnlicher Schläger! Was ist, wenn ich das Passwort gar nicht kenne?«

»Natürlich kennst du es nicht«, erwiderte Parkov ungerührt. »Aber den Rest, dein selbst erschaffenes Spiel, die Stationen dieser Schnitzeljagd, kennst du. Jeder Mann hat einen Punkt, an dem er zerbricht. Ich könnte dich zerbrechen.«

»Nein, Parkov.« Ernst schüttelte Argo den Kopf, während er ihn nicht aus den Augen ließ. »Das kannst du nicht. Aber du hast recht, jeder Mann hat einen Bruchpunkt. Was ist mit deinem?«

Parkov schwieg. Nach einer Weile, in der nichts anderes geschah, als dass der Professor ihn musterte, sagte er: »Ich habe einen Schädel im Museum gefunden. Ein Krieger, der getötet wurde, weil er ein schlimmes Verbrechen begangen hat.«

»Erinnert dich das an etwas?«, fragte Argo. Seine Augen waren groß und wirkten wie ein tiefes, schlammig grünes Moor voller Untiefen, in denen man versinken konnte. »Vielleicht an deine eigene Zukunft?«

»Meine Zukunft?« Parkov blieb ungerührt. »Hast du dir das für mich ausgedacht? Meinen Tod?«

Wieder grinste Argo. »Aber doch nicht deinen Tod! Der wäre langweilig. Natürlich wirst du am Ende sterben, aber viel wichtiger ist das, was zuvor geschehen wird. Denn du wirst …« Das Grinsen endete so schlagartig, wie es begonnen hatte. »Zuvor wird etwas anderes mit dir passieren. Es ist auf dem Pfad deines Schicksals vorherbestimmt, weil ich es so für dich vorgesehen habe. Du wirst nichts ändern können. Die Dinge nehmen ihren Lauf, sind nicht mehr aufzuhalten. Nicht mal ich könnte das.«

»Wenn du ihn nicht stoppen kannst, denjenigen, der dort draußen ist und mordet. Wozu brauche ich dich dann?«

»Ja, wozu brauchst du mich?«

»Du bist vollkommen wahnsinnig.«

»Nein, Parkov. Das musst du verstehen: Ich bin der einzig Vernünftige in einem Haus voller Verrückter, das sich Zivilisation nennt.«

»Wir haben Rotenbergers Hand gefunden, die man benutzt hat, um Zutritt zu dem gesicherten Tresor des Museums zu erhalten. Etwas wurde gestohlen.«

Argo rührte sich nicht. »Und was noch?«

Parkov dachte an Marie und wie sie von Sorina Mocanu erzählt hatte. »Wer auch immer dort draußen ist, er denkt, er hätte einen guten Weg gefunden, mich zu schockieren. Mit seinen Ritualen. Sag mir, arbeitet er überhaupt für dich? Oder *gegen* deine Pläne?«

Anstelle einer Erwiderung schloss Argo die Augen. »Sag mal, tust du mir einen Gefallen? Bitte die da draußen um ein Blatt Papier. Lass mich dir etwas zeigen.«

»Ich kann darauf verzichten. Wenn du zum Künstler werden willst, hast du jetzt viele Jahre Zeit.«

»Bitte. Du wirst sehen, es wird sich lohnen.« Argo hustete. »Oder du gehst wieder und wirst Schmerzen erleiden, wie du sie noch nie zuvor erlebt hast. Darauf hast du mein Wort.«

Parkov erhob sich, klingelte und erklärte Kielmann, er bräuchte ein Blatt Papier.

»Wir können ihm keinen Stift in die Hände geben.«

»Dann machen wir es anders«, rief Argo über seine Schulter, als hätte er den leise geführten Wortwechsel mitbekommen. »Schickt jemanden in meine Zelle. Hebt die Matratze an. Dort findet ihr die Zeichnung.«

Kielmann klappte der Mund auf, dann errötete er vor Zorn. »Prüfen Sie das«, wies er einen der Beamten an, »sofort!«

»Ich bin kaum zwei Tage hier«, sagte Argo mit einem Grinsen, »und schon bringt man mir, was ich will. Oh, ich liebe diese Anstalt!«

Der Justizvollzugsbeamte kehrte zurück und hielt einen geöffneten Briefumschlag in den Händen. »Er hat tatsächlich etwas gezeichnet. Sehen Sie mal.«

»Das war für Parkov bestimmt und nur für ihn.« Argo bedachte den Mann mit einem finsteren Blick. »Ich habe dir nicht erlaubt hineinzuschauen.«

Parkov nahm den Umschlag an sich und betrachtete die Aufschrift. In seiner eckigen, ungelenken Handschrift hatte Argo *Es ist in den Tunneln* darauf geschrieben.

»Nicht ansehen!«, rief Argo. »Nicht hier!«

»Und wenn ich es doch tue?«

»Dann bist du ein Spielverderber, und das würde mich *sehr* ärgern.«

Parkov zog einen Zeitungsausschnitt hervor. Kielmann und die Justizbeamten betrachteten die Zeichnung und sahen Parkov irritiert an, Unglaube auf den Gesichtern.

»Na?«, fragte Argo und klang belustigt. »Ich hatte dich gewarnt.«

»Was soll das? Ist das ein Witz? Dein Verständnis bösartigen Humors? *Was* ist in den Tunneln?«

Argo kicherte, doch klang es kalt und humorlos. »Geh, ich will nicht länger von deiner Dummheit belästigt werden. Wenn du es verstanden hast, schick sie zu mir. *Marie*.«

»Sie wird nicht mit dir sprechen wollen.«

»Doch. Oh, doch, das wird sie. Glaub mir.« Argo beugte sich nach vorn, so weit es seine Fesseln zuließen, und stemmte sich kraftvoll gegen die Verankerung, die den Stuhl im Boden hielt. »Marie oder überhaupt niemand. Weißt du, das Ende, das du stets gefürchtet hast, kommt immer näher. Wenn wir uns wiedersehen, wird es dich eingeholt haben.

Parkov, es beginnt in diesem Augenblick.«

Parkov blieb bei der Tür stehen. Er sah sich nach Argo um, dann schüttelte er den Kopf. Ein Schatten huschte über sein Gesicht.

»Wiedersehen«, sagte Argo. Dann führte man ihn hinaus.

50.

Parkov trat ins helle Licht der niedrig stehenden Herbstsonne, die sich in den Pfützen spiegelte. Die DVD, auf der der Mitschnitt seines Gesprächs mit Argo gespeichert war, steckte in seiner Manteltasche. Er fasste nach seiner Sonnenbrille, setzte sie auf und atmete die kühle Luft ein, langsam, sehr vorsichtig, als wäre sie kostbar. Dann streckte er eine Hand aus, stützte sich gegen die Betonmauern, die das Gefängnis umschlossen. Er hielt inne, während ein Ausdruck von Schmerzen über seine Wangen huschte. *Das ist nur die Erschöpfung. Zu wenig Schlaf. Nicht mehr als das.*

Am Straßenrand gegenüber parkte ein Streifenwagen. »Daniel Parkov? Sie müssen uns begleiten. Es gibt eine Unregelmäßigkeit, über die man seitens der Polizeiführung mit Ihnen sprechen will.«

Parkov drehte sich herum. »Nicht, wenn es sich vermeiden lässt.«

Der Streifenpolizist lehnte an der Wand. Ein junger Mann, vielleicht dreiundzwanzig. *Sein dienstälterer Partner ist sicher nicht weit entfernt.* Es gab nur einen Grund, wieso sie ihn hier abpassten.

»Sie müssen mitkommen.«

»Sie sind nur zu zweit.«

Der junge Polizist kam auf ihn zu. *Zu nah, zu nervös.* Parkov atmete noch einmal tief durch, sammelte sich, schüttelte den Kopf. »Tun Sie das nicht.«

»Wie bitte?«

»Ich darf keine Zeit verlieren. Steigen Sie zurück in den Wagen und melden Sie, Sie hätten mich verpasst.«

»Das werden wir nicht.« Das war der ältere Kollege, der sich ihm von hinten genähert hatte. Ein vorhersehbares Manöver, das Parkov in der Spiegelung im Glas des Eingangsbereichs der JVA beobachtet hatte. Er überquerte die Straße ohne ein weiteres Wort, die Polizisten folgten ihm. Im Schatten eines hoch aufragenden Kastanienbaums drehte er sich um.

»Na gut.« Parkov griff nach seiner Pistole. »Ganz ruhig. Ich darf annehmen, Sie wollen die hier.«

»Geben Sie her«, forderte ihn der ältere Kollege auf. Parkov streckte ihm die Dienstwaffe entgegen. Als der Mann zugreifen wollte, machte Parkov einen schnellen Schritt nach vorn, stieß die Hand zur Seite und schlug ihm kurz und präzise auf den Solarplexus. Der Polizist klappte zusammen, um Atem ringend, nach Halt suchend, die Arme ruderten durch die Luft. Sein junger Kollege langte nach seiner Waffe.

Parkov richtete den Lauf auf ihn. »Alles gut. Zurücktreten.«

»Was in …« Aus den Augen des Mannes starrte ihm Panik entgegen, aber er gehorchte. Sein älterer Kollege lag keuchend am Boden.

Parkov nahm ihm die Waffe ab. »Wiederhole, was ich sage: Alles ist gut, ich werde keine Dummheiten machen.«

»Ich werde keine Dummheiten machen. Es ist alles gut.«

»Zentrale für Frank-67«, meldete sich der Funk, »was ist euer Status?«

»Ihr habt mich leider verpasst«, sagte Parkov.

Der junge Beamte nahm sein Funkgerät. »Parkov war nicht mehr da, als wir eintrafen. Wir haben ihn verpasst.«

»Bestätigt, Frank-67.«

Parkov trat um ihn herum, löste die Dienstwaffe aus dem Holster des Mannes und entfernte Magazin und Patrone im Lauf, ehe er sie wieder zurücksteckte. »Schalte das Funkgerät ab und gib es mir.«

Der junge Kollege gehorchte.

»Sehr gut. Folgt mir nicht«, fügte Parkov leise hinzu. »Wenn sie euch befragen, sagt ihnen, es sei nichts Persönliches. Ihr zwingt mich dazu.«

Dann wandte sich Parkov um und ging zu seinem Bentley, der dicht bei dem Streifenwagen parkte. Sein Gang hatte etwas Trauriges, fand der junge Polizist. Als der Wagen schließlich mit hohem Tempo die Straße hinabfuhr, setzte sich der junge Mann endlich in Bewegung, als wäre er jäh aus einer Starre erwacht, und kniete sich neben seinen Kollegen, der noch immer schwer atmete. »Bist du okay?«

»Ja«, stieß der Ältere hervor. »Es geht schon. Aber dieses Arschloch!«

»Wir kriegen ihn.«

Als in diesem Augenblick ein dunkler Wagen neben ihnen bremste, legte sich ein Schatten über sie.

51.

Der Eingangsbereich des Nachtklubs White Diamond lag still und verlassen da, als die Tür aufschwang und mit einem Schwall Nachtluft ein Mann den Klub betrat. Der Eingang verhieß mit weinroten Teppichen, Dekorationen in warmem Golddekor, Samt und cremefarbenen Sitzmöbeln einen überladenen Ersteindruck für den seltsamen Neuankömmling. Nur widmete er alldem nicht einen einzigen Blick. Leise war ein schwaches Wummern der Bässe aus den Tiefen des Klubs zu hören.

Die Frau, die beim Empfang saß, hatte schon vor langer Zeit gelernt, die Hereinkommenden mit einem Blick abzuschätzen. Sie legte die Hand scheinbar entspannt an den Knopf, der verdeckt neben ihr angebracht war: für Notfälle. *Das ist kein Gast*, dachte sie. *Der da bedeutet Ärger.*

»Artjom, da ist ein Besucher«, sagte sie leise in ihr Mikro, das mit dem Sicherheitsdienst verbunden war. »Guten Abend«, sie richtete sich wieder auf und schenkte dem Mann ein professionelles Lächeln, wie sie es immer tat.

»Parkov«, sagte der Mann. Ein Ausweis erschien in seiner Hand, doch erhaschte sie kaum mehr als einen kurzen Blick darauf. »Den Geschäftsführer.«

»Herr Vladov ist heute ni…«

»Ich weiß es besser.«

Sie erstarrte. Erst jetzt begriff sie, wie verräterisch ihr Blick für den Bruchteil einer Sekunde zu der Tür mit dem »Ausschließlich für Personal«-Schild gehuscht war.

Parkov beugte sich vor. Ein einnehmendes Lächeln schlich sich in seine ernsten Züge. »Würden Sie mir einen Gefallen tun? Schließen Sie die Tür. Und bitte drücken Sie nicht diesen Knopf, wir wollen doch keinen unnötigen Ärger?«

Dann stieß er die Tür auf und betrat die Geschäftsräume. In einem aufgeräumten Büro mit einer verkümmerten Palme und einer Ledercouch, in dem ein Ventilator die überheizte Luft unter der Decke verteilte und ein Computerbildschirm blaues Licht auf eine Reihe von Kunstdrucken warf, saß Vladov mit einer Frau auf dem Schoß, während ihre Finger nach dem Gürtel seiner Hose tasteten.

»Schick sie raus.«

Vladov nickte ihr zu. Sie schenkte Parkov einen neugierigen Blick und verschwand.

»Was willst du? Du weißt, dass dich einige meiner Jungs an den Eiern aufhängen wollen und ich Mühe haben werde, sie davon abzuhalten? Mutig, hier aufzutauchen. Aber du hältst dich ja immer für klüger, als du wirklich bist.« Vladov starrte ihn an. Dann grinste er und zeigte sorgfältig und professionell gemachte perlweiße Zähne. »Ich weiß, was los ist. Sie suchen dich, hm? Du stehst nicht mehr auf ihrer Seite.« Er streckte die Arme aus, als wollte er ihn umarmen, bewegte sich jedoch nicht von seiner Ledercouch. »Also dann, willkommen.«

Parkov warf ihm ein Foto in den Schoß, das den Fremden zeigte, der auf der Videoüberwachung des Museums zu sehen war. »Du weißt nicht, wovon du sprichst. Und du hörst den Polizeifunk. Wo finde ich diesen Mann? Sieh dir das Tattoo an, Schlange und Schwert, das musst du erkennen.«

»Jegor Iljin, ein schwerer Junge aus dem Umfeld von Ivanov. Kein ehrbarer Geschäftsmann wie ich.«

Parkovs Mund umspielte ein zynisches Lächeln. »Weiter.«

»Ivanov, der Grund, warum man dich hasst. Ja, das ist er. Einer seiner Hauptmänner. Was genau machst du, wenn ich dir nicht sage, wo du ihn findest?«

»Ich werde dich ein zweites Mal bitten. Noch höflicher.«

»Er ist in der Stadt.«

»Nur in der Stadt?«

Vladov deutete mit dem Daumen über die Schulter zur Tür, die von innen mit dicken schallisolierenden Polstern besetzt war. »Eine der Frauen, Marinka, weiß, wo du ihn finden kannst. Sie kennt ihn gut, viel besser als ich.«

»Marinka, hm?«

»Sie steht meistens an …«

»Ich kann es mir denken.«

Vladov schüttelte den Kopf. »Parkov?«

»Was noch?«

»Du hast meinem Jungen mal das Leben gerettet. Diese Typen haben sich auf etwas eingelassen, das sie nicht verstehen. Mit etwas so Verrücktem, dass ich es möglichst weit von mir entfernt sehen will. Was immer du tun musst, um Iljin mehr über diesen Mist zu entlocken, tu es. Ich werde dich nicht verraten.«

Parkov nickte knapp. »Du meinst, sie haben jemandem vertraut, den sie nicht länger kontrollieren können? Jemand, der Mitglieder des organisierten Verbrechens in Restaurantkellern tötet?«

»Jemand, der Dinge stiehlt und verkaufen will, die für uns alle zu bösartig sind. Sie helfen ihm bei einer Sache, einem Transport, einer Übergabe. Frag mich nicht, was es ist, ich weiß es nicht. Und was immer du tun musst, tu es möglichst weit entfernt von hier.« Vladov hob eine Hand und langte in seine Jacketttasche. »Ich will nur rauchen. Eine letzte für einen alten Freund?«

»Du kannst mich mal.« Parkov öffnete die Tür, ohne ein weiteres Wort zu sagen. Erst als sie hinter ihm ins Schloss gefallen war, erlaubte sich Vladov aufzuatmen. Auch er hatte gelernt, Menschen mit einigen wenigen Blicken einzuschätzen. Anders überlebte man in seinem Gewerbe nicht. Eines wusste er: Mit Parkov hätte gerade alles Erdenkliche geschehen können. Nichts war gefährlicher als ein Mann, der alles riskieren musste. Ein Mann, der nur alles riskieren konnte, weil er wusste, dass ihm nicht mehr viel Zeit blieb.

52.

Parkov entdeckte sie am Straßenrand: Marinka war eine Rothaarige mit traurigen Augen und Sommersprossen, die in der kalten Nachtluft auf und ab ging, eine kleine Handtasche am Arm. Als sie in den Wagen stieg, sah er zugleich noch etwas anderes. Etwas, das von ihr abstrahlte, als hätte sie Fieber.

»Kein kranker Scheiß«, sagte sie. »Wenn Typen in so einem teuren Wagen hier aufkreuzen, dann nur, weil sie …«

»Ich habe nur Fragen, Marinka.«

»Was bist du denn? Ein Bulle? Du siehst nicht aus wie einer.«

»Wonach sehe ich denn aus?«

»Nach einem Typen, der keinen Ausweg mehr sieht. Nach einem kaputten Typen.«

Parkov zog seine Brieftasche aus dem Mantel. »Als du gerade eingestiegen bist, dachte ich, du hättest etwas eingeworfen, aber dann … nein, du hast Angst«, sagte er.

Sie kramte in ihrer Handtasche und zog eine Zigarette heraus, die sie ohne nachzufragen ansteckte. »Du bist *Parkov.* Ich hab von dir gehört.«

»Ich hoffe, nur Gutes.«

»Er wusste, dass du zu mir kommen würdest. Er weiß alles.«

»Wer ist er?« Parkov sah sie an. »Wovor hast du solche Angst?«

Marinka blies Rauch aus dem offenen Fenster. »Es gibt Typen, die tun dir weh. Mit denen kommst du zurecht. Du stumpfst ab. Wenn du nicht weißt, wie du deinen Sohn ernähren sollst, geht das alles. Aber dann gibt es die ekligen Typen. Im Kopf, meine ich. Er ist so einer. Mehr als das.«

»Hast du einen Namen?«

Ihre Augen füllten sich mit Tränen. »Bitte zwing mich nicht dazu. Du weißt doch, wer als Erstes seine Rache erdulden muss. Ich kann mich nicht wehren. Gegen ihn.«

Parkov tat eine ganze Weile nichts, als den Wagen zu steuern, tief in Gedanken versunken. Das Aufblitzen einer Farbe am Rand seines Blickfelds fing seine Aufmerksamkeit ein: Ein Mädchen stand mutterseelenallein an einer Ampel, ein gelbes sommerliches Kleid, das sich im Wind bewegte. Als er noch einmal in den Rückspiegel blickte, sich nach ihr umsah, war die Kleine fort.

»Ich brauche Jegor Iljin«, sagte er. »Bevor …«

»Bevor was?«

»Bevor noch mehr Dinge auftauchen, die gar nicht da sind. *Geister.*«

»Glaubst du an Geister?«

»Iljin. Jetzt.« Marinka schniefte. Das verlaufene Make-up ließ sie noch viel älter wirken, alt und müde. »Den kann ich dir geben. Seine Wohnung. Aber …«

»Was?«, fragte Parkov gelinde überrascht.

»Was ist die Sache mit *dir*?«

»Es gibt keine Sache mit mir.«

»Ich meine, wieso bist du hier? Er ist schon so lange da und niemanden kümmert es. Niemanden kümmert es, wenn mal eine Nutte verschwindet, ihr Baby, irgendeine Unbekannte.

Wieso jetzt? Weil er einen Scheißanwalt erwischt hat? Oh, ich kann Zeitung lesen, ich weiß schon, was los ist.«

»Sprichst du noch von Iljin?«

Sie zuckte die Achseln. »Iljin, der andere … am Ende sind sie alle gleich. Sag schon, ist es das, was dich nachts wach hält? Gerechtigkeit?« Sie lachte und schnippte die Zigarette aus dem Fenster.

»Nicht Gerechtigkeit. Die Vergangenheit. *Meine.*«

»Du fürchtest sie also, hm? Deine Dämonen.«

»Nein.« Parkov beugte sich zur Beifahrertür und öffnete sie. »Ich fürchte nur, nichts von ihnen zu lernen.«

53.

Die bunten Lampions baumelten im Wind, die Flammen der Teelichter in den Kürbissen, die jemand – wahrscheinlich Isabelle, die Sabine beim Dekorieren geholfen hatte – auf flachen Baumscheiben im Gras aufgestellt hatte, tanzten wie kleine Feuergeister. In der Luft lag der würzige Geruch eines Holzfeuers und heißer Bowle, der verführerisch zu ihnen herüberwehte. Jörg Bodenfeld strahlte über das ganze Gesicht, als er sie sah.

»Happy Birthday«, sagte Marie, »und euch dreien alles Glück der Welt, mein Großer.« Sie küsste seine Wange, dann reichte sie ihm das kleine Geschenk, das sie mitgebracht hatte.

»Meine Lieblingskommissarin«, erwiderte er und lachte. »Toll, dass du es einrichten konntest.«

»Einrichten?« Marie schüttelte den Kopf. »Du weißt, dass mich unsere isländische Partyplanerin eigenhändig hergezerrt hätte, wäre ich nicht gekommen. Davon abgesehen wäre ich in jedem Fall gekommen, wie du dir denken kannst.«

Sie hatte ihn gleich etwas abseits des Trubels erwischt, beim Feuer, das prasselte und knisterte. Einem großen Lagerfeuer im Steinring neben der Hütte, aus dem Funken wie Glühwürmchen in den blauschwarzen Nachthimmel zischten. Von drinnen aus der Blockhütte drangen die Geräusche von Unterhaltungen und das Klirren von Gläsern.

»Sie streitet alles ab. Lorena Collordo hat ein wasserdichtes Alibi, irgendwer von Scotland Yard hat da interveniert, ein Carter oder so. Marie, ich will dich ja nicht drängen, aber wir brauchen diese fehlenden Überwachungsvideos aus dem Museum.«

»Soll ich sie herbeizaubern? Wie stellst du dir das vor?«

»Nein. Entschuldige.« Jörg sah sich suchend um. »Wo ist er?«

»Weiß nicht.« Marie ließ ebenfalls ihren Blick über die Gäste schweifen. Leland war tatsächlich gekommen, wie sie sah, und Helga, seine Frau, die sich mit Sabine, Jörgs Frau, unterhielt.

»Erzähl mir, was heute los war.«

»Sieht man mir das an? Krantz ist, na ja, unangenehm, um es mal vorsichtig auszudrücken«, entgegnete sie. »Ich glaube, er hat sich auf Parkov eingeschossen und mich kann er ebenso wenig ausstehen.«

»Sag mal, Parkov und du …« Jörg zögerte, als müsste er abwägen, in welche Worte er diese Aussage verpacken wollte. »Ich meine, es geht mich ja nichts an, aber denkst du nicht, es ist an der Zeit, dass du, hm, den nächsten Schritt wagst? Bin mir zwar noch immer nicht sicher, was ich von ihm und der ganzen Show halten soll, aber du vertraust ihm und das genügt mir. Also wieso versucht ihr es nicht miteinander?«

Sie lachte und spürte zugleich, wie ihre Wangen warm wurden. »Weißt du, ich bin ein Problemfall, Parkov ist ein Problemfall. Wir brauchen einfach etwas Zeit, das ist alles. Lucie hat ihn unglaublich gern. Ich hab nicht erwartet, dass sie sich so öffnet, aber ja, genauso war es.«

»Aber?«, wiederholte Jörg mit einem schiefen Lächeln.

»Nun, er ist Parkov. Ich weiß nicht, funktioniert er etwas anders als alle anderen? Oder liegt es an mir?«

»An dir bestimmt nicht. Die Typen hier sehen sich alle nach dir um.«

»Oh, hör auf, Jörg.«

»Es ist seine Vergangenheit.«

»Natürlich ist es das. Ich wünschte, ich könnte ihm helfen. Ihn befreien. Ich wünschte, das wäre alles so einfach.« Sie bemerkte, wie sich Isabelle den Weg zu ihnen bahnte.

»Die Frau, die eigenhändig ein Monster hinter Gitter brachte, beehrt uns mit ihrer Anwesenheit. Gibst du mir ein Autogramm?«

»Lass uns mal hinsetzen«, sagte Jörg und stellte große Gläser mit dampfendem Glühwein vor ihnen ab. »Nichts wärmt wie ein Kognak«, sagte er, »oder wie ging der Spruch?«

Isabelle schüttelte den Kopf. »Wenn jemand die Kunst beherrscht, die besten Witze zu verhauen, solltest *du* dafür eine Medaille kriegen, Süßer.« Sie nahm einen Schluck. »Stark, aber gut, Jörg-Schatz. Das wärmste Jäckchen, hör zu und lerne, ist das Kognäkchen.«

Marie lachte. Sie spürte, wie der heiße Glühwein ihr Innerstes wärmte und bis in ihre Zehen- und Fingerspitzen vordrang.

»Krantz ist hoffentlich auch eingeladen«, sagte Isa, aber weder Jörg noch Marie stimmten in ihr Lachen ein. »Was, hab ich was Falsches gesagt?«

»Weißt du, ich bin es leid, mir von einem Typ wie Krantz auf der Nase herumtanzen zu lassen. Ich lass mir nicht meine Zeit durch jemanden wie ihn verderben.« Für einen Moment war es ihr, als näherte sich zwischen den Tischen eine Gestalt im Mantel, das Gesicht vom Feuer beschienen – dann blinzelte sie und begriff, dass dort nichts war, nur Nebelfetzen, die mit dem Wind herantrieben.

»Er kommt nicht«, sagte Jörg.

Marie strich sich eine Strähne aus dem Gesicht. Ihr Haar war voll feiner Nebeltröpfchen, die in der Luft hingen wie ein Film, der sich über alles gelegt hatte, was vom sichtbaren Teil der Welt geblieben und noch nicht verschluckt worden war. »Na und?«

»Du weißt es doch ganz genau. Du sitzt hier, freust dich den ganzen Abend und er macht wieder diese typische Parkov-Scheiße, verspricht Sachen, die er am Ende doch nicht halten kann. Jetzt sag mir, dass es nicht so ist. Gefährliche Zeiten, gefährliche Maßnahmen. Und diese Maßnahmen verlaufen meistens genau so, dass ich schon jetzt weiß, wer am Ende dafür bezahlen wird – nämlich nicht er.«

Marie klang heiser. »Parkov muss nicht …« Sie unterbrach sich, als sie spürte, wie sich das Smartphone in ihrer Jeans mit einem Summen meldete. »Augenblick.« Die Nummer war ihr unbekannt – es war ein Videoanruf. *Wer macht denn heute noch …?* Sie trat ein paar Meter in die Dunkelheit hinein, wo der Lichtschein des Lagerfeuers über den Grasboden flackerte. »Marie Winter.«

»Marie.« Die Stimme klang vertraut, doch konnte sie den Mann erst einsortieren, als sein Bild erschien. »Ich bin froh, dass ich Sie erreicht habe. Ich würde Sie nicht stören, wenn …« Johann Münz schien nach Worten zu suchen. Parkovs Assistent, Butler, Freund, enger Vertrauter oder was auch immer er für ihn war, wirkte, als bereite ihm etwas große Sorgen. »Wenn es nicht wirklich dringend wäre.« Marie hörte den Unterton in seiner Stimme. »Es ist wegen Parkov. Ich fürchte, es geht ihm nicht besonders gut. Er gibt sich alle Mühe, es zu verbergen, aber wer ihn schon so lange kennt wie ich, bemerkt die feinen Nuancen. *Alle* Nuancen.«

»Wie meinen Sie das?« *Was für eine Frage. Du kannst weder dich selbst belügen, was die Auswirkungen der Taten des Professors angeht, noch kann es Parkov. Selbst du hast es bemerkt.*

»Ist Ihnen nichts an ihm aufgefallen? Ich meine, Sie haben doch einen Großteil der letzten Wochen mit ihm verbracht.«

»Stimmt«, sagte sie. »Wir haben die Taten des Professors aufgearbeitet. Sein Netzwerk ist komplex und weitverzweigt. Wir stehen gerade mal am Anfang, aber die Spuren haben ausgereicht, um ihn zu verurteilen.«

»Und?« Münz' Blick war durchdringend. »Ist Ihnen wirklich nichts aufgefallen?«

»Er wirkte nicht and…« Marie beendete den Satz nicht. Er war nicht angemessen, nicht gegenüber dem Mann, der Parkovs einziger Vertrauter seit Suzanns Tod gewesen war. »Doch«, nickte sie. »Etwas beschäftigt ihn. Und jetzt … jetzt hat es ihm noch einen Schlag versetzt. Das Symbol, das der Professor bisher benutzte, ist wiederaufgetaucht.« Sie seufzte. »Es ist niemals genug, das waren seine letzten Worte, als wir ihn verhaftet haben, und ich denke, er unternimmt alles, um diesen Worten Taten folgen zu lassen. Dann haben wir auch noch etwas anderes gefunden, Federn eines Raubvogels, wie damals.«

»Das ist überhaupt nicht gut.«

»Ich weiß.«

»Er fürchtet, dass er den Ausgang dieses Duells bereits voraussehen kann. Er hat sich mir gegenüber nicht geäußert, aber ich kann es ihm ansehen. Dieser Blick, Marie, ähnelt dem, den er hatte, nachdem er erfahren hatte, dass Suzann entführt worden war. Damals wusste er, dass er sie nicht würde retten können.«

Marie hörte seine Worte in ihren Gedanken widerhallen: Kümmert dich das? Lässt dich das kalt? *Das war genau, was du erwartet hast. Und es bestätigt zu hören macht alles nur schlimmer.*

»Ich glaube nicht, dass er so stark ist, wie er sich gibt«, sagte Münz.

»Sie wissen auch, dass ich nicht zulassen werde, dass er etwas Dummes tut. Was auch geschieht, ich werde für ihn da sein.«

»Er schätzt Sie, Marie«, antwortete Münz. »Wirklich. Er versucht, es richtig zu machen. Davon bin ich überzeugt.«

»Ja.« Sie nickte. »Nur manchmal ist das nicht genug.«

»Parkov plant etwas. Eine Sache, die … na, Grenzen überschreiten könnte. Ich denke, Sie sind die Einzige, die ihn stoppen kann.«

»Aber …«

»Nein.« Münz schüttelte den Kopf. Nun war ihm sein Alter deutlich anzusehen, er wirkte erschöpft. »Er wird nicht auf mich hören. Ich wage es nicht.«

»Wo ist er?« Marie sah in die Nacht hinaus. Irgendwo hinter ihr lachte jemand, doch fühlte sie sich in diesem Augenblick so weit weg von allen anderen, als stünde sie fernab auf der kalten Anhöhe eines Berggipfels und blickte auf die Lichter hinab, die sich im Dunkel unter ihr gegen die Nacht warfen.

»Ich kann sein Smartphone lokalisieren. Er weiß das nicht. Verraten Sie es ihm auch bitte nicht. Ich sende die Daten an Ihr Handy.«

Marie erhielt eine GPS-Koordinate, die auf der Karte markiert wurde. Eine Industriehalle in Frankfurt, leer stehend, wie es den Anschein hatte. Der ideale Ort, um …

»Was genau macht er da?«

»Ich weiß es nicht. Die Zeit drängt, Marie. Würden Sie für mich nach ihm sehen?«

54.

Parkov wartete in den Schatten. Sie umhüllten ihn und er hieß sie willkommen. Es war der Weg, den er gewählt hatte, der Weg, der ihm geblieben war. Der *einzige* Weg.

Jegor Iljins Penthouse nahm ihn mit seinem hellen, luxuriösen Weiß in seine Stille auf. Edle glatte Oberflächen, gerade Linien und Kanten, weite Flächen, die in der Dunkelheit und dem fernen Licht, das durch die hohen Fenster in die ausladende Wohnlandschaft hereinfiel, wie frisch gefallener Schnee schimmerten. Ein großes Kreuz hing an der Wand, als wäre die Symbolik ein Kontrast zu all dem, was der Mann in seinem Leben getan hatte, ein Versuch der persönlichen Buße.

Es war so still, dass Parkov das Geräusch seiner Finger hörte, die sich auf dem Griff der P99 bewegten, die er in der Hand bereithielt. Als die Schlüssel in der schweren Eingangstür rasselten, blickte er auf.

Jegor Iljin trat ein, war allerdings nicht allein. Eine Frau begleitete ihn, in einem Mantel mit Pelzkragen, angetrunken auf Stilettos balancierend. Sie schmiegte sich kichernd an Iljin, der ihr aus dem Mantel half.

Sie sagte etwas auf Russisch zu ihm, das eine verlockende Nacht ankündigen sollte.

»Ich bin gleich zurück«, antwortete Iljin und schloss eine Tür hinter sich.

Die Frau betrat den Wohnbereich. Mit einem Lächeln trat sie zu den hohen Sprossenfenstern und widmete sich dem Ausblick auf die illuminierte Skyline der Stadt, während sie sich die Schuhe abstreifte. Iljin kam herein, trat hinter sie, küsste ihren Nacken.

»Mhm.« Ihr kehliges Lachen war rauchig, verführerisch. Für einen Augenblick huschten ihre Augen zur Dunkelheit hinüber. Parkov hob die Waffe und stand auf, trat näher, ein dunkler Schatten im Mantel vor einer noch schwärzeren Finsternis. Iljin und seine Begleitung erstarrten. »Setz dich.«

Sie musterten ihn, die Frau besorgt, Iljin mit einer milden Überraschung, die sich allmählich in etwas anderes verwandelte – Unruhe. »Was willst du?«

»Hinsetzen«, wiederholte Parkov. Sein Ton duldete keinen Widerspruch. Sie gehorchten. »Nimm deine Sachen und geh«, sagte er zu ihr. Die Frau strich sich das platinblonde Haar zurück, griff nach ihren Schuhen und verschwand, ohne Iljin eines weiteren Blickes zu würdigen. Nur Sekunden später fiel die Eingangstür ins Schloss.

»Ich kenne dich«, sagte Iljin, nachdem sie gegangen war. »Du bist …«

»Viele Menschen kennen mich.« Parkov richtete den Lauf der Walther P99 auf Iljins Kopf, was dieser ungerührt hinnahm.

»Was willst du von mir?«

»Antworten.« Er warf ihm ein Paar Handschellen zu, die in Iljins Schoß landeten. »Du weißt, was du zu tun hast.«

Iljin legte die Schließen um seine Handgelenke, widersetzte sich nicht und sagte kein Wort.

»Das Versteck, der Ort, wo ist er?« Nun war es Parkov, als vermochte er zum ersten Mal einen Anflug von Verunsicherung in Iljins Augen auszumachen.

»Du bist nicht offiziell hier«, sagte der heiser.

»Dafür hast du aber lange gebraucht.«

»Komm schon.« Iljin hustete und bleckte die Zähne. »Hör zu, was immer du denkst, das ich getan hätte, ich habe nie …«

»Heb dir das für später auf«, sagte Parkov schroff. »Wir werden einen Ausflug unternehmen. Nur wir beide, gemeinsam. In die Vergangenheit.«

Iljin gab keinen Laut von sich, als sich Parkov zu ihm hinabbeugte. »Du wirst mich hinführen. Ins Herz dieser Finsternis.«

55.

Marie wandte sich zum Gehen, doch dann tauchte aus dem Dunkel jemand auf, den sie nicht erwartet hatte, wie aus einem Albtraum, der die Grenzen zwischen Schlafen und Wachsein verschwimmen ließ.

»Parkov ist auf der Flucht«, sagte Krantz und das Licht des Feuers spiegelte sich in seinen Augen. Der Wind blies, er hatte den Mantelkragen hochgestellt und schien zu frohlocken. »Du weißt es noch nicht?« Er blickte über ihre Schulter hinweg und musterte Jörg, Isabelle und die anderen, die an ihrem Tisch saßen. Isabelle erwiderte ihren Blick, fragend und aufmerksam. Warnend. »Mir scheint, die anderen wissen es auch noch nicht.«

»Ich muss los«, sagte Marie tonlos.

»Ach ja? Wieso solltest du eine Feier wie diese vorzeitig verlassen wollen?«

»Ich bin müde. Meine Tochter ist erkältet.« Die Lüge kam ihr mit einer solch spielerischen Leichtigkeit über die Lippen, dass sie selbst ein wenig erschrak. Der Hohn, den Krantz zur Schau stellte, machte sie wütend und wischte jede andere Emotion beiseite.

»Parkov ist auf der Flucht«, sagte er nun ein zweites Mal und wieder hatte sie das Gefühl, als habe er gar nicht erwarten können, mit dieser Neuigkeit herauszuplatzen, als hätte er nur darauf gewartet, dass dieser Tag käme. Sie dachte an Jannecks Worte: *Männer wie er fliegen alle eines Tages zu hoch und stürzen ab.* Sie alle.

»Angriff auf zwei uniformierte Kollegen.« Krantz kam näher. »Wir suchen ihn jetzt.«

»Was?!«

»Wir haben Fingerabdrücke in Sorina Mocanus Wohnung gefunden. Parkovs Daumenabdruck auf einem Ritualmesser, das der Tatwaffe ähnelt. Er wird vieles erklären müssen.«

Sie versuchte, diese Neuigkeit zu verarbeiten, ohne sich etwas anmerken zu lassen. Marie war sich nicht sicher, ob ihr das gelang. Sie wollte sich an Krantz vorbeidrängen, als er sie am Handgelenk festhielt. »Wo ist er? Ich weiß, dass du es weißt. *Wo – ist – Parkov?*«

»Keine Ahnung«, zischte sie, entzog ihm grob die Hand und stieß ihn von sich.

»Was geht hier vor?«

Marie sah sich nach der Stimme um: Franz Leland näherte sich ihnen. Für einen Augenblick hatte sie den Eindruck, dass er aussah wie früher – kraftvoll, noch nicht vom Krebs gezeichnet, der so jäh und mit unbarmherziger Geschwindigkeit über ihn gekommen war. Aber das war nur eine Täuschung, ein Lichtspiel, das die allgegenwärtigen Schatten und das Flackern des Feuers verursacht hatten.

»Ich hoffe, ich störe nicht«, sagte Leland. »An einem schönen Abend wie diesem sollte man nicht streiten.«

Krantz lächelte gequält. »Entschuldigt mich.« Dann machte er kehrt und verschwand zwischen den Herumstehenden.

Marie atmete laut und deutlich hörbar aus. Erst jetzt bemerkte sie, wie ihre Hand zitterte.

»Was ist passiert, Marie?« Leland musterte sie mit Sorge.

»Etwas mit Parkov. Ich weiß nicht, was, aber etwas geschieht hier.«

»Ich kann euch nicht helfen«, sagte Leland sanft. »Aber einen Rat kann ich dir geben.«

Sie wartete. Wind kam auf und fuhr ihr durchs Haar, ein Geruch lag in der Luft, vom würzigen Holzfeuer, in dem die Buchenholzscheite verbrannten, und noch etwas anderes: wie eine Vorahnung, ein Wandel, der unaufhaltsam näher kam. Ein Gefühl, das ihr Gänsehaut über die Arme kriechen ließ.

»Vertrau deinem Instinkt, Marie. Ich glaube, der trügt dich nicht.«

»Und was, wenn es doch so ist?« Sie und Leland folgten dem Pfad, der von der Hütte zurück zum Parkplatz führte. Die anderen waren nun schon fast außer Sicht. »Ich kann das nicht alles aufs Spiel setzen für …«

»… jemanden, der nur nach seinen eigenen Regeln spielt?«

»Ja.« Sie seufzte.

»Er hat dich doch gebeten, ihm zu vertrauen, oder?«

»Das hat er.«

»Und jetzt fragst du dich allmählich, ob es ein Fehler war.«

»Nein, es ist nur …« Sie schüttelte den Kopf. »Ich werde tun, was getan werden muss. Sophie van der Meers Tochter ist irgendwo da draußen und solange sie noch lebt, muss es eine Entscheidung sein, mit der ich leben kann. Damit ich mir selbst noch in die Augen sehen kann.«

»Gut, nichts anderes habe ich erwartet.« Ein flüchtiges Lächeln huschte über Lelands Mund, von der Sorte, die sie so gut kannte. All die Jahre. Alles, was geschehen war.

»Du weißt, wo er ist, nicht wahr?«

Sie nickte knapp. »Und du weißt, was geschehen ist, Franz?«

»Alte Querköpfe wie ich haben immer ihre Quellen. Auch wenn Krantz versucht, alles geheim zu halten, damit er es als seinen persönlichen Erfolg verbuchen kann.«

»Dann sag es mir. Was ist geschehen?«

Leland seufzte. In diesem Augenblick wirkte er, als laste alles Unheil der vergangenen Tage auf seinen Schultern. »Etwas Furchtbares.«

56.

Sie schritt durch die lichtlosen Gänge der alten Fabrikhalle, ihre Heckler & Koch P30 in den Händen, und folgte dem Signal, das sie zu Parkovs Standort führen sollte. Ein Spiel aus Licht und Schatten war ihr unablässiger Begleiter – eine flackernde Neonröhre auf dem Weg, eine Wandlampe, die oberhalb der grünen Tür summte, durch die sie hereingekommen war. Das Geräusch der Züge auf der nahen Bahnstrecke dröhnte durch die Hallen, prallte an kahlen Betonwänden ab.

Über schier endlose Treppenstufen stieg sie hinab, während die Dunkelheit mit tastenden Fingern nach ihr griff und ihre Augen schon längst den Versuch aufgegeben hatten, sie zu durchdringen. Also schaltete sie die Taschenlampe an, ließ den Lichtkegel über den mit Schmutz und Überbleibseln aus der Vergangenheit bedeckten Boden kreisen und hoffte, dass man sie nicht bemerkte, ehe sie ihr Ziel erreicht hatte.

Marie wollte, dass es nicht geschah. Sie wollte nicht hören, was sie hören konnte, sie wollte begreifen, dass sie bloß träumte – und gleich aufwachen. Aber so war es nicht. Was auch immer sie sich erhoffte, sie würde es nicht bekommen.

Vor ihr Stimmen. Zwei Männer sprachen miteinander. Einer von ihnen war Parkov. Er klang anders, bemerkte sie, älter, ernster … verbitterter. Als wäre in den vergangenen Stunden etwas geschehen, das alles verändert hatte. Sie dachte an Lelands Worte, an das, was er ihr erzählt hatte, an das, was Krantz vor ihnen erfahren und versucht hatte, geheim zu halten. *Wenn es wahr ist …*

Sie trat aus dem Korridor in eine große Halle, die von quadratischen Stützpfeilern unterbrochen wurde, die die Betondecke trugen und dabei so weit hinaufreichten, dass sie leicht auch den Nachthimmel selbst hätten stützen können. Marie schaltete die Taschenlampe ab. Sie war am Ziel.

Ein Baustrahler stand in der Mitte auf einem Stativ, ein rotes Kabel verschwand wie ein Wurm in der Dunkelheit am Boden. Im grellen Lichtkegel hockte ein Mann auf einem Holzstuhl. Er schwitzte in der Hitze des Lichtes, seine Hände waren hinter dem Rücken gefesselt. Er blutete aus Verletzungen an der Schläfe, aus aufgeplatzten Lippen, ein Auge war zugeschwollen, Blut lief ihm in einem Rinnsal über Stirn und Wange. Es war ein Anblick, der ihre Aufmerksamkeit auf sich zog, doch was sie in der Halle noch entdeckte, war kaum weniger schlimm.

Zwischen den Stützpfeilern waren Schnüre gespannt, Seile oder Wäscheleinen, das konnte sie nicht genau erkennen, und an ihnen hingen Fotografien, hundertfach mit Klammern befestigt, als hätte sie das Innerste des Fotolabors eines besonders kranken Geistes betreten.

Der Lichtschein schimmerte auf den Hochglanzfotos, aber sie konnte nicht erkennen, was dort aufgenommen worden war – noch nicht. Nur Silhouetten, Gestalten, die sich immer wieder ähnelten. Marie ging zwischen den Pfeilern entlang, hielt sich im Dunkel, versuchte, nach einem der Bilder zu greifen, die überall über ihrem Kopf hingen.

Dann riss der Gefesselte ihre Aufmerksamkeit zurück. Der Mann, wer auch immer er sein mochte, hustete und spuckte Blut, bevor sein Husten in ein heiseres Lachen überging.

»Du kannst mich foltern«, sagte er, »du kannst mit mir machen, was du willst, ich werde weiter lachen, weil ich schon jetzt weiß, dass man dich an deinen Eiern aufhängen wird! Für das, für alles andere!« Er grinste, hustete wieder. Die Schmerzen, die er erlitt, konnte er nicht verstecken, und doch war es, als genösse er seine Lage. »Ganz gleich, was du tust, das ist nichts im Vergleich zu dem, was *er* mit mir machen wird, wenn er erfährt, dass ich dir auch nur ein Wort weitergebe!« Er spuckte ein zweites Mal aus. Marie bemerkte, wie sich in der Dunkelheit bei den Pfeilern gegenüber etwas bewegte, dort, wohin die Augen des Gefesselten gerichtet waren.

O nein. Lass es nicht wahr sein.

»Du wirst deine Meinung ändern«, sagte Parkov ruhig. »Glaub mir.«

»Dann fang an! Fang an, du Stück …«

Marie sah, wie eine der Aufnahmen von einer der Wäscheleinen flatterte und vor ihr zu Boden fiel. Sie hob sie auf, betrachtete die Fotografie. *O Gott. Nein. Parkov, nein.* Sie faltete das Bild und steckte es ein.

»Wer von euch hat Rotenberger entführt? Wo sind die Listen, die Dokumente?« Parkovs Stimme war noch immer ruhig, doch konnte Marie eine große Unruhe heraushören, die ihn ergriffen hatte.

»Fick dich.«

Jetzt sah sie ihn. Parkov trat ins Licht. Er war blass, seine Hände, die in schwarzen Handschuhen steckten, zu Fäusten geballt. Marie war es, als könnte sie sich selbst hören, wie sie damals vor Jahren einen Eid geleistet hatte. Und jetzt? Sie hob ihre Dienstwaffe.

»Wer von euch hat Sophie van der Meer entführt und gefangen gehalten? Wer ist der Mann mit der Spieluhr? Was solltest du aus dem Herbarium stehlen? Was ist in den Tunneln?«

»Er ist dein Schicksal, Parkov. Ganz gleich, was du tust, du kannst ihm nicht entgehen. Er kümmert sich nicht um Regeln, nicht einmal um die, die ihm selbst einen Vorteil bringen. Er hat die Substanz einfach Argos Leuten weggenommen, und jetzt werden *andere* sie bekommen, einfach weil es so perfekt *chaotisch* ist, all diese Pläne zu durchkreuzen.« Der Gefesselte lachte heiser. Marie war es, als hörte sie noch andere Worte in der Dunkelheit – und doch immer nah bei ihr ein heiseres Flüstern: *Es ist niemals genug, niemals, nie.*

Sie schob diesen Gedanken so weit von sich, wie sie nur konnte, fasste einen Entschluss und trat näher ins Licht, während sie die Dienstwaffe hob und auf Parkov richtete. »Hör auf.«

Parkov wirbelte herum. Er griff nach seinem Holster, seiner Waffe und war im Begriff zu ziehen, ehe sie ihn anbrüllte und »*Stopp!*« schrie. Der Fremde starrte sie an, doch Marie hatte nur Augen für Parkov.

»Du.« Parkov sprach dieses Wort aus, als gehörte es zu einer fremden Sprache: dunkel, fast zärtlich. »Du solltest nicht hier sein.«

»Dachtest du, ich feiere Jörgs Geburtstag, während du hier einen Mann folterst?«

»Ich werde tun, was getan …«

»O nein.« Marie schüttelte den Kopf. »Wag es nicht, wieder diese Ausrede zu bringen. Weißt du, wie oft ich das hören musste? Es ist genug.«

»Dann dreh dich um und geh, wenn du es nicht erträgst. Menschen müssen manchmal Schlechtes tun, um die Guten zu schützen.«

»Nein«, erwiderte sie. »Ich werde nicht zulassen, dass du das tust. Ganz gleich zu welchem Zweck.«

»Jegor Iljin ist sein Name. Er hat alles, was wir brauchen.«

Marie bewegte ihre Waffe kein Stück. »Ich glaube dir ja«, sagte sie und bemerkte, dass ihre Stimme bei Weitem nicht so stark und überzeugend klang, wie sie gehofft hatte. »Aber nicht so. Nicht auf diese Weise.«

»Willst du ihn festnehmen? Ihn? Du weißt, dass das nichts nützt. Diese Leute stecken zu tief drin, sie fürchten, was geschieht, sollten sie auspacken. Außerdem warne ich dich, du darfst niemandem von *unseren* Leuten vertrauen.«

»Hör auf, so zu reden, Daniel.« Marie spürte, wie der Lauf der Waffe in ihrer Hand zitterte. »Das bist du doch nicht. Das ist es, zu was sie dich machen wollen. Dieser Ort, diese Bilder, begreifst du denn nicht? Ich weiß, dass du leidest, aber du kannst nicht so weitermachen. Das lasse ich nicht zu.«

»Sein Name ist Jegor Iljin«, wiederholte Parkov. »Er ist es, den wir auf der Überwachungskamera am Eingang des Museums entdeckt haben. Diese Männer haben sich auf etwas eingelassen, das sie selbst nicht verstehen, etwas in die Stadt geholt …«

»Und was?«, rief Marie. »Den Zhúkundu? Beginnst du jetzt auch noch, an diesen Unsinn zu glauben und …« Sie beendete den Satz nicht, aber Parkov betrachtete sie mit einer Mischung aus Erschöpfung und Zorn.

»Wenn du diesen Irrsinn stoppen willst – hier und jetzt –, dann gibt es nur einen vernünftigen Weg. Gewinne Informationen. Lass mich tun, was ich tun muss.«

»Ich lasse dich nicht einen Mann foltern und dann wieder mit meiner Tochter spielen. Was glaubst du, was du hier tust? Denkst du …«

»Du bist eine blöde Kuh«, erwiderte Parkov. »*Verschwinde.*«

»Ist mir gleich, wie du mich nennst. Jetzt nimm die Hand von deiner Waffe und geh von ihm weg. Sofort.« Sie tastete nach ihren Handschellen. Als Parkov bemerkte, was sie vorhatte, schüttelte er den Kopf. Seine Miene war versteinert, ein kalter Ausdruck der Entschlossenheit. »Das werde ich nicht, Marie.«

»Zwing mich nicht dazu!«, schrie sie ihn an. »*Zwing mich nicht!*«

»Ich werde jetzt in meine Manteltasche greifen«, sagte Parkov. Er tat, was er angekündigt hatte, und Marie konnte im grellen Licht des Bauscheinwerfers über die gut zehn Meter Entfernung, die sie nun noch von Parkov trennten, ausmachen, dass es ein kleines Mobiltelefon war.

»Fang«, rief Parkov und warf es ihr zu. Marie fing es auf und erwartete, dass Parkov den Augenblick nutzen würde, um sich abzuwenden und zu fliehen oder vielleicht auch seine Waffe zu ziehen, doch er blieb einfach dort, wo er war, und rührte sich nicht. »Wenn ihr diese Halle und den Raum dahinter durchsucht – und ich muss dich bitten, das zu tun –, werdet ihr Spuren entdecken, da bin ich mir sicher. Vermutlich auch meine *wieder* fingierten Spuren wie die anderen, die man entdeckt hat. Marie, vertraust du mir noch immer?«

»Kann ich das denn?«

»Du *solltest* es. Und richte nie mehr eine Waffe auf mich.«

»Hör auf damit, Daniel. Hör einfach auf.«

»Was du gerade so elegant gefangen hast, ist dein einziger Weg, mich zu finden. Solltest du dich dafür entscheiden, handle weise und schnell.« Parkov hob den Kopf und sah sich um, als wollte er lauschen. Auch Marie hörte es: geflüsterte und nicht besonders weit entfernte Stimmen, die durch die verlassenen Korridore hallten, gerufene Befehle und das Bellen von Hunden. Immer mehr von ihnen. Immer näher.

»Hast du sie geholt?«, fragte er, nun müde und enttäuscht.

»Nein.« Marie schluckte. In Parkovs Augen entdeckte sie tiefe Erschöpfung. »Das musst du mir glauben. Ich bin allein gekommen. Niemand ist mir gefolgt.«

»Dann haben sie also einfach so hierhergefunden?«, fragte Parkov ungläubig.

Iljin saß noch immer blutend auf dem Stuhl und lachte. »Sie war es nicht. Dein kleines Häschen ist unschuldig. Aber denkt ihr, ich führe jemanden wie dich, Parkov, an einen Ort wie diesen, in ein Versteck wie dieses und sichere mich nicht vorher ab? Dann bist du ein noch größerer Idiot, als ich dachte! Du weißt jetzt von diesem Versteck, weil er es so wollte. Und während du hier den harten Mann gespielt hast, gab es einen kurzen Anruf bei euren Leuten. Ein Flüstern: Ihr wollt Parkov? Dann holt ihn euch. Ich weiß, wo ihr ihn findet.«

Marie und Parkov tauschten einen stummen Blick, während die Hunde bellten.

»Hier ist noch ein Durchgang«, rief eine Männerstimme. Marie erschrak, als sie bemerkte, wie nah sie schon waren.

Mehr noch, sie erkannte den Mann: Hannes Janneck vom K 17.

Wenn sie Parkov hier fanden, würden sie ihn festnehmen. Vielleicht auch nicht. Vielleicht würde sich auch ein Finger zu schnell an einem Abzug bewegen. Es war dunkel, vielleicht würde später jemand eine Waffe in Parkovs Hand gesehen haben, vielleicht würde man von Notwehr sprechen.

»Geh«, drängte sie ihn. »Ich werde das noch bereuen, aber alles andere noch mehr. *Also geh, na los, verschwinde!*«

Parkov warf ihr einen letzten, seltsam belustigten Blick zu, dann nickte er und eine Andeutung von Dankbarkeit huschte über sein Gesicht. Er wandte sich um und floh mit wehendem Mantel in die Dunkelheit. Sie hörte, wie seine Schritte verhallten.

Marie steckte das kleine Mobiltelefon in ihre Manteltasche. Ihr war übel. Alles, was sie in all den Jahren des Polizeidiensts erlebt hatte, verblasste gegenüber diesen wenigen Minuten.

Iljin beobachtete sie. Ein kaltes Grinsen lag auf seinem Gesicht. »Alles zerfällt«, sagte er, »und das Ende, das du so fürchtest, kommt immer näher. Kleines Miststück.«

Marie richtete die Waffe auf den Gefesselten. Aus den Korridoren, die in die Halle führten, die sie selbst vor vielleicht einer Viertelstunde entlanggegangen war, näherten sich nun die Lichtkegel von Taschenlampen, die alles auszuleuchten versuchten.

Iljin hustete. »Komm näher«, zischte er, »ich verrate dir etwas. Sie werden ihn jagen«, flüsterte er, »und ganz gleich, was geschieht, du wirst sie nicht davon abhalten können. Es sei denn, du gehst denselben Weg wie er.« Wieder ein Lachen, er spuckte Blut. »Du stellst dich gegen die eigenen Leute. Es gibt keinen anderen Weg, verstehst du? Wenn du ihn aufhalten willst, musst du Grenzen überschreiten. *Zhúkundu sieht. Immer.*«

»Mit was in aller Welt hast du dich eingelassen?«

»Es war nur ein Job.«

Marie hätte ihn schlagen können. »Verflucht, du weißt, dass es nicht so ist!«

Iljin senkte die Stimme. »Er ist das Gefährlichste, was du dir vorstellen kannst, kleine Polizistin. Ich habe ihn gehört. Er sprach nicht direkt mit mir, die Anweisung bekam ich von einem anderen, einem der Männer, die ihm näherstehen … aber dennoch, ich konnte hören, wie er etwas sagte. Feuer und Schatten, immer wieder diese Worte. Als wären sie sein Mantra. All die Schatten, die Feuer, immer wieder.«

Das waren dieselben Worte, die sie vom Professor gehört hatte, als sie ihn verhaftet hatten: Sie allein war mit ihm im Labor von Parkovs Landhaus geblieben, sie allein kannte diese Worte. *Das war noch gar nichts*, hatte er gesagt, *wartet nur ab und seht all die Feuer und die Schatten.*

»Seine Leute sind überall.« Etwas in seiner Stimme jagte Gänsehaut über ihre Arme.

»Halt die Klappe. Du bist Abschaum.« Marie senkte die Waffe. Ihr Herz hämmerte. Sie musste ebenfalls fort, die anderen durften sie auf keinen Fall so antreffen.

Iljin flüsterte wieder. »Erik. Ich weiß, wie es geschehen ist. Wie er ihn zu dem gemacht hat, was er am Ende war. Wie er ihn dazu getrieben hat, dich anzugreifen.«

Marie starrte ihn an. Die geweiteten Augen des Mannes waren voll Spott und Hohn. Dann gab sie der Dunkelheit in sich nach. Sie trat ihm gegen die Brust, mit voller Wucht und aller Kraft, die sie aufbringen konnte. Der Stuhl kippte nach hinten und Iljin schlug auf dem Boden auf.

Sie kniete sich neben ihn, brachte den Lauf der Pistole dicht vor sein blasses, blutverschmiertes Gesicht. Noch immer war er nicht bewusstlos und sah sie an, eine ferne, lichtlose Düsternis in den Pupillen. »Ich töte dich gleich hier«, raunte sie ihm zu. Ihr Finger berührte den Abzug. Sie wusste, welchen Druck sie ausüben musste. »Sag mir, was du weißt.«

Iljin starrte zu ihr auf. »Aber es war …«

Ein scharfes Sirren schoss an ihrem Kopf vorbei, so dicht, dass Marie die Hitze des Projektils spüren konnte. Iljin zuckte einmal – dann lag er ganz still. Sein linkes Auge war verschwunden, die Kugel direkt in sein Gehirn eingedrungen. Marie wirbelte herum und sprang aus dem Lichtkegel des Bauscheinwerfers. Der Schütze war fort.

Sie sah, wie sich mehrere Lichtkegel in die Halle bewegten, Silhouetten außerhalb des Lichtkreises, den der Baustrahler in die Dunkelheit schnitt. Sie näherten sich. »Da ist wer«, brüllte jemand. »Hier drüben!« Es war zu spät.

Die anderen kamen immer näher. Sie hörte das Trommeln von Hundepfoten auf dem Betonboden. »Hier ist noch eine zweite Spur«, rief einer im Vorbeieilen. »Hier war noch jemand anders!«

Marie rannte los. Sie sah nicht zurück, folgte den lichtlosen Gängen, den fahlen Lichtflecken des Vollmonds, der durch gesprungene Oberlichter hereinschien. Glassplitter unter ihren Sohlen, wilder Efeu, der unter ihren Schritten raschelte.

»Dann folgt ihm!« Das war Janneck oder Krantz, sie konnte ihre Stimmen nicht auseinanderhalten. »Umstellt das Gelände, sperrt alles ab! Lasst ihn nicht entkommen.«

Marie fand einen Ausgang, während hinter ihr die Stimmen stetig leiser wurden. Sie holte tief Luft, ging vorsichtig um die Halle herum und näherte sich den geparkten Fahrzeugen von der Straße her. Ganz unauffällig. *Als wärst du gerade erst hier eingetroffen.*

Sie spürte, wie man sie grob am Arm packte und herumdrehte, dann blickte sie in Krantz' Gesicht, der sie anstarrte, als hätte er sie gerade dabei ertappt, dass sie mit einem Flüchtigen gesprochen hatte. *Im weitesten Sinne,* dachte sie erschöpft, *war es ja auch so.*

»Wo ist er?« Dann, lauter, sein Gesicht nur Zentimeter von ihrem entfernt: »Wo – ist – er?«

»Ich hab keine Ahnung. Tut mir wirklich leid. Ich bin grade erst …«

Er stieß sie von sich. »Er war hier«, rief Krantz laut zu allen anderen, »Parkov! Sucht ihn!«

Durch die Korridore, die Richtung Süden führten, hallte ein Schuss. Sie alle drehten sich um, Marie rannte los. Jemand rief etwas hinter ihr her, doch es war ihr gleich. Sie rannte, der Lichtkegel ihrer Taschenlampe eilte ihr voraus. Schließlich gelangte sie auf einen Platz auf der anderen Seite der Halle, wo dicht vor ihnen die Bahnstrecke auf einer Anhöhe entlangführte. Die Böschung war steil und mit dornigen Sträuchern bewachsen, die schwach im Wind schwankten. Durchs hohe Gras führte eine Spur hinauf. Mehrere Polizisten suchten den Boden ab – Hunde an der Leine, die irritiert in Richtung des Gleises bellten, auf dem ein nächtlicher Güterzug entlangrauschte, eine ewig lange Aneinanderreihung von Waggons, die ihnen den Weg versperrte. Die Räder und Achsen des Zuges ratterten und quietschten, die Scheinwerfer der Zugmaschine stachen wie Lichttunnel in die neblige Nacht.

»Habt ihr ihn erwischt?«, rief sie einem der Hundeführer zu.

»Sieht es danach aus?« Der Mann wandte sich ihr zu. »Aber er war da, gleich vor uns, gerade als der Zug kam. Jetzt ist er auf der anderen Seite und längst …«

»Habt ihr ihn *erwischt*?«, wiederholte sie scharf. »Jemand hat doch seine Waffe abgefeuert!«

»Ich denke, ich habe ihn getroffen«, sagte jemand, der von der Böschung herunterkam, wo er zwischen den vorüberziehenden Waggons versucht hatte, einen Blick auf die gegenüberliegende Seite zu erhaschen. Der Mann kam näher, erst jetzt konnte Marie sein Gesicht erkennen. Hannes Janneck vom K 17.

»Ja, ich bin mir ziemlich sicher, dass ich ihn getroffen habe.« Janneck atmete schwer, doch zugleich klang er triumphierend, während er sie voller Abneigung musterte. »Er flieht, er hat einen Vorsprung, aber damit kommt er nicht durch.« Marie schien es, als wären seine nächsten Worte nur für sie bestimmt: »*Das schafft Parkov nicht.*«

TEIL DREI

Projekt Vadana

57.

Die Zeiger der großen Uhr in der Eingangshalle des Präsidiums sprangen auf halb zwölf. Marie fühlte sich, als hätte sie einen Halbmarathon absolviert: Ihre Muskeln brannten, die konstante Anspannung, all das Adrenalin, das diese Nacht in ihr Blut gespült hatte, ließ sie verkrampft und mit geballten Fäusten die Treppe hinaufsteigen. Noch bevor sie mit Verstärkung und mehr Licht zurückkehrten, hatte sie sich auf der Toilette eines nahen Restaurants die Hände gewaschen und bemerkt, wie sie zitterte, als sie Iljins Blut von ihren Fingern wusch.

»Marie? Wir haben das hier gefunden«, sagte Jörg. Er legte den durchsichtigen Objektbeutel auf die lange Reihe von Tischen, auf denen sie die Spuren zusammentrugen, die in den Hallen und auf dem Gelände entdeckt wurden. »Eine Pressemitteilung zur großen Charity-Gala von Stephen Meyer. In einem Lagerraum bei den Bahngleisen. An dem Papier befinden sich DNA und Fingerabdrücke von Sophie und Sina van der Meer und auch von Meyers Sohn Jonas.«

Marie betrachtete den Ausschnitt. Jemand hatte mit einem roten Filzstift die Worte EINES TAGES GRABEN WIR ALLE darauf geschrieben. Die letzten Worte, die der Professor an sie gerichtet hatte, ehe er verurteilt worden war. »Wieso diese Fingerabdrücke?«

»Eine Botschaft, vermute ich. Offenbar steckt hinter Jonas Meyers Verschwinden doch mehr, als die Kollegen zunächst dachten.«

»Was soll uns das sagen? Dass wir die Gala besuchen müssen, wenn wir die Entführten finden wollen?«

»Gewidmet den Helden unserer Polizei«, sagte einer der Kollegen der Spurensicherung mit unüberhörbarem Zynismus, ehe er eine der gefundenen Kisten abstellte. »Wie viele von denen wurden in den letzten Jahren festgenommen? Da würde ich sagen, das passt doch wunderbar, wenn wir uns alle auf derselben Party treffen.«

Marie drehte sich um, als die Tür aufging. Isabelle hielt einen Ausdruck in den Händen und musterte sie mit Sorgenfalten auf der Stirn.

»Neuigkeiten?«

»Ergebnisse, frisch aus dem Labor. Dr. Graubach hat alles gerade in einem Aufwasch rübergeschickt. Vielleicht sollten wir«, sie nickte in Richtung Tür, »ein Stück zusammen gehen.«

»Ist gut, Isa.«

In der Kantine, die jetzt im Halbdunkel leer und verwaist vor ihnen lag, ging Marie weiter auf und ab. Isabelle legte die Aktenmappe auf den Tisch. »Zunächst: die Fahndung nach Parkov …« Marie blieb stehen.

»Erfolglos. Bislang.«

»Was sagt denn die Technik zu diesen Spuren?«

»Auf den ersten Blick sind da Fingerabdrücke in Mocanus Wohnung an dieser Ritualwaffe, die ihr im Schrank entdeckt habt. Dann zwei tote Kollegen, einer von ihnen war gerade mal Anfang zwanzig. Frisch aus der Ausbildung …«

»Ich verstehe nicht, was du mir sagen willst.«

»Die Wahrheit ist …« Sie seufzte. »Ich weiß es selbst nicht.« Dass selbst Isabelle diese Worte so aussprach – *die Wahrheit* –, schmerzte sie.

»Parkov hat das nicht getan. Unmöglich. Es ergibt keinen Sinn, er hätte sich jederzeit zu den Vorwürfen geäußert und sie entkräftet, hätte man ihm die Chance gegeben.«

»Aber wieso hat er es dann nicht gemacht?«

»Keine Ahnung, aber …« Marie schüttelte den Kopf und fuhr sich durchs Haar. »Das ist Teil des Plans. Parkov aus dem Weg zu räumen, ihn zu belasten.«

Isabelle öffnete die Mappe. »Die Kollegen im Labor haben die Blutspuren aus dem Museum, mit denen das Symbol an die Wand gemalt wurde, geprüft und melden, dass die extrahierte DNA bislang mit keinem Datensatz in den Datenbanken übereinstimmt. Zugleich gibt es aber auch dort neue Unregelmäßigkeiten. Das Sicherheitssystem wurde gestört, jemand hat sich Zugriff auf die Archive verschafft. Sag mal, weißt du etwas darüber?«

Marie warf einen Blick über ihre Schulter, um sich zu vergewissern, dass sie allein waren. »Aber nur weil er herausfinden wollte, ob man uns etwas vorenthält.«

»Oh, Mann. Du merkst doch selbst, wie das jetzt aussieht, Marie.«

»Haben wir endlich Informationen darüber, was aus dem Herbarium gestohlen wurde? Iljin hätte es uns verraten, wäre er nicht erschossen worden.«

»Nein, noch immer nichts.«

Marie zog sich einen Stuhl heran und stützte den Kopf auf beide Hände, während sie ins Leere starrte. »Was für ein Mist das alles doch ist. Diese Fotos waren nur für ihn dort unten. Um Parkov zu schockieren, ihn über die Grenze zu treiben. Zuerst der fingierte Fingerabdruck, dann die Bilder.«

»Das erklärt nicht, wieso er …«

»Natürlich erklärt es das, Isa. Er muss gedacht haben, dass aus Iljin auf anderem Weg nichts herauszubekommen ist. Also hat er diese Grenze überschritten, weil man ihn dazu gezwungen hat.«

»Man hat ihn gezwungen? Marie, mal ehrlich …«

»Doch«, gab sie unbeirrt zurück. »So ist es. Diese Welt.«

»Vielleicht sollten wir wirklich tun, was Krantz sagt, und versuchen, ihn davon zu überzeugen, sich zu stellen.«

»Das würdest du tun?«

Isabelle seufzte. Dann schüttelte sie den Kopf, sah Marie dabei jedoch nicht in die Augen. »Ich sage dir, es wäre besser für ihn. Du bist die *Einzige* hier, die ihm das beibringen kann.«

»Nein, bin ich nicht. Ich weiß, dass das *niemand* kann.«

»Marie …«

»Hör auf. Niemand kann Parkov von etwas abbringen, das er sich in den Kopf gesetzt hat. Nicht du, nicht ich, nicht Krantz, selbst wenn er alles und jeden mobilisiert. Im schlimmsten Fall verlieren wir ihn nur ganz. Er ist verschwunden, wie schon einmal – und jetzt wird er sich der Sache allein annehmen.«

»*Du* verlierst ihn, meinst du. Machst du dir deshalb Sorgen?«

»Ich weiß es nicht, Isa. Was ist es denn, das ich verliere?« Sie brach ab. Ein kaltes Gefühl irgendwo dort, wo ihr Herz hätte pochen sollen. »Parkov hätte nie zwei Kollegen erschossen, nur weil sie ihn zu einer Befragung abholen sollten. Er hat es nicht getan. Das ist völlig absurd.«

»Natürlich.« Isabelle seufzte erschöpft. »Trotzdem ist es furchtbar.«

»Du bist schon auf meiner Seite, oder?«

»Jetzt gibt es also schon Seiten? Ich dachte immer, es gibt die und es gibt uns – und Parkov zählt zu uns.« Isabelle warf ihr einen durchdringenden Blick zu. »Parkov hat mir das Leben gerettet. Er hat mich aus dieser beschissenen Kiste geholt. Ich *schulde* es ihm. Was immer ihr macht, ich werde euch nicht alleinlassen.«

»Wir werden Probleme bekommen.«

»Mit Krantz und denen, die ihn hassen? Süße, ich glaube, du solltest dich eher wundern, wenn es *nicht* zu noch mehr Problemen käme.«

Marie schnaubte.

Isabelle trat neben sie und strich ihr tröstend über den Rücken. »Ach, Süße, das ist alles so kompliziert bei euch. Aber du solltest doch wissen, wovor er sich insgeheim am meisten fürchtet: Er will nicht noch mal dasselbe wie mit Suzann erleben. Er will nicht noch einmal so brutal verletzt werden. Deshalb benimmt er sich so, dir und allen anderen gegenüber.«

An diesen Worten konnte sich Marie festhalten. »Die Bilder …«

»Ja. Es ist hart.«

»Verflucht, Krantz versteht überhaupt nicht, was das bedeutet! Wenn ich nur hätte verhindern können, dass …« Marie ballte die Faust, hilflos vor Wut und dem Gedanken, dass sie mehr hätte tun können.

Für einen Augenblick huschte ein trauriges Lächeln über Isabelles Gesicht. »Sieht ganz danach aus, als müssten wir doch hingehen, zu Meyers großer Charity-Gala. Krantz sprach schon davon, dass er jemanden einschleusen will, um alles im Auge behalten zu können.«

»Krantz kann mich mal.«

»Oh, lass ihn das besser nicht hören.«

Marie schnaubte. »Sie hätten Parkov da unten am liebsten auf einer Bahre rausgetragen.«

»Marie …« Die hob die Hand und unterbrach ihre Kollegin, als von draußen laute Stimmen zu hören waren. Dr. Graubach stieß die Tür zur Kantine auf, dicht gefolgt von Krantz, in dessen Gesicht Zornesröte stand. Der Rechtsmediziner trug eine Akte unter dem Arm.

»Sie haben mir überhaupt nichts zu sagen!«, rief Graubach. »Was soll dieser Mist? Ich rede, mit wem ich will und wann ich will!«

»Sie haben mir sofort Bericht zu erstatten, wenn es um eine Information geht, die diesen Fall betrifft!« Krantz streckte die Hand aus. »Her damit.«

»Sie können mich …«

»Her damit, zum letzten Mal.« Krantz' Stimme hatte nun einen bedrohlich leisen Ton angenommen, worauf ihm Graubach die Akte in die Hand drückte. »Geht doch.« Der Leiter des K 11 machte kehrt und verschwand.

»Haben wir was verpasst?«

»Ich komme aus dem Labor«, sagte Graubach. Er war aschfahl, zog einen Stuhl zu sich heran und setzte sich. »Die Blutspur aus dem Museum, Marie, wir haben sie analysiert. Der DNA-Abgleich ergab nun doch einen Treffer.«

»Und?«

»Der Treffer befand sich nicht in der Datenbank der erkennungsdienstlich Behandelten, sondern in unserer *eigenen* Datenbank. Bei unseren eigenen Leuten und deren Angehörigen.«

»Oh, Scheiße«, sagte Isabelle.

Marie warf ihr einen Blick zu und begriff nur einen Herzschlag später. Das war der Grund, warum Graubach zuerst mit ihr sprechen wollte und wieso er so erschrocken aussah.

»Es ist Parkov, nicht wahr?«

Graubach zuckte zusammen, als hätte sie ihn geschlagen. »Wie bitte? Parkov? Nein, es ist das Blut seiner verstorbenen Frau: Suzann Mirandier.«

Marie schloss die Augen. Es war, als brächen Stücke des Bodens weg, auf dem sie stand. Isabelle fügte leise noch etwas hinzu, doch das bekam sie nicht mit, als wäre ihr Gehirn für einen Moment nicht in der Lage, die akustischen Signale in Worte zu übersetzen.

»Ebenso schlimm ist, dass …«, der Blick des Rechtsmediziners ging zur Tür, durch die Krantz verschwunden war, »dieser Unruhestifter es vor ihm erfahren hat. Ich für meinen Teil vertraue Parkov.«

»Das ist ja nicht mal alles«, sagte Marie dumpf. »Dort unten haben wir Dinge gefunden, Bilder, die Parkov zeigen, immer wieder ihn.« Sie dachte daran, wie sie abermals nach unten gegangen waren, mit Taschenlampen und Kollegen, die schwere Bewaffnung trugen, wie sie diesen Raum erkundet hatten, in dem die Bilder an Wäscheleinen von der Decke hingen. Jemand hatte in derselben Farbe, die auch das Bild mit den alten Knochen in dem Massengrab geziert hatte, viele Male seinen Namen an die Wände geschrieben: Parkov, Parkov, Parkov. Es waren Fotografien, die Parkov zeigten, Suzann und ihn, in glücklichen Momenten, sie beide bei einem Spaziergang an einem weißen Sandstrand, in einem Café, Szenen, die ihn und sie zeigten, wie sie sich küssten, Szenen, wie Parkov und sie vor einer Kirche standen, umringt von einer jubelnden Schar Hochzeitsgäste. Parkov, der an Suzanns Sarg stand. Parkov allein an ihrem Grab.

Parkov, der gebrochen durch den Park des weitläufigen Anwesens im Taunus wanderte, in Schwarz gekleidet, gebeugt wie ein alter Mann. Parkov in Russland. Parkov vor einem buddhistischen Tempel.

Das nächste Bild, Jahre später: Parkov, der ihr, Marie, die Tür öffnete. *Jemand war dort,* dachte sie mit Entsetzen. *An diesem Abend.*

Zudem entsetzliche Bilder, die man kaum ertragen konnte, von Mordopfern aus Fällen, die Parkov untersucht hatte. Doch die Erkenntnis, dass jemand ihn begleitet, seinen Weg all die Jahre beständig überwacht hatte, war ebenso schrecklich, ebenso unbegreiflich. Die Erkenntnis, dass der Professor all das seit einer so langen Zeit im Voraus geplant und all die Jahre gewartet hatte – das war eine Neuigkeit von einer solchen Tragweite, dass sie kaum begriff, was sie zu bedeuten hatte.

Für Parkov. Für diesen Fall. Für sie selbst? Für alles andere, was geschehen war und noch geschehen würde.

»Das ist ja entsetzlich«, sagte Graubach mit leiser Stimme. »Der arme Mann.«

»Diese Tatortaufnahmen«, sagte sie leise, »waren definitiv nur in den offiziellen Fallakten zu finden. Digitalisiert und in physischer Form. Er muss darauf Zugriff haben oder wir haben irgendwo ein Leck. Jemand, der mit Leichtigkeit auch Parkovs Fingerabdrücke an Tatorten hätte platzieren können.« Marie warf Isabelle einen durchdringenden Blick zu, den ihre Kollegin sorgenvoll erwiderte. »Wer auch immer es ist, gnade ihm Gott, wenn Parkov ihn vor uns findet.«

58.

Als Marie gegen eins endlich nach Hause kam, war sie nicht allein. Während sie die Straße überquerte, stiegen zwei Reporter aus einem VW-Van und folgten ihr, Kamerablitzlicht erhellte den dunklen Hauseingang und spiegelte sich in den Regenpfützen wider.

»Frau Winter! Einen Moment! Was sagen Sie zu den Anschuldigungen gegen Daniel Parkov? Rückt der Konzern Parkov Industries ebenfalls in den Fokus Ihrer Ermittlungen? Wie werden Sie persönlich damit umgehen?«

Sie drehte sich um und bemühte sich um einen möglichst kühlen und professionellen Blick in die Kameralinse. *Wie die Geier*, dachte sie. *Immer kreisend, abwartend. Bereit, über jeden herzufallen, der sich einen Fehler erlaubt. Bis heute warst du für sie eine Heldin. Eine* verwarnte *Heldin – nur wie lange noch?*

»Ich kann mich zu laufenden Vorgängen nicht äußern. Wir werden ebenso konsequent ermitteln, wie wir es in jedem anderen Fall tun würden. Kein Bonus, nur weil er berühmt ist. Was den Konzern angeht, wird sich zeigen, welche Rolle er in der Sache spielt.«

»Dann stellen Sie sich also öffentlich gegen ihn? Ist es das, was wir hier gerade erfahren?«

Marie holte tief Luft. *Du bist erschöpft, müde, und diesen Idioten fällt nichts Besseres ein, als dich zu dieser Uhrzeit zu nerven. Sorg dafür, dass du sie loswirst. Und wenn es das ist, was sie hören wollen …*

»Ich sage nicht, dass ich mich gegen ihn wende. Das hängt nur von ihm ab. Aber ich werde tun, was getan werden muss. Falls er das hier sieht: Stell dich. Das ist der einzige Weg.«

»Wir hörten, er hätte Sie gefährdet.«

»Nein, das ist Unsinn. Schluss mit diesen Geschichten, Parkov ist ein guter Freund.«

»Nur ein Freund? Und überhaupt, was hat das zu bedeuten? Wie können Sie das sagen? Er hat mutmaßlich zwei Menschen ermordet, Kollegen von Ihnen!«

»Das ist nicht bewiesen.« Marie spürte, wie ihr das Gespräch entglitt, wie ihr die Worte im Mund herumgedreht wurden. »Das ist, hören Sie, Sie werden das nicht …«

»Decken Sie ihn, Frau Winter? Die Angehörigen der ermordeten Polizisten verlangen Aufklärung, und Sie stellen sich hier hin und – sagen Sie uns, war es nicht nur eine Frage der Zeit, bis es Parkov nicht mehr ausreichen würde, auf der Seite der Polizei zu stehen? Bis er einen Kick spüren wollte, den er bisher nicht bekam?«

»Das ist nicht …« Sie sah dem Mann an, dass er diese Reaktion erwartet hatte und sie ihm gerade die Bilder lieferte, die er sich wünschte. »Lasst mich in Ruhe.« Marie beschleunigte ihre Schritte. Der Schlüssel wollte nicht ins Türschloss passen, weil ihre Hand zitterte. Dann gelang es ihr, sie stürmte die Treppen hinauf und in ihre Wohnung.

Als die Tür mit einem Knall hinter ihr zuschlug, sank sie an der Wand zu Boden, zitternd vor Wut, Erschöpfung und Hilflosigkeit angesichts ihrer eigenen Worte.

»Scheiße, Scheiße, Scheiße.« Sie verbarg ihr Gesicht in den Händen.

Maxime,

ich werde an diesem Ort sterben. Das weiß ich nun.

Ich kann sein Flüstern in meinem Kopf hören, ich lausche seiner Stimme in der Nacht. Er ist bei mir, immer, selbst wenn ich schlafe. Er sieht alles.

Heute fand ich einen Ort, an dem man einen Mann mitten im Dschungel zurückgelassen hatte. Eine Wunde in seiner Brust, ein Messerstich, das Blut schwarz getrocknet. Man hatte seine Augen verbrannt. Es ist nichts als ein Opfer für ihn, eine Gabe, damit er Wünsche erfüllt.

Die Tutonga vor den Eroberern beschützt.

Zhúkundu ruht nicht. Er wacht. Und bald werde ich eins mit ihm sein.

59.

Mittwoch, 2. November

»Parkov Industries«, sagte Jan van der Meer auf der Aufzeichnung, die Krantz vor ihnen abspielte, mit seiner Strafverteidigerstimme, »ist ein Konzern, den wir nicht kontrollieren können. Er ist zu einer Macht geworden, die wir nicht akzeptieren dürfen. Dieser Konzern ist viel zu einflussreich und wirkmächtig.«

Marie hatte eine intensive Befragung durch die interne Ermittlung hinter sich gebracht und war bei ihrer Version geblieben, erst nach allen anderen vor Ort eingetroffen zu sein. Jetzt, zurück bei der Besprechung mit ihren Kollegen, schien es ihr, als würde jede ihrer Bewegungen von misstrauischen Blicken verfolgt. *Wir glauben dir nicht. Wir wissen es besser.*

»Jan van der Meer war kein Freund dieses Unternehmens«, sagte Krantz, der vorn bei den Leinwänden stand. »Diese Aufzeichnung wurde uns heute zugespielt. Die Presse hat Wind von fast allem bekommen, sie stürzt sich begeistert auf die Causa Parkov und die Zusammenhänge.« Sein Blick blieb auf ihr ruhen. »Wie Sie alle wissen, haben wir gestern zwei Kollegen verloren. Alle, die versuchen, Parkov zu decken, werden unnachgiebig verfolgt, und das schließt auch den Firmenkonzern und seinen Bruder Michail mit ein. Die Staatsanwaltschaft beantragte einen Durchsuchungsbeschluss für die Geschäftsräume in Frankfurt, Hamburg, Berlin und München.«

»Wir müssen herausfinden, wie man an die Tatortfotos kommen konnte«, sagte Marie und augenblicklich richtete sich die Aufmerksamkeit der Anwesenden auf sie. »Trotz all der schlimmen Vorwürfe können wir nicht nur gegen ihn ermitteln, nicht gegen ihn allein. Jemand spielt mit uns, der Parkov etwas unterschieben will … Oder will hier etwa jemand ernsthaft unterstellen, dass Daniel oder die Firma für etwas davon verantwortlich ist?« Sie wurde lauter, wütender. »Jemand experimentiert hier, jemand verarscht uns, und wir sollten nicht so blöd sein, auf seine Ablenkungsmanöver reinzufallen!«

»Einwurf wahrgenommen«, erwiderte Krantz. »Sonst noch jemand?«

»Die Fingerabdrücke an den Tat- und Entführungsorten von Jan und Sophie van der Meer, die Blutspuren, die wir Sophies Entführer in deren Schlafzimmer zuordnen konnten«, erklärte Fischer, »und auch einige der Abdrücke in Robert Rotenbergers Apartment und Büro stimmen alle mit Jegor Iljin überein. Der Mann war dort. Die Kollegen der Abteilung für Organisierte Kriminalität melden, Jegor Iljin gehörte dem Ivanov-Clan an – einem von Moskau aus geführten Zweig des organisierten Verbrechens, gegen den Parkov vor einiger Zeit einen gezielten Schlag führen konnte –, aber er ist bislang nicht in den Fokus geraten und war nicht aktenkundig. Ein Mann, der gut genug wusste, wie er vorgehen musste, um jede Spur zu verwischen.«

»Dennoch ist er nicht der Täter«, sagte Isabelle. »Derzeit gehen wir davon aus, dass Iljin Sophie van der Meer entführte. Er ist eins vierundsiebzig, aber kein *Riese*, wie ihn uns Billner auf dem Friedhof beschrieben hat. Jan van der Meer wurde niedergeschlagen, es ist jedoch wenig wahrscheinlich, dass Iljin das mit einem einzigen Schlag gelungen ist. Auch Sorina Mocanu sprach von einem riesigen Fremden – nach der technischen Überprüfung des Videomaterials aus Jan van der Meers Villa, auf dem der Täter zu sehen ist, wohl etwa zwei bis zwei Meter zehn groß. Iljin war vor ihm dort, er hat dem Unbekannten geholfen, aber er war nicht der Mörder.«

»Der große Mann«, wiederholte Krantz ernst. »Das Kinderlachen, die Schuhabdrücke. Das hat hier niemand vergessen.«

»Von dem Flüchtigen, der Iljin erschossen hat, fehlt jede Spur«, fügte Marie unbeirrt hinzu. »Das Projektil passt zu der Waffe, mit der Rotenberger auf dem Südfriedhof getötet wurde, einer Beretta, keine Walther P99, wie sie Parkov benutzt.«

»Auch hier das Schuhprofil«, fügte Fischer hinzu, »das mit den Abdrücken in Jan van der Meers Garten übereinstimmt.«

»Und schließlich Sina van der Meer.« Marie fiel es schwer, über das Mädchen zu sprechen. »Sorina Mocanu erzählte mir, dass man Sophie mit ihrer Tochter erpresst hat. Bedenken wir ihre Recherchetätigkeit, bedenken wir, dass sie Parkov und mich nach London geführt hat.«

»Bedenken wir, dass PHMA Medic eine Tochter von Parkov Industries ist«, sagte jemand vom Rand des Saals. Als Marie sich umdrehte, entdeckte sie Hannes Janneck vom K 17. »Vielleicht wollte Parkov verhindern, dass sie etwas an die Öffentlichkeit bringt, das seinem Namen schadet. Vielleicht hat er deshalb alles in diese Ritualmordgeschichte gekleidet.«

»Das hat er nicht.«

»Marie, jeder hier weiß, dass du in dieser Sache nicht unvoreingenommen bist. Aber solange das Mädchen verschwunden bleibt«, fuhr Janneck fort, »und solange die Mutter nicht wieder zu Bewusstsein findet, werden wir nie erfahren, was Parkov von ihr verlangt hat.«

Während die Kollegen aus dem Saal strömten, ging sie in entgegengesetzter Richtung den Gang runter, trat an eines der

Fenster, von denen sie hinunter auf die Stadt blicken konnte, und senkte den Kopf. Sie war müde, traurig, erschöpft – und irgendwo dahinter, am Rande dieses Emotionswirrwarrs, gehörig wütend. Auf Parkov. Auf sich selbst. Darauf, dass es so leicht gewesen war, ihn auszuschalten.

Die Bilder der beiden Polizisten, auf dem schmutzigen Asphalt nahe der JVA getötet, gingen ihr nicht aus dem Kopf. Die Blutlache unter dem jungen Beamten, feucht glänzend im Licht der niedrig stehenden Sonne, seine offen stehenden Augen.

»Die Ermittlungen laufen«, sagten zwei Kollegen im Vorbeigehen. »Ich bin wirklich gespannt, was in diesem Scheißhaufen aus Arroganz und Unantastbarkeit zum Vorschein kommt. Es war auch wirklich an der Zeit.«

»Wahrscheinlich gar nichts«, sagte der andere. »Und was den Konzern angeht, strafrechtliche Kleinigkeiten. Die Öffentlichkeitswirkung dagegen ist sicher beachtlich und der Imageschaden …« Die beiden Männer entdeckten sie und verstummten abrupt.

Tage war es nun her, dass Parkov verschwunden und die Anschuldigungen bekannt geworden waren und die SpuSi seinen Fingerabdruck in Sorina Mocanus Wohnung entdeckt hatte. Doch die Tatsache, dass der zuvor in den Zeitungen so gefeierte Held Daniel Parkov nun zu einem flüchtigen, sich der Festnahme schon zweimal entziehenden Verdächtigen geworden war, machte die Ermittlung gegen Parkov Industries fast schon zu einer Nebensächlichkeit für die Medien.

Zwei tote Polizisten nahe der JVA. Auch dort Parkovs Fingerabdrücke und Projektile, die aus einer P99 abgefeuert worden waren.

Alles war ein einziges Chaos. Ein gefundenes Fressen für die Medien, die auch ihre eigene kurze Aussage, die sie den beiden Typen am Eingang ihrer Wohnung erschöpft gegeben hatte, begeistert wiederholten – Marie hatte ihr Gesicht, als sie an den Büros einiger Kollegen vorbeiging, auf ihren Computermonitoren entdeckt. Allmählich wurde ihr mit peinigendem Gefühl klar, was sie da tatsächlich von sich gegeben hatte.

Auch Stephen Meyer hatte sich nach den Vorwürfen gegen Parkov erneut zu Wort gemeldet. Er wies besonnen darauf hin, dass angesichts der schwierigen, unübersichtlichen Lage keine voreiligen Schlüsse gezogen werden dürften. Er war souverän, als hätte er seine Oberbürgermeisterwahl bereits in der Tasche, und als er mit einer neuerlichen Bitte an den Entführer schloss, seinen Sohn Jonas endlich freizulassen, schien er eindringlich, nah und menschlich. Marie musste an die Pressemitteilung zu der Charity-Veranstaltung denken, die sie in Iljins Versteck mitsamt den Spuren von Sophie und Sina van der Meer und Jonas Meyer gefunden hatten, und daran, dass Meyer nicht plante, die Sache abzublasen. Denn gerade jetzt, so formulierte er es, dürfe er nicht vor dem Verbrechen zurückweichen.

»Hier steckst du also.« Marie sah auf. Jörg kam den Gang entlang, eine schmale Aktenmappe in der Hand.

»Guten Morgen«, sagte sie. »Auch wenn ich nicht weiß, was daran gut sein soll.«

»Tja, Parkov ist erwachsen und wusste, worauf er sich einlässt. Er hätte sich den Anschuldigungen auch stellen können.«

»Hätte er. Doch er hat sich dagegen entschieden, weil er genau weiß, dass er da draußen mehr bewirken kann als in einem Befragungszimmer, wo man ihn beschuldigt hätte und viel Zeit verstrichen wäre.« *Du darfst niemandem trauen*, hörte sie seine Worte und blickte ihren Kollegen direkt an. *Aber Jörg? Niemals schloss diese Warnung auch ihn ein. Das kann nicht sein, es darf nicht.* »Hast du mein Interview gesehen?«

»Wer hat das nicht? Auch wenn die Pressestelle rotiert bei all den Anfragen und Anrufen, die sie derzeit erhält. Marie, du hast nichts Falsches gesagt. Am Ende geht es hier nicht um Parkov oder gegen dich, auch wenn sie es gern so konstruieren wollen und darauf abfahren.«

»Ich weiß.« Sie senkte den Kopf. »Und ich hoffe, *du* weißt, dass diese Spuren platziert wurden«, fügte Marie leise hinzu. »Alles folgt einem lang angelegten Plan.«

Jörg legte eine Hand auf ihre Schulter. »Wir stehen auf deiner Seite. Aber Parkov muss dennoch kommen, sich stellen und Bericht erstatten. Es geht nicht anders.«

»Das wird er nicht, er ist immer noch da draußen. Ich glaube nicht, dass wir ihn finden werden. Nicht, wenn er nicht gefunden werden will.«

»Wenn du mich fragst, ist Parkov längst über alle Berge. Er ist abgehauen und kümmert sich einen Scheißdreck um das alles hier. Um *dich* kümmert er sich einen …«

»Nein.« Marie blickte hinaus über die Stadt. »Er ist noch hier. Ich spüre es. Er ist immer noch an der Sache dran, an allem: Rotenberger, den van der Meers und dem großen Mann. Er hat nicht aufgegeben. Das wird er auch nie.«

»Krantz und der Polizeipräsident haben die Causa Parkov zu ihrem besonderen Projekt gemacht. Jeder Polizist in der Stadt kennt sein Gesicht und weiß, dass er zu verhaften ist – hochgefährlich, fähig, Widerstand zu leisten. Wie in aller Welt soll er da noch etwas unternehmen oder Nachforschungen anstellen?«

»Das ist jetzt die Frage, Jörg.«

»Krantz wird den Beschluss bekommen. Für den Landsitz.«

»Ich weiß. Und ich werde dabei sein, selbst wenn er sich auf den Kopf stellt.«

»Du glaubst, Krantz würde …«

»Ihm etwas unterschieben? Vielleicht. Aber ich *glaube* vor allem an Parkov.«

60.

Donnerstag, 3. November

Nachdenklich blickte Marie über die weitläufige Parkanlage, die sich hinter der Veranda von Parkovs Landsitz wie ein wild wogendes, herbstlich bunt gefärbtes Meer ausbreitete.

»Es tut gut, ein vertrautes Gesicht zu sehen«, sagte Johann Münz und folgte ihrem Blick zum Horizont. »Ich bin froh, dass Sie hier sind.« Er hatte eine Edelstahlkanne mitgebracht, aus der es verführerisch nach frischem Kaffee duftete. »Eine wirklich erlesene Sorte vom Hochland Puerto Ricos. Keine Angst, ich habe ihn nicht vergiftet«, scherzte Münz und fuhr sich durch das silbergraue Haar. »Haben Sie etwas von ihm gehört?«

»Nicht ein Wort, seit er verschwunden ist. Und selbst?«

»Wenn es so wäre, dürfte ich mich wohl kaum dazu äußern, oder? Nicht gegenüber einer Ermittlerin, die hier mit einem Durchsuchungsbeschluss erscheint.«

Sie warf einen Blick über ihre Schulter. Seit sechs Uhr früh nahmen Krantz und die Kollegen Parkovs Landhaus im Taunus unter die Lupe – und noch waren sie weit davon entfernt, auch nur die Hälfte der Geheimnisse, die dieses Anwesen vor ihnen verbarg, zu entschlüsseln. »Das ist mutig.«

»Wollen Sie mich verhaften und zur Vernehmung mitnehmen?«

»Johann«, sagte Marie ernst, »nicht *ich* bin hier mit einem Durchsuchungsbeschluss aufgetaucht, das war mein Chef, er leitet diese Operation. Ich bin nur hier, weil ich es nicht ertragen könnte, *nicht* dabei zu sein. Schlimm genug, sie hier in seinen Sachen wühlen zu sehen.«

»Dann klopfen Sie ihnen auf die Finger?«

Marie lachte, doch es klang traurig und sie konnte es nicht verbergen. »Wenn es sein muss. Ich weiß, dass er niemals getan hat, was sie ihm vorwerfen.«

»Vertrauen Sie Ihrem Instinkt.«

»Ich versuche es. Hoffentlich täusche ich mich nicht. Was den Fall betrifft und … ihn.«

»Wie wahr.« Johanns Miene war sehr ernst. »Das hoffen wir alle.«

Marie schlenderte ganz allein durch die schier unzähligen verlassenen Räume des Landsitzes. Obwohl sie nur ein paarmal hier gewesen war, war ihr, als verbände sie etwas mit diesem Ort, eine lange zurückliegende Erinnerung, ein warmes Gefühl, das sie sich hier zu Hause fühlen ließ. *Vielleicht nur eine Vorstellung. Etwas, das hätte sein können.*

In der Eingangshalle blieb der Kontrollmonitor, der Zugriff auf das Hausautomationssystem und die künstliche Intelligenz E.L.V.I.S. gewährte, dunkel und leer. Ein Techniker des LKA stand in der Nähe, der sich mit mehreren Kabeln mit den Zugängen verbunden hatte, und schüttelte den Kopf.

»Probleme?«, fragte sie.

»Was wir auch versuchen, die Firewall verhindert jeden Zugriff auf die Server und Speicherdatenbanken.«

Aus den Augenwinkeln sah sie, wie einige Kollegen an den Wandvertäfelungen vorbeischritten – dort, wo sich der Zugang zu der versteckten Keller- und Laborebene befand, war nur eine unscheinbare Wand zu sehen. Sie hatten den Eingang nicht entdeckt. Noch nicht.

Marie betrat den Salon im Erdgeschoss. Der mächtige, im Chalet-Stil eingerichtete und einen Großteil des Westflügels einnehmende Saal lag still und verlassen vor ihr. Im gemauerten Kamin brannte nun kein Feuer mehr, die Luft roch nach kalter Asche, und doch war ihr, als könnte sie Parkov vor der breiten Fensterfront stehen sehen, mit hinter dem Rücken verschränkten Armen, während er über einen Fall nachdachte. Alles wirkte, als wäre er gerade erst zur Tür hinausgegangen. Nachdenklich strich sie über das Leder eines der Sessel, schüttelte den Kopf, durchquerte den Raum und ließ diese Gedanken hinter sich.

In Parkovs Arbeitszimmer weiter oben im Haus fand sie Krantz. Der gut vier Meter hohe Raum, durchzogen von schweren mahagonibraunen Balken, die mit feinen Schnitzereien verziert waren, wurde von einem ausladenden Schreibtisch dominiert, auf dem ein einzelner silberner Füller in der Mitte lag. Alles war so präzise aufgeräumt – als hätte Parkov niemals hier gearbeitet. *Vermutlich hat er das auch nicht. Dafür hatte er ja das Labor unter dem Haus.*

Krantz war ungehalten. »Wir haben weder Zugriff auf dieses Ding, diese künstliche Intelligenz, die er da immer benutzt – denn die hat sich abgeschaltet –, noch auf seine Computer.«

»Hast du erwartet, uns würde hier alles offenstehen?« Marie musterte ihn. »Parkov behält seine Geheimnisse am liebsten für sich. Er weiß, wie man das alles absichert und versteckt.«

»Sogar vor dir?«

»Ja, sogar vor mir.«

Krantz lachte ein kaltes, freudloses Lachen. »Dann wird es dich sicher freuen, wenn wir hier alles auf den Kopf stellen, um diese Verstecke zu entdecken. Wir *werden* etwas finden, da bin ich mir sicher.«

»Ich nicht«, antwortete sie.

»Iljin hätte nicht sterben dürfen«, sagte Krantz und klang verschnupft, was sie dazu brachte, sich noch einmal umzudrehen.

»Ich frage mich, wer verhindern wollte, dass er redet.« *Er wollte mir sagen, was er weiß*, dachte sie bitter.

»Darüber weiß ich nichts.«

Sie streifte weiter durch die leeren Flure und Gänge. Dieses Anwesen war so groß, dass die fünfzig Kollegen, die Krantz mitgebracht hatte, sich in seinem Inneren verliefen und nervös durch die Hallen irrten.

Vor einem runden Fenster in einem Raum voll mit Büchern, durch das man weit über den Taunus blicken konnte, lag ein dünnes Lyrikbändchen, das mit einem Lesezeichen markiert war. Marie sah sich um: Niemand von den Kollegen war in der Nähe und niemand schien es bislang auch nur angerührt zu haben. Sie nahm es in die Hand und blätterte es durch. Auf dem Lesezeichen war handschriftlich ein Satz notiert: *Fürs Vaterland zu sterben ist wohl des Römers wert.*

»Ach, Daniel«, murmelte sie. »Das ist doch nicht, was aus dir werden sollte.«

Wieso hatte er es hier zurückgelassen? *Dieses Zitat stammte gar nicht aus dem Buch.*

Sie kannte das Zitat und wusste, wo sie es finden würde – er hatte schon einmal darin gelesen, als er verletzt nach der Dezembermann-Ermittlung im Krankenhaus lag. War es nun auch hier? Sie musterte die Regale. Horaz, Horaz … da entdeckte sie den Band: »Römische Dichtung«. Marie suchte die zum Zitat passende Stelle und … Treffer.

Vergiss mein Geschenk nicht, hatte Parkov auf die Seite geschrieben. *Für den Fall, dass es etwas aufzuzeichnen gibt, trag deinen Ohrstecker. Du weißt, wovon ich spreche – der andere ist nur Zierde. Ich dachte mir, zwei sehen an dir besser aus als nur einer.*

Marie strich über die Textzeile. Dann klappte sie das Buch zu. *Das Geschenk.*

Über die Wand tanzte ein Lichtfleck. Ein regenbogenbuntes Funkeln, eine Spiegelung, verursacht durch das schräg einfallende Licht, das sich auf einem Gegenstand brach, der irgendwo über ihr liegen musste – irgendwo auf einem der massiven Querbalken, die sich über ihrem Kopf durch den Raum zogen. Zufall? Ganz bestimmt nicht.

Sie schob den Sessel ein Stück zu sich, stieg hinauf, streckte sich und tastete auf dem Balken nach der Quelle der Lichtbrechung. Es war ein winziges Etwas, das ihre Finger ertasteten.

Draußen im Flur hustete jemand. Hastig stieg Marie wieder vom Sessel und setzte sich, die Hand fest um das Etwas geschlossen.

»Alles klar?«, fragte einer der Kriminaltechniker und streckte den Kopf herein.

»Alles super«, gab sie zurück.

»Was für ein verrücktes Haus. Dieser Parkov ist ein ziemlicher Spinner.« Mit einem Kopfschütteln ging der Mann weiter, und als Marie überzeugt war, dass er fort war, betrachtete sie den Gegenstand näher. Dieser Ohrstecker war das exakte Gegenstück zu dem, den er ihr bereits geschenkt hatte. Gewiss teuer und sehr exquisit, und doch glaubte sie bei näherem Hinsehen, etwas auf der Rückseite ausmachen zu können, eine Vertiefung, winzig und mit bloßem Auge kaum zu erkennen. »Du magst deine kleinen technischen Geräte wirklich, nicht wahr?«, fragte sie traurig in die Stille, stellte das Buch zurück und steckte den Ohrstecker ein.

Es wurde Abend, und als die Kollegen damit fortfuhren, die Räumlichkeiten bei künstlichem Licht zu durchsuchen, drehte Marie draußen im Park eine Runde, nah beim Ostflügel des

Anwesens, wo eine Explosion vor gar nicht allzu langer Zeit einen Teil des Daches und der Fenster beschädigt hatte.

Nun waren die Renovierungsarbeiten fast abgeschlossen. Ein Gerüst ragte bis zum Dach hinauf, der Wind pfiff zwischen den Eisenrohren hindurch und ließ das Konstrukt klappern und schwanken. Parkov war damals auf einem zweiten geheimen Weg aus dem Kellergeschoss nach oben gelaufen. Der Zugang in der Eingangshalle war zwar versperrt, doch dieser zweite Ausgang …

Aus den Augenwinkeln bemerkte sie, wie sich etwas am Waldrand bewegte. Sie fuhr herum. Im beginnenden Dunkel stand jemand zwischen den Tannen. Jemand sehr Großes. *Zhúkundu sieht. Immer.*

Als sie ein zweites Mal hinübersah, war es nur noch ein Strauch, dessen Äste im Wind schwankten. Mit dem unguten Gefühl, es würden sich Blicke in ihren Rücken bohren, kehrte Marie in die Eingangshalle zurück.

Die Stimmen von ein paar Kollegen drangen aus den angrenzenden Fluren, aber sie waren zu weit entfernt. Draußen setzte Regen ein, der auf das Blattwerk plätscherte, ein dichter grauer Schleier im Licht der schmiedeeisernen Lampen, die den Treppenaufgang jenseits des offen stehenden Eingangsportals beschienen.

»Sie haben ihn nicht gefunden«, sagte jemand. Marie wirbelte vor Schreck herum, die Hand an der Waffe.

Johann Münz trug einen waldgrünen Regenmantel und kam von draußen herein. War er es gewesen, den sie in der Dämmerung im Unterholz beobachtet hatte?

»Niemand ist hier«, sagte sie leise, als er sich näherte. »Lass mich bitte nach unten.«

Münz berührte den versteckten Schalter an der Holzvertäfelung, die daraufhin mit einem leisen Surren zur Seite fuhr, und Marie blickte die Treppenflucht hinab, die in die Kellergeschosse und das angeschlossene Labor führte. Als sie zuletzt hier runtergegangen war, war sie benommen gewesen von einem Betäubungsmittel, das es ihr gerade einmal erlaubte, ihre Beine zu bewegen, und angetrieben von einem Mann, der ihr Sprengstoff an den Körper geheftet hatte.

Sie spürte, wie ihre Beine zitterten, doch nur einen Moment, dann fing sie sich wieder.

»Marie, es ist nur eine Erinnerung.«

»Sicher. Die sind hier bloß besonders lebendig.« Sie stiegen gemeinsam hinab und der Durchgang schloss sich hinter ihnen. Münz zog den Regenmantel aus, Tropfen fielen auf den gemaserten Parkettboden.

Das Labor war dunkel, die Geräte und Schaltschränke voller Elektrotechnik rumorten leise wie schlafende, fremdartige Wesen. Für einen Augenblick meinte Marie, es bewegte sich etwas in den Schatten, doch in ihrer Fantasie war es nicht Parkov, der sie hier unten erwartete, sondern Mads Argo, der aus dem Gefängnis zurückgekehrt war, um sein Werk zu vollenden. Sie fröstelte, streckte eine Hand nach der Wand aus, suchte für einen kurzen Moment Halt, bis die Empfindung vorüber war. »Seltsam, wieder hier zu sein. Seit dem Abend«, sagte sie.

»Ich denke, für ihn war es nicht anders. Er hat sich große Sorgen gemacht deswegen … immer wieder.«

»Das hat er nie erwähnt.«

»Er ist Parkov, überrascht Sie das?«

Die Lüftungsanlage rauschte leise, als Marie die Flügeltüren des Korridors öffnete, und sorgte für präzise temperierte Luft in den Kelleretagen. *Hier war es, hier hat er dich hingebracht.* Marie rieb sich die Arme. *Hier, wo du um ein Haar gestorben wärst.*

»Sie müssen sich nicht zwingen, hier zu sein.«

»Ich will aber. Ich kann nicht zulassen, dass mich das, was er getan hat, an so etwas Simplem hindert, wie eine Treppe hinunterzusteigen und Räume zu betreten, die, na ja, völlig normal sind. Sehen Sie mich an, hier bin ich. Es geht, ich kann es.«

Das Feuer im Kamin prasselte und sandte seinen orangegelben Schein über das dunkle Eichenholzparkett, doch die Gänge, Flure und Türen rundum hüllten sich in konturlose Schatten. Wieder war es ihr, als bewegte sich etwas in den Winkeln und Schatten der Tiefen des Kellers. Als wären sie nicht nur zu zweit hier unten.

Es ist niemals genug. Seht all die Feuer und die Schatten.

Mit einem Schaudern betrat Marie das Labor. Johann drückte einen Schalter und es wurde hell. Sie waren allein, die Kontrolldioden an den Geräten blinkten. Alles wirkte so, als wäre Parkov gerade erst aufgestanden und nur kurz hinausgegangen. Überall Notizen, angepinnt, offen herumliegend, ein Durcheinander von Zetteln sowie Büchern, aus denen Lesezeichen und Markierungen herausragten – für die Kollegen, die oben nach Spuren suchten, ein wahres Fest an Informationen. Auf der Tastatur vom Hauptterminal des Computers wartete dagegen nur ein einzelner Briefumschlag auf sie. Sie entdeckte ihren Namen darauf, abgefasst mit blauer Tinte in Parkovs feiner, präziser Handschrift.

»Wussten Sie, dass er etwas für mich hinterlassen hat?« Sie dachte an den Ohrstecker, erwähnte ihn aber nicht.

»Ich muss mich schuldig bekennen«, erwiderte Münz. »Aber ich werde Ihnen nicht die Entscheidung abnehmen, was damit anzufangen ist. Ich kenne seinen Inhalt nicht.«

»Er ist nicht verschlossen.« Marie zog ein gefaltetes Blatt hervor. »Ein Brief. Handschriftlich.«

> Marie,
> da der Tag gekommen ist, muss ich mich zurückziehen.
>
> Versuch nicht, mich zu finden.

Was immer das Präsidium unternehmen wird, all die Dinge, die sich gegen mich richten – versuche nicht, sie zu verhindern.

Verlier das Vertrauen in deine Kollegen nicht.

Es sind gute Menschen.

Dafür bin ich nicht wichtig genug.

Parkov

Marie schluckte. »Das ist seltsam. Er will nicht, dass ich versuche, ihn zu finden. Oder zu verstehen, was ihn dazu brachte zu fliehen. Dennoch hat er mir zuvor gesagt, wir dürften niemandem trauen.«

»Er will Sie schützen«, antwortete Münz. »Wenn ich mir diesen Kommentar erlauben darf: Er weiß natürlich, dass Sie dennoch tun werden, was Sie für richtig halten. Das schätzt er so an Ihnen, das wissen Sie.«

»Ja, wirklich?« Sie schaute sich weiter um, faltete den Brief zusammen und steckte ihn ein. Marie überwand ihre Abneigung und betrat den Nebenraum, wo sie auf dem Kamin zwei kleine gerahmte Bilder entdeckte, die beim letzten Mal ganz bestimmt noch nicht dort gestanden hatten. Zwei Jungen waren auf dem ersten zu sehen, hinter ihnen eine attraktive Frau neben einem dunkelhaarigen Mann, der Parkov ähnlich sah. Alle vier strahlten in die Kamera.

Marie war es zwar, als stöberte sie in Parkovs Geheimnissen herum, aber es gab nur einen Grund, wieso sie es *hier* entdeckte, an einem Ort, den sie gut kannte und den niemand von den anderen finden würde. »Sind das«, fragte sie leise, als sie bemerkte, dass Münz ihr gefolgt war, »seine Eltern?«

»O ja. Tristan und Ariadne. Und sein Bruder Michail.«

Ein Stück daneben war der erwachsene Parkov auf dem zweiten gerahmten Bild zu entdecken, Suzann Mirandier dicht neben ihm. Parkovs Frau trug ein gelbes Kleid, so leuchtend und heiter wie die Sonne nach einem Regenschauer. *Gelb, Marie. Gelb. Wie blind kann man eigentlich sein?* Sie musste über sich selbst lachen. »Ich bin wirklich ein dummes …«

»Wie bitte?«

»Ich glaube nicht, dass Parkov sich versteckt, und ich glaube auch nicht, dass er will, dass ich diese Sache einfach aufgebe und ruhen lasse.« Marie steckte den Brief und das Foto ein, während Münz sie mit zerfurchter Stirn musterte. »Also, wie komme ich hier wieder ungesehen raus?«

»Marie, Sie wirken sehr aufgeregt.«

»Natürlich bin ich aufgeregt.« Sie strahlte ihn an, machte einen entschlossenen Schritt nach vorn und küsste ihn überschwänglich auf die Wange. »Weil ich eine Spur habe!«

Suzann Mirandier trug auf der alten Aufnahme ein gelbes Kleid – und Sophie van der Meer war in einem ebensolchen Kleid gefunden worden. Zufall?

Ganz bestimmt nicht. Und Parkov wusste das, daran zweifelte sie nicht. Die Frage war nur: Was unternahm er deswegen?

61.

Die Bäume huschten wie Silhouetten aus Grün und Braun und Schwarz an ihren Wagenfenstern vorüber, als Maries Handy läutete. Zunächst drang Rauschen aus den Lautsprechern des C-Klasse-Dienstwagens, dann mischte sich ein Atemgeräusch hinein.

»Wer ist da?«

Nichts. Nur das Atmen, gleichmäßig wie das Ticken eines Uhrwerks.

Sie betrachtete noch einmal die Nummer. *Du kennst sie doch. Denk nach! Woher kommt sie dir bekannt vor?*

»Du schuldest mir etwas«, flüsterte eine künstlich verfremdete Stimme aus den Lautsprechern. Es war unmöglich zu sagen, ob es ein Mann oder eine Frau war. »Einen Tod.«

Marie blickte in den Rückspiegel. Die Straße war verlassen, die Tannen rückten näher, ihre herabhängenden Äste schienen nach ihr zu greifen. *Zhúkundu sieht. Immer.* Plötzlich war ihr sehr kalt.

Sie drückte die Schnellwahltaste. »Winter, K 11. Ich brauche die Kollegen von der IT. Ja, genau, eine Rückverfolgung. *Sofort.*«

»Ich wusste, dass ich die Nummer kenne«, erklärte sie Jörg kaum eine Stunde später, »sie gehört zum Festnetzanschluss in Jan van der Meers Villa.« Marie seufzte. Die Uhr an der Wand über der Tür zeigte halb neun am Abend. »Vor dem Haus wartet eine Streife. Die funkt, seit Tagen ist alles ruhig.«

»Natürlich meldet sie das«, sagte Jörg. Er wirkte übermüdet. All die Tage der Arbeit und des wenigen Schlafs kosteten Kraft – gerade jetzt, da ihre Kollegen Marie dabei unterstützten, den Fingerabdruck auf dem Messer in Sorina Mocanus Wohnung, der zu Parkov führte, als fingiert nachzuweisen, während die Zeit gegen sie arbeitete.

Für Marie gab es nur eine Erklärung: Jemand hatte es mit einem seiner Fingerabdrücke platziert. »Es reicht. Ich habe genug von all den Winkelzügen.«

»Was hast du vor?«

»Ich werde mit ihm sprechen. Mit Argo.« Marie legte ihr Gürtelholster ab und verstaute die P30 im Waffenschrank. Dann nahm sie ihren Mantel. »Wir sind lange genug hinterhergelaufen, während diese Verbrecher uns ständig einen Schritt voraus waren. Jetzt werde ich etwas tun, womit er nicht rechnet.«

»Das ist …«

»Keine gute Idee?«

»Lass *mich* das machen.«

Marie schüttelte den Kopf. »Nein. Das ist etwas, das nur ich erledigen kann, nur ich allein. Halt mich auf dem Laufenden, wenn was Neues reinko…« Sie gähnte, und als sie Jörgs Kopfschütteln und seine Miene sah, musste sie trotz allem lachen. »Wir stehen das durch. Und Parkov *wird* zurückkommen«, sagte sie mit Zuversicht in der Stimme. »Ich weiß das.«

»Und was macht dich da so sicher, Marie?«

»Nichts.« Marie schlüpfte in den Mantel. »Aber Hoffnung …« In diesem Augenblick fiel etwas auf den Boden, etwas Kleines, Hartes, das unter ihren Schreibtisch rollen wollte, bis sie es mit dem Schuh stoppte. Ein brillantenbesetzter Ohrstecker – einer von beiden. Nachdenklich betrachtete sie ihn.

»Was wolltest du sagen? Was ist das?«

»Ein Geschenk.« Marie steckte ihn zurück in ihre Manteltasche und schloss sorgsam die Knöpfe. »*Hoffnung gibt es immer.* Parkov hat das mal gesagt und ich glaube, er war wirklich überzeugt davon. Und er hat recht: Daran zu glauben ist alles, was zählt.«

62.

Ist doch nur ein Gespräch, sagte sie sich, *was kann schon geschehen? Du schaffst das. Mutige, tapfere Marie.*

Als man ihn hereinführte, gab sie sich alle Mühe, einen neutralen, unbewegten Gesichtsausdruck zu wahren, und verschränkte nicht einmal die Arme. *Du willst, dass er sich öffnet, also versuch einfach, ihm zumindest den Eindruck zu vermitteln, dass sich nicht jede Faser deines Körpers sträubt, hier zu sein.*

Nachdem sie Argo an den Stuhl gefesselt hatten, gingen die Justizvollzugsbeamten. Die Tür fiel mit einem metallischen, lauten Scheppern hinter ihnen ins Schloss.

»Hallo, Marie«, sagte Mads Argo. »Ich wusste, dass du auftauchst. Du willst, dass es vorüber ist.«

»*Wir* werden dafür sorgen, dass es aufhört. Dafür brauchen wir dich nicht.«

Er hob die Nase in die Luft und schnüffelte. Das blond gefärbte Haar hing zu einem Mittelscheitel gekämmt zu beiden Kopfseiten herab wie die Parodie einer absurd altmodischen Prinz-Eisenherz-Frisur. »Hier riecht es nach Rauch, oder kommt mir das nur so vor?«

Ruhig, Marie, ruhig. »Du könntest dir etwas verdienen«, erwiderte sie. »Einige Annehmlichkeiten in deiner Zelle. Bücher,

Zeitschriften, vielleicht sogar Musik. Oder etwas zum Zeichnen, wenn dir das lieber ist.«

»Musik? Oh, das wäre eine Gnade. Was soll ich dafür tun?«

»Vielleicht willst du uns helfen.«

»Uns? Wer ist *uns*?« Argo präsentierte grinsend seine gelben Zähne. »Lass es mich für dich doch gleich richtig formulieren: Uns gibt es nicht, es gibt nur *dich*. Du bist ganz allein bei deinem Versuch, Parkovs Unschuld zu beweisen.«

Marie schüttelte den Kopf und versuchte, sich einzureden, dass seine Worte sie nicht getroffen hatten. »Ich brauche eine Antwort.«

»Ich mag es, wie anders du bist, anders als Parkov. Wie du versuchst, an die Sache heranzugehen. Er kommt, stellt Forderungen, bedroht mich. Du versuchst, mich zu umschmeicheln, bietest mir Vorzüge an.«

»Hier sterben Menschen. Was immer du in die Stadt geholt hast, es muss aufhören.«

»Hast du Angst, Marie?« Argo blinzelte. In seinen Pupillen schien sich Schwärze in allen Schattierungen auszudehnen, als würde irgendwo dahinter ein unaussprechliches Grauen lauern. »Denkst du noch manchmal daran, wie wir zusammen in den Keller hinabgestiegen sind, wir beide?«

Marie beschloss, ihm die Wahrheit zu sagen. »Ja.«

»Sag es.«

»Ich habe Angst. Hier zu sitzen widert mich an. Du bist wahnsinnig, aber auf eine so gefährliche Weise, wie ich das zuvor noch nicht erlebt habe.«

»Gut«, entgegnete er. »Dann danke ich dir für die Aufrichtigkeit deiner Worte. Aber weißt du was? Das war noch gar nichts. Ich habe es dir schon einmal versprochen – *Angst*, Marie. Nichts als die nackte Emotion, von allem anderen befreit. Du wirst sie spüren können, wenn alles zu Ende geht.«

Marie verschränkte die Arme. *Das läuft ja prächtig.*

»Er lügt«, sagte der Professor nun. »Du weißt es selbst. Parkov belügt dich.«

»Wobei?«

»Ich habe ihm etwas überlassen, als er bei mir war. Eine kleine Zeichnung, die ich selbst angefertigt habe. Du weißt nichts davon, nehme ich an?«

Marie schwieg.

»Ich kann dir das ansehen.«

»Hör mit den Spielchen auf. Hör auf!«

»Wie geht es Elise?«

»Wie bitte?« Die Art, wie er den Namen ihrer Mutter aussprach, schockierte sie. »Was soll …«

»Andere Menschen haben auch Mütter. Sogar *ich* hatte eine.« Argo lächelte erneut, dann leckte er sich über die Lippen, anzüglich. »Auch lustige Menschen mit lustigen Namen haben Mütter und *Ehefrauen*. Kannst du damit was anfangen? Riechst du … das Meer?«

Lustige Namen? Das Meer? Meinte er … Marie kam Sophie van der Meers Mutter Amilia in den Sinn, Jan van der Meers zweite Frau. Diese war nach einem langen Krebsleiden verstorben und van der Meer hatte danach nicht wieder neu geheiratet – das wussten sie bereits.

Argo ließ sie nicht aus den Augen. »Denk nach, Häschen.«

»Halt die Klappe.«

»Familienbande sind etwas Wundervolles«, fuhr Argo fort. »Wo wärst du ohne deine Schwestern, ohne deine Mutter? Sogar Tymon Sorg hatte einen Sohn.«

Marie dachte an die Akten, die sie zum Zeitpunkt von Sorgs plötzlicher Rückkehr nach den langen Jahren seines Verschwindens angelegt hatten, an das, was der Museumsdirektor ihnen berichtet hatte. »Adam Sorg. Wieso erwähnst du ihn?«

»Weil ich ihn kannte«, erwiderte Argo. »Ich habe ihn getötet.«

»Wie bitte?«

»Du hast mich doch gehört. Aber ich bin ja verrückt, also wer würde mir glauben?« Argo tat, als würde er an etwas kauen, und leckte sich weiter über die Lippen. »Das, kleine Kommissarin, war alles.«

Sie erhob sich. Marie merkte, dass sie fror – und das kam ganz gewiss nicht von der Temperatur in diesem Raum. »Damit kommst du nicht durch, das versichere ich dir.«

»Marie?« Als er sie ein letztes Mal musterte, waren seine Augen stumpf wie die einer leblosen Puppe. »Du kannst deinem Schicksal ebenso wenig davonlaufen, wie er es kann. Vergiss meine Musik nicht. Parkovs Klassiksammlung, damit könntet ihr anfangen. Wie ich hörte, braucht er sie nicht mehr.«

63.

Freitag, 4. November

Als Marie ihre Wohnung im Frankfurter Nordend erreichte – aufgewühlt, beunruhigt, die Gedanken voller Überlegungen –, bemerkte sie die Kratzer unten an der Haupteingangstür, die in ihr Mietshaus führte, nicht. So winzig waren sie, so sehr ging Marie der Besuch in der JVA durch den Kopf.

|.|.| Zhúkundus Zeichen im Holz.

Sie schloss die Wohnungstür hinter sich und drehte den Schlüssel dreimal um, so weit, bis er sich nicht mehr drehen ließ. Die Presseleute waren wieder da gewesen und Marie spürte, wie ihr all das zusetzte. Kurz verharrte sie, atmete durch und versuchte, ihre Gedanken und Gefühle zu sortieren, ihre Nerven unter Kontrolle zu bringen.

»Mami?« Lucie war wach; klein und verlassen stand sie in ihrer Zimmertür, den Teddybär in der Hand.

Marie schlang die Arme um sie. In diesem Moment konnte sie sich nicht länger zurückhalten, spürte, wie ihr warme, schwere Tränen über die Wangen liefen. »Oh, Süße, es tut mir leid«, sagte Marie leise. »Es tut mir so sehr leid.«

Ihre Schwester kam aus dem Wohnzimmer. »Marie, alles okay?«

Sie schloss Lara in ihre Umarmung ein und so standen sie beieinander, in ihrem schwach beleuchteten Flur auf billigem Laminat in einer Vierzimmerwohnung im Nordend, während sich das trübe Licht mit ihren salzigen Tränen mischte.

»Diese Sache da draußen … Das macht mich fertig.«

»Ist gut, Mama«, sagte Lucie. »Nicht weinen. Du hast es ja nicht absichtlich gemacht.«

»Hast du … habt ihr den Abend …?«

»Klar«, antwortete Lucie fröhlich. »Tante Lara und ich haben ein Puzzle gemacht.«

Marie schniefte. »Du bist viel zu gut für diese Welt, Schwesterherz.«

Später, als sie Lucie ins Bett gebracht hatte und Lara sich mit untergeschlagenen Beinen neben sie auf die graue Couch setzte, ihr ein Glas Rotwein in die Hand drückte und sie durchdringend musterte, musste Marie über ihren kleinen Heulanfall lachen. »Es ist alles so verrückt da draußen. Tut mir leid, dass ich dich und Mama derzeit so in Beschlag nehme.«

»Schon gut, Schwesterchen. Versprochen ist versprochen, ich helf dir, wenn du mich brauchst. Ganz großes Indianerehrenwort.« Lara deutete auf den Couchtisch, ein Anflug von schlechtem Gewissen zeichnete sich in ihrem Gesicht ab. »Ehrlich, ich hab deine Bilderanordnung drüben auf dem Teppich nicht angerührt«, sagte sie, »aber …«

»Aber?«

»Mir ist vorhin eine Tasse auf den Boden gefallen. Tut mir leid, ich weiß, es war eine von deinen Lieblings…«

Marie winkte ab. »Ist ja nur eine blöde Tasse.«

»Jedenfalls habe ich wegen der Scherben auch unter die Couch geschaut, und da lag noch eine. Eine dieser Polaroidaufnahmen. Von dieser Frau.«

Marie horchte auf. »Du meinst, sie lag da die ganze Zeit? Welche war es?«

»Ist nur wieder eine von ihr und diesem Mann, ich dachte mir, dass du sie wohl nicht besonders interessant findest. Hier.«

Marie starrte das Bild an. *Verfluchter Mist.* »Du bist ein Genie, Lara. Augenblick, ich muss sichergehen.« Sie griff nach den anderen, die sie in Sophie van der Meers Wohnung gefunden hatten und die Sophie neben dem unbekannten Mann zeigten. *Kein Zweifel.*

»Was ist denn los?«

»Wir waren alle ziemlich blind«, erklärte Marie. Sie spürte, wie das seltsame, berauschende Gefühl durch ihren Körper strömte, als sich von einer Sekunde zur nächsten eine neue Spur aufgetan hatte: Jagdfieber. Trotz ihrer Erschöpfung trieb es sie neu an. »Selbst unsere Kriminaltechniker vor Ort.« Sie griff nach dem Bild, ihrer Jacke und den Autoschlüsseln.

»Was in aller Welt hast du jetzt bitte noch vor?«

»Muss was rausfinden.« In der Tür hielt sie inne. »Pass bitte auf Lucie auf.«

Lara nickte. »Ich hab das Gefühl, ich müsste eigentlich auf dich aufpassen.«

Marie hielt dem Blick ihrer Schwester stand. Lara war ihr wie aus dem Gesicht geschnitten, nur etwas größer und fülliger sowie vier Jahre älter. »Irgendwo da draußen ist die Tochter einer jungen Frau. Entführt und eingesperrt. Sie hat niemanden mehr.«

»Du hast was Gefährliches vor, oder?«

Etwas Gefährliches. Dieser Tonfall, wie ihn nur eine ältere Schwester treffen konnte. »Eigentlich nicht. Ich meine, das kommt drauf an, ob noch jemand von diesem Ort weiß. Aber ich denke nicht, also …«

»Und was ist das?« Lara deutete auf den Ohrstecker, den Marie gedankenverloren aus ihrer Manteltasche geholt hatte. *Trag ihn, wenn du etwas vorhast, das dein Leben in Gefahr bringen könnte.*

»Das ist nur eine Erinnerung.«

»Nein, das sieht ziemlich teuer aus«, stellte Lara fest. »Lass den besser hier, meinst du nicht?«

Marie schüttelte den Kopf. »Geht nicht, ich hab es versprochen.«

64.

Ein polizeiliches Siegel versperrte den Zutritt zu Jan van der Meers Villa. Marie durchtrennte es: Wenn die Kollegen nicht abgeschlossen hatten, war es ein Leichtes hineinzugelangen – wenn nicht, musste sie improvisieren.

Die Büsche und Sträucher in van der Meers japanischer Gartenanlage rauschten und raschelten, als flüsterten sie miteinander. Marie betete, dass niemand sie sah, und drückte die Klinke. Es war offen. *Gott sei Dank.* Sie huschte hinein.

Im Licht der Taschenlampe suchte sie den Ort, den sie auf dem Foto entdeckt hatte: einen Bücherschrank, *den* Schrank, der nun an einer Wand des Arbeitszimmers lehnte und sich dort so perfekt in die Umgebung einfügte, dass niemand auch nur auf die Idee gekommen war, etwas daran könnte falsch sein … oder von ihm verdeckt werden. Doch so war es.

Auf der Fotografie, Marie prüfte sie ein weiteres Mal, waren Sophie und der Mann im Haus ihres Vaters aufgenommen worden. Im Hintergrund war deutlich eine Tür zu erkennen, doch nun war ebendiese verschwunden.

Ein hoher Schrank stand davor, aus kirschrotem Holz, das matt im Licht schimmerte. Marie stemmte sich mit der Schulter dagegen. »Komm schon!« Das schwere Ding bewegte sich keinen Millimeter, also begann sie, die Regalbretter auszuräumen und die Fachliteratur herauszunehmen. Immer wieder hielt sie inne, lauschte, aber nichts rührte sich. Das Haus mitsamt dem zurückgelassenen Tatort besaß seine ganz eigene Atmosphäre. Die Dunkelheit kroch näher. Sie dachte an die rituelle Inszenierung im Schlafzimmer im oberen Stockwerk und fröstelte.

Endlich bewegte sich der Schrank, wenn auch nur Zentimeter für Zentimeter. »Komm!« Sie mühte sich ab, bis der Spalt groß genug war, dass sie hindurchschlüpfen konnte. Ihre tastenden Hände fühlten eine Holzoberfläche, eine Tür, dann das Metall einer Klinke. Türbänder quietschten. Die Luft in dem weiten Raum dahinter roch alt und verbraucht, als wäre sie seit Monaten nicht mehr ausgetauscht worden. *Ein Geheimraum im Haus ihres Vaters. Volltreffer.*

Zuerst fiel ihr die Kleidung ins Auge: Jeans, T-Shirts, zwei Kleider, ein Hosenanzug, eine leichte Jacke, außerdem Lippenstift und Make-up, wie geschaffen dafür, eine andere Identität anzunehmen. Ein mit Akten und Notizen überladener Schreibtisch stand in der Mitte des Raumes, die Wände waren über und über mit Farbfotografien behängt, Zeitungsausschnitten, durch die Jahre gelb gefärbt, Aufnahmen und Porträts von Männern und Frauen. Sie erkannte Parkov, aus einem versteckten Winkel aufgenommen, als er das Hauptquartier von Parkov Industries verließ, sie erkannte seinen Bruder Michail. Sie sah zwei von Krankheit gezeichnete Frauen: Sophies Mutter Amilia van der Meer … und Julia Sorg, Tymon Sorgs verstorbene Frau. *Du hast es gefunden. Sophies Versteck.*

Eine Person bildete offensichtlich das Zentrum von Sophies Recherche: ein Mann mit durchdringendem, autoritärem Ausdruck, der sie an einen Militärangehörigen oder einen Personenschützer erinnerte. Sophie hatte einen Namen darunter notiert: *Viktor Solsten.* War das endlich die Spur, die in dem Gewirr von Fäden für Ordnung sorgen würde?

Du musst dir darüber klar werden, dass wir niemandem trauen können, hörte sie Parkovs Worte in ihrem Kopf. Sie fotografierte den Raum. Dann öffnete sie die Schubladen des Schreibtischs. In der untersten, versteckt unter einem doppelten Boden, lagen eine dunkelhaarige Perücke, ein Mobiltelefon, das durch einen PIN-Code gesperrt war, und ein Diktafon, wie es eine Journalistin benutzen würde. *Ein Diktafon? Willst du wirklich wissen, was du gleich hören wirst?*

Marie drückte die Play-Taste. Ein Rauschen erfüllte das Versteck, durch das Sophies Stimme drang. »Dieser Mist geht schon so seit sechsundachtzig. Seit Parkov Industries diese Forschungsreihe startete. Was immer damals geschah, es dauert bis heute an, da bin ich mir sicher. Sie versuchen, es zu vertuschen, aber ich muss ihn endlich überzeugen, mir alles zu erzählen. Und Dad – natürlich macht er sich Sorgen. Je mehr ich ihn einweihe, desto mehr, dabei ist es doch nur ein Aberglaube. Vielleicht mag er die Nkisi-Ritualfigur, die ich ihm schenken will, wäre schließlich mal etwas Neues.«

Sie verstummte. Einige Sekunden lang rauschte es, dann war sie erneut zu hören und klang nun ernst: »Michail ist ein seltsamer Mann. Er bedauert, was geschehen ist, und doch kommt es mir so vor, als würde er nichts unternehmen, um die Dinge ungeschehen zu machen. Er … ich weiß nicht, er hat Angst, glaube ich. Er erinnert mich an Erik. Ich weiß nicht, ob ich herausfinden kann, was genau geschehen ist, aber ich werde es zumindest versuchen. Das schulde ich Mama.«

Marie betrachtete das Diktafon. Ihr schien es, als wäre gerade die Lufttemperatur im Raum um viele Grad gefallen, als würden die Wände näher rücken. *Erik … hat sie gerade wirklich …*

Es knisterte wieder, während kurze Fragmente aus gelöschten Aufnahmen zu hören waren, die Sophie mit weißem Rauschen überspielt haben musste. Als Marie bereits dachte, es käme nichts mehr, war van der Meer wieder zu hören: »Heute hab ich ihn mir einfach genommen. Den Datenstick mit all diesen Geheimsachen, die Parkov behütet. Jetzt, im Nachhinein, muss ich schon ein bisschen lachen, dass es dann doch so einfach war, wie leicht sich Männer wie er verführen lassen. Er ist verschlüsselt, aber ich komme irgendwie dahinter. Morgen werde ich Solsten treffen. Und dann …«

Wieder endete die Aufnahme, wieder waren Teile gelöscht worden. Als Sophie noch einmal sprach, waren ihre Worte geflüstert und wirkten zutiefst verängstigt: »Es ist eine Hütte im Wald. Ein Tunnel. Der Ort ist der richtige, ich brauchte Zeit, um den Eingang zu finden, aber jetzt stehe ich in dem Raum, betrachte all diese Dinge … Es ist furchtbar. Wie konnten sie das nur tun? Wie? Wie?!« Im Hintergrund klirrte Glas, dann brach die Aufnahme ab.

Schließlich meldete sich Sophie ein letztes Mal. »Es ist …«, sie klang beunruhigt, »es ist mehr als ein *Aberglaube*. Wie ein Geist auf dem Wasser. Ein Flussgeist … der Herr des Waldes … und ich habe, bei Gott, ich habe es wirklich gesehen. Ich meine, kann ich meinen Augen trauen? Oder werde ich allmählich verrückt?«

Marie langte mit zitternden Fingern nach dem Diktafon und spulte zurück. »Er erinnert mich an Erik. Ich weiß nicht …« Wieder spulte sie zurück. Wieder der Name. *Ganz ruhig. Ganz ruhig. Ganz …*

Mit beschleunigtem Puls begann sie, die Dokumentenstapel zu durchstöbern. Von draußen drang das leise Geräusch des Regens herein. Hatte sie die Haustür hinter sich geschlossen? *Ganz ruhig.*

Als würde sie instinktiv davon angezogen, nahm sie schließlich eine auf dem Schreibtisch verbliebene Akte, zog den Stuhl zu sich heran und begann, im Schein ihrer Taschenlampe zu lesen. Es waren Dokumente, die Amilia van der Meers

Krankheitsverlauf dokumentierten, doch sie enthielten nichts, was sie nicht bereits gesehen hatte, als sich ihre Kollegen nach van der Meers Frau erkundigt hatten – mit einer Ausnahme: Eine Speicherkarte, die mit einem Klebestreifen an einem Blatt befestigt war, fiel ihr in die Hände, als sie sich dem Ende der Akte näherte.

Marie sah sich um, doch entdeckte sie kein Gerät, das die Karte lesen könnte, also steckte sie sie in ihren Geldbeutel und widmete sich noch einmal diesem letzten Dokument. PHMA Medic stand auf dem Briefkopf. Es war die Vereinbarung über eine alternative, individuelle Therapie mit einem nicht zugelassenen ausländischen Medizinprodukt, das PHMA Medic hergestellt hatte. Im Text wurde ein Arzt erwähnt, der die Behandlung durchführen würde, doch war der Name geschwärzt worden.

Handschriftlich hatte Sophie etwas darauf notiert: *Ist es die gleiche Erkrankung wie bei Julia Sorg Jahre zuvor? Behandlung? Heilmittel?*

Marie fotografierte auch diesen Brief. Als sie überzeugt war, alles gesehen zu haben, schloss sie behutsam die Tür hinter sich, schob den Schrank zurück an seinen Platz, räumte ihn ein und verließ die Villa in der Hoffnung, keine Spur zurückgelassen zu haben.

65.

Das Diktafon steckte in ihrer Manteltasche, das gefundene Handy in ihrer Jeans, als Marie sich tief in Gedanken versunken auf den Rückweg durch die Gartenanlage von van der Meers Anwesen machte. Sie nahm den Pfad zwischen den Kirschbäumen und war kaum mehr als zwanzig Meter vom Tor entfernt, als sie stehen blieb, weil ihr Instinkt sie mit höchster Dringlichkeit warnte, als wäre eine unsichtbare Wand in der Luft aufgetaucht, die sie aufhielt. *Du bist nicht mehr allein.*

Vor dem Tor wartete jemand auf sie – so still und unbeweglich, dass er beinahe mit den Schatten verschmolz. Der Mann strich sich durch das bärtige Gesicht. Marie sah die Narbe auf seinem Handrücken, das Zeichen, das vor langer Zeit in die Haut geschnitten worden war und sich im Licht der Straßenbeleuchtung von seiner Haut abhob: |.|.|

»Heute Nacht bist du dran«, sagte er. »Ich überlege mir nur, wie viel Spaß ich mir mit dir gönne, bevor es vorbei ist.« Marie las in seinen Augen, dass er wusste, dass sie ihre Dienstwaffe nicht bei sich trug. Er wusste, dass ihr nur ein Ausweg blieb. Flucht.

Sie machte kehrt, rannte den Weg wieder hinauf und übersprang mehrere Stufen. Seine Schuhe trommelten auf die Steine hinter ihr, sein Atem strich dicht über ihren Nacken. Adrenalin flutete ihre Muskeln: Sie rannte um ihr Leben.

Der Mann mit dem Zhúkundu-Zeichen war dicht hinter ihr. Marie stürzte zwischen zwei Bäumen hindurch und rannte, rannte und rannte. Sie wusste, ihr Leben hing davon ab. Ihr Herz hämmerte gegen ihre Rippen. Zurück im Haus, lief sie hinauf in den ersten Stock. Sie fand ein Fenster, hinter dem das Eisengitter einer Feuertreppe gefährlich im Mondlicht schimmerte, die sich an der Außenhülle des Gebäudes entlangwand. Sie stieß das Fenster auf und überwand die Brüstung.

Ihr Verfolger war nur wenige Meter hinter ihr, doch bewegte er sich schwerfälliger. Marie wusste, dass sie eine Chance hatte, ihm zu entkommen. Sie war flink, er zwar behäbig, aber von einer brutalen, unbändigen Kraft. *Also nutz deinen Vorteil.* Sie stürmte die Treppe hinunter. Das Metallgitter rappelte unter ihren Tritten. Zurück in den Garten, wieder zum Tor.

Irgendwo auf der Straße öffnete sich ein Fenster, jemand rief etwas, das Marie, in deren Ohren es pochte, kaum verstand. Ein dunkler Wagen fuhr mit hoher Geschwindigkeit dicht an ihr vorbei, sodass sie ihm ausweichen musste. Tiefe Bässe wummerten.

Auf der gegenüberliegenden Straßenseite stand ihr Mercedes-Dienstwagen. Die Reifen waren zerstochen worden, alle vier kaum mehr als platte, nutzlose Hüllen. Als sie ihn erreicht hatte, drehte sie sich um und duckte sich. Ihr Verfolger stürmte durchs Tor auf den Gehweg. Marie spürte den kalten, nassen Asphalt unter ihren Knien und spähte durch die Lücke zwischen den geparkten Autos. Sein Kopf drehte sich hin und her, sein Blick suchte die Straße ab. Für einen Augenblick war ihr, als starrten sie einander über die breite Straße hinweg direkt in die Augen.

»Verstärkung«, flüsterte Marie in ihr Handy und nannte ihre Position, »ich werde angegriffen. Verdächtige männliche

Person, Ende dreißig. Ich versuche, ihn nicht aus den Augen zu verlieren.«

»Position lokalisiert. Wir verlegen«, sagte der Beamte in der Leitstelle.

Der Mann auf der anderen Straßenseite bewegte sich langsam, während er unentwegt auf einen Fleck etwa zehn Meter zu ihrer Linken starrte, wo er sie offenbar vermutete. Sie sah ihn lächeln. Er hob die Hand und fuhr damit über seine Kehle. Das war eindeutig.

Dann wandte er sich ab und setzte sich mit weit ausholenden Schritten in Bewegung. Nach wenigen Metern rannte er mit gleichmäßigen, zielstrebigen Schritten los. Marie folgte ihm und achtete darauf, den Abstand zwischen ihnen nicht zu verringern, das Smartphone in der Hand.

»Zentrale? 086 ohne Signalzeichen. Wir müssen uns an ihn dranhängen.«

»Verstanden. Kannst du ihn sehen?«

»Etwa fünfzig Meter vor mir.«

Als sich der Mann umdrehte, sprang sie hinter die vorstehende Mauer eines Hauseingangs. Ihr Herz schlug heftig, als sie vorsichtig aus ihrem Versteck spähte. »Er geht die Straße runter. Er weiß nicht, dass ich ihm folge.«

»Verstanden. Ein Streifenwagen befindet sich zweihundert Meter nördlich und nähert sich aus dieser Richtung.«

»Dann erreichen wir ihn nicht«, flüsterte Marie. »Dann …« Sie blieb stehen. Wieder hatte sich der Mann umgesehen. Er fasste nach dem Türgriff eines dunkelgrauen BMW, öffnete die Fahrertür und stieg ein. Der Motor startete, die Lichter bohrten sich in die Dunkelheit.

»Jetzt fährt er. Südliche Richtung. Fort von mir. Verflucht, wo bleiben die Kollegen?«

»Gleich da.«

Neben ihr bremste kaum eine halbe Minute später ein Streifenwagen. Marie sprang auf die Rückbank. »Vorsicht. Vielleicht glaubt er, ich hätte ihn verloren.« Sie folgten ihm, hinaus aus Königstein, auf die Autobahn.

»Frank-27«, ging das Funkgerät, »wir haben den Verdächtigen in der Verkehrsüberwachung identifiziert. Zurück Richtung Frankfurt-Nord. Mögliche Ausfahrt …«

»Er will zurück in die Stadt?«

»Sieht ganz danach aus.«

»Verflucht.«

»Leitstelle an Frank-27. Wir haben hier eine motorisierte Verstärkungseinheit, die derzeit ohnehin Richtung Frankfurt unterwegs ist. Wiederhole, die Verstärkung ist unterwegs. Sie folgen dem Verdächtigen. Zugriffsanfrage.«

»Wer hat die Einsatzleitung?«, fragte der Streifenpolizist vorn im Wagen.

»Die ranghöchste Beamtin hier vor Ort. KHK Winter.«

»Kein Zugriff«, erwiderte Marie. »Folgen wir ihm.«

»Vielleicht haben wir Glück, vielleicht führt er uns irgendwohin.«

»Vielleicht«, sagte Marie.

»Klingt nicht sehr wahrscheinlich«, ließ einer der Kollegen über Funk hören. »Er muss davon ausgehen, dass du ihm folgst oder wenigstens dafür gesorgt hast, dass man nach ihm sucht. Wieso also …«

»Wieso?« Marie lachte, noch immer vom Adrenalin aufgeputscht. »Weil diese Typen selten logisch denken. Das war jemand, den man losschickt, um zu töten und nicht um zu denken. Er war bis zum Hals voll mit Drogen, er denkt nicht nach, sondern handelt. Jetzt, wo er mich verloren hat, kehrt er dorthin zurück, wohin er zurückkehren soll, wenn alles erledigt ist, und verlangt neue Anweisungen. Oder er versteckt sich, je nachdem, wie sehr er seine Auftraggeber fürchtet.«

Sie nährten sich dem Wagen bis auf zweihundert Meter. Auf der nächtlichen, nur wenig befahrenen Autobahn war das so nah wie möglich, um ihre Entdeckung zu vermeiden.

»Der verarscht uns doch«, sagte der Kollege hinterm Steuer. »Der fährt hier durch die Gegend …«

Als der Fremde den Blinker setzte, von der Autobahn ausscherte und über eine Landstraße wieder zurück Richtung Frankfurt fuhr, fluchte der Beamte laut. Die dunklen Silhouetten der Kiefern am Rand der Landstraße wogten im Wind.

»MEK 1 acht Minuten hinter euch. Wir sollten versuchen, ihm den Weg abzuschneiden.«

»Negativ«, erwiderte Marie. »Haltet euch zurück. Wir warten ab.«

Die Skyline kam wieder in Sicht, hoch aufragende Bankentürme, große, stromlinienförmige Fassaden vor einem finsteren Nachthimmel, Monumente der Finanzwelt. Der BMW beschleunigte, als hätte er einen endgültigen Entschluss gefasst.

»Hier stimmt was nicht«, sagte Marie. »Der Wagen, den er da fährt, wurde der überprüft?«

»Bestätigt«, gab die Leitstelle durch. »Vor zwei Tagen als gestohlen gemeldet. Ein gewisser Francesco Milar.«

»Ich fasse es einfach nicht, dass die so dreist sind, diesen Wagen ein zweites Mal zu benutzen.«

Der BMW raste mit knapp neunzig Sachen durch die Stadt.

»Einsatzleitung! Was machen wir?«

»Wir stoppen ihn«, rief Marie. »Bei diesem Tempo gefährdet er nicht nur sich selbst. Wir stoppen ihn.«

»MEK 8 ist noch vier Minuten entfernt.«

»Verstanden.«

Nun bog der Wagen auf die Untermainbrücke ein. »Er beschleunigt. An alle: Der Fahrer gibt gerade noch mal Gas.«

»Sehen wir doch, er …«

»Was in aller Welt macht er da?«

»Stoppt ihn!«, rief jemand aus dem Funk, den Marie als einen der Kollegen der zweiten Streifenwagenbesatzung identifizierte. »Sofort stoppen, er steuert auf …« *Er steuert auf das Geländer zu*, begriff Marie mit einem jähen Gefühl des Entsetzens. Er *will* abstürzen.

Von der anderen Seite der Brücke sah sie fünf Streifenwagen mit Blaulicht auf den BMW zufahren – und hinter ihnen, auf ihrer Seite, waren es zwei weitere. Er konnte nicht entkommen. Aber das wollte er auch gar nicht.

Der schwere BMW durchbrach jäh das Brückengeländer und kippte steil nach unten. Mit einem mächtigen Krachen und Spritzen traf der Wagen auf die Wasseroberfläche. Marie sprang aus dem Streifenwagen, kaum dass er stand. Sie stürmte zum Geländer und spähte hinab. Das verbogene Metall der Brüstung ragte über den Main. Die Lichtkegel der Stabtaschenlampen versammelten sich auf dem Heck des BMW, der nur noch zur Hälfte aus dem Wasser ragte. Der Main brodelte.

Dann sah sie es. Ein Gesicht an der Rückscheibe. Ein kleines Mädchen, das sie sofort wiedererkannte. Sina van der Meer schlug mit ihren kleinen Händen gegen die Scheibe und schrie um ihr Leben, während der BMW brodelnd in die Tiefen des Wassers sank.

»Er ist nicht allein im Wagen!«, schrie sie und rannte.

»Marie!«, brüllte jemand und versuchte, sie aufzuhalten. »Das ist Wahnsinn!«

Sie warf ihren Mantel zur Seite und legte ihren Geldbeutel und ihr Smartphone daneben. Das Ufer war rutschig, doch sie sprang. Über ihr hörte sie das Quietschen von Reifen. Jemand rief Befehle, doch sie verdrängte jene Stimmen. Fokussierte.

Das Heck des Wagens war etwas mehr als zehn Meter von ihr entfernt, so ihre eilige Schätzung. *Zehn Meter.* Im Wasser, das so kalt war, dass die Kälte sie in Sekundenschnelle bis auf die Knochen durchdringen und schocken würde. Aber dann sah sie wieder Sina van der Meers verängstigtes Gesicht. Sie holte tief Luft und sprang von der Uferbebauung in den Fluss.

Es war noch viel kälter, als sie erwartet hatte. Ihr Wollpullover sog sich voll, wurde schwer. Marie schwamm, spürte die Strömung, die sie vom Wrack des BMW forttreiben wollte, und kämpfte dagegen an. *Zuerst Feuer, dann Wasser.*

Sie bemerkte, wie hinter ihr Wasser spritzte, als ihr andere Kollegen in den Fluss folgten. Jemand fluchte, die Lichtkegel der Scheinwerfer von der Brücke versammelten sich sowohl auf ihr als auch auf dem sinkenden Wagen.

Sina van der Meer hatte sie gesehen. Sie starrte sie durch die Scheibe der Hintertür an, schrie, flehte. Noch fünf Meter. Die längsten, schmerzhaftesten Meter, die sie jemals schwimmend zurückgelegt hatte.

Marie keuchte, streckte sich und schrie auf, als sie den Türgriff zu fassen bekam. Ihre Finger schrammten über den glatten Lack. Sie zerrte am Griff – nichts geschah.

Das Wasser brodelte und sprudelte, der BMW sank weiter. Marie tauchte unter. Die Eiseskälte schlug über ihrem Kopf zusammen und packte sie mit brutaler Kraft, versuchte, sie tiefer hinabzudrücken. Marie riss die Augen auf. Alles war trüb, voller Wasserwirbel und gelöster Partikel aus Schmutz, Steinen und Laub. Dann registrierte sie, dass die Türverriegelung nach unten gedrückt war.

Marie hämmerte gegen die Scheibe und deutete auf den Verriegelungsknopf. Luftblasen stiegen aus ihrem Mund. *Luft, ich brauche Luft!* Sie tauchte kurz auf, als Sina den Knopf nach oben zog – die Zentralverriegelung löste die Sperre. Wieder zerrte Marie am Türgriff, doch noch immer bewegte sich die Tür kein Stück. Der Wasserdruck war zu groß.

»Du musst nach oben«, schrie sie mit aller Kraft und versuchte, Sina zu signalisieren, dass sie nach hinten zum

Kofferraum klettern sollte. Sina starrte sie quälend lange Sekunden an, dann verstand sie. Das Mädchen kletterte über die Rücksitze zum Kofferraum. Das Heck des BMW ragte kaum mehr als zwanzig Zentimeter aus dem Wasser.

Marie spürte, wie ihre Kraft sie verließ. Sie keuchte. Etwas wollte sie in die Tiefe ziehen. *Er ist der Geist im Wald, im Dschungel, der Geist des Wassers. Er ist überall. Zhúkundu sieht. Immer.* Sophie van der Meers geflüsterte Worte hallten wie ein bedrohliches Omen in ihrem Kopf wider.

Es sind nicht die Geister der Vergangenheit, vor denen ich mich fürchte, hatte Parkov gesagt, *ich fürchte mich nur davor, nichts von ihnen zu lernen.* Auch Parkovs Gesicht verwischte vor ihrem geistigen Auge. Alles, was sie nun sah, woran sie noch dachte, war Sina.

Lucie und Sina. *Rette sie!*

Marie stemmte sich gegen den Strom und fasste nach dem Heck. Sie spürte den Entriegelungsknopf der Heckklappe unter ihren tastenden Fingern. Ein Hochgefühl erfasste Marie, als die Klappe aufsprang.

Sina van der Meer starrte sie mit weit aufgerissenen, verängstigten Augen an. »Meine Mama ist noch hier drin!«, schrie das Mädchen. *Nein*, dachte Marie. *Das kann nicht sein. Deine Mutter ist in der Klinik und wird bewacht. Aber …*

»Wir holen sie!« Marie nahm die Kleine in die Arme, drehte sich auf den Rücken und versuchte, sich dabei ins Gedächtnis zu rufen, was sie vor einem Jahr bei einem Auffrischungskurs der Polizei für Rettungsschwimmer gelernt hatte.

Neben ihr erschienen einige Männer im Wasser. Sie kämpften gegen den Strom, stützten sie und halfen ihr mit dem Kind.

»Ihre Mutter ist noch …«, keuchte Marie und nickte in Richtung des versinkenden Wagens, »und der Fahrer!«

Sie packte Sina fester und schwamm mit ihr zurück zum Ufer. Jemand begleitete sie und sie spürte, wie ihr ein Teil des

Gewichts abgenommen wurde. Marie spuckte Wasser aus, das ihr in den Mund geraten war, und fluchte. Ihre Beine zitterten, die Muskeln brannten, als schwimme sie durch kochendes Wasser. Mit letzter Kraft erreichte sie die Uferbebauung und wurde hochgezogen. Sina sank hustend und keuchend auf die Wiese am Ufer, Marie griff nach einigen Grasbüscheln und klammerte sich an ihnen fest.

»Gib mir deine Hand!« Sina streckte sich, Marie griff zu. Gemeinsam mit einem Kollegen, der sich neben sie gekniet hatte, hievten sie das Mädchen ein Stück weiter die Böschung hinauf. Lichter, unfassbar grelle Lichter blitzten vor ihren Augen auf. *Sterne*, dachte Marie erschöpft. *Fern und kalt in einem endlosen Universum.* Dann sank sie zu Boden.

66.

Maxime,

ruhelos streife ich durch diese Wälder. Ruhelos und voll Bedauern.

Nun weiß ich, dass ich diese Reise nie hätte beginnen sollen. Ich wünschte, ich hätte mehr auf dich gehört. Aber mein Ehrgeiz … verzeih mir.

Heute fand ich Tote, denen man die Augen aus dem Kopf genommen hatte. Ganz in der Nähe wieder ein Grab, frisch ausgehoben auf einer Lichtung, nah bei einer Feuerstätte. Ich wagte es nicht, mich ihm zu nähern. Manche Grenzen dürfen nicht übertreten werden.

Zhúkundu ruht nicht. Ich spüre es.

Er wacht. Er kommt näher. Und ist immer hungrig.

Später, nachdem alles vorüber war

»Frau Winter?« Dr. Quill räusperte sich, als sie nicht reagierte. Marie betrachtete das Licht des Herbsttags, das jenseits der

Scheibe auf den Rhododendronhecken lag. Sie blickte auf. »Wie bitte?«

»Diese Sache mit dem Main. Als sie in den Fluss gesprungen sind, um Sina van der Meer zu retten. Eins versteh ich nicht …«

»Was?« Marie zupfte am Ärmel ihrer Bluse. »Doktor, was halten Sie davon, wenn Sie mich die Geschichte einfach zu Ende erzählen lassen?« Der Psychologe nickte, doch der prüfende, eindringliche Blick, den er über den Rahmen seiner Brille in ihre Richtung sandte, wich nicht von ihr. »Es ist düster.«

»Es waren auch düstere Zeiten.«

»Waren?« Marie zuckte mit den Schultern. »Oder: *sind*. Niemand von uns weiß, was noch kommt.«

67.

Samstag, 5. November

Ein Rauschen drang an ihre Ohren, wie Wellen, die an einer schroffen Küste anbrandeten. Blitze, die in der Dunkelheit tanzten. Ein Sommergewitter, das sich in einer schwülen Nacht entlud.

Es ist der Herr des Flusses. Er wacht über die Wälder. Er sieht dich.

Du kannst nicht entkommen. Und er kommt. Immer näher.

»Nein!« Sie schreckte hoch und bemerkte, dass der Schrei, der in ihren Ohren nachhallte, ihr eigener gewesen war.

»Hey«, sagte eine warme Stimme, die sie nicht erkannte. »Ruhig. Ganz ruhig.« Sie spürte, wie jemand sie in die Arme nahm, öffnete die Augen, keuchte. Jemand kniete vor ihr. Blaulicht entriss der Finsternis eine Böschung, Grasbüschel, die sich im Wind bewegten. Scheinwerfer, deren grelles Licht in ihre Augen biss, Polizisten in Allwettermänteln, die etwas suchten.

»Ganz ruhig«, wiederholte er. Sie sah auf. Ein Mann, so nah bei ihr … »*Daniel?*«

Jemand lachte. »Parkov? Nein, der ist nicht hier. *Ich* bin es.«

»Was …« Sie holte Luft, spürte, wie etwas in ihrer Brust, in ihrer Lunge schmerzte. Und nicht nur das – ihre Schultern, Arme und Beine beschwerten sie wie Blei. Dann fiel ihr alles wieder ein. »Wo ist Sina?«

»Sie lebt.« Der Mann zog sie an sich und sie schlang ihre Arme um ihn. Marie bemerkte, wie sehr sie zitterte. »Wie lange war ich weg?«

»Weniger als eine Minute. Ich bin gerade erst hier eingetroffen. Die Sanitäter sind unterwegs. Aber …« Wie um seine Worte zu bestätigen, hallten neue Sirenen durch die Dunkelheit. »Komm hoch«, sagte der Mann. »Du bist ganz nass.«

Marie blickte zu ihm auf, und als die Umrisse und verschwommenen Farben endlich aufklarten und sich schärften, erkannte sie Dr. Graubach.

»Ich war im Fluss«, sagte sie und musste lachen. »Ist das nicht völlig verrückt?« Marie versuchte aufzustehen. Ihr war es, als hätte jemand ihre Muskeln durch scharfkantiges Eis ersetzt, das sich nun von innen gegen ihre Haut bohrte. »M-mir ist ziemlich k-kalt.«

»Komm.« Sie folgte Graubach, fort vom Fluss, die Treppe hinauf, zurück auf die Brücke. Alle starrten sie an. Sie fühlte die Blicke der Kollegen, die herumstanden, schwer auf sich liegen. Trümmer des Metallgeländers lagen herum, Karosserieteile des BMW. Drei Krankenwagen bremsten vor einer Reihe von Einsatzfahrzeugen. »W-was ist mit ihrer Mutter?«

»Die Kollegen, die hinter dir ins Wasser gesprungen sind, haben auch sie retten können. Die beiden sind wieder auf dem Weg zurück in die Klinik.« Graubach schien trotz allem nicht zufrieden, das konnte sie hören. »Und d-der T-täter?« Graubach schüttelte den Kopf.

Jemand kam mit einer Decke und einer goldenen Wärmefolie auf sie zugerannt, die sie sich um die Schultern legte. »Ich muss mich aufwärmen«, sagte Marie. »Und aus diesen Sachen raus.«

»Natürlich.« Er hielt ihr eine Wagentür auf. Dr. Graubach fuhr einen großen dunklen Mercedes. »Dann bringe ich dich in deine Wohnung.«

»Nein«, sagte Marie. »Geht nicht. Meine Schwester dreht durch, wenn sie mich so sieht.«

»Da ist sie nicht die Einzige.«

»Zum Präsidium. S-spar dir die Vorhaltungen für später. Ich musste ihr Leben retten! Ich meine, bist du dir sicher, dass einer von den anderen ins Wasser gesprungen wäre, wenn nicht ich …«

»Sie haben das Kind nicht gesehen.« Dr. Graubach startete den Wagen. »Das behaupten sie zumindest. Du bist zum Wasser gerannt, völlig von Sinnen.«

»Wer hat das gesagt?«

»Einer der Kollegen. Er hat auch deinen Geldbeutel und dein Smartphone aufgehoben, lag alles im Gras, ich habe sie hier.«

Marie nahm beides entgegen, dann sah sie sich um: Etwas fehlte, begriff sie schlagartig. »Wo ist mein Mantel?«, stieß sie hervor. »*Wo ist er?*«

»Da war kein Mantel, Marie.«

»Ich hab ihn ausgezogen, ehe ich ins Wasser … O Gott.«

Mit erhobenen Brauen sah Dr. Graubach sie an. »Was? Sollen wir umdrehen?«

»Nein«, erwiderte sie. Etwas zögerlich, als hinderte sie die Kälte, die sie bis auf die Knochen durchdrungen hatte, am Denken, fügte sie hinzu: »Er hatte recht.« *Wir dürfen niemandem trauen. Und jetzt ist das Diktafon fort.*

»Er?«, wiederholte Graubach. »Wer?«

»Ach, nichts.« Aus den Lüftungsschlitzen des Wagens strömte herrlich warme Luft, Marie rieb sich die Hände. »Das ist gar nicht der Weg ins Präsidium.«

Dr. Graubach lachte. »Nein, das stimmt. Es ist der Weg zu meinem Haus, das liegt näher. Wenn du dich nicht gleich aufwärmst, holst du dir den Tod.«

»So schlimm wird es nicht sein.« Marie starrte hinaus auf die vorüberziehenden Silhouetten der illuminierten nächtlichen Gebäude und dann wieder zu Graubach. »Du bist einer der wenigen, die mir immer vertraut haben«, sagte sie leise. »Auch jetzt noch nach der Sache mit Parkov.«

»Weißt du, wo er sich aufhält?«

Marie schüttelte den Kopf. »Das weiß niemand.«

»Es ist unverschämt, wie Krantz und seine Leute gegen ihn vorgehen, in seine Privatsphäre eindringen, als hätte all die Arbeit, die er die Jahre über geleistet hat, nichts zu bedeuten.«

Dr. Graubach bog in eine dunkle Straße ein, in der sich hinter weitläufigen Vorgärten mittelgroße Einfamilienhäuser im Bauhausstil aneinanderreihten. »Da sind wir. Meine Frau schläft schon«, sagte er, »aber sie wird verstehen, dass ich einer Kollegin helfen muss.«

»Zu freundlich«, sagte Marie leise.

Sie durchquerten den Garten. Eine Schaukel schwang sanft im Wind.

»Du musst dich aufwärmen.«

»Und meine Sachen?«

»Dafür haben wir den Wäschetrockner.« Er deutete auf das Gerät, das im Badezimmer in der Nähe des Fensters stand. »Wenn du fertig bist … Es trifft sich gut, dass ich einige Untersuchungsergebnisse hier habe, die dich interessieren dürften. Ganz frisch aus dem Labor: Neues zu unserem Schädel und dem Skelett aus der anthropologischen Sammlung.«

Marie schloss die Tür hinter sich und drehte den Schlüssel herum. Zitternd ertastete sie in ihren Jeans einen weiteren Gegenstand, den sie beinahe vergessen hätte: ein zweites Smartphone. Das Diktafon in ihrem Mantel war also fort, aber das zweite Handy aus dem Versteck, das hatte sie noch. Auch der Ohrstecker, den ihr Parkov geschenkt hatte, saß noch an ihrem Ohr. Sie legte ihn ab und trocknete alles vorsichtig ab, ehe sie sich auszog und ihre Sachen in den Wäschetrockner stopfte.

Dann stieg sie unter die Dusche. Das warme Wasser prasselte mit schmerzhaften Nadelstichen auf ihre durchgefrorene Haut. Marie biss die Zähne zusammen. »Alles ist gut«, sagte sie und stützte sich an der Wand ab, »alles ist gut …«

In der Dunkelheit jenseits des Milchglasfensters, das von der Rückwand des Badezimmers auf den Garten hinausging, bewegte sich etwas.

Dr. Graubach hatte bereits zwei Gläser bereitgestellt, eine Flasche Rotwein geöffnet und ihnen eingegossen, als sie zu ihm kam – in getrockneter Kleidung, ein Handtuch ums Haar. »Warm und trocken?«, sagte der Rechtsmediziner. »Das gefällt mir schon viel besser.«

»Mir auch.« Marie betrachtete das Rotweinglas und berührte nachdenklich ihren Ohrstecker. »Aber nach Wein steht mir gerade überhaupt nicht der Sinn.«

»Ist der neu?« Graubach musterte sie interessiert. »Ist mir an dir vorher noch nie aufgefallen.«

»Gefällt er dir?«

»Doch, ich muss gestehen, das tut er.«

»Musst du mir sonst noch etwas anderes gestehen?«, fragte sie leise.

Graubach lachte. »Im Moment nicht.«

»Wie schade«, sagte sie und strahlte ihn an.

Sie bemerkte, dass Graubach sie genau beobachtete, ehe er sich erhob. »Entschuldige mich einen Augenblick.«

»Natürlich.«

Sie hörte ihn in den Flur gehen, in der Küche herumklappern. Marie trat ans Fenster und blickte hinaus. Ihr schien es, als könnte sie in der Ferne noch immer das Aufblitzen der Lichter sehen, während man sie und die anderen aus dem Main gezogen hatte, und als sie daran dachte, wie das Wasser über ihrem Kopf zusammengeschlagen war, die Kälte sie mit tödlicher Kraft umarmt und in die Tiefe hinabgezogen hatte, lief ein Schaudern über ihren Körper. »Es war knapp«, sagte sie leise zu ihrem Spiegelbild. »Mehr als knapp.«

»Aber du hast es überlebt und sie gerettet«, sagte Graubach. Sie sah, dass er etwas zu essen mitgebracht hatte – Käse, Butter, frisches Brot und eine Kanne Kaffee.

»Allein hätte ich es nicht geschafft.« Marie goss sich Kaffee ein.

Der Rechtsmediziner legte eine Aktenmappe zwischen sie auf den Tisch. Dann hob er sein Glas, Marie tat es ihm mit ihrer Kaffeetasse gleich und nahm einen Schluck. Es schmeckte ungewöhnlich.

»Also, die Ergebnisse. Wir haben uns das Skelett genau angesehen.«

»Und?« Marie griff nach der Rotweinflasche. Als sie sich seinem Glas näherte und ihm nachschenken wollte, lächelte er heiter. »Das ist ein wirklich guter Jahrgang«, sagte er im Plauderton. »Du solltest ihn probieren.«

»Bestimmt«, antwortete sie. »Vielleicht später.«

»Die Knochenstruktur und -substanz verrät uns das Alter: ein etwa siebzig Jahre altes Skelett. Die Angaben stimmen mit denen des Museums überein. Der Mann, ein ungefähr neunundzwanzigjähriger Afrikaner, wurde gewaltsam getötet. Erhebliche stumpfe Gewalteinwirkung auf den Schädelknochen – ein Schädelbasisbruch, der zum Tod führte.«

Marie betrachtete die Detailanalysen in der Mappe, die sich schwarz auf weiß auf vielen Seiten vor ihr ausbreiteten. »Das ist … puh.« Sie legte die Mappe zurück auf den Tisch und nahm ihr Smartphone und das zweite, das sie im Versteck gefunden hatte, in die Hand. »Ich glaube, dafür hab ich heute Nacht nicht mehr die Nerven. Außerdem sollte ich jetzt wirklich die Kollegen anrufen und ihnen erzählen, was ich entdeckt habe.« Als sie das zweite Gerät ausprobierte, blieb das Display dunkel. »Funktioniert nicht.«

»Es war vielleicht auch nicht gerade die beste Idee, damit in den Main zu steigen.«

»Es ging alles so schnell. Ich dachte, es wäre in meinem Mantel.«

Dr. Graubach beugte sich vor und löste ihr die Tasse aus den Fingern. Dann zupfte er an der Decke, die auf der Armlehne seines Sessels lag. »Du bist mutig, das muss ich dir lassen.«

»Manchmal«, erwiderte sie und musterte ihn. »Zum Beispiel gerade jetzt, nicht wahr?«

»Es ist genug, würde ich sagen.«

Marie nickte. Die Buchstaben auf dem Papier verschwammen, schärften sich, verschwammen erneut. Graubachs Rechte schob sich langsam unter die Wolldecke. »Na endlich«, sagte sie kalt. »Genug mit diesem Theater.«

Dr. Graubachs Mund verhärtete sich, wurde schmal, ein dünner, blasser Strich, verbittert und zornig. Er langte mit der Linken zur Decke und zog sie fort. Eine kurzläufige Pistole lag in seiner Hand, er zielte auf sie. »Ich *hasse* Theater«, sagte er.

Marie blickte in die Mündung, die irgendwo in Richtung ihres Magens gerichtet war. »Keine Überraschung.«

»Und doch bist du hier und hast von dem Kaffee getrunken.«

»Den Kaffee?«, wiederholte sie. »Stimmt, habe ich. Einen winzigen Schluck.«

»Trink weiter.« Er hob die Waffe. »Trink sie aus.«

Marie griff nach der Tasse, führte sie an ihre Lippen. Sie war seltsam gelassen. *Vielleicht hat die kräftezehrende Rettungsaktion deine Widerstandskraft aufgebraucht. Vielleicht …* In einem letzten Aufbäumen schleuderte sie die Tasse nach Graubach, der sich zur Seite warf, als ein Schwall der braunen Flüssigkeit sein Hemd tränkte.

»Schluss damit! Es ist sinnlos!«

Marie spürte, wie ihr der Schweiß auf die Stirn trat, der Magen instinktiv revoltieren und sie sich übergeben wollte. Die Konturen ihrer Umgebung lösten sich auf, wurden wieder klar, nur um gleich danach aufs Neue zu verschwimmen.

Sie sah, wie Graubach aufstand und eine weitere Tasse füllte.

»Wie lange?«

»Wie lange? Wie lange *was*, du Miststück?« Graubachs Gesicht war voll Verbitterung. *Als wäre sein freundliches Äußeres nur eine Maske gewesen.*

»Wie lange arbeitest du schon für ihn?«

»Lange, du Blödkopf. So lange, dass ich schon deinen Mann Erik und auch den Vogelfänger auf dem Tisch liegen hatte. So lange, wie es nötig war, die Details in den Autopsieberichten zu verändern, um Parkov an der Nase herumzuführen.«

»Die Substanz …« Marie hörte, wie ihre Stimme zitterte. Sie ballte die Fäuste, versuchte, sich durch den Schmerz wach zu halten, den ihre Nägel an ihrer Handfläche verursachten. *Nur etwas noch, nur noch ein wenig länger …* »Die Substanz wurde bei keinem von ihnen festgestellt.«

»Natürlich nicht. Das war ich.« Dr. Graubach ragte drohend über ihr auf. »Ich habe alles aus den Berichten rausgehalten, aber das war fast schon zu einfach, als dass ich glauben konnte, es würde Parkov überzeugen. Und doch hat er mir vertraut, genau wie du. Der immer freundliche, zuvorkommende Rechtsmediziner, der jederzeit da ist, bereitsteht, wenn die Herren aus den Kommissariaten anrufen, zu jeder Tages- und Nachtzeit, immer mit Ergebnissen, wenn jemand zur Tür reinkommt und dabei die Nase so hoch hält, dass er es kaum für nötig hält, einmal dem zu danken, der für ihn die ganze Drecksarbeit erledigt.«

»Aber ich habe nie …«

Graubach packte ihren Kopf, zwang sie, zu ihm aufzusehen. »Du bist nicht anders als er. Keine Spur.« Sein Gesicht kam näher, in den Augen glänzte ein dunkles Verlangen. »Willst du wissen, was mit ihm geschehen ist? Mit Erik? Bevor wir ihn zu dir geschickt haben?«

»Du kanntest …?«

»Natürlich kannte ich den Dezembermann. Und ich kenne *ihn*. Der Professor ist verurteilt und inhaftiert, aber ich bin frei und ich *schulde* es ihm.« Graubach ließ sie los. »Steh jetzt auf, Marie.«

Sie gehorchte und kam zitternd auf die Beine. Vor ihren Augen glich die Wohnung einem Strudel aus Farben, Licht und Dunkelheit, der sich drehte und sie mit dem Kopf voran verschlucken wollte.

»Geh vor mir her.« Sie spürte den Lauf der Pistole im Rücken. Graubach zwang sie, zur Eingangstür zu laufen und diese zu öffnen. Der Wind rauschte in den Tannen, während sie über die nassen Gehwegplatten zur Einfahrt gingen. Marie wollte den Arm heben, doch gehorchten ihre Muskeln ihr nicht mehr. Sie spürte, wie ihre Beine unter ihr nachgeben wollten, wusste, dass sie sich nicht mehr viel länger aufrecht halten konnte.

»In den Wagen.«

Sie gehorchte. Das Atmen fiel ihr schwer. *Es kann nicht sein. Das geht zu schnell …*

»Wir hatten eigentlich etwas anderes im Sinn.« Dr. Graubach steckte die Pistole in seinen Hosenbund und ließ den Mercedes an. »Aber jetzt improvisieren wir ein bisschen.«

»Dieses Ritual, was hat es zu bedeuten?«, fragte sie schwach. »Ich verstehe nicht. Zhúkundu, Parkovs Familie …«

»Das wirst du schon noch. Vertrau mir. Es geht am Ende um viel mehr, als du denkst.« Er warf ihr einen kurzen Blick zu, während der Wagen in die Dunkelheit dieser Vollmondnacht glitt.

Marie zwang sich, gleichmäßig zu atmen. Sie starrte durch die Windschutzscheibe auf die Straße.

»Dein Albtraum, Marie, ich habe mit angehört, wie du Odinsdottir von ihm erzählt hast.«

»Was …?«

»Als du Erik niedergeschossen hast. Denk nach. Wer, glaubst du, war damals als Erstes bei euch? Noch vor allen anderen Kollegen?«

Eine Kreuzung, dann noch eine. Die Stadt war leer, wie ausgestorben. Die Stille lastete auf ihren Ohren.

»Ich kann nicht mehr viel länger«, sagte sie laut.

»Mit wem redest du?«

»Mit *dir*. Bitte …«

»Lass es, wird dir nichts nützen.« Dr. Graubach beschleunigte, jagte über eine weitere Kreuzung. »Du hast noch keine Angst vor der Dunkelheit, nicht wahr? Noch nicht. Aber glaub mir, das wirst du.«

In einer Spiegelung in der Windschutzscheibe glaubte sie zu erkennen, dass etwas hinter ihnen über die Straße huschte. Etwas Dunkles, Mächtiges. Dann begriff sie. Marie kreuzte instinktiv die Arme vor der Brust und zog den Kopf ein. Es war wie ein Rauschen in der Luft, eine Ankündigung, Sekunden, ehe es geschah.

Graubach fuhr herum. Sie hörte ihn etwas rufen, mehr vor Überraschung als vor Angst, als etwas Großes, Schweres auf der Fahrerseite gegen den Mercedes prallte und ihn einige Meter über die Straße schob. Die Reifen quietschten, das Metall ächzte. Der Wagen kam zum Stehen.

Marie starrte zur gerissenen Seitenscheibe hinaus. Graubach lag zusammengesunken auf dem Lenkrad. Er blutete aus dem Ohr, an der Stirn, aus dem Mund. Durch das Fenster auf der Fahrerseite stach das grelle Licht zweier Scheinwerfer herein, die zu einem schwarzen, hoch aufragenden Geländewagen gehörten, der den Mercedes gerammt hatte. Jemand öffnete ihre Tür.

»Du …«

»Ich.« Parkov löste ihren Gurt, Marie spürte nur noch, wie er sie in die Arme nahm und über die Straße trug. Der Boden flog unter ihr dahin. »Bist du okay?«

»Nein«, sagte sie. »Da war etwas *im Kaffee.*« Sie bemerkte, wie die Todesangst sie wie eine Welle überrollte. »Daniel, ich … ich will nicht sterben.«

»Ganz ruhig. Atme, Marie. Atme. Ich hab dich.«

»Bist du überhaupt *real*?«

»Ich bin immer real, wenn man mich braucht.« Er sah sie voller Sorge an. »Bleib bei mir.« Sie nickte, doch wusste sie nicht, ob sie gerade wirklich ihren Kopf bewegt hatte oder es ihr nur so vorkam. Sie kämpfte, während Parkov mit dem Geländewagen wendete und beschleunigte, doch schließlich wurde die Dunkelheit, die am Rand ihres Bewusstseins lauerte, zu übermächtig.

Sie ergab sich ihr.

68.

»Wollen wir das wirklich wagen?« Marie sah auf den mächtigen Fluss hinab, der sich wie ein weiß-türkis brodelndes Ungetüm aus Gischt und Stromschnellen durch die endlose grüne Waldlandschaft schlängelte, vorüber an grauen Felsformationen und durch mäandernde Täler. Das war der Yukon. Kanada.

»Sei kein Angsthase«, sagte Erik lachend. Damals hatte er sich einen Vollbart wachsen lassen, der ebenso kornblond war wie sein schulterlanges Haar – sie nannte ihn ihren Honigbären. »Du wirst sehen, das wird super.«

Es war der dritte Tag ihres gemeinsamen Urlaubs, Marie und Erik wahnsinnig verliebt. Am Ende behielt er recht, es wurde großartig. An diesem Ort verbrachten sie die schönste Zeit ihres Lebens. *Vielleicht auch nur die schönste Zeit deines* bisherigen *Lebens*, wie sie später dachte, nachdem Lucie in ihr Leben getreten war.

»Du sagst mir doch immer die Wahrheit, nicht wahr?«, fragte sie ihn eines Abends, als sie in einer Hütte übernachteten und das Knistern des Lagerfeuers, die blauschwarze Tiefe der Wälder und der endlose, klare Sternenhimmel ihre einzigen Begleiter waren. »Auch wenn es zwischen uns mal eines Tages nicht mehr so gut laufen sollte.«

»Das werde ich«, hatte Erik damals entgegnet. »Das werde ich.«

Jahre später erschoss sie ihn in Notwehr.

Aber wieso, Marie, wieso hast du das getan? Weil er mich angreifen wollte. Das war ihre immer gleichlautende Antwort gewesen.

Kannst du es dir erklären? Auf diese Frage hatte sie stets den Kopf geschüttelt. *Nein, das kann ich nicht. Aber ich werde es herausfinden, und wenn ich dafür alles auf den Kopf stellen muss.*

Als Lucie auf die Welt kam und sie versuchte, mithilfe ihrer Mutter und ihrer Schwestern in die Rolle als Alleinerziehende hineinzufinden, verblasste der Schmerz allmählich, doch er verschwand nie ganz, begleitete sie weiter wie ein Narbengewebe, das sich deutlich sichtbar über ihre verletzte Seele zog und so fein, so dünnhäutig war, dass es jederzeit wieder verletzt werden und zu bluten beginnen konnte.

Als sie in diesen Momenten des Dämmerzustands, in jenem Zwischenstadium zwischen Bewusstlosigkeit und schmerzhaftem Wachsein, ihre Augen öffnete, drängten sich regelmäßig Bilder zwischen diese Träume und Erinnerungen: schnell vorbeiziehende Silhouetten, Lichter, die sich auf Glasflächen spiegelten. Eine Stadt, die sich rasend schnell um sie herum bewegte. Motorengeräusche. Verfolger waren hinter ihnen, das spürte sie.

Die Zeit drängte. Sie würden vielleicht nicht entkommen. Vielleicht nicht jenen, die da hinter ihnen waren, vielleicht nicht jenen, die vor ihnen eine Straße blockierten: Streifenwagen, deren Blaulichter grell in die Nacht blitzten. Sie bemerkte, dass jemand neben ihr saß, den Wagen herumriss, in eine schmale Gasse steuerte, um den Verfolgern zu entkommen.

»Halte durch«, hörte sie Parkov sagen, doch klang seine Stimme schon wieder fern, so fern.

Wieder träumte sie: Lucie war fünf, es war ihr Geburtstag, Lucie, die kichernd mit ihr im Wohnzimmer ihrer Großmutter

Elise stand und vorführte, was Marie ihr beim Ballett beigebracht hatte. Lucie, die Kerzen ausblies und strahlte. Lucies kleine Hand in ihrer. Lucie, die sie fragte, was mit ihrem Vater sei. *Ich sterbe*, dachte Marie. *So fühlt sich das also an.*

Dann war alles still. Sie spürte einen stechenden Schmerz in der Halsgegend und nahm nur noch wahr, wie sich jemand über sie beugte. Der Boden bewegte sich unter ihr. *Du fliegst*, dachte sie und wollte kichern, aber es gelang ihr nicht, den Mund zu öffnen. Ihre Muskeln waren schwer, zu schwer und sie war sehr müde.

Ein Licht. Dann keines mehr.

Nachdem sie die Pistole abgefeuert hatte, brach Erik vor ihr zusammen, aufgehalten von Kugeln, die sich, wie sie später erfahren sollte, mit unbarmherziger Präzision in sein Herz gebohrt hatten. Sie sackte auf den Boden, die Waffe lag neben ihr, so fand man sie auch. »Er hat«, schluchzte sie, »mich angegriffen.«

»Hat er das?«, fragte ein Mann, der sich über sie beugte. »Keine Sorge. Wir kümmern uns um alles.«

Ihre Erinnerung, seit Jahren an dieser Stelle verblasst, unscharf, durch einen gnadenvollen Schleier des Vergessens vom Rest ihres wachen Verstands abgegrenzt, war mit einem Mal so klar, als hätte man sie poliert, aufgefrischt, durch einen Schärfefilter gejagt. Sie erinnerte sich an alles. All die Jahre hatte sie sich geirrt.

Die Männer, die als Erstes in ihre Wohnung kamen, nachdem sie gefeuert hatte, waren gar keine Polizisten gewesen. Es waren Schauspieler. Mimen, die Uniformen trugen und Spuren beseitigen sollten. Marie sah es deutlich vor sich: Einer der Männer war Dr. Graubach gewesen.

69.

Ein goldgelber warmer Sonnenstrahl kitzelte sie frech an der Nase und weckte sie. *Wenn das der Tod ist*, dachte Marie, *ist er ziemlich weich. Und behaglich.*

Zwar schmerzte ihr Kopf, als hätte sie sich in den vergangenen Stunden zu viel zugemutet, vielleicht ein Getränk zu viel, eine Anstrengung, die über das hinausging, was sie ertragen konnte, doch war es nichts, das sie in besonderem Maße sorgte.

Marie öffnete die Augen. Sie lag in einem hellen Schlafzimmer in einem großen, weiten Raum, in einem ebenso großen, weiten Bett unter hellen seidenen Laken und Decken. Durch eine breite Fensterfront fiel die Morgensonne. Nein, korrigierte sie sich sofort, nicht die Morgensonne, sondern das Licht des späten Nachmittags, das sich kupferrot leuchtend hinter den Dachfirsten dem Rand des Horizonts näherte. Marie sah sich weiter um: Auf einem cremefarbenen Sessel in der Nähe hing das Holster mit ihrer Waffe darin, daneben ein fein säuberlich gestapelter Stoß frischer Kleidung mit ihrem Smartphone obenauf.

Bist du mit der Pistole ins Wasser gesprungen? Sie erinnerte sich nicht mehr. Auch diesen Ort erkannte sie nicht. Parkov und Graubach – daran erinnerte sie sich. Sie waren verfolgt worden.

Als es klopfte, drehte Marie den Kopf. Ein punktgenauer, stechender Schmerz an ihrer Halsbeuge ließ sie zusammenfahren. Als sie mit der Hand nach der Stelle tastete, strichen ihre Finger über ein großes Pflaster. Marie bemerkte, dass sie außer einem dünnen T-Shirt und einer Pyjamahose nichts weiter trug, aber das kümmerte sie nicht besonders: Dieser Ort versprach Sicherheit, das spürte sie.

»Ja? Herein.«

Parkov trug eine Tasse in den Händen, aus der es nach Jasmintee duftete. Besorgt musterte er sie. Parkov trug dunkle Stoffhosen und einen anschmiegsamen Kaschmirpullover, unter dem sich an seinem rechten Arm etwas abzeichnete. Ein Druckverband? *Er wurde angeschossen.*

»Du bist wach«, sagte er erleichtert, als sich ihre Blicke kreuzten. »Gott sei Dank.«

»Gott? Hast du nicht mal gesagt …«

Das Lächeln auf Parkovs Gesicht war herzlich. »Du bist *tatsächlich* wach.«

»Ich fühle mich, als wäre ich gerade durch einen Fluss geschwommen.« Marie musste grinsen. »Vielleicht ist das ja auch so, vielleicht aber auch nur ein sehr wirrer Traum. Wie alles in den vergangenen Tagen.«

Parkov rührte sich nicht. »Das war leichtsinnig. Und das sage ich als ausgewiesener Fachmann in diesen Dingen.«

»Nein, das war notwendig. Sina van der Meer lebt und Sophie auch. Sie waren beide in diesem Wagen.«

»Natürlich«, erwiderte Parkov nach kurzem Zögern. »Der Fahrer hingegen ist tot. Er hat Sophie aus dem Krankenhaus entführt, den Kollegen vor der Tür niedergeschlagen. Sie muss erneut aufgewacht sein, ein Zeuge berichtete von einer Frau, die sich kaum auf den Beinen halten konnte und von einem Fremden über den Parkplatz geführt wurde.«

Marie versuchte, den Nebel zu durchdringen, der in ihrem Gedächtnis die vergangenen Stunden verschleierte. »Wie lange war ich weg?«

»Eine lange Zeit, fürchte ich. Fünf Jahre, Marie.« Das sagte er, ohne eine Miene zu verziehen, ehe sich ein neckendes Lächeln auf seine Lippen schlich.

»Wie bitte? Hör auf damit!«

»Du hast fast sechzehn Stunden geschlafen.«

»Ach du … Hatte jemand ein Auge auf Lucie?«

»Aber natürlich. Sie ist bei deiner Schwester und deiner Mutter. In Sicherheit. Ich habe Johann gebeten, nach ihnen zu sehen.« Parkov bewegte sich noch immer nicht und Marie schien es, als wäre er unsicher, was er als Nächstes tun sollte.

»Komm schon rüber«, sagte sie leise.

»Ich gestehe, ich war mir nicht sicher, wie du reagieren würdest, meine Liebe.« Parkov war blass und er wirkte noch immer angeschlagen, wenn auch nicht mehr so erschöpft, wie sie ihn in Erinnerung hatte, als sie sich bei Jegor Iljin gegenübergestanden hatten, doch er bewegte sich, als bereitete ihm die Verletzung weiter Schmerzen.

»Du hast diese Polizisten nicht getötet. Du hast diese Morde nicht begangen. Es sind nichts als fingierte Spuren, nur zu einem Zweck gelegt: uns aufzuhalten.«

»Um Zeit zu überbrücken, bis alles bereitsteht.«

»Was meinst du damit?«

»Das große Finale. Was auch immer unser Feind im Sinn hat.«

Marie klopfte neben sich aufs Bett und griff nach seiner Hand, als Parkov sich neben sie setzte. »Wir haben das Betäubungsmittel neutralisiert. Es war nicht ganz einfach, die Streifenwagen abzuhängen und ungesehen hierherzukommen.«

»Wer ist wir?«

»Johann und ich.«

»Also doch. Ich *wusste*, dass er mir nur etwas vormacht, was dein Versteck angeht.«

»Und ich muss dir danken, dass du mein Geschenk angenommen und getragen hast.«

Marie tastete nach ihrem Ohr, der Stecker war verschwunden. »Ist die Aufnahme gelungen?«

»Sie sollte ausreichen, um Graubach zu überführen und diesen Teil der Täuschung zu entwirren.«

»In dem Augenblick, in dem ich bemerkt habe, dass Graubach mich zu sich nach Hause fährt, wurde ich hellhörig. Das passte nicht zu ihm. Es war knapp, Daniel.«

»Ich bin dir und Graubach gefolgt. GPS-Peilung. Du warst nie … *fast* nie in Gefahr.«

Marie sah zu den Fenstern, zur Skyline. Der Abend kam, doch war es hier in diesem Bett so warm und weich, dass sie überhaupt nicht aufstehen wollte. Dann drängten die Erinnerungen an den Geheimraum, den sie in Jan van der Meers Villa gefunden hatte, zurück in ihr Bewusstsein, und daran, was diese Informationen bedeuteten. Sie dachte an den seltsamen Traum, den sie kurz vor dem Aufwachen hatte. Erik und Graubach. »Sie waren damals in meiner Wohnung. Er war die ganze Zeit gleich vor uns und wir …«

»Wir konnten ihn nicht erkennen. Das tut mir sehr leid.«

»Nein«, lehnte Marie ab. »Muss es nicht. Sag mal, wo sind wir denn?«

»Grand Tower«, erklärte Parkov. »Da ich wusste, wie sehr man sich für meinen Landsitz interessiert und wie sehr Krantz es genießen würde, die Durchsuchung zu leiten, fand ich den Gedanken, mich vor ihrer Nase zu verstecken, ganz reizvoll. Die Aussicht von hier oben ist fantastisch.«

Marie musste kichern. »Das ist wirklich typisch.«

»Wir werden dieses Geständnis beizeiten verwenden. Aber zuvor …«

»… muss ich mit dir reden«, sagte sie und setzte sich auf. »Was ich gesagt habe, tut mir leid. Wirklich.«

»Iljin auf diese Weise zu verhören war falsch«, erwiderte Parkov sofort. »Ich hätte mich diesen Lügen stellen müssen.«

»Was diese Nacht angeht …« Marie suchte nach Worten. »Meine Aussagen gegenüber den Reportern waren ungeschickt gewählt. Ich wollte nicht rüberkommen, als würde ich daran zweifeln, dass du wirklich unschuldig bist. Ich wäre ziemlich sauer, hättest du etwas Derartiges über mich gesagt. Ich war nicht die Freundin, die ich hätte sein sollen.«

»Du bist die mutigste Frau, die mir je begegnet ist. Nein, ich muss mich entschuldigen. Für die *blöde Kuh.*« Ihre Blicke kreuzten sich. Marie lehnte sich leicht vor, Parkov ebenso.

»Meine katholische Erziehung«, flüsterte sie, und als Parkov lachte, vermischte sich sein Atem mit ihrem. Er küsste sie, und Marie sah ihm an, dass er es ebenso genoss wie sie. *Du wärst gestorben ohne ihn.* Draußen hatte ein leichter Regen eingesetzt, der in dieser Höhe vom Wind getrieben gegen die Glasfassade schlug. Ein leises Prasseln erfüllte den Raum, als sie ihm berichtete, was in der Zwischenzeit geschehen war.

»Iljin erwähnte mir gegenüber ebenfalls einen großen Mann, der in die Stadt gekommen sei – ehe du uns beide überrascht hast«, sagte Parkov. »Einen Fremden mit einer Spieluhr.«

»Und sonst?«

»Sonst habe ich mich noch einmal in einigen U-Bahn-Versorgungstunneln und in stillgelegten Schächten der Kanalisation umgesehen. Es gibt dort Spuren von M-CotroX. Leere Transportkisten und Hinweise auf viele weitere, die nun verschwunden sind, aber allein und gejagt hatte ich nur einen Bruchteil des Gebiets gesichtet, ehe ich fliehen musste.«

»Du warst noch mal dort? Trotz der Fahndung?«

»Du weißt doch, ich kenne Wege, neugierigen Blicken zu entgehen. Mir steht noch immer ein Zugang zum System offen, aus dem sie mich nicht aussperren konnten, und ich fand die Suche und Berichte, die man nach Sophie van der Meers Auffinden durchgeführt und abgegeben hat, unzureichend. Was dort unten in Transportkisten und Fässern gelagert wurde, gleicht einer Waffe: M-CotroX in großer Menge, hochaktiv und tödlich. Das Zeug wurde in die Stadt geschmuggelt und versteckt. Jetzt ist es verschwunden. Argo und ein Kontakt bei der Mafia haben etwas in diese Richtung angedeutet, gewiss verstehst du, dass ich auch daher keine Zeit verlieren wollte und Iljin befragen musste.«

»Eine Waffe? Hast du das weitergegeben?«

»Würde man mich nicht augenblicklich suchen und festnehmen, sobald ich mich melde, hätte ich die Kollegen persönlich informiert. Marie, wir wissen *nicht*, wem wir trauen können, vergiss das nicht.«

»Iljin wurde getötet, weil man verhindern wollte, dass er redet, aber ich habe seinen Hintergrund geprüft, er war kaum mehr als ein zweitklassiger Zuhälter und hat keine Spuren zu seinem Auftraggeber hinterlassen, also wie kann es sein …«

»Er hätte uns alles verraten. Er wusste es.«

»Wirf mir nicht vor, dass ich dich daran gehindert habe, ihn zu verhören. So etwas zu tun verändert dich, und ich weiß nicht …« Sie senkte den Kopf.

»Was denn?«, fragte er behutsam.

»Ob ich dir danach noch in die Augen hätte sehen können. Es gibt immer andere Wege.« Marie legte den Kopf zurück auf das Kissen und sah zur Decke. »Diese Bilder, die dort an diesem dunklen, verrückten Ort hingen, zu dem Iljin dich geführt hat, hast du sie eigentlich wirklich betrachtet?«

Parkov starrte ins Dunkel. »Nicht alle. Ich weiß, dass es wie eine Galerie war, die Ausschnitte meines Lebens zeigte.«

Marie suchte nach Worten. »Argo hat dich seit Jahren beobachtet. Er wollte, dass du die Zurückhaltung verlierst und

Iljin … Dann müsste er sich nicht nur auf fingierte Spuren verlassen, sondern hätte alles bekommen, was er haben wollte. Da waren Fotos, die Suzann und dich zeigen, dich allein, sie allein, mich, uns, Johann, andere vom BKA. Die Halle da unten war wie eine Art riesiger Schrein.«

»Ein Schrein?«

»Als würde er dich anbeten. Du erinnerst dich sicher, was er zu dir gesagt hat, als wir uns zum ersten Mal gegenüberstanden: Er bewundert dich. Nur hat sich diese Verehrung in Hass verwandelt. Ich frage mich …«

»Wenn es ein altes Versteck des Professors ist, haben die Techniker dort seine Spuren entdeckt, oder nicht?«

»Das haben sie. Er ist dir über all die Jahre gefolgt. Du hast Suzann 2007 geheiratet, sie starb 2012. Ich habe selbst noch nicht alle Aufnahmen gesehen, aber es sind einige darunter, die bereits vor 2005 aufgenommen wurden, also bevor du sie …«

»Du weißt, wann ich Suzann kennengelernt habe?«

»Ja.« Marie holte tief Luft. Der Schmerz in seiner Stimme war kaum zu überhören, wenngleich er sich alle Mühe gab, sich nichts anmerken zu lassen. »Ich habe in ihrer Akte nachgesehen. Er folgt dir seit über zwölf Jahren, vielleicht noch länger. Er hat sich nie eingemischt, nur beobachtet. Sich damit begnügt zuzusehen, bis er bereit war. Es hat begonnen, als der Vogelfänger Suzann ermordete. Das war sein erster Schlag. Danach …«

»Ich weiß, was dann geschehen ist.«

Marie streichelte seine Hand. »Es tut mir leid. So sehr.«

»War das alles?«

Marie schüttelte den Kopf. »Das Labor hat die Blutproben des Symbols aus dem Keller des Museums analysiert. Es ist zumindest zu einem Teil Suzanns Blut.«

Parkov fluchte. »Zum Teufel mit ihm.«

»Wir werden ihn aufhalten. Wer auch immer van der Meer, Rotenberger und die anderen getötet hat, wir halten ihn auf. Aber nicht du allein.«

»Krantz verschwendet keine Zeit, wie ich sehe.«

»Er will Ergebnisse. Oder vielleicht sollte ich sagen, sein Freund Stephen Meyer will Ergebnisse. Macht sich gut für den Wahlkampf.«

»Schlaues Häschen.«

Marie schwang die Beine aus dem Bett und ging zu dem Stapel frischer Kleidung hinüber, auf dem ihr Smartphone lag. Sie schwankte ein wenig, doch spürte sie, dass die Benommenheit mit jeder verstreichenden Sekunde aus ihrem Körper wich. »Sieh mal, das ist Viktor Solsten. Die Spur habe ich in Sophie van der Meers Versteck entdeckt.«

Parkov betrachtete die Fotografie des Mannes. »Ich erinnere mich an ihn. Er war ein Angestellter bei Parkov Industries, hat mit meinem Vater gearbeitet, einer der Verantwortlichen für die Sicherheitsteams.«

Marie setzte sich im Schneidersitz wieder aufs Bett. »Genau das hat Sophie in ihrem Versteck notiert. Ex-Militär, später Angestellter bei diversen privaten Sicherheitsfirmen. Aber ich weiß noch mehr: Er lebt nahe der deutsch-dänischen Grenze in einem Pflegeheim und ist der letzte noch lebende Teilnehmer von Tymon Sorgs Ruwenzori-Expedition. Die verschwundene Liste! Vielleicht hat ihn Rotenberger sogar selbst kontaktiert, vielleicht auch Sophie, und jetzt, da uns der Täter seine Ergebnisse vor der Nase weggeschnappt hat, ist es wohl am klügsten, wenn wir direkt die Quelle aufsuchen. Sophie van der Meers Quelle.« Sie sah zu Parkov auf. »Anders gesagt: Wir sollten dringend einen Ausflug unternehmen.«

»Das sollten wir.« Parkov wollte aufstehen, doch Marie hielt ihn fest. »Geh nicht.«

»Marie …«

»Wir haben uns wenigstens einige Stunden Auszeit verdient. Bleib einfach hier. Wir müssen nachdenken und …«

»Und was?«

»Ich dachte, ich hätte dich verloren«, antwortete sie leise. »Ich schlafe kaum noch, träume von diesen Zeichen und den Toten, von Jan van der Meer, wie er auf seinem Bett liegt, von seiner Tochter, von Rotenberger, wie wir ihn in diesem nassen Grab auf einem modernden Sarg gefunden haben. Ich …« Marie spürte, wie Tränen über ihre Wangen liefen und wie gut es ihr tat, all das loszuwerden, wie ein Gift, das endlich aus einer Wunde strömte. »Ich träume von irgendwelchen Wäldern, von einem Verfolger. Wenn ich allein bin, kommt es mir vor, als würde mich etwas beobachten, mir immer näher kommen.« Sie schüttelte den Kopf, ballte eine Hand zur Faust und presste sie gegen ihre Schläfe. »Ich glaube, ich verliere allmählich den Verstand.«

Parkov wischte ihr die Tränen von der Wange. Dann nahm er sie in eine feste Umarmung und strich ihr übers Haar. »Das geschieht nicht wirklich. Es gibt keinen Zhúkundu. Das ist ein Aberglaube, der nur in der Vorstellungskraft derer, die sich darauf einlassen, lebendig wird. Aber das ist auch schon alles.«

Marie schluckte, um das bittere Gefühl aus ihrem Mund zu vertreiben. Diesen seltsamen Geschmack, als wäre die Luft, die sie atmete, verdorben. Dann fiel ihr etwas ein. »Sophie hatte ein Handy in ihrem Versteck. Konntest du …?«

Parkov schüttelte bedauernd den Kopf. »Das Wasser hat es beschädigt. Ich versuche derzeit, es von jemandem, dem wir trauen können, reparieren zu lassen.«

»Außerdem …« Marie fiel es schwer weiterzusprechen. Sich so vor Parkov zu öffnen hatte sie aufgewühlt. »Außerdem erzählte sie von Michail Parkov. Und von Erik. Sie kannte sie, *beide*.«

»Bist du dir sicher?«

»Wie groß ist die Wahrscheinlichkeit, dass sie von zwei *anderen* Männern spricht, die zufällig diese Namen tragen?«

»Punkt für dich.«

»Du hast gesagt, Sophie und ihre Tochter konnten gerettet werden. Wo sind sie jetzt? Wieder im Krankenhaus? Wissen die Kollegen, dass sie sich in höchster Gefahr befinden? Wann kann man mit ihnen sprechen? Denn das müssen wir, gerade nach dieser neuen Enthüllung. Wir müssen auch darüber nachdenken, wie wir diese Vorwürfe gegen dich widerlegen, und Graubach …« Sie verstummte, als Parkov den Kopf schüttelte und sie mit düsterem Blick musterte.

»Was ist denn?«

»Sophie und Sina kamen nie im Krankenhaus an. Der Mann, der sie im Rettungswagen fuhr, war einer der Männer des Professors.«

In diesem Augenblick spürte Marie, wie etwas in ihrem Inneren zerbrach. Kein Schmerz, sondern ein leeres, hohles Gefühl, wie von langer Erschöpfung, eine vollkommene Sinnlosigkeit. »Sagst du mir gerade, dass ich das alles für *nichts* getan habe?«

»Du bist ihm zu nahe gekommen. Er musste reagieren.«

»Leben sie noch?«

»Ja.« Parkov zögerte.

»Was? Was ist passiert? Wag es ja nicht, mir das vorzuenthalten!«

Parkov reichte ihr ein Tablet, auf dem ein Video in Dauerschleife lief. »Das wurde heute Nacht überall im Netz verbreitet, kurz nachdem Sophie und ihre Tochter verschwunden sind.«

Eine Marionette war zu sehen, die Fäden verheddert. Auf den Kopf der hölzernen Figur hatte jemand ein Bild von Parkovs Gesicht geklebt. »Ich bin es«, sagte eine verfremdete Stimme aus dem Off, die Marie augenblicklich als die des Anrufers erkannte, mit dem sie schon einmal gesprochen hatte, »euer dummer Detektiv Parkov aus der Nachbarschaft.«

»Was in aller Welt …?«

Die Kamera schwenkte und zeigte einen fleckigen Betonboden. Ketten, die an rostigen Ringen an einer Wand aus roten Ziegelsteinen befestigt waren. Gitterstäbe einer Zelle. Dahinter: Gefangene in einem winzigen Raum, die in der Nähe eines Eimers auf dem Boden hockten.

»Sophie und ihre Tochter. Und dieser junge Mann …«

»Jonas Meyer«, sagte Parkov. »Der Sohn von Stephen Meyer, dem Eigentümer von Meyer International, vielleicht auch unser zukünftiger Oberbürgermeister. Der Mann, der in wenigen Tagen seine Charity-Gala geben will, zu der man uns alle eingeladen hat. Noch eine Verbindung zu Sophie van der Meer.«

»Großer Gott, ja, ich weiß. Wir haben eine Pressemitteilung mit der DNA von allen drei Entführten in Iljins Versteck gefunden.«

»Ich bin so dumm, dass ich mich lieber verstecke, als Verantwortung zu übernehmen«, fuhr die Marionette fort. »Aber das wird nicht lange so bleiben. Denn weil ich der kluge, kluge Parkov bin, werde ich einen Datenträger entschlüsseln. Gelingt mir das nicht …«, die Kamera zoomte näher an die angsterfüllten Gesichter der drei Gefangenen heran, »dann gibt es *lebendige Marionetten.*« Die kyrillischen Zahlen für fünf, sechs und sieben erschienen, dann endete das Video.

»Also will er ihn haben. Entschlüsselt. Daran hat sich die ganze Zeit nichts geändert.«

»Mit einem Unterschied«, bemerkte Marie. »Jetzt wird er den USB-Stick gegen die Leben von Jonas Meyer, Sophie und Sina van der Meer eintauschen. Gerade hat er den Einsatz erhöht, und wir, verflucht, wir schaffen das nicht allein, da magst du ein noch so guter Spieler sein.«

»Aber wir *sind* allein, Marie.«

»Nein.« Sie lächelte schwach. »*Nicht ganz.*«

Parkov nickte zögerlich, als er sie ansah. »Ich habe aber noch eine Überraschung, meine Liebe.«

»Ich hoffe nichts Komisches oder noch mehr versteckte Aufnahmegeräte.« Marie blickte zwar skeptisch drein, aber Parkovs warmherziges Lächeln vertrieb ihre Sorge.

»Die Überraschung ist etwa einen Meter zehn groß und fünf Jahre alt«, sagte er.

»Du meinst …?« Marie drehte den Kopf, als Lucie auch schon durch die Tür stürmte. »Mami!«, rief sie, hüpfte aufs Bett und warf sich in ihre Arme. Marie knuddelte ihre Tochter.

»Wir haben etwas Zeit«, sagte Parkov und ging zur Tür. »Nehmt sie euch.«

70.

Als die anderen einige Stunden später eintrafen, blickte Marie vom Grand Tower hinab auf die nächtliche Großstadt. Isabelle Odinsdottir, Jörg Bodenfeld, Anna Sörensen – ihr Team aus Gesetzlosen. All die, die sich bereit erklärt hatten, ihnen zu helfen. Alle jene, denen Marie vertraute. Sie waren nun zu sechst, Johann Münz eingerechnet, mehr nicht.

»Ich ahnte schon, dass er sich hier irgendwo versteckt«, sagte Isabelle und sah sich neugierig um. »Aber nicht, dass es so stilvoll sein würde.«

»Ist euch jemand gefolgt, Isa?«

»Getrennte Fahrzeuge, zu Fuß über den Nebeneingang in zeitlichem Abstand, wie du gesagt hast. Ich behaupte, nein.«

»Ich komme mir vor, als würden wir einen Bankraub planen.« Marie schüttelte den Kopf. Sie versuchte noch immer, die letzten Stunden zu verarbeiten. Immer wieder sah sie Graubach vor sich. Sina van der Meer, die gegen die Scheibe trommelte. Die Marionette im Video. »Dabei wollen wir nur etwas Ordnung in dieses Chaos bringen, das er über die Stadt gebracht hat.« Sie dachte an Lucie, die nur ein paar Zimmer weiter schlief, und verspürte erneut ein schlechtes Gewissen.

Jörg, Anna und Parkov hatten sich um den Schlachtplan versammelt, wie Isabelle ihn getauft hatte. »Ein Skelett«, bemerkte sie irritiert, als sie die Knochensammlung entdeckte, die auf einem Tisch in der Nähe angeordnet war.

»Das ist der Tote aus dem Museum«, klärte Parkov sie auf. »Der afrikanische Stammeskrieger, der Tote aus dem rechtsmedizinischen Institut, den Graubach untersucht hat. Zumindest will man uns das glauben machen.«

Bei der Erwähnung dieses Namens schloss Marie kurz die Augen.

Jörg musterte sie besorgt, ehe er sich Parkov zuwandte. »Du hast es gestohlen?«

»Nennen wir es eine kurzfristige Leihgabe. Ich brauche es noch«, antwortete Parkov rätselhaft.

»Was ist mit Graubach?«

»Der GPS-Positionssender an seinem Wagen meldet uns seinen Standort«, erwiderte Parkov und drückte eine Taste. Auf dem Monitor erschien eine Übersichtskarte, auf der ein blauer Punkt die Fahrzeugposition auswies. »Zurück in seinem Haus.«

»Zumindest sein Wagen«, sagte Anna Sörensen von der anderen Seite des Tisches. Die Kriminalhauptkommissarin vom Landeskriminalamt Hessen trug einen rotblonden Zopf, der ihr auf den Rücken fiel, und wirkte, als werde sie den Eindruck nicht los, dass sie gerade Dinge taten, die sie alle in große Schwierigkeiten bringen würden, wenn es ihnen nicht gelang, beizeiten die wahren Schuldigen zu finden.

»Deswegen«, antwortete Parkov mit einem dünnen Lächeln, »habe ich ihm einen zweiten in seine Jackentasche gelegt.«

Sörensen schüttelte den Kopf, doch ein schwaches Lächeln huschte über ihren Mund. »Ach, Parkov.«

»Was machen wir hier?«, fragte Jörg. Er hatte die Arme verschränkt. »Was Graubach getan hat, müssen wir auf dem richtigen, offiziellen Weg klären. Nicht so. Nicht mit verbotenen Positionssendern, nicht wie ein Haufen von Outlaws, der sich versteckt.«

»Euch allen steht es frei zu gehen.« Parkov deutete auf den Monitor, der Graubachs Position zeigte. »Aber ich versichere euch, dass wir keinen anderen Weg finden werden. Das ist der einzige, der uns in der Kürze der Zeit bleibt. Wer jetzt geht, dem kann ich nicht erlauben zurückzukehren.«

»Und was willst du von uns?«

»Unterstützung. Hilfe bei den Dingen, die mir derzeit schwerfallen, solange ich mich nicht in der Öffentlichkeit sehen lassen kann.«

»Es geht vor allem um Sophie van der Meer«, fügte Marie hinzu. »Wir wissen jetzt mit Sicherheit, dass sie unter ihrer Tarnidentität Lorena Collordo Informationen zusammentragen konnte, die der Grund für ihre Entführung waren. Sie arbeitete mit Robert Rotenberger im Museum zusammen – und offenbar auch mit Michail Parkov. Oder *gegen* ihn. Wir nehmen an, dass sie ihm den Datenträger gestohlen hat, den wir in Rotenbergers Hand im Museum fanden. Wie er jedoch von ihr zu Rotenberger gelangt ist und wieso, das liegt noch im Dunkeln.«

»Informationen welcher Art?«, fragte Jörg.

»Der Professor erwähnte mir gegenüber, als ich ihn in der JVA besuchte«, erklärte Parkov, »dass auf dem USB-Stick, der uns zugespielt wurde – und dessen Existenz mittlerweile, wie wir alle wissen, bekannt wurde –, Daten von unersetzlichem Wert gespeichert sind. E.L.V.I.S. bestätigte dies, konnte den Inhalt bislang jedoch nicht entschlüsseln. Aber er fand eine digitale Signatur, die den Urheber der Daten ausweist.«

Auf dem Monitor erschien ein Firmenlogo, das sich langsam drehte: PI.

»Parkov Industries«, sagte Sörensen. »Was denn, haben sie euch eure Firmengeheimnisse gestohlen?«

»Gegen deinen Konzern wird ebenfalls ermittelt«, sagte Jörg. »Ich nehme an, du hast sogar hier oben davon erfahren, Parkov.«

»Ist mir keineswegs entgangen. Es ist im Übrigen nicht *mein* Konzern, ich halte nur einen geringfügig größeren Anteil als die übrigen Eigner. Alles, was die Belange von PI betrifft, liegt in anderen Händen.«

»Und jetzt will Argo, dass du den Datenträger für ihn entschlüsselst.«

»Das wollte er von Anfang an.«

»Dann mach es doch! Hier stehen Menschenleben auf dem Spiel«, rief Jörg ungehalten.

»Die Lösung gestaltet sich nicht ganz so einfach.« Parkov tippte auf den Monitor, woraufhin ein anderes Bild erschien, der Scan eines Zeitungsausschnitts. »Wie ihr seht, die Seite mit den Todesanzeigen und Argos Zeichnung, die Porträts, die er dort in der Mitte hinterlassen hat.« Parkov legte den Spurensicherungsbeutel mitsamt dem Briefumschlag, auf den in feiner Handschrift *Es ist in den Tunneln* geschrieben stand, auf den Tisch. »Das hat er mir mit auf den Weg gegeben. Niemand weiß, wie er an die Zeitung oder an den Bleistift kam.«

In ein großes, leeres Feld zwischen den Anzeigen hatte Argo zwei Gesichter gezeichnet – einmal das von Parkov, das andere ähnelte eindeutig seinem Bruder Michail – mitsamt der hoch aufragenden Firmenzentrale von Parkov Industries im Hintergrund. Marie betrachtete die Namen, die den Kopf Michail Parkovs umgaben. *Elisabeth Jankovic*, stand dort, *wir alle haben sie geliebt.* Daneben wurde ein *F. Leemann* von seinen Verwandten betrauert, die, so besagte es die Anzeige, in Übersee lebten. Eine ganze Reihe anderer Todesanzeigen folgte.

»Hast du ihn informiert?«, fragte Anna. »Das ist eine ziemlich eindeutige Drohung.«

»Er hat gelacht. Das ist *dein* Alltagsgeschäft, hat er mir zur Antwort gegeben, damit habe ich nichts zu schaffen.«

»Wie schön für ihn. Aber wir *müssen* es ernst nehmen.« Anna Sörensen schüttelte den Kopf und verschränkte die Arme. »Argo genießt es, dich leiden zu sehen. Mit uns zu spielen.«

»Die Zeitung existiert nicht«, sagte Parkov. »Wie auch immer er es angestellt hat – es ist ein Trick, einer seiner bösartigen Witze. Diese Todesanzeigen wurden nie aufgegeben – und die Namen …«

»Was ist mit den Namen?«

»Es sind die übrigen Teilnehmer der Ruwenzori-Expedition. All jene, die nicht mehr leben. Der einzige Mensch, der noch am Leben ist, ist ein Mann namens Viktor Solsten. Er lebt in einem Pflegeheim im Norden. Und die Tunnel, die Argo erwähnte …« Er wiederholte, was er Marie berichtet hatte. »Wenn Argo M-CotroX in größeren Mengen herstellen ließ, dann werden die heutigen Besitzer versuchen, es zu verkaufen. Frankfurt ist ein Umschlagplatz für diese Leute … vielleicht findet die Übergabe hier statt. Terroristen würden sich darum reißen, hinreichende Demonstrationen der Wirkung gab es ja bereits schon.«

»Und was unternehmen wir?«

»Noch nichts. Es ist zu gefährlich.«

»Aber …«

»Sie haben ihre Ware gut versteckt. Wir werden sie nicht finden, nicht auf diese Weise. Vergesst nicht«, erklärte Parkov, »dass hier womöglich nicht alles abläuft, wie es Argo geplant hat. Iljin sagte, der große Mann hätte Argos Leuten die Substanz gestohlen.«

»Es war ein langer Tag«, sagte Marie leise. »Ich habe das Gefühl, wir kreisen um diesen Täter wie Motten um das Licht, irritiert und geblendet, ohne zu verstehen, was genau es ist, um das wir da herumirren.«

»Was ist da eigentlich genau geschehen?«, verlangte Jörg zu erfahren. »Nach dem Gefängnis?«

»Ich habe mit Argo gesprochen«, sagte Parkov mit sanfter Stimme, »und beschlossen, seinem Spiel nicht weiter zu folgen und selbst die Initiative zu ergreifen. Zwei Polizisten warteten auf mich …«

Marie bemerkte, dass nun jeder Blick im Raum Parkov galt.

»Beide lebten noch, als ich ging. Mir war klar, dass ich den Mann mit dem Schlangentattoo finden musste – Jegor Iljin – und dabei keine Zeit verlieren durfte. Also musste ich einen Weg wählen, der sich weniger offiziell gestaltete.«

»Wir glauben dir«, sagte Anna. »Natürlich glauben wir dir.«

Parkov berührte die Kontrolltaste an der Mittelkonsole. »Dieses Rätsel versperrt den Zugang zur Alphadatei. Lösen wir es, dechiffrieren wir automatisch den Inhalt des gesamten Datenträgers und erfüllen damit die Forderung des Professors, den USB-Stick für ihn zu entschlüsseln.«

Ein weißes Fenster erschien, darunter wartete ein neues Eingabefeld, das für die Beantwortung einer Frage vorgesehen war.

Es ist eine Wahrheit, die du tief in dir eingeschlossen hast.

Erinnere dich. Sie ist die Lösung.

Und wenn du sie eines Tages vergisst, komm zurück an den Ort, an dem alles begann.

»Eine Wahrheit, an die du dich erinnern sollst?«, wiederholte Marie. »Wovon in aller Welt spricht er? Kann Elvis …«

»Nein, Frau Winter«, erwiderte die androgyne Stimme der künstlichen Intelligenz. »Meine Logikfunktionen sind nicht ausgereift genug, um Rätsel ihrer Bedeutung nach zu entschlüsseln.

Es akzeptiert darüber hinaus nur drei Versuche, nach dem vierten falschen Versuch wird sich die Datei selbst zerstören. Ich möchte nur darauf hinweisen, dass sich der Sprachstil ganz von dem unterscheidet, den wir bislang von Mads Argo kennen.«

Isabelle wandte sich Parkov zu. »Wie ich dich kenne, hast du eine Theorie, was den Inhalt angeht.«

»Sicher. Wie Marie sagte, Sophie van der Meer muss diesen Stick entwendet haben. Sie sammelte nicht nur Informationen von Rotenberger bezüglich der Droge und des Kultes der Tutonga, sondern erhielt auch bei Parkov Industries selbst einen Zugang, der es ihr ermöglichte, an jene sensiblen Daten zu gelangen – womöglich von ganz oben, durch meinen eigenen Bruder. Sie brauchte diese Informationen.«

»Wozu?«

»Sie ist nicht die, für die wir sie halten«, sagte Marie. Parkov lehnte mit verschränkten Armen an der Wand, während er ihr zuhörte. »Sie ist viel mehr. Und das galt auch für ihren Vater. Sie und ihr Vater haben sich nicht gehasst, sie haben heimlich weiter zusammengearbeitet. Daniel und ich vermuten, dass Jan seine Tochter beschützen wollte und dann, als der Kontakt abbrach, diesen Privatdetektiv beauftragte, um nach ihrem Verbleib zu forschen. Ich denke, sie arbeiteten gemeinsam zu einem einzigen wichtigen Zweck: um Nachforschungen anzustellen«, erklärte Marie. »Das geht aus den Unterlagen in ihrem Versteck hervor, die ich fotografiert habe. Amilia van der Meer war todkrank. Der bösartige, metastasierende Blutkrebs, an dem sie litt, war so selten, dass man ihn nicht therapieren konnte. Ich denke, Jan und Sophie van der Meer haben nach einem letzten Ausweg, einer letzten Heilungsmöglichkeit gesucht, nachdem alles andere fehlschlug.«

»Das ist unfassbar«, seufzte Anna.

»Tymon Sorgs Frau Julia schien ebenfalls daran zu leiden, wie Sophie herausfand … vielleicht führte sie ihr Weg deshalb ins Museum. Vielleicht hat Sophie nie damit abschließen können. Vielleicht versucht sie nach wie vor, PHMA und damit Parkov Industries etwas anzuhängen.« Marie starrte auf die hell illuminierte Stadt. »Aber das kann nicht *alles* sein. Uns fehlen Details, das sagt mir mein Instinkt. Wie hängt der Datenträger mit alldem zusammen? Wieso dieses Rätsel? Wisst ihr, ich habe da dieses Bild im Labor in Daniels Landhaus gesehen. Von ihm, Michail und seinen Eltern. Von Suzann. Sie trug ein honiggelbes Kleid, ganz wie Sophie, als wir sie fanden, und allein diese Tatsache …«

»… sagt uns, dass er eine Spur ausgelegt hat und ganz genau weiß, von welchem Punkt wir zum nächsten gelangen«, schloss Anna. »Er spielt mit Parkov. Das ist gefährlich.«

Marie erzählte ihnen von der Perücke, die sie in van der Meers Versteck entdeckt hatte, von Sophies Nachforschungen, die um PHMA und auch um jenen Mann kreisten, dessen Name Sophie unter einigen Farbfotografien notiert hatte: *Viktor Solsten.* »Es ist ganz eindeutig: Sie wusste, dass sie verfolgt wurde. Ihre eigene Wohnung wurde durchsucht, aber auf diesen versteckten Durchgang im Haus ihres Vaters sind weder unsere Spurensicherer noch ihr Entführer gekommen. Wir wissen, Sophie gab sich als Lorena Collordo aus – wir haben die dunkle Perücke und verschiedene Kleidungsstücke. Die echte Collordo sagt die Wahrheit, sie stand nie mit Rotenberger in Kontakt. Sophie gab sich als Gastwissenschaftlerin aus, um an Rotenberger heranzukommen. Sorina Mocanu, die Prostituierte, sagte mir auch, dass Sophie neben Rotenberger noch jemand anders treffen würde, für den sie sich als Escort ausgab. Das war niemand anders als dein Bruder Michail, denn auf ihrem Diktafon sprach Sophie davon, wie sie ihm den USB-Stick entwendet hat.«

Parkov sah zu den Fenstern hinüber, als könnte die Dunkelheit ihm Antworten liefern. »Diese Frau steckt voller Geheimnisse.«

»Sie hat nie vergessen«, sagte Isabelle nachdenklich, »und forschte weiter. Suchte nach einem Schuldigen. Hm, das könnte Sinn ergeben. Aber dann wurde sie entführt ... und ihre Tochter. Vielleicht hat man sie gezwungen, diesen Datenträger zu stehlen. Sorina Mocanu sagte dir doch auch, dass Sophie gezwungen wurde, etwas zu tun.«

»Ja, aber sie stand unter Heroineinfluss und ist bis heute nicht vernehmungsfähig, also behandeln wir ihre Aussage besser mit Vorsicht. Wahrscheinlich existiert noch ein anderer Ort, an dem Sophie ihre Ergebnisse aufbewahrte. Die *wichtigsten* Erkenntnisse. Auf dem Diktafon erwähnte sie eine Hütte und einen Tunnel.«

»Wir müssen das offiziell machen«, brummte Jörg. »Die Kollegen müssen sich dieses Versteck ansehen.«

Marie warf ihm einen Blick zu. »Wenn wir das tun, wird vieles, was PHMA und PI getan haben, bekannt.«

»Na und?« Parkov wischte über den Monitor, worauf die Fotos erschienen, die Marie in van der Meers Versteck angefertigt hatte. »Bei PHMA Medic, einer Tochterfirma von Parkov Industries, nahm Amilia van der Meer an einem geheimen medizinischen Experiment teil – und starb nach einer Behandlung mit einem nicht zugelassenen Krebsmedikament«, sagte er. »Marie fand diese Speicherkarte, auf der Sophie ein kurzes Video aufgezeichnet hat.«

Mit einem knappen Tastendruck spielte Parkov die Aufnahme ab. Sophie war zu sehen, eine jüngere, fröhlichere Sophie als die Frau, die sie in der dunklen Unterführung entdeckt hatten. »Es fängt heute an. Dad und Mum halten es für richtig, es so anzugehen«, hörte man sie sagen, »aber ich ... weiß nicht. Es ist gefährlich, davor hat man uns gewarnt. Ich werde den Eindruck nicht los, dass man nur, ich weiß nicht recht, eine Versuchsreihe durchführt. Dass man Mum schon aufgegeben hat.«

»Es muss fürs Erste unter uns bleiben«, fuhr Parkov fort. »Solange wir nicht wissen, was der Datenträger wirklich enthält, muss es …«

»Wieso? Gib mir *einen* Grund«, sagte Jörg abweisend.

»Weil alle Welt annehmen würde, dass jemand versucht hat, Sophie aufgrund ihrer Recherchen auszuschalten. Dass der Versuch von Parkov Industries unternommen wurde. Vielleicht sogar von mir.«

»Du fürchtest, dein Name könnte weiter beschmutzt werden? Das ist er doch längst. Und die Firma …«

Marie sah, wie Parkov eine Faust ballte, sie dann jedoch wieder öffnete. »Ich fürchte nichts dergleichen«, erwiderte er beherrscht, »mir ist nur daran gelegen, nicht noch höhere Wellen zu schlagen.«

»Vorerst? Versprichst du es?«

Parkov nickte.

»Hast du Michail kontaktiert?«, ging Anna Sörensen dazwischen. »Er muss sich endlich dazu äußern.«

»Nein, meine Liebe«, entgegnete Parkov kühl. »Das ist nicht möglich. Mein Bruder ist seit Tagen verschwunden.«

71.

»Verschwunden?«, wiederholte Jörg skeptisch. »Wir wissen nur, dass er allen Anfragen ausweicht, sich persönlich zu der Sache zu äußern, seit gegen dich ermittelt wird.«

»Niemand weiß, wo er sich aufhält«, sagte Parkov, »nicht einmal ich.«

»Und du hast keine Möglichkeit …«

»Keine.« Parkov wandte sich dem Monitor zu, auf dem das Bild von Viktor Solsten erschien. »Während Marie und ich Sophies Spur Richtung Norden folgen, möchte ich euch drei bitten, uns zu unterstützen. Es sind Dinge zu tun, die Präzision und Heimlichkeit erfordern, wofür ich derzeit, sagen wir, etwas zu auffällig wäre.«

»Ich würde es vorziehen, dass die Geheimniskrämerei endgültig ein Ende findet«, sagte Jörg mit einer Stimme, die wie ein unbehauener, unnachgiebiger Granitblock klang und mit der er schon so manchen Verdächtigen von einem Geständnis überzeugt hatte. »Sie wäre *zweimal* fast gestorben«, er wies auf Marie.

»Hör auf.« Marie funkelte ihn an. »Wir sind nur zu fünft. Versuchen wir, nicht gleich übereinander herzufallen.«

»Du klingst wie er. Gefährliche Zeiten, gefährliche Maßnahmen. Doch diese Maßnahmen verlaufen meistens genau so, dass ich schon jetzt weiß, wer am Ende dafür bezahlen wird – nämlich nicht er.«

»Jörg, Schluss damit«, sagte Isabelle. Sie wandte sich Parkov zu. »Wir sind doch eigentlich darüber hinaus, dass du einfach Kommandos gibst, oder?«

Marie sah Parkov an, der still in die Dunkelheit blickte. Seine Augen spiegelten das kühle Licht der Bildschirme wider, seine Wangen hätten in diesen Sekunden auch aus kühlem, bleichem Marmor gemeißelt sein können. »Ich schätze diese Worte«, erwiderte er. »Es sind die eines Mannes, der aufrichtig ist.«

»Ach ja? Ein bisschen Aufrichtigkeit kann schließlich nicht schaden.« Marie schloss die Augen. Das war es. Jörg hatte es Parkov nie verziehen, dass er ihr Leben riskiert hatte. Er hatte es ihm nie verziehen, dass sie dort unten mit dem Professor allein gewesen war, Sprengstoff am Körper, der sie jederzeit hätte töten können. Parkov streckte Jörg die Hand entgegen. »Ich werde dafür sorgen, dass dergleichen nie wieder geschieht, darauf hast du mein Wort. Maries Freunde sind auch meine.«

»Na, komm schon«, sagte Isabelle. »Ich finde, das war gut gesagt.«

Marie sah, wie viel Überwindung es ihren Kollegen kostete, aber dann gab sich Jörg einen Ruck und schlug ein. »Ich hoffe, wir können uns darauf verlassen. Also, was sollen wir tun?«

»Habt ein Auge auf diese Adresse in Königstein. Dies ist das Anwesen, das Michail bewohnt, wenn er in der Nähe ist. Und habt *zwei* Augen auf die Entwicklungen in der Stadt. Jemand muss herausfinden, wer von unseren Leuten davon wusste, mit welchem Wagen Sophie van der Meer und ihre Tochter nach ihrer Rettung aus dem Main zum Krankenhaus gefahren wurden. Wer sie erneut entführt hat.«

»Denkst du …?«

»Graubach ist involviert. Wir wissen nur nicht, wer *noch* beteiligt ist.«

»Lassen wir ihn davonkommen, Parkov?«

Der schnaubte, als belustigte ihn diese Vermutung. »Natürlich nicht. Dass Marie entkommen konnte, muss ihn in helle Panik versetzt haben – ihn und die anderen. Wir provozieren eine Reaktion.«

»Das ist alles?«

»Nicht ganz. Ich möchte euch noch eine Sache zeigen.« Das Bild auf dem großen Monitor wechselte. Nun zeigte es Parkov selbst – an einem Ort, den Marie sofort wiedererkannte.

»Du hast eine Videoaufzeichnung deines Gesprächs mit Mads Argo in der JVA?«

»Eine kleine Aufmerksamkeit des Direktors.« Parkov spielte das Gespräch im Schnellvorlauf ab, dann stoppte er.

»Du hast sie schon. Die Lösung«, hörten sie den Professor sagen, »liegt doch auf der Hand, wie man so schön sagt. Oder *auf der Haut*?«

»Die Zahl, die man Sophie auf den Kopf tätowierte, ist ebenso so nutzlos wie die, die sie für uns auf die Wand schrieb, ehe man sie fand«, erwiderte Parkov auf der Aufnahme. »Ohne ein passendes Schloss ist ein Schlüssel nichts.«

»Dann such weiter. Bitte Marie um Hilfe, nehmt euch einen Abend frei, esst was Feines, trinkt guten Wein, denkt nach und genießt die Zeit, die euch noch bleibt.«

Parkov stoppte die Aufnahme. »Habt ihr es bemerkt? Ich dachte zuerst, im Gefängnis hätte er mir verraten, dass die Lösung, die ich suche – so hat er es formuliert, ihr konntet es selbst hören –, auf *Sophies* Haut liegt. Ich nahm an, er würde von der tätowierten Zahl auf ihrem Kopf sprechen.«

»Und was ist mit der Alphadatei und dem Passwort für das Rätsel? Hast du es versucht?«

»Als ich die Zahlenfolge dort ausprobierte, erhielt ich eine Warnung, dass mir nur noch zwei Versuche zur Entschlüsselung blieben. Nein, Argo kann gar nicht von *dieser* Zahlenfolge gesprochen haben, er wusste nicht, dass wir durch Sophie von ihr erfahren haben.« Parkov spulte noch einmal zurück und führte die Reaktion von Argo ein zweites Mal vor. »Achtet auf sein Zögern, wenn ich die Zahlen erwähne.«

»Das ist seltsam«, bemerkte Jörg. »Er wirkt irritiert.«

»Er hat sich die ganze Zeit über hervorragend unter Kontrolle«, beobachtete Marie, »aber für eine Sekunde … Ja, ich glaube, diese Information hat ihn wirklich überrascht. Wisst ihr, es klingt verrückt, aber was ist, wenn Sophie an einem weiteren Ort all das versteckt hat, was sie an Beweisen gegen PHMA Medic sammeln konnte, weil die für den Tod von Amilia van der Meer verantwortlich waren? Wenn sie befürchtete, dass man sie doch noch aufspüren und töten könnte, was hätte sie dann getan, um zu verhindern, dass ihre Entdeckung für alle Zeit verloren geht? Sie hinterlässt einen Code, der nur in *ihrem* Versteck die Funktion eines Schlüssels erfüllt. Vielleicht hoffte sie, man würde es verstehen, selbst wenn sie nicht mehr aufwachen würde.«

»Eine Schnitzeljagd. Exakt«, sagte Parkov. »Sophie schuf eine Fährte für uns, der wir folgen müssen.«

»Aber damit verrät sie ihren Entführern doch alles. Wenn jemand sie beobachtete, wenn jemand gesehen hat, was sie dort an die Wand schrieb …«

»Ich denke, *die* wissen nicht, zu welchem Schloss dieser Schlüssel passt oder welche Bedeutung diesen Zahlen innewohnt. Deshalb hat man sie gefoltert.«

Isabelle blieb skeptisch. »Selbst wenn es so wäre, *wir* wissen es doch auch nicht.«

»Noch nicht«, erwiderte Parkov. »Es gab noch eine weitere Reaktion, die mich verwunderte: Als ich ihn nach Rotenbergers

Hand und dem Herbarium fragte, schien er ebenso verwundert. Der große Mann da draußen macht Dinge, die Argo nicht erwartet, und diesen Kontrollverlust erträgt er nicht. Aber *wir* haben jetzt etwas, das er nicht vorhergesehen hat: einen Vorsprung. Nutzen wir ihn.« Er zögerte. »Eine Frage bleibt freilich offen: Was meinte Argo wirklich mit *auf der Haut*?«

»Das versteht hier niemand. Mein Kopf raucht«, antwortete Jörg. »Ist das jetzt alles?«

»Das ist alles. Nur eins noch: Lasst euch nicht erwischen.« Parkov öffnete die Glastür, die zum Außenbereich des Penthouse führte, und ging hinaus.

»Das werden wir ganz bestimmt nicht«, murmelte Jörg vor sich hin, während Marie ihm ein Danke ins Ohr flüsterte.

»Du weißt schon, dass er das Versprechen brechen wird, wenn er dadurch irgendetwas erreichen kann, was ihm nützlich erscheint?«

Marie sah zu Isa, zu Jörg, zu Anna, schließlich zu Parkov, dessen Silhouette hinter dem Glas im Licht und Dunkel am Rand des Außenbereichs, der die Ostseite des Penthouse begrenzte, kaum auszumachen war. Sie ärgerte sich über ihn, aber zugleich wusste sie, dass er nun einmal war, wie er war, und sich daran nichts ändern würde – ein seltsamer, sich ewig mühender Kämpfer für eine Sache, an die niemand mehr wirklich glaubte. An etwas Besseres. An eine Zukunft.

»Nein«, sagte sie mit Überzeugung, »das glaube ich nicht. Er ist besser als das.«

»Das ist immer noch Parkov, vergiss das nicht. Also wie kannst du dir da so sicher sein? Nach allem, was geschehen ist?«

»Sicher sein?« Marie schüttelte den Kopf und sah Parkov nachdenklich nach. »Das kann ich nicht, du hast recht. Aber ich *weiß* es. Gerade weil er«, sie lächelte nun, »eben Parkov *ist.*«

72.

Sonntag, 6. November

Nach gut sieben Stunden Fahrt erreichten sie das östlich von Flensburg gelegene Pflegeheim, ein nordisch anmutendes, gepflegtes, helles Anwesen: Bunt belaubte Apfelbäume standen auf einer Wiese, Kies knirschte unter den Reifen, als Parkov in die Einfahrt einbog. Tau glitzerte im Gras, der Himmel war herbstlich stahlblau. Marie rieb sich die Augen. Sie hatte geschlafen, fühlte sich allerdings kaum erholt. »Schön hier.«

Ein Patient im weißen Bademantel spazierte über die Wiese und warf dem Range Rover einen Blick zu. Marie sah, dass er ein Buch in der Hand hielt, aus dem er immer wieder Seiten riss, zusammenknüllte und zur Seite warf.

Marie folgte Parkov hinein. »Was für ein Heim ist das?«

»Eines für Demenzkranke«, sagte er ernst.

Eine mütterlich wirkende Krankenschwester stoppte auf ihrem Rundgang, als sie Marie und Parkov bemerkte. Parkov stellte sich mit dem fiktiven Namen vor, den er zu verwenden beschlossen hatte – in der Hoffnung, man würde sich nicht an ihn erinnern. Auch wenn er sich alle Mühe gegeben hatte, fand Marie, dass es ihm nicht besonders gut gelungen war, wie ein gewöhnlicher Zivilist auszusehen.

»Gregor Minski«, sagte er und warf einen Blick auf ihr Namensschild. »Wir haben telefoniert – vielmehr meine Kollegin hat das getan.«

»Aber natürlich. Wegen Viktor, nicht wahr?« Die Krankenschwester lächelte heiter. »Da wird er sich bestimmt freuen. Er ist oben. Um diese Uhrzeit sitzt er gern in der Sonne und sieht den Vögeln zu. Ich wünsche viel Erfolg.«

»Viel Erfolg?«, fragte Parkov skeptisch.

»Es ist nicht einfach, seinen Worten zu folgen. Die klaren Momente sind immer mal wieder da, aber in diesen Tagen eben doch nur noch ziemlich selten. Das ist schade. Er ist so ein weit gereister, weltgewandter Mann.«

Sie folgten ihr in den zweiten Stock. In einem von Sonne durchfluteten Zimmer saß ein Mann um die siebzig in einem Rollstuhl, eine karierte Decke auf dem Schoß. Sein Blick haftete an einem kleinen Brunnen, in dem Vögel im Wasser spielten. Er wirkte geistesabwesend, seine Hände lagen auf den Lehnen, als hätte er vergessen, was er mit ihnen anfangen sollte.

»Viktor? Sieh mal, du hast Gäste. Gregor Minski und …«

»Mia Sommer«, stellte sich Marie vor.

Solstens Augen wanderten durch den Raum. Dunkelbraun waren sie, wie schlammige Tümpel. Als sie Marie fanden, verschleierte sich der Blick, dann wanderten sie zu Parkov weiter und verharrten dort. *Er erkennt ihn wieder*, dachte Marie. *Meine Güte, er erkennt ihn wirklich.*

»Viel Erfolg«, sagte die Krankenschwester noch einmal und ließ sie allein.

»Viktor Solsten«, sagte Parkov. »Mein Name ist Daniel Parkov. Wir haben uns früher schon einmal gesehen. Sie arbeiteten für meinen Vater. Leiter der Sicherheit, nicht wahr?«

Solsten öffnete den Mund. Aus seiner Kehle drang ein leises, rasselndes Geräusch, das in Husten überging und sich dann abermals verwandelte: Er lachte. »Ich weiß. Hast du mich doch noch wiedergefunden? Bist du endlich gekommen, um mich zu *töten*?« Seine Stimme war kaum lauter als ein heiseres Flüstern, doch genügte das, um Marie einen Schauer über den Rücken zu jagen.

»Ich suche Antworten, Viktor.«

»Das Schicksal …«, Speichel lief Solsten aus dem Mundwinkel, »holt dich ein.«

»Das tut es doch immer.«

»Sophie van der Meer«, sagte Marie leise und Solsten wandte sich ihr zu. »War sie hier?«

Solsten nickte. Das grimmige Lächeln verschwand von seinem Gesicht, seine Augen verdrehten sich, er sah zur Decke hinauf. »Ich weiß noch genau. Hab ihnen so oft zugesehen, wie sie in den Tümpeln gespielt haben. Versteckt euch, versteckt euch, ihre Stimmen über dem Gras, das in der Sonne trocknete, und dann der Wind, von der Steppe herab …«

»*Wir* haben uns versteckt?«

»Der kleine Daniel liebte dieses Spiel … und wie eifrig sie waren, die Rätsel zu lösen. Diese begeisterten Jungs mit ihren Detektivspielen …« Marie bemerkte, wie Solsten einen Fleck an der Holzdecke fixierte. Wenn er Parkov erkannt hatte, war dieser Moment der Klarheit nun vorüber. Solstens Geist hatte sich zurückgezogen und irrte durch Momente der Vergangenheit, die ihm so präsent erschienen, als erlebte er sie gerade im Hier und Jetzt.

»Natürlich habe ich mich versteckt«, sagte Parkov und stieg in diese Erinnerung ein, spielte seine Rolle. »Ich warte noch darauf, dass mich die anderen finden.«

»Ja, das hast du!« Solsten nickte eifrig. »Sie haben dich gesucht, aber es war immer *er*, der dich gefunden hat, der Klügste von euch allen.«

»Er?«

»Michail! So erwachsen für sein Alter … Manchmal hat er auch geschummelt, aber so geschickt, dass es niemand bemerkt hat.« Solsten hustete. Die Augen starrten zur Decke, doch nun legte sich seine Stirn in Falten. »Aber der andere …«

»Der andere?«

»Den mögt ihr nicht besonders.«

»Bist du das?«, fragte Parkov. »Kannst du das sein? Der andere? Für einen Augenblick?«

»Ich …« Solstens Gesicht verkrampfte sich. Marie sah zu Parkov hinüber, der den Mann nicht aus den Augen ließ. »Ich *will* nicht.«

»Versuch es«, drängte Parkov.

Marie berührte Parkovs Arm und warf ihm einen warnenden Blick zu. »Wir sollten ihn nicht bedrängen«, flüsterte sie.

»Sie ist so hübsch, so gut zu mir. Sie war die Einzige, die mich mochte.« Die Stimme, mit der Solsten jetzt sprach, klang verändert, tiefer. Sein Blick löste sich von der Decke und fand Marie. »Ich beobachte *sie*. Die anderen spielen ihr albernes Detektivspiel, aber ich schleiche durch das Gras. Ich weiß, wie ich mich verstecken muss. Ich hab es gelernt. Ich war oft allein. Sie mögen mich nicht besonders.«

»Ich mochte dich nicht«, vermutete Parkov.

»Ja. Du nicht, Michail und auch …«

»Aber *ich* mag dich«, sagte Marie, da der verklärte Blick aus Solstens Augen noch auf ihr lag, und folgte einer Intuition. »Ich war die Einzige, die immer zu dir hielt, oder?«

Parkov sah sie mit erhobenen Brauen an, doch Marie ignorierte ihn und folgte weiter ihrer Eingebung. »Ich mag dich sehr gern.«

»Das stimmt. Du hast mir nie wehgetan.«

Marie holte tief Luft und spürte, wie ihr Herz heftig schlug. »Und du? Hast du *mir* wehgetan?«

»Nein, nie! Aber dann warst du weg und sie haben mich ausgelacht!«

»Wer«, sagte Marie behutsam, »wer bist du gerade? Und wer bin ich?«

Solstens Blick löste sich von ihr. Anstatt zur Decke zurückzukehren, sah er hinaus zu den Vögeln am Brunnen. Seine Finger bewegten sich auf den Armlehnen. Die Erinnerung, die er gerade durchlebt hatte, war fort. »Viktor Solsten«, sagte er mit normaler Stimme. »Man wirft mir vor, ich sei schuld an allem, was damals geschehen ist.«

»Denk nach. Erinnere dich. Wo war es? Was ist geschehen?«

»Es war heiß. Es war einer der letzten … sie haben sich gestritten, ich konnte meine Tochter nicht finden. Es war heiß, so heiß … Das Wasser verdunstete in der Sonne.« Eine Träne rollte über seine faltige Wange.

»Schsch«, machte Marie. Sie griff nach Solstens Hand, während sich der Blick des alten Mannes klärte.

»Ich muss wissen …«, begann Parkov, doch sie unterbrach ihn mit erhobener Hand.

»Es reicht, Daniel. Es ist genug. Er leidet, siehst du das nicht?« Sie spürte, wie sich Solstens Finger bewegten, nach ihren tasteten. »Alles ist gut.«

»Ich war ein Krieger«, sagte Solsten mit schwacher Stimme, »ein Mann der Waffen. Und jetzt sieh dir an, was aus mir geworden ist, Clara, und sieh, was aus *dir* geworden ist. Du bist so schön. Viel besser, so viel besser als …«

»Es ist ja gut. Ich bin hier.«

»Clara?« Seine Augen füllten sich mit Tränen. »Meine kleine Clara? Meine Süße?«

»Ich bin hier, Dad, hab keine Angst.« Solsten drückte ihre Hand. Marie strich ihm über die Wange. Sie sah zu Parkov auf, der sie erschüttert musterte.

»Wenn du sagst, du warst ein Krieger …«

»Der beste. Der, auf den sie sich verließen. Bis zu dem Tag.«

»Wer war es? Wer hat sich auf dich verlassen? Wer hat sich gestritten?«

»Tymon Sorg und er. Tristan Parkov.«

Marie war es, als erbebe der Boden unter ihren Füßen. Sie wagte nicht, zu Parkov hinüberzusehen, weil sie seine Reaktion fürchtete.

»Und wo war das? Wo haben wir alle damals …«

»*Vadana.* Das Herz, der schöne Ort, Hüter der Wahrheit. Wo alles seinen Anfang nahm. Und zugleich … endete.« *Die Wahrheit*, dachte Marie. *Wie im Rätsel, das uns den Zugang zur Alphadatei versperrt. Wenn du sie eines Tages vergisst, komm zurück an den Ort, wo alles begann.*

Parkovs Blick fand ihren, versuchte, ihn festzuhalten.

»Kleine, süße Clara, wohin gehst du?«

»Ich komme wieder, Dad. Ich muss nur eine Weile fort.«

»Er ist immer noch irgendwo da draußen«, erwiderte Solsten. »Der Mann, der dich mir weggenommen …« Solsten schrie, ein kurzer, gepeinigter Laut, der jäh seiner Kehle entwich. Er warf die Decke, die auf seinem Schoß lag, mit einem Zucken seiner Arme von sich. Ein Foto fiel von seinen Knien, wo er es unter der Decke verborgen hatte, und segelte zu Boden.

Parkov hob es auf, während Marie Viktor Solsten abermals über die Hand strich und ihn beruhigte. »Ganz ruhig. Es ist gut, er kann dir hier nichts mehr tun.«

»Du bist doch nicht real.«

»Was bin ich dann?«

»*Tot.* Ich habe dich hier begraben. In heimischer Erde, das war mir wichtig.«

Marie sah zu Parkov auf, der das Foto betrachtete. Er wirkte erschüttert und nickte in Richtung Tür.

»Sorg und Parkov, Dad, was haben sie getan?«

»Nach ihr gesucht. Der Lösung für ihr Problem. Aber sie haben es nicht gefunden. Krylov … hat alles zerstört.«

Marie bemerkte, dass die Erwähnung des Namens bei Parkov eine Reaktion auslöste, aber sie konzentrierte sich weiter auf Solsten. »Und *Zhúkundu*, Dad, dieser Name …«

»Was ist damit?«

»Weißt du …«

»Gar nichts!« Wieder schrie er, lauter als zuvor, und wollte nicht mehr aufhören.

Die Tür hinter ihnen wurde aufgerissen. Ein Pfleger kam herein, suchte nach der Quelle des Lärms. »Was soll denn das? Sie machen Viktor Angst!«, rief er.

Marie packte Parkov, der wie versteinert dastand, und schob ihn hinaus. Das Geschrei, das Solsten ausstieß, verhallte hinter ihnen, als die Tür seines Zimmers zuschlug.

»Das lief ja großartig«, sagte Parkov. »Was in aller Welt hast du da gespielt?« Er schüttelte den Kopf und lief die Treppe hinunter. Marie, noch immer erschüttert, folgte ihm. Auf dem Treppenabsatz blieb Parkov stehen und sprang vom Fenster weg. »Wir sind nicht allein. Duck dich!«

Marie kroch unterhalb des Fensters zu ihm. Es ging auf den Parkplatz südlich des Pflegeheims hinaus, und als sie einen schnellen Blick riskierte, bemerkte sie den dunklen Ford, der nicht weit von ihrem Wagen parkte. Mit laufendem Motor und hellen Lichtern. »Freunde von dir?«

»Unmöglich, dass sie uns hier gefunden haben.« Parkov lief weiter.

Die mütterlich wirkende Krankenschwester tauchte auf, noch ehe sie einen passenden Hinterausgang entdeckt hatten, der sie ungesehen hinausführen könnte. »Da sind Sie ja«, sagte sie. »Jemand hat gerade vor ein paar Minuten nach Ihnen gefragt. Die Herren warten draußen.«

»Die *Herren*?«, fragte Marie alarmiert.

»Kollegen von Ihnen, glaube ich. Sie sagten, sie hätten hier eine Verabredung mit Ihnen beiden.«

»Und Sie haben ihnen gesagt …«

»Dass es allmählich etwas zu viel Polizei im Haus wird.«

»Oh, das ist in Ordnung. Wir haben uns tatsächlich mit ihnen hier verabredet. Unser Wagen hat einen Motorschaden, die Kollegen wollten uns deshalb mitnehmen.« Marie improvisierte schnell. »Solsten hielt ein Foto in der Hand, das er uns gezeigt hat. Wissen Sie, was ich meine?«

»Aber natürlich. Das hat er immer wieder angesehen, seit diese Frau bei ihm war. Eine Erinnerung, die er von einer seiner Reisen mitgebracht hat. Aber leider hat er so viel vergessen, das ist schade.«

»Erinnern Sie sich noch an die Frau, die ihn besuchte?«

»Oh, aber natürlich. Sie hatte einen interessanten, ungewöhnlichen Namen, holländisch, irgendwas mit *Meer*.«

Parkov setzte ein einnehmendes Lächeln auf. »Sie helfen uns ungemein weiter. Würden Sie uns einen letzten Gefallen tun?«

»Gerne.«

»Wir sind zwei Flüchtige, die vor der Polizei fliehen«, sagte er mit einem Augenzwinkern.

Die Krankenschwester sah ihn zuerst ungläubig an, dann musste sie lachen – laut und herzlich. »Aber natürlich«, erwiderte sie und kicherte. Parkov gefiel ihr, das war ihr anzusehen.

»Ich sehe schon, ich kann Ihnen nichts vormachen. Nein, im Ernst, mir fällt ein, dass wir doch noch vergessen haben, Herrn Solsten etwas Wichtiges zu fragen. Würden Sie den Kollegen Bescheid geben, dass wir noch mal nach oben gehen und es etwas länger dauert? Die beiden sind oft ungeduldig, aber einer so liebenswürdigen Dame wie Ihnen werden sie diese Entschuldigung sicher nicht übel nehmen.«

»Aber natürlich. Gern.« Sie strahlte Parkov noch einmal an, trat zur Eingangstür und verschwand nach draußen.

»Schnell!« Marie folgte Parkov, der durch die Heimküche voller Dampfschwaden eilte und schließlich einen Hinterausgang entdeckte, der bei einem Müllcontainer und einem Weg endete, der sie um das Gebäude herumführte. Der Parkplatz lag schräg vor ihnen. Sie sahen die Krankenschwester auf den dunklen Ford zugehen.

»Wir sollten den Wagen zurücklassen«, sagte Marie. »Und ihnen ausweichen.«

»Nein. Das ist keine gute Idee. Sieh doch.« Zwei in Zivil gekleidete Polizisten sprangen aus dem Ford und rannten zum Eingang des Pflegeheims. Ihre Vorgehensweise war koordiniert, nicht überhastet, doch zielstrebig – anders als bei gewöhnlichen Polizeibeamten.

»Irgendein Einsatzkommando«, sagte Marie leise. »Verdammt.«

»Bleib außer Sicht!« Parkov wollte nach ihrer Hand greifen, doch Marie ignorierte ihn.

»Ich kann gut allein laufen«, zischte sie.

Die Rücklichter des Range Rover flammten auf, als Parkov die Funkfernbedienung betätigte. Sie sprangen hinein und Marie startete den Wagen. Erst als das Pflegeheim hinter ihnen verschwunden war, wagte sie es, das Schweigen zu brechen. Sie sahen sich an. »Was ist da gerade passiert? Wie haben die uns gefunden?«

Parkovs griff in seinen Mantel. Sie sah das Foto, das Solsten unter der Decke gehalten hatte. Vorsichtig strich er es glatt.

»Denk nach!«, rief sie. Der Range Rover legte sich mit quietschenden Stoßdämpfern in eine Kurve, als Marie beschleunigte. »Folgen sie uns?«

»Sieht nicht danach aus.«

Sie bogen auf die Landstraße ein, die sie zu ihrem Unterschlupf führen würde, fuhren durch Wälder, in denen sich buntes Herbstlaub sammelte. Niemand war auf der Straße, nicht einmal Gegenverkehr. Ein Reh floh ins Unterholz, als sie vorüberfuhren.

»Wie haben die uns gefunden?«, fragte sie noch einmal. »Elvis, Statusbericht des Wagens.« Die künstliche Intelligenz antwortete augenblicklich. »Alle Systeme laufen einwandfrei, Frau Winter. Zwei Mobilfunkgeräte, eine satellitengestützte Datenverbindung, die zur Übermittlung der Daten zwischen mir und dem Wagen dient. Wie gewöhnlich.«

»Kein Peilsender oder Ähnliches?«

»Nein, Frau Winter.«

»Dann haben sie uns auf einem anderen Weg gefunden«, sagte Parkov.

»Wie?«

»Das weiß ich noch nicht.« Parkov sah zu ihr rüber und sie erkannte, wie beunruhigt er war. »Aber wir müssen vorsichtig sein. Ich dachte, wir hätten einen Vorsprung, jetzt aber …«

»Wir *haben* einen Vorsprung«, fiel ihm Marie ins Wort und bemühte sich, etwas Zuversicht in ihre Stimme zu legen, doch alles, woran sie denken konnte, waren Viktor Solstens weit geöffnete Augen, dieser starre, in der Vergangenheit gefangene Blick.

»Wir haben sie abgehängt. Uns bleibt etwas Zeit.«

73.

Das Haus am See, wie Parkov es nannte, ein in skandinavischer Eleganz und Schlichtheit aus hellem Birkenholz konstruiertes, zweistöckiges Holzhaus, versteckte sich inmitten von Birkenwäldern nicht weit von der dänischen Grenze am Ufer des Niehuussees. Ein Ruderboot schaukelte auf den Wellen, die der Wind ans Ufer trieb, zwischen den Bäumen war das dunkelblau gestrichene Bootshaus zu sehen. Marie bremste mit quietschenden Reifen, sprang aus dem Wagen und schlug die Tür zu.

Die wirre Vision, die Solsten durchlebt hatte, wühlte sie noch immer auf. »So kann das nicht weitergehen. Du musst dir endlich eingestehen, dass du dich *erinnern* musst. Sonst …«

»Sonst was?« Sie schüttelte den Kopf, ballte die Fäuste. »Sonst gehe ich«, antwortete sie erregt. »Hast du mich verstanden? Ich *werde* gehen.« Parkov würde sie nicht aufhalten, wurde ihr im selben Moment klar, aber sie sah den Schmerz, den ihre Worte bei ihm ausgelöst hatten.

»Da sind Schemen, die sich im Nebel bewegen, aber ich kann weder erkennen, was sie tun, noch, wer sie sind. Ich erinnere mich nicht.« Wind kam auf, ein wisperndes Rauschen in den Blättern, ehe sie wie ein bunter Regen durch die Luft tanzen würden, sobald sich die Wälder zu langem Schlaf niederlegten und die Kälte kam.

In diesem Moment war Marie unendlich wütend auf ihn, weil er so verletzlich wirkte, und sie konnte sich selbst nicht ausstehen, weil sie so empfand und weil sie ihn angefahren hatte. »Mist.«

»Glaub mir, ich versuche es«, erwiderte er ernst. »Es vergeht keine Stunde, in der ich mich nicht frage, wie es nur sein kann. Es muss eine logische Erklärung geben, etwas Rationales, Vernünftiges.«

Alles, was Parkov nicht mit seinem Verstand erklären kann, ist für ihn beängstigend … Tom Carters Worte gingen ihr durch den Kopf. »Was, wenn es die nicht gibt? Hm? *Vadana?* Die Wahrheit? Was ist das alles? Der Ort, den du suchen musst, wenn du es vergessen hast?«

Parkov schüttelte den Kopf. »Bitte, Marie. Ich kann es nicht beantworten.«

Sie schloss die Augen. Die wärmenden Sonnenstrahlen und das gleichmäßige Rauschen der Birken beruhigten sie, vertrieben den Schrecken, den der Besuch bei Viktor Solsten mit sich gebracht hatte. »Gehen wir rein.«

Wenngleich das Haus von außen wie ein etwas in die Jahre gekommenes, verlassenes Ferienhaus wirkte, war es im Inneren hochmodern und stilvoll skandinavisch eingerichtet. *Eines seiner Verstecke. Ein Rückzugsort unter vielen, die er sich angelegt haben muss.*

Parkov warf den Mantel über eine Stuhllehne und setzte sich hemdsärmelig an einen hellen, massiven Birkenholztisch, von dem sie hinunter auf den See und das vertäute Boot blicken konnten. Die Sonnenstrahlen spiegelten sich auf der sanft gekräuselten Wasseroberfläche. Parkov betrachtete das Foto, das Solsten versteckt hatte, dann reichte er es wortlos an Marie weiter: eine alte, in fahlem Gelb verblichene Aufnahme, die Tymon Sorg, Viktor Solsten und – was sie nicht mehr überraschte – Tristan Parkov zeigte. Die Männer standen vor einer ausladenden Lodge, hinter der sich eine sanft abfallende grüne Ebene erstreckte, an die sich im Licht der Dämmerung der dichte tropische Regenwald anschmiegte. Neben Tymon eine hagere Frau, die Marie als Julia Sorg erkannte, neben Solsten stand ein Mädchen, kaum älter als sechzehn, in einem gelben Kleid, das wie er in die Kamera sah und den Arm um ihn gelegt hatte, und neben Tristan Parkov ein kleiner Junge, dessen Haar so blond war wie das seines Vaters. Jemand hatte mit einem Kugelschreiber wilde Kreise auf das Bild gemalt – war es Solsten selbst gewesen?

Tymon Sorg und Tristan Parkov lächelten zwar, doch wurde Marie das Gefühl nicht los, dass etwas an dieser Aufnahme unterschwellig seltsam und falsch wirkte. »Sie alle wirken nicht besonders froh. Das sieht eher danach aus, als hätte es Streit gegeben.«

»Das Mädchen im gelben Kleid muss Clara sein, Solstens Tochter. Diese Aufnahme zeigt etwas, womit er zum Ende hin noch abschließen musste. Sie war alles, was ihm von ihr geblieben ist. Einer der wenigen privaten Gegenstände, die er mitgebracht hat.« Parkov drehte das Foto um. »Sie stammt nicht von Sorgs letzter Expedition, sondern von einer anderen, etwa zehn Jahre zuvor, wenn diese Jahreszahl hier stimmt.«

»1987«, sagte Marie. »Da warst du neun. Also in etwa so alt wie dieser Junge dort. Und Solsten erinnert sich an dich.« Sie zog ein leeres Blatt Papier und einen Kugelschreiber zu sich heran. »Das alles geschah nur wenige Monate, bevor deine Eltern starben.«

»Erinnerst du dich, dass ich mir über den PC in Direktor Jörgens' Büro Zugriff auf das Museumsarchiv verschafft habe?«, fragte Parkov leise und gedankenverloren.

»Natürlich. Noch so eine Sache, die dich nicht gerade unverdächtig gemacht hat, Daniel.«

»Aber die Suche war erfolgreich. Elvis förderte Dinge zutage, die uns nicht in die Hände hätten fallen sollen: Jegor Iljin hat, als er dort in Rotenbergers Büro eindrang, nicht nur die Videoaufzeichnungen entfernt, sondern auch Informationen aus dem Archiv gelöscht, die Tymon Sorg zusammengetragen hatte. Ein Name fiel, immer wieder ein Name, wie ein Gerücht, ein ehrfürchtiges Flüstern im Dunkeln: Vladimir Krylov. Sorg war sehr an ihm interessiert, und später auch Rotenberger und Sophie van der Meer. Krylov ist wie ein Geist, aber du kennst mich, ich bin hartnäckig, und schließlich stießen Johann und ich auf verschiedene Geschichten, eine grausamer als die andere. Man bringt ihn mit den allerschlimmsten Söldner-Gruppierungen in den blutigsten afrikanischen Konflikten in Verbindung, mit Vorfällen in Afghanistan und im Irak. Vieles davon ist klassifiziert, aber was immer er zwischen 1987 und heute getan hat, brachte ihn auf die Liste international gesuchter Kriegsverbrecher.«

»Krylov hat alles zerstört, sagte Solsten vorhin. Er war dort.«

»Ich glaube, er war nicht nur dort. Er hat für Solsten gearbeitet. Wir können nur mutmaßen, wo er heute steckt, aber …« Parkov drehte sein Smartphone so, dass sie erkennen konnte, was er entdeckt hatte: Die Aufnahme, offenbar aus dem Verborgenen gemacht, zeigte einen etwa siebzigjährigen Mann mit einem von Brandnarben gezeichneten Gesicht, der über einem Massengrab stand. »Vladimir Krylovs Werk.«

»Dieses Bild … es ist doch das von dem USB-Stick, nur ein größerer Ausschnitt davon?«

»Ja«, bestätigte Parkov. »Denk an deine Sünden. Krylov ist auch der Mann auf Sophies Video. Vadana, was immer das sein mag, muss mit ihm in Zusammenhang stehen.«

»Denk an *deine* Sünden stand auf dem Bild, nicht: denk an *seine* … was bedeutet das? Wieso deine Sünden, Daniel? Verdammt, hätten wir Solsten weiter nach ihm fragen sollen?«

»Nein, das wäre nutzlos gewesen. Aber denken wir an M-CotroX, das wiederaufgetaucht ist. Wenn davon tatsächlich größere Mengen hergestellt wurden, wäre Krylov gewiss ein guter Abnehmer.«

»Hat er Angehörige?«

»Keine mir bekannten.«

Marie rieb sich die Schläfen. »Überlegen wir uns mal ganz strukturiert, was Viktor Solsten zu uns gesagt hat. Sein Gedächtnis sprang zwischen verschiedenen Erinnerungen hin und her … oder mehr noch, es kam mir vor, als wäre er *verschiedene* Personen gewesen.«

»Zwei. Einmal durchlebte er die Erinnerung als er selbst. Er hielt dich für seine Tochter, Clara Solsten.«

Marie notierte auf ihrem Papier ganz oben den Namen Clara Solsten, schrieb Tochter von Viktor Solsten dahinter und versah das Fragment mit einem Fragezeichen.

»Nummer zwei: Dieses Mal war Solsten in der Erinnerung dieses anderen gefangen, jemand Jüngeres, vermute ich, jemand, der mit den anderen nicht das Versteckspiel spielte, sondern stattdessen ein Mädchen beobachtete – eben jene Clara.«

»Jemand, den die anderen nicht mochten. Der sich von ihnen absonderte. Ein jüngerer Unbekannter, wie es klang … Sie alle hielten sich am selben Ort auf – Krylov, Viktor Solsten, seine Tochter Clara, der Unbekannte, dein Vater und …« Sie warf Parkov einen langen Blick zu und sah dann noch einmal auf den Jungen auf dem alten Foto. »Du.«

Parkov warf einen Blick auf das Papier, dann schob er die Fotografie zur Tischmitte. »Du hast recht. Solstens Erinnerung bezieht sich auf dieses Foto. Und wenn er sich an mich erinnerte, an Michail und an meinen Vater, dann … nun, ich nehme an, es ist die Wahrheit. Auch wenn ich vergessen habe …«

»Du warst neun, das bedeutet, Michail war damals …«

»Er war sechzehn.«

Marie warf abermals einen Blick auf das Bild: Clara Solsten, etwa in Michail Parkovs Alter. Der Blick, mit dem sie in die Kamera sah … »Das Kleid, das sie da trägt, habe ich schon einmal gesehen. Zweimal, um genau zu sein.« Parkov sah an ihr vorbei, hinaus in den Wald und weiter zum See. Die Sonne ging unter, das Licht schwand allmählich. »Sophie van der Meer trug ein ähnliches Kleid, als sie in der Unterführung aufgefunden wurde. Es ist nicht dasselbe, ich habe es mir noch einmal angesehen, aber die Anspielung ist unverkennbar. Ich dachte die ganze Zeit, es ginge um Suzann, aber was ist, wenn es in Wahrheit um Clara geht?«

Parkovs Augen huschten für einen kurzen Moment zu ihren.

»Als ich Sophies Versteck fand, wurde mir klar, dass sie nicht der Typ Frau für diese Farbe ist. Es stammt vom Täter, ihrem Entführer. Er muss sie gezwungen haben, es zu tragen, und es gibt nur einen Grund dafür.« Marie seufzte, als Parkov noch immer zu den Fenstern hinausblickte und schwieg. »Er wollte, dass du die Anspielung verstehst, weil er dich quälen will. Und ich bin mir sicher, dass du *eine* von beiden auch verstanden hast. Gleich von Anfang an, als ich dir von Sophie van der Meer in dieser Unterführung erzählt habe. Sag mir die Wahrheit – war es so?«

Parkov nickte. »Ich ahnte es«, antwortete er mit rauer Stimme. »Suzann liebte diese Farbe.«

»Aber du wusstest nicht, dass Sophie ein Versteck angelegt hatte. Sie fand heraus, was damals geschehen ist. Sie erfuhr es von Solsten oder von deinem Bruder. Vielleicht hat sie die Informationen mit Rotenberger geteilt, vielleicht auch nicht, aber sie war in ihren Nachforschungen so weit vorangeschritten, dass sie dem Täter zu gefährlich wurde. Sie hatte ihren Zweck erfüllt.«

»Weil sie den Datenstick gestohlen hatte?«

Marie überlegte. »Ja. Vielleicht nahm sie auch von sich aus den Kontakt mit Michail auf und entwendete den Datenspeicher, dann haben wir es hier noch mit etwas anderem zu tun – nämlich mit der missglückten Behandlung ihrer Mutter Amilia. PHMA Medic, der medizinische Versuch, und daraus resultierend Sophies Wunsch, alles ans Licht zu bringen. Vielleicht wurde sie entführt, weil es dem Täter gerade in den Kram passte, da er ähnliche Ziele verfolgte wie sie. Dieses Rätsel, Daniel … Solsten sprach davon, dass die Kinder immer Verstecken spielten – du, die anderen, seine Tochter Clara. Dass ihr gerne Rätsel gelöst habt. Und was finden wir, das uns den Zugang zu dieser Alphadatei auf dem Stick versperrt? *Ein Rätsel.*«

»Natürlich haben wir gern Rätsel gelöst. Welches Kind macht das nicht?« Parkov schnaubte. »Das führt doch zu nichts.«

»Doch. Solsten bezeichnete sich selbst nämlich noch anders – als Krieger, als Mann der Waffe. Als jemanden, dem die anderen vertrauten. Und Clara wurde ihm weggenommen, das waren seine Worte, ehe er zu schreien begann. Sie starb, er hat sie begraben.«

»Was willst du damit andeuten?«

»Erinnerst du dich an das Erste, das er zu dir sagte? Er dachte, du wärst gekommen, um ihn zu töten. Wieso sagte er das wohl? Ich denke, weil er all das schon einmal jemandem verraten hat. Was immer Sophie van der Meer von ihm erfuhr, er dachte, man würde sich deshalb an ihm rächen.«

»Etwas, weswegen er seinen Tod fürchtete …« Parkov runzelte die Stirn, dann drehte er sich herum und sah auf den Bildschirm, der die Eingabemaske des BKA-Zentralrechners anzeigte. »Etwas wegen Krylov oder wegen Vadana. Der Ort, an dem alles begann und zugleich endete … wir müssen es herausfinden.«

»Oh, aber nicht auf diesem Weg. Wenn du dich in die BKA-Datenbank einloggst, wissen alle sofort, wo du bist und was du tust. Das können wir nicht riskieren.« Sie lehnte sich zurück. Das Hochgefühl, auf der richtigen Spur zu sein, wollte sich nicht einstellen, da war nur Erschöpfung. Und dieser Kontakt, diese emotionale Bürde, die Solsten ihr auferlegt hatte, als er sie mit seiner Tochter Clara verwechselte, hatte die Erschöpfung nur noch weiter verstärkt. »Die Rätsellösung steckt irgendwo in deinem Gedächtnis, in deiner Erinnerung.«

»Du meinst, ich bin bloß zu unfähig, den korrekten Gedanken wiederzufinden? Deutest du gerade an, es würde genügen, wenn ich nur lange und intensiv genug darüber nachdenke?«

»Ich glaube, dass du fürchtest, die Wahrheit herauszufinden. Etwas ist geschehen, das dich dazu brachte zu glauben, es wäre besser zu vergessen. Ihr wart Kinder. Und Kinder …« Marie dachte an Lucie. Sie hatte ihr erzählt, dass sie wegfahren musste, dass es eine wichtige Spur gab, der sie folgen wollte – und die Enttäuschung in den Augen ihrer Tochter war nicht zu übersehen gewesen. Es zerriss ihr das Herz. *Natürlich ist er es. Er treibt uns alle auseinander. Selbst jetzt noch, eingesperrt und für viele Jahre verurteilt, ist er imstande dazu.*

»Kinder sind manchmal grausam«, sagte Parkov und riss sie aus ihren Gedanken. »Es muss in Afrika gewesen sein. Die Landschaft auf dieser Aufnahme, ist das nicht offensichtlich? Vadana, Afrika, mein Vater und Tymon Sorg. Der Professor, M-CotroX, die Droge … aber wie verbinden wir das alles?«

Marie zog die Knie an die Brust und schlang die Arme um ihre Beine. »Du musst dich erinnern. Lass uns …«

»Nein, eben nicht!« Parkov schlug mit der Faust auf den Tisch. »Sorg, diese Expedition, diese Landschaft. Das ist alles, aber an mehr erinnere ich mich nicht. Es sind Bruchstücke, Erinnerungssplitter, ganz wie jener Zoisit, den der Täter verstreut …«

»Aber begreifst du denn nicht? Sophie hat *uns* diese Nachricht in ihrer Wohnung hinterlassen. Sie setzte *uns* auf die Spur, die uns bis hierher geführt hat. Sie muss gedacht haben, dass wir das Rätsel lösen können. Sie war dort, denk an die Aufnahmen, der Mann mit dem verbrannten Gesicht, der seltsame Baum mit dem Zhúkundu-Zeichen auf dem Foto, das uns der Privatdetektiv zeigte! Also muss es möglich sein, wir müssen nur …«

»Vielleicht auch nicht«, sagte Parkov. »Vielleicht war auch diese Spur ein Teil seines Spiels, ein Teil seines Plans und nicht Sophies Einfall.«

»Das weißt du nicht.« Marie verschränkte die Arme.

»Ein Gegner, der alles voraussieht, ist nicht auf herkömmliche Weise zu besiegen. Er ist wie das Schicksal – du kannst vor ihm davonlaufen, aber es wird dich immer einholen.«

»Fatalismus hat noch nie jemandem weitergeholfen.«

Parkov wandte sich wieder dem Fenster zu. »Die *Wahrheit*«, sagte er vorsichtig, als wohnte dem Wort selbst eine versteckte Bedeutung inne. »Die Wahrheit, die ich vergessen habe. Weißt du, was das bedeutet?«

»Jemand hat manipuliert«, erwiderte Marie. »Jemand, der dich sehr gut kennt.«

»Und zerstörte all diese Geheimnisse, all dieses Wissen. Jemand sorgte dafür, dass ich in den Jahren, während ich aufwuchs, nachdem sie gestorben waren, nichts darüber in Erfahrung bringen konnte. Wir waren dort, meine Eltern, mein Bruder, ich, Tymon und Julia Sorg, Viktor Solsten und seine Tochter, wir *waren* dort. Fünf Monate danach, Marie, sterben Ariadne und Tristan. Sorg selbst verschwindet zehn Jahre später. Wie in aller Welt hätte ich einen Zusammenhang, sofern er wirklich existiert, übersehen können?«

»Wenn die Information gezielt beseitigt wurde, Daniel.«

Parkov nickte. »Zwei Menschen hätten das tun können. Johann oder mein eigener Bruder. Ich habe mich viele Jahre lang gefragt, was damals genau geschehen sein mag. All die Jahre habe ich in langen Stunden versucht, etwas Licht in diese Momente meiner Vergangenheit zu bringen. Alles schien mir schlüssig, klar und einfach, aber das war es nicht. Es war nicht nur *eine* Lüge. *Alles* war die Lüge.«

74.

Parkov erhob sich und trat zu dem bis unter die Decke reichenden Plattenregal. Schräg fielen die abendlich glutrot gefärbten Sonnenstrahlen auf den Plattenspieler an der breiten Fensterfront, während er nach und nach einige Aufnahmen hervorzog und schließlich eine auflegte.

Marie durchstöberte den Kühlschrank und fand Tomatensoße, ein paar Kräuter und Pasta. Mit einem belustigten Gesichtsausdruck hielt sie eine der Dosen hoch. »Ich wusste gar nicht, dass du der Typ dafür bist.«

»Für Dosentomaten?«

Marie kicherte und warf sie ihm zu, worauf Parkov die Dose geschickt aus der Luft fing.

»Für Jazzsaxofon.«

»Das ist Coltrane.«

»Und das ist alles, was wir haben. Aber wie ich dich kenne, hast du bestimmt irgendein geheimes Rezept, um aus wenigen Zutaten etwas ganz Besonderes zu zaubern.«

»Eins? Hunderte, meine Liebe.« Er öffnete einen Schrank und nahm eine etwas staubige Flasche hervor. »Die wichtigste Zutat ist doch gleich hier: Rotwein. Ich vermute, er ist durchaus trinkbar.«

Nach ihrem improvisierten italienischen Abendessen nahmen sie zu fortgeschrittener Stunde einige der Unterlagen, eine Flasche Rotwein und zwei Gläser mit auf die Veranda. »Meistens sind doch die einfachen Dinge am allerbesten«, sagte Marie und blickte auf den See, auf dem ein Boot sanft auf den Wellen schaukelte, während Nebel hinter den Baumwipfeln heraufzog und im Mondlicht schimmerte. »Was für verrückte Tage das sind.«

Der Plattenspieler wechselte zu einem schnelleren Stück, Saxofon, Bass, eine Gitarre. »Gehen wir das alles noch einmal durch«, sagte Parkov. »Vielleicht fällt uns etwas ein, das wir übersehen haben.«

Marie nickte. »Ist alles in Ordnung mit dir?«

»Ich dachte, ich könnte zurückfinden.« Er klang, als kämpfte er ein weiteres Mal mit seinem alten Schmerz. »Zu einem alten Leben, das ich verloren geglaubt hatte. Ich habe auf die Zeit vertraut, aber sie lehrte mich, dass es nur eine weitere Albernheit war, die ich mir in den Kopf gesetzt hatte.«

»Die Zeit ist nicht immer ein guter Lehrer.« Marie lauschte der Musik und streckte ihm die Hand entgegen. »Komm schon.«

»Was wird das?«

»Wir könnten tanzen, Daniel.« Sie zog ihn zu sich heran. »Wir könnten einfach *leben*.«

»Ich tanze nicht«, erwiderte Parkov.

»Oh, *natürlich* nicht.« Marie ließ ihn nicht los. »Weil du noch nie mit mir … Weißt du, ich dachte, als ich dich zum ersten Mal an diesem Abend sah, dass du nur eine Sache liebst. Dich selbst. Vielleicht noch diese Arbeit. Aber das stimmt nicht.«

»Nein?«

»Das ist nur eine Ablenkung für dich. In Wahrheit bist du ein Romantiker. Ein ziemlich seltsamer Mann, aber du hast ein gutes Herz.«

»Thomsen lässt auf sich warten«, erwiderte er sachlich. »Wenn es ihr nicht gelingt, van der Meers Handy in Gang zu setzen, haben wir mehr als nur ein Problem.«

»Du meinst, ich hätte nicht damit ins Wasser springen sollen, hm?« Marie sah zu ihm auf, Parkov war ihr nah, viel zu nah und sie spürte, dass sie zu viel getrunken hatte.

»Diese Männer«, fuhr Parkov fort, »sind anders. Anders als alles, womit wir es jemals zu tun hatten. Wir müssen vorsichtig sein. *Du* musst …«

Also doch. »Was du fürchtest, wird kein zweites Mal geschehen«, erwiderte Marie behutsam. »Ich kann auf mich aufpassen. Okay?«

»Akzeptiert … fürs Erste.«

Sie fuhr sich durchs Haar. »Oben gibt es ein nettes Gästezimmer. Und ein Bett für zwei.«

»Benehmen Sie sich, Frau Winter.« Parkov hob eine Braue. »*Tanzen* nennt man das? Jetzt verstehe ich.«

Marie musste trotz allem, was sie in den vergangenen Tagen erlebt hatte, lachen. »Nein, mit tanzen meinte ich nichts anderes als tanzen. War das nicht dein Plan? Mich betrunken machen und ins Bett kriegen?«

»Seit wann muss ich *dafür* auf Alkohol zurückgreifen?«

Marie kicherte, setzte sich neben ihn auf die Couch und legte den Kopf auf seine Schulter. Während Parkov durch die Akten blätterte, seine Theorien vorstellte, sie gemeinsam eine zweite Flasche leerten und Marie seine Kommentare immer schläfriger beantwortete, brach die Nacht herein.

»Marie?« Sie sagte nichts mehr, atmete still und gleichmäßig.

Parkov trug sie behutsam nach oben ins Bett. »Einige von uns tanzen, andere nicht«, sagte er leise, während er die Decke über ihr ausbreitete. »Gute Nacht, meine Hauptkommissarin.«

Die Nacht schritt voran, das helle Birkenholz schimmerte im Mondlicht, Regen floss über die Veranda und verschwand mit einem leisen Gurgeln in der Ablauföffnung. Parkov saß mit überkreuzten Beinen auf dem Boden vor der Fensterfront, meditierte und betrachtete sein Spiegelbild im Glas.

Er versuchte, sich an die Zeit zu erinnern, nachdem seine Eltern gestorben waren: ein neunjähriger Junge, der kaum hatte begreifen können, was geschehen war. Man weckte ihn, Johann Münz und ein ernst blickender Mann in einem Regenmantel. An ihre Worte erinnerte er sich nicht mehr, nur an die Wasserlache auf dem Fußboden, der Regen, der von dem Mantel des Fremden tropfte, an Michails blasses Gesicht an einem regengrauen Tag, als man zwei Särge in die schwarze Erde hinabließ.

Er erinnerte sich, dass er sich weit oben auf dem Dachboden versteckt hatte, voll von jenem Zorn auf die ganze Welt, wie ihn nur ein neunjähriger Junge aufbringen kann.

Michail wurde schnell erwachsen, der Vormund, der sie beide betreute, richtete ihn ganz auf das eine, das *einzige* Ziel aus, das nun etwas bedeutete: einmal die Leitung des Familienkonzerns zu übernehmen. Das war die Pflicht des Erstgeborenen, er hingegen … er war allein, verlor sich in den Weiten seiner eigenen Einbildungskraft und floh vor der kalten, unerbittlichen Wahrheit, mit der ihn die Welt zu früh konfrontiert hatte …

Die Wahrheit, dachte Parkov. *Komm zurück an den Ort, wenn du sie vergessen hast.* War es das alte Anwesen, das Meyer nun bewohnte? Oder doch Vadana, irgendwo in Afrika? Darauf fand er keine Antwort.

Marie träumte in einem Zimmer unter dem Dach ihren alten Traum: *Dschungel. Verfolger. Schreie.* Ihr war es, als würde sie einen Film durch eine gesprungene Scheibe betrachten, einen

Film, vor dem sie weder die Augen verschließen noch entkommen konnte. Als sie ein lautes Krachen aus dem Schlaf riss, war der violette Himmel für einige Sekunden von türkisblauen Blitzen erhellt. Das Laken war zerknittert und schweißnass, ein Gewitter zog über den See, der Sturmwind fauchte, ein Fensterladen schlug gegen die Hauswand. Sie tastete über das warme Holz der Wände nach dem Lichtschalter und streifte in der nunmehr undurchdringlichen Dunkelheit den gläsernen Schirm der Nachttischlampe, die umkippte und mit einem lauten Knall auf dem Boden zersprang. Ein leises Klicken folgte, als sie den Schalter fand, doch kein Licht. Marie rührte sich nicht. Nun kam es ihr so vor, als wäre sie nicht länger allein in der Dunkelheit. Etwas war dort, kaum mehr als ein paar Meter entfernt, atmend hinter dem tiefen Schleier aus Schwärze. Dann wieder ein Blitz, der das Zimmer erhellte und für einen Sekundenbruchteil alle Schatten vertrieb. Sie war allein. »Du bist nur in meinem Kopf«, flüsterte sie, schlang sich eine Wolldecke um die Schultern und ging barfuß nach unten. Der Wind fegte durch die Ritzen in der Holzverkleidung und erzeugte ein monotones Pfeifen. Vor den Fenstern fand sie Parkov auf den unruhigen See hinausblickend, auf dem das Boot auf und ab hüpfte. Er hatte ein paar Kerzen und das Kaminfeuer angezündet, die kleinen Flammen flackerten unruhig, die Glut wirbelte jäh auf, wenn eine Windböe den Rauchfang hinabstieß. Frische, regenfeuchte Luft strömte durch ein angekipptes Fenster herein. Marie fror ein wenig in ihrem knappen Top und den Shorts, doch das Holz unter ihren Füßen war warm, als hätte es die Sonnenstrahlen des vergangenen Tages tief in seinem Inneren bewahrt. Sie spürte den Alkohol, den sie getrunken hatte. Waren da leise Schritte, die über die Treppe herabkamen? *Unsinn.*

Sie setzte sich neben Parkov und blickte hinaus.

»Falls es dich beruhigt: Ich konnte diese Lampe noch nie leiden«, sagte er mit ironischem Unterton.

»Es ist nicht wegen der Lampe. Bist du sicher, dass wir allein sind?«

»Absolut. Nur wir beide.«

Marie versuchte, das Leuchten der Blitze zu ignorieren, das sich in ihre Netzhaut brennen wollte. »Wenn ich ehrlich bin, habe ich Angst. Was ist, wenn jemand von uns diese Sache nicht überleben wird? Isa, Jörg oder einer von uns?«

»Niemand wird sterben. Dafür sind wir viel zu gut.«

Marie lachte halblaut. »Nie um eine Antwort verlegen und immer hinter einer sorgfältig errichteten Schutzbarriere versteckt.«

»Sind wir das nicht alle?«

»Manchmal, wenn ich in deiner Nähe bin«, flüsterte sie, »in den Momenten, in denen ich nicht versuche, immer stark zu sein – dann nicht.«

»Du bist etwas ganz Besonderes.«

»Ja? Ich dachte immer, ich sei nur eine Frau, die in einer Männerwelt ihren Platz sucht.«

»Mehr als das. Ich kann dir ansehen, dass jeder neue Tatort, jede dieser Grausamkeiten dir insgeheim das Herz bricht und deine Seele verletzt, und doch bist du so tapfer und stürzt dich immer wieder in diese Geschichten.«

Marie sah zu ihm hoch. Das Licht der Blitze spiegelte sich in seinen eisblauen Augen. »Und wieso finde ich dich hier unten, noch immer hellwach? Woran denkst du?«

»Mich halten alle diese Bilder vom Schlafen ab«, sagte Parkov nach einer Weile. »Der Gedanke, dass er dort war, all die Zeit, und uns beobachtete. Und die Geister.«

»Geister?«

Parkov deutete in Richtung des Sees. »Manchmal glaube ich, ein Mädchen in einem gelben Kleid zu sehen. Für kurze

Augenblicke, wie ein Aufblitzen am Rand meines Gesichtsfelds. Ich denke immer, ich sollte sie kennen. Und dann denke ich an die Vergangenheit. Daran, dass du mir zu wichtig bist.«

»Zu wichtig für was?«

»Leichtsinn.«

»Ich sagte doch, ich werde auf mich aufpassen. Ich bin nicht aus Glas, also musst du mich nicht wie ...«

»Davon spreche ich nicht.« Als Parkov fortfuhr, huschte ein Ausdruck von Schmerz über sein Gesicht. »Du hast jemanden verdient, der so gut ist wie du, genauso umsorgend, herzlich und aufrichtig. Jemand, der dich ergänzt, jemand, dem du wirklich vertrauen kannst, jemand, der deinen wundervollen Verstand, deinen Instinkt und Scharfsinn ebenso verdient hat wie dein Lächeln und dein Äußeres. Jemand, der deine Tochter und dich nicht ständig in Gefahr bringt.«

»Und das bedeutet?« Marie runzelte die Stirn.

»Ich bin das nicht.«

»Du hast mir das Leben gerettet«, erwiderte sie kopfschüttelnd. »Du hast Lucie beschützt, und das mehr als einmal. Du nimmst alles, was sie gegen dich aufbringen, all den Schmutz, den sie auf dich schleudern, hin, obwohl du einfach gehen könntest, aber du bleibst und machst weiter, versuchst, diesen Wahnsinnigen zu stoppen.«

Ehe er etwas erwidern konnte, küsste sie ihn mit einer Intensität, die sie selbst überraschte. Der Kuss dauerte eine kleine Ewigkeit, ehe ihn Parkov beendete. Marie musterte ihn lange im Zwielicht der Nacht und im Glühen der Blitze. »Es ist nie gut, für alle Zeit in der Vergangenheit festzuhängen. Daniel, ich weiß selbst ganz genau, wie es ist. Ich glaube, dass es an uns selbst liegt, die Zukunft zu gestalten – allein an uns. Ich für meinen Teil will sie nicht von Schrecken bestimmen lassen. Und zu dem, was du gerade gesagt hast: Du liegst falsch.«

»Vielleicht.«

Sie griff nach seiner Hand. »Kannst du nicht einfach bei mir bleiben heute Nacht? Ich hab wirklich genug von diesen schlechten Träumen.«

»Und willst mich als deinen Traumfänger?«

Sie gingen gemeinsam nach oben, während der Wind noch immer heulte und um Einlass bat. Marie legte ihren Kopf an seine Schulter, rückte näher zu ihm und kuschelte sich an ihn, unter der Decke, die sie mitgebracht hatte. Sie legte ihre Hand auf seine, doch er entzog sie ihr und strich sanft über die Narbe, die Eriks Messerattacke hinterlassen hatte und die sich nun dort, wo ihr Top ein Stück hochgerutscht war, auf ihrer Haut abzeichnete. Marie seufzte.

»Alte Narben.«

»Schlaf jetzt, Marie.«

»Was ist das mit uns?«

Parkov zögerte, doch war es ihr, als könnte sie ihn im Halbdunkel lächeln sehen. »Zerbrochene Ware, so hast du uns einmal genannt. Vielleicht sind wir nur das. Vielleicht ist es *mehr.*«

Eine Tür im Haus knarrte, irgendwo unten, nahe dem Eingang. Marie fuhr hoch. Die Nebelschleier des Schlafs umwehten ihr Bewusstsein und wollten sich nur schwer von ihr lösen.

Dann spürte sie Parkovs Nähe, seine Wärme, seinen Geruch. Sie rüttelte an seiner Schulter.

»Daniel?«

»Was denn?« Er war sofort wach.

»Da unten ist was.«

»Das wird sie sein«, sagte Parkov in die Dunkelheit hinein.

Sie sah im fahlen Licht des Mondes, der durch ein Fenster hereinschimmerte, wie er sich neben ihr aufsetzte. »Sie? Thomsen?«

»Ich sagte doch, wir können Graubachs Analyse nicht trauen. Also brauchen wir jemanden, dessen Expertise in Sachen forensischer Anthropologie die meine bei Weitem übertrifft. Alex Thomsen schuldet mir noch einen Gefallen.«

»Das kann man sich kaum vorstellen. Dass jemand deine Expertise in irgendetwas übertreffen könnte.«

»Alex Thomsen. *Alexandra* Thomsen.« Er erhob sich und eine Bettfeder quietschte. »Forensische Anthropologin und verlässliche Expertin für all jene technischen Dinge, mit denen ich mich so gern umgebe, und mehr noch, eine gute Freundin. Ich habe ihr van der Meers Handy geschickt und sie gebeten, es wieder in Betrieb zu nehmen. Sie arbeitet derzeit hier oben in der Gegend. Kompetent, etwas verrückt, aber jemand, dem wir trauen können. Nummer fünf in unserem Outlaw-Team. Oh, und außerdem ist sie Dänin. Eine dänische Adlige, genau genommen.«

»Bist du dir sicher mit ihr?« Marie hielt ihn am Arm fest. »Bist du dir *wirklich* sicher?«

»So sicher, dass ich nicht anders kann, als sie hinzuzuziehen. Wir sind jetzt auf uns gestellt.«

75.

Montag, 7. November

Alex Thomsen trug eine Lederjacke und hohe Stiefel, schulterlanges rotes Haar, in das sie einige Federn und Schmucksteine eingeflochten hatte, dazu Lederbändchen an den Handgelenken. Sie wirkte wie eine Archäologin, die gerade frisch aus einem Grab geklettert war – oder vielleicht doch eher wie eine Grabräuberin, die man jagen würde. Sie hatte ihr Motorrad, eine Ducati Monster, neben Parkovs Range Rover geparkt. Es war halb drei in der Nacht.

»Ihr seid auf der Flucht«, sagte sie anstelle einer Begrüßung. »Das sieht man euch an den hübschen Nasen an. Ich will gar nicht wissen, wovor. Wenn du involviert bist«, sie betrachtete Parkov mit einer Mischung aus Skepsis und schelmischem Grinsen, »ist es entweder seltsam oder gefährlich.« Sie warf Marie einen Blick zu und ihre Miene hellte sich auf. »Meistens ist es beides. Ich bin Alex.«

»Marie. Hi.«

»Na, *das* gefällt mir.« Sie blickte von ihr zu Parkov. »Sagt mal, ihr zwei, ihr *glüht* ja.«

»Äh …«

»Hast du es reparieren können?«, fragte Parkov, während Thomsen weiter unverhohlen Marie musterte.

»Aber klar. Ich bin zwei Stunden gefahren. Hast du ein Bier für mich?«

»Der Kühlschrank ist in der Küche. Bedien dich.«

Danach begleiteten sie Thomsen hinaus auf die Veranda, wo Parkov den Holzofen in der Ecke entzündete, der Wärme spendete und seine Funken ihren orangeroten Schein in die blaue Nacht sandten.

Thomsen nahm einen Schluck aus der Flasche und drückte Parkov dann Sophie van der Meers Smartphone in die Hand, als bedeutete es überhaupt nichts. »Das Ding war einige Zeit im Wasser, aber das war kein Problem, es funktioniert wie neu.«

Parkov berührte das Display. »Es ist gesperrt, Alex. Was soll ich damit anfangen?«

»Anfangen? Du sagtest, ich soll es wieder zum Laufen bringen, das hab ich getan. Für die Rätsel bist du zuständig. War das nicht schon immer so? Also, wo ist das Skelett?«

»Drüben. Du kannst den großen Tisch benutzen. Ich hoffe, du hast mitgebracht, was du brauchst, ich habe nichts von dem Kram hier.«

»Kram?«, wiederholte Thomsen naserümpfend. »Das ist kein Kram, das sind Forschungswerkzeuge. Etwas weniger Computer, etwas mehr Handarbeit, Parkov, das würde dir gar nicht schaden.« Sie machte kehrt und verschwand im Inneren. Als sich Marie nach ihr umsah, registrierte sie, dass Thomsen die Kiste mit den Skelettknochen auf den Tisch stellte.

»Sie ist anders.«

»Sie ist vor allem eine Nervensäge«, entgegnete Parkov. »Nein, natürlich ist sie das nicht. Sie ist ehrlich und zuverlässig. Und jetzt fehlt uns das Passwort.« Parkov drehte das Smartphone, das Marie in Sophie van der Meers Versteck entdeckt hatte, nachdenklich in den Händen. »Wir könnten *1 5 18 29 47 60* versuchen«, sagte er und tippte, »und zur Abwechslung Glück haben.«

Falsche Eingabe – verbleibende Versuche: zwei.

»Sophie war die Zwei. Das zweite Opfer, das wir hätten entdecken sollen, wäre sie nicht entkommen.« Er tippte два – zwei.

Für einen Moment war sie überzeugt, dass es gelungen wäre. Sie hatte die vage Hoffnung, das Gerät bräuchte nur etwas länger, um die Eingabe zu verarbeiten. *Falsche Eingabe.*

»Einer noch«, sagte sie.

»Immer ist es der letzte, auf den es ankommt.«

Marie nahm ihm das Gerät aus der Hand, zögerte kurz und tippte. »Welches Passwort hast du gewählt?«

Er musterte sie belustigt. »Wie bitte?«

»Auf *deinem* Mobiltelefon, mein Lieber.«

»Eine beliebige Zahlenkombination.«

»So? Ich nicht. Meins lautet *Lucie.*« Sie drehte das Gerät in seine Richtung. Der Sperrbildschirm war verschwunden. »Auch Sophie hat den Namen ihrer Tochter gewählt.«

»Ich verstehe. Eine Mutter, die außer ihrer Tochter, die ihr Ein und Alles ist, nur wenig Freunde hat, würde so handeln, nicht wahr?«

»Vielen Dank für den Wink. Das stimmt. Es sind immer wieder Töchter. Sophie, Sina, Clara.« Marie überflog den Speicher des Geräts. »Keine SMS. Keine Suchverläufe. Die Liste der Anrufe …«, Marie wischte über das Display, »mehrmals Rotenbergers Nummer. Und … O ja, sieh mal.«

Parkov betrachtete das Display. »Die erkenne ich, das ist die meines geschätzten Bruders. Und die von Jan van der Meer. Das beweist nichts. Dieses Handy ist eine Sackgasse, eine Spur ins Leere, und wenn wir die Antwort nicht bald finden und den USB-Stick entschlüsseln, wird sie sterben. Und alles, wonach ich suche, wird für immer verloren sein.«

»Ist es das, was für dich am wichtigsten ist?«

»Natürlich nicht.«

Marie biss sich auf die Lippe. Dieser nagende Gedanke, der sie beschäftigte … »Wenn Sophie van der Meer den Stick gestohlen hat, weil man sie erpresste, dann muss jemand anders ihn in Rotenbergers Hand für uns hinterlassen haben. Weißt du, was das bedeutet? Dass er nicht alles unter Kontrolle hat. Dass der große Mann nicht für Argo arbeitet. Er ist da draußen und spielt mit *ihm*. Mit seinen Plänen. Das würde die Reaktion erklären. Du erinnerst dich an das Video aus der JVA und an das, was Iljin sagte: Jemand hat Argos Leuten die Substanz gestohlen. Aber der Feind unseres Feindes …«

»… ist unser Feind.« Parkov nickte. »Ja, das könnte passen. Dennoch müssen wir den Speicher des Geräts prüfen.«

»Du hast keinen Zugang zu den Systemen oder der KTU, und ich werde unangenehme Fragen beantworten müssen, wieso ich, krankgemeldet, jetzt doch arbeite.«

»Wir brauchen die Systeme nicht. Wir haben *ihn*.«

»Elvis? Wie großartig.« Marie drehte sich um, blickte in den gelben Lichtschein und beobachtete, wie sich Alexandra Thomsen über den Tisch mit dem Skelett beugte.

»Er ist unsere einzige Chance.«

»Nein, Daniel. Das ist er nicht, das war er auch noch nie. Wir sind das. *Du. Ich.* Aber keine Maschine. Sie ist ziemlich unberechenbar, mehr nicht.«

»Er ist eine Idee meines Vaters«, sagte Parkov leise. »Eine Entwicklung, die Michail nach seiner Idee verwirklicht hat.«

Die Schiebetür, die zu ihnen auf die Veranda hinausführte, wurde geöffnet und Alex streckte den Kopf heraus. Die Federn in ihrer roten Haarmähne schwangen hin und her. »Leute«, sagte sie und klang dabei nicht mehr ganz so gelassen wie zuvor. »Wo habt ihr das Skelett her? Marie, du hast mir doch gesagt, das da wäre ein vor einem knappen Jahrhundert verstorbener Mann.«

»So hat man es uns bestätigt«, erwiderte sie.

Thomsen schnaubte und schüttelte den Kopf. »Nicht ganz. Das da drin ist ebenso wenig ein Mann, wie wir beide einer sind, Süße.«

76.

»Ein Knochen wurde vertauscht. Dieser hier«, Thomsen deutete auf den linken Oberschenkelknochen, »passt nicht zum Rest. Er ist viel jünger als das übrige Skelett und gehört einer Frau. Sie war höchstens achtzehn, als sie starb. Dieser Knochenbruch ist ziemlich eindeutig.«

»Wie sicher bist du dir?«, fragte Marie. Im hellen Licht der Halogenspots wirkten die Knochen, die Thomsen auf dem Birkenholztisch ausgebreitet hatte, seltsam unwirklich.

»Ganz sicher. Ihr habt das Skelett aus einer anthropologischen Sammlung, sagst du? Wer euch auch immer diese Geschichte verkauft hat, man hat euch mächtig verarscht.«

Parkov schnaubte. »Denkst du, ich hätte es bemerken müssen?«

»Du? Nein. Der Schädel ist, was er sein sollte, ein männlicher Indigener, aber dieses linke gebrochene Femur …«

Parkov zog sich einen der Laborhandschuhe über und nahm den linken Oberschenkelknochen vom Tisch. »Nicht Rotenberger sollte den Schädel als Drohung finden, sondern *wir*. Es muss da etwas geben, das wir entdecken sollten, sobald wir das restliche Skelett untersuchen. Etwas ist da. Das ist sein Stil, die Art, wie er mit uns spielt. Wieso sonst sollte er es uns denn überlassen haben? Wer in aller Welt tauscht einen Skelettknochen aus?«

»Parkov.« Thomsen nahm ihm den Knochen ab. »Ich bin die Expertin, die du wegen dieser Sache um Hilfe gebeten hast. Also hör einfach zu.«

»Woran ist sie gestorben?«, fragte Marie.

»Schwer zu sagen, wenn mir nur ein einziger Knochen vorliegt, aber ich würde Dehydration vermuten. Sie ist verdurstet. Das Skelett ist die eine Sache, aber etwas anderes stimmt da auch nicht.«

»Und das wäre?«

»Auf dem Knochen befinden sich neben dem Bruch weitere winzige Einkerbungen. Sie wurden erst in jüngerer Zeit künstlich hinzugefügt.«

Parkov wandte sich jäh um. Sie sahen, wie er eine Flasche Bier von der Veranda nahm und hinunter zum See ging.

»Das überrascht mich jetzt nicht«, sagte Thomsen und sah ihm nach.

»Dass er Bier trinkt? Das sehe *ich* zum ersten Mal.«

»Parkov, der Ermittler. Oder Parkov, der Outlaw. Ich glaube, so sähe er sich gern.«

»Verstehst du das hier?«

Thomsen überlegte. »Der Bruch könnte mit ihrem Tod zusammenhängen. Vielleicht verletzte sie sich, brach sich das Bein und verdurstete. Aber wie gesagt, diese anderen winzigen Einkerbungen wurden definitiv nachträglich künstlich hinzugefügt.«

»Kann ich mir sie mal ansehen?«

Thomsen legte den Knochen unter das Mikroskop. »Bitte.«

Marie blickte durch das Okular. »Das wirkt wie ein Code …«

»Eine Koordinate. Ja, den Gedanken hatte ich auch.«

»Eine Koordinate?«, wiederholte Marie verblüfft.

»Sicher. Die Einkerbungen stehen für Zahlen und ergeben GPS-Koordinaten.« Thomsen schob ein Blatt Papier über den Tisch, auf dem sie sie notiert hatte. »Hier in der Nähe, aber ob es da einen *tieferen* Sinn gibt, kann ich nicht sagen, laut den Karten ist an dieser Stelle nämlich nichts, nur ein bisschen Wald.«

Der *tiefere* Sinn – wie schon bei Sophie van der Meer und ihrem gelben Kleid war da ein Gedanke, ein Zusammenhang, der ihr keine Ruhe ließ, der so nah war, dass sie fast schon nach ihm greifen konnte. Für einen Augenblick kam ihr das Ende des Prozesses gegen Mads Argo in den Sinn: Was waren die letzten Worte des Professors gewesen, ehe man ihn abführte? Was hatte er ihnen zugerufen? Schlagartig begriff sie. »O Gott, nein. Große Güte. Alex, bitte entschuldige mich einen Augenblick.«

»Du siehst aus, als hättest du einen Geist gesehen.« Thomsen streckte eine Hand aus, doch Marie schüttelte den Kopf und rannte hinaus.

»Keinen Geist, eine Erleuchtung!«, rief sie zurück. »Danke!«

Sie fand Parkov unten am See vorm Bootshaus, wo er auf einer Bank saß und über das Wasser sah, während der Mond am Himmel das sich sanft kräuselnde Wasser in silbernen Glanz tauchte.

Parkov war nicht allein. Auch er sprach mit einem Geist – mit dem in der Maschine. Er hielt ein ungewöhnlich großes Tablet in der Hand, vermutlich eine der Erfindungen von Parkov Industries, an das er Sophie van der Meers Handy mit einem Kabel angeschlossen hatte. Auf dem Display des Tablets rasten Datenzeilen vorüber, endlose Buchstaben- und Zahlenkolonnen.

»Eines Tages graben wir alle«, sagte sie zu ihm, als er sich nach ihr umsah, weil er ihre Schritte im hohen Gras hören konnte. »Das hat er zu uns …« Sie hielt inne. Parkov wirkte erschüttert. »Daniel?«

»Ich scheitere.« Seine Stimme klang nicht mehr wie seine eigene. Sie war ein erschöpftes Flüstern. Als hätte er beschlossen aufzugeben. »Ich weiß es.«

»Was redest du da?«

»Ist das nicht belanglos? Ja, das ist es – wie alles andere auch.« Er warf das Tablet ins Gras, wo es die feuchte Erde beleuchtete. »Siehst du die Sterne da oben? Das Licht?«

Marie runzelte die Stirn. »Ähm, ja, ich sehe sie. Daniel, was …« Sie setzte sich neben ihn und spürte, wie die Kühle über den See herangezogen kam.

»Wir sehen nur noch Überreste sterbender, ausgebrannter Sterne. Wir sehen in die Vergangenheit. Und was kommt danach? Nichts. Die Dunkelheit gewinnt.«

»Unsinn.« Marie beugte sich zu ihm und legte ihre Arme um ihn. Das Gras wisperte und die Wellen, die mit dem Wind sanft gegen das Ufer und die Kieselsteine brandeten, plätscherten leise. »Ich muss dich um etwas bitten. Diesmal musst du *mir* vertrauen.«

»Dir? Hier im Dunkeln?«

Marie musste widerwillig lachen. »Punkt für dich. Aber ich habe schon eine Lösung gegen die Dunkelheit gefunden: Ich lasse einfach meine Nachttischlampe an.«

Parkov schwieg eine Weile. »Die Dunkelheit gewinnt, Marie. Ich sehe keinen Weg, als mich weiter in einer Vergangenheit zu verlieren, die ich nicht verstehe.«

»Ich weiß, was es ist, das dich plagt. Glaub mir, ich weiß, wie es sich anfühlt. Angst.«

»Ich habe keine …«

»Doch«, unterbrach sie ihn. »Vor dem, was du entdecken könntest, wenn wir sie retten. Vor dem, was du verlieren könntest, wenn wir scheitern. Es ist immer derselbe Mist, der für das verantwortlich ist, was diese Welt kaputt macht. Immer eine Form von Angst.«

Der blaue Lichtschein im Gras erlosch, als sich das Tablet von selbst abschaltete. Parkov lehnte den Kopf gegen die Bretter des Bootshauses. »Niemand kann in diesen Zeiten ein guter Ermittler sein, wenn er nicht auch etwas von dieser Dunkelheit tief in sein Herz einschließt. Es tut mir leid, meine Liebe. Aber ich werde sie nicht los. Sie gehört mir, und ich gehöre ihr. Aber vielleicht hast du recht. Ich suche noch ein Licht in der Nacht. Etwas, das die Dunkelheit vertreiben kann. Wenigstens für einen Moment.«

»Vielleicht hast du es schon gefunden, Daniel.«

»Es ist ein Friedhof.«

»Wie bitte?«

»Das Handy. Im Speicher befanden sich gelöschte Datensätze. Sie hat immer wieder eine bestimmte Position auf GoogleMaps aufgerufen. Hier in der Nähe. Damals, vor ihrem Verschwinden, war sie bei Solsten im Pflegeheim, das wissen wir. Aber ich denke, das war nicht der alleinige Grund, wieso sie herkam. Vielleicht war Solstens Verstand damals noch klar und vielleicht gab er ihr den Hinweis, der sie an diesen Ort führte. Du weißt, Sophie und Rotenberger haben schon auf dem Frankfurter Südfriedhof nach einem Grab gesucht, wie uns dieser Privatdetektiv in der Kirche erzählte.«

Parkov hob das Tablet aus dem Gras. Tropfen hatten das Display benetzt. »Ich habe Elvis benutzt und ihn die GPS-Koordinaten des Geräts auslesen lassen – eine Übersicht der Orte, an denen sich Sophie van der Meer aufhielt, während sie es bei sich trug. Weil sie Solstens Hinweis folgte und auch persönlich nachsehen wollte. Nicht weit entfernt ist ein Waldfriedhof. Sie hat ihn besucht, nachdem sie mit Solsten im Pflegeheim gesprochen hat.«

Das passt, dachte Marie.

»Was wolltest du mir sagen?«

»*Wir graben alle*«, sagte sie leise. »Das waren die Worte, die der Professor am Ende der Verhandlung zu uns sagte. Was, wenn er *ihr* Grab meinte? Wenn du recht hast und er das Skelett tatsächlich zurückließ, weil es ein Teil dieser widerwärtigen Schnitzeljagd ist, dann geht es nicht nur um das Skelett, sondern um das Grab dieser Toten und das Grab, in dem sie früher lag. Wenn das Clara Solstens Knochen ist, dann frage ich dich: Wo wurde sie begraben? Es ist *heimische Erde*, sagte Solsten.« Marie blickte in die Dunkelheit hinaus, die über den See herankroch. Einen Moment lang war ihr, als würde sich etwas im Wasser bewegen, näher kommen, doch das Boot lag noch immer am Steg vertäut. »Heimische Erde. Solsten zog sich hierher zurück. Was, wenn er sie *dort* beerdigt hat?« Sie seufzte. »Uns bleibt nur ein Weg: Suchen wir diesen Ort. Vielleicht finden wir auf dem Waldfriedhof Antworten.«

77.

In der Ferne schlug eine Kirchturmuhr viermal. »Meine liebste Uhrzeit«, sagte Marie und versuchte, die Gedanken zu vertreiben, die ihr durch den Kopf spukten. »Sieh mal.« Sie hielt Parkov am Arm fest und deutete auf den Grabstein, den sie entdeckt hatte. Ein einfaches Kreuz, Granit, in den ein Steinmetz die Buchstaben gemeißelt hatte, die sie zu sehen gehofft hatte. Der Stein warf im Licht der Stabtaschenlampen einen langen Schatten über den regennassen Friedhofrasen. »*Clara Solsten*«, las sie. »Die Erde scheint unberührt.«

»Er war hier.« Parkov richtete seine Taschenlampe auf die Rückseite des Steins. »Diese Seite, Marie.«

Sie trat um das Grab herum: In roter Farbe hatte jemand das Zhúkundu-Zeichen auf den Stein gesprüht, matt glänzte es im Licht von Parkovs Taschenlampe: |.|.| »Oh, wie zuvorkommend. Er lässt uns wissen, dass wir den nächsten Hinweis entdeckt haben. Was will er? Dass wir mitten in der Nacht damit beginnen, ein Grab zu öffnen?«

»Es würde ihn sicher amüsieren«, meinte Parkov. »Aber ich denke, diesen Umweg können wir abkürzen. Suchen wir die GPS-Koordinate auf, die auf dem Knochen von Solsten hinterlassen wurde. Die Lösung liegt auf der Haut, das hat Argo zu mir gesagt – jetzt wird mir klar, dass er die *Knochenhaut* meinte. Es ist ganz in der Nähe.«

Zurück im Geländewagen, folgte Marie den Anweisungen des Navigationsgeräts, auf einen Waldweg zu fahren. Wie tastende Finger strichen Äste über das Dach des Rover. Marie spähte hinaus, während die Scheibenwischer über die Frontscheibe wischten. Nach einigen Minuten erreichten sie einen Maschendrahtzaun, in den ein rostiges Gittertor eingelassen war. Ein Schild hing dort: *Privatgelände – Zutritt untersagt.* Parkov stieg aus und schob das Tor im nun strömenden Regen zur Seite.

»Lass uns ein Stück weiter unten halten, wo der Wagen außer Sicht ist.«

Von den Scheinwerfern des Fahrzeugs aus dem Dunkel gerissen, ragte eine kleine Blockhütte vor ihnen auf. Ein blindes Fenster ging in ihre Richtung. Vor der Tür hing etwas von einem Querbalken herab, baumelte im Wind hin und her und warf lange, spinnenartige Schatten.

»Sophie erwähnte eine Waldhütte. Sie sprach davon auf der Aufnahme auf dem Diktafon«, sagte Marie.

Parkov folgte ihr über den schmalen Waldpfad, der von Laub bedeckt war, während der Regen von tief herabhängenden Tannenzweigen tropfte. Ein Fensterladen schlug gegen die Wand und machte ein klapperndes Geräusch. Marie zog ihre Dienstwaffe.

Parkov deutete zur Rückseite, während er selbst sich dem verschlossenen Eingang näherte. Marie umrundete die Hütte und schüttelte den Kopf. »Kein zweiter Ausgang«, flüsterte sie und ihre Worte trieben wie Nebel in der Nacht davon. Die Scheinwerfer hinter ihnen bohrten grelle Lichtlanzen in die Dunkelheit und schufen zwei lang gestreckte Schatten, die Parkov und ihr vorauseilten.

Vor der Tür baumelte ein Raubvogel kopfüber an einer Schnur. Die Schwingen waren ausgebreitet, die Augen wie dunkle Knöpfe. »Wieder eine Anspielung.« Die Anspannung in Parkovs Stimme war nicht zu überhören. »Wieder ein vergeblicher Versuch, uns Angst einzujagen.« *Vergeblich. Na ja, vielleicht nicht ganz.*

Parkov knackte das Schloss mit dem Lockpick-Set, trat ins Innere, die Waffe in der Rechten, die MagLite-Taschenlampe in der anderen Hand. Der Lichtkegel strich über ein spartanisch eingerichtetes Zimmer, geblümte Gardinen vor dem kleinen Fenster. Alte Zeitungen auf dem Boden, die Datumaufdrucke Monate alt. Das hereinstrahlende Licht des Range Rover entlockte der Dunkelheit ihre Geheimnisse: eine leere Plastikflasche am Boden, fleckige Spuren, die einen eindeutigen Geruch absonderten, menschliche Ausscheidungen ... Ein fleckiger kleiner Teppich lag auf den knarrenden Holzdielen, die Wände waren mit wilden Kreisen und Linien bemalt.

»Sophie sagte auf dem Diktafon, sie hätte hier etwas gefunden.« Marie sah sich zu Parkov um. »Was meinst du, ist das der Ort, wo man sie die ganze Zeit gefangen gehalten hat? Wie kam sie von hier nach Frankfurt? Hat man sie absichtlich dort freigelassen, um all das in Gang zu setzen?«

»Sieh mal.« Parkov war in die Hocke gegangen und betrachtete den fleckigen Boden. Marie trat neben ihn. Aus den Ritzen zwischen den Dielen kroch ein Tausendfüßler, krabbelte durch den Lichtkegel und verschwand in der Dunkelheit.

»Da unten ...«, Parkov packte den Teppich und warf ihn beiseite, »ist etwas.« Sie standen vor einer Luke. Parkov fasste nach dem Metallring und hob die Klappe an, die einen schmalen, etwa ein mal ein Meter messenden Durchgang verborgen gehalten hatte. Eine schmale Holzleiter führte steil hinunter. Der Lichtkegel traf in kaum mehr als vier Metern Tiefe auf feuchten, erdigen Grund. »Also dann«, sagte Parkov, »vergessen wir in diesem Fall einmal das allseits beliebte Ladys first.«

»Zu gütig.«

Parkov kletterte hinab. Kaum war er unten, hob er den Daumen. »Komm runter. Hier ist es wirklich einladend.« Marie tat es ihm gleich und fand sich in einem Tunnel wieder. Spinnen und große Käfer huschten über die Wände, flohen vor dem Licht.

»Spuren«, sagte Parkov. »Schuhabdrücke. Größe fünfzig, wenn ich mich nicht irre.«

»Dieser Ort …«

»Ja. Sophie van der Meer und unser riesiger Fremder waren hier.«

Ein Stück tiefer im Tunnel stießen sie auf ein Gitter, das den Durchgang versperrte, aber die Tür, die darin eingelassen war, stand offen. Das Vorhängeschloss lag geknackt auf dem Boden. Etwa fünfzig Meter weiter teilte sich der Gang.

»Was ist das hier?«

»Sophie van der Meer sprach von einem Tunnel. Vermutlich kam sie von der anderen Seite, nicht wie wir von der Hütte.«

»Die GPS-Position zeigte definitiv zu diesem Ort?«

»Ja.« Parkov warf einen Blick auf sein Smartphone. »Vermutlich eine alte Militäranlage.«

»Links oder rechts?«

»Wollen wir uns nicht aufteilen?« Parkov lächelte sein schiefes Lächeln. »Bevor du antwortest, vergiss es. Siehst du diesen Käfer? Wir wählen den linken Weg.«

Marie spähte in den Lichtkegel, den Parkov über die Wände kreisen ließ. »Du folgst den Insekten. Wieso habe ich ein ganz mieses Gefühl bei der Sache? Wo Insekten sind …«

»Ist nicht immer eine Leiche.«

Nach wenigen Metern stießen sie abermals auf ein Gitter, das jedoch im Gegensatz zum ersten keinen offenen Durchgang besaß. Rostig und doch undurchdringlich ragte es vor ihnen auf.

»Da drüben ist ein Riegel«, bemerkte Marie. »Und da oben haben wir gut einen Meter Luft zwischen der Tunneldecke und dem oberen Ende der Barriere. Lust auf eine Klettereinlage?«

»Du bist leichter als ich«, erwiderte Parkov, »schlanker und …«

»Das genügt.«

»Kein gutes Kompliment?«

»Nein, generell ein ganz schlechter Zeitpunkt dafür.« Marie strich sich eine Strähne zurück und biss die Zähne zusammen.

»Und *kleiner*«, fügte Parkov noch hinzu und Marie schlug im Dunkeln nach ihm.

»Also los, ich helfe dir hoch. Räuberleiter.«

Marie stieg mit dem Fuß in seine verschränkten Hände und kletterte hinauf, schwang sich über das Gitter und kam elegant auf der anderen Seite wieder auf den Boden, löste den Riegel und ließ Parkov durch.

Dann war es nicht mehr weit. Das olfaktorische Zentrum – die Stelle, wo der Geruch, der ihnen mit jedem Meter, den sie zurücklegten, stärker in die Nasen stieg, am heftigsten war – lag einige Meter hinter einer abknickenden Biegung. Parkov blieb stehen und richtete den Lichtkegel darauf. Inmitten eines geschäftig umherwuselnden schwarzen Insektenhaufens mit weißen Maden lagen die Überreste eines Fuchses, der hier verendet war.

Dann schwenkte Parkov den Lichtstrahl nach vorn. Eine rostige Tür versperrte ihnen den Durchgang, ein Schriftzug aus vier Lettern war tief ins Metall geprägt: *PHMA.*

78.

»Sie ist nicht verschlossen.« Rostige Türangeln quietschten, als Parkov den schweren Metallflügel aufschob und die Luft aus dem Dunkel dahinter zu ihnen heranwehte. Sie roch so staubig wie bittere Erinnerungen, die zu lange auf sie gewartet hatten.

»Das ist keine alte Militäranlage«, sagte Parkov sehr leise. »Es ist etwas ganz anderes. Der Zaun unten bei der Zufahrtsstraße, das halb verfallene Tor – ich glaube, wir stehen in einer alten Forschungseinrichtung von PHMA Medic.«

Marie folgte ihm. Der Zustand des Tunnels war nicht so schlecht, wie sie erwartet hatte: Hier und da zogen sich ein paar Risse durch die staubgrauen Wände, hier und da tropfte Wasser, doch flackerten die Wandlampen in ihren Drahtkäfigen noch immer und spendeten orangegelbes Licht. Die Elektrik funktionierte.

»Jemand war hier. Vor kurzer Zeit erst. Denk an den Hinweis, den Sophie uns gab. Es ist eine Forschungseinrichtung wie Bio-Pharma-Venture in London«, überlegte sie laut.

»Vielleicht«, erwiderte Parkov und seine Stimme hallte von den Betonwänden wider. »Aber ich wäre mir nicht mehr allzu sicher, dass es wirklich Sophie war, die uns nach London führte. Die Spuren in ihrer Wohnung stammten vom Professor, nicht von ihr. Dieser Ort hingegen …«

Der Tunnel endete vor einer zweiten doppelflügeligen Tür, die nicht verschlossen war. Parkov zog seine Waffe. »Wir müssen vorsichtig sein. Es riecht …«

»… nach einer Falle«, beendete Marie seinen Satz. »Schon bemerkt.«

Elektrisches Licht aus runden Lampenschirmen, die an daumendicken Kabeln von der Decke hingen, empfing sie: Laborlicht. Sie fanden sich in einem hell erleuchteten, gewaltigen Raum wieder, in dem sich Schaltschränke mit blinkenden Dioden an den Wänden bis unter die Decke stapelten. Daneben standen alte Tonbandgeräte und Magnetspulen, in der Mitte ein großes Kontrollpult mit klobigen Röhrenmonitoren unter einer Leinwand. Unter der Decke bemerkte Marie einen Röhrenprojektor, der auf die Leinwand gerichtet war und projizierte … *Noch immer projiziert – oder vielleicht auch erst jetzt, von unsichtbarer, automatischer Hand aktiviert, als wir hereingekommen sind.*

Am Kontrollpult leuchtete ein Tastenfeld auf, als hätte es nur auf sie gewartet. »Sollte es überhaupt einen Ort geben«, sagte Parkov, »von dem wir Erkenntnisse erwarten können, dann haben wir ihn gerade entdeckt.« Er sah sich um und nahm die Atmosphäre des Raumes in sich auf.

»Weißt du, woran mich das alles erinnert?« Maries Stimme klang gedämpft, verlor sich in den Weiten dieser unterirdischen Anlage. »An ein Grab.«

»Tun wir es?« Parkov näherte sich dem Tastenfeld. »Es ist die Zahlenkombination, die Sophie van der Meer für uns an der Wand dieser Unterführung hinterlassen hat. Es muss so sein. Alles, was wir über sie gelernt haben, führt zu diesem Schluss.«

»Sie lenkt uns auf einen Pfad, dem wir folgen sollen. Der uns hierherbrachte. Weil sie nicht will, dass die Wahrheit, die sie entdeckt hat, verloren geht. Der Schlüssel zum nicht gefundenen Schloss«, erwiderte Marie. Das Adrenalin, das durch ihre

Venen floss, belebte und euphorisierte sie aufs Neue. »Aber jetzt haben wir es gefunden.«

Parkov tippte: *1 5 18 29 47 60.* »Und jetzt werden wir es erfahren.« Er drückte die Enter-Taste.

»Willkommen«, sagte eine androgyne Stimme aus versteckten Lautsprechern. »Identifizieren Sie sich.« Die Stimme ähnelte der von E.L.V.I.S., doch zugleich klang sie älter, weniger ausgereift.

»Was ist das?«

»Ich habe nicht die leiseste Ahnung.« Laut fügte Parkov hinzu: »Parkov, Daniel.«

»Willkommen, Daniel Parkov. Willkommen bei …« Die Stimme jaulte, als würde ein Band zu langsam abgespielt werden, und stotterte: »Bei – willkommen – b-bei – b-bei …« Dann verstummte sie vollends.

»Hier ist etwas ziemlich seltsam.« Marie spürte, wie sich die feinen Härchen an ihrem Nacken aufrichteten, spürte den drohenden Hauch der Gefahr. Sie drehte sich um und richtete ihre Pistole auf die Stellen, die das Licht nicht erreichte, wo die Schatten lang und nachtschwarz blieben.

»Ich glaube, sie haben hier etwas entwickelt.«

»Was?«

Parkov drehte sich zu ihr um. »Den Vorläufer einer künstlichen Intelligenz.«

»Wieso sollte Sophie uns hierher…?« Marie kam nicht dazu, ihre Frage zu beenden, denn im gleichen Augenblick ging ein metallisches Klicken durch den Raum und alle Magnetbänder begannen, sich gleichzeitig zu drehen, als wären sie von einer unsichtbaren Kraft synchronisiert. Ein Bild erschien auf der Leinwand, vom Röhrenprojektor daraufgeworfen.

Beide starrten hinüber. Marie war instinktiv näher zu Parkov getreten, als sie erkannte, wer dort zu sehen war – nicht, weil sie sich fürchtete, nichts an diesem Raum war dafür geschaffen, *sie* zu bedrohen. All das galt Parkov.

Auf der Leinwand erschienen zwei Männer in weißen Laborkitteln, die in die Kamera blickten. Einen kannte sie, mit ihm hatte sie schon einmal in einem Krankenhaus gesprochen, ehe er gestorben war. Den anderen hatte sie nur auf Bildern gesehen.

Und doch: Ihnen hier zu begegnen war unheimlich. Mehr als das, es war, als kämen die fehlenden Puzzleteile zusammen, um endlich ein Bild zu vervollständigen, nach dem sie lange gesucht hatten. Tymon Sorg und Tristan Parkov, gemeinsam auf dieser Leinwand. Auch wenn sie mit etwas Derartigem insgeheim schon gerechnet hatte, fühlte sich Marie, als würde man ihr in diesem Augenblick einen kräftigen Schlag in den Magen versetzen. Parkov sah zur Leinwand, seine Wangen hatten jegliche Farbe verloren.

»Willkommen«, sagte Sorg, »willkommen bei Projekt Vadana. Dies ist die Dokumentation dieser Unternehmung. Was immer sie bringen wird, hoffen wir nur das Beste.«

»Nenn es doch ein Videotagebuch«, sagte Parkovs Vater. »Meine Güte, diese Kameratechnik, ist das nicht faszinierend?« Er lachte und Sorg stimmte mit ein – wie alte Freunde.

»Die Studie jenes einzigartigen Phänomens«, fuhr Tristan Parkov mit charismatischer Stimme fort, »eines einzigartigen Stammes, den mein Kollege Tymon Sorg in den tropischen Regenwäldern am Oberlauf des Kongo entdeckt hat, nimmt heute ihren Anfang. Am 3. August 1986. Die Tutonga sind ein faszinierender Stamm, doch noch geheimnisumwobener ist jene Pflanze, die sie wie ein Heiligtum verehren: Vadana.«

Das Bild verschwand. Parkov trat ans Kontrollpult. »Das kann nicht alles sein. Das darf nicht …«

Wie aufs Stichwort erschien Tymon Sorg erneut auf der Leinwand – doch nun wirkte er älter, erschöpfter, gequälter. Als zehrte etwas an ihm, lastete auf seiner Seele. »Projekt Vadana, Eintrag 1.376.« Er schüttelte den Kopf, sah an der Kamera vorbei, als wollte er sich bei jemandem außerhalb des Bildes versichern, dass er diese Aufzeichnung wirklich aufnehmen musste. »Legenden erzählen uns vieles. Die Wissenschaft versucht, manches zu erklären …«, er fuhr sich durchs Haar, »doch manchmal stoßen wir auf Dinge, die wir nicht beschreiben können. Vieles davon stellt sich als fauler Zauber heraus, anderes dagegen … Wir hatten gehofft, einen Weg zu finden, um Leben zu retten. Julias Leben. Das Leben meiner Frau. Heute sitze ich hier und muss verkünden, dass es uns nicht gelungen ist. Wir haben keine Heilung, sondern das *Gegenteil.*«

Wieder erlosch das Bild.

»Daniel, stopp!« Sie packte seinen Arm, als er begann, willkürlich auf die unmarkierten Tasten zu drücken. »Du weißt nicht …«

»*Das weiß er tatsächlich nicht.*« Wieder eine Stimme, die aus den versteckten Lautsprechern hallte, wieder dieser seltsame Vorläufer von E.L.V.I.S.

»Abspielen«, rief Parkov. »Wiedergabe fortsetzen.« Das Licht des Projektors veränderte sich und auf der Leinwand erschien ein neues Bild.

»O Gott.« Der Professor. Natürlich war es nur eine Aufzeichnung, das verriet schon sein dunkles Haar, das er sich erst im Gefängnis blond gefärbt hatte, und doch war es erschreckend, ihn in übernatürlicher Größe an die Wand projiziert zu sehen.

»Dies ist eine Informationssendung!«, brüllte er und sie beide zuckten zusammen, als seine Stimme ohrenbetäubend aus den Lautsprechern dröhnte. »Kannst du mich sehen? Ich bin sicher, dass du mich sehen kannst, mein lieber Parkov. Mein *lieber* Feind.« Er lachte humorlos. »Sophie liegt hier drüben. Sie hat hergefunden, das schlaue Ding, hat diesen Ort gefunden, ihn mir gezeigt und wird sich jetzt sogar noch nützlich machen.« Die Kamera schwenkte – und tatsächlich, sie blickten auf Sophie van der Meer, die gefesselt und geknebelt nicht weit von dort entfernt lag, wo Marie und Parkov gerade standen.

»Ich habe große Pläne mit ihr, weißt du? Sie wird etwas für mich tun, Parkov.« Sie sahen ihm zu, wie er sich zu ihr herunterbeugte und Sophie den Knebel entfernte. »Sieh sie dir an, Parkov«, verlangte er. »Sieh dir an, was du aus Menschen machst. Wie geht's dir, meine Kleine? Hm?«

»Ich«, stieß sie hervor, »hab dir nichts getan … lass mich gehen.«

»Lass mich gehen, lass mich gehen«, äffte Argo sie nach. »Ich werde dich gehen lassen. Aber jetzt noch nicht. Nein, noch nicht. Du wirst es mir zuerst verraten. Das Passwort.«

»Ich kenne es aber nicht!«, schluchzte sie, »ich weiß es nicht!«

»Aber diesen Speicherstick, den hast du doch gestohlen, nicht wahr? Wolltest du mit ihm spielen, hm? Wolltest du diese großen Männer erpressen? Sieh in die Kamera und sag ihm, was du wolltest. Sag ihm, wie blöd du bist.«

Sophie van der Meer blickte auf und Marie und Parkov erwiderten ihren angsterfüllten Blick. »Ich hab versucht … nachdem ich hörte, dass wieder ein neuer Fall aufgetreten ist, wieder etwas Ähnliches geschehen war wie mit meiner Mutter und mit … mit Erik, es an die Öffentlichkeit zu bringen. Zu stoppen.«

»Das hast du«, sagte Argo. »Aber dann bist du mir begegnet. Niemand mischt sich in Dinge ein, die ihn nichts angehen. Das ist eine Angelegenheit zwischen Parkov und mir. Sag mir das Passwort.«

»Ich weiß es nicht!«, schrie sie.

»Aber dann bist du eigentlich nutzlos, oder?« Die Kamera schwenkte herum, der Professor näherte sich dem Objektiv, bis sein Gesicht in Nahaufnahme die Leinwand ausfüllte. »Wenn du das hier siehst, bin ich verhaftet, verurteilt. Wenn du das hier siehst, hast du zumindest für ein paar Tage in dem Glauben gelebt, du hättest wirklich über mich triumphiert. Gesiegt.« Er gönnte sich eine Kunstpause, als wollte er den Klang dieses Wortes auskosten. »Wie fühlt sich der Geschmack von Sieg an?«

Parkov holte tief Luft. Marie nahm seine Hand. Als er ihr einen flüchtigen Blick zuwarf, schüttelte sie den Kopf. *Wir können nichts tun. Nichts außer weiter zuzusehen.*

»Welcher Monat ist jetzt? Wie viel Zeit ist auf deiner Seite vergangen? Ich kann deine Antwort nicht hören, aber, wow, irgendwie kommuniziere ich gerade mit der Zukunft. Ist das nicht fantastisch?« Wieder grinste Argo und Sophie schrie im Hintergrund. Dann winkte er. »Hi, Marie, falls du dort bist. Wenn du dich entschieden hast, Parkov weiter zu folgen, ganz das treue Hündchen, mein Beileid … wenn nicht, dann eben nicht.«

Parkovs Hand bewegte sich in ihrer, doch sie ließ ihn nicht los.

»Ich glaube, jetzt, wo ich diese Botschaft für dich aufnehme, Parkov, lösche ich einige der Aufzeichnungen, die zuvor hier gespeichert waren. Ups, tut mir *wirklich* leid. Dann wirst du wohl nicht mehr erfahren, was dein lieber Vater und der andere Idiot getrieben haben. Ihr kleines Geheimprojekt.« Der Professor musste lachen, doch klang seine Stimme wie die eines bösartigen Raubtiers. »Wie auch immer: Du solltest mittlerweile wissen, dass ich etwas von dir will. Ein Passwort, eine Dechiffrierung. Und ich weiß, dass *du* Informationen suchst. Du hast etwas vergessen und fragst dich, wie das möglich sein kann.« Argo näherte sich weiter der Kamera, sie sahen Speichelfäden zwischen seinen Lippen, wenn er den Mund öffnete. »Alles, was du hier hättest finden können, werde ich löschen. Ich werde es vernichten, so sorgfältig, dass es niemals wieder rekonstruiert werden kann. Der einzige Ausweg …« Die Kamera schwenkte zu Sophie van der Meer zurück, die zitternd am Boden lag.

»Sie hat alles gesehen. Wir haben uns die Aufzeichnungen vom Projekt Vadana *reingezogen*, Sophie und ich, das ganze Geschwätz von deinem Vater und Tymon Sorg. Wir beide sind die Einzigen, die noch wissen, was du so dringend erfahren willst. Also tu, was ich dir sage.« Argo zögerte einen Augenblick, als müsste er nachdenken. Dann schwenkte die Kamera abermals und fokussierte eine Landkarte, auf der jemand einen Punkt eingezeichnet hatte, und GPS-Koordinaten, die mit einem schwarzen Stift danebengeschrieben worden waren.

Hastig zog Marie ihr Smartphone hervor und fotografierte die Leinwand ab, ehe Argo fortfuhr und die Kamera zurück zu seinen gelben Zähnen schwenkte. »Vadana ist kein Mensch und auch *nicht wirklich* ein Projekt oder eine Pflanze. O ja, Sorg war klug, er hat ein Exemplar mitgebracht, das irgendwo im Herbarium des Museums in Frankfurt lagert, aber nein, in Wahrheit ist es ein Ort. Die Wahrheit ist dort, an jenem Ort, den du suchen sollst, wenn du vergessen hast, was du mal wusstest«, sagte Argo. »Wenn du mutig bist, Parkov, gehst du selbst nachsehen. Wenn du Sophie und alles, was sie weiß, retten willst, steigst du in ein Flugzeug und fliegst … weit, weit. Sie war auch dort und hat die Wahrheit gefunden.« Er zögerte kurz. »Du fragst dich, was PHMA Medic mit alldem zu tun hat? Ich verrat es dir. Wir haben euch unterwandert, von innen ausgehöhlt wie ein Wurm einen lebenden Organismus. Also denk nach. *Wem* kannst du wirklich noch vertrauen? Ihr? Deinem eigenen Bruder? Oder niemandem?« Argo zuckte mit den Schultern und verbeugte sich leicht. »Ich muss jetzt gehen. Hab noch etwas vorzubereiten, will einen Mann finden, der seinen Engel sucht, und muss dabei ein bisschen Unruhe stiften. Bis bald. Wir sehen uns.«

Das Video endete. Die Leinwand wurde wieder nüchtern weiß, doch die Stimme des Professors dröhnte in ihren Ohren und Köpfen noch immer nach, wie eine Erinnerung, die erst allmählich verhallte. Marie spürte, wie ihr Herz schlug, als hätte sie gerade einen Sprint hinter sich gebracht.

»Das«, sagte Parkov heiser, »war die unangenehmste und zugleich lehrreichste Filmvorführung in meinem ganzen Leben.«

Marie versuchte zu erkennen, was diese Bilder bei ihm ausgelöst hatten, doch seine Miene war unlesbar. »Wir wissen jetzt, was Iljin aus dem Herbarium des Museums gestohlen hat: Es war die Pflanze selbst, Vadana, der Grundstoff für die Droge. Und wie es aussieht, müssen wir nach Afrika«, sagte sie ernst.

»Ja, ohne Zweifel.« Parkov griff nach seinem Smartphone. »Ich werde eine Privatmaschine der Firma organisieren, die uns … uns …« Er hielt inne, als aus den Lautsprechern ein neues Geräusch drang, ein statisches Rauschen, das alles andere überlagerte. Die Projektion auf der Leinwand veränderte sich ein drittes Mal.

79.

Der Mann auf dieser Aufnahme war Erik Winter, *ihr* Erik, so, wie sie sich an ihn erinnerte: mit seinem verwegenen Lächeln, das ihr so gut gefallen, dem Haar, durch das sie so gern mit ihren Händen gestrichen hatte. Seine Stimme klang aus den Lautsprechern wie in ihrer Erinnerung.

»Nein«, hörte Marie sich sagen, »nein, nein. Ich will das nicht sehen. Das darf nicht wahr sein.«

»Marie«, sagte er auf der Aufnahme, »das hier ist etwas, das ich dir sagen muss. Falls du es jemals sehen wirst … vielleicht kannst du mir dann verzeihen. Also mein Geständnis.« Erik Winters Augen waren weit geöffnet. Er hatte große Angst.

»Ich will das nicht hören«, rief sie. Marie entriss Parkov ihre Hand und wollte sich die Ohren zuhalten, doch die versteckten Lautsprecher in diesem Labor, diesem technischen Höllenraum, waren zu laut eingestellt, als dass es etwas genützt hätte.

»Wir hatten uns geschworen, immer ehrlich zueinander zu sein«, fuhr er fort und Marie konnte nicht anders: Sie sah zur Leinwand, zu diesem Mann, der vor sechs Jahren aus ihrem Leben verschwunden war, nachdem er sie mit einem Messer attackiert und sie sich und ihre ungeborene Tochter mit ihrer Dienstwaffe verteidigt hatte. Niemand hatte danach auch nur im Ansatz erklären können, was ihn dazu getrieben haben mochte.

Graubach hat die Autopsieergebnisse manipuliert, dachte Marie, *das hat er gestanden. Wenn M-CotroX auch bei Erik zur Anwendung gekommen ist …*

»Ich hab das nicht vergessen und … also will ich auch jetzt ehrlich sein. Ich hab jemanden kennengelernt.« Marie bemerkte, wie Parkov sie musterte.

»Wir hatten die Ausgrabung an dem Keltengrab im Taunus, und abends, na ja, ich musste einfach den Kopf freikriegen. Ich traf sie in einer Bar. Sie war so einsam an diesem Abend und traurig und verletzlich. Ein bisschen wie du. Vielleicht ist es das, was mich anzog.«

»Scheißkerl«, sagte Marie zur Leinwand.

»Ihr Name ist Sophie van der Meer.«

Parkov schüttelte leicht den Kopf, als könnte er selbst nicht glauben, was er hören musste.

»Sie hat mir erzählt, dass ihre Mutter Amilia … na ja, ihre Mutter leidet an einer extrem seltenen Art von Blutkrebs, einer Variante, von der es weltweit überhaupt nur drei bekannte Fälle gibt. Wir unterhielten uns, sie war völlig verzweifelt und ich … ich hab den Fehler meines Lebens gemacht.« Erik senkte den Blick. »Von da an haben wir uns häufiger gesehen. Ich will mich nicht entschuldigen, nur … Mir wurde klar, dass sie Hilfe braucht. Und damit meine ich nicht ärztliche, nein, *polizeiliche Hilfe*. Verstehst du dieses Dilemma?« Er seufzte. »Ihre Mutter starb dann, die teure Behandlung, die ihr Vater und sie finanziert hatten, brachte nichts. Sophie hatte das Gefühl, das Ganze wäre nur eine Art Test … dass man ihre Mutter gar nicht behandeln wollte. Sie wurde aber nie konkret, als hätte sie die Befürchtung, ich würde, ich weiß nicht, da mit hineingezogen. Du musst wissen, ihr Vater und sie hatten alles versucht und das war so eine Art letzter Ausweg. Also wurde ich hellhörig und beschloss, es dir einfach zu sagen. Alles. Dann hättest du mit deinen Leuten tun können, was richtig gewesen wäre, und diese Typen unter die Lupe genommen. Aber dann …«, wieder zögerte er, »kam Sophie zu mir und sagte, sie hätte Angst. Sie würden verfolgt, sie und ihr Vater, und sie müsste untertauchen. Und ich dürfte in keinem Fall weiter nachforschen oder es dir erzählen. Es ist wie ein Fluch, sagte sie … Das war das letzte Mal, dass ich sie sah.«

»Oh, Erik …«, flüsterte Marie, als die Aufnahme für einen Augenblick pausierte und sie befürchtete, der Rest des Videos würde ebenso gelöscht sein wie das mit Sorg und Parkov. Doch das war es nicht, auch wenn sie sich später gewünscht hätte, es wäre so. *Ein Fluch.*

»Ich hab nicht auf sie gehört, du kennst mich ja. Hab nach ihr gesucht, weil ich fürchtete, es wäre ihr wirklich was zugestoßen. Noch immer war ich nicht mit der Wahrheit zu dir gegangen, weil ich mich geschämt habe. Ich hab mich so sehr geschämt. Ich … war ein Idiot. Solltest du das hier jemals sehen, verzeih mir, Marie. Dann fand ich die Typen, mit denen sie in Kontakt stand. Einer war Psychiater. Ich war so ein naiver Idiot, ich dachte, ich könnte etwas Gutes tun, jemandem helfen, aber ich wusste nicht, wie krank diese Welt wirklich ist. Verrückt und dunkel.« Die Kamera, die Erik filmte, wurde mit einem Mal bewegt. Marie und Parkov sahen zu, wie der Bildausschnitt wuchs. Nun konnten sie den Raum, in dem sich Erik befand, überblicken.

Erik war gefesselt, dicke Seile spannten sich um seine Gelenke. Neben ihm, erst jetzt auszumachen, stand ein Mann, den Marie sofort wiedererkannte. Sie stöhnte auf, schwankte. Es war der Mörder, den sie vor einem Jahr verhaftet hatte, der, der als Dezembermann bekannt geworden war. Ihn dort wiederzusehen war mehr, als sie in diesem Augenblick ertragen wollte.

»Du wirst ihn erkennen«, sagte die Stimme aus dem Off. Dieser dritte Mann, der die Kamera hielt, war niemand anders als Mads Argo selbst. Der Professor richtete die Kamera auf sein eigenes Gesicht und grinste voll kaltem Wahnsinn. »Mich ebenfalls, wenn du diese Aufnahme siehst, das hoffe ich doch.« Die Kamera schwenkte weiter und fixierte einen Tisch, auf dem Spritzen lagen, die mit einer gräulichweiß gefärbten Flüssigkeit gefüllt waren. »Wir probieren jetzt etwas aus. Schau genau hin, wenn du magst.«

Parkov reagierte instinktiv und trat zwischen sie und die Leinwand. »Sieh dir das nicht weiter an«, sagte er. »Nein.« Er streckte die Arme aus, zog sie in eine feste Umarmung und verschloss ihre Ohren mit seinen Händen. Doch gleichgültig was er tat, sie konnte den erstickten Schrei hören, den Erik ausstieß.

Sie konnte ihn hören. Und spürte die warmen Tränen, die über ihre Wangen liefen und auf Parkovs Arme tropften. Als das Video abbrach, sah Marie ihm entschlossen in die Augen. »Wir kriegen ihn«, sagte sie mit rauer, dunkler Stimme. »Dafür kriegen wir ihn. Und alle anderen, die daran beteiligt sind.«

»Wenn wahr ist, was er sagt, wenn PHMA oder sogar Parkov Industries unterwandert wurden, dann haben wir ein größeres Problem als bisher angenommen. Wir …« Parkov hielt inne, als Stimmen durch den Tunnelzugang zu ihnen drangen.

Marie fühlte, wie frisches Adrenalin ihren Körper durchflutete. »Jemand kommt.«

»Jemand ist schon da«, sagte eine Stimme hinter ihnen. Sie fuhren herum, Marie griff nach ihrer Waffe im Holster, doch sie hatten sich zu sehr auf das alte Video konzentriert und die Absicherung nach hinten vergessen. Die Ereignisse prasselten mit einer Geschwindigkeit auf sie ein, die sie kaum verkraften konnte. Tymon Sorg, Parkovs Vater, Erik …

Erik. Gott, nein. Sie begriff, dass sie noch nicht einmal im Ansatz verarbeitet hatte, was sie gerade erfahren musste, und doch wusste sie, dass diese Bilder nie mehr aus ihrer Erinnerung verschwinden würden.

»Stecken lassen!« Aus der Dunkelheit trat ein Mann hervor. Sie erkannte ihn wieder. Es war einer der beiden Männer, die sie am Pflegeheim entdeckt hatten.

»LKA Schleswig-Holstein«, sagte er. »Wir haben einen Haftbefehl.«

»Wir? Ich sehe nur dich«, erwiderte Parkov.

»Verstärkung ist unterwegs.« Der Polizist hatte seine Dienstwaffe gezogen und auf Parkov gerichtet. Sein Finger lag am Abzug.

»Nein, Daniel«, sagte sie leise. »Dieses Mal gibt es keine Möglichkeit …« Marie machte einen Schritt auf den Mann zu. »Hast du es mitbekommen? Die Aufzeichnungen, die wir uns ansehen mussten?«

»Zum Teil.«

»Dann weißt du, dass das nur eine Inszenierung ist. Das, was man Parkov vorwirft.«

Der Polizist zuckte mit den Schultern. Sie entdeckte eine Unsicherheit in seinen Augen, ein flüchtiges Zögern, sah, dass der Lauf der Waffe um wenige Grade Richtung Boden sank. »Kann schon sein. Ich muss trotzdem tun, was ich tun muss.«

»Wie hast du hergefunden?«

»Ein Wanderer hat den Range Rover gemeldet.«

»Dann lass sie gehen«, sagte Parkov ruhig. »Ich bleibe.«

»Daniel, was soll …?!«

Er drehte sich um. »Vertrau mir.«

»Du wirst mir nicht vorschreiben, was ich tun soll.«

Marie schüttelte den Kopf, aber Parkovs Miene blieb unnachgiebig. »Es ist der einzige Weg.« Marie begriff mit einem Gefühl des Bedauerns, dass er recht hatte. Sie stellte sich auf die Zehenspitzen und küsste ihn, kurz und fest. »Ich glaube, ich schulde dir noch einen Tanz«, fügte Parkov leise hinzu, »also komm zurück.«

Marie lachte leise und traurig. »Ich weiß nicht, ob ich es überhaupt bis dahin schaffe.«

»Aber natürlich wirst du das.«

»Und du bist gefälligst irgendwo in der Nähe, wenn ich zurückkehre, Daniel.« Sie nahm sich zusammen und wandte sich dem Ausgang zu, weil sie begriff, dass sie nicht mehr gehen würde, wenn sie auch nur noch eine Minute länger blieb. »Kriegen wir das hin?«, fragte sie den Kollegen. »Ich war nie hier. Zeig den anderen diese Aufzeichnungen. Sie werden es verstehen. Parkov bleibt hier.«

Der LKA-Beamte nickte knapp. »Geh, aber geh schnell.«

»Danke.« Sie eilte an ihm vorbei. Vielleicht gäbe es eine Möglichkeit, gemeinsam mit Parkov zu fliehen – aber was würde das nützen? Er musste bereits ihren Standort durchgegeben haben, und wenn die Verstärkung ihn hier fand, würde er ihnen doch verraten, dass sie bei ihm gewesen war – die Chance, der Spur weiter zu folgen und das Land zu verlassen, würde verschwindend gering sein, man würde sie an jedem beliebigen Flughafen festhalten.

Also musst du es allein tun, während Parkov seinen Teil erfüllt. Vermutlich war es das, was der Professor meinte. Das Schicksal, vor dem sie nicht davonlaufen konnte.

Ihr Albtraum, den sie freiwillig aufsuchen würde.

80.

Später, nachdem alles vorüber war

Der Kugelschreiber in Dr. Quills Hand schwebte kurz über dem Blatt, als Marie mit ihrer Erzählung innehielt und nach dem Wasserglas griff, das neben ihr stand. »Wie lange sind wir schon hier?«, fragte sie mit heiserer Stimme.

»Etwas mehr als drei Stunden. Möchten Sie eine Pause machen?«

Marie betrachtete den Regen, der geräuschlos gegen die hohen Scheiben schlug, durch die sie auf die Terrasse und den Garten blicken konnte, auf die Eiben und Buchshecken, die die Pfade säumten. »Nein, danke.«

»Und wie denken Sie heute über diese Sache?«

»Dass ich recht hatte. Im Grunde war das, was wir dort gesehen haben, ein Puzzlestück des großen Ganzen. Aber …« Marie strich sich eine Strähne aus der Stirn und betrachtete einen Augenblick lang ihre rechte Hand. Mit ihr hatte sie getötet. Sie hatte damit einem Menschen wehgetan – und zugleich sich selbst. »Aber ich habe es nicht verstanden. Noch nicht. Ich konnte es nicht.«

Dr. Quill, den sie in den Wochen danach besucht hatte, musterte sie mit interessiertem Blick. »Machen Sie sich Vorwürfe?«

»Ja, natürlich. Ich hätte es früher sehen müssen. Auch Parkovs Zustand.«

»Geben Sie sich die Schuld? Sie sollten mittlerweile wissen, dass Sie keine Schuld tragen. An nichts von dem, was geschehen ist.«

Marie schloss die Augen. »Das ist nicht wahr.«

»Erzählen Sie bitte, wie es danach weiterging.«

»Muss das sein? Heute noch?«

»Ich bitte darum.«

»Wie gesagt: Parkov blieb zurück und ich verließ diesen Tunnel. Ich rief Alex Thomsen an und wir trafen uns wieder im Haus am See. Und dann«, sie seufzte, »hörten wir die Neuigkeiten. Wie man Parkov behandelte.«

»Behandelte? Wie meinen Sie das? Wer hat das getan?«

»Krantz persönlich. Er wollte sich das nicht entgehen lassen. Parkov hatte sich ihnen ausgeliefert. Freiwillig. Aber Sie können davon ausgehen, dass man ihn, als den mutmaßlichen Polizistenmörder, für den man ihn hielt, bei der Festnahme nicht besonders sanft angefasst hat. Zwei gebrochene Rippen, ein Kapselriss im Knie waren die Folge.«

»Und Sie?«

»Ich habe getan, was wir uns vorgenommen hatten. Schon damit all das nicht ganz umsonst war.«

»Allein?«

Marie schüttelte den Kopf. »Thomsen war sofort bereit, mich zu begleiten, und dann brauchten wir noch jemanden, der die Gegend kannte: Carl Faber, Rotenbergers Kollege. Letztlich haben wir es wirklich getan: Wir sind geflogen.«

81.

Dienstag, 8. November

Die riesigen elektronischen Anzeigetafeln ratterten. Städte wie aus dem Traum eines Reisefiebernden zogen vorbei, Los Angeles, Schanghai, Moskau, Sydney ... *Du machst es wirklich. Du bist genauso verrückt, wie Elise sagt.*

Alex Thomsen schien gelangweilt und blätterte in einer Zeitschrift. Carl Faber, der Anthropologe aus dem Senckenberg-Museum, sah zu ihr hinüber und hielt in einer albernen Geste den Daumen in die Höhe, als wollte er so ihre Nerven beruhigen. Das Privatflugzeug von Parkov Industries würde sie nach Afrika bringen – direkt nach Kinshasa in der Demokratischen Republik Kongo. Von diesem Startpunkt aus wollten sie den Ort und die GPS-Koordinate ausfindig machen – und das ganz ohne Parkov. *Dafür aber mit zwei Menschen, die du kaum kennst. Mit einer Frau, der Parkov völlig vertraut, und einem Mann, der das Land wie seine Westentasche kennt.*

Als sie an der Reihe war, hob Marie ihren großen Rucksack auf die Waage. Die Angestellte überprüfte den Pass, versah das Gepäckstück mit einem Anhänger und drückte auf einen Knopf, woraufhin es auf einem Förderband Richtung Laderaum verschwand.

»Noch einen Kaffee?«, fragte Faber. Er wirkte, als unternehme er eine solche Reise alle zwei Wochen. Und vermutlich war es auch so. Wenig später verkündete eine Stimme über Lautsprecher, dass die Privatmaschine, eine Gulfstream G650, Richtung Kinshasa bereitstand und die drei Passagiere gebeten wurden, sich zum Gate zu begeben. Aufgeregt passierte Marie die Sicherheitskontrolle. Die automatischen Türen schlossen sich, dann entdeckten sie die Stewardess in einer adretten dunkelblauen Uniform. Diese hieß sie willkommen und ließ sie einsteigen.

Für einen Moment war Marie geneigt, alles hinzuwerfen und umzukehren. Parkov sollte hier sein. Er sollte es mit eigenen Augen sehen dürfen. Es war nicht richtig so. Doch dann schloss sich die Tür des Flugzeugs.

Zwanzig Minuten später hob die Gulfstream ab. Ihnen wurde Champagner angeboten, so als befänden sie sich auf einer Vergnügungsreise. Faber schrieb etwas in ein kleines Notizbuch und wollte sie in ein Gespräch über afrikanische Stammeskunst verwickeln, doch Marie war zu nervös, um ihm zuzuhören. Sie lehnte den Kopf an die Scheibe, während sie wie Sophie van der Meer einem Treffen mit den Tutonga entgegenflog.

Projekt Vadana. Die Wahrheit. Nur noch Tausende Kilometer entfernt.

82.

Der Fluss war schwarz wie Tinte, ein Vorgeschmack auf die Dunkelheit. Pflanzenreste trieben im Wasser, Lianen und Wurzeln, die wie die schleimigen Arme einer Unterwasserkreatur nach ihrem Boot tasteten. Der Kongo verbreiterte und verengte sich, während der Wald zu beiden Seiten wie eine undurchdringliche Wand aus Schattierungen von Grün aufragte. Das Tageslicht war diesig und vermochte das Blätterdach nicht zu durchbrechen, am Ufer warteten viele Schatten. Irgendwo im Dickicht zu ihrer Rechten folgten ihnen Affen – nur auszumachen durch das Geschrei, das sie von Zeit zu Zeit ausstießen, und die Baumkronen, die sich unter ihren Sprüngen neigten.

»Wir werden verfolgt«, sagte Faber. »Seit unserer Landung, seit der Fahrt von Kinshasa. Und damit meine ich nicht die Bonobos da drüben.«

»Ich weiß.« Die Besatzung des Boots bestand aus Marie, Alex Thomsen, Carl Faber und einer vierköpfigen Crew. Hinter ihnen fuhr ein zweites Boot des kongolesischen Militärs, darauf fünf Soldaten, die sie bis zu ihrem Treffpunkt begleiten sollten – bis zu ihrem Führer, der sie einige Kilometer flussaufwärts erwartete. Die Männer waren mit Gewehren, Macheten und Messern bewaffnet. Auf ihrem Boot herrschte ein Durcheinander aus Vorrats- und Benzinkanistern. Faber kannte die Crewmitglieder und sprach sie mit ihren Vornamen an. Einer der Männer packte eine Flasche Lunguila aus, einen kongolesischen Zuckerrohrwein, den er ihnen anbot. Marie trank einen kleinen Schluck. Es schmeckte wie Rum.

Nach mehr als einer Stunde legten sie an, um ihren Führer aufzunehmen. Der Mann, der ihnen vom Ufer aus zuwinkte, war ein Einheimischer namens Tatu, den Faber mit Handschlag begrüßte. »Wir können ihm trauen«, erklärte der Anthropologe. »Er hat mich schon früher geführt. Ich denke, die Summe, die Parkov zur Verfügung gestellt hat, wird mehr als genügen.«

»Ich habe Sophie van der Meer am Flughafen getroffen«, erklärte Tatu, nachdem er zu ihnen aufs Boot gekommen war und sie die Flussfahrt fortsetzten. »Sie bezahlte, damit ich sie bis an die Grenze des Territoriums der Tutonga führe.«

»Sie wusste, wo sie hinwollte? Die Tutonga sind verschwunden, wie wir gehört haben«, sagte Marie. »Wie kann das sein?«

»Es gibt Gerüchte«, antwortete Tatu vieldeutig. »Dinge, die nicht jeder wissen muss.«

»Und was geschah dann?«

»Ich führe weiße Männer und Frauen bei ihren Expeditionen seit zwanzig Jahren in die Wälder. Die letzte zum Territorium der Tutonga liegt vielleicht zwanzig Jahre zurück. Und dann gab es da einen Vorfall. Tymon Sorg, 1997.«

»Er ist verschwunden?«, fragte Marie und ihr Führer nickte. Tatu hob den Arm und zeigte ihnen eine Verletzung, die wie eine Narbe von einem Machetenschlag wirkte. »Er bezahlte mir ein Vermögen dafür, dass ich mich mit ihm in das Gebiet gewagt habe. Damals war alles schwieriger. Die Boote, wir hatten kein GPS und die Tutonga lebten im tiefsten Dschungel. Heute sind sie gewandert.«

»Was ist damals geschehen?«

»Wir wurden überfallen, Sorg entführt. Die Tutonga waren sehr zornig.«

Das wissen wir schon, dachte sie und überlegte, was Parkov wohl tun würde, wenn er da wäre. Für einen Moment stellte sie sich ihn in seinem Anzug auf diesem Boot vor und musste trotz ihrer Erschöpfung lächeln.

Marie spähte ins dunkle Dickicht des vorüberziehenden Flussufers und trommelte nervös mit den Fingern auf die Reling des Bootes. Sie hatte zu viele Filme gesehen, zu viele Dinge gehört, die ein Bild dieser Welt in ihrem Kopf entstehen ließen.

»Die Tutonga mögen keine Fremden, heißt es«, sagte Alex Thomsen. »Das ist das, was ich mitbekommen habe.«

»Die Tutonga?« Tatu schüttelte den Kopf. »Das ist nicht wahr. Nicht sie sind es.«

Marie drehte sich nach ihm um. »Wir haben Berichte von Tymon Sorg, in denen er genau dieses Verhalten schildert. Furcht einflößend geschminkte Männer, die sich Expeditionsgruppen mit Drohgebärden nähern. Sich im Dschungel verstecken und Überfälle begehen.«

»Das sind Akte der Verteidigung, nicht des Angriffs«, sagte Faber. »Sie schützen bloß ihr Territorium. Sorg wurde entführt, weil er anders war.«

»Anders?«

»Ich weiß nicht genau«, sagte Tatu. »Diese Angriffe«, er schüttelte den Kopf, »gehen nicht von ihnen aus.«

»Sondern?«, fragte Faber.

Tatu sah über den Fluss, während am Horizont die Sonne wie ein blutrotes Feuerrad versank. »Das weiß ich nicht. Die, die es wussten, sind alle tot.«

»Tot?« Maries Finger verkrampften sich um die Wasserflasche, aus der sie trank. Für diese Menschen schienen Tod und Unheil alltäglich zu sein, zugleich begriff sie aber, dass es für sie selbst kaum anders war. *Der Tod begleitet uns, wohin wir gehen.* »Du sprichst von anderen Führern?«

»Etwas hier will nicht, dass wir die Wahrheit verstehen«, erklärte Tatu und seine Stimme klang, als würde sie die Finsternis widerspiegeln, die zwischen den hoch aufragenden tropischen Bäumen auf sie wartete. »Viele wollen das Geheimnis der Tutonga lüften. Wer sind sie? Woher kommen sie? Was ist der Grund für ihr hohes Alter?«

»Ich verstehe. Auch Sophie wusste davon und wollte deshalb Kontakt mit den Tutonga aufnehmen – wegen ihrer Mutter und dem, was ihr widerfahren ist.«

Carl Faber setzte sich neben Marie. »Die Indigenen sind nicht ungefährlich, ganz gleich, was Tatu behauptet. Wir fanden mehr als einmal abgeschnittene Köpfe im Dschungel. Einige von ihnen verabscheuen uns. Die Alten erinnern sich an viele Geschichten, an Konflikte und Krankheiten. Diese Eingeborenen wurden misshandelt, massakriert, in die Sklaverei gezwungen. Die Jahre vergehen zwar, aber die Wunden bleiben.« Faber sah ihr in die Augen. »Frau Winter, Sie haben wie Sophie kaum etwas mit den Menschen gemein, die Tatu sonst an diese Orte führt. Frau Thomsen da drüben schon eher. Und ich? Ich falle kaum noch auf. Ihnen ist sicher klar, dass ich für Sie keine Lebensversicherung bin und dass auch Sie dort vielleicht angegriffen werden?« Er spähte über ihre Schulter. »Das Militärboot hat abgedreht. Sie lassen uns allein weiterfahren.«

Marie versuchte, sich von dem gespenstisch grünen Licht, das dem Fluss selbst zu entsteigen schien, und dem monotonen Brummen des Motors nicht einschläfern zu lassen. Sie dachte an Sorg und Tristan Parkov, an den Professor und an Erik, an seine traurigen Augen auf dem Abschiedsvideo. *Du hast Angst*, gestand sie sich ein, *aber du weißt auch, dass dies der Ort ist, den du aufsuchen musst. Die Wahrheit. Projekt Vadana.*

Das Brummen des Bootsmotors holte sie in die Realität zurück. »Ist es Sophie van der Meer gelungen, mit den Tutonga Kontakt aufzunehmen?«

Tatu nickte. »Ich denke schon. Sie war zwei Tage fort, sie und der andere Mann.«

Marie sah überrascht auf. »Welcher andere Mann?«

Tatu beschrieb ihn. Mit einem Gefühl des Entsetzens begriff sie, dass der Führer ihr ebenjenen Unbekannten beschrieb, der auf den Bildern zu sehen war, die sie in Sophies Wohnung gefunden hatten. Der Mann, den sie nicht identifizieren konnten.

»Und dann?«, hakte sie gespannt nach.

»Meine Männer haben in unserem Lager außerhalb des Territoriums auf sie gewartet, unsere Gewehre schussbereit.« Er spuckte in den Fluss. »Auf der Rückfahrt haben sie uns nichts erzählt. Doch dann wurde ihr Freund in Kinshasa erschossen. Mitten auf der Straße aus einem vorbeifahrenden Wagen ohne Kennzeichen: ein Auftragsmord. Was dann geschah, weiß ich nicht. Wir haben sie nie wiedergesehen.«

»Und das alles war …?«

»Vor etwas mehr als drei Jahren.«

Das passt. Deshalb kannte niemand der wenigen Freunde, die Sophie hatte, diesen Unbekannten. Sina van der Meer, ihre Tochter, muss in dieser Zeit bei ihrem Großvater gelebt haben.

»Oh, verdammt«, sagte Tatu plötzlich.

Marie wandte sich um und sah in die Richtung, in die er deutete. »Was …?« Dann sah sie es, noch ehe Faber »Soldaten!« sagen konnte. Aus dem Nebel, der über dem Kongo aufzog, schob sich ein graues Boot und ließ ein Horn ertönen. Es war das Militärboot, das sie begleitet hatte. Nun fuhr es schneller.

»Sie haben gewendet. Wieso in aller Welt haben die gewendet?«

»Weil sie uns anhalten wollen«, sagte Tatu und stieß einen Fluch aus. »Mist. Also gut.« Er warf ihnen allen einen prüfenden Blick zu, dann der Crew. »Ihr wisst, was zu tun ist?«

»Ja«, erwiderte Marie.

Tatu streckte die Hand aus. »Wir hatten fünfhundert vereinbart.«

Marie gab ihm das Geld. Das Militärboot kam mit hoher Geschwindigkeit angefahren, näherte sich ihnen steuerbord und bremste. Der Steuermann ihres Bootes stellte den Motor ab. In der hereinbrechenden Dunkelheit zeichneten sich menschliche Silhouetten auf dem Deck ab. Marie konnte Gewehre und Maschinenpistolen ausmachen, Flecktarn, Stiefel. Eine Planke wurde als Verbindung ausgelegt, Tatu sprang auf das Holz und überquerte es. Marie sah, wie er drüben auf dem Militärboot einem Mann die Hand reichte: Wortwechsel folgten, Geld und Papiere wurden überreicht, fragende Blicke in Richtung der Passagiere. Dann Gelächter.

Ein Mann trat aus der Steuerkabine. Nebelschwaden umwehten seine hoch aufragende Gestalt. Er fixierte Marie mit einem kalten Lächeln, das hell durch das Dunkel schimmerte. Ein Weißer. Er hob die Rechte ins Licht eines der Scheinwerfer des Militärboots, und sie sah, dass seine Haut mit einem Brandzeichen versehen war, das sie sofort wiedererkannte. |.|.|

»Wir müssen hier weg«, sagte sie zu Faber, »dieser Typ da drüben …«

»Ich denke nicht«, antwortete er so leise, dass nur sie seine Worte verstehen konnte, »dass das möglich ist.«

»Wie meinst du das?«

»Die Brocken von Worten, die herüberwehen … *Er verlangt es.*«

Kreidebleich beobachtete Marie Tatu, der mehrmals zu ihnen sah. Hatte ihr eigener Führer sie verraten?

Dann setzte sich Tatu jedoch in Bewegung und kam über die schwankende Planke zwischen den Booten, die allmählich auseinanderzutreiben begannen, zurück auf ihre Seite.

»Haben wir ein Problem?«, fragte Faber ihn.

»Sie haben das Geld angenommen. Sie sagen …« Er sah von Faber zu Marie. »Wir müssen mitkommen.«

»Wie bitte?«

»Sie haben den Befehl, uns zu ihm zu bringen.«

Marie sah nervös zu den Soldaten hinüber. Aus den Augenwinkeln bemerkte sie, wie Alex Thomsen in ihren Rucksack griff und die Männer ihrer Crew die Hände an die Messer legten. *Messer gegen Maschinenpistolen.*

»Und wer soll das sein?«

Tatu sah ihr nicht in die Augen. »Man nennt ihn den Herrn des Waldes.«

Ihr kamen die Worte in den Sinn, die Alwin Lambert in sein Tagebuch geschrieben hatte. Sophies Worte, die sie im Krankenhaus geflüstert hatte. Nun spürte Marie den Atem der Panik, die wie ein wildes Tier über sie herfallen wollte.

»Wir müssen seinem Befehl folgen. Er beherrscht diese Gegend. Was will er von Ihnen?«

»Das weiß ich doch nicht, ich kenne ihn nicht!«

Tatu sah zu Faber hinüber. »Wir können nichts tun. Wir müssen ihnen folgen.«

»Was sagst du? Was sollen wir tun?«, fragte sie Faber.

»Wir können nicht anders.«

Sie wechselten das Boot. Während ihr kleiner Kahn in der Ferne und Dunkelheit stetig kleiner wurde, raste das Militärboot den Fluss hinab. Man beäugte sie ebenso misstrauisch, wie man die Wälder zu beiden Seiten des Flusses im Auge behielt, doch sonst ließ man sie in Ruhe.

Das Militär gehorcht dem Herrn des Waldes? Aber das ist Zhúkundu, kaum mehr als eine Legende, ein geisterhaftes Sagenwesen? Marie verstand gar nichts mehr.

Die folgenden Stunden waren endlos. Der Dschungel wuchs von beiden Seiten dichter und dichter an den Fluss heran, Kathedralen aus tropischen Pflanzen und gewaltigen

Baumkronen. *Wie eine Reise in die Tiefe*, dachte sie. Ihr war heiß, die Luftfeuchtigkeit erdrückend. *Eine Reise in den Wahnsinn.*

Marie hockte sich neben Thomsen und Faber in die Nähe des Hecks, rollte sich zusammen und versuchte, etwas zu schlafen. In ihrem Traum floh sie durch einen tropischen Wald, doch war er nun nicht länger fremd und unbekannt, sondern ganz in ihrer Nähe. Einmal stieß jemand sie an, und als sie hochschreckte, sah sie Faber, der ihr eine Schale mit Brühe hinhielt, in der Fischstücke schwammen.

»Iss was«, sagte er. »Wir müssen bei Kräften bleiben.«

»Was für ein Abenteuer.« Thomsen spähte in die Nacht hinaus. »Ich wette, Parkov hätte es begeistert.«

Sechs endlos quälende Stunden später verlangsamte das Boot sein Tempo. Die Finsternis lag drückend über allem, doch mehr noch war es die Präsenz des Dschungels, die alles überwucherte und selbst die Sterne am Himmel zu verbergen schien. Nichts rührte sich in der feuchten, heißen Stille dieser Nacht. Nur der Kongo selbst floss leise durch sein Bett.

Die Soldaten brachten das Boot näher ans Ufer und ankerten. »Das ist der Ort«, sagte Tatu. »Weiter geht es nicht. Jedenfalls nicht mit dem Boot. Wir müssen schlafen und uns, sobald es wieder hell wird, auf den Weg machen.«

Marie schwankte, als sie über die schmale Holzplanke ans Ufer trat. Mit einem Mal brach eine Kakofonie aus Geräuschen über sie herein. Die Laute des nächtlichen Urwalds. Ein beständiges Knacken, Knistern und Flüstern in den Blättern, das Rufen, Gackern und Pfeifen von unzähligen Tieren in den Tiefen dieses niemals schlafenden Ortes. Dann sah sie den Baum. Das riesige tote Holz schien bis in den Himmel zu ragen. Und sie erkannte das Zeichen, das das Feuer in den Stamm gebrannt hatte. |.|.|

Dies war der Ort, den Sorg und Alwin Lambert in ihren Texten beschrieben hatten und den sie auf Sophie van der Meers

Fotografie gesehen hatte. Die Soldaten verließen nach ihnen das Boot und hoben die Gewehre. Verängstigt folgte Marie ihrer Blickrichtung.

»Was ist los?«

Faber nickte in Richtung der großen, feuchten Blätter. Etwas bewegte sich durch die Dunkelheit, durch die Vegetation, es brach Äste ab, knickte Zweige. Etwas Bedrohliches.

»*Er ist da.*«

83.

»Wachen Sie auf«, sagte eine schnarrende Stimme, die er erst für einen Teil seines seltsamen Traums hielt. Marie war an einem Ort gefangen, den sie beide kannten: nicht weit von dem riesigen, vom Blitz getroffenen Baum mit dem Zhúkundu-Zeichen. »Parkov, wachen Sie auf. Wir brauchen Sie. Kommen Sie zurück.«

Das stille Zimmer, in dem er lag, wurde durch einen einzigen schmalen Streifen Licht erhellt, der durch den Türspalt auf den cremefarbenen Teppich fiel. »Parkov«, sagte die Stimme abermals.

»Ich bin schon lange wach. Sie waren nicht zu überhören.« Er streckte eine Hand aus und betätigte den Lichtschalter. Das komfortabel eingerichtete Gästezimmer im zweiten Stock seines Landhauses, das sie zu einem Krankenzimmer umfunktioniert hatten, erstrahlte im warmen Licht einer Reihe von Wandlampen, die der Dunkelheit einen unerwarteten Besucher entlockte.

»Sie«, sagte Parkov. Das Schmerzmittel machte ihn schläfrig und verstärkte die Visionen. Mittlerweile sah er das Mädchen im gelben Mantel überall. Und Suzann.

Wenn er die Augen schloss, war ihm, als würde sie am Rand seines Bettes sitzen, das leichte Sommerkleid, das sie trug, zitronengelb, so saß sie da und musterte ihn ernst, als fragte sie sich, wieso in aller Welt all das ausgerechnet ihnen zustoßen musste. *Wir hätten einfach gehen sollen*, sagte sie. *Wir wären glücklich gewesen.*

Es quälte ihn, in diesen Erinnerungen gefangen zu sein, wenn auch nicht so sehr wie die Gewissheit, dass er Marie allein hatte gehen lassen. Seine gebrochenen Rippen ziepten.

»Wir haben die Anlage geprüft«, sagte Krantz und wirkte bestürzt. »Tatsächlich konnten wir die Aufzeichnungen, die auf den Bändern in diesem Labor gespeichert waren, noch einmal wiedergeben. Es scheint, als hätten Sie die Wahrheit gesagt.«

»Das bemerken Sie spät – *zu spät.*« Parkov nickte zur Tür. »Verschwinden Sie.«

»Das kann ich nicht, so gern ich es auch würde.«

»Genug!«, rief Parkov. »Hätte man mich nicht auf Ihre Anweisung gejagt …«

Krantz beugte sich vor, als wollte er Parkov am Kragen packen. »Hören Sie zu! Der Professor hat uns erzählt, dass es nur *eine* Lösung für das ganze Dilemma gibt, für die Entführten, für die Aufklärung der Morde. Wir müssen die Gala *besuchen.*«

»Wie bitte?«

»Er behauptet, der Täter würde dort sein und versuchen, ein weiteres Mal zuzuschlagen. Und zu den drei entführten Geiseln – Jonas Meyer, Sophie und Sina van der Meer: Argo sagte uns, er wüsste, wie man sie *alle* retten kann. Aber dazu will er eine Eintrittskarte für die Charity-Veranstaltung, auf die man uns alle eingeladen hat. Er will sie besuchen, er selbst und …« Krantz zögerte, als wäre ihm äußerst unwohl dabei, die folgenden Worte auszusprechen. »Und Sie, Parkov, sollen ihn begleiten.«

»Sonst geschieht was?«

»Sterben sie alle. *Alle, die dir etwas bedeuten*, hat er gesagt, so soll ich es Ihnen ausrichten. Mehr noch, alles, was man Ihnen vorenthalten hat, wird für immer verloren sein – was auch immer er damit meinte.«

»Und wenn ich nicht überzeugt bin?«

Krantz betrachtete die Tapeten und Bordüren an der Wand. »Argo nannte mir einen Namen, den ich Ihnen in diesem Fall mitteilen soll: *Krylov.* Er wird dort sein.«

»Ist dem so? Dann kennt er auch meine Antwort.«

Hinter ihnen öffnete sich abermals die Tür. Isabelle kam herein, gefolgt von Anna Sörensen und Jörg Bodenfeld. Ihr Team von Gesetzlosen.

»Wir wollen allein mit ihm sprechen«, sagte Isabelle ernst.

Als Krantz wortlos hinausgegangen war, fragte Parkov: »Ist es wahr?«

Isabelle wich seinem Blick nicht aus. »Es gibt einen Weg.«

»Zu tun, was er verlangt, ist kein Weg.« Parkov setzte sich auf. »Mein Zustand lässt es nicht zu, dass ich ihm gegenübertrete, aber … natürlich werde ich es tun.«

»Du bist nicht allein.« Isabelle kam näher an sein Bett. »Wir werden dich nicht allein mit ihm da reingehen lassen. Auch wenn wir nicht wissen, was er auf der Charity-Gala will.«

»Das weiß ich sehr wohl«, erwiderte Parkov. »Es ist das Einzige, was ich aus diesem kranken Gehirn lesen kann. Er will den Datenträger. Er will ihn vollständig entschlüsselt. Noch immer.«

»Ist dir das denn gelungen? Ist es dir endlich eingefallen?«

Parkov antwortete nicht. Er fixierte den Lichtspalt, der zur Tür hereinfiel, als wollte er sich an ihm festhalten. »Schiebt die Vorhänge zur Seite und lasst Licht herein. Bereiten wir uns vor.«

84.

Marie stand bis zu den Knien in brackigem Wasser. Schweiß rann über ihre Stirn und zwischen den Schulterblättern den Rücken hinunter, ihre Kleidung war völlig durchnässt. Jeder Atemzug brannte in ihren Lungen. Der Dschungel war so dicht an diesem Ort, ein wild wucherndes Labyrinth aus Grün und Braun, dass er jeden ihrer Blicke verschlang, es ihr nicht erlaubte, weiter als wenige Meter ins Dickicht zu spähen. Hier mochte alles Mögliche lauern. Sie verspürte ein Prickeln im Nacken, eine beständige Unruhe, die sie vor einer nahen, drohenden Gefahr warnen wollte.

Der Mann, den sie am Flussufer getroffen hatte, war ein Europäer, ein schweigsamer Franzose, der wenige Worte mit den Soldaten gewechselt hatte, woraufhin diese die Gewehre anlegten und in die Wälder ausschwärmten. »Geht«, hatte er sie angefahren, in diese Richtung genickt und dabei seine schwere Pistole geschwenkt.

Marie fühlte sich verängstigt, hilflos und allein. Gefangen an einem Ort, den sie nicht kannte, unter fernen Sternen inmitten von seltsamen Lauten, Gerüchen und drückend heißen Temperaturen, inmitten von Fremden, in deren Augen stumpfe Erbarmungslosigkeit lauerte.

»Wir folgen einem Pfad, den die Tutonga angelegt haben«, sagte Faber leise. »Die Vegetation an diesem Ort ist faszinierend.«

»Nicht sprechen.« Das waren die einzigen Worte, die der Franzose von sich gab. Marie ertappte ihn dabei, wie sein Blick immer wieder zu ihr wanderte.

In der Nähe rauschte ein Bach, den sie über eine schmale, schwankende Brücke überquerten. Die Seile knarrten unter der Last. »Wohin bringt ihr uns?«, fragte Marie ihre Entführer. »Wohin …?«

»Nicht sprechen«, wiederholte der Franzose barsch.

Sie schritten weiter voran, erbarmungslos dazu genötigt, einen Schritt nach dem anderen zu tun, einen Fuß vor den anderen zu setzen. Einmal spürte Marie, wie einer der Soldaten sie ansah und mit dem Gewehr in ihre Richtung zielte.

Unvermittelt hob der Franzose die Faust und legte einen Finger an seine Lippen. Mit einem Mal war alles still, als hätte man die Lautstärke des Urwalds herabgedreht. Die Luft war stickig und heiß und Marie glaubte, hinter den Stämmen, tief im Unterholz, geschmeidige, raubtierhafte Bewegungen auszumachen. Etwas, das sie an ihre Albträume erinnerte, etwas, das sie ängstigte. Marie bemühte sich, aufrecht stehen zu bleiben und selbstsicher zu wirken, doch zitterte sie am ganzen Körper. Ihr Leben schien nur noch an einem seidenen Faden zu hängen, an einer Entscheidung, auf die sie keinen Einfluss hatte, wie etwa die Windrichtung, die darüber entschied, ob dieses Etwas sie witterte oder nicht.

Sie alle verharrten und hielten den Atem an. Schweiß rann über ihre Stirn, Marie konnte ihren rasenden Herzschlag fühlen.

Dann wandte sich der Schatten ab und brach mit lauten Schritten durchs Unterholz, fort von ihnen, in die entgegengesetzte Richtung. *War das wirklich? Oder nur ein Produkt deiner überanstrengten Fantasie?* Marie holte tief und keuchend Luft.

Der Franzose sagte etwas in einer Sprache, die sie nicht verstand, aber sie war überzeugt, das Wort *Zhúkundu* herauszuhören. »Nicht bewegen«, fügte er auf Englisch hinzu und verharrte reglos für Minuten – auch dann noch, als Marie schon lange nichts mehr wahrnehmen konnte. Dann setzte er sich jäh in Bewegung und verdoppelte das Tempo.

Marie spürte, wie ihre Füße in den Wanderschuhen, die sie eigens für diesen Ort gekauft hatte, schmerzten, wie sie Blasen an Zehen und Ferse bekam. *Wenn das so weitergeht, wirst du dich nicht mehr lange auf den Beinen halten können.*

»Halt durch«, sagte Alex Thomsen, die seit einiger Zeit neben ihr ging. »Noch ein bisschen.«

»Kannst *du* noch?«

Thomsen lachte halblaut und warf einen Blick über ihre Schulter auf die Soldaten. »Ein wenig.«

»Ja, ein wenig geht's bei mir auch noch.«

Nach einer weiteren Stunde lichtete sich der Wald und Marie bemerkte im Schein der Fackeln und Taschenlampen, dass an diesem Ort Veränderungen vorgenommen worden waren, die nicht von den Tutonga stammen konnten – jemand hatte Bäume gefällt und einen Weg angelegt. Ihr Führer blieb stehen und hob erneut die Faust. Die Soldaten richteten ihre Gewehre in den Dschungel und verteilten sich kreisförmig um ihre Gefangenen.

Blätter raschelten. Zweige knackten.

»Wir sind da.«

Das Gesicht des Fremden, der aus dem Dickicht trat, war voller Brandnarben. Seine Lippen waren entstellt, ein Ohr fehlte. Er überragte sie um mehr als zwei Köpfe und trug eine Militärjacke mit Flecktarnmuster. Marie kannte ihn aus Sophie van der Meers Bildmaterial, das sie in Jan van der Meers Villa gefunden hatte, sie kannte ihn von der Aufnahme mit dem

Massengrab: der Fremde mit den Brandnarben. Vladimir Krylov, der Söldner, der Terrorist.

Marie meinte noch, zwischen ihrem Führer und Krylov fände ein stummer Gedankenaustausch statt. Aber dann machten der Franzose und die Soldaten abrupt kehrt und verschwanden im Dschungel, als wären sie nie da gewesen.

»Du hättest nicht kommen sollen«, sprach Krylov sie mit rauer Stimme und einem starken russischen Akzent an, »aber ich bin froh, dass du es doch getan hast.«

»*Sophie van der Meer. Vadana. Das* ist der Grund, wieso wir hier sind.«

»Wo ist Parkov?«

»Das …« Marie räusperte sich. »Das geht Sie überhaupt nichts an«, erwiderte sie und versuchte, so mutig zu klingen, wie sie konnte, angstfrei und stark, auch wenn sie am Ende ihrer Kräfte war.

Krylov musterte sie wie ein Raubtier seine Beute. »Sophie war hier, daran erinnere ich mich. Doch sie hat nicht vorausgesehen, dass ich sie erwartet habe.«

»Sophie wurde entführt, über Monate gefangen gehalten. Gefoltert, weil man ihr ein Passwort abpressen wollte, das sie nicht mal kannte. Man hat das Leben ihrer Tochter bedroht und sie gezwungen mitzuspielen, wenn sie weiterleben wollte.« Marie erwartete eine vernünftige Antwort, aber da kam keine.

»Sprich nicht mit mir darüber«, entgegnete Krylov. »Ich bin nur ein Bote.«

»Sind Sie das wirklich? Sie waren hier, Sophie hat Sie gefilmt und Sie waren auch damals am Projekt Vadana beteiligt.«

Ein bedrohliches Lächeln ging über Krylovs Lippen. »Du hast deine Hausaufgaben gemacht.«

»Nein, habe ich nicht. Nicht alles. Was hast du mit den Ritualmorden zu tun? Wieso all das?«

»*Wieso?* Das verstehst du immer noch nicht?« Er trat einen Schritt auf sie zu und Marie sah ein angsteinflößendes Schimmern in seinen Augen. »Ich wusste, ihr würdet kommen. Ich kam ihm zuvor. Ihr seid dem Ort sehr nah – aber hier, weit entfernt von jeder Straße, endet euer Weg.« Krylov machte einen schnellen Schritt nach vorn. Sie spürte einen stechenden Schmerz an ihrem rechten Arm, und als sie hinabblickte, zog Krylov die Hand gerade wieder zurück, in der er einen kleinen, unscheinbar grauen Gegenstand mit einer gefährlich schimmernden Metallspitze am Ende hielt.

Sie hörte Faber etwas schreien, als er ihr zu Hilfe eilen wollte, doch dann gaben ihre Beine nach. Als sie wieder Luft holte, war der Geruch von Pflanzen, Schmutz und Schweiß so präsent, dass Marie glaubte, sie atmete den Dschungel selbst ein. Ihr war, als würde Krylovs Gesicht wie heißes Wachs zerfließen, seine Brandnarben brachen auf, tausend Insekten und Spinnen krochen aus ihnen hervor, über seine Nase, seinen Mund.

»Es dauert nicht mehr lang«, sagte Krylov. »Zhúkundu ist nah.«

85.

Maxime,

vielleicht wird dies mein letzter Eintrag sein.

Heute habe ich von jener Pflanze gekostet, die die Einheimischen Vadana nennen. Sie offenbarte mir Wissen – und noch mehr als das, Wahrheit.

Ich sah das Ritual. Sah, was es bewirkt.

Es gibt Dinge, für die der menschliche Verstand nicht geschaffen ist.

Behalt mich in Erinnerung.

Verwahre den Bericht, sollte er jemals gefunden werden, wohl und sicher. Es könnte ein Tag kommen, an dem er noch einmal jemandem von gutem Nutzen sein mag.

In Liebe,
Alwin Lambert

Benommen schlurfte Marie über Laub und Gras. In den Bäumen über ihr saßen tropische Vögel, die sie mit ihren Schreien auf ihrem Weg begleiteten, während Zweige unter ihren Schuhsohlen knackten und knisterten. Krylov war in der

Nähe, bedrohlich drängte er sie vorwärts, Faber und Thomsen waren dicht bei ihr. *Dreh dich nicht um*, dachte sie, doch war ihre Neugier zu mächtig. In der Dunkelheit zwischen den hoch aufragenden Urwaldriesen bewegte sich etwas. Einen Herzschlag lang war sie überzeugt davon, dass der Verfolger sie wittern, sich in ihre Richtung wenden würde, aber er machte kehrt und wandte sich von ihr ab. Marie fühlte sich, als wäre ein gewaltiger, bedrohlicher Schatten von ihr gewichen.

»Weiter«, blaffte Krylov. Sie stolperten durch den Dschungel, schlugen nach Mücken und kämpften sich vorwärts, während Minute um Minute verstrich, Stunde um Stunde verging. Schließlich hielt Krylov an und gestattete ihren Begleitern und ihr, sich mit zitternden Beinen auf einen umgestürzten Baumstamm zu setzen.

Sie hatten eine Lichtung erreicht, auf der ein Feuer brannte. Die Glut in der Erdkuhle glomm rot, die Holzkohle war von feinen Linien durchzogen wie lebendige Herzen. Ein mit weißen Linien und Kreisen bemalter Schamane sah in das Feuer. Marie verharrte geduckt auf ihrem Baumstamm, während ihr der Schweiß über die Stirn rann und auf ihre Schuhe tropfte.

Diese Linien auf der Haut des Mannes – du kennst sie. An den Wänden in Jan van der Meers Villa, in Rotenbergers Wohnung, in der Hütte. Linien und Kreise, wie von einem Kind gezeichnet.

»Ihr werdet Zeugen«, sagte Krylov mit zitternder Stimme, »eines Wunders. Und danach werdet ihr sterben.«

Eine Frau näherte sich der Feuerstelle. Auf ihrer Stirn schimmerte, frisch aufgetragen, das Zeichen: |.|.|

Sie trug etwas in der Hand und warf es ins Feuer. Ein seltsamer Geruch stieg in die Luft, den Marie sofort wiedererkannte. Ihr Magen wollte sich umdrehen. Was dort in der Glut verbrannte, waren menschliche Augen. Opfergaben.

In der anderen Hand trug die Frau ein Bündel, das Marie zunächst für ein gefaltetes Stück Stoff hielt. Doch dann entdeckte sie das kleine Grab, das in der Nähe des Feuers ausgehoben worden war. Für ein Kind. Die Frau begrub es in aller Stille.

Als die letzten Erdkrumen den Leichnam bedeckten, stimmte der Schamane einen Gesang an. Eine Melodie, so eintönig wie die einer Spieluhr. Marie wollte fortlaufen und den Blick abwenden, aber sie konnte nicht. Etwas auf dieser Lichtung bannte ihre Aufmerksamkeit.

Sie spürte, wie sich diese gewaltige Präsenz erneut durch die Wälder näherte, als hätte man sie angelockt. Feine Erde rieselte über das frische Grab. Blätter raschelten, Zweige knackten.

Die Minuten verstrichen, endlos. Schließlich verstummte der Schamane. Seine dunklen Augen hoben sich von der Feuerstelle und entdeckten sie.

»Ein Wunder«, sagte Krylov. »Tod, Leben … Wiedergeburt. Ein Kreislauf. Es ist so weit.« Er trat nach vorn, während ein wahnhaftes Lächeln auf seinen Lippen wuchs. Die Luft auf der Lichtung war nun feucht und schwer, das herabfallende Licht glich nur noch einem fahlen Schimmern und selbst die Laute des Waldes waren auf einmal fort, als hätte jemand ein schweres, undurchdringliches Tuch über sie geworfen.

Dann bewegte sich etwas im Dunkeln unter der weichen schwarzen Erde. Marie war nicht sicher, ob sie ihrem Verstand noch länger trauen konnte. *Was hat er mit dir gemacht?* Auch Faber und Thomsen starrten wie gebannt auf die Lichtung. *Das kann nicht sein …*

Doch mit einem Mal erstarrte Krylov. Sein Kopf wandte sich schnell in alle Richtungen, während er nach seiner Waffe griff. »Nein«, stieß er aus. »Das ist unmöglich. Ihr könnt es nicht verhindern, ihr habt keine Macht an diesem Ort!«

Ein hohes, scharfes Sirren erfüllte die Luft. Marie sah fassungslos zu, wie der Schamane auf der Lichtung fiel – zwei bunt gefiederte Pfeilschäfte ragten aus seiner Brust.

»Nein!«, schrie Krylov, »das dürft ihr nicht!«

Krieger traten lautlos aus dem Dickicht auf die Lichtung, bunt bemalte Gesichter, mit Pfeil und Bogen und Gewehren bewaffnet. Krylov brach zusammen. Ein Pfeil hatte sein Bein durchbohrt, ein zweiter seinen Hals. Seine Finger gruben sich in die weiche Erde – er zuckte, bäumte sich auf. Marie sah, wie sich seine Lippen bewegten, als wollte er im Todeskampf etwas rufen. Sie spürte zwar, dass sie jemand zurück auf die Beine stellen und sie fort von dieser Lichtung ziehen wollte, aber sie riss sich los und rannte zu Krylov hinüber. Noch immer flüsterte er, und als sie sich zu ihm hinabbeugte, hörte sie den Namen »Yuri«, immer wieder.

»Wer weiß noch von diesem Ritual?«, rief sie. »Wer beging diese Morde für Argo?«

Krylovs Augen fanden sie. Er hustete, lachte. »Argo? So nennt er sich jetzt?«

»Sag mir …«

»Du wirst es nicht verhindern können. Yuri ist noch am Leben und wird es zu Ende bringen … Zhúkundu sieht. Er sieht imm…« Krylov holte ein letztes Mal tief Luft und erstarrte, die Augen zu den Baumkronen gerichtet. Er war tot.

»Los jetzt!« Die Männer warfen Erde auf die Glut und das Grab und starrten alarmiert in das undurchdringliche Dickicht des Dschungels, und wieder spürte Marie, wie man sie am Arm packen und wegführen wollte.

»Ihr kommt mit uns«, sagte einer der Angreifer auf Englisch mit kehligem französischem Akzent. Er schien der Anführer zu sein und trug eine westlich wirkende Cargohose, in der ein Funkgerät und eine geladene Pistole steckten. »Hier ist nichts mehr sicher.«

»Was ist hier gerade geschehen?«

»Später!«, rief er energisch. »Kommt jetzt!«

Faber, Thomsen und sie folgten den Männern, die sie wie ein Schutzschild umringt hatten, zurück in die Wälder. Mit jedem Meter, den sie sich von der Lichtung entfernten, war es Marie, als würde das Licht zurück zu seiner Kraft finden, als kehrten die Laute des Dschungels zurück. Sie atmete durch, hielt sich noch auf den Beinen. Marie wusste nicht, wie lange sie bereits unterwegs waren, wie viele Kilometer sie nun schon zurückgelegt hatten. Ihre Gedanken kreisten nur um die Lichtung und um das, was sie zu sehen geglaubt hatte. *Das kann nicht sein. Es ist* nicht *möglich.*

Schließlich blieb der Anführer stehen.

»Tutonga?«, fragte Faber.

Der Anführer nickte und entgegnete besorgt: »Wir sind Tutonga.« Mit dem Kinn deutete er in Richtung Süden, wo die Lichtung lag. »Die dort nicht mehr. Sie haben den anderen Weg eingeschlagen, den alten Weg. Ein altes Ritual, das wir nicht mehr akzeptieren. Sie folgten dem weißen Krieger, den Zhúkundu berührt hat.«

Marie streckte eine Hand aus und stützte sich an einem Urwaldriesen ab. Die Stelle, an der Krylov sie verletzt und betäubt hatte, brannte wie Feuer. Der Anführer nahm sein Funkgerät und sprach in schnellem Französisch, dann griff er in die Tasche der Cargohose und drückte ihr etwas in die Hand. »Dieser Mann dort handelt nicht allein. Er ist böse, aber nicht allein. Wo du herkommst, hast du mehr von diesem Ritual gesehen? Mehr Tote?«

»Ja.« Marie nickte. »Ich habe es gesehen … gespürt.«

»Dann ist es nicht vorbei. Du musst *den anderen* stoppen. Er darf nicht gewinnen, er darf das Wissen nicht verbreiten.«

»Wir wissen noch immer nicht, wer dieser andere ist, der bei uns in der Stadt die Morde begeht.«

»Aber ihr wisst, was er plant?«

Marie dachte an die Geiseln und den USB-Stick. »Wir haben eine gewisse Vorstellung.«

»Nimm es, es schützt dich.«

Sie betrachtete das Amulett, das er in ihre Hand gelegt hatte – ein Stück dunkles Holz, in das ein Edelstein eingelassen war, dessen grünes Schimmern sie wiedererkannte: ein Zoisit. War es etwa Alwin Lamberts Amulett, das er in seinen Tagebüchern erwähnt und auf dem Porträtgemälde in London getragen hatte?

»Wie funktioniert das?«

Der Anführer sagte viele Worte in einer Bantusprache, die sie nicht verstand.

»Er meint: mit *Vertrauen*«, übersetzte Faber. »Früher gehörte es einmal einem Engländer, erklärt er. Der Forscher nahm es mit nach Europa. Sophie fand es in London und brachte es ihnen zurück. Dafür ist er dankbar. Jetzt sollst du es haben. Du hast ein gutes Herz, sagt er.«

Marie starrte den Tutonga-Anführer an, während ihr der Schweiß über das Gesicht und den Nacken lief. »Aber Alwin Lambert starb doch *hier*? Wie kann das sein?«

Der Mann schüttelte den Kopf und deutete in Richtung Norden. »Dreihundert Meter entfernt ist eine Straße. Dort erwartet man euch. Sicherheit ist dort. Geht jetzt.« Mit diesen Worten wandte er sich ab und verschwand mit seinen Männern im Dschungel, der sie verschluckte, als seien sie Geister. Sie waren fort.

Faber, Thomsen und sie eilten in Richtung Norden.

»Was haben wir gerade erlebt?«, fragte Marie.

Faber schüttelte den Kopf. »Zwei rivalisierende Gruppen. Es kann nicht anders sein. Und das Ritual … meine Güte, das war …« Er lachte ungläubig, fast hysterisch. »Ich weiß es nicht.«

Die Straße, die der Mann erwähnt hatte, zog sich wie ein kupferrotes Band aus schlammiger Erde durch den Wald. Ein Jeep wartete an der Seite, daneben ein Fahrer, der wachsam den Waldrand beobachtete.

»Winter? Faber? Thomsen?«

Marie rang sich ein müdes Lächeln ab. »Gott sei Dank. *Wir* haben das Taxi bestellt, glaube ich.«

86.

Der Jeep brachte sie über eine neu angelegte Straße hinunter in ein Tal, eine dicht bewachsene Senke: Marie erkannte meterhohe Zäune, Tore, gedrungene Gebäude, die in Tarnfarben gehüllt wie in einer Symbiose mit ihrer Umgebung, dem Urwald, errichtet waren, organisch mit der Natur verschmolzen, für das Auge eines Betrachters aus der Luft unsichtbar. *Ein perfektes Versteck. Ein Ort, der unsichtbar bleibt, inmitten des Dschungels.*

Sie wurden durch einen langen gläsernen Korridor in eine Empfangshalle geleitet, die den Wald widerspiegelte – grüne und dunkle Farben, Holz und natürliche Materialien sowie ein Wasserfall, der über eine Glasfläche unablässig einige Meter in die Tiefe stürzte. Nach der Hitze des Dschungels war das klimatisierte Innere dieser Anlage wie ein Bad im Eiswasser. Marie spürte, wie der Schweiß auf ihrer Haut trocknete. Sie musste niesen.

»Wo sind wir?«

»Ist doch klar.« Thomsen war zu einer Schlingpflanzenart hinübergegangen, die über eine Wand wuchs. Sie schob die breiten Blätter beiseite und legte die Wand und das Logo frei, das sich dort mit silbernen Buchstaben plastisch hervorhob: *PHMA Medic.*

»So sehen wir uns wieder«, sagte eine Stimme hinter ihnen.

Alle fuhren herum.

Ein Mann stand am anderen Ende der Halle, allein auf dem auf Hochglanz polierten Boden, die Hände in den Anzugtaschen versteckt, dreißig Meter entfernt. Michail Parkov.

Marie wünschte, sie hätte einem der Soldaten, die sie zuvor durch den Dschungel getrieben hatten, sein Gewehr entreißen können. Mit höchster Freude hätte sie es in diesem Augenblick auf Parkovs älteren Bruder gerichtet und von ihm verlangt, endlich mit der Wahrheit herauszurücken. »Der Herr des Waldes? Du bist der größte Mistkerl, der mir jemals untergekommen ist.«

»Ich freue mich auch, dich wiederzusehen«, rief er zurück, als er langsam näher kam. Einen Schritt nach dem anderen, als wollte er es genießen. »Wir wuchsen heran«, sagte er, »Daniel war noch ein Kind, ein alberner Neunjähriger, ich sechzehn, und unsere Eltern nahmen uns mit an einen Ort, den niemand von uns jemals wieder vergessen würde. Du kannst diesen Dschungel hinter dir lassen, aber nie den Dschungel in dir.«

»Weißt du, was wir gerade durchmachen mussten? Und alles andere? Sophie van der Meer«, brachte Marie wütend heraus, »schwer misshandelt. Robert Rotenberger, Otto Billner, Jan van der Meer, zwei Kollegen – viele Menschen sind gestorben, nur wofür? Ein Projekt? Ist es das, was ich hier sehe? Projekt Vadana?«

»Ich habe keinen dieser Morde begangen«, sagte Michail. »Womit vertreiben sich zwei Jungs ihre Zeit, wenn Mutter und Vater an einen Ort wie diesen reisen, um an einer wichtigen Forschungsarbeit zu arbeiten? Sie spielen ein Spiel.« Er näherte sich ihnen weiter. »Eine Schnitzeljagd. Ein Hinweis führt von einem Ort zum anderen.«

»Nur dass sich dein Bruder nicht erinnert. An nichts, was damals geschehen ist.«

»Traumatische Ereignisse können hin und wieder Erinnerungen von Betroffenen auslöschen – manchmal für ganze Jahre, hast du das nicht gewusst?« Michail streckte die Hand aus. »Komm mit. Ich muss dir vieles zeigen.«

»Ich werde nicht …« Sie sah sich nach Faber und Thomsen um.

»Ihnen wird nichts geschehen. Komm.«

Zögernd machte sie einen Schritt auf Michail Parkov zu. Dann noch einen. Schließlich stand sie vor ihm.

»Was hast du erwartet?«, fragte er belustigt. »Dass du hier jemanden im Dschungel finden würdest, einen durchgedrehten Wissenschaftler, der an einem Lagerfeuer sitzt und den die Wilden anbeten wie einen Heiligen?«

»Ich weiß es nicht.«

»Lass es mich so sagen, Marie. Wenn du das erwartet hast, dann lagst du ziemlich richtig. Was macht jemand, der alles verloren hat, das einem die gewöhnliche Welt bieten kann?«

Marie merkte, dass sie ihn nicht einschätzen konnte, er war unfassbar schwer zu lesen. »Ich mag deine Rätsel nicht.«

»Er wird zu dem einen, das er in einer normalen Welt nicht sein kann, zu dem einen, das er nirgendwo sein kann. Zu Gott.«

»Wie Krylov dort draußen?«

»Das hat er versucht. Du weißt, wer er ist?«

»Er steht im Zusammenhang mit den Forschungen deines Vaters. Er war damals bei Projekt Vadana dabei, nicht wahr? Einer der Männer von Viktor Solsten, die für die Sicherheit zuständig waren. Einer der Besten. Später ein Söldner, ein Terrorist, der furchtbare Dinge tat, aber hier habe ich ihn nicht erwartet.«

»Ist er tot?«

»Ja.«

»Umso besser für uns alle.«

Marie umschloss das Amulett, das der Tutonga-Anführer ihr überreicht hatte. »Ich suche Antworten.«

»Euer Führer hätte euch hierherbringen sollen, aber Krylov muss überzeugender gewesen sein – oder gefährlicher als ich. Wir alle können uns glücklich schätzen, dass ihr noch am Leben seid.«

»Diese Männer, die uns gerettet haben …«

»Waren Tutonga.«

»Und die anderen?«

»Krylovs Leute. Ein Haufen von Abtrünnigen. Verstoßene, die sich einem dunkleren Aberglauben zugewandt haben. Krylov ist ein alter Mann, der sich zu viele Ideen in den Kopf gesetzt und zu lange in diesen Wäldern gelebt hat.«

»Und du hast uns benutzt, um ihn aufzuspüren? Weil du wusstest, dass er uns abfangen würde? Wolltest du ihn loswerden?«

Michail Parkov lächelte unverbindlich und deutete auf eine Tür zu seiner Linken. »Ihr könnt euch ein wenig ausruhen. Danach müssen wir zurückkehren. Die Zeit drängt, denn wie ich hörte, befindet sich mein geschätzter Bruder in höchster Gefahr.«

87.

Mit einer bewaffneten Wagenkolonne kehrten sie in einer zwanzig Stunden andauernden Fahrt nach Kinshasa zurück, wo eine weitere Privatmaschine auf sie wartete. Umgeben von den elegant geschwungenen Linien der luxuriösen Flugzeugkabine spürte Marie schwach die Vibrationen, die durch das lederne Sitzpolster drangen, als sie starteten.

Sie schloss die Augen. *Atmen, Marie*, sagte sie sich. *Was du in den vergangenen Tagen erlebt hast … daran wirst du noch in vielen, vielen Jahren zurückdenken. Aber jetzt ist es vorbei. Fürs Erste. Doch die finale Lösung des Problems liegt an einem anderen Ort, in einem anderen Dschungel.*

Ihr gegenüber hatte Michail Parkov Platz genommen und betrachtete einen großen silbernen Koffer, der vor ihm auf dem dunkel gemaserten Tisch lag, der die Passagiersitze trennte. Er schien in Gedanken versunken, vertieft in den Inhalt dieses Koffers. In den geöffneten Deckel waren in mattem Silber die Buchstaben *PI* geprägt. Größer und schmaler als sein Bruder war er, sein linkes Auge besaß einen smaragdgrünen Farbton, das rechte funkelte in einem durchdringenden Blau: eine Pigmentstörung.

»Du traust mir nicht.« Michail sah sie an. »Noch immer nicht.«

»Eine geladene Pistole würde mein Vertrauen erhöhen.«

»Hier? In einer Flugzeugkabine?« Er lachte leise. »Keine Angst.« Michails Stimme wirkte wie das einschmeichelnde Rauschen eines Bachs, der um glatte Kieselsteine floss. »Alles ist, wie es sein sollte.«

»Was soll das alles?«

»Ich musste euch in Sicherheit bringen.« Michails Blick war ernst, ein silbern-grünes Leuchten über dem Rahmen seiner Edelstahlbrille. »Dieses Vorhaben war unklug. Es ist ein Ort der Geheimnisse, Marie. Ein Ort, den niemand leichtfertig aufsuchen sollte.«

»Ich habe etwas gesehen. Ein Feuer, eine Lichtung, das Ritual …«

Michail musterte sie mit einem Hauch von Bedauern. »Es ist eine alte Legende.«

»Eine Legende?« Es war schmerzhaft, sich diese Erinnerungen zurück ins Bewusstsein zu rufen. »Ich habe davon gelesen. Alwin Lambert beschrieb diese Dinge in seinen Notizen. Aber …«

»Erst Lambert, nach ihm Sorg, dann mein eigener Vater – sie alle hat dieser Ort berührt. Wen er einmal erreicht, den lässt er nie mehr los. Auch dich nicht.« Marie starrte ihn an. Als sie begriff, was er getan hatte, floss Furcht wie arktische Kälte durch ihren Körper, nur um von glühend heißem Zorn verdrängt zu werden. »Lambert schrieb in seinem Bericht, dass er die Pflanze konsumierte, worauf die Visionen ausgelöst wurden. Von diesem Ort, dem Ritual … *Wolltest* du, dass ich es sehe?«

»Du würdest sonst nicht verstehen, welches Geheimnis diesem Ort innewohnt. Sieh mich nicht so an, antworte mir lieber. Wieso bist du hier?«

»Oh, ich bin nur zum Vergnügen einen Tag durch den Dschungel gewandert«, fauchte sie. »Es war diese Spur aus dem PHMA-Labor, die uns hierhergeführt hat. Aus *deinem* Labor. Daniel …«

»Mein Bruder weiß nicht, womit wir es hier zu tun haben.« Michail schüttelte betrübt den Kopf. »Er weiß nichts, wollte nie etwas damit zu tun haben. Ich verstehe ihn, so schläft es sich leichter. Dass er jetzt beschließt, sich in Dinge einzumischen, von denen er sich hätte fernhalten sollen, macht vieles *kompliziert.*«

»Er wurde verhaftet«, gab Marie zurück, Zorn in ihrer Stimme. »Dein eigener Bruder! Und du sitzt hier und …«

»Ich erledige die Dinge, die notwendig sind. Daniel würde das verstehen. Er hat sich selbst immer dem großen Ganzen untergeordnet.« Michail drehte den Koffer herum. Auf einer mit schwarzem Polsterschaumstoff ausgekleideten Fläche lagen zwei Reagenzgläser – eins mit einer klaren Flüssigkeit, das andere mit der gleichen Flüssigkeit, durch die sich nun schwache graue Schlieren zogen. Ein Etikett klebte auf dem rechten – *PV* stand dort.

»PV«, wiederholte sie. »Was ist das? Projekt Vadana?«

»Das ist der Name. So nannte es mein Vater, Projekt Vadana, aus dem Jahr 1986. Damals begann es.«

Marie ballte die Faust. Sie war noch immer geneigt, einfach aufzuspringen, und … *Und dann? Was machst du dann? Kilometer über … wo auch immer dieses Flugzeug sich gerade befindet?* »Wovon redest du?«

»Tymon Sorg war Anthropologe und Chemiker. Eine ungewöhnliche Zusammenkunft zweier Berufsrichtungen, die sich in diesem Fall jedoch als höchst vielversprechend erwies. Sorg erforschte die Riten, Bräuche und die Naturheilkunde der Indigenen im Subsahararaum, vornehmlich im Kongobecken. Mein Vater Tristan leitete Parkov Industries und war diesen Dingen, diesem Weltentdeckertum nie abgeneigt. Ich glaube, insgeheim wäre er gern zu einer Zeit geboren worden, in der man sich noch in gediegenen Herrenklubs traf, um die nächste Weltreise zu planen und entlegenste Winkel zu erforschen.

Ich nehme an, als Sorg und er sich begegneten, erkannten sie schnell ihre gemeinsamen Leidenschaften.«

Marie dachte an das Video im PHMA-Labor, auf dem die beiden Männer so vertraut gewirkt und in die Kamera geblickt hatten. Wie alte Freunde.

»Wisst ihr, wonach sie gesucht haben?«, fragte Michail weiter. »Weiß mein Bruder mittlerweile …?«

»Ein Heilmittel für Julia Sorg.« Marie war dieses Frage-Antwort-Spiel leid. Ihre Augen suchten den Gang nach einem Fluchtweg ab. »Sie wollten ihre tödliche Erkrankung aufhalten. Tymon Sorgs Frau war sterbenskrank. Blutkrebs, so selten, dass er zu diesem Zeitpunkt in den Achtzigern weltweit nur ein einziges weiteres Mal bekannt war, viel zu selten, als dass man ihr Heilungschancen einräumte.«

»So ist es. Aber Sorg und Vater versuchten es. Sie haben nie aufgegeben, diesen einen Weg zu erkunden, der die Rettung hätte bedeuten können. Und es gelang ihnen, ihr Leben zu verlängern.«

»Aber sie haben die endgültige Lösung nicht gefunden«, entgegnete Marie. »So war es doch. Deshalb ging es weiter. Das Experiment, der neue Versuch mit Amilia van der Meer, die an einer ähnlichen, kaum heilbaren Krankheit litt. Und wieder scheiterte es. Ihre Tochter Sophie hat dich deshalb erpresst, oder?«

»Mich erpresst? Sie hat es versucht, sie wollte alles darüber erfahren. Es würde alles verändern, Marie.«

»Dann hast du dafür gesorgt, dass sie getötet wird.« Maries Stimme klang fest und stark. Wenn das der Ort war, an dem sie sterben würde, würde sie nicht verängstigt in die Dunkelheit gehen, dies hatte sie beschlossen.

Michail Parkov schüttelte betrübt den Kopf. »Du verstehst es falsch. Nicht ich habe diese Morde beauftragt. Sophie war klug, sie fand sogar den Weg hierher, wie ich hörte, auch wenn sie die Forschungsstation nicht entdeckte. Also suchte sie einen anderen Weg: Sie war attraktiv, umgarnte mich. Ich wusste nicht einmal, wer diese atemberaubende Frau war, und Rotenberger auch nicht. Sie kam auch ins Museum, weil sie nach der Pflanze suchte, sie wusste, Sorg hatte ein Exemplar ins Herbarium gebracht – und natürlich, weil sie wissen wollte, was aus Erik Winter geworden war, der ihr Jahre zuvor mit ihrer kranken Mutter geholfen hatte. Der zu viel herausgefunden hatte und im Gegensatz zu ihr nicht schnell genug untertauchen konnte.«

Marie schnaubte.

»Mein Vater und Sorg fanden die Tutonga, dieses seltsame Volk, das nicht erkrankte und augenscheinlich auch nicht alterte. Tief in den Urwäldern verborgen entdeckten sie das Geheimnis dieses Volkes, ein Geheimnis, für das jeder Ethnobotaniker töten würde. Für das *jeder* Mensch töten würde. Das Wissen, wie man den Tod besiegt.«

»Ihr *habt* getötet.«

Michail hob eine Braue. »Viele Menschen töten viele andere, und zwar jeden Tag. Aber davon abgesehen: Nein, das haben wir nicht.«

»Was für schöne Lügen«, sagte Marie wütend. »Ihr habt Laborversuche durchgeführt. PHMA Medic, Bio-Pharma-Venture in London. Und all das andere.«

»All das andere«, wiederholte Parkov. Er deutete in das Innere des Koffers. »Das ist wahr. Diese Reagenzgläser, meine Liebe, was denkst du, ist das? Wieso sind es zwei? Denk nach. Du bist einem davon bereits begegnet.«

Marie starrte auf die grauen Schlieren, die wie kleine lebendige Tentakel durch die klare Flüssigkeit wehten. »M-CotroX.«

»Ja, so habt ihr es genannt. Intern trägt es einen anderen Namen: Vadana 2.0.« Er gönnte sich eine Kunstpause. »Links daneben Vadana 1.0. Gift und Heilung, dicht beieinander.«

»Vadana 1.0 sollte das *Heilmittel* sein?«

»Genau, *sollte*. Als mein Vater in all den Jahren nach der Lösung suchte, stieß er auf ein Problem. Was heilen sollte, ja am Anfang auch geheilt hatte, tat das nicht länger, es begann zu *zerstören*. Verkehrte sich ins Gegenteil. Etwas verunreinigt die Substanz. Etwas, das viel gefährlicher ist als das Wirkmächtige, das in der Pflanze steckt. Menschliche DNA, die zur Regeneration angeregt wird, die Zellen dazu bringt, sich selbst zu erneuern … und dann mit einem Mal anfängt durchzudrehen. In geringen Dosen macht es das Subjekt angreifbar für Manipulationen, psychotisch und wahnhaft, so weit, dass es beginnt, alle anzugreifen, die es wahrnimmt. Begreif doch, was geschähe, würde auch nur ein Bruchteil davon bekannt werden. Die Tutonga würden ausgerottet, ein unaussprechlicher systematischer Raubbau würde beginnen, die einen würden versuchen, die Pflanze zu vernichten, und die anderen, ihre Geheimnisse zu erforschen. Danach würde niemand mehr wiedererkennen, was einst war. So viel wäre zerstört.«

»*Das* sind deine Gründe?«

»Wir müssen einen Weg finden, die Entdeckung zu schützen – und das Volk, das in Synergie mit ihr lebt. Vielleicht gelingt es uns eines Tages, Vadana zu vollenden. Das war alles, was ich versucht habe, wie mein Vater vor mir. Aber jetzt müssen wir geheim halten, was immer wir geheim halten können. Wir kennen noch lange nicht alle Geheimnisse, die diese prächtige Natur vor uns verbirgt.«

»Die Tutonga …«

»Was ihr Geheimnis ist? Sie konsumieren die Pflanze Vadana, und es stärkt sie. Es macht sie stärker, gesünder. Aber alle unsere Versuche, das nachzuahmen, scheiterten. Vadana 2.0 war alles, was *wir* erreicht haben – etwas Schlechtes. Als würde sich alles an diesem Ort gegen uns wehren. Krylov und seine Leute, sie haben sich der zerstörerischen Seite zugewandt, und du weißt, was sie versuchen. Mit dem Ritual.«

»Ich kann es aber nicht glauben.«

»Natürlich nicht. *Niemand* kann die Toten zurückholen. Die Morde, das Zeichen, Zhúkundu, Marie, das ist eine Legende. Ich nehme an, du weißt das schon, denn du bist klug. Mein Bruder würde nicht an dir Gefallen finden, wärst du es nicht, also hast du es herausgefunden. Und du weißt, dass es für Daniel schlecht ausgehen kann.«

»Ich habe erwartet, hier Antworten zu finden. Aber was Zhúkundu ist, weiß ich noch immer nicht genau.«

»Ein Schutzgeist. Etwas, an das die Tutonga glauben und das sie vor Eindringlingen verteidigt. Oder anders gesagt: Aberglaube.« Michail schnaubte. »Nicht mehr als das.«

»In den Wäldern habe ich …«

»Was immer du gesehen hast, *solltest* du sehen. Wir haben Wege gefunden, unliebsame Touristen und ihre Führer von der Station abzuhalten. Schall und Rauch, mehr nicht.«

»Das ist alles?«

»Von Zeit zu Zeit verhandeln wir mit dem Anführer des Stammes und er gewährt uns Zugang zu ihrem Territorium. Als Gegenleistung sorgen wir dafür, dass sie ungestört leben können.«

Marie dachte an die Ruwenzori-Expedition, Sorgs Verschwinden im Jahr 1997 und an Tatus Worte – etwas hier will nicht, dass wir die Wahrheit verstehen. »Wusstest du auch, dass Tymon Sorg von den Tutonga entführt worden ist? Und vor allem, wieso? Wieso zehn Jahre nachdem Parkov und er scheiterten? Was war mit ihm, als er bemerkte, dass das Projekt Vadana nicht funktionieren würde?«

»Ich weiß es nicht. Tymon Sorgs Frau starb, wie später auch Amilia van der Meer. Sie konnten sie nicht retten. Sorg wurde wahnsinnig vor Schmerz, er beschuldigte meinen Vater, das Projekt manipuliert zu haben, vielleicht auch, weil er nicht wahrhaben wollte, welche Gefahr dem Ganzen innewohnte.

Vielleicht war es mein eigener Vater, der, weil er begriff, wie gefährlich Vadana 2.0 sein kann, Julia Sorg eher sterben ließ, als die Forschungen fortzusetzen. So wurden schließlich aus Freunden Feinde. Der Lauf der Welt.«

Marie starrte ihn an. Ihr war, als wäre alles, was sie bisher geglaubt hatte, mit einem Mal auf den Kopf gestellt. »Also wusstest du davon. Von allem. Und du hast Daniel belogen, als er mit der Substanz zu dir kam. Vor Wochen schon, als wir den Engel des Bösen suchten.«

»Was blieb mir anderes übrig?«

»Vielleicht die Wahrheit? Ein einziges Mal? Ich weiß, in dieser Familie habt ihr es nicht besonders mit …«

»Du bist naiv. Ich kann mich nicht einfach vor eine Kamera stellen und große Töne spucken.«

Marie ignorierte die Anspielung. »Wenn Argo mit dieser Substanz herumexperimentieren konnte, wenn er sie Erik und dem Vogelfänger verabreichen und mir später einen Drogenabhängigen auf den Hals hetzen konnte, dann gibt es nur einen Weg, wie sie überhaupt in seine Hände gelangt sein konnte. PHMA Medic besitzt dieses Zeug – und er hat behauptet, er hätte den Laden unterwandert.«

Michail Parkov zuckte mit den Schultern. »Es gab einige Nachlässigkeiten in den vergangenen Jahren, aber darum werde ich mich persönlich kümmern. Ja, vielleicht hat er das. Vielleicht ist es ihm gelungen, eine biologische Waffe zu erschaffen. Vielleicht erfuhr er es auch direkt von Sorg, Argo hätte ihm die Informationen abpressen und für seine Zwecke nutzen können. Er hat Sorg in Afrika aufgespürt und nach Deutschland gebracht, also besteht die Möglichkeit, dass er auch gleich hier an die Pflanze kam und herausfand, zu was sie sich verwenden lässt.« Michail beugte sich vor. »Ich bin nicht weniger davon betroffen als ihr. Ja, du hast einen lieben Menschen verloren, das war hart. Aber ich suche den einzigen Weg, uns alle zu retten. Also, entweder willst du mich festnehmen und deinen Leuten übergeben oder du hörst mir zu.«

Marie verschränkte die Arme. »Und das ist alles?«

»Natürlich ist das nicht alles. Ihr alle werdet mir eine Verschwiegenheitserklärung unterzeichnen. Ihr werdet nie mehr darüber sprechen.«

»Und wenn nicht?«

»Argo hat noch etwas in der Hinterhand. Er wird meinen Bruder zwingen, etwas für ihn zu tun. Du weißt, wovon ich spreche. Du weißt, was mein Bruder zu tun versucht.« Die smaragdgrünen Augen fixierten sie.

»Sophie hat dir einen Datenträger gestohlen. Daniel soll ihn entschlüsseln.« Sie beugte sich vor. *Wenn er ein Blickduell will*, dachte sie, *ich kann mithalten.* »Was ist da drauf, das der Professor so sehr haben will?«

Michail unterbrach den Blickkontakt zuerst und senkte den Kopf. »Genau das ist der Punkt. Ich kenne den Inhalt nicht.«

»Wie bitte?«

»Es war mein Bruder selbst, der ihn verschlüsselte. Es kann nicht anders sein. Er selbst muss diese Daten an sich genommen haben, damals, als er nach Suzanns Tod nach den Hintermännern suchte. Vielleicht verdächtigte er mich. Ja, es war ganz bestimmt so. Er hat mir seitdem nie mehr voll vertraut.«

»Aber …« Sie schüttelte den Kopf und strich sich eine Strähne hinters Ohr zurück. »Der Inhalt auf dem Speicherstick ist durch ein Rätsel vor jedem Zugriff geschützt. Wir dachten immer, du hättest ihn verschlüsselt.«

»Nein. Aber wer auch immer es war, ich bin mir sicher, dass Daniel die Lösung finden wird. Aber wenn sie dort enthalten ist, die Lösung für das Geheimnis Vadanas, darf sie nicht in fremde Hände fallen. Denn wenn er sie kennt, ist es für ihn ebenso leicht, aus Vadana 2.0 Version 3.0 zu erschaffen – aus einem gefährlichen Gift eine mächtige biologische Vernichtungswaffe.«

»*Unser* Problem? Du meinst wohl, *deins.*« Marie hörte diese Worte, versuchte, all die Wut, all den Zorn zu verdrängen, der sich in ihr aufgestaut hatte. Sie sah auf die grauen Schlieren, die wie Schmutz durch die klare Substanz schwebten. Alles, woran sie denken konnte, war Eriks entsetzter Blick auf diesem Video und Krylov an diesem schrecklichen Dschungelgrab. »Ich bin nur gekommen, um die Wahrheit zu erfahren. Nicht …« Sie unterbrach sich und seufzte. »Das ist alles so schwer zu verdauen. Was in aller Welt willst du von mir?«

»Hilf mir, Leben zu retten.« Michail schien ausgesprochen erleichtert, das konnte sie ihm ansehen. »Und zugleich ein Geheimnis zu wahren. Mehr nicht.«

»Und wenn ich mich weigere, es auf deine Weise zu tun?«

»Es gibt Mittel und Wege, deine Meinung zu ändern.«

Sie starrte ihn an. »Drohst du mir? Du weißt schon, mit *wem* du gerade sprichst, oder? Dass ich das nicht akzeptieren kann? Dass du gerade …«

»… gegen eine ganze Reihe von Gesetzen verstoßen und Straftaten angedeutet hast?« Michail Parkov deutete zum Fenster hinaus. »Sieh sie dir an. Diese Welt ist wunderschön. Sie verdient es, dass man sie bewahrt – mit all ihren Geheimnissen. Ich habe mein ganzes Leben dieser Sache gewidmet. Zwing mich nicht, Dinge zu tun, die ich verabscheue. Also sag du mir: Weißt *du*, mit *wem* du gerade sprichst?«

88.

Sie standen am General Aviation Terminal ganz im Süden des Frankfurter Flughafens, wo sich die Mittagssonne hell in den Glasflächen spiegelte. Eine Lautsprecherdurchsage hallte durch das Gebäude und eine Reihe von Anzugträgern eilte vorüber, die irgendeinen unbekannten Prominenten zum Check-in eskortierte. »So reist man bei den oberen Zehntausend.« Jörg warf einen Blick durch die Verglasung auf die Landebahn. »Ein eigenes Terminal.«

»Ein eigenes, recht in die Jahre gekommenes Terminal«, fügte Parkov hinzu und betrachtete einige verschlissene marineblaue Ledersessel. »Nicht, dass es mich stören würde.« Zum wiederholten Mal sah er auf seine Armbanduhr.

»Nervös?«

»Ihre Maschine landet um zwölf Uhr dreißig«, sagte Parkov. »Es ist gleich so weit.«

»Das beantwortet nicht meine Frage.«

»Das hatte ich auch nicht vor.«

Nachdem die Gulfstream G650 aufgesetzt hatte, war alles, was sie sahen, ein dunkler Wagen, der sich über das Rollfeld dem Terminal näherte. Michail Parkov und seine Leute würdigten ihn keines Blickes, als er an ihnen vorbeieilte und nach draußen verschwand – dann waren Faber und Thomsen da und schließlich Marie, die ein Karohemd und beigefarbene Hosen trug und sehr müde wirkte. Parkov schloss sie fest in die Arme. »Hey, Abenteurerin.«

»Selber hey. Wie viel Zeit haben wir noch?«, fragte Marie.

»Nur noch Stunden. Es wird gleich heute Abend stattfinden.«

»Dann sollten wir gehen. Bringen wir uns auf der Fahrt auf den neuesten Stand und dann muss ich Lucie sehen und brauche ein langes Bad. Ich muss …«, Parkov spürte, wie sie sich an ihm festhielt, als wollte sie ihn nie mehr loslassen, »ein paar unschöne Erinnerungen abwaschen. Danach besprechen wir alles andere.«

»Argo sagt, Krylov wäre auf der Gala anwesend«, erklärte Parkov, nahm Marie ihre Tasche ab und begleitete sie zum Ausgang. »Das war alles, was wir aus ihm herausbekamen, über alle anderen Fragen hat er nur gelacht.«

»Krylov ist tot, Krylov lebt … Er flüsterte *Yuri*, immer wieder diesen Namen, ehe er starb. Yuri wird es zu Ende bringen«, erzählte Marie und stieg neben Parkov auf die Rückbank des Range Rover, der auf der Straße gleich hinter dem Terminal parkte. Münz beschleunigte und folgte dem dichten Verkehr. »Vielleicht ein Angehöriger? Vladimir Krylov, der Terrorist und Schlächter, der vielleicht seinem Sohn sein Handwerk beibrachte? Ihm zeigte, wie man es vermeidet, gefasst zu werden?«

»Elvis, starte eine Datenbanksuche nach Yuri Krylov.«

»Sofort, Sir.«

Parkov reichte Marie sein Smartphone, auf dem er ein Bild aufgerufen hatte, das einen Ausschnitt der unzähligen Papiere und Fotografien zeigte, die Sophie van der Meer in ihrem Versteck zusammengetragen hatte. »Das haben wir noch gefunden, während du fort warst. Unser Freund Krantz hält es für Blödsinn, aber …«

S.O.L.I.T.U.D.E. stand dort. Sophie hatte ein großes Fragezeichen dahintergemalt.

»Und das bedeutet?«

»Ich weiß es noch nicht«, erwiderte Parkov. »Die Punkte hinter den Buchstaben lassen mich auf eine Abkürzung schließen. Vielleicht ist es gar nichts.«

»Sophie suchte Claras Spuren, ihr Grab, ihren Weg bis nach Afrika. Sie hätte das nicht notiert, wenn sie nicht davon ausgegangen wäre, dass …«

»Das nächste Bild, meine Liebe, ist sogar noch besser.«

Marie wischte über das Display und erkannte die Aufnahme vor der Lodge in Afrika mit Solsten, Sorg, Tristan Parkov und den anderen.

»Ich habe es bearbeitet, aufgehellt und analysiert«, erklärte Parkov. »Sieh genau hin. Rechte Seite, zwischen den Bäumen.«

Sie zoomte. Nach einigen Sekunden hatte sie ihn entdeckt und traute ihren Augen kaum: »Ach du, da steht jemand. Ein … ein Jugendlicher.« Zwischen den Bäumen, im Schatten kaum auszumachen, wartete ein junger Mann, der die Versammlung argwöhnisch musterte. *Nein*, dachte Marie. *Sein Blick gilt nur Clara.*

»Dank dir«, fuhr Parkov fort, »haben wir nun auch die passende Identität für ihn.«

89.

Stephen Meyers Anwesen, das alte Refugium der Parkovs, lag am Ende einer langen Zufahrt, die durch akkurat geschnittene Smaragdthujen und jahrhundertealte Eiben führte. Feiner Kies knirschte unter den Reifen des Wagens, der sanfte und für die Jahreszeit noch immer erstaunlich milde Wind blies durch die nur noch spärlich und bunt belaubten Steineichen und Linden, die die Zufahrt wie Wachposten flankierten.

»Wir sind auf Position«, sagte Isabelles Stimme über den Kopfhörer in Parkovs Ohr.

»Und ich bin vor Ort«, erwiderte er. »Seltsam, wieder hier zu sein. Der Hauch der Vergangenheit. Eine verlorene Zeit lebt auf.«

»Daniel? Wirklich poetisch. Denk dran: *Fokus*.«

»Natürlich. Ich versuche, nicht aufzufallen. Nicht mehr als sonst.«

»Dann ist der Wagen ja genau der richtige«, gab Isabelle ironisch zurück. »Wirklich raffiniert.«

Parkov warf einen Blick in den Rückspiegel des Aston Martin One-77. Der Mann, der zurückblickte, war besorgt und verzog von Zeit zu Zeit vor Schmerz das Gesicht. Er konnte gehen, er konnte stehen, die Rippen bandagiert, das Knie funktionierte einigermaßen, doch war das alles, was sie in der Kürze der Zeit erreicht hatten.

»Argo ist unterwegs.« Isabelle klang nervös. »Ich halte das alles für keine gute Idee.«

»Wir müssen Menschenleben retten. Geben wir unser Bestes.« Das war Bodenfeld, die sich in den Funkverkehr einschaltete.

»Keine Heldentaten«, sagte Parkov leise, während er aus dem Aston Martin stieg und den Funkschlüssel einem Angestellten reichte, der den Wagen parkte. »Heute Nacht wird niemand mehr sterben.«

»Wie fühlst du dich?«, fragte Isabelle. »Zur Abwechslung mal die Wahrheit.«

»Es geht schon. Ich laufe, ich springe wie ein junges Reh.« Parkov folgte dem Weg zu dem gewaltigen Anwesen, das Meyer im Frankfurter Südwesten inmitten des Stadtwalds bewohnte. Der klassizistische Stil, die aufragenden Natursteinsäulen aus hellem Kalksandstein, vom Boden durch Strahler beschienen, die sich auf die Fassade richteten. Inmitten der Parkanlage hingen eiserne Laternen mit Naturkerzen von den Bäumen, die die Wege erhellten. Ein beständiges Wispern und Rascheln umgab ihn, fortwährend zu- und abnehmend, wenn der Wind durch die Blätter strich.

»Es ist Irrsinn, was wir hier tun. Ich meine, Argo zu vertrauen. Er kann …«

»Wir vertrauen ihm nicht«, erklärte Parkov. »Wir *durchschauen* ihn.«

»Du weißt nicht, was er plant.«

»Er will auf die Party, er kommt auf die Party. Wenn er aber nicht liefert, wenn er uns den Aufenthaltsort der Geiseln nicht verrät, ist er im Handumdrehen zurück in seiner Zelle.«

»Meyer geht dieses Risiko ein, weil sein Sohn entführt wurde. Er trägt die Kosten. Aber wir …«

»Wir machen das, was wir immer machen: Leben retten.« Er hatte die weite Rasenfläche erreicht, die am Hauptgebäude vorbei und hinunter zu einem weißen Gartenhaus an einem kleinen, künstlich angelegten See führte. Schilf wuchs dort unten, eine Bühne war in der Nähe errichtet worden, daneben Stehtische und das exquisite Catering. Parkov wandte sich dem Haupthaus zu und schritt über die breite Kalksandsteintreppe auf eine überdachte Veranda, auf der sich einige Gäste zusammengefunden hatten. Da entdeckte er sie, allein in den Sonnenuntergang blickend. Marie hatte ein elegantes meerblaues Abendkleid gewählt, das ihre kurvige Figur umschmeichelte, während das dunkelbraune Haar ihr in Locken auf die Schultern fiel. Sie trug hohe schwarze Schuhe und hielt ein Champagnerglas in der Hand.

»Einen Augenblick.« Parkov griff an sein Ohr und berührte den Knopf, der die Funkübertragung unterbrach. »Wir brauchen einige Minuten für uns.« Als er näher kam, bemerkte er, dass ein feuchter Glanz in dem grünbraunen Funkeln ihrer Augen lag. Sie gab sich tapfer, war in Wirklichkeit aber zutiefst besorgt.

»Eigentlich ist der Abend zu schön für dieses Vorhaben.« Marie stellte ihr Glas auf die Brüstung und Parkov bemerkte, dass sie kaum etwas getrunken hatte. »Daniel, bist du dir sicher, was diese Sache angeht, ob wir das Richtige tun? Was immer Argo plant, was immer er hier will, was er euch versprochen hat …«

»Das Leben von drei Geiseln.«

»Gegen deins? Den USB-Stick?« Marie schüttelte den Kopf. »Ich bin noch immer dafür, es zu stoppen. Er wird sein Versprechen nicht halten. Und was den Mörder angeht, der frei herumläuft – wie könnt ihr Argo trauen? Warum darf er hier sein?«

»Wir müssen es wenigstens versuchen«, erwiderte er. »Wir …«

»Nein. Hör mir zu. Du kommst mit *mir*, und wir finden einen anderen Weg.«

»Ist das die Sache, über die du vor den anderen nicht sprechen wolltest?«

»Hör auf. Ich hatte wirklich einige *sehr* lange Tage.« Das Licht der untergehenden Sonne steckte die Baumwipfel in Brand und hüllte den wolkenlosen Himmel in ein glutrotes Feuer, während Maries Blick für einen Moment zu der Dunkelheit huschte, die zwischen den Weißtannen, Steineichen und Rotbuchen der Parkanlage heraufzog. »Ich möchte nicht, dass du dein Leben für etwas riskierst, das niemand von uns versteht. Michail hat erzählt, dass Sorg und euer Vater an dem Projekt Vadana gearbeitet haben, Vadana sich aber als gefährlich herausstellte und nicht als das Heilmittel, das sie suchten: den Weg, DNA so zu verändern, dass sie Gewebe beliebig neu regeneriert – eine bahnbrechende Entdeckung, die alles revolutioniert hätte. Wir glauben, dass Argo es zu Ende bringen will. Dass dieser Stick etwas enthält, das es ihm ermöglicht, die Formel weiterzuentwickeln und die Substanz M-CotroX endgültig in eine noch größere Waffe zu verwandeln. Er sucht nach der Lösung für sein Problem. Nach etwas, das alle Experimente, die er bisher unternahm, wie Kleinigkeiten erscheinen lässt.«

»Und ausgerechnet Michail will das verhindern?« Parkov bemerkte, wie Marie zögerte, kaum mehr als einen Augenblick, doch der genügte ihm. »Du glaubst ihm. Aber was ist mit mir? Du wolltest *mir* vertrauen.«

Marie biss sich auf die Lippe. »Das ist wahr.«

»Er hat dir etwas in den Kopf gesetzt. Oh, ich weiß sehr gut, wie er das macht. Mein Bruder kann sehr überzeugend sein.« Parkov folgte Maries Blick zum Wasser, das sich sanft auf dem künstlich angelegten See kräuselte. »Erinnerst du dich an seine Worte? Du wirst dich entscheiden müssen. Zwischen ihm und mir. Dieser Tag ist nah, Marie. Wir sollen alles abbrechen und Leben in Gefahr bringen? Das klingt nicht nach dir. Sag mir, was hast du in Afrika erlebt?«

Sie streckte eine Hand nach ihm aus, als suchte sie Halt, doch als Parkov diese ergreifen wollte, wich sie ihm aus. »Alles ging so schnell. Es kommt mir vor, als stammt es aus einem wirren Traum. Als wäre ich noch immer dort.« Sie erschauderte.

»Aber du bist nicht mehr dort. Du bist hier, in Sicherheit.«

»In Sicherheit? *Niemand* von uns ist das, schon gar nicht hier.« Marie sah zu ihm auf, und nun entdeckte er zum ersten Mal eine echte Gefühlsregung in ihren Augen. »Es gibt eine andere Möglichkeit, weißt du das?«

Er nickte.

»Wir gehen fort. Wir drei zusammen. Wir lassen uns nicht länger in diese Dinge hineinziehen. Jetzt gleich, Daniel.«

»Willst du das wirklich?«, fragte er. »Denn jetzt klingst du, als würdest du versuchen, *jemand anders* zu sein. Aber das bist du nicht. Du hast Freunde hier, ein Leben, eine Tochter, Familie. Ich dagegen … ich könnte es tun. Ich bin entbehrlich. Ich bin nur ein Mann mit einer altmodischen Vorstellung von Heldentum und viel Geld.«

»Michail sagte, du wärst in Gefahr.« Marie strich behutsam über den Kragen seines Smokings. »Ich werde euch helfen, ich bin nicht hier, um dich umzustimmen, aber du weißt, dass es eine Alternative gibt. Hör auf mich, komm mit mir, und Argo kehrt unverrichteter Dinge in die JVA zurück. Brecht es ab. *Bitte.*«

»Wenn ich mich weigere, was geschieht dann? Werden Michails Leute eingreifen? Was ist sein Plan B? Will er mir den Stick abnehmen?« Parkov schüttelte den Kopf. »Ich kann nicht. Es muss aufhören. Keine Toten mehr. Wir haben, was Argo will: den Datenträger. Er kommt zu uns, er will etwas von *uns*, also nutzen wir diesen Vorteil.« Er berührte seinen Ohrhörer, während Marie ein ohnmächtiges Seufzen von sich gab und ihn mit einem bedauernden Blick musterte, der Parkov schmerzte.

»Das Alpha-Team ist unterwegs«, sagte Isabelle. »ETA in einer Stunde fünf. Sie bringen ihn dann vom Helipad über den Hintereingang ins Haus. Dann wird er wie geplant Meyer treffen.«

»Verstanden.«

»Haltet die Augen offen. Wenn Krylov dort ist …«

»Ihr habt doch die Gäste überprüft«, sagte Marie. »Hier ist niemand, der diesem jungen Mann auf dem alten Foto auch nur ähnlich sieht.«

»Das bedeutet nicht, dass der Abend ruhig verlaufen wird. Wir kennen sein heutiges Aussehen nicht. Vielleicht ist Yuri Krylov nicht hier, sicher aber in der Nähe.«

»Außerdem hast du noch eine Sache vergessen: *Zhúkundu*.«

»Ein Märchen. Es geht um gestohlene Informationen und Menschenleben, mehr nicht.«

Nun wirkte sie erschüttert. »Michail wusste nicht, *wieso* das Zeichen an diesen Tatorten hinterlassen wurde. Macht dir das keine Sorgen?«

»Dann lügt er. Wenn er über Afrika Bescheid weiß, weiß er alles. Er kann das, er ist ein besserer Schauspieler als wir beide.«

»Gott, bist du ein großer, sturer … Du willst das wirklich durchziehen?« Marie stemmte die Hände in die Hüften.

»Was ist in Afrika geschehen?«, fragte er sie zum zweiten Mal.

»Man hat nie aufgehört zu forschen. PHMA Medic wurde nie aufgelöst. Sie arbeiten an Vadana und … Was immer dort auf dem Stick gespeichert ist, darf nicht in die falschen Hände geraten.«

»Das wird es auch nicht«, erwiderte Parkov zuversichtlich. »Wir werden es nicht zulassen. Aber tun wir es auf unsere Weise und nicht, wie Michail es für richtig hält.«

Leise Unterhaltungen und Lachen wehten aus dem Inneren des Gebäudes über den akkurat geschnittenen englischen Rasen. »Dass hier Zivilisten anwesend sind«, sagte Marie, »gefällt mir noch weniger.«

»Mir auch nicht, aber du weißt, das war Meyers Wunsch. Man rechnet es ihm hoch an, all das trotz der Entführung seines Sohnes zu veranstalten und sich nicht einschüchtern zu lassen. Wenn der Täter hier auftauchen sollte, darf er nicht ahnen, dass etwas faul sein könnte, also haben wir Kollegen in Zivil unter den Anwesenden. Nicht so viele, wie ich für richtig befunden hätte, aber du weißt ja, wie das ist. Es ist nicht klar, ob der Professor überhaupt die Wahrheit sagt, was den Abend und die Bedrohungslage betrifft.«

»Extreme Zeiten, extreme …«, begann Marie, doch Parkov nickte nur. Als ein Kellner vorbeikam, sah er ihm nach. »Einer von uns?«, fragte Marie nur.

»Einer von uns.«

Marie runzelte die Stirn. »Du überlegst immer noch, ob Michail versucht, durch mich auf dich Einfluss zu nehmen«, sagte sie, ohne Parkov aus den Augen zu lassen. »Weißt du, ich bin hier, weil Michail mich gebeten hat, dich davon abzubringen, aber er kann mich nicht zwingen, meinen Job zu machen.« Sie trat an ihm vorbei und griff nach einem kleinen Amuse-Gueule auf einer Platte, Wildlachs und frische Kräuter. Ein flüchtiges Lächeln huschte über ihr Gesicht. »Und sind wir mal ehrlich: Du würdest doch keine Minute ohne mich überleben.«

»Leute, ich will eure Unterhaltung ja nicht stören«, meldete sich Isabelle über Funk zu Wort, »aber in wenigen Minuten geht es los. Vielleicht solltet ihr jetzt allmählich …«

»Sind schon unterwegs«, erwiderte Marie kauend. »Alles gut bei euch?«

»Sicher. Du hast leicht reden, du musst ja nicht in dieser Kammer sitzen und einen Monitor im Auge behalten.«

Aus dem Inneren drang ein voluminöser, klangvoller Gong. »Es beginnt.«

»Entschuldige mich einen Augenblick«, sagte Marie und mischte sich mit einem Lächeln und einem koketten Augenaufschlag unter die anwesenden Gäste. Parkov folgte dem Besucherstrom über den Marmorboden in die Eingangshalle. Parfümduft lag in der Luft. Hier und da warf man ihm einen Blick zu, was auch an seinem Hinken liegen mochte, hier und da tuschelte man, als man ihn bemerkte. Da war Franz Leland, mit dem er sich flüchtig unterhielt, aber auch Krantz, der nur an ihm vorbeiging und ihn vollkommen ignorierte.

Aus den unsichtbaren Lautsprechern ertönte eine verstärkte Stimme. »Willkommen«, sagte Stephen Meyer. Parkov wandte sich um und sah, dass sich die Aufmerksamkeit der Anwesenden auf eine sich sanft nach oben schwingende Treppe aus weißem Marmor richtete, auf der gerade Stephen Meyer höchstselbst erschienen war. »Willkommen.« Neben ihm stand seine Frau, beide wirkten gefasst, doch war es Parkov, als könnte er in diesem gezwungenen Lächeln einen Blick auf ihre Seelen erhaschen: voller Schmerz und Bedauern. Die letzten Worte, die sie an ihren rebellischen Sohn gerichtet haben mussten, ehe er entführt wurde, waren keine besonders freundlichen gewesen.

»Auch wenn es kein angenehmer Anlass ist, ich bin froh, dass so viele zusammengekommen sind. Das ist eine wichtige, eine gute Tat, die Sie alle mit Ihrer Anwesenheit vollbringen. So können wir diesem Verbrecher zeigen: Wir weichen nicht zurück. Wir sagen: bis hierhin und nicht weiter. Dafür möchte ich Ihnen allen danken. Alles Geld, was heute eingenommen wird – die Auktion später am Abend und so weiter, Sie wissen schon –, kommt dem neu geschaffenen Meyer International Fund zu, einer Stiftung, mit der wir die Opfer von Gewalttaten unterstützen und ihnen und den Hinterbliebenen einen Weg zurück in ein normales Leben ermöglichen wollen.«

Applaus brandete auf. Meyer legte seiner Frau einen Arm um die Schulter. »Eigentlich wollte ich noch eine ganze Weile weitermachen, große Worte und so weiter, aber Sie wissen ja, wie das ist. Haben Sie einfach einen schönen Abend!«

Parkov sah ihm an, dass Meyer ihn entdeckt hatte. Dieser beugte sich zu seiner Frau und flüsterte etwas in ihr Ohr, dann machte er kehrt und stieg die Treppe hinauf, die sich in den oberen Stockwerken verlor. »Sieht ganz danach aus, als würde er sich schon jetzt zurückziehen«, sagte Parkov leise. »Wo ist Argo?«

»Unterwegs«, bestätigte Isabelle über den In-Ear-Kopfhörer, »und im Zeitplan.«

»Die Posten an den Ein- und Ausgängen?«

»Alles ruhig. Daniel, entspann dich.«

Parkov sah sich weiter um. Das Parfüm, die Männer in den Smokings, die Frauen in ihren Abendkleidern, all die Dinge, denen er seit Jahren ferngeblieben war … und dahinter, nicht in Worte zu fassen, nur zu spüren wie eine dunkle Bedrohung, die über allem schwebte, etwas anderes. »Entspannen? Dafür gibt es keinen Grund. Nicht, ehe alles vorbei ist.«

90.

Die würzig riechende, herbstliche Abendluft wehte um ihre Schultern und spielte mit ihrem Haar. Marie war einen Korridor, den einige Hausangestellte nutzten, um das Catering in die Säle zu transportieren, entlanggegangen und hatte einen kleinen Seitenausgang entdeckt, durch den sie das Gebäude verlassen konnte. Für einige Momente hatte sie inmitten all der Menschen das Bedürfnis gehabt loszulaufen, fort von hier, nur fort. *Parkov hat bemerkt, wie du dich wirklich fühlst.*

Wenn sie die Augen schloss, sah sie die tropische Lichtung und Vladimir Krylov, wie er auf die schwarze Erde starrte und kurz darauf vor ihren Augen starb. *Du musst den anderen stoppen:* Die Worte des Tutonga-Anführers wiederholten sich wieder und wieder in ihrem Gedächtnis.

Marie zupfte an dem einfachen Lederband des Amuletts, das sie aus Afrika mitgebracht hatte. Etwas hatte sie gedrängt, es heute Abend zu tragen. Vielleicht ein Instinkt, eine Vorahnung, das wusste sie nicht genau. Aus einem angekippten Fenster drang leise Musik, und als sie wieder aufblickte, schien es ihr, als bewegten sich über den zum See und Wald hin abfallenden Rasen Gestalten hin und her. Silhouetten in der heraufziehenden Dunkelheit.

»Mach dich nicht verrückt«, versuchte sie, sich selbst zu beruhigen. Sie öffnete die Tür, um wieder hineinzugehen, und stieß beinahe mit Parkov zusammen.

»Meine Güte, mach doch so was nicht.«

»So was?«

»Mich erschrecken.« Sie sah ihn an. Parkov wirkte so, als müsste er sich beständig darauf konzentrieren, nicht an die Schmerzen zu denken, die er angesichts seiner gebrochenen Rippen verspürte. »Was für ein Team wir doch sind. Du kannst kaum laufen und ich sehe Gespenster.«

»Dabei waren die Gespenster mein Privileg«, erwiderte er.

Marie hob interessiert die Brauen.

»Suzann. Und in den letzten Tagen, als ich nach Iljin gesucht habe, war da ein Mädchen. Ich dachte, ich würde sie erkennen, aber ich weiß nicht, woher.« In der Ferne wechselte die Band zu einem langsameren Stück, und im selben Augenblick huschte ein warmes Lächeln über sein Gesicht. »Das klingt gut. Weißt du, ich dachte über mein Verspre…«

Marie legte eine Hand auf seine Wange. »Ich glaube nicht, dass wir *jetzt* dafür Zeit haben. Später, Daniel. *Versprochen.*«

»Du hast recht«, erwiderte er. »Wir sollten gehen und Meyer treffen. Argo wird gleich hier sein.«

Sie folgten einem mit kühlem Marmor ausgekleideten Flur. Dunkel war es, eine brütende Finsternis, die die Wände selbst abzustrahlen schienen. Ein riesiges Ölgemälde hing vor der geschwungenen Treppe, die sie nach oben zu ihrem Treffpunkt führte. Der Künstler zeigte eine strahlend helle, engelsgleiche Gestalt, die sich einer herannahenden Dunkelheit entgegenstellte.

»Ein echter Stimmungsaufheller.« Parkov legte ihr eine Hand auf den Arm. »Warte.«

»Was denn?«

»Er hat es vorausgesehen«, sagte Parkov ernst. »Michail wusste, wie ich reagieren würde. Und auch, dass du nicht umkehren würdest. Streite es nicht ab.« Marie hielt seinem Blick stand. Eine Reihe von Gedanken schoss durch ihren Kopf, doch war nicht einer von ihnen einer Antwort würdig.

»Sag mir die Wahrheit. Spielen wir hier das alte Spiel? Wir sind keine Jungs mehr, das sollte er wissen.« Parkov deutete zur Tür, die irgendwo weit hinter ihnen lag. »Du kannst immer noch umdrehen.«

»Nein. Nein, das werde ich nicht. Du hast es nicht gesehen. Du warst nicht dort. Und ja, er wusste es. Es ist der einzige Weg, hat er gesagt.«

»Der einzige Weg wofür?«

Marie lächelte traurig, griff nach Parkovs Hand und drückte sie kurz. »Um dir das Leben zu retten. Und wenn es jetzt an mir liegt, nachdem du meines gerettet hast, hoffe ich, du vertraust mir.«

Sie stiegen wortlos eine Treppe hinauf. Der Marmor schimmerte fremdartig im Zwielicht dieser Hallen, die Teppiche waren bordeauxrot wie ausgegossener Wein.

»Es ist still.« Marie sah zu Parkov, der um eine Ecke spähte. Seine Hand wanderte unter den Smoking zur Waffe. Sie spürte, wie ihr Herz pochte, ehe sie nach ihrer eigenen Pistole in der Handtasche griff.

Dann hörte sie Parkov leise in das Kehlkopfmikrofon sprechen: »Ich treffe jetzt Meyer. Haltet euch bereit – für alle Fälle.« Dann stieß er die Türflügel auf und das massive Eichenholz schwang nach innen.

Stephen Meyer erwartete sie in einer in dunklen Farben gehaltenen Bibliothek, die einen Großteil des Ostflügels des zweiten Stocks einnahm. Parkett, Ölgemälde an den Wänden, bronzene Stehlampen warfen Licht über das dunkle

Nussbaumparkett. Schwere rote Brokatvorhänge verhüllten die Fenster und sperrten die untergehende Sonne aus.

Marie versuchte, sich vorzustellen, wie Daniel und Michail hier die Kindheit mit ihren Eltern verbracht hatten. Wie sich die beiden Jungen gefühlt hatten, als ihre Eltern starben, wie man sie auf ein Internat geschickt hatte.

»Sie wollten allein kommen«, sagte Meyer und musterte Marie argwöhnisch. *Er wirkt wie ein Mann, der niemandem mehr vertraut. Was man ihm nicht übel nehmen kann.*

»Stephen Meyer«, ergriff Parkov das Wort, »das ist meine Kollegin Marie Winter von der Frankfurter Mordkommission. Wir werden hier in diesem Raum mit Argo sprechen.« Parkov sah sich um. »Und die Bedingungen der Geiselübergabe aushandeln. Wie er es verlangt hat.«

Meyer nickte. Seine Augen glichen zwei dunklen Kieselsteinen, sein Blick war unruhig, nie verharrte er lang an einer Stelle. Gehetzt ging der Mann auf und ab und spähte zwischen den Vorhängen hindurch auf das Gelände. »Ich will meinen Sohn zurück. Mehr nicht.« Meyer trat zu einem mächtigen Globus, der zwischen zwei Bücherwänden stand, klappte ihn auf und nahm eine Flasche.

»Ich halte das für keine gute …«

»Ich werde in meinem Haus tun, was mir beliebt«, erwiderte Meyer frostig, goss sich einen Whisky ein und gab einige Tropfen Wasser hinzu. Dann trank er. Marie bemerkte, wie Parkov ihn und den Globus nachdenklich musterte.

»Wann kommt er?«

Parkov griff nach dem Kehlkopfmikro. »Bringt ihn rein.«

Wenige Minuten verstrichen, Marie spürte die allseitige Unruhe und Nervosität zunehmen. Endlich schwangen die Türen abermals auf, als eine Gruppe von Männern eintrat: fünf maskierte Polizisten eines Spezialeinsatzkommandos, die einen Gefangenen in ihrer Mitte führten.

Der Professor trug eine Zwangsjacke, seine Hände waren hinter seinem Rücken verschnürt, auf seinem Kopf saß eine Kapuze, auf den Ohren große Kapselgehörschützer, die jedes Geräusch von ihm fernhielten. Seine Füße waren mit Fesseln zusammengebunden, sodass er, von den beiden Beamten zu seinen Seiten geführt, nur kleine Schritte machen konnte.

Einer der Männer warf einen irritierten Blick in Maries Richtung.

»Sie gehört zu mir«, sagte Parkov. »Ich besitze volle Autorisierung seitens der Einsatzleitung. Verlasst jetzt den Raum.«

Die Beamten verschwanden nach draußen, und als sie die Tür geschlossen hatten, nahm Parkov die Kapuze und den Gehörschutz vom Kopf des Professors.

Für einen Augenblick war sich Marie sicher, dass sich unter der Kapuze ein Fremder verbergen würde und Argo es auf irgendeine absurde Weise geschafft hätte zu entkommen, seinen Platz zu tauschen. Doch so war es nicht: Hier stand er. Kaum mehr als fünf Meter entfernt, der Mann, der sie zu seinem Vergnügen und zu Parkovs Qual mit Leichtigkeit getötet hätte. Sie hatte gehofft, ihn nie wieder sehen zu müssen.

Mads Argo räusperte sich, als Parkov einen Schritt zurücktrat. Das blonde Haar des Professors hing in ungewaschenen Strähnen von seinem Kopf. Er roch nach Schweiß. »Du bist wirklich gekommen«, sagte er heiser. »Das bewundere ich.« Dann fand sein Blick Stephen Meyer und schließlich sie. »Wow. Fast wie früher.«

Parkovs Stimme klang autoritär. »Jonas Meyer. Sophie van der Meer und ihre Tochter Sina. Wo sind sie?«

»Hast du etwas für mich?«

»Etwas?« Parkov griff in sein Smokingjackett und holte den USB-Stick hervor. Marie war es, als wäre eine Ewigkeit vergangen, seit sie ihn an jenem Abend im Museum in Rotenbergers Hand entdeckt hatten. »Vielleicht das? Wo sind die Geiseln?«

Argo drehte sich um und näherte sich dem großen Spiegel, der an der westlichen Wand zwischen zwei Bücherregalen hing. Dann klirrte er mit den Handschellen, die seine Hände hinter dem Rücken zusammenhielten. »Weißt du noch, was ich zu dir gesagt habe? Das Ende, das du stets gefürchtet hast, kommt immer näher. Wenn wir uns wiedersehen, hat es dich eingeholt.«

Parkov schwieg.

»Ihr wisst, wem dieses Haus früher gehört hat? Du weißt es, Stephen, nicht wahr?« Er schenkte Meyer ein joviales Lächeln, als wären sie alte Freunde. »Du hast es ihnen schließlich abgekauft.«

»Den Parkovs«, erwiderte Meyer mit rauer Stimme.

Marie machte einen Schritt auf ihn zu. Der Mann war drauf und dran, sich auf Argo zu stürzen und auf ihn einzuprügeln.

Argo drehte sich zu Parkov um. »Hilfst du mir mal? Nimm mir die Fesseln ab und zeig mir den Stick. Dort steht ein Notebook, sicher von euch vorbereitet – schließ ihn dort an.«

»Das wird er nicht tun.« Marie legte eine Hand auf Parkovs Arm. »Wo sind die Geiseln?«

Argo legte den Kopf schief. »Vielleicht hier, vielleicht da.«

»Ich könnte es aus dir rausprügeln, du Freak«, stieß Meyer hervor. Er ballte die Fäuste, weiß traten die Fingerknöchel unter der Haut hervor.

»Nein«, ging Marie dazwischen. »Das würde nichts nützen.«

Argos Blick wanderte von ihr zu Parkov. »Wie ehrenhaft wäre es, einen Gefesselten zu foltern? Oh, ich hab vergessen, das habt ihr ja schon versucht! Spiel mit oder ihr werdet sie nie wiedersehen.«

Parkov tat, was er verlangte. Wenige Sekunden später wurde der Monitor hell. Das Eingabefeld erschien, darüber das Rätsel, das auf seine Lösung wartete.

Es ist eine Wahrheit, die du tief in dir eingeschlossen hast.

Erinnere dich. Sie ist die Lösung.

Und wenn du sie eines Tages vergisst, komm zurück an den Ort, an dem alles begann.

»Denk an deine Sünden, Parkov«, sagte Argo gedehnt. »Wir sind hier, um zu verhandeln, aber vergesst nicht: Ich halte die Fäden in meiner Hand, und das trotz meiner Fesseln. Ihr habt zwei Möglichkeiten: Erstens, du gibst das Passwort ein und entschlüsselst die Daten, die Sophie deinem Bruder gestohlen hat. Ich werde den gesamten Inhalt des Datenträgers an mich nehmen und ihr erhaltet den Aufenthaltsort der Geiseln.«

Meyer fluchte. Ein bedrohliches Funkeln lag in seinen Augen, als überlegte er, wie lange er ihm noch zuhören wollte. Marie umfasste die Pistole in ihrer Hand fester.

Wie in aller Welt will Argo diese Daten, selbst wenn sie Informationen enthalten, die ihm bei der Entwicklung der Waffe, Vadana 3.0, helfen könnten, hier rausschaffen?

»Und die zweite Möglichkeit?« Parkov stand da, die Arme an seinen Seiten, aufrecht, abwartend. Was er dachte, war unmöglich zu erahnen.

»Das ist leicht. Du *gestehst*. Geh da raus und sag ihnen, dass du die Morde begangen hast, um Parkov Industries zu schützen, und ihr könnt den Stick behalten. Wo die Geiseln versteckt sind, verrate ich euch auch. Ist das nicht verlockend?«

»Du bist wahnsinnig«, sagte Meyer. »Du bist …«

»Mehr als das.« Argo schüttelte den Kopf und legte einen Finger an die Lippen. »Also, Parkov, triff deine Wahl.«

»Schluss damit!«, rief Meyer. »Wir schließen die Türen und holen es aus ihm raus!«

»Oh, das ist wirklich interessant.« Argo schüttelte den Kopf, als ertrüge er diese Einfalt nicht. »Dabei übersiehst du, dass die Geiseln nur noch *eine* Stunde zu leben haben. Und eines kann ich dir versichern, alter Mann, in einer Stunde wirst du kein einziges Wort von mir erfahren.«

Meyer schrie vor Zorn, doch Marie packte ihn bei der Schulter und hielt ihn zurück, ehe er sich auf Argo stürzen konnte. Meyer war dürr, ausgemergelt, als hätten die Tage, in denen sein Sohn verschwunden war, all seine Kraft aufgezehrt.

»Bleiben Sie weg von ihm!«, rief sie.

»Wieder einmal enttäuschst du mich«, sagte Parkov zu Argo, doch jetzt klang seine Stimme heiser und angeschlagen. »Du hast die *dritte* Variante vergessen.«

»Die wäre?« Argo legte den Kopf schief. Abwartend, lauernd.

»Ich weigere mich. Und du bekommst nichts. Nichts als die Erlaubnis zu sterben.«

»Ah«, entgegnete der Professor, »du begreifst, dass es zu gefährlich ist, mir die Formel für eine tödliche Biowaffe in die Hand zu geben. Ich kann das nachvollziehen. Aber dann werden Menschen sterben, nicht nur die drei Geiseln. Es gibt Überraschungen, und du weißt noch immer nicht, wer die Morde in der Stadt begeht. Es wird schlimmer. Und mit Sophie van der Meers Tod ist alles, was du suchst, für immer fort.«

»Von mir aus«, Parkov blieb ungerührt.

Als Argo wieder aufblickte, sah Marie in seinen Augen nichts als brodelnde, abgrundtiefe Dunkelheit. »Für eine Sekunde, Parkov, für *eine* Sekunde hattest du mich. Aber du bist kein Spieler. Du bluffst nur. Weißt du, ich habe mich *doch* geirrt – du und ich, wir sind uns nicht ebenbürtig. Du bist nur ein gewöhnlicher Mann, mehr nicht. Wie enttäuschend.« Er drehte sich um, nun klang er zornig. »Du willst dich nicht entscheiden? Gut. Weißt du, ich bin überzeugt, dass du weder den Aufenthaltsort der Geiseln noch das Passwort kennst. Das ist ärgerlich, aber ich komme damit zurecht. Ich kenne einen Weg, dich zu überzeugen, eine *vierte* Lösung. Etwas, das einem Genie wie dir, Parkov, zur Ehre gereichen sollte, etwas, das deinen Mut erfordert.«

Marie drehte sich um. Parkov und der Professor standen einander gegenüber. *Parkov, der Outlaw*, kamen ihr Alex Thomsens Worte in den Sinn. Ein Duellant im letzten Licht der untergehenden Sonne auf einer staubigen Straße. Das Abendrot umgab ihn wie ein Kranz aus Licht, während die Schatten, die Argo umfingen, auf der anderen Seite der Bibliothek standen.

»Rede.«

»Wir drei, Marie, du und ich. Wir begeben uns gemeinsam auf eine Reise. Den letzten Punkt dieser großen Jagd von Spur zu Spur. Ich möchte dir etwas zeigen. Nur eine Sache, die dir deine Augen öffnet. Dann darfst du mit mir tun, was du willst, mir sogar das Versteck der Geiseln entlocken. Ich sehe dir an, dass es dir in den Fingern brennt. Du bist zornig. Das ist gut.«

Parkov starrte ihn an. »Welcher Ort?«

»Suzann Mirandier kannte ihn gut.« Nun war das vorgespielte Lächeln von seinem schmalen Mund verschwunden. »Schlägt der Name eine Saite an? Weißt du, was dein eigener Bruder getan hat?«

Marie griff nach Parkovs Arm und schüttelte energisch den Kopf. Sie tauschten einen stummen, langen Blick. *Nein. Sag einfach Nein.*

Einen Herzschlag lang war sie überzeugt, Parkov würde ablehnen. Dann veränderte sich der Ausdruck in seinen eisblauen Augen. Er hatte eine Entscheidung getroffen.

Plötzlich klickte es hinter ihnen. Ein lautes, metallisches Geräusch, wie der Hahn einer Waffe. »Niemand geht hier irgendwohin.«

91.

Sie fuhr herum und sah, wie Meyer, der sich vom Globus wieder zu ihnen umdrehte, eine Pistole hob. Dunkler Stahl, schallgedämpft. Sie spürte, wie eine Schockwelle über ihren Körper lief. *Wir haben Meyer überprüft. Wir haben ihn …*

Stephen Meyer richtete den Lauf in ihre Richtung. »Der Raum ist gesichert worden, ehe man Argo gebracht hat, aber dieser alberne aufklappbare Globus nicht.«

Nein. Marie spürte, wie ihnen die Kontrolle über die Situation entglitt. *Hilf mir, ein Geheimnis zu wahren.*

»Winter! Legen Sie die Pistole weg.«

»Was in aller Welt machen Sie da? Sind Sie übergeschnappt? Er hat Ihren Sohn!«

»Ich wiederhole mich nicht!«

Mit wachsender Beunruhigung legte sie ihre P30 auf den Boden. Meyer hob die Waffe auf, ging zu dem Tastenfeld unter dem Monitor und drückte einen Knopf. Sie hörte, wie sich hinter ihnen alle Türen verriegelten, ein elektrisches Summen erfüllte den Raum.

»Parkov hatte damals alle Zeit der Welt, den Professor ein für alle Mal auszuschalten, stattdessen ließ er ihn davonkommen. Er hat weitergemacht, sich in seiner Rolle gefallen, den großen Ermittler zu spielen. Er hat so viel riskiert …«

»Das ist doch Blödsinn! Wir haben Argo vor Gericht gebracht, er wurde ordentlich verurteilt!«

»Manchmal ist das nicht genug.«

Argo lachte. »Weißt du, Parkov, es ist essenziell, immer noch einen Trumpf bereitzuhalten. Meiner ist *der* – ein Vater, der seinen Sohn zurückwill, koste es, was es wolle, bereit, alles zu tun, auch wenn du dich weigerst. Sag mir, was ist *deiner*?«

Parkov streckte den Arm aus und machte einen Schritt zur Seite, stellte sich in die Schusslinie zwischen Meyer und Marie, doch galt seine Aufmerksamkeit Argo. »Du hast recht: *Wir* sind uns nicht ähnlich. Du hast jemanden, der ein Beispiel für diese Menschen, für diese Stadt hätte sein können, aufrecht und willensstark angesichts dieses Terrors, auf dein Niveau hinuntergezogen.«

»Hast du erwartet, dass ich fair spiele?«

»Wie …« Marie war es, als rückten die Wände näher »Wie meint er das?«

Im Hintergrund veränderte sich die Anzeige auf dem Monitor. Anstelle des Eingabefelds erschien ein Video: Wieder war die Marionette zu sehen, die an ihren Fäden vor der Kamera auf und ab ging. Unscharf waren dahinter die Gitterstäbe einer Zelle auszumachen und die Silhouetten von Sophie und Sina van der Meer. Doch es war nicht zu erkennen, ob es sich um eine Aufzeichnung handelte oder … Dann schwenkte die Kamera von der Marionette auf einen wackligen Stuhl und langsam weiter aufwärts. Jonas Meyer stand darauf. Starr vor Angst blickten seine Augen in die Kamera. Ein Strick lag um seinen Hals, er stand auf Zehenspitzen und konnte sich kaum noch auf dem Stuhl halten.

»Er wird schwächer«, kommentierte Argo. »Es bleibt nicht mehr viel Zeit. Vielleicht noch ein paar Minuten, ehe ihn seine Kraft verlässt. Rache treibt einen Menschen an. Rache motiviert mehr als alles andere. Die Rache eines Vaters. Dem lieben

Stephen hier habe ich versprochen, dass er seine Rache bekommen wird, wenn es ihm nur gelingt, mich herzubringen.« Der Professor wandte sich Stephen Meyer zu. »Wir gehören dir. Parkov und Winter wären ebenso schuld an diesem Tod wie ich. Also bestrafe uns.«

Marie spürte, wie ihr Magen schlingerte, und machte einen taumelnden, erschreckten Schritt zur Seite, während sie sich selbst einen Laut der Verzweiflung ausstoßen hörte. *Sina.* Sophies kleine Tochter. Ihr Gesicht hinter der Heckscheibe des BMW, der im Main versank.

Dieses erleichterte Lachen, die Tränen in ihren Augen, als sie das rettende Ufer erreichten. Der Ausdruck von Hoffnung in ihrem Gesicht auf der Videoaufnahme, eingesperrt zwar, doch mit ihrer Mutter vereint. Der Glaube, dass alles gut werden würde. Wie oft hatte Sophie ihr diese Worte wohl zugeflüstert, als sie sich in dieser Zelle aneinandergeklammert hatten?

Marie stieß Parkovs Arm beiseite, stürmte auf Argo zu, warf sich auf ihn, stürzte ihn zu Boden und packte seinen Hals. Sein Kopf schlug wieder und wieder auf das Parkett gefesselt, wie er war, konnte er sich nicht wehren. Sie hörte Meyer etwas rufen, spürte Hände, die sie wegzerren wollten. Aber sie drückte zu. Lehnte sich nach vorn, mit aller Kraft, und umschloss seinen Hals mit ihren Händen. »WO SIND SIE?«

Die grünen Augen des Professors schienen zu frohlocken.

Jäh traf sie etwas Hartes am Hinterkopf. Ein scharfer, durchdringender Schmerz, ein Lichtblitz vor ihren Augen. Sie kippte zur Seite, fiel auf das Parkett, versuchte jedoch sofort, sich wieder aufzurichten.

»Lass ihn«, sagte Meyer und richtete den Lauf der Waffe auf den Professor. Tränen standen in seinen Augen. »Er hat recht. Das hier … das steht niemandem zu, nur mir.«

Dann hörte sie es. Das Geräusch großer Helikopterrotoren drang von draußen herein. Marie rollte sich herum. Durch die herabgelassenen Jalousien, die ein Streifenmuster aus Licht und Schatten auf den Boden malten, konnte sie den Schatten eines herannahenden Hubschraubers ausmachen, der wie ein mächtiger Raubvogel auf sie herabstoßen wollte.

»Parkov kann deinen Jungen nicht retten«, sagte Argo und atmete heftig. Rote Flecken übersäten seinen Hals. »Er allein trägt die Schuld an seinem Tod. Töte ihn zuerst. Das ist nur gerecht, töte ihn, dann lasse ich deinen Sohn vielleicht gehen.«

»Er lügt. Er wird sein Wort nicht halten.« Parkov fixierte Meyer. »Wenn du einen Schuldigen suchst, dort hockt er. Aber die einzige Chance, die Jonas und Sophie und ihrer Tochter bleibt, bin *ich*. Lass mich die Geiseln finden.«

»Das kann er nicht«, höhnte Argo. »Das *wird* er nicht. Die Wahrheit stirbt mit ihnen, Parkov.« Er sah Meyer durchdringend an. »Dein Sohn weint wie ein Mädchen, jetzt, wo er seinen Tod kommen sieht.« Schließlich wandte er sich an Marie, indem er seine moorgrünen Augen auf sie richtete. »Du kämpfst, das ist gut. Du wirst all deinen Mut brauchen. Erinnerst du dich, was ich zu dir gesagt habe, als wir uns das letzte Mal gegenübersaßen? *Angst*. Nichts als die nackte Emotion, von allem anderen befreit. Hörst du es?« Er legte den Kopf schief, tat, als lausche er andächtig dem Geräusch des Helikopters. »*Dort kommt sie.*«

Meyer stieß einen gequälten Laut aus, in dem nichts als Verzweiflung lag. »Bitte nicht«, sagte Marie mit bebender Stimme. Sie sah zu Parkov, der eine Hand ausgestreckt hatte, als wollte er nach der Waffe in Meyers Faust greifen. »Bitte nicht.«

Sekunden verstrichen. Marie sah Meyers Zeigefinger am Abzug zittern, seine Züge waren schmerzverzerrt. »Parkov«, stieß er dann hervor, »geh zur Wand.«

»Nein«, rief Marie panisch, »nein!«

»Zur Wand!« Meyer berührte eine Taste, worauf sich ein Teil des Bücherregals an der östlichen Wand mit einem leisen, mechanischen Klicken zur Seite schob. Dahinter öffnete sich ein schwarzer Durchgang, der ins Nirgendwo zu führen schien. »Argo, Parkov, Winter, ihr geht voran. Los!«

»Ich weiß, wer das ist.« Parkov reagierte ungerührt und spähte zwischen den Vorhängen hindurch. »Schwarzer Hubschrauber mit silberner Kennzeichnung, eine Maschine von Parkov Industries. Michail will seinen Datenträger zurück, jetzt, da Marie sich anders entschieden hat.«

»Los, hab ich gesagt«, rief Meyer unnachgiebig, doch weiter kam er nicht, denn im selben Augenblick erlosch das Licht im Inneren der Bibliothek. Marie sah nicht einmal mehr die Hand vor Augen, doch sie spürte, wie Parkov instinktiv ihren Arm packte und sie nach vorn zog. Die Pistole in Meyers Hand ging los, das Mündungsfeuer war grell in der Dunkelheit. Jemand stöhnte, Metall klirrte. Hinter ihr schlug eine Tür ins Schloss.

»Hier entlang!«, rief Parkov in der Dunkelheit, die nur durch kleine Fußleuchten durchbrochen wurde. Marie sah, dass Parkov Argo gepackt hatte und ihn vorwärtsschob. »Wir haben nur ein paar Minuten, bis er die Tür wieder öffnen kann.« Sie stiegen eine Spiraltreppe nach oben, bis Parkov eine nüchterne weiße Tür öffnete, worauf sie sich auf dem Dach des Anwesens wiederfanden. Die tief stehende Novembersonne blendete sie: ein glutroter Ball, der in wenigen Minuten am Horizont versunken sein würde. Zwei Tauben erhoben sich aufgeschreckt flatternd in die Luft, als sie über das Dach in Richtung Helipad rannten. Marie zwang sich, nicht hinunterzublicken.

»Was ist da los bei euch?« Isabelles Stimme aus dem In-Ear-Hörer in Maries Ohr klang mehr als beunruhigt.

»Die Frage ist wohl eher, was ist los bei eu…« Entsetzt hielt Marie inne. Schreie hallten vom Gelände zu ihnen herauf, über den Rasen rannten Menschen – hinter ihnen schemenhafte Gestalten mit Sturmgewehren, die sie vor sich hertrieben, ins Haupthaus hinein. Schüsse fielen, Marie sah einen Mann ins Gras stürzen. Auch aus dem Gebäude vernahm sie nun schnelles Feuer aus automatischen Gewehren, dazwischen Pistolenschüsse.

»Jemand hat gerade die Stromversorgung abgeschaltet«, rief Jörg dazwischen. »Wir werden angegriffen. Ich wiederhole, Schussabgabe aus mehreren Waffen und außerdem …« Nur noch Rauschen.

Der Helikopter schwenkte herum, sank tiefer, bereit zur Landung. *PI* war in silbernen Lettern auf dem schwarzen Rumpf zu lesen. »Hierher«, sagte Parkov, und Marie konnte den harten Backstein durch den Seidenstoff ihres Kleids fühlen, als er ihr bedeutete, hinter einem hoch aufragenden Schornstein in Deckung zu gehen. Er hatte die P99 auf Argo in seiner Zwangsjacke gerichtet und zwang ihn, sich neben sie zu knien. Erst jetzt bemerkte sie, dass der Professor aus einer Wunde an seinem Oberarm blutete, die von dem Streifschuss aus Meyers Waffe stammen musste. Parkov griff in seinen Smoking und zog eine zweite Pistole, eine P30, aus seinem Schulterholster und reichte sie Marie.

»Was machst du denn?«

»Ich minimiere unser Entdeckungsrisiko. Bleib unten.«

»Isa?«, fragte sie, doch Marie erhielt keine Antwort. »Hast du noch Kontakt zum Westflügel? Zu unseren Leuten?« Parkov schüttelte den Kopf.

»Was hast du vor?«, fragte Marie.

»Warten wir auf die Neuankömmlinge.«

»Ich hoffe, du hast den Stick nicht vergessen.«

Parkov hob zur Bestätigung die Hand. Der silberne Datenträger funkelte im Licht der letzten Sonnenstrahlen und Argo, der ihren Wortwechsel mit einem dünnen Lächeln beobachtet hatte, lachte nun von Schmerzen gepeinigt auf.

»Was jetzt?«

»Wir machen einen Ausflug.« Parkov warf Argo einen Blick zu. »Du beobachtest mich schon so lange. Vielleicht hast du wirklich gehofft, dass Meyer dich tötet und mit dir die letzte Spur zu Sophie und ihrer Tochter verloren geht, vielleicht wolltest du uns dieses Wissen vorenthalten. Doch die Wahrheit ist noch immer da, und jetzt werde ich sie mir holen.« Der Ausdruck in seinen Augen, als er in den Abendhimmel blickte, war der eines Mannes, der dem Tod ins Auge sah. »Vorhin sagtest du, Suzann *kannte* diesen Ort.«

»So ist es.«

»Der Ort, an dem alles begann – wie es im Rätsel heißt –, der Ort, zu dem ich zurückkehren soll. Doch der liegt nicht in Afrika. Ich denke, es ist dort, wo wir uns zum ersten Mal begegneten, Suzann und ich.«

»Und wenn er lügt? Wenn es eine Falle ist, Daniel?«

»Es ist ganz sicher eine Falle. Aber ich muss es wissen, solange noch eine Möglichkeit besteht, Sophie und ihre Tochter zu befreien.«

Maries Herz pochte heftig, während sie beobachtete, wie die Angreifer – sie zählte etwa fünfzehn schwarz gekleidete Gestalten mit Sturmgewehren – die letzten Gäste ins Innere trieben. Ihnen blieb nicht mehr viel Zeit.

Der Hubschrauber setzte auf dem Helipad auf. Die Rotorblätter wirbelten Staub auf und rissen kleine Steine in die Luft, die wie Geschosse über das Dach fegten. Die Seitentür öffnete sich, ein Mann wurde herausgestoßen, der sich mit bloßen Händen kaum auf dem harten Untergrund abfangen konnte, als er stürzte. Michail Parkov.

Hinter ihm sprang eine mächtige, hoch aufragende Gestalt aus dem Helikopter – genau in dem Moment, als die Sonne endgültig am Horizont verschwunden und das Licht so fahl und schwach geworden war, dass sie sein Gesicht nicht erkennen konnten. Der Fremde richtete sich zu voller Größe auf und packte Michail Parkov am Hals. Mit unbändiger Kraft hob er Parkovs Bruder wie ein Spielzeug vom Boden.

»Er muss es sein«, sagte Parkov. »*Yuri Krylov.* All die Zeit haben wir ihn gejagt, von van der Meers Villa über London bis nach Afrika. Aber jetzt ist er endlich hier.« Er hatte die Waffe noch immer auf Argo gerichtet, der mit geschlossenen Augen, kaum mehr bei Bewusstsein, an den Steinen lehnte, während das Blut die Zwangsjacke rot färbte. »Kein Laut. Wag es nicht.« Dann wandte er sich Marie zu. »Ich kann dich nicht bitten, mich weiter zu unterstützen.«

»Ich weiß.« Marie umfasste die P30 fester. »Aber das musst du auch nicht. Ich bleibe hier.«

»Parkov!«, schrie der Fremde nun und seine Stimme übertönte mühelos die Distanz und das Geräusch des Helikopters, dessen Rotorblätter allmählich zum Stillstand kamen. »Parkov, Parkov, Parkov! Ich weiß, dass du gleich hier bist, du und deine Kollegin. Bring ihn mir, dann kann sie gehen.«

Parkov schloss für einen Moment die Augen, während ein Schatten über sein Gesicht huschte. »Nein«, flüsterte er vor sich hin, »das kann nicht sein. Er blufft, er hat uns nicht gesehen.«

»Sag mir, Parkov, hängst du an ihm?« Der Fremde deutete auf Michail. »Wenn nicht, werde ich ihm jetzt das Genick brechen.«

»Du willst den Stick?«, rief Parkov zurück. »Dann verdien ihn dir. Geiseln gegen Informationen. Leben gegen Daten. Lass ihn gehen.«

Wieder fielen Schüsse, die trotz des massiven Daches zu ihnen heraufhallten. »Du stellst keine Forderungen. Wir werden jeden Einzelnen der Anwesenden töten«, sagte der Fremde, »bis du aus deinem Versteck kommst. Seit dem ersten Mord wusste ich, dass du alles unternehmen würdest, um das Monster, das Argo auf die Stadt losgelassen hat, zu stellen. Ich wusste, dass ihr in dem Augenblick, als ihr euch dieses Falles angenommen habt, euer Todesurteil unterschrieben habt und *hier* enden würdet.«

Marie sah zu dem Fremden hinüber. Immer wieder trat ein Bild vor ihre Augen: Erik, der verängstigt in die Kamera blickte, im Begriff, mit etwas vergiftet zu werden, das seinen Verstand zerstörte. Dann bemerkte sie die Angst auf Michail Parkovs Gesicht und in seinen grünen Augen – nur einige Meter von ihnen entfernt. Wie er die Hand ausstreckte, als wollte er nach Rettung greifen. *All deine Tricks und Winkelzüge*, dachte sie, *du bist ein Lügner, ein Betrüger und vielleicht auch ein Mörder, selbst wenn dir das niemand nachweisen kann. Und jetzt hast du Angst. Sicher ein seltsames Gefühl für so einen Mann, der so weit über den Dingen steht, dass er vergisst, was er mit seiner ständigen Geheimnistuerei anrichtet.* »Er wird es wirklich tun. Er wird Michail töten.«

Der Fremde gab den fünf Männern, die nach ihm aus dem Helikopter gestiegen waren, ein Zeichen, woraufhin sie sich in Bewegung setzten. Seine Stimme glich Granit, nicht eine Gefühlsregung lag in ihr, als er fortfuhr. »Die menschliche Natur ist häufig schlicht. Aber dich, dich verstehe ich nicht. Denkst du, ich will diese albernen Informationen? Denkst du wirklich, ich wäre deshalb hierhergekommen?« Er stieß Michail Parkov mit dem Fuß in den Rücken. »Nein.«

Marie nahm instinktiv wahr, dass Parkov sich anspannte, packte seinen Arm, während sie stumm einen letzten Blick tauschten. Bedauern in seinen Augen. »Versteck dich«, flüsterte Parkov, »und greif ja nicht ein.« Noch ehe sie reagieren konnte, stieß er Argo hinter dem Schornstein hervor und legte die P99 an den Kopf seiner Geisel. »Hier sind wir. Wenn du den Stick nicht willst, gibt es nur einen Grund, wieso du hergekommen bist. Du willst *mich*. Oder Argo. Oder uns beide.«

Marie registrierte eine Bewegung am Rand ihres Gesichtsfelds und hörte das leise Quietschen, mit dem die Tür, durch die sie auf das Dach gelangt waren, abermals aufgestoßen wurde. Drei weitere Angreifer kamen zum Vorschein. Sie duckte sich hinter den wuchtigen Kasten einer Außeneinheit der Gebäudeklimaanlage, wagte kaum zu atmen und sah zu, wie man Parkov einkreiste und entwaffnete. Argo war kaum mehr bei Bewusstsein, als man die beiden Parkovs und ihn durch die Tür vom Dach führte. Schließlich war sie allein.

92.

Beunruhigt blickte Marie zwischen der Tür und dem Helipad hin und her. In der Ferne heulten Sirenen und ihr war, als flackerte am Rand des Anwesens, in der Nähe der Straße, Blaulicht, doch unten auf dem Gelände rührte sich nichts. Aus dem Knopf in ihrem Ohr kam noch immer nichts als Rauschen und ihr Handy hatte keinen Signalempfang. Als jedoch irgendwo unter ihr abermals ein Schuss abgefeuert wurde, traf sie ihre Entscheidung. *Eine Geisellage. Solange man dich nicht bemerkt oder Argo wieder zu klarem Verstand findet und ihnen verrät, wo er dich zuletzt gesehen hat, bist du im Vorteil.*

Der Helikopter wurde von einem Posten bewacht, der ihr den Rücken zugewandt hatte. Marie zog ihre Schuhe aus und schlich auf Zehenspitzen zu ihm. Der Mann gähnte, warf einen Blick auf sein Handy und sah zum Himmel auf, drehte sich aber nicht herum. Die Schiebetür des Helikopters stand noch immer offen. Dort befand sich auch eine Kiste, deren Deckel geöffnet war: Neben einem Notfallkoffer lagen darin ein großer Drehmomentschlüssel und allerlei anderes Werkzeug. Marie packte den Schraubenschlüssel. Zwei Meter trennten sie von dem Vermummten – dann nur noch einer. Der Mann fuhr mit einem Laut der Überraschung herum, als sie ihn mit dem

Werkzeug am Kopf traf und zu Boden schickte. Sie fühlte seinen Puls. Er lebte.

Mit zitternden Händen ließ sie den Werkzeugschlüssel fallen und stieg in den Helikopter. Auf einem Display in dem von Hebeln, Schaltern und Knöpfen übersäten Cockpit drehte sich das silberne PI-Logo. Sie drückte einen Knopf.

»Kein Zugriff«, sagte prompt die androgyne Stimme von E.L.V.I.S. »Autorisierung erforderlich.«

»Marie Winter«, flüsterte sie. »Ich habe, ähm, Zugriffsbefugnisse. Autorisierung durch Daniel Parkov.«

Für einen Moment geschah nichts, aber dann erlosch das PI-Logo und wurde durch einen vollständigen Bildschirm mit verschiedenen Menüoptionen ersetzt. »Willkommen, Frau Winter.«

»Ich brauche Hilfe«, begann sie. »Wir wurden angegriffen, es gibt eine unbekannte Anzahl von Geiseln.« Sie sah auf ihr Smartphone. »Wieso haben wir keinen Empfang?«

»Der Helikopter ist mit einem reichweitenstarken Störsender ausgestattet. Er wurde auf Anweisung von Michail Parkov vor zwanzig Minuten aktiviert.«

»Hat man ihn dazu gezwungen?«

»Der Stimmmusteranalyse zufolge liegt eine Wahrscheinlichkeit von fünfundachtzig Prozent vor.«

»Kann ich den Sender abschalten?«

»Sie besitzen vollen Zugriff.«

Marie sah in die Dunkelheit. Wenn sie den Störsender deaktivierte, würden auch die Angreifer bemerken, was sie getan hatte. Sie würden kommen und nachsehen, aber ihr blieb nichts anderes übrig. »Schalt ihn ab.«

»Bestätigt.«

»Kann mich jemand hören?«, fragte sie, doch aus dem In-Ear-Kopfhörer kam nach wie vor nur Rauschen. Sie sah zu, wie sich ihr Handy zurück ins Netz einwählte, und rief den

Notruf. Nachdem sie die Lage geschildert hatte, erfuhr sie, dass das Gelände bereits umstellt wurde. »Bleiben Sie in Sicherheit und bringen Sie sich nicht in Gefahr.«

Wieder ein Schuss, der an ihre Ohren drang. »Was auch immer die hier vorhaben, es muss aufhören.« Sie sprang aus dem Helikopter, überzeugte sich, dass der Wachposten noch betäubt am Boden lag, und eilte zur Tür. Dort bemerkte sie, dass ein Schlüssel im Schloss steckte. Sie sperrte ab, ehe sie ihn an sich nahm.

Die Stufen waren kalt unter ihren nackten Füßen, als sie über die Treppe nach unten huschte. Irgendwo schluchzte eine Frau. Sie sah einen Polizisten der Spezialeinheit am Boden liegen, eine Lache Blut rings um ihn, Einschusslöcher in den Wänden. Ein saurer Geschmack stieg in ihren Mund, aber sie zwang sich, mit erhobener Pistole weiterzugehen, einen Schritt nach dem anderen, lautlos und mit größter Vorsicht.

Der Strom war wieder angestellt worden und offenbarte Szenen des Schreckens. An einer Stelle hatte man fliehende Gäste kaltblütig erschossen: Die Luft roch nach Kupfer und Eisen. Marie spürte, wie ihre Hände zitterten. *Ich kann das nicht*, ging ihr durch den Kopf. *Ich muss mich verstecken.*

Doch sie gab der Angst nicht nach. Ein paar Meter weiter lag ein Angreifer tot am Boden – der Overall, den er trug, war an seinem Arm hochgerutscht und offenbarte eine Tätowierung: |.|.|

Er hatte ein Walkie-Talkie bei sich, das Marie mitnahm. *Sie sind seine treu ergebenen Anhänger. Bereit, ihm in den Tod zu folgen. Was für ein Wahnsinn. Das Werk eines Terroristen.* Krylov war hier, da gab es keinen Zweifel. Ein anderer Krylov, ein Nachkomme des Mannes, der im Kongo gestorben war, so musste es sein. Nun befanden sich Parkov und sein Bruder in seiner Gewalt. Und der Professor, auch wenn er nun verwundet war, hatte alles vorausgesehen?

Marie entdeckte einen Vorratsschrank mit einer Schublade voll Scheren und Messern. Als sie sich davon überzeugt hatte, dass niemand in der Nähe war, begann sie, ihr Kleid auf Kniehöhe abzuschneiden, damit es sie nicht durch seine Länge behinderte, sollte sie rennen müssen. Sie versuchte durchzuatmen, sich zu beruhigen, während sie den Schrank weiter durchsuchte. Eine Umhängetasche lag in einer anderen Schublade. Marie streifte sie sich über und steckte das Walkie-Talkie hinein. Kaum war sie fertig, summte ihr Smartphone. *Johann Münz.*

»Ja?«

»Gott sei Dank, ich versuche die ganze Zeit, jemanden zu erreichen. Es geht in diesen Minuten durch alle Medien: Geiselnahme auf Stephen Meyers Charity-Gala.«

»Daniel?«

»Keine Chance, sein Handy muss abgeschaltet sein. Sind Sie in Sicherheit?«

»Ich bin im Gebäude im dritten Stock. Sie haben mich nicht entdeckt und ich bin noch immer bewaffnet. Acht Schuss im Magazin, aber ich könnte mir eines der Gewehre besorgen.«

»Denken Sie an Ihre Sicherheit«, sagte Münz. »Das ist nichts …«

»Ja, schon klar. Nichts, womit ich jemals zuvor zu tun hatte. Haben Sie einen Tipp?«

»Ja. Kopf unten halten und die Sache den Leuten überlassen, die sich damit auskennen.«

»Es sind über zwanzig Angreifer. Etwa fünfzehn waren unten auf dem Rasen, dann noch mal sieben im Helikopter, aber ich denke, mittlerweile halten sich alle innerhalb des Hauptgebäudes auf. Und das waren nur die, die ich von oben sehen konnte. Immer wieder fallen Schüsse, ich habe schon …«, sie schluckte, »fünf tote Geiseln, zwei tote Kollegen und einen toten Angreifer gesehen.«

»Ich gebe das an die Einsatzleitung vor dem Gelände weiter«, sagte Münz.

»Gut. Ich lasse mein Handy lautlos, dann könnt ihr mich aufspüren.«

»Parkov nähert sich übrigens dem Rand der Parkanlage auf dem Gelände«, eröffnete ihr Münz nun. »Sein Smartphone besitzt einen geheimen Tracker, den ich auslesen kann.«

»Er will ihn töten. Ihn und Michail. Ich bin mir sicher. Deshalb sind sie hier.«

»Marie, Sie können nicht …«

»Ich werde nichts riskieren. Aber ich muss versuchen, ihnen zu folgen und so viele Menschen wie möglich in Sicherheit zu bringen.«

93.

Marie roch ihn, noch bevor sie ihn sah: Es war der Geruch eines drogensüchtigen Fanatikers, gemischt mit saurem Schweiß und Erregung. Sie hörte das panische Flehen der Geiseln und seine Stimme: »Leben für Leben. Es wird viel kosten, zu tun, was er will, aber wenn es gelingt, wird es ein Wunder sein. Ein Wunder, er hat uns ein Wunder versprochen ...« Der Mann hatte sich mit einem Sturmgewehr vor fünf Geiseln postiert und zielte auf sie, als Marie ihn niederschoss. Er fiel mit einem dumpfen Poltern auf den Marmorboden.

»Folgt mir«, flüsterte Marie den Geiseln zu. Ihre Knie zitterten, während sie die fünf den Korridor entlangführte. »Es gibt einen Weg hier durch das Fenster auf die Feuerleiter. Er ist unbewacht. Beeilt euch und lauft Richtung Süden.«

»Kommen Sie nicht mit?«, fragte ein alter Mann. Er hatte das Gewehr des Angreifers aufgehoben und sah dabei so aus, als wüsste er, was er tat.

»Noch nicht. Bringen Sie die Leute sicher hier raus, ja? Und nehmen Sie das Walkie-Talkie dort mit.«

Vorsichtig durchquerte Marie ein mit cremefarbenen Möbeln eingerichtetes Musikzimmer, in dem ein Steinway-Flügel stand. An einem großen Fenster, das auf die Parkanlage hinausging, blieb sie stehen und blickte nach draußen.

Zwischen den Bäumen bewegten sich die Lichtkegel von Taschenlampen – etwa sechshundert Meter entfernt. »Scheiße, Scheiße, Scheiße«, sagte sie leise, atmete schnell und wollte sich am liebsten auf den Boden setzen, wie ein Kind die Hände vor die Augen halten und die Welt aussperren. Sie hatte auf einen Menschen geschossen und ihn getötet. Sie hatte mit der Absicht auf ihn gezielt, ihm sein Leben zu nehmen. Fünf Leben gegen eines. Eine Rechnung, die sie nie mehr vergessen würde.

Sie folgte einer Nebentreppe hinunter in den ersten Stock und starrte auf das Blutbad, das die Terroristen dort angerichtet hatten – ihr Zorn verdrängte jede andere Emotion. Überall Leichen, Glasscherben zerstörter Fenster. Blut klebte an ihren Fußsohlen.

Sie vernahm ein leises Keuchen, das Ringen um Atem. Marie schlich mit vorgehaltener Waffe durch einen Durchgang, stieg über die Reste einer Vase und … sah ihn. Sie beide, im schwachen Zwielicht einer Stehlampe, die den Korridor nur spärlich ausleuchtete. Stephen Meyer war tot und neben ihm …

Jörg lehnte mit dem Rücken an der Wand, während sich Blut unter ihm ausbreitete. Sein Anzugjackett war von mehreren Treffern zerrissen. Marie war es, als durchbohrte ein eiskalter Splitter ihr Herz. Sie kniete sich neben ihn, als er die Augen aufschlug.

»Du … du lebst«, sagte er heiser, als bereite ihm das Sprechen Schmerzen. Eine Blutblase bildete sich in seinem Mundwinkel und zerplatzte.

»Du auch, hörst du?« Sie griff nach seiner Hand. »Hörst du? Bleib bei mir.«

»Es ist … alles so kalt.«

»Nein, Jörg. Denk an Valerie.« Marie tastete seinen Brustkorb ab und spürte die Schutzweste, die er trug, und die Wunde, wo ihn oberhalb der Weste nah am Hals eine Kugel getroffen hatte.

Hinter ihr knarrte eine Tür. Marie wirbelte herum, die Waffe erhoben. Aus dem Durchgang, in all der Dunkelheit kaum zu erkennen, kam gebeugt ein Mann. Er hatte Marie bemerkt und hielt die Hände hoch. Es war Franz Leland. In den Augen ihres alten Vorgesetzten glomm ein düsteres Feuer voller Zorn, doch wirkte er zugleich schwach und entkräftet, als könnte er sich kaum noch auf den Beinen halten. »Sie wissen, dass jemand hier ist, der sich verteidigt«, sagte er leise. »Sie durchsuchen das Gebäude.«

»Und Isabelle?«

»Im Westflügel. Zwei Kollegen und sie haben eine Gruppe von Zivilisten in einem Saal gerettet und verstecken sie.«

»Was ist mit den anderen?«

»Tot.«

Marie schüttelte den Kopf. Sie fühlte gar nichts mehr, nicht einmal Kälte. »Wir haben versagt.«

»Nein, haben wir nicht. Nicht, solange noch jemand von uns am Leben ist.« Leland sah auf Jörg. »Du kannst jetzt nichts für ihn tun. Ob er lebt oder stirbt, liegt nur noch daran, wie schnell die Geiselnehmer ausgeschaltet werden können. Wie schnell wir ihn hier rausschaffen.«

»Auf dem Dach steht ein Helikopter.«

Leland schüttelte den Kopf. »Den kann niemand von uns fliegen.«

»Kümmert euch um die anderen«, sagte Jörg schwach. »Nicht um mich. Geh, Marie.« Er griff nach ihrer Hand und drückte sie, so fest er konnte. »*Geh.*«

Leland warf ihr einen merkwürdigen Blick zu. »Sie bewachen mittlerweile alle Ausgänge. Du wirst nicht mehr hinauskommen.«

»Ich hab eine Idee.« Marie nahm eines der Walkie-Talkies aus der Tasche und reichte es ihm. »Versteckt euch und kümmer dich um ihn. Ich hole Hilfe.«

»Was soll ich tun?«

»Ein wenig Ablenkung. Ich sage dir Bescheid.«

»Bist du sicher?«

»Nein«, erwiderte sie. »Aber es ist der einzige Weg.«

Sie ging eine weitere Treppe abwärts. Der Wind blies durch ein zersplittertes Fenster und ließ bodenlange Vorhänge hin und her schwingen. In der Ferne glomm der Himmel in einem blutroten Feuer – das Abendrot, das letzte Licht des Tages. Würde sie den nächsten Sonnenaufgang noch erleben?

Nur wenige Minuten später wurde ihr klar, dass Leland sich nicht geirrt hatte. Der Nebenausgang, durch den sie noch vor wenigen Stunden nach draußen gekommen war, wurde nun von einem Posten bewacht. Marie sah auf ihre Füße und bemerkte, dass sie blutete. Mit zitternden Fingern griff sie nach dem Walkie-Talkie. »Franz …«

»Ablenkung?«

»Wäre jetzt ganz hilfreich.«

Sie hörte zu, wie Leland über alle Funkfrequenzen sendete. »Hier oben ist einer unserer Männer – tot«, rief er, »brauche sofort Unterstützung!«

Der Mann, der ihr den Weg versperrte, runzelte die Stirn und stürmte abrupt los. Die Tür war frei.

Oben erklang das dröhnende Stakkato eines Gewehrfeuers. Marie holte tief Luft, trat hinaus und rannte auf den Rand der Parkanlage zu, wo die Lichtkegel der Taschenlampen zwischen den hoch aufragenden Fichten und Tannen in der Dunkelheit kreisten.

94.

Parkov spürte den Wind auf seiner Haut und roch das Grün der Parkanlage. Argo, dessen Streifschuss notdürftig verarztet und der von seinen Fesseln befreit worden war, musterte ihn. »Hier ist er also. Der Ort, zu dem ich zurückkehren soll. An dem alles seinen Anfang nahm und zugleich endete. Die Lösung für das Rätsel lag nie in Afrika. Dort forschten sie zwar, aber das war nicht der Anfang, nicht das Ende. Die Lösung …« Er seufzte und warf Michail, der sich neben ihm vorwärtsschleppte, einen langen Blick zu. »Sie ist *hier*. Das war sie seit langer Zeit, nicht wahr? Etwas an diesem Ort soll mich erinnern.«

»Der Anfang und das Ende, Parkov«, sagte Argo. »Du bist klug. Klüger, als dir guttut.« Der Professor sah ihn lange an, während sie sich durch das hohe Gras dem Waldrand näherten. »Es wird Zeit, dass du begreifst, was du verdrängen wolltest. Es endet hier.«

Die Luft wurde mit jedem Schritt feuchter, ein kleiner Bachlauf zog sich parallel zu ihrem Pfad durch das Unterholz. Kiefern und Tannen ragten in den Himmel, der sich gerade tiefblau verfärbte – die Nacht brach herein. Parkov lauschte den Sirenen in der Ferne und dem Wind in den Blaufichten.

»Wir sind gleich da.«

»Niemand von euch entkommt«, sagte Parkov zu den schweigsamen, vermummten Angreifern, die sie flankierten. »Das ist euch doch klar.«

»Ich werde entkommen«, entgegnete Argo, »und noch so viel mehr als das.«

Die Bäume wichen zurück und gaben eine Lichtung frei, auf der, wie Parkov feststellte, eine mächtige Blockhütte, eine Art Sommerhaus stand. Inmitten dieser Wildnis wirkte sie in die Jahre gekommen und doch wie ein Ort, der einmal bewohnt worden war. Ein Ort, an den man sich zurückziehen konnte. Ein schöner Ort. Nun war er nur noch eine verblasste Erinnerung.

»Halt«, sagte Argo zu Parkov. »Das ist weit genug.«

Der Waldboden war kühl und weich unter ihren Füßen. Marie bemerkte, während sie die Gruppe von ihrem Versteck hinter einem Fichtenstamm aus beobachtete, wie ein wehmütiger Ausdruck über Parkovs Gesicht huschte, als er die Hütte betrachtete.

Der Professor blieb stehen. Er hob den Kopf, spähte in den Himmel hinauf, wo die ersten Sterne auszumachen waren, funkelnde Kristalle am Firmament, und sog die Luft ein, als wollte er einen besonderen Geruch ergründen. »Du kennst diesen Ort«, sagte er leise zu Parkov.

»Vor fünfzehn Jahren stand alles hier zum Verkauf«, Parkov wirkte nachdenklich. »Ich spielte mit dem Gedanken, es zurückzukaufen, also kam ich hierher, zurück an den Ort, an dem ich aufwuchs, und traf die Maklerin, die das Objekt betreute. Es war Suzann. Sie kannte diesen Ort und er wurde zu unserem Geheimnis. Hier hat es begonnen, hier habe ich sie kennengelernt … Wir sind angekommen. Das ist er doch, der Platz, an den du mich bringen wolltest?«

»Ich möchte dir etwas zeigen, das dir die Augen öffnet.«

»Vor Tagen standen wir in einem unterirdischen alten Labor und sahen, dass du Sophie entführt hast. Das waren Enthüllungen genug, würde ich meinen.«

Argo lachte. »O nein, Parkov. Das war noch lange nicht alles. Wenn wir hier fertig sind, wirst du mich vielleicht sogar verstehen.«

Marie sah sich um. Sie bekam eine Ahnung davon, wie einladend dieser Ort gewesen sein musste, als die Hecken und das Gras noch regelmäßig geschnitten und das Sommerhaus noch instand gehalten wurde. Seit sechs Jahren war Suzann tot. Dreizehn Jahre war es her, dass sie und Parkov sich zum ersten Mal gesehen hatten.

»Wir sind nie mehr hierher zurückgekommen«, fuhr Parkov fort, als führte er eine Unterhaltung mit sich selbst, »an meiner statt kaufte jemand anders dieses Gelände – Stephen Meyer. Jetzt begreife ich, wie viele Erinnerungen noch auf mich warten.«

Ein leises Geräusch kam aus dem Inneren der Hütte. Der unheimliche Klang einer Spieluhr, so fremdartig, dass er selbst Marie hinter ihrem Baumstamm aus ihren Gedanken riss. Sie richtete ihre Dienstwaffe auf die Tür am Ende der Treppe.

»Es beginnt.« Argo stand auf der Lichtung und hatte den Blick zum Himmel erhoben. Hunderte, Tausende von Sternen schimmerten dort – und zwischen den Bäumen, die sie umgaben, regte sich etwas.

95.

Für einen Herzschlag war sie davon überzeugt, sie stünde abermals inmitten des tropischen kongolesischen Dschungels. Das Gefühl, beobachtet zu werden, war jetzt so stark, dass sie die Blicke schier fühlen konnte, wie unsichtbare Finger, die über ihren Körper tasteten. Männer traten aus dem Dunkel zwischen den Stämmen und bildeten einen Kreis, der Argo und die beiden Parkovs einschloss.

Sechs Fremde. Drei blieben erst abwartend stehen, die anderen hatten Fackeln bei sich, die sie ins Gras steckten. Daraufhin begannen sie gemeinsam, ein Grab im weichen Waldboden auszuheben. Marie presste sich gegen den Baumstamm und hoffte, dass man sie nicht entdeckte. Die Rinde war rau und drückte sich unangenehm durch den dünnen Stoff ihres Abendkleids. Die Kälte kroch in ihren Körper, wollte sie lähmen.

Im Inneren der Hütte verklang die seltsame Melodie. Ein leises Quietschen drang an Maries Ohren, als die Tür aufgestoßen wurde und der riesige Mann, der mit dem Helikopter angekommen war, auf die Veranda heraustrat, die Arme weit ausgebreitet wie ein Prediger. Die Sterne spiegelten sich im Stein des Rings, den er an der rechten Hand trug, doch das Licht aus dem Gebäudeinneren erreichte sein Gesicht nicht.

»Ich habe lange gewartet«, rief er. »Endlich sind wir alle wieder beisammen.«

War dies wirklich Yuri Krylov? Marie kannte seine Stimme von irgendwoher, konnte sie aber nicht zuordnen.

»Sophie und Sina van der Meer«, rief Parkov mit autoritärer Stimme. »Wo sind sie? Ich habe keine Lust mehr, mich von Schattengestalten in die Irre führen zu lassen.«

»Wir sind keine Schatten. Wir sind Menschen, die versucht haben zu träumen – so wie ihr alle, ehe man uns die Träume nahm.« Der Unbekannte wandte sich in Argos Richtung. »Ihr habt jemanden mitgebracht.«

»Alles schön und gut«, setzte nun Argo an. »Es wird Zeit, dass wir ein bisschen Spaß haben.«

Doch der Fremde schüttelte langsam den Kopf. »Heute ist nicht die Nacht für dich, sondern die Nacht, in der wir beenden, was begonnen wurde.«

»Das Ritual«, sagte Parkov leise.

Den großen Mann umgab eine intensive Aura und Marie wurde das Gefühl nicht los, dass sie ihm schon einmal begegnet war. *Denk nach! Woher kennst du ihn?*

Sie fasste mit der Linken nach ihrem Handy und überzeugte sich, dass es noch immer eingeschaltet und im Netz eingewählt war. Man würde sie orten, wie Münz ihr gesagt hatte. *Beeilt euch!*

»Weißt du, wieso wir hier sind?« Eine Böe zerrte an dem langen Mantel des Fremden, die Fackeln loderten hoch, die Flammen rangen mit dem Wind.

»Wegen irgendeines Rituals.« Parkov legte so viel Zuversicht in seine Stimme, wie er nur aufbringen konnte. »Aber dazu wird es nicht kommen.«

»Wir sind wegen dieses Mannes hier.« Der Fremde streckte den Arm aus und deutete anklagend in den Kreis – doch nicht auf Parkov. Marie traute ihren Augen nicht. Die Geste galt Mads Argo, dem Professor.

»Heute Nacht wird sich der Kreis schließen.«

»Wer bist du?«, rief Parkov. »Zeig dich!«

»Vor vielen Jahren war ich ein Junge, der nicht wusste, wie ihm geschieht. Ausgestoßen und allein. Willkommen zurück, Adam Sorg.« Argo sah zu dem Fremden auf, und Marie erkannte selbst von ihrem Versteck aus einen Ausdruck bestürzten Unglaubens auf seinem Gesicht, den sie dort nicht erwartet hätte. *Adam?*

»Tymon Sorg hatte einen Sohn«, fuhr der Fremde fort. *Adam Sorg ist tot*, dachte Marie, während Parkov auf der Lichtung dasselbe laut aussprach. »Argo behauptet, er hätte ihn getötet.«

»Das hat er nicht.« Der Fremde senkte die Arme. »Er *ist* der Sohn. Der Professor, habt ihr euch nie gefragt, warum er sich so nannte? Professor Tymon Sorg, der alte Anthropologe und Chemiker, war sein Vater.«

Marie sah sich nach Argo um, der noch immer zu dem Fremden aufblickte, einen Ausdruck der Verwirrung auf dem Gesicht. *Er weiß selbst nicht, was geschieht. Vielleicht war geplant, dass man ihn befreien würde, aber damit hat er nicht gerechnet. Eine Täuschung in einer Täuschung, eine List, die von einer List überwunden wurde.*

»Mads Argo«, sagte Parkov leise, »ist ein Anagramm. Stell die Buchstaben um, und du erhältst Adam Sorg.«

»Wie klug«, gab Argo zurück und bewegte sich dabei zur Seite, näher an den Rand des Kreises, den man um das Haus gezogen hatte. »Aber nicht nur Mads Argo, auch mein alter, anderer Name war eines. Mit diesem Namen hast du mich kennengelernt, als ihr den Engel des Bösen gejagt habt. Es lag die ganze Zeit vor eurer Nase. Und du, Parkov, hast es bis zuletzt nicht gesehen.«

Marie starrte ihn an. Ihr kam es vor, als hätte man ihr einen Faustschlag in den Magen verpasst. *Tymon Sorgs Sohn. Mads Argo war Adam Sorg.* »Wie interessant«, sagte Parkov nun, »also hast du deinen Vater nach Deutschland zurückgeholt und hast ihn im Krankenhaus sterben lassen?«

»Nein«, erwiderte der Fremde. »Das war ich. *Ich* habe ihn getötet.«

Adam Sorg brach in heiseres Gelächter aus. »Ist das so? Du bist ein böser, böser Junge.«

»Als Tymon Sorg und Tristan Parkov begriffen, dass ihr Vorhaben nicht gelingen würde, sondern nur Schlechtes hervorbrachte, als Sorg klar wurde, dass er und Parkov seine Frau Julia nicht retten konnten, weil das Projekt Vadana sie nicht heilen würde, zerbrach ihre Freundschaft. Parkov wusste von der Gefahr, die von den Experimenten ausging, und er fürchtete, was geschehen würde, wenn das Gift in falsche Hände geriete. Nur noch einige Wochen«, erzählte der Fremde, »nur etwas mehr Zeit, immer wieder flehte Sorg Parkov an, es doch noch etwas länger zu versuchen, doch er konnte ihn nicht umstimmen. Parkov ließ Julia Sorg ihrem sicheren Tod entgegengehen, anstatt noch mehr von jenem Gift herzustellen, zu dem sich jeder neue Versuch ihrer Heilmittelforschung entwickelte. Also gab Tymon Sorg auf und verschwand mit ihr und seinem Sohn mitten in der Nacht. Auch Parkovs Leute zogen schließlich ab und alles, was sie hinterließen, war verbrannte Erde. Chaos, Anarchie.« Er starrte auf sie herunter, seine hoch aufragende Gestalt wirkte schier unbezwingbar. »Ich bin aus diesem Chaos aufgestiegen, bin zurückgekehrt. Ihr alle habt mich vergessen. Lasst mich euch eine Erinnerungsstütze geben: Kongo, 1987.«

Sorg gab ein leises Schnauben von sich. »Wer bist du?«

»Ich war der Junge bei euch im Forschungscamp. Yuri, der Sohn von Vladimir Krylov. Mitten in dem Chaos, das folgte, kam einer der Soldaten eines Abends in unser Haus und vergewaltigte meine Mutter. Er erstickte sie und legte ein Feuer, und alles, was ich sah, waren Rauchschwaden, als ich aus einiger Entfernung auf das Lager blickte. Ich stürmte hin und … Das Feuer war hell, die Flammen schlugen hoch, und doch versuchten wir, sie zu retten. Mein Vater verbrannte sich schwer, *mein* Gesicht verbrannte … Oh, ich werde diese Schmerzen nie vergessen. Mein Vater … ich hielt ihn für tot. Ich wurde zurückgelassen, allein im Dschungel.«

Marie dachte an den Mann mit den Brandnarben, Vladimir Krylov, der Faber, Thomsen und sie gefangen genommen hatte und von den Tutonga getötet worden war. *Tristan Parkov und Michail und Daniel, Tymon Sorg und Adam, Vladimir Krylov und Yuri. Immer wieder: die Söhne und ihre Väter.*

»Ich irrte umher, allein und verängstigt, ein sechzehnjähriger Junge, bald dem Tod nah. Und dann, unvorhersehbar und chaotisch, wurde ich vom Zufall gerettet: Söldner fanden mich, Söldner nahmen mich auf. Mein Leben war nie leicht, doch nun wurde es umso härter. Ich lernte den Dschungel kennen, lebte in ihm, atmete ihn. Alles, was mir als Erinnerung an mein altes, unschuldiges Leben geblieben ist, ist diese Spieluhr. Jahre verstrichen, bis ich die Tutonga wiederfand und ihre Geheimnisse kennenlernen konnte. Ich wurde ein Meister des Überlebenskampfs und, ja, schließlich begegnete ich auch meinem Vater wieder. Als ich begriffen hatte, dass er lebte, wusste ich, dass es noch Hoffnung gab, Rache zu nehmen. Als sich Tymon Sorg zehn Jahre später noch einmal in unser Gebiet wagte, entführten wir ihn. Ich erfuhr von ihm, dass sein Sohn Adam und er weiter Rache nehmen wollten. Als Adam Jahre später kam und nach seinem Vater suchte, beschlossen wir, die Gelegenheit zu nutzen, wir ließen ihn frei und ich folgte den beiden.«

»Ich erkannte dich nicht wieder«, sagte Sorg und klang ehrlich enttäuscht. Seine Fußfesseln klirrten, als er einen kleinen Schritt machte. »Ich habe dir vertraut. Hast du mir nicht sogar geholfen, Tymon zu suchen?«

»Mit Freude. Dich so zu sehen, ahnungslos, wen du vor dir hast … Aber heute wird dich die Rache endlich doch noch treffen.« Krylov gab ein Zeichen, woraufhin sich die Männer näherten und den Kreis enger zogen. Die beiden Parkovs und der Professor standen jetzt Rücken an Rücken.

»Wir waren bloß Kinder, aber Kinder können grausam sein. Ihr *wart* grausam zu mir. Erinnerst du dich, Adam? Und Michail, erinnerst du dich?«

»Nicht an Wahnsinnige wie dich.«

»Und du, Daniel? Oder ist alles aus den Monaten vor dem Unfall deiner Eltern wirklich für alle Zeiten ausgelöscht?«

»Es ist fort.«

»Weil du zu jung warst. Unschuldig. Ja, das muss man dir zugutehalten, du hast dich fast immer rausgehalten. Nein, du warst nur ein Junge, aber Adam und Michail haben es genossen, mich zu verspotten. Die älteren Söhne der Wissenschaftler und ich – nur der Junge eines Angestellten der Campsecurity, der sich in die hübsche Clara Solsten verliebt hatte. Die Tochter des Leiters der Sicherheit: die Einzige, die mich nicht verspottete.«

Marie dachte an Viktor Solstens Worte im Pflegeheim, daran, wie er sie selbst für seine Tochter Clara gehalten hatte. Also war Yuri Krylov der Unbekannte, von dem er erzählt hatte, der, den die anderen nicht mochten.

»Michail liebte seine Rätsel«, fuhr Krylov fort, »seine Verstecke, seine Jagden von einem Hinweis zum nächsten. Clara und er haben sich so gut verstanden.«

Michail starrte voller Zorn zu Krylov. »Du glaubst doch nicht, dass das hier irgendetwas ändern könnte.«

»Aber natürlich ändert es das! Was Krylov erzählt, ist wahr, auch wenn ich dieses Detail, dass dieser alberne, dumme Junge noch am Leben ist, wohl übersehen habe«, rief Sorg spöttisch. »Und du, Daniel, der Autounfall, dieses traumatische Erlebnis …«

Parkov packte Sorg am Kragen der Zwangsjacke. »Wie meinst du das?«

Der Professor lachte. »Hast du dich nie gefragt, wie es sein kann, dass man dir all das vorenthalten hat? Dieser Unfall war kein Zufall. Mein Vater wollte seine Rache, er hat Mutters Tod nie ganz verkraftet. Denn was Krylov sagt, ist wahr: Deinem Vater war die Sicherheit seiner Leute wichtiger als das Leben einer Todkranken, und anstatt das Heilmittel zu finden, wollte er doch insgeheim das Geheimnis, das Vadana innewohnt, für sich ganz allein. Aber wisst ihr was? Wir wollten es ebenso. Und wir *haben* es bekommen, es erprobt. Erik Winter, ich muss nicht mehr sagen. Michail wusste schon immer, was ein gutes Geschäft ist. Weißt du, wie sehr er darüber erzürnt war, dass dein Vater dich ihm vorzog? Erinnerst du dich, wie er diesen Edelstein, diesen Zoisit, zerschmetterte wie ein zorniges Kind, einfach weil er nicht bekam, was er wollte? Das war gleich dort drüben in eurem alten Anwesen, kurz bevor sie starben.«

»Eine Lüge«, erwiderte Michail, der wirkte, als könnte er sich kaum mehr auf den Beinen halten. »Bloß eine Lüge. Hör nicht auf ihn.«

»Du warst dort, Parkov«, fuhr Sorg fort. »Du warst nicht zu Hause, sondern mit im Wagen. Der Unfall hat alle Erinnerungen an jene vergangenen Monate in Afrika ausgelöscht.«

Parkov schloss die Augen, doch nur einen Augenblick lang, und als er sie öffnete, schien er von Sorgs Spott unberührt. »Du bist nur ein Lügner. So viele Menschen sind gestorben. Und all das …«, er blickte zu Krylov hinauf, der oben am Haus abermals ein Zeichen gab, woraufhin seine Männer den Kreis enger um sie schlossen, »weil du sie vermisst. So muss es sein. Du glaubst an diesen Irrsinn.«

»Clara Solsten?«, fragte Sorg abermals spöttisch. »Nach all der Zeit? Und da nennt man *mich* verrückt?«

»Es war euer kindisches Abenteuerspiel, das sie das Leben gekostet hat. Michails Rätsel, Adams Verstecke … und Clara, die nur für die beiden Jungen in ihrem Alter Augen hatte. Immer machte sie mit, dachte sich neue Rätsel aus und legte Spuren, lief davon und versteckte sich, und weiß Gott, was ihr noch getrieben habt … bis sie einmal zu weit ging und den Weg zurück nicht mehr finden konnte. Du hast sie angestachelt, immer wildere Dinge zu tun, Sorg, aber natürlich hat dich niemand aufgehalten. Wir suchten sie, aber … nein. Wir waren nicht schnell genug. Niemand von uns war das. Clara verdurstete im Dschungel, sie starb allein, unfähig, sich zu bewegen. Erst Tage später fand man sie. Weder du noch Michail wurden je dafür zur Rechenschaft gezogen. Aber heute Nacht werdet ihr bezahlen.«

Der gebrochene Oberschenkelknochen, dachte Marie entsetzt. *Also ist es wahr.*

»Hast du gedacht, dass sie etwas für dich empfindet?«, höhnte Sorg. »Sie hatte nur Augen für mich.«

»Halt den Mund!« Krylov stieß die Tür auf, die hinter ihm in die Hütte führte. Wie ein Torwächter ragte er vor diesem Rechteck aus Licht auf: der riesige Mann, wie ihn die Zeugen genannt hatten. »Eine Mutter, ihre Tochter und ein junger Mann sind noch immer eingesperrt. Ich möchte ihnen nicht wehtun. Keine Mutter, die ihr Kind liebt, sollte leiden müssen, ebenso wenig ein Kind. Aber wenn ihr mir nicht gehorcht …«

»Wieso das alles?«, rief Parkov. Seine Stimme klang, als stünde er kurz davor zusammenzubrechen. »Wieso diese Morde? Diese Grausamkeit?«

»Es war notwendig. Blutzölle für … *ihn*. Ich brauchte einen Weg, um Adam Sorg, dich und deinen Bruder herzulocken. Auch du hast dich einer Sache schuldig gemacht: es zuzulassen. *Denk an deine Sünden, Parkov*. Nicht ein Mal bist du zu deinem Vater gelaufen und hast ihm erzählt, was dein eigener Bruder und Adam Sorg mit mir machen – nicht ein einziges Mal.«

»Du hast sie geliebt«, sagte Parkov ungerührt. »Ich hätte es wissen müssen.«

»Und liebe sie *immer noch*. Als ich zu seinen Leuten stieß«, Krylov deutete auf Sorg, »wusste er nicht, wer ich war. Er versuchte weiter, wie sein Vater Tymon vor ihm, Vadana in eine Waffe zu verwandeln, er experimentierte im Geheimen … und natürlich im *weniger* Geheimen, wenn ich daran denke, was in den letzten Monaten und Jahren geschehen ist. Sophie van der Meer kam ihnen auf die Schliche. Sie entführten ihre Tochter und zwangen sie, Tristan Parkovs Daten und Geheimnisse zu stehlen, in der Hoffnung, endlich die Lösung zu finden. Van der Meer gelang es, sie umgarnte Michail und kopierte in ihrer Not die Daten aus den geheimen Parkov-Industries-Archiven auf einen USB-Stick, nur um dann zu bemerken, dass Michail ihr das Passwort für die Decodierung nie verraten würde. Also musste Sorg seinen Plan ändern. Er brauchte jemanden mit Verstand, der den Stick für ihn entschlüsselte – niemand anders als dich, Daniel. Selbst nachdem man Sorg verhaftet und angeklagt hatte, lief der Plan weiter, man ließ Sophie hier in der Stadt frei und setzte die Dinge in Gang …«

»Und Rotenberger? Der Einbruch ins Museum?«

»Rotenberger starb, weil ich einen Weg finden musste, das Herbarium des Museums zu betreten. Ich brauchte ein zweites Exemplar jener Pflanze, die die Tutonga Vadana nennen. Heute

Nacht geht es zu Ende. Heute Nacht beginnt es: *Zhúkundu sieht. Immer.* Zhúkundu bekommt, was er verlangt.«

Marie spürte, wie die Pistole in ihren Händen immer schwerer wurde, während sie gebannt lauschte. *Daher die Abweichung der chemischen Signatur der Droge in den Körpern der Opfer*, begriff sie. *Was Krylov hergestellt hatte, unterscheidet sich von Sorgs M-CotroX-Variante.*

»Du glaubst daran? An dieses Ritual?«, rief Michail. »Der Aberglaube ist doch nur ein Trick, um die Neugierigen von der Forschungseinrichtung fernzuhalten.«

»Ist er das wirklich?« Krylov, dessen Gesicht noch immer halb verborgen war, schien zu lächeln. »Ich weiß, dass Parkovs Kollegin in Alwin Lamberts Aufzeichnungen gelesen hat. Sag mir, bist du dir *wirklich* sicher?«

Ein siebter Mann trat aus dem Inneren der Hütte, bemalt wie jener Schamane, den sie im Kongo gesehen hatte, Zhúkundus Zeichen auf der Stirn. Er trug etwas in den Armen: Das Mondlicht fiel auf bleiche Knochen, die er in das frische Grab sinken ließ. Marie spürte, wie sich ihr der Magen umdrehen wollte. *Das kann nicht sein. Sie können nicht wirklich daran glauben.*

»Sie ist aber nicht hier«, stellte Parkov ruhig fest und für einen Augenblick war es ihr, als würde er zu ihr und ihrem Versteck hinüberspähen, als wüsste er, von wo sie ihn beobachtete.

»Wir werden sie finden. Aber dafür ist jetzt nicht die Zeit«, sagte Krylov. »Jetzt ist es an der Zeit für ein Wunder.« Mit einem Mal hielt er ein Messer in der Hand. Die lange, dünne Klinge reflektierte das Mondlicht: Es war ein Ritualdolch, vermutlich die Mordwaffe, mit der er sich an seinen Opfern vergangen hatte.

Wenn du jetzt auf ihn zielst, werden sie dich sehen. Wenn du abdrückst, ist es unwahrscheinlich, dass jemand auf dieser Lichtung überlebt.

»Ihr kennt diese Waffe.« Wieder gab Krylov ein Zeichen, woraufhin man die drei Gefangenen über die Stufen zur Veranda hoch und in die Hütte führte. Krylov selbst sah sich ein letztes Mal um. Marie schien es, als verschluckten seine dunklen Augen das Sternenlicht, das sich in ihnen spiegeln wollte. Dann machte er kehrt und folgte den anderen. Die Tür fiel mit einem leisen Klicken ins Schloss.

96.

Die Dunkelheit war so nah an die Lichtung herangekrochen, dass Marie kaum weiter als bis zu den Lichthöfen blicken konnte, die die Fackeln umgaben. Aber sie konnte jenes Rechteck aus Licht an der Eingangstür der Hütte ausmachen und das dunkle Schimmern von Blut auf den Stufen, die zu dieser hinaufführten.

Aus dem nahen Park und dem Wald erklangen Rufe mit der Aufforderung, stehen zu bleiben. Dann gellten zwei Schüsse durch die Nacht. Lichter am Himmel, Suchscheinwerfer, die wie Lanzen aus Licht durch den heraufziehenden Nebel stießen. Die Silhouette eines heranfliegenden Helikopters. *Nein*, korrigierte sie sich. *Mehr als einer.* Sirenen, die über das Gelände hallten.

Nach wenigen Minuten stürzten alle sieben von Krylovs Männern aus der Hütte und eilten in Richtung Süden. Offenbar waren sie entschlossen, das Gelände zu stürmen. Krylov musste sich Zeit verschaffen.

Marie ging langsam zur Hütte. Ihre Beine waren schwer und müde, als stemmte sich etwas gegen sie, als wollte etwas verhindern, dass sie hineingelangte. Auf der Veranda schimmerten Blutstropfen. Die Dielen knarrten unter ihren Schritten, das Holz war rau und feucht nach all den Jahren. Sie streckte die Hand nach der Tür aus und öffnete sie vorsichtig, während rostige Scharniere ächzten.

Das Innere war nur von Kerzen erleuchtet. Wachs tropfte auf altes Holz, Kerzenflammen tanzten im Luftzug. Heiß war es und der Geruch … *Nein.* Marie umfasste ihre Pistole fester. *Daran wirst du jetzt nicht denken. Wag es nicht, auch nur einen Gedanken daran zu verschwenden. Hol ihn einfach da raus. Rette ihn! Beim letzten Mal hat er es für dich getan. Jetzt …*

»*Zhúkundu sieht. Immer*«, sagte Krylovs Stimme gerade in einem leisen Singsang, der aus allen Richtungen zugleich zu kommen schien, »er sieht, er sieht, er sieht …«

Aber die Hütte war leer. Marie betrat jedes Zimmer, spähte in jeden Winkel, während das raue Holz der Dielenbretter unter ihren Füßen knarrte – nichts. Doch war da noch immer die Stimme Krylovs, wie eine akustische Täuschung. Sie kam von einem Ort, der unter ihr lag. Jenseits der Bodenbretter.

Auf jedem Objekt, jeder Oberfläche in dem schmalen Raum am Ende des Flures lag eine dünne Staubschicht – auf den Regalbrettern, den alten Sesseln, sogar der Feuerstelle in der Wand … Marie betrachtete die Spuren auf den Dielenbrettern genauer. Alle führten zu einer Bücherwand, doch keine kehrte zurück. Vor einem roten, schweren, in Leder gebundenen Buch zeichneten sich schmale, staubfreie Streifen ab. Ein leises Klicken ertönte, als sie es ein Stück herauszog. Das Bücherregal schob sich zur Seite und gab eine Treppe frei, die in eine absolute Dunkelheit führte. *Komm zurück an den Ort, an dem alles begann.* Marie nahm all ihren Mut zusammen und stieg hinab.

Das Labor war alt und lag unterirdisch. Marie war sich sicher, dass dies der Ort gewesen sein musste, an dem Tristan Parkovs und Tymon Sorgs Forschungen begonnen hatten. In der Luft hing der Geruch von Feuchtigkeit, die durch die Wände hereinsickerte. Auf den Laborkolben, Röhrenmonitoren und Oszilloskopen befand sich eine dicke Staubschicht.

Daniel, Michail und Adam Sorg saßen nebeneinander gefesselt auf Stühlen vor einem flimmernden Röhrenfernseher. Durch eine zur Beobachtung in die Wand eingelassene Glasscheibe konnte Marie erkennen, wie sich das Bild des Fernsehers in Parkovs geweiteten Augen spiegelte. Zuerst dachte sie, sie würden abermals eines von jenen Dokumentarvideos sehen, die Tymon Sorg und Tristan Parkov gedreht hatten, doch war es die Aufnahme eines Gefängniskorridors mit Zellentüren, verblichenen Farben und einem schiefen Bildstand. Im unteren Bereich befand sich eine Datums- und Zeitangabe. Jemand hatte es gestoppt, für – *für was?* Das Datum lag über sechs Jahre in der Vergangenheit. *Sechs Jahre.*

Marie rüttelte an der Tür, die sie von dem benachbarten Raum trennte, aber das massive Eisenmonstrum, das auch gut und gerne in einem U-Boot hätte eingebaut sein können, gab nicht nach. *Es soll dem Druck standhalten. Oder etwas abdichten.* In den Augenwinkeln nahm sie eine Bewegung wahr.

»Wisst ihr, wie es sich anfühlt, zu verlieren und dabei genau zu wissen, dass man im Recht ist?« Krylovs Silhouette zeichnete sich hinter einem zweiten Beobachtungsfenster in einem Nebenraum ab, wo er an einem Kontrollpult hantierte. Die Tür, die zu ihm führte, war durch ein Tastenfeld gesichert. In dem Zwielicht konnte sie nur seinen Rücken erkennen. Ganz in seiner Nähe brannte ein Feuer in einem gemauerten Kamin.

Marie hob die P30. »Nimm die Hände hoch! Letzte Warnung!«

»Hast du nachgeladen?«

»Für dich reicht es noch.«

Krylov wandte sich nicht um. »Es gibt Menschen, die folgen einem Pfad – einem Ziel, an das sie glauben, das sie sich für ihr Leben gesteckt haben. Andere glauben an gar nichts, ihnen genügt es, wieder andere leiden zu lassen. Wisst ihr, ich bin solchen Menschen begegnet. Als man mich in Afrika zurückgelassen hat … ihr würdet nicht glauben, was ich sehen musste. Ganze Dörfer ausgelöscht. Minen, in denen Kinder Staub einatmen, der ihre Lunge zerstört, ihr Blut verklumpt, bis sie krepieren.«

»Yuri Krylov, Sie sind festgenommen. Öffnen Sie die Tür.«

Von draußen drangen Rufe zu ihnen, Kommandos waren zu hören und Hundegebell, das sich näherte. »Kennst du diesen Ort, Marie? Tristan Parkovs altes Labor. Hier hat es begonnen.«

»Sie kommen nicht davon«, sagte sie ungerührt zu Krylovs Rücken. »Ich hoffe, das ist Ihnen klar. Es ist vorbei.«

»Nein«, erwiderte Krylov. »Es *beginnt.*« Langsam hob er die linke Hand – als erwarte er, dass Marie den Abzug drücken würde, sobald er sich zu hastig bewegte –, in ihr hielt er den silbernen USB-Stick.

Was hat er gerade getan? Waren ihm diese Daten nicht völlig gleich?

»Ich habe begriffen, dass Sorg recht hatte – in seiner eigenen, kranken Vorstellung. Die Welt muss brennen, damit sie neu auferstehen kann. Er hat M-CotroX hergestellt und wollte es benutzen. Ich jedoch übernahm die Ware und bot sie dem Meistbietenden. Auch ein Genie kann vom Chaos überrascht werden. Vom *Dschungel.*« Er drehte sich um und schleuderte den Stick mit einer abrupten Handbewegung ins Feuer.

»Nein!«, brüllte Michail entgeistert und warf sich in die Fesseln, die ihn auf seinem Stuhl hielten.

»Ihr werdet sterben. Und Clara wird leben«, fuhr Krylov fort. Entsetzt sah Marie zu, wie er den Ritualdolch hob und die Zwischentür öffnete, die seinen Raum mit dem der Gefangenen verband. Alles Licht erlosch, nur das fahle Leuchten einiger Notfalllampen blieb, vermochte Krylovs Gesicht aber nicht zu erreichen, als er auf Sorg hinabblickte. »Dein Vater war starr vor

Angst, als ich ihn an seinem Krankenbett aufsuchte. Er sah seinen Tod nicht kommen und dachte, am Ende würde er wirklich noch triumphieren.«

Das Messer traf Adam Sorg zwischen den Rippen. Blut quoll aus seinem Mund, doch er gab keinen Laut von sich.

»Und jetzt …« Krylov näherte sich Parkov.

»Nein!«, schrie Marie, zur Zuschauerin verurteilt, »wag es nicht!«

»… etwas anderes.« Krylov hob seine rechte Hand, in der er eine Fernbedienung hielt. Es klickte und das Bild mit dem Gefängnistrakt geriet in Bewegung. Sie sahen zu, wie ein sechs Jahre jüngerer Michail Parkov den Korridor entlangschritt. Vor einer Zellentür hielt er inne und sah sich um. Nachdem er sich vergewissert hatte, dass er allein war, schloss er auf und ging hinein. Wenige Minuten verstrichen, ehe sich die Tür wieder öffnete und Michail Parkov über den Gang aus dem Bild verschwand.

»Sorg«, sagte Krylov, »hat mir diese Aufzeichnung überlassen. Als Plan B, wie er es nannte. Für den Fall, dass ihr euch als widerspenstig erweist.«

»Marie, du hast eine Waffe«, rief Michail aus dem Inneren und seine Stimme klang seltsam verzerrt, »also schieß die Tür auf oder unternimm, was auch immer dir einfällt, und beende das! Worauf wartest du noch?«

Marie warf ihm einen irritierten Blick zu, während sie spürte, wie ihr die Zeit zwischen den Fingern verrann. »Was ist das auf diesem Video? Was hast du da gemacht?«

Es war Parkov, der ihr anstelle seines Bruders antwortete. »Das Datum«, sagte er mit rauer Stimme, »du kennst es fast so gut wie ich.«

Marie begriff: Man hatte Parkov vor sechs Jahren vorgeworfen, den Vogelfänger in der U-Haft getötet zu haben, nachdem Suzann durch die Hand dieses Mannes ermordet worden war.

Aber dafür hatte es nie einen Beweis gegeben, und so wurde er durch die interne Ermittlung entlastet. Doch die Gerüchte hielten sich: Der Überwachungskamerafeed war damals für zwanzig Minuten ausgefallen und niemand wusste, was in dieser Zeit geschehen war … *Dieses Video dürfte gar nicht existieren*, dachte sie.

»Ich erkenne den Korridor«, fuhr Parkov gequält fort. Dann blickte er zu Michail. »Ich kenne ihn gut. All die Befragungen. Suzann …« Er schüttelte den Kopf, traurige Erschöpfung in den Augen. »Hast du es getan? Er hätte noch so viel erzählt … und wenn ja, Bruder, *wieso*? Was kümmert dich der Mörder meiner Frau? Wieso hast du nie erwähnt …«

Michail ballte die Fäuste. »Es ist bloß Vergangenheit.«

»Sag es ihm.« Sorg spuckte Blut, doch trotz der Schmerzen, die er erlitt, lächelte er voll Wahnsinn. »Sag ihm, dass Suzann nicht allein starb. Sie war schwanger. Euer ungeborenes Kind starb mit ihr, Parkov. Dein eigener Bruder wusste es … und er wusste auch, *was* sie getan hat. Oh, sie war tapfer, aber er … er wusste es die ganze Zeit. Wie alles andere auch.«

»Das ist nicht wahr«, flüsterte Parkov, doch brach seine Stimme, noch ehe er den Satz beendet hatte.

»Daniel, sieh mich an!«, rief Marie verzweifelt und schlug gegen die Scheibe. »Sieh mich an! Begreifst du es nicht? Das hier ist Sorgs letzter Versuch, eure Familie zu zerstören. Indem er die beiden noch lebenden Söhne aufeinanderhetzt … alles, was wir herausgefunden haben, PHMA Medic, die Spuren, die zu Parkov Industries führten, zu dir in Afrika, der Zoisit, deine Verwicklung in all das«, sie deutete auf den alten Fernseher, »dieses Video und Suzann. Das dient alles nur dazu, ihn gegen dich aufzubringen.«

Krylov lachte. »Schluss damit. Tymon Sorg und Tristan Parkov sind tot, und ihr folgt ihnen. Ist es nicht tragisch und gerecht?«

»Fahr zur Hölle, Krylov«, erwiderte der Professor, während mehr und mehr Blut über seine Lippen floss und zu Boden tropfte. Es waren seine letzten Worte, dann verlor er das Bewusstsein.

»Das werden wir alle. Leben gegen Leben. Zhúkundu wird mir helfen.« Krylov kehrte in den Kontrollraum zurück und verriegelte mit einem lauten metallischen Scheppern die Tür. Dann holte er aus und schlug mit der Faust auf einen großen roten Knopf. Im selben Moment zischte ein grauweißes Gas aus den Lüftungsschlitzen ins Innere des Laborraums.

Marie musste mit ansehen, wie Parkov den Kopf zu ihr drehte und ihren Blick hielt, während das Gas ihn und die anderen einhüllte. Seine Lippen bewegten sich, doch sie konnte nicht erkennen, was er sagte. Dann waren sie verschwunden, hinter einer Wand aus Nebel. Ein Messer aus Eis bohrte sich in ihr Herz, in ihren Verstand.

Als eine Tür quietschte und sie noch immer benommen von dem gerade Geschehenen herumfuhr, stürmte Krylov mit unheimlicher Geschwindigkeit die Treppe hinauf bis zur Veranda, über deren Geländer er mit einem Satz hinwegsprang. Die Tür schlug zu, das Schloss verriegelte und Marie setzte ihm nach. Sie fand ihn kniend vor dem frischen Grab: »Nein«, flüsterte er, während sich seine Finger in die weiche schwarze Erde krallten. »Sie sind tot, also muss …«

Marie richtete die P30 auf seinen Rücken. »Nimm die Hände hoch«, herrschte sie ihn an, während ihre Stimme vor Verzweiflung und Schmerz brach.

»Zhúkundu«, sagte Krylov entgeistert, »ich begreife nicht …«

»Aber ich.« Marie folgte einer plötzlichen Eingebung. *Es muss so sein, so verrückt diese Vorstellung auch ist.* »Ich weiß, wieso es nicht funktioniert.«

Krylov sah zu ihr hoch. »Du?«

»Gib mir erst den Zugangscode zum Kontrollraum.«

»Du bluffst nur.«

»Wo sind die Geiseln?«

»Vielleicht hier, vielleicht da. Vielleicht weiß ich es gar nicht, nur Sorg.«

»Aber Sorg stirbt gerade da drin«, erwiderte sie mit heiserer Stimme, »also lass mich zu ihm, gib mir den Code!«

Jäh sprang Krylov auf. »*Er* war es, nicht wahr? Irgendwie hat er …«

»Ihr habt euch gegenseitig betrogen. Das ist sein letzter Versuch, dich zu verhöhnen. Claras Skelett, das ihr weit im Norden ausgegraben und hier wieder bestattet habt, ist nicht vollständig. Ein Oberschenkelknochen fehlt.«

»Wo ist dieser Knochen?«

»Weit von hier entfernt. Jetzt gib mir den Code. Halt dein Wort.«

»Mein Wort?«, wiederholte er mit einem sanften Flüstern. »Weißt du, was du verlangst? Weißt du, was ich gesehen und getan habe? Weißt du, welche Dunkelheit hier draußen wartet? Geh noch einen Schritt, dann frisst sie dich. Es gibt Wege, die du nicht betreten, Dinge, von denen du dich fernhalten solltest. Das Chaos wird sich ausbreiten, auch wenn du mich hier tötest, vergiss das nie. Aber ich gebe dir die letzte *Wahl*. Die Antwort auf die Frage, an wen ich all das M-CotroX verkauft habe … oder den Zugangscode zum Labor. Was wählst du? Parkov oder die Leben, die in Gefahr geraten werden?«

Marie spürte instinktiv, dass Krylov kurz davorstand, sich auf sie zu stürzen. Sie sah das bedrohliche Funkeln seiner Augen und war sich nicht sicher, ob ihn die Hohlspitzgeschosse aus ihrer Waffe stoppen würden. Ihr kam es so vor, als würden sich die Schatten um ihn herum verdichten. Noch immer konnte sie sein Gesicht nicht erkennen. *Du musst ihn identifizieren*, dachte sie panisch, *du kennst ihn und seine Stimme, aber woher?*

»Gib mir den Laborzugang.«

»Drei, acht, fünf, null«, erwiderte er sofort. »Dein Code, Winter. Denk an mich, wenn du nicht schlafen kannst. Ich werde dich im Auge behalten. *Immer.* Dich und Parkov, und vielleicht stehe ich eines Tages vor euch und ihr erkennt mich nicht. Vergiss nicht: Ich kann alles sein, *auch ein alter Mann in einem Rollstuhl.*«

Marie sah zu, wie er einer Naturgewalt gleich durchs Unterholz brach und verschwand. Sie drückte ab, doch gab ihre Waffe nur ein Klicken von sich: Ladehemmung. Für einen Augenblick war sie fest entschlossen, ihm zu folgen. Kurz verharrte sie auf der untersten Treppenstufe. *In der Nacht und in diesen Wäldern bist du ihm heillos unterlegen. Krylov ist in der Dunkelheit aufgewachsen, an einem Ort, der ihn geformt hat. Lass ihn gehen. Kehr um.*

97.

Marie spürte, wie ihr Tränen auf die Wange tropften, als sie den Zugangscode eingab und die Tür entriegelte, doch sie wischte sie mit einer energischen Handbewegung weg. Sie betrachtete das Kontrollpult und den vom Gas eingehüllten Laborraum hinter der Scheibe. *Absaugen*, stand auf einem der Knöpfe. Sie drückte ihn.

Als das Gas entwichen war, öffnete sie die Verbindungstür. Ihre Beine zitterten vor Erschöpfung, Parkov rührte sich nicht, sein Bruder ebenso wenig, nur Adam Sorg hustete und spuckte Blut.

Marie beugte sich zu ihm herunter: »Wo sind die Geiseln? Was hast du mit ihnen gemacht?«

Sorg bleckte die Zähne. »Marie …«

»Schluss damit! Du wirst sterben, und nichts, was jetzt noch geschieht, wird das aufhalten können! Was immer dann auch kommt …« Sie schüttelte den Kopf. »Ich weiß nicht, ob alles, was ich in den letzten Tagen erlebt und gesehen habe, real war, aber … Bist du dir sicher, dass du *wirklich* bereit dafür bist? So ganz ohne Reue?«

»Unten«, presste Sorg unter Schmerzen zwischen den Lippen hervor, »unten, der Untergrund …« Weiter kam er nicht mehr: Er hustete, Blut floss über seine Lippen, dann holte der Professor ein letztes Mal Luft – und starb.

Marie widmete ihm einen letzten angewiderten Blick, diesem Mann, der so viel Leid verursacht hatte. Dann nahm sie Parkovs Hand in ihre, strich über seine Stirn und erspürte seinen schwachen Puls unter der Haut. Krylov hatte sich geirrt, das Gas hatte sie nicht getötet. »Komm zurück«, flüsterte sie. »Wenn du mich hörst, dann … lass mich nicht allein.«

Als Parkov nach einer kleinen Ewigkeit die Augen aufschlug, verharrte sein Blick auf einem Fleck an der Wand, bei den Schatten, die sich in den Raum drängten.

»Das Mädchen, siehst du es?«

»Da ist niemand, das weißt du doch.« Marie fragte sich, ob Parkov sie überhaupt wiedererkannte.

»Doch«, erwiderte er heiser. »Es gab einmal jemanden.« Kurz darauf wurde er in ihren Armen erneut ohnmächtig.

Ohne sich bewusst zu sein, was sie da tat, umfasste Marie das Amulett, das sie trug. *Vertrauen*, hatte der Tutonga-Anführer gesagt. »Nur ein unnützes Stück Holz und ein Edelstein. Wir hätten nie, nie …«

Minuten verstrichen, bis von irgendwo hinter und über ihr laute Schritte hallten. Benommen sah sich Marie einer Reihe von schwer bewaffneten Polizisten sowie nachrückenden Rettungssanitätern gegenüber. Isabelle war mit einem Mal da. Sie trug einen Verband am Arm und umarmte sie stürmisch. »Gott sei Dank, du lebst!«

Marie klammerte sich an ihre Kollegin, während sie am Rand ihrer Kräfte um Luft rang. »Krylov ist fort, ich … ich konnte ihn nicht aufhalten. Und der Professor ist tot, aber die Geiseln, ich weiß nicht, wo sie sind. Daniel …« Ihre Stimme versagte.

»Du hast ihm das Leben gerettet, glaube ich.« Isabelle stützte sie. »Und nicht nur ihm.«

»Was ist mit Jörg und Franz?«

»Sie leben, aber sind beide schwer verletzt.«

Schritte auf dem Laborboden. »Einer der Männer trug das hier bei sich«, erklärte eine Männerstimme. Marie musterte den Mann apathisch. Er hielt einen Schlüssel in die Höhe. Als sie ein zweites Mal hinsah, vermochte ihr adrenalindurchflutetes Gehirn diesem Gesicht den Kollegen zuzuordnen, der sie begleitet hatte, als sie die desorientierte und verletzte Sophie van der Meer entdeckt hatten. *Als du noch nicht wusstest, was du jetzt weißt.* Es schien eine Ewigkeit zurückzuliegen. »Erinnerst du dich an die Unterführung, in der wir Sophie gefunden haben? Das hier ist der Zugangsschlüssel zu einer alten Tür in Meyers Weinkeller.«

»Natürlich, aber …«

Unten. Der Untergrund. Was hat der Professor damit gemeint? War es nur ein letzter Spott oder doch ein Akt der Reue?

Sophie van der Meer war in der Nähe des Eingangs zu einem alten Versorgungsschacht an der U-Bahn gefunden worden. Man hatte sich dort unten zwar umgesehen, aber keine Spuren entdeckt.

»Dieses Anwesen ist alt«, fuhr der Kollege fort, »es gibt Kanalisationsschächte, die bis in die Innenstadt führen. Alte Kammern. Optimale Verstecke für Geiseln.«

Marie holte tief Luft. *Weitermachen*, dachte sie. *Nichts anderes würde Parkov tun. Solange Sophie und ihre Tochter noch irgendwo da draußen sind, musst du einfach weitermachen.* Hilflos sah sie zu, wie die Rettungssanitäter Parkov und seinen Bruder umringten und ihre Vitalzeichen prüften. »Wird er durchkommen?«

»Wissen wir nicht.« Der Sanitäter warf ihr einen erschöpften Blick zu. »So viele Tote, so viele Verletzte, vielleicht wird es etwas dauern, bis wir ihn von diesem abgelegenen Ort fortschaffen können.«

»Er hat verdient, dass man ihm hilft!«

»Marie«, sagte Isa leise und fasste sie behutsam am Arm. »Daniel ist in guten Händen. Er wird durchkommen, aber du kannst jetzt nichts tun. Sehen wir uns diese Sache an.«

98.

Eine fette Ratte rannte über den Boden, zog den langen fleischfarbenen Schwanz hinter sich her und huschte durch die Dunkelheit zwischen den gemauerten Wänden. Marie folgte Krantz, Isabelle und den anderen, nun schwer bewaffneten Kollegen, die in dem schmalen Gang hinter dem alten Weinkeller im Hauptgebäude in die Tiefe stiegen. »Ich wette, der Professor wusste auch von diesem Zugang. So wollte er ungesehen entkommen. Mehr noch, so kamen die anderen, die nicht mit Krylov und dem Helikopter flogen, während der Gala rein.«

Isabelle nickte. »Es ist ein Teil eines alten Fluchtwegs, der zu einem Weltkriegsbunker gehört.«

Die Dunkelheit hier unten, die die Stabtaschenlampen kaum verdrängen konnten, vermischte sich mit den entsetzlichen Bildern und Erlebnissen der vergangenen Stunden. Marie spürte, wie das Amulett der Tutonga schwer auf ihrer Haut ruhte. *Vertrauen. Du hast etwas übersehen*, diesen Gedanken wurde sie nicht los.

Das Funkgerät in ihrer Hand krächzte Worte. Man hatte ihr ein Paar Schuhe gegeben, ehe sie den anderen gefolgt war, und ihre Schritte hallten auf dem harten Untergrund.

Krantz ging in die Hocke. »Abdrücke. Hier ist vor Kurzem jemand langgegangen. Hin und«, seine Worte klangen wie ein unheilschwangeres Omen, »wieder her. Nur eine Spur, ein riesiger Mann, der Spur nach.«

Die Worte ließen Gänsehaut über ihre Arme kriechen. »Krylov …?«

»Wir suchen noch immer nach ihm.«

Die nackte Angst, dachte sie, wie es der Professor ihr angekündigt hatte. Nach all dem, was geschehen war, brachte Marie es kaum fertig, auch nur einen weiteren Fuß in diese Dunkelheit zu setzen. Ihr war, als würde ihr Eriks Gesicht aus der Dunkelheit entgegenstarren, als würde er flüstern … *das Ritual der Toten.* War das möglich? War Krylovs verwirrter Verstand wirklich so beeinträchtigt, dass er ernsthaft glaubte, sie zurückholen zu können?

Der Gang endete vor einem senkrecht abfallenden Schacht. »Wir sollten auf die detaillierten Pläne warten. Wir wissen nicht genau, wie es da unten aussieht«, sagte sie zu Krantz. Ein kalter Luftzug wehte von unten herauf, vermischt mit einem seltsamen Geruch, der Moder und faulendem Wasser glich, was sie augenblicklich wieder zurücktreten ließ.

Krantz schüttelte den Kopf. »Unsinn. Wir haben eine Karte. Wir gehen.«

»Die Karte gibt nur einen groben Überblick …«, begann sie, doch Krantz unterbrach sie mit erhobener Hand.

»Wenn du hierbleiben willst, bitte. Ich werde die Verfolgung aufnehmen.«

Also stiegen sie hinab, immer tiefer in die Dunkelheit. Den Bluthund ließ man in einem Brustgeschirr an einem Flaschenzug hinab. Unten wurde er angeleint und brach auf einen Befehl hin zielstrebig ins Dunkel auf, die Nase dicht am Boden.

Die Lichtkegel der Taschenlampen huschten über feuchten Beton, erfassten Käfer und bleiche Spinnen, die vor der Helligkeit flohen, und tropfendes Wasser. Marie spürte Erschütterungen, die durch den Stein bis in ihre Knochen vordrangen, und tieffrequente Vibrationen wie der Atem einer schlafenden Urzeitkreatur, die tief unter ihnen in ihrem Schlummer lag.

»Wir sind in einem alten Kanalisationssystem, das noch unter der U-Bahn-Strecke verläuft.« Krantz hielt den Funkkontakt zur Außenwelt, doch kamen die Rückmeldungen, je weiter sie vorankamen, immer schwächer. »Wir werden den Main unterqueren«, sagte er.

Marie starrte in die Finsternis. Sie verspürte ein seltsames Druckgefühl auf der Brust, als könnte sie die Tonnen an Gesteinsmassen, die über ihren Köpfen lagen, tatsächlich fühlen. »Der Hund folgt Krylovs Spur. Wir werden sehen, wo er herkam.«

Nach etwa fünfhundert Metern erreichten sie eine Abzweigung. Der Polizeibeamte, der die Karte, die sie auf die Schnelle hatten auftreiben können, mit sich trug, deutete nach rechts. »Dort geht es zur Hauptwache. Da finden wir einen zweiten Ausgang.«

Der Hund wählte jedoch die linke Abzweigung, wo sich der Tunnel verengte und allmählich anzusteigen begann. Marie glaubte, aus der Ferne Wasserrauschen zu hören, und beim Gedanken an den Main über ihren Köpfen, durch massive Schichten aus Gestein und Beton von ihnen getrennt, lief ihr ein Schauer über den Rücken. Ihr schien es, als verbissen sich die Männer jegliches Wort, das ihnen auf der Zunge lag. Etwas war an diesem Ort, ein unterschwelliges Gefühl der Bedrohung, der nahenden Düsternis, das auf ihnen allen lastete.

»Er gibt einfach keine Ruhe«, rief der Hundeführer an der Spitze und ließ einen Fluch folgen. »Es ist, als … Verflucht, was ist denn mit dir?«

»Er hat was gewittert«, sagte Krantz, der dicht hinter dem Hundeführer ging. Marie meinte, einen Hauch Begeisterung in seiner Stimme wahrzunehmen. *Ist das ein Abenteuer für ihn? Seine Vorstellung von einer Verfolgungsjagd, wie er sie schon zuvor im Kino gesehen hat? Noch immer, nach allem, was geschehen ist? Oder versucht er, all das wiedergutzumachen?*

Das Plätschern wurde lauter. Ein schmales Rinnsal floss über den Tunnelboden. Die Schuhe ihrer Kollegen platschten durch das angesammelte Wasser. Mehrmals kontrollierte der Kollege seine Karte und wechselte halblaute Worte mit dem städtischen Angestellten.

»Augenblick«, sagte der Hundeführer. »Da ist etwas.«

Zu ihrer Rechten öffnete sich der Tunnel zu einer größeren Kammer. Eine Reihe von Rohren, rostig-braun mit großen Schrauben und Nieten, zog sich an der Decke entlang. Eines hing herab, muffiges Wasser tropfte heraus, eine große Lache hatte sich am Boden gesammelt. Der Bluthund blieb stehen. Er hob den Kopf, starrte ins Dunkel und jaulte.

»Er hat die Spur verloren. Das Wasser …«, Krantz schob sich an dem Hundeführer vorbei und setzte einen Fuß in die Lache, »ist nicht besonders tief.« Er sah sich nach ihnen um. »Was?«

Die Lichtkegel der Stabtaschenlampen erhellten eine Treppe, die zu einer leicht erhöhten Ebene führte, auf der Eimer herumstanden und größere Haufen Kleidung lagen, die aus aufgerissenen Plastiksäcken herausgefallen zu sein schien.

Dann sahen sie die Gitterstäbe – und die Augen dahinter, die ihnen verängstigt entgegenblickten. Der Bluthund schlug an. Sein lautes Gebell hallte von den nackten Betonwänden wider und überlagerte sich zu einer Kakofonie aus Lärm. Marie registrierte, dass Krantz seine Pistole gezogen hatte und auf die Plattform richtete. Zwei Silhouetten drängten sich gegen die Gitter.

»Sophie?«, fragte Marie in die Dunkelheit und erhielt einen halblauten Schrei der Erleichterung als Antwort: »*Hier! Wir sind hier!*«

Ein Kollege mit einem Bolzenschneider zerteilte die Kette, die die Gittertür verschlossen hielt. Marie sah sich im nächsten Moment Sophie van der Meer gegenüber, die mit zitterndem Körper und geweiteten Augen in die Lichtkegel der Polizeilampen blickte. »Ich habe nicht mehr damit gerechnet.« Sie konnte sich kaum auf den Beinen halten. »Ich dachte, wir würden hier unten …«

»Nein. Es ist vorbei.« Marie spähte in das Gefängnis: Jonas Meyer saß zusammengesunken an der Wand und wiegte sich verstört hin und her, einen Strick um den Hals. Metallkisten waren bis unter die Decke gestapelt. Krantz machte einen Schritt in den Raum hinein, die Gesichtszüge versteinert. Im Licht seiner Maglite hob er einen Kistendeckel an, dann einen weiteren und noch einen: Alle waren leer.

»Ist es … geschehen?«, fragte Sophie. Marie bemerkte, wie verängstigt sie klang. Sie stützte die Frau und Sina griff nach ihrer anderen Hand. Sie dachte an Erik und seine letzten Worte auf dem Video. Sophie und er … *nein*. Das war Vergangenheit. »Hat er es freigesetzt?«

»M-CotroX?« Marie warf Krantz einen beunruhigten Blick zu. »Wir haben einige Vorfälle. Mordopfer und …«, sie schluckte, »mein Kollege, er …«

»Sie haben hier unten Mengen davon gelagert.« Sophie deutete auf die Kisten. »Später haben sie alles abgeholt.« Eine Träne lief über ihre Wange, eine einzige nur, als hätte sie längst die Kraft zu weinen verloren. »Du trägst es«, flüsterte sie dann, während ihr Blick auf Maries Amulett fiel. »Also hast du sie gefunden. Wie ich. *Zhúkundu.*« Sie lachte zynisch und erschöpft. »Aber dann ist dir gelungen, was ich nicht geschafft habe.«

»Wovon sprichst du?« Marie trat näher. »Kipp jetzt bloß nicht um, ja?«

»*Zhúkundu*«, antwortete Sophie schwach, »ist nicht nur dieser Aberglaube. Er ist real. *Zhúkundu* ist das Tutonga-Wort für den einzigartigen Pilz, der die Pflanze Vadana befällt und alle, die sie in diesem Zustand konsumieren, wahnsinnig werden lässt. Lambert wusste das. Er fand eine Lösung, aber sie geriet in Vergessenheit.«

»Lambert starb in …«

»Friedlich in seinem Bett in London. Ich weiß nicht, wer die Seite aus seinem Tagebuch gerissen hat, aber … er hat überlebt, weil die Tutonga entschieden hatten, ihn zu retten. Sie kennen ein Gegenmittel.« Sophie streckte die Hand aus. »So wie sie nun entschieden haben, dir zu helfen. Du hast es dort bei dir.«

»Wie bitte?«

»Das Amulett! Der Mann, der Tutonga-Krieger, der es dir gab, hat er dir nichts gesagt?«

»Ein Wort in einer Bantusprache, ich …« Marie dachte an Fabers Übersetzung. »*Vertrauen*, das war es. Das sagte er zu mir.«

Sophie van der Meer hustete erschöpft und kraftlos. »Es bedeutet aber nicht nur Vertrauen. Es bedeutet auch … öffne … dreh es. Den Stein, öffne ihn.« Mit diesen Worten gaben ihre Beine nach und sie wurde in Maries Armen ohnmächtig. *Ist das möglich?*

»Marie, komm schon! Wir müssen sie hier rausschaffen!«, rief Krantz drängend und schwenkte das Walkie-Talkie in der Hand. »Der Hubschrauber wartet nicht, sie müssen die drei hier zusammen mit den Parkovs ins Krankenhaus bringen.«

»Einen Augenblick noch.«

Ihre Fingernägel krallten sich in den Zwischenraum ihres Amuletts, wo der Zoisit in der Fassung saß. »Komm schon!«, fluchte sie. Schließlich löste sich der Stein und legte einen

Hohlraum frei, in dem eine winzige Phiole lag, die mit einer klaren Flüssigkeit gefüllt war.

Für M-CotroX gab es kein Gegenmittel.

Vertrauen.

»Wartet!«, rief sie. »Wartet auf mich!«

Maxime,

in einer Hütte fand ich ein Amulett, wundervoll geschnitzt, in das ein grüner Stein eingelassen ist. Ich werde versuchen, es zu dir zu senden, wenn ich kann.

Der Stein ist locker, wie ich bemerke, und in seinem Inneren …

Dort liegt ein Geheimnis.

Jemand nähert sich durch den Dschungel, doch es ist nicht der, den ich erwartet habe.

Vielleicht besteht doch Hoffnung.

Vielleicht werde ich doch zurückkehren.

Vielleicht solltest du weiter Ausschau halten.

99.

Nachdem Marie ihre Erzählung beendet hatte, goss ihr Dr. Quill ein Glas Mineralwasser ein. »Sie haben in dieser Nacht Beeindruckendes geleistet«, sagte er mitfühlend.

»Nicht genug.« Marie schüttelte den Kopf. All das noch einmal durchzuleben hatte sie tief aufgewühlt. »Der Datenträger war in der Glut verbrannt, die Substanz M-CotroX und die Transportkisten verschwunden. Weiß Gott, was diejenigen, die sie jetzt besitzen, alles damit anstellen.«

»Und Parkov?«

»Nachdem das BKA die Angelegenheit übernommen hatte, wurde die Substanz aus dem Amulett vollständig untersucht. Sie wirkt tatsächlich auf chemischer Ebene als Gegengift, als komplexes Antidot, dennoch hatten die Experten noch nicht genug Zeit, einen vollkommenen Weg zur Neutralisierung zu finden.« Marie rieb sich die Schläfe und seufzte. »Ich selbst habe Tage in der Klinik verbracht, bis man mich gehen ließ. Jetzt, Wochen später, ist Daniel …«, sie wischte sich über die Wange, »immer noch …«

»Denken Sie, das war es, was Adam Sorg mit alldem hatte bezwecken wollen?«

»Er ist tot. Wer weiß schon, was in seinem verrückten Kopf los war? Es ging ihm um das Chaos, aber … das war am Ende gar nicht er. Es war Krylov, nicht Sorg. Aber jetzt, da es ihren Hintermännern offenbar gelungen ist, das Zeug in größeren Mengen in die Hände zu bekommen … Ich weiß nicht, wir können nur hoffen.«

Dr. Quill nickte. »Marie, lassen wir es für heute genug sein.« Er schüttelte ihre Hand, erhob sich und wirkte dabei selbst äußerst erschüttert. »Es war ein langer Tag. Werden Sie …?«

»Sie wissen doch, es tut ihm gut, wenn ich einfach in seiner Nähe bin, auch wenn er mich vielleicht nicht hört.« Sie ging zur Tür, den Kopf voll von Emotionen und den Erinnerungen an all das Vergangene, als Dr. Quill hinzufügte: »Yuri Krylov ist also entkommen.«

Marie nickte knapp, die Hand auf der Türklinke. »Die Kollegen haben das Gelände durchkämmt. Viele der Geiseln konnten befreit werden, von den Angreifern haben am Ende nur zwei überlebt, aber er selbst ist durch die Kanalisation und den Absperrring geschlüpft, der um das Gelände gezogen worden war. Bislang konnte ihn niemand aufspüren. Ein Meister der Tarnung eben.« Sie zögerte, doch als sie fortfuhr, klang ihre Stimme hart und emotionslos. »Immerhin konnten die Kollegen Dr. Graubach stellen, als er das Land verlassen wollte. Ein kleiner Sieg in einer verlorenen Schlacht.«

»Was ist mit ihm? Packt er aus?«

»Er flüchtete über die Autobahn. Er ist tot.«

Dr. Quill senkte den Kopf. »Behalten Sie etwas Hoffnung, Marie.«

»Ich gebe sie nicht auf«, antwortete sie kurz angebunden. »Aber ich erwarte auch nichts mehr, was nicht möglich sein kann. Bis nächste Woche, Doktor.«

Sie verließ die Praxis und trat hinaus auf den Flur der Privatklinik: Helle Farben, klare Strukturen, dunkler Naturstein, fließendes Wasser und edle Holzflächen. Ein Arzt nickte ihr zu, in einiger Entfernung kam ein Rollstuhlfahrer den Gang herauf. Marie fasste sich, rief den Aufzug und fuhr nach oben.

100.

Daniel Parkov saß in einem Sessel vor der Fensterfront im oberen Stock, durch die er auf den Park hinausblicken konnte. »Ich bin's«, sagte Marie und griff nach seiner Hand. Sie war kühl, er regte sich nicht. Die Wirkung der Droge in seinem Körper war verheerend.

Sie wunderte sich noch immer darüber, was Krylov geplant hatte. Hatte er wirklich geglaubt, er könnte die Toten erwecken? Clara Solsten zurückholen, wenn er das letzte Ritual vollendete, Sorg und die Parkovs tötete, so wie all seine Opfer zuvor? Das war absurd.

Aber war es das wirklich?

Marie setzte sich neben Parkov auf die Lehne. Seine Augen waren starr geradeaus gerichtet, doch sie strich über seine Wange und legte die Decke enger um ihn. »So, das ist besser. Damit du es warm hast. Vielleicht kannst du mich doch hören, ganz gleich, was die Ärzte sagen. Weißt du, Lucie hat mich gefragt, wann …« Sie spürte, wie sie die Tränen nicht länger zurückhalten konnte. Aber wozu auch? Tränen wären etwas Gutes, hatte einmal jemand behauptet.

»Komm zu mir zurück«, sagte sie leise. »Wenn du mich irgendwie hörst, dann komm einfach zurück. Ich will nicht, dass das hier das Ende ist.«

Parkov sagte nichts.

»Ich habe viel nachgedacht. Über alles, all das Schlechte, all das Gute. Wir hatten unser Haus am See. Wir hatten Zeit, aber nicht genug.« Marie wischte sich mit dem Ärmel über die Wange. *Du musst stark sein. Manchmal stark genug für uns alle.* »Gleich, was sie sagen, ich komme dich besuchen. Und ich weiß …« Sie holte tief Luft. »Du bist noch da drin. Ich hätte nur etwas schneller sein müssen, und das werde ich mir nicht verzeihen. Manchmal muss man einfach weitermachen, heißt es, lachen und tanzen. Aber nicht ohne dich.«

An der Tür sah Marie sich noch einmal nach ihm um. »Bis morgen. Ich bringe das Lyrikbuch mit, das du so gern hast, und lese dir vor. Einverstanden? Ich bin mir sicher, das bist du.«

Als sie behutsam die Tür hinter sich schloss, schob sich die Sonne zwischen den zerfaserten Wolken hervor, sprenkelte das Gras auf dem Gelände mit Flecken aus Licht und Schatten. Nichts regte sich, nur der Wind träumte fern von helleren Tagen.

Parkov blinzelte. Es war, als koste ihn die Bewegung Kraft. Schließlich hoben sich seine Mundwinkel zur Andeutung eines Lächelns. Mühevoll drehte er den Kopf und sah Marie nach.

In diesem Moment öffnete sich die Tür aufs Neue. Die Räder des Rollstuhls erzeugten ein leises Geräusch auf dem Parkettboden: Der Mann näherte sich Parkov, stoppte dicht vor ihm und warf die Decke, die seine Beine verhüllt hatte, von sich, ehe er sich erhob. Hatte er im Rollstuhl noch zusammengesunken, verkrümmt und schwach gewirkt, ragte er nun mehr als zwei Meter in die Höhe. Eine imposante Erscheinung, die einen langen Schatten auf Parkov warf, der reglos vor den Fenstern saß.

»Du hast nicht erwartet, dass ich zurückkomme«, sagte er. »Aber ich bringe immer zu Ende, was ich anfange.« Dann kam er näher.

»Das genügt.« Marie hatte die Tür mit der Hand gestoppt und war leise hinter dem Fremden unbemerkt wieder ins Zimmer geschlüpft. Jetzt richtete sie ihre Dienstwaffe auf den Rücken des Eindringlings. »Hallo, Fremder. Oder sollte ich besser sagen: Herr Privatdetektiv?«

Yuri Krylov drehte sich um. Der Mann, den sie damals spät abends in der Kirche befragt hatten, dieser Meister der Täuschung, der sich als Privatdetektiv Arthur Wolf mitsamt Rollstuhl ausgegeben hatte, musterte sie mit zornigen Augen. »Wie …?«

»Dr. Quill wusste von einem Rollstuhlfahrer im Haus, der sich erstaunlich neugierig verhält. Wir haben eins und eins zusammengezählt.« Sie musterte ihn. »Du hast Arthur Wolf getötet und wenigstens für diese Nacht seine Identität angenommen. Dein Gesicht ist nicht mehr verbrannt. Eine Rekonstruktions-OP, nehme ich an, und das Geld stammte von … nun, vermutlich von denen, die jetzt die Droge besitzen, die Sorg produziert hat: Solitude?«

»Es gibt noch so viel, was du nicht verstehst. *Du* willst mich aufhalten, Winter? Du allein?«

»Ach, weißt du …« Marie lächelte spöttisch. »Ich bin gar nicht so allein.«

»Was soll das bedeu…?«

In diesem Moment rührte sich Parkov. Er griff mühsam nach der Pistole, die unter der Decke auf der Armlehne seines Sessels versteckt lag, und richtete diese auf Krylovs Rücken. Der fuhr verblüfft herum. Von draußen hallten laute Schritte.

»Meister der Täuschung?«, fragte Parkov mit schwacher Stimme und hob eine Augenbraue. »Vielleicht kannst du noch das ein oder andere lernen. Nicht von mir – es war ganz allein *ihre* Idee. Ist sie nicht eine gute Schauspielerin? Ich würde sagen, du bist festgenommen, Yuri.«

»Bin ich das?« Krylov machte einen Schritt zur Seite. »*Nein. Im Leben nicht.*« Jäh stürmte er vorwärts, wollte nach Parkov greifen und ihn mit sich zum Fenster ziehen, als Parkov mehrmals abdrückte. Die Projektile trafen Krylov in die Brust: Er taumelte, durchbrach die Glasscheibe, stürzte und fiel, all das ohne einen einzigen Schrei.

Dann war alles still, nur der Wind blies durch das zerbrochene Fenster, als Marie hinabblickte. Krylovs verdrehter Körper, der in zwölf Metern Tiefe auf dem harten Grund aufgeschlagen war, lag inmitten einer Blutlache.

101.

Mehrere Wochen später

Als man die schwarze Erde auf Franz Lelands Sarg warf, konnte Marie ihre Tränen nicht länger zurückhalten, so stark sie sich auch zu geben versucht hatte. Am Ende hatte der Krebs Leland besiegt, am Ende war er gefallen. Parkov legte ihr zärtlich einen Arm um die Schultern, und sie schmiegte sich an ihn. »Er war ein guter Polizist.«

»Sicher, so werden sich alle an ihn erinnern. Aber Franz war viel mehr als das.«

Ein Vogelschwarm strich in einer tief fliegenden Formation über den Südfriedhof. Stare und Schwalben kehrten zurück, der Frühling hielt Einzug – auch hier, wo man vor Monaten Tymon Sorg beerdigt und wo Yuri Krylov Robert Rotenberger erschossen hatte, hier, wo sie vor Jahren Erik zu Grabe getragen hatte.

Die Zeiten wiederholen sich, dachte sie. *Und alles, was uns bleibt, ist weiterzumachen.* Marie berührte Lelands Frau sanft am Rücken und sprach ihr Worte des Trosts zu. »Du weißt, wir werden immer für dich da sein. Isabelle, Jörg und ich, sein ganzes altes Team.«

Als sie gingen, drehte sich Marie noch einmal um. Seine Witwe stand allein vor dem mit Blumen geschmückten frischen Grab, während der Wind an ihrem Mantel zerrte.

»Das Leben ist nicht fair«, sagte Marie.

»Das war es nie«, erwiderte Parkov.

Sie sah ihn unvermittelt an. »Und wie geht es dir?«

»Das kann ich nicht sagen. Zum ersten Mal weiß ich etwas nicht.«

»Du spürst es noch immer, nicht wahr?«

Er nickte. »Es ist irgendwo da. Eine dunkle Hinterlassenschaft.« Ein Schatten huschte über seine Züge, nur einen flüchtigen Augenblick lang. »Aber was immer es ist: Habe ich nicht die beste Krankenschwester der Welt, meine Liebe?«

Später an diesem Abend, als sie sich alle in Parkovs Anwesen im Taunus versammelt hatten, um in guter Erinnerung an Leland zurückzublicken, fand sie Daniel und Michail im Arbeitszimmer. Gedankenverloren blickte er ins Leere, während sein älterer Bruder auf einen Gehstock gestützt vor dem runden Fenster stand. Die Baumkronen der Parkanlage breiteten sich wie ein weites grünes Meer unter ihnen aus. Der Himmel hatte eine violettblaue Färbung angenommen, das Licht der langen Tage war zurückgekehrt.

Marie küsste Parkovs Wange. »Du solltest nicht hier oben sein.« Sie bemerkte, dass er auf ein Eingabefeld auf dem Monitor blickte – auf jenes Rätsel, das sie so gut kannte. *Die Wahrheit.*

»Der Stick ist verbrannt«, sagte sie und warf Parkov einen verwunderten Blick zu. »Also, wie kann das noch hier sein?«

»Wärst du mir allzu böse, wenn ich dir verrate, dass ich ihn schon vor einiger Zeit kopiert habe? Als ich untergetaucht war und gejagt wurde. Krylov verbrannte nur einen leeren Datenträger.«

»Mein Bruder ist uns allen wieder einmal weit voraus«, sagte Michail, ohne sich vom Fenster abzuwenden.

»Nein, das glaube ich nicht.« Marie verschränkte die Arme, während Parkov eine Reihe von Zahlen eingab, woraufhin das Rätsel verschwand und die Dateien entsperrt wurden. Sie wandte sich an Michail. »Es ist Zeit. Vor sieben Jahren im Gefängnis. Was hast du da gemacht?«

Michail rührte sich nicht, doch sah sie, wie sich seine Hand fester um den Gehstock klammerte. »Was Sorg in dieser elenden Hütte sagte, war die Wahrheit. Ich habe dich von einer Last befreit.«

Parkovs Hände zitterten. Marie legte ihre Rechte zärtlich auf seine Schulter, weil sie spürte, dass er im Begriff stand, jederzeit aufzuspringen. »Ich rate dir, deine Worte sorgfältig zu wählen«, sagte er mit hartem Ton, ohne Michail anzusehen.

»Es war fünf Tage vor ihrem Tod, mitten in der Nacht, als sie zu mir kam und mir erzählte, man würde sie bedrohen, sie damit erpressen, Informationen über Parkov Industries herauszugeben. Man drohte ihr mit *deinem* Tod, sie war verängstigt und erzählte mir schließlich alles. Dass sie selbst erst davon erfahren hatte. Und glaub mir, sie fürchtete wirklich um dein Leben, Bruder, mehr noch aber um das, das in ihr heranwuchs. Ich war der, zu dem sie kam. Ich war derjenige, der ihr versprach, sie und dich zu beschützen, und … ich habe versagt.« Michail schüttelte den Kopf. »Alles, was ich tat, war der Versuch, dir diesen Schmerz, dieses Wissen zu ersparen. Ich weiß nicht, woher Häusser davon wusste, aber wenn du es von ihm erfahren hättest, was Suzann dir nicht mehr sagen konnte … Ich wollte das nicht zulassen.«

»Wer hat sie erpresst?«, fragte Parkov kalt.

»Nicht *wer*. Die Frage lautet: Was? Sie kannte den Mann nicht, der sie kontaktierte, doch er nannte ihr den Namen einer

Organisation. *Solitude.*« Er sprach das Wort mit englischem Akzent aus, während Marie und Parkov einen Blick tauschten.

»Und das ist alles, was du seit sechs Jahren erfahren konntest?«

»Das ist alles.«

»Ich glaube dir nicht«, erwiderte Marie ernst.

»Mit Verlaub, aber du weißt nichts. Und du, Daniel, machst es dir leicht mit deinen Vorwürfen. Ich war sechzehn, als unsere Eltern starben, einundzwanzig, als ich der CEO von Parkov Industries werden musste und niemanden hatte, zu dem ich aufblicken konnte. Wir alle machen Fehler, aber ich bin wenigstens bereit, meine einzugestehen.«

»Das sind schöne Worte.«

Michail seufzte. »Vergiss es.« Dann kam er näher. »Familie, Daniel. Das ist alles, was zählt. Ich habe dich nicht verraten, ganz gleich, was Sorg sagte. *Nie.*«

»PHMA Medic.«

»Unterwandert. Wir sind dabei aufzuräumen.«

Parkov deutete auf den Monitor. »Sieh es dir an. Dieser Stick enthält nichts als Zugangsdaten für Schweizer Bankkonten. Geld, das unser Vater kurz vor seinem Tod allein mir überlassen wollte, weil er sich mit dir nicht sicher war. Es hat nie eine funktionierende Formel für Vadana gegeben, weder für eine Biowaffe noch für das Heilmittel. Sorg hat sich getäuscht.«

»Etwas Ähnliches dachte ich mir schon«, erwiderte Michail bitter. »Ein letzter Schlag in mein Gesicht, weil er mir nie vertraute. Nicht so wie dir.«

»Weil er wusste, was du getan hast. Dass du mitschuldig an Clara Solstens Tod warst. Adam Sorg und du, auch wenn er es euch nie beweisen konnte. Hast du deshalb den Zoisit zerstört? Weil du wütend auf ihn warst? Dabei hast du doch alles erhalten, die ganze Firma.«

Michail blieb regungslos. »Krylov hat diese Splitter an den Tatorten verteilt, er muss sie damals gefunden haben. Begreif doch: Wir waren kaum mehr als Kinder, es war ein Spiel, wir haben uns die Zeit vertrieben, ein Abenteuer für uns alle. Niemand wollte, dass Clara so weit läuft, ihre Spuren so schwierig legt und wir sie nicht mehr finden.«

»Niemand außer Adam Sorg«, warf Marie ein und Parkov nickte zustimmend, erhob jedoch kaum die Stimme, als er fortfuhr. »Kein Spiel rechtfertigt, kein Spiel entschuldigt all das, was geschehen ist. Wenn du Vergebung suchst …« Er deutete zur Tür. »Such sie an einem anderen Ort.«

»Daniel …«

»Geh. Und bete, dass ich dich nicht eines Tages heimsuche, für den Fall, dass du gelogen hast.«

Michail Parkov eilte hinaus. Die Tür schlug zu.

»Vielleicht sind wir zu hart mit ihm«, sagte Marie. »Vergebung. Darum ging es doch. Krylov konnte nie loslassen. Wer auf Rache aus ist, gräbt besser zwei Gräber.«

Parkov schüttelte den Kopf. Er wirkte zutiefst erschüttert, war blass und angeschlagen. »Wir können Michail nicht mehr vertrauen.«

»Du meinst …?«

»Dass ich ihm gerade nicht die volle Wahrheit erzählt habe: Eine versteckte Datei enthielt sehr wohl Bruchstücke einer Formel, die mit dem Heilmittel zu tun hat, das die Tutonga Lambert und dir gaben: Vielleicht das größte Geheimnis von allen. Ich denke immerzu an dieses Wort, das Michail gerade erwähnte: Solitude. Hier spiel noch etwas Größeres mit: Krylovs OP, die Experimente, die Tymon und Adam Sorg betrieben, die professionelle Rückführung von Sorg nach Deutschland. Jemand muss all das finanziert haben. Jemand, der beide Seiten gegeneinander ausspielte. Jemand, der jetzt all das besitzt, was an M-CotroX hergestellt wurde. Wenn sie auch die Formel für das Gegenmittel bekommen hätten … ich mag es mir gar nicht vorstellen.«

»Eines verstehe ich noch nicht«, erwiderte Marie, »was war denn nun das Passwort?«

Parkov seufzte, doch Marie nahm seine Hand. »Komm schon, habe ich nicht verdient, es zu erfahren?«

»Mütter und ihre Töchter. Väter und ihre Söhne.« Er zögerte. »Die Konten, deren Daten auf dem Stick gespeichert sind, muss Tristan kurz nach dem Scheitern der Forschungen angelegt haben – nach Clara Solstens Tod. Es war ein Lehrstück für mich. Ich sollte mich immer daran erinnern, was geschieht, wenn man nicht bereit ist, ein Spiel vom Ernst zu unterscheiden und Verantwortung zu übernehmen – wenn man nicht bemerkt, wann es zu weit geht. Ich war dort, ich hätte es verhindern und erkennen können, dass Adam Sorg nicht nur ein Rätselspiel im Sinn hatte, sondern etwas viel Diabolischeres, dass er wahnsinnig war und krank, man ihm helfen musste. Dass Yuri Krylov nur ein Junge war, der Clara Solsten liebte. Sorg hat es bemerkt.«

»Du warst doch erst neun«, sagte Marie traurig, doch Parkov schüttelte den Kopf, in alten Erinnerungen gefangen. »Wenn du mit diesen Privilegien, dieser Macht und diesem Reichtum geboren wirst, dann auch mit einer Pflicht zu großer Verantwortung. *Du bist kein Kind mehr, du bist ein Sohn von mir und du wirst erwachsen werden müssen.* Ich glaube, ich kann mich an diese Worte erinnern. Er war … ein harter Mann.«

Marie nickte nur.

»Dann kam der Unfall, ihr Tod, ich selbst dort im Wagen. Es war, wie Sorg sagte … Der Schock, der die Ereignisse, die unmittelbar davor geschehen waren, aus meinem Gedächtnis löschte.«

»Und danach?«

»Ging der Datenspeicher an Michail. Er war noch immer verschlüsselt, also muss er ihn aufbewahrt haben, ohne jemals nachzusehen, und später übertrug man all die verschlüsselten Daten ins Archiv auf einen der Parkov-Industries-Server, ohne zu ahnen, was sie enthielten.«

Marie senkte den Blick. »O nein.«

»Der Tag ihres Todes war das Passwort, das Tristan mir hinterlassen hatte, das Datum jenes heißen Sommertags 1987, eine Mahnung, eine allerletzte Warnung, eine Erinnerung. Die Wahrheit, Marie, ist, dass Clara nicht hätte sterben müssen – und ich wenigstens ein Stück weit die Verantwortung dafür trage. Die Wahrheit ist, dass diese Schuld immer bei mir war. Ich zog mich nach Suzanns Tod zurück, verließ das BKA, ging auf lange Reisen und … nun, ich wäre damals fast gestorben. Habe merkwürdige Dinge getan, um allen Schmerz für alle Zeiten aus meiner Erinnerung zu löschen, aber vielleicht habe ich irgendwo in meinem Unterbewusstsein nie ganz vergessen, was zuvor geschehen war. Und Jahre später schlich sich Sophie van der Meer bei Michail ein und entwendete Daten von den Servern, darunter auch diese verschlüsselten – und das alles nur, weil sie selbst um das Leben ihrer Tochter kämpfen musste. So griff eins ins andere. Und heute sind wir wieder hier.«

»Daniel, das …« Marie holte tief Luft und suchte nach Worten, während ihr klar wurde, dass es keine angemessenen gab, nie geben würde. »All das tut mir so leid. Aber du trägst keine Schuld.«

»Doch.« Er sah sie an, während eine Träne über seine Wange rollte. »Michail hätte es nicht zulassen dürfen, ich hätte es nicht zulassen dürfen. Es darf nicht sein. Wir hätten Sorgs wahre Natur erkennen müssen.« Parkov sah zur Tür. »Und Suzann, unser Kind … was hätte sein können … Am Ende habe ich mich erinnert, ganz wie er wollte. Jetzt ist er tot, und doch hatte Sorg recht. Man kann seinem Schicksal nicht entgehen.«

Marie wischte die Träne von Parkovs Wange.

»Eines noch: Ich habe beschlossen, das Geld nicht anzunehmen. Ich brauche es nicht. Wir sollten aus all dem Leid etwas Gutes gedeihen lassen.«

»Ja«, antwortete Marie augenblicklich. »Aber natürlich. Zuvor jedoch…« Sie zog ihn sanft, aber bestimmt zur Tür. »Zuvor gehen wir nach unten. Ich lass dich nicht allein hier oben sitzen, mit all diesen Erinnerungen.«

»Leben? Tanzen?«

Marie nickte ernst. »Der einzige Weg.«

102.

12. Mai

Als sie gemeinsam mit Parkov dem alten Bankier in dessen Büro folgten, hielt Marie Lucies Hand: Ölgemälde hingen an den Wänden, Möbel aus dunklem Holz dominierten den Raum, die ohne Zweifel von Generation zu Generation vererbt worden waren. Eine Privatbank in Zürich.

»Herr Parkov«, sagte Jakob Rotstein, der in Würde ergraute Seniorpartner des Instituts, »es ist lange her.«

»Aber stets eine Freude«, erwiderte Parkov. Er schloss die Augen, und Marie wusste, dass er noch immer mit den Schmerzen kämpfte, die ihn heimsuchten. Hierherzukommen war eine große Kraftanstrengung für ihn. »Wir würden gerne die Transaktionen vornehmen.«

»Natürlich.« Rotstein entnahm seinem Zweireiher ein Etui und diesem eine Brille, dann warf er einen Blick auf den Computermonitor. »Die Konten, die Sie mir bereits übermittelt haben, ja, da haben wir sie.« Dann sah er auf. Eine Spur Verwunderung huschte über sein Gesicht und seine faltigen Wangen zitterten.

»Alles in Ordnung?«, fragte Marie.

»Nun, Herr Parkov, mir scheint, die Hälfte des Geldes hat man bereits abgehoben.«

»Wie bitte? Erklären Sie das.«

Der Bankier runzelte die Stirn. »Das … Verzeihung, das war erst gestern. Bei einem Kollegen.« Er wirkte irritiert und rief einen Angestellten zu sich, mit dem er sich kurz außer Hörweite besprach.

»Ich muss um Verzeihung bitten. Wir wissen zumindest, dass der Mann eine Visitenkarte hinterlassen hat.« Rotstein reichte sie Parkov. »Verzeihen Sie, aber er besaß alle Daten und die Autorisierung seitens …«

Marie und Parkov betrachteten die Karte: *S.O.L.I.T.U.D.E.* war darauf zu lesen, mehr nicht.

»O Gott«, sagte Marie entsetzt.

»Es ist die Organisation, für die dieser Herr arbeitet, wie er uns zu verstehen gab.«

»Und sein Name?«

»Er, äh, stellte sich als Mr Green vor.« Der alte Bankier wirkte untröstlich. »Es tut mir wirklich leid.«

»Das muss es nicht.« Parkov erhob sich. »Wer immer *die* sind, jetzt habe ich zwei offene Rechnungen mit ihnen. Die Hälfte, sagten Sie? Das wären knapp sechshundert Millionen Schweizer Franken. Dann nehme ich eben die andere Hälfte. Und was den Rest angeht …« Er trat an das Fenster und blickte durch das zentimeterdicke Sicherheitsglas über die Dächer von Zürich hinweg.

»Den werde ich mir zurückholen.«

Winter und Parkov kehren zurück …

31938321R00388

Printed in Poland
by Amazon Fulfillment
Poland Sp. z o.o., Wrocław